Die Elenium-Saga
Die Rose aus Saphir

DAVID EDDINGS

DIE ELENIUM-SAGA

Die Rose aus Saphir

Roman

Aus dem Englischen
von Lore Straßl

Weltbild

Die englische Originalausgabe erschien 1991 unter dem Titel
The Saphire Rose.

Besuchen Sie uns im Internet:
www.weltbild.de

Genehmigte Lizenzausgabe für Verlagsgruppe Weltbild GmbH,
Steinerne Furt, 86167 Augsburg

Übersetzung: Lore Straßl
Umschlaggestaltung: Studio Höpfner-Thoma, München
Umschlagmotive: M. Fishman, Agentur Schlück / corbis germany
Gesamtherstellung: Oldenbourg Taschenbuch GmbH,
Hürderstraße 4, 85551 Kirchheim
ISBN 3-8289-7667-0

2007 2006 2005 2004
Die letzte Jahreszahl gibt die aktuelle Lizenzausgabe an.

Anmerkung des Verfassers:
Meine Frau hat gesagt, sie würde gern die Widmung
für dieses Buch schreiben.
Da sie viel zu dem Werk beigetragen hat,
finde ich, daß es ihr zusteht.

Du hast zum Himmel gegriffen
und das Feuer herabgeholt.

Alles Liebe von mir.

PROLOG

OTHA UND AZASH

Auszug aus: *Abriß der Geschichte von Zemoch.*
Zusammengestellt von der Fakultät für Geschichte
der Universität zu Borrata.

Nach der Invasion der elenischsprechenden Völker aus den Steppen Mitteldaresiens im Osten wanderten die Elenier westwärts und verdrängten die Styriker, die den eosischen Kontinent dünn besiedelt hatten. Jene Stämme, die sich in Zemoch niederließen, waren Nachzügler, die ihren westlichen Vettern entwicklungsmäßig weit nachstanden. Ihre Wirtschafts- und Gesellschaftsstruktur war primitiv, und verglichen mit den aus dem Boden schießenden Städten der im Westen entstehenden Reiche waren ihre Ortschaften archaisch. Zudem konnte man Zemochs Klima bestenfalls als unfreundlich bezeichnen, und die Lebensgrundlage war äußerst dürftig. Ein derart karges und rauhes Land bot wenig Anreiz für die Kirche, und so waren die Gemeinden mit ihren schlichten Gotteshäusern zum größten Teil ohne Seelenhirten, so daß die Zemocher schließlich einen religiösen Eigenweg beschritten. Da es in dieser Region nur wenige elenische Priester gab, die bei einer Verbrüderung mit den heidnischen Styrikern den Kirchenbann hätten verhängen können, kam es zur Vermischung religiöser Vorstellungen. Die einfachen elenischen Bauern erkannten, daß ihre styrischen Nachbarn durch ihre geheimen Künste beachtliche Vorteile erzielten. So war es nicht verwunderlich, daß die Zahl der Abtrünnigen ungeheuerlich zunahm. Ganze elenische Ortschaften traten zum styrischen Pantheismus über. Tempel wurden für lokale Gottheiten errichtet, und die finsteren styrischen Kulte erlebten einen ungeahnten Aufschwung. Mischehen zwischen Eleniern und Styrikern wurden alltäglich, und gegen Ende des ersten Jahrtausends konnte Zemoch in keiner Weise mehr als rein elenische Nation betrachtet werden. Sogar die elenische Sprache hatte sich in Zemoch so sehr verändert, daß westliche Elenier sie kaum noch verstanden.

Es war im elften Jahrhundert, als ein junger Ziegenhirt aus dem Bergdorf Ganda in Mittelzemoch ein eigenartiges und wahrhaft welterschütterndes Erlebnis hatte. Während er in den Bergen nach einer verirrten Ziege suchte, stolperte der Junge, dessen Name Otha war, über einen verborgenen, völlig überwucherten Altar, der im Altertum von Anhängern einer der zahlreichen styrischen Kulte errichtet worden war. Auf dem Altar stand ein verwittertes Idol, dessen Züge kaum noch erkennbar waren. Als Otha sich von der anstrengenden Kletterei ausruhte, hörte er eine hohle Stimme, die ihn in der Sprache der Styriker fragte: »Wer bist du, Junge?«

»Ich heiße Otha«, antwortete der Junge stockend, während er sich an seine Styrischkenntnisse zu erinnern versuchte.

»Und du bist hierhergekommen, um mir zu huldigen, vor mir niederzuknien und mich anzubeten?«

»Nein«, entgegnete Otha mit ungewohnter Ehrlichkeit. »Ich bin hier, weil ich eine verlaufene Ziege suche.«

Nach einer langen Pause ertönte die hohle, erschreckende Stimme aufs neue: »Was muß ich dir geben, damit du mir huldigst und mich anbetest? Seit fünftausend Jahren kam keiner deiner Art mehr zu meinem Altar. Ich hungere nach Anbetung – und nach Seelen.«

Otha war inzwischen überzeugt, daß die Stimme die eines anderen Ziegenhirten war, der sich über ihn lustig machen wollte. So beschloß er, den Spieß umzudrehen. »Oh«, sagte er gleichmütig, »ich möchte der König der Welt sein, ewig leben, tausend mannbare junge Mädchen haben, die alles tun, was ich von ihnen verlange, und einen Berg von Gold möchte ich – o ja, und meine Ziege will ich wiederhaben.«

»Und bist du willens, mir für das alles deine Seele zu geben?«

Otha überlegte. Falls dies wirklich kein dummer Streich eines anderen Hirten, sondern ein ernsthaftes Angebot war, folgerte er, würde der Pakt ungültig sein, falls auch nur eine seiner unmöglichen Bedingungen nicht erfüllt würde.

»Na gut«, erklärte er sich mit einem Schulterzucken einverstanden. »Aber zuerst möchte ich, sozusagen als Vertrauensbeweis, meine Ziege sehen.«

»So wende dich denn um, Otha«, wies die Stimme ihn an, »und erschaue, was verloren war.«

Otha drehte sich um, und wahrhaftig, da stand die verirrte

Ziege. Sie kaute müßig an den Blättern eines Busches und blickte Otha wie fragend an.

Otha war ein derber, zuweilen recht übler Bursche, der Gefallen daran fand, hilflosen Geschöpfen Schmerzen zuzufügen, boshafte Streiche zu spielen, zu stehlen und sich einsame Hirtenmaiden gefügig zu machen, wann immer sich eine gefahrlose Möglichkeit bot. Er war habgierig und verschlagen und hatte eine allzu hohe Meinung von seiner Klugheit.

Seine Gedanken überschlugen sich, während er die Ziege an den Busch band. Wenn diese geheimnisvolle styrische Gottheit eine verirrte Ziege herbeiwünschen konnte, wozu war sie sonst noch imstande? Dies war eine Gelegenheit, wie er sie nie mehr bekommen würde. »Also gut«, sagte er und täuschte Einfalt vor, »ein Gebet jetzt gleich, weil du die Ziege zurückgebracht hast. Über Seelen und Imperien und Reichtum und Unsterblichkeit und Frauen können wir uns später unterhalten. Aber zeig dich und sag mir deinen Namen!«

»Ich bin Azash, der mächtigste der Älteren Götter. Wenn du bereit bist, mir zu dienen und andere zu meiner Anbetung zu gewinnen, gewähre ich dir viel mehr, als du dir gewünscht hast. Ich werde dich erheben, und unvorstellbarer Reichtum soll dein sein. Du wirst die schönsten aller Maiden bekommen, ewig leben und Macht über die Welt der Geister haben, wie noch kein Mensch vor dir. Als Preis verlange ich deine Seele, Otha, und die Seelen jener anderen, die du mir bringen wirst. Erschaue nun mein Antlitz und erzittere.«

Die Luft um das Idol schimmerte, und Otha sah die wahre Form Azashs. Von Grauen erfüllt wich er vor dieser unerwarteten Erscheinung zurück und warf sich untertänig vor ihr zu Boden, denn im Grunde seines Herzens war Otha ein Feigling.

»Bete, Otha!« forderte das Idol. »Meine Ohren hungern nach deiner Verehrung!«

»Oh, mächtiger – äh – Azash? Gott der Götter und Herr über die Welt, höre mein Gebet und empfange meine demütige Verehrung. Ich bin nichts als Staub vor deinen Füßen, und du erhebst dich wie ein Berg vor mir. Ich bete dich an, ich lobpreise dich und danke dir aus tiefstem Herzen, daß du mir diese elende Ziege zurückgebracht hast – die ich prügeln werde, bis sie nicht mehr stehen kann, wenn ich erst daheim bin.« Zitternd hoffte Otha, daß dieses Gebet Azash zufriedenstellte – oder ihn zumindest soweit ablenkte, daß er entkommen konnte.

»Ein gutes Gebet, Otha«, sagte das Idol, »für den Anfang. Mit der Zeit wirst du hoffentlich phantasievoller werden. Geh jetzt deines Weges und kehre am morgigen Tage zurück, dann werde ich dir Weiteres offenbaren.«

Als Otha mit seiner Ziege heimwärts zog, schwor er sich, nie mehr hierher zu kommen, doch in der Nacht wälzte er sich schlaflos auf dem Strohsack in seiner schmutzigen Hütte herum, und vor seinem inneren Auge leuchteten Bilder von Reichtum und unterwürfigen jungen Frauen, mit denen er sich nach Belieben vergnügen könnte. »Schauen wir doch erst mal, wohin das führt«, murmelte er zu sich, als das Morgengrauen die ruhelose Nacht beendete. »Wenn es sein muß, kann ich immer noch weglaufen.«

Und so wurde ein schlichter zemochischer Ziegenhirt zum Jünger des Älteren Gottes Azash, eines Gottes, dessen Namen Othas styrische Nachbarn nicht einmal auszusprechen wagten, so groß war ihre Angst.

In den folgenden Jahrhunderten erkannte Otha, wie ungeheuerlich seine Versklavung war. Azash formte ihn geduldig vom demütigen Anbeter zum Meister ruchloser Riten und schließlich zum entmenschlichten Werkzeug. Der zuvor muntere, wenngleich häufig unerfreuliche Ziegenhirt wurde mürrischer und finsterer, je mehr die gefürchtete Gottheit von seinem Geist und seiner Seele Besitz ergriff. Obwohl ihm ein halbes Dutzend Lebensalter und mehr beschieden waren, wurden seine Glieder dürr, während Wanst und Schädel anschwollen, sein Haar ausfiel und die Haut durch seine Abneigung gegen die Sonne fahlweiß welkte. Sein Reichtum wuchs unermeßlich, doch er fand keine Freude daran. Er hatte ungezählte hingebungsvolle Konkubinen, doch ihre Reize ließen ihn kalt. Abertausende von Geistern und Kobolden und Kreaturen der Finsternis harrten, bereit, ihm jeden Wunsch zu erfüllen, aber er brachte nicht einmal genügend Interesse auf, sie zu rufen. Zeuge von Qual und Tod zu sein, wurde sein einziges Vergnügen, und er genoß es, wenn seine Knechte zu seiner Ergötzung Schwachen und Hilflosen auf schreckliche Weise das Leben raubten.

Anfang des dritten Jahrtausends, nach Ablauf seines neunhundertsten freudlosen Lebensjahres, befahl Otha seinen unmenschlichen Knechten, den schlichten Altar Azashs zur Stadt Zemoch im nordöstlichen Hochland zu schaffen. Ein riesiges Abbild des Gottes wurde über diesem Altar errichtet und drum herum ein gewaltiger Tempel erbaut. Neben diesem Tempel – und durch ein labyrinthähnliches Netz von Gängen mit ihm verbunden – stand Othas Palast, ganz mit Blattgold überzogen, mit Mosaiken aus Perlen, Onyx und Chalzedon verziert und von Säulen getragen, deren Kapitelle aus kunstvoll geschliffenen Rubinen und Smaragden bestanden. Dort ernannte er sich selbst zum Kaiser von ganz Zemoch. Die donnernde, wenngleich ein wenig spöttische Stimme Azashs schallte bestätigend aus dem Tempel und wurde vom schrillen Jubelgeheul unzähliger Dämonen begrüßt.

Eine grauenvolle Schreckensherrschaft nahm in Zemoch ihren Lauf. Sämtliche anderen Kulte wurden gnadenlos ausgerottet. Tausende von Neugeborenen und von Jungfrauen wurden Azash als Blutopfer dargebracht und Elenier wie Styrier gleichermaßen mit dem Schwert zu seiner Anbetung bekehrt. Otha und seine Schergen benötigten etwa ein Jahrhundert, um in den Untertanen auch den letzten Hauch von Lauterkeit auszulöschen. Blutlust und ausschweifende Grausamkeit wurden zur Alltäglichkeit, und die Riten, die man in den Tempeln und vor den Altären Azashs ausführte, wurden immer abscheulicher.

Im fünfundzwanzigsten Jahrhundert schien es Otha an der Zeit, sich dem letztendlichen Ziel seines ruchlosen Gottes zu widmen. Er sammelte seine menschlichen Armeen und ihre dämonischen Verbündeten an Zemochs westlicher Grenze und sandte sie schließlich auf die Ebenen von Pelosien, Lamorkand und Cammorien. Es ist unmöglich, die Schrecken dieser Invasion der zemochischen Horden in all ihrer Grausamkeit zu beschreiben. Die ungeheuren Greuel der Dämonen, welche die einfallenden Armeen begleiteten, sind zu gräßlich, sie in Worte zu fassen. Menschenschädel wurden zu Bergen gehäuft, Gefangene lebend gebraten und verschlungen, und Kreuze, Galgen und Pfähle säumten Straßen und Wege. Der Himmel war schwarz von Geier- und Rabenschwärmen, und die Luft stank nach verbranntem und verwesendem Fleisch.

Othas Armeen zogen siegessicher in die Schlacht, überzeugt, daß ihre dämonischen Verbündeten mühelos jeglichen Widerstand zerschlagen könnten. Doch sie hatten nicht mit den Kräften der Ordensritter gerechnet. Auf der Ebene von Lamorkand, unmittelbar südlich des Randerasees, kam es zur Entscheidungsschlacht.

Schon der physische Kampf war gewaltig, doch der übernatürliche übertraf ihn bei weitem. Unvorstellbare geistige Mächte tobten Tag und Nacht. Wogen vollkommener Finsternis und Schichten farbigen Lichtes rasten über das Schlachtfeld. Feuerbringende Blitze schossen aus dem Himmel. Ganze Truppenverbände wurden von der Erde verschlungen oder von plötzlich lodernden Flammen zu Asche verbrannt. Unaufhörlich krachte Donner; Erdbeben rissen den Boden auf, und die Lava ausbrechender Vulkane vernichtete Legionen. Tagelang währte die unvorstellbare Schlacht, ehe die Zemocher endlich Schritt um Schritt zurückgedrängt wurden. Die abscheulichen Kreaturen, die Otha gegen den Feind schickte, wurden eine nach der anderen durch die geballten Kräfte der Ordensritter zurückgeschlagen. Der langsame, widerwillige Rückzug der Zemocher wurde schließlich zur Flucht, als die entmutigte Horde auseinanderstob und zur zweifelhaften Sicherheit der Grenze floh.

Es war ein triumphaler Sieg der Elenier, doch er hatte sie

viele Opfer gekostet. Gut die Hälfte der Ordensritter blieb auf dem Schlachtfeld zurück, und die Armeen der elenischen Könige waren um Tausende von Kriegern dezimiert worden. Die Sieger waren zu erschöpft und zahlenmäßig zu schwach, die flüchtenden Zemocher über die Grenze hinweg zu verfolgen.

Der aufgedunsene Otha, dessen geschrumpfte Beine nicht mehr imstande waren, sein Gewicht zu tragen, wurde auf einer Trage durch das Labyrinth in Zemoch zum großen Tempel gebracht, wo er den Zorn Azashs über sich ergehen lassen mußte. Er warf sich vor dem Idol seines Gottes zu Boden und flehte um Gnade.

Endlich sprach Azash: »Ein letztes Mal, Otha.« Die Stimme des Gottes klang bedrohlich ruhig. »Einmal, ein einziges Mal, lasse ich mich erweichen. Ich will den Bhelliom haben, und du wirst ihn mir beschaffen. Gelingt dir das nicht, ist es aus mit meiner Großmut. Dann werde ich dich durch Qualen meinem Willen beugen! Gehe, Otha! Suche den Bhelliom und bringe ihn hierher, auf daß ich meine Ketten sprengen kann und mein Mannestum zurückgewinne. Solltest du mich enttäuschen, wirst du sterben, und dein Tod wird Millionen Jahre währen.«

Otha floh und plante, noch während seine Armeen ihre Wunden leckten, einen letzten Angriff auf die elenischen Reiche im Westen, einen Angriff, der die Welt an den Rand der Vernichtung bringen sollte.

ERSTER TEIL

DIE BASILIKA

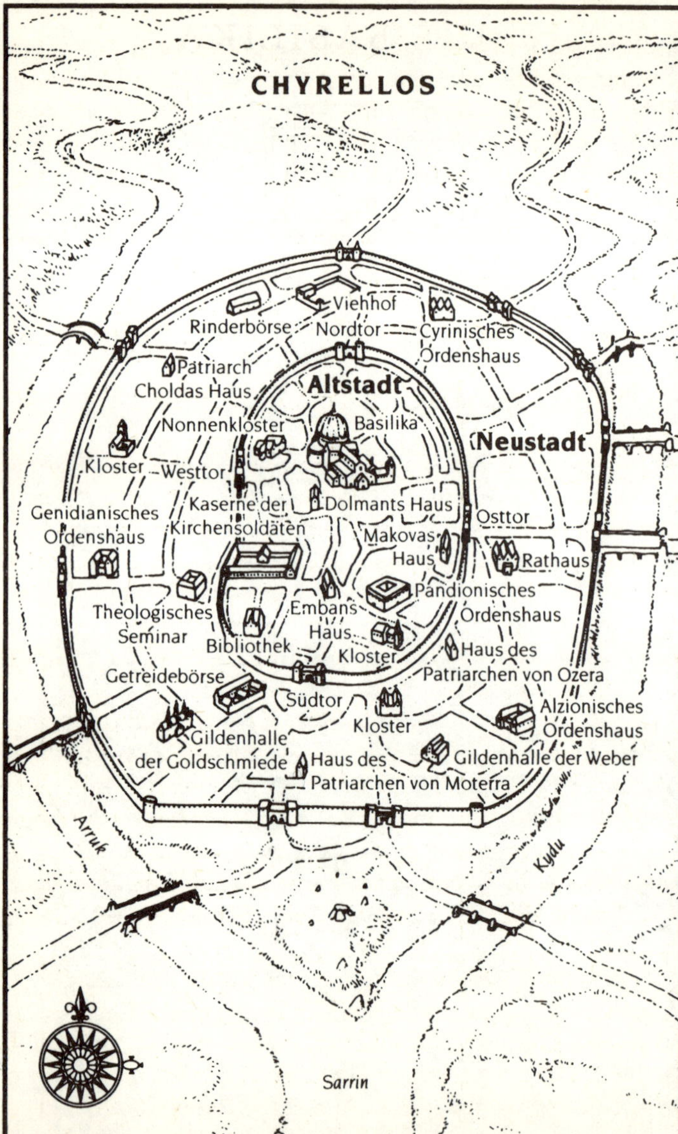
CHYRELLOS
Viehhof
Rinderbörse
Nordtor
Cyrinisches Ordenshaus
Patriarch Choldas Haus
Altstadt
Nonnenkloster
Basilika
Neustadt
Kloster
Westtor
Kaserne der Kirchensoldaten
Dolmants Haus
Genidianisches Ordenshaus
Osttor
Makovas Haus
Rathaus
Pandionisches Ordenshaus
Theologisches Seminar
Embans Haus
Bibliothek
Kloster
Haus des Patriarchen von Ozera
Getreidebörse
Südtor
Alzionisches Ordenshaus
Kloster
Gildenhalle der Goldschmiede
Haus des Patriarchen von Moterra
Gildenhalle der Weber
Arruk
Kydu
Sarrin

1

Endlos toste der Wasserfall in den Abgrund, der Ghwerig verschlungen hatte, und sein donnernder Widerhall füllte die Höhle mit einem tiefen Ton, dem Nachhall einer riesigen Glocke gleich. Sperber kniete gebannt am Rand des Abgrunds, den Bhelliom fest in der Hand. Das Licht der sonnenbeschienenen Wassersäule, die in die schwarze Tiefe stürzte, blendete seine Augen, und ihr Brausen erfüllte seine Ohren.

Die Feuchtigkeit in der Höhle hatte ihren eigenen Geruch. Der Sprühnebel des Wasserfalls benetzte das Gestein wie mit Tautropfen, daß es im verglühenden Licht von Aphraels gleißender Spur schimmerte.

Allmählich senkte Sperber die Augen, um den Stein in seiner Hand zu betrachten. Obwohl er zart, ja zerbrechlich wirkte, spürte er, daß die Saphirrose so gut wie unzerstörbar war. Aus der Tiefe ihres blauen Herzens drang ein pulsierendes Glühen empor. Es war strahlend blau an den Spitzen ihrer Blütenblätter, wurde auf die Mitte zu dunkler und schließlich zu einem funkelnden Mitternachtsblau. Seine Hand begann zu schmerzen, und irgend etwas in seinem Innern warnte ihn schrill, als er in die Tiefe des Juwels blickte. Erschaudernd riß er den Blick von seinem lockenden Feuer los.

Der pandionische Recke blickte sich um und klammerte sich für einen Augenblick wie ein Ertrinkender an den verblassenden Schimmer ringsum an den Steinen der Trollzwergenhöhle, als könne er ihn festhalten, als vermöchte die Kindgöttin Aphrael ihn vor dem Juwel zu beschützen, das er so lange gesucht hatte und vor dem er sich nun fürchtete. Doch es war mehr als das. Unbewußt wollte Sperber dieses schwache Licht für immer festhalten, um das Wesen dieser kleinen, wundersamen Göttin in seinem Herzen zu bewahren.

Sephrenia seufzte und erhob sich langsam. Ihr Gesicht war müde, aber glücklich. So mühevoll es auch gewesen war, diese feuchte Höhle in den Bergen Thalesiens zu erreichen, nun war sie mit diesem wundervollen Augenblick belohnt worden, da sie ins leuchtende Antlitz ihrer Göttin hatte blicken dürfen. »Wir müssen die Höhle sofort verlassen, meine Lieben«, sagte sie betrübt.

»Können wir denn nicht wenigstens noch ein paar Minuten bleiben?« fragte Kurik, und aus seiner Stimme klang eine für ihn ungewöhnliche Sehnsucht.

»Es ist besser, uns auf den Weg zu machen. Verweilen wir zu lange, kann es geschehen, daß wir einen Vorwand finden, noch länger zu bleiben. Und vielleicht wollen wir dann überhaupt nicht mehr fort.« Die zierliche, weißgewandete Styrikerin blickte voll Abscheu auf den Bhelliom. »Bitte, Sperber, steckt ihn ein und befehlt ihm zu ruhen. Seine Kraft hat einen schlimmen Einfluß auf uns alle.« Sie nahm das Schwert, das Sir Gareds Geist ihr an Bord von Kapitän Sorgis Schiff überreicht hatte, in die andere Hand, und murmelte einen styrischen Spruch. Der Zauber ließ die Schwertspitze hell erglühen, und das Licht wies ihnen den Weg zurück zur Oberfläche.

Sperber schob die Edelsteinblume in seinen Kittel und bückte sich nach König Aldreas' Speer. Dabei stieg ihm der Geruch seines Kettenhemds in die Nase, der so widerlich war, daß er sich am liebsten sofort davon befreit hätte.

Kurik hob die eisenbeschlagene Steinkeule auf, mit welcher der gräßlich mißgestalte Trollzwerg vor seinem tödlichen Sturz in den Abgrund auf sie eingedroschen hatte. Er schwang die barbarische Waffe ein paarmal; dann warf er sie gleichmütig ihrem Besitzer hinterher in die Tiefe.

Sephrenia hielt das glühende Schwert über den Kopf, und die drei traten über den edelsteinbestreuten Boden von Ghwerigs Schatzhöhle zu dem wendeltreppenähnlichen Gang, der zur Oberfläche führte.

»Glaubt Ihr, daß wir sie je wiedersehen werden?« fragte Kurik wehmütig.

»Aphrael? Schwer zu sagen. Sie war schon immer unberechenbar«, antwortete Sephrenia.

Schweigend folgten sie eine Zeitlang den Windungen des

Ganges. Sperber verspürte eine eigenartige Leere, je höher sie kamen. Als sie hinabstiegen, waren sie zu viert gewesen, jetzt waren sie nur noch drei. Sie hatten die Kindgöttin jedoch nicht zurückgelassen, sie alle trugen sie in ihrem Herzen. Etwas anderes beunruhigte ihn.

»Können wir diese Höhle für immer verschließen, wenn wir draußen sind?« fragte er seine Lehrerin.

Sephrenia blickte ihn nachdenklich an. »Es ist möglich, wenn Ihr es möchtet, aber warum wollt Ihr es?«

»Ich bin mir nicht sicher, aber ...« Er runzelte die Stirn und versuchte, sich selbst darüber klarzuwerden. »Wenn irgendein thalesischer Bauer in diese Höhle stolpert, wird er auf Ghwerigs Hort stoßen, nicht wahr?«

»Falls er lange genug herumirrt, ja.«

»Und danach wird es nicht mehr lange dauern, bis die Höhle voll von Thalesiern ist.«

»Warum beunruhigt es Euch so? Was macht es schon aus, wenn Thalesier sich hier umsehen?«

»Es ist ein ganz besonderer Ort, Sephrenia.«

»Auf welche Weise?«

»Er ist heilig«, antwortete Sperber ein wenig gereizt über ihre Hartnäckigkeit. »Eine Göttin hat sich uns hier offenbart! Ich möchte nicht, daß die Höhle durch eine Meute trunkener, habgieriger Schatzsucher entweiht wird. Es wäre für mich nicht anders, als würde eine elenische Kirche entweiht.«

»Lieber Sperber«, rief Sephrenia und umarmte ihn impulsiv. »Ist es Euch so schwergefallen, einzugestehen, daß Aphrael eine Göttin ist?«

»Eure Göttin war sehr überzeugend, Sephrenia«, erwiderte er. »Sie hätte sogar die Überzeugungen der elenischen Hierokratie ins Wanken gebracht. Können wir es tun? Die Höhle unzugänglich machen, meine ich?«

Sie öffnete den Mund, um zu antworten, dann aber hielt sie stirnrunzelnd inne. »Wartet hier«, bat sie. Sie lehnte Ritter Gareds Schwertspitze an die Wand des Spiralenganges und ging ein Stück zurück. Am Rand des Lichtscheins, der von der glühenden Schwertspitze ausging, blieb sie nachdenklich stehen. Nach kurzer Zeit kehrte sie zurück.

»Ich werde Euch ersuchen, etwas Gefährliches zu tun, Sperber«, sagte sie ernst. »Aber ich glaube, daß Euch nichts Schlimmes geschehen kann. Die Erinnerung an Aphrael ist noch stark in Euch, und das müßte Euch schützen.«

»Was soll ich tun?«

»Wir werden den Bhelliom benutzen, um die Höhle zu verschließen. Es gäbe auch andere Möglichkeiten, aber wir müssen uns vergewissern, daß der Stein Eure Autorität anerkennt. Ich *glaube*, daß es der Fall sein wird, aber wir sollten uns davon überzeugen. Ihr solltet Euch wappnen, Sperber, denn der Bhelliom wird sich zu wehren wissen.«

»Es wäre nicht das erste Mal, daß ich gegen Sturheit anzukämpfen hätte.«

»Nehmt es nicht auf die leichte Schulter, Sperber. Er besitzt eine viel größere Macht als alles, was *ich* je beherrscht habe. Aber gehen wir weiter.«

Je höher sie kamen, desto schwächer war das Tosen des Wasserfalls aus Ghwerigs Schatzhöhle zu vernehmen. In dem Augenblick, als sie am Rand der Hörweite angelangten, schien der Laut sich zu ändern, schien der eine, endlose Ton zu zersplittern und zu einem komplexen Akkord zu werden – was vielleicht am wechselnden Widerhall in der Höhle lag. Mit der Veränderung dieses Tons änderte sich auch Sperbers Stimmung. Zuvor hatte ihn Befriedigung erfüllt, weil sie ihr lange erstrebtes Ziel erreicht hatten, vermischt mit einer wundersamen Ehrfurcht über die Offenbarung der Kindgöttin. Jetzt aber erschien ihm die dunkle, modrige Höhle unheimlich, bedrohlich. Sperber empfand etwas, das er seit seiner frühen Kindheit nicht mehr verspürt hatte: Angst vor der Dunkelheit. In den Schatten außerhalb des Lichtkreises, den die glühende Schwertspitze warf, schien Furchterregendes zu lauern, gesichtlose Wesen voll grausamer Bösartigkeit. Er blickte gehetzt über die Schulter. Ihm war, als bewege sich etwas weit hinter ihnen, außerhalb des Lichtscheins, eine flüchtige Bewegung nur. Als er versuchte, direkt darauf zu blicken, konnte er dieses Etwas nicht mehr sehen, doch kaum wandte er den Kopf seitwärts, war es da – vage, formlos, unmittelbar am Rand seines Blickfelds. Es erfüllte ihn mit instinktivem Grauen.

Es war bereits Nachmittag, als sie in den Sonnenschein traten, der ihnen nach der Dunkelheit in der Höhle schmerzhaft grell vorkam. Sperber holte tief Atem und griff in seinen Kittel.

»Noch nicht, Sperber«, mahnte Sephrenia. »Wir wollen doch nicht unter herabstürzenden Felsen begraben werden. Steigen wir erst zu unseren Pferden hinunter und lassen den Zauber von dort aus wirken.«

»Ihr müßt mich noch den Spruch lehren«, sagte Sperber, während sie die Mulde mit dem Dorngestrüpp vor dem Höhleneingang durchquerten.

»Es gibt keinen Spruch. Ihr habt den Stein und die Ringe, Ihr braucht lediglich den Befehl zu geben. Wie, zeige ich Euch, sobald wir unten sind.«

Sie kletterten die steinige Klamm hinunter zur grasigen Hochebene, auf der sie die Nacht zuvor gelagert hatten. Gegen Sonnenuntergang erreichten sie die zwei Zelte und die angepflockten Pferde. Faran legte die Ohren zurück und fletschte die Zähne, als Sperber sich ihm näherte.

»Was hast du denn?« fragte Sperber sein Streitroß.

»Er wittert den Bhelliom«, erklärte Sephrenia. »Er mag ihn nicht. Bleibt Faran eine Zeitlang fern.« Sie blickte die Klamm hinauf, aus der sie eben gekommen waren. »Hier ist es sicher genug«, meinte sie. »Holt den Bhelliom hervor und haltet ihn so in den Händen, daß beide Ringe ihn berühren.«

»Muß ich mit dem Gesicht zur Höhle stehen?«

»Nein. Der Bhelliom wird wissen, was Ihr ihn zu tun heißt. Stellt Euch nur das Innere der Höhle vor – das Aussehen, die Atmosphäre, den Geruch. Stellt Euch vor, wie die Decke herabstürzt. Die Steine werden sich lösen und herabfallen. Das Donnern wird ungeheuerlich sein. Aus dem Höhleneingang wird eine gewaltige Staubwolke quellen. Der Kamm über der Höhle wird einsacken, wenn die Höhlendecke nachgibt, und wahrscheinlich werden Geröllawinen herabdonnern. Ihr dürft Euch davon nicht ablenken lassen. Behaltet das Bild fest im Kopf.«

»Das ist ein wenig komplizierter als ein üblicher Zauber, nicht wahr?«

»Ja. Aber genaugenommen ist es kein Zauber. Ihr werdet elementare Magie entfesseln. Konzentriert Euch, Sperber. Je klarer Eure Vorstellung, desto stärker die Wirkung des Bhelliom. Wenn Ihr alles deutlich vor Euch seht, dann befehlt dem Stein, es geschehen zu lassen.«

»Muß ich mich in Ghwerigs Sprache verständigen?«

»Das weiß ich nicht. Versucht es zunächt mit Elenisch.«

Sperber stellte sich den Höhleneingang vor, die Vorhöhle dahinter und den langen Spiralengang, der zu Ghwerigs Schatzkammer führte. »Soll ich die Decke auch über dem Wasserfall einstürzen lassen?«

»Lieber nicht. Der Fluß kommt möglicherweise irgendwo an seinem Unterlauf an die Oberfläche. Wenn Ihr ihn dämmt, fällt es vielleicht auf, daß er nicht mehr fließt, und dann könnte jemand nach dem Grund dafür suchen. Außerdem ist diese Höhle etwas Besonderes, nicht wahr?«

»O ja!«

»Dann wollen wir sie für immer schützen.«

Sperber stellte sich vor, wie die Höhlendecke mit einem gewaltigen, mahlenden Krachen und einer ungeheueren Staubwolke einstürzte. »Was soll ich sagen?« fragte er.

»Sagt Blaurose. So hat Ghwerig den Stein genannt. Vielleicht erkennt er diesen Namen.«

»Blaurose«, befahl Sperber, »bringe die Höhle zum Einsturz!«

Die Saphirrose färbte sich augenblicklich dunkel, und tief in ihrer Mitte zuckten grellrote Blitze.

»Sie leistet Euch Widerstand«, erklärte Sephrenia. »Sie ist in der Höhle geboren und will sie nicht zerstören. Zwingt sie, Sperber.«

»Gehorche, Blaurose!« donnerte Sperber und konzentrierte

seine ganze Willenskraft auf den Stein in seinen Händen. Plötzlich spürte er ungeheure Macht aufwallen, und der Saphir schien zu pulsieren. Ein leises, dumpfes Grollen erklang unter der Oberfläche, und die Erde erbebte. Das Gestein tief unter ihnen krachte, als das Beben Schicht um Schicht auseinanderriß. Hoch oben in der Klamm begann der Felsvorsprung nachzugeben, der über den Höhleneingang ragte, und in die Dornmulde zu stürzen. Das Krachen des einstürzenden Felsens war selbst aus dieser Entfernung ohrenbetäubend. Eine gigantische Staubwolke wallte von dem Schutt auf, und der Wind trieb sie nordostwärts. Und dann bewegte sich etwas, wie zuvor in der Höhle, am Rand von Sperbers Blickfeld – etwas Finsteres voll boshafter Neugier.

»Wie fühlt Ihr Euch?« fragte Sephrenia ihn angespannt.

»Ein wenig seltsam«, gestand er. »Und aus irgendeinem Grund sehr stark.«

»Laßt Euch nicht davon beeinflussen! Konzentriert Euch auf Aphrael. Denkt nicht an den Bhelliom, bis sich dieses Gefühl gelegt hat. Steckt ihn wieder ein. Blickt ihn nicht an.«

Sperber schob den Saphir in den Kittel zurück.

Kurik blickte die Klamm hinauf zu dem riesigen Schutthaufen, der die gesamte Mulde vor dem Höhleneingang füllte. »Das sieht alles so endgültig aus«, sagte er bedauernd.

»Das ist es auch«, erwiderte Sephrenia. »Die Höhle ist jetzt sicher.«

Kurik straffte die breiten Schultern und sah sich um. »Ich mache ein Feuer«, sagte er. Er stapfte in Richtung Klamm zurück, um Reisig und anderes Brennmaterial zu sammeln, während Sperber in den Satteltaschen nach dem Kochgeschirr und etwas Geeignetem für das Abendessen kramte.

Nachdem sie gegessen hatten, saßen sie mit verschlossenen Gesichtern um das Feuer.

»Wie war es, Sperber?« fragte Kurik schließlich. »Als du den Bhelliom benutzt hast, meine ich.« Er blickte Sephrenia an. »Wir können doch jetzt darüber reden, oder?«

»Das wird sich herausstellen. Erzählt es ihm, Sperber.«

»Ich hatte noch nie zuvor dergleichen erlebt«, sagte der Ritter nachdenklich. »Mir war plötzlich, als wäre ich hundert Fuß groß und es gäbe nichts auf der Welt, das ich nicht tun könnte. Ich ertappte mich sogar dabei, daß ich mich umsah, ob ich ihn nicht für irgend etwas anderes benutzen könnte – vielleicht, um einen Berg einzuebnen.«

»Sperber! Hört auf!« mahnte Sephrenia scharf. »Der Bhelliom versucht Eure Gedanken zu beeinflussen. Er will Euch verführen, ihn einzusetzen, denn mit jedem Mal, da Ihr Euch seiner bedient, wächst seine Macht über Euch. Denkt an etwas anderes.«

»An Aphrael?« schlug Kurik vor. »Oder ist auch sie gefährlich?«

Sephrenia lächelte. »O ja, sehr gefährlich. Sie erobert Eure Seele sogar noch schneller, als es der Bhelliom vermag.«

»Eure Warnung kommt ein wenig zu spät, Sephrenia. Ich fürchte, sie hat sie bereits erobert. Ich vermisse sie, wißt Ihr.«

»Das braucht Ihr nicht. Sie ist immer noch bei uns.«

Er blickte sich um. »Wo?«

»Im Geiste, Kurik.«

»Das ist nicht ganz dasselbe.«

»Wir müssen sofort etwas gegen die Kraft des Bhelliom unternehmen«, sagte sie nachdenklich. »Die Macht über seinen Träger ist größer, als ich befürchtet hatte.« Sie erhob sich und trat zu der Satteltasche mit ihrer persönlichen Habe. Nach kurzer Suche brachte sie einen kleinen Leinenbeutel, eine große Nadel und einen Strang rotes Garn zum Vorschein. Mit dem Garn stickte sie ein merkwürdig unsymmetrisches Muster auf den Beutel. Ihr Gesicht wirkte im roten Feuerschein angespannt, und ihre Lippen bewegten sich während des Stickens unentwegt.

»Es paßt nicht zusammen, kleine Mutter«, machte Sperber sie aufmerksam. »Diese Seite ist anders als die andere.«

»So soll es auch sein. Bitte lenkt mich jetzt nicht ab, Sperber. Ich muß mich konzentrieren.« Sie stickte noch eine Zeitlang weiter, dann steckte sie die Nadel in ihren Ärmel, hielt den Beutel über das Feuer und sprach dabei styrische Worte. Die Flammen flackerten und wiegten sich im Rhythmus der Beschwörung. Plötzlich loderte das Feuer auf. Es sah aus, als wolle es den Beutel füllen.

»Jetzt, Sperber!« Sephrenia hielt den Beutel auf. »Gebt den Bhelliom hier hinein. Wappnet Euch! Er wird versuchen, Euch davon abzubringen.«

Verwirrt langte Sperber in seinen Kittel, holte den Stein hervor und wollte ihn in den Beutel fallen lassen. Ein wütender Schrei schrillte in seinen Ohren, und der Stein wurde heiß in seiner Hand. Sperber hatte das Gefühl, den Bhelliom gegen ein unüberwindliches Hindernis zu drücken. Seine Gedanken wirbelten und schrien, daß sein Vorhaben unmöglich sei. Er biß die Zähne zusammen und verstärkte den Druck. Mit fast hörbarem Wimmern glitt die Saphirrose in den Beutel. Sephrenia zog rasch die Beutelschnur zusammen und knüpfte einen komplizierten Knoten; dann griff sie nach der Nadel und flocht rotes Garn durch diesen Knoten. »Da«, sie biß den Faden ab, »das müßte helfen.«

»Was habt Ihr getan?« wollte Kurik wissen.

»Es ist eine Art Gebet. Aphrael kann zwar die Macht des Bhelliom nicht mindern, wohl aber bannen, so daß der Stein uns nicht beeinflussen oder Gewalt über andere gewinnen kann. Es ist nicht vollkommen sicher, doch wir sind in Eile. Später werden wir uns der Sache gründlicher annehmen. Achtet darauf, daß Euer Kettenhemd sich stets zwischen dem Beutel mit dem Stein und Eurer Haut befindet. Aphrael hat einmal erwähnt, daß der Bhelliom die Berührung von Stahl nicht erträgt.«

»Übertreibt Ihr mit Eurer Vorsicht nicht etwas, Sephrenia?« fragte Sperber zweifelnd.

»Ich weiß es nicht, Sperber. Ich bin noch nie zuvor einer Macht wie der des Bhelliom begegnet. Ich kann mir das volle Ausmaß seiner Kräfte gar nicht vorstellen. Ich weiß aber, daß er jeden zu beeinflussen vermag – sogar den elenischen Gott und die Jüngeren Götter von Styrikum.«

»Alle, außer Aphrael«, warf Kurik ein.

Sephrenia schüttelte den Kopf. »Selbst Aphrael geriet in Versuchung, als sie den Bhelliom aus dem Abgrund zu uns emportrug.«

»Warum hat sie ihn dann nicht einfach behalten?«

»Aus Liebe. Meine Göttin liebt uns alle, deshalb überließ sie uns den Stein. Der Bhelliom versteht nichts von Liebe. Vielleicht wird die Liebe sich als unser einziger Schutz vor ihm erweisen.«

Sperber schlief in dieser Nacht sehr unruhig. Immer wieder wälzte er sich in seinen Decken herum. Kurik hatte seinen Posten nahe dem Rand des Feuerscheins bezogen, so blieb Sperber allein mit seinen Alpträumen. Er vermeinte, den Saphir vor seinen Augen in der Luft hängen zu sehen, und sein tiefblaues Glühen leuchtete lockend. Aus der Tiefe dieses Glühens drang Musik – ein Lied, das sein Innerstes aufwühlte. Und um ihn herum, so dicht, daß sie beinahe seine Schultern berührten, schwebten mehrere Schatten. Sie schienen von einem Haß erfüllt, der Wut und Hilflosigkeit entsprang. Hinter dem glühenden Bhelliom stand das abscheulich groteske Lehmabbild Azashs, das er auf Burg Ghasek zerschmettert hatte, jenes Abbild, dem Bellina ihre Seele verschrieben hatte. Das Gesicht des Idols bewegte sich, verzog sich zu abstoßenden Fratzen der niedersten Gefühlsregungen – Lust und Gier und Haß und einer alles beherrschenden Verachtung, die dem Bewußtsein entsprang, absolute Macht zu besitzen.

Sperber wehrte sich in seinem Traum. Der Bhelliom, Azash und die grauenvollen Schatten versuchten, sich seiner zu bemächtigen.

Als er zu schreien versuchte, erwachte er. Er setzte sich auf. Er war schweißüberströmt und fluchte grimmig. Ein Schlaf, der nur Alpträume brachte, konnte die Erschöpfung nicht lindern, die ihm in allen Knochen steckte. Doch er brauchte Schlaf!

Aber es begann von neuem. Wieder kämpfte er im Traum gegen den Bhelliom, gegen Azash, gegen die grauenvollen Schatten, die hinter ihm lauerten.

»Sperber«, sagte da eine helle, vertraute Stimme in seinem Ohr. »Laß dich nicht von den Schatten erschrecken. Sie können dir nichts anhaben. Sie versuchen nur, dir Angst einzujagen.«

»Warum tun sie das?«

»Weil sie Angst vor dir haben.«

»Das ist Unsinn, Aphrael. Ich bin nur ein Sterblicher.«

Ihr Lachen klingelte wie Silberglöckchen. »Du bist manchmal so naiv, Vater. Du bist anders als alle Menschen, die ich kenne. In gewisser Weise bist du mächtiger als die Götter. Aber schlaf jetzt. Ich werde dafür sorgen, daß sie dir nichts anhaben können.«

Sperber spürte einen sanften Kuß auf der Wange, und zierliche Arme schlangen sich auf eigentümlich mütterliche Weise um seinen Kopf. Die gräßlichen Alptraumbilder verloren ihre Kraft und verblaßten.

Stunden schienen vergangen zu sein, als Kurik ins Zelt kam und ihn wachrüttelte.

»Wie spät ist es?« fragte Sperber seinen Knappen.

»Um Mitternacht«, antwortete Kurik. »Wirf dir den Umhang über, es ist ziemlich kalt.«

Sperber stand auf, zog Kettenhemd und Kittel an und schnallte sich den Schwertgurt um. Dann schob er den Leinenbeutel unter den Kittel und griff nach seinem dicken Reiseumhang. »Schlaf gut«, wünschte er seinem Freund, ehe er das Zelt verließ.

Die Sterne glitzerten am Himmel, und die Mondsichel ging über der gezackten Bergkette im Osten auf. Sperber wandte der erlöschenden Glut des Lagerfeuers den Rücken, so daß seine Augen sich an die Dunkelheit gewöhnen konnten. Sein Atem dampfte in der frischen Gebirgsluft.

Sein Traum beunruhigte ihn immer noch, doch die Erinnerung schien allmählich zu schwinden. Eingeprägt hatte sich ihm nur die Berührung von Aphraels Lippen auf seiner Wange. Entschlossen schlug er die Tür der Kammer zu, in die er seine Alpträume verbannte, und beschäftigte sich mit anderen Gedanken.

Ohne die kleine Göttin und ihre Fähigkeit, sich die Zeit untertan zu machen, würden sie wahrscheinlich eine Woche bis zur Küste brauchen. Und dort mußten sie erst ein Schiff finden, das sie zur deiranischen Seite der Straße von Thalesien brachte. Inzwischen hatte König Wargun zweifellos alle elenischen Reiche von ihrer Flucht unterrichtet. Sie würden auf der Hut sein müssen, um eine Festnahme zu vermeiden, doch sie mußten nach Emsat, um Talen zu holen.

Die Nachtluft in diesen Bergen war sogar im Sommer empfindlich kalt, und Sperber zog fröstelnd seinen Umhang enger. Die Ereignisse des vergangenen Tages prägten noch immer seine Stimmung. Er war kein wirklich religiöser Mensch. Er war von Anfang an dem Pandionischen Orden verbunden, was für ihn jedoch nicht gleichbedeutend mit dem elenischen Glauben war. Die wichtigste Aufgabe der Kirchenritter bestand darin, die Welt sicher für andere, nichtkriegerische Elenier zu machen, damit diese jenen religiösen Zeremonien nachgehen konnten, welche die Geistlichkeit für gottgefällig erachtete. Sperbers Gedanken befaßten sich selten mit Gott. Gestern jedoch hatte er einige zutiefst religiöse Erlebnisse gehabt. Er gestand sich zerknirscht ein, daß ein zum vernunftbestimmten Handeln neigender Mensch wie er nie wirklich auf dergleichen vorbereitet war. Plötzlich tasteten seine Finger nach dem Ausschnitt seines Kittels, als handelten seine Finger ohne sein Zutun. Entschlossen zog Sperber sein Schwert, stieß die Spitze in den Grasboden und legte beide Hände fest um den Griff. Genug der Gedanken an Religion und Übernatürliches.

Jetzt würde es nicht mehr lange dauern. Die Zeit, die seine Königin noch im lebenserhaltenden Kristall verweilen mußte, konnte nun in Tagen gezählt werden. Sperber und seine Freunde waren durch den ganzen eosischen Kontinent gezogen, um diesen Stein zu finden – das einzige Mittel, das sie zu heilen vermochte. Und nun trug er den Bhelliom in einem Leinenbeutel unter seinem Kittel. Mit diesem Stein in seiner Hand konnte nichts ihn mehr aufhalten. Er könnte mit der Saphirrose ganze Armeen vernichten, wenn es sein müßte. Entschlossen schob er diese Gedanken von sich.

Er verzog das narbige Gesicht. Sobald seine Königin in Sicherheit war, würde er sich Martel, den Primas Annias und jeden einzelnen ihrer Helfer bei diesem Hochverrat vorknöpfen. In Gedanken stellte er die Liste jener zusammen, die sich schuldig gemacht hatten. Das war eine angenehme Beschäftigung, die nächtlichen Stunden zu verbringen. Diese Gedanken hielten seinen Verstand wach und bewahrten ihn vor gefährlichen Einflüsterungen.

In der Abenddämmerung, sechs Tage später, blickten sie von einer Hügelkuppe hinunter auf die rauchigen Fackeln und kerzenhellen Fenster der thalesischen Hauptstadt. »Bleibt ihr lieber hier«, wandte Kurik sich an Sperber und Sephrenia. »Wargun hat inzwischen zweifellos Beschreibungen von euch beiden in jeder eosischen Stadt verbreiten lassen. Ich reite hinunter und hole Talen. Dann werde ich mich nach einem Schiff umsehen.«

»Wird Euch das nicht in Gefahr bringen?« fragte Sephrenia besorgt. »Wargun könnte auch Eure Beschreibung verbreitet haben.«

»König Wargun ist von hoher Geburt. Edelleute achten nicht auf Diener.«

»Du bist kein Diener«, sagte Sperber sanft.

»So stuft man mich aber ein, Sperber, und so hat wohl auch Wargun mich gesehen – wenn er nüchtern genug war, überhaupt etwas zu sehen. Ich werde irgendeinem Reisenden auflauern und mir seine Kleidung ausleihen. Das dürfte mir helfen, in Emsat nicht aufzufallen. Gib mir etwas Geld mit, falls ich jemand bestechen muß.«

»Elenier!« seufzte Sephrenia, als Sperber sich mit ihr ein Stück von der Straße entfernte und Kurik im Trott zur Stadt hinunterritt. »Wie bin ich nur unter so bedenkenlose Menschen geraten?«

Die Nacht setzte ein, und die harzigen Nadelbäume verschwammen zu hohen Schatten. Sperber band Faran, das Packpferd und Ch'iel, Sephrenias weißen Zelter, an. Dann breitete er seinen dicken Umhang über einen moosigen Buckel für sie.

»Was quält Euch, Sperber?« fragte Sephrenia.

»Vielleicht nur die Müdigkeit.« Er zuckte die Schultern. »Und dieses Gefühl der Leere – wie immer, wenn man etwas beendet hat.«

»Aber es ist noch ein bißchen mehr, nicht wahr?«

Er nickte. »Ich war nicht wirklich vorbereitet auf das, was in der Höhle geschehen ist. Es kam mir irgendwie so – direkt, so persönlich vor.«

Sie nickte. »Es soll keine Beleidigung sein, Sperber, aber die elenische Religion ist zur Institution geworden, und es fällt schwer, eine Institution zu lieben. Die Götter von Styrikum haben eine viel persönlichere Beziehung zu ihren Gläubigen.«

»Ich bin froh, daß ich Elenier bin. Es ist einfacher. Persönliche Beziehungen zu Göttern sind ziemlich aufwühlend.«

»Aber liebt Ihr Aphrael denn nicht – wenigstens ein bißchen?«

»Natürlich liebe ich sie. Doch als sie noch Flöte war, habe ich mich in ihrer Gesellschaft viel wohler gefühlt. Dennoch liebe ich sie.« Er verzog das Gesicht. »Ihr bringt mich an den Rand der Häresie, kleine Mutter.«

»Aber nein. Vorerst will Aphrael nur Eure Liebe. Sie hat keine Verehrung von Euch verlangt – noch nicht.«

»Dieses ›noch nicht‹ beunruhigt mich. Aber meint Ihr nicht auch, daß dies weder der geeignete Ort noch die richtige Zeit für eine theologische Diskussion ist?«

In diesem Moment erklang Hufklappern auf der Straße, und die Reiter, die sie nicht sehen konnten, hielten ihre Pferde unweit von Sperbers und Sephrenias Versteck an. Sperber sprang lautlos auf und legte die Hand um den Schwertgriff.

»Sie müssen irgendwo in der Nähe sein«, ertönte eine rauhe Stimme. »Das war ihr Mann, der eben in die Stadt ritt!«

»Ich weiß nicht, was ihr zwei davon haltet«, erklang eine andere Stimme, »aber ich bin gar nicht so versessen darauf, ihn zu finden.«

»Wir sind immerhin zu dritt!« erklärte die erste Stimme kampfesdurstig.

»Glaubst du, das macht ihm was aus? Er ist Ordensritter! Er wird mit uns dreien fertig, ohne daß er auch nur ins Schwitzen kommt. Und wenn wir tot sind, haben wir nichts von der Belohnung.«

»Das stimmt«, fiel eine dritte Stimme ein. »Am besten, wir spüren ihn erst einmal auf, ohne daß wir selbst gesehen werden. Wenn wir wissen, wo er ist und wohin er will, können wir ihm eine Falle stellen. Mit einem Pfeil im Rücken sind auch Ordensritter nicht mehr gefährlich. Suchen wir weiter. Die Frau reitet einen Schimmel. Der ist auch aus größerer Entfernung zu erkennen.«

Die Pferde trabten wieder an, und Sperber schob sein halb gezogenes Schwert zurück in die Scheide.

»Sind das Warguns Männer?« flüsterte Sephrenia.

»Unwahrscheinlich«, murmelte Sperber. »Wargun ist zwar unberechenbar, aber er würde gewiß keine bezahlten Meuchler ausschicken. Er würde mir höchstens die Meinung sagen und mich vielleicht ein paar Tage in ein Verlies werfen. Daß er so wütend wäre, mich ermorden zu lassen, kann ich mir nicht vorstellen.«

»Also jemand anders?«

»Das ist anzunehmen.« Sperber runzelte die Stirn. »Ich kann mich allerdings nicht erinnern, in letzter Zeit jemanden in Thalesien beleidigt zu haben.«

»Annias hat einen langen Arm, Lieber«, erinnerte sie ihn.

»Das könnte es sein, kleine Mutter. Bleiben wir in unserem Versteck und halten die Ohren offen, bis Kurik zurückkehrt.«

Nach etwa einer Stunde hörten sie schwerfälligen Hufschlag die Straße von Emsat näherkommen. Auf der Hügelkuppe hielt der Reiter an. »Sperber?« Die gedämpfte Stimme klang vage vertraut.

Sperbers Hand legte sich um den Schwertgriff. Er wechselte einen raschen Blick mit Sephrenia.

»Ich weiß, daß Ihr hier irgendwo seid, Sperber. Ich bin es, Tel! Kurik hat gesagt, daß Ihr nach Emsat wollt, und Stragen hat mich gesandt, Euch zu holen.«

»Wir sind hier drüben«, rief Sperber. »Wartet, wir kommen gleich.« Er und Sephrenia führten ihre Pferde auf die Straße zu dem flachsblonden Räuber, der sie auf ihrem Weg zu Ghwerigs Höhle bis zur Stadt Heid geleitet hatte. »Könnt Ihr uns in die Stadt bringen?« fragte Sperber.

»Nichts leichter als das.« Tel zuckte die Schultern.

»Wie kommen wir an den Torposten vorbei?«

»Wir reiten einfach durch. Die Torwächter arbeiten für Stragen. Das macht es uns einfacher. Reiten wir los.«

Emsat war eine Stadt des Nordens. Die Bauweise der Häuser mit ihren steilen Satteldächern deutete auf strenge Winter mit starken Schneefällen hin. Die Straßen waren eng und gewunden und fast menschenleer. Dennoch schaute Sperber sich wachsam um. Er hatte die drei gedungenen Meuchler auf der Straße am Hügel nicht vergessen.

»Behandelt Stragen wie ein rohes Ei, Sperber«, riet Tel, als sie in die heruntergekommene Hafengegend ritten. »Er ist der außereheliche Sohn eines Grafen und ziemlich empfindlich, was seine Herkunft angeht. Er hört es gern, mit ›Durchlaucht‹ angeredet zu werden. Es ist lachhaft, aber er ist ein guter Führer, deshalb tun wir ihm den Gefallen.« Tel deutete auf eine schmutzige Nebenstraße. »Hier müssen wir abbiegen.«

»Wie kommt Talen zurecht?«

»Er hat sich beruhigt, aber er war sehr wütend auf Euch, als wir ihn hierherbrachten. Er hat Euch mit Schimpfnamen bedacht, die selbst mir zuvor fremd gewesen waren.«

»Ich kann es mir vorstellen.« Sperber beschloß, den Räuber einzuweihen. Er kannte Tel und war ziemlich sicher, ihm zumindest in dieser Hinsicht trauen zu können. »Ein paar Männer ritten an unserem Versteck vorbei, kurz bevor Ihr gekommen seid«, sagte er. »Sie suchten uns. Waren das Leute von euch?«

»Nein«, versicherte ihm Tel. »Ich kam allein.«

»Diese Kerle redeten davon, mich mit Pfeilen zu spicken. Könnte Stragen etwas damit zu tun haben?«

»Ganz bestimmt nicht, Sperber!« entgegnete Tel überzeugt. »Ihr und Eure Freunde habt bei uns das Diebesasylrecht, und Stragen hält sich daran. Ich werde mit ihm darüber reden. Er wird dafür sorgen, daß diese umherstreifenden Bogenschützen Euch kein Haar krümmen. In Emsat schneidet niemand jemandem die Gurgel durch oder stiehlt auch nur ein Kupferstück ohne Stragens Genehmigung. Er nimmt es da sehr genau.« Der blonde Räuber führte sie zur Rückseite eines mit Brettern vernagelten Lagerhauses am Ende der Straße. Sie saßen ab und wurden von zwei stämmigen Räubern eingelassen, die vor der Tür Wache hielten.

Das Innere des Lagerhauses strafte die schäbige Fassade Lügen. Es war hier kaum weniger prunkvoll als in einem Palast. Rote Vorhänge verdeckten die Fenster, dicke blaue Teppiche die knarrenden Dielen und kostbare Gobelins die groben Bretterwände. Eine Wendeltreppe aus poliertem Holz führte in den ersten Stock, und ein kristallener Lüster warf weiches Licht über den Eingang.

»Entschuldigt mich einen Moment«, bat Tel. Er betrat eine Kammer, aus der er alsbald in cremefarbenem Wams und engem blauen Beinkleid zurückkehrte. An seiner Hüfte hing ein kostbarer Degen.

»Elegant«, bemerkte Sperber.

»Noch eine von Stragens seltsamen Ideen«, schnaubte Tel. »Ich bin Arbeiter, keine Kleiderstange. Aber gehen wir hinauf, dann stelle ich Euch Durchlaucht vor.«

Das obere Geschoß war noch prunkvoller ausgestattet als das untere. Der Parkettboden war ein Meisterwerk, und die Wände waren mit makellos poliertem Holz getäfelt. Breite Korridore führten zur Rückseite; Lüster und Armleuchter tauchten den riesigen Saal in goldenes Licht. Offenbar fand ein Ball statt. Ein Quartett mittelmäßiger Musiker malträtierte in einer Ecke ihre Instrumente, und vornehm gewandete

Diebe und Freudenmädchen wiegten sich im gezierten Schritt des neuesten Modetanzes im Kreis. Obgleich ihre Kleidung elegant war, waren die Bartstoppeln der Männer ebenso unverkennbar wie das ungepflegte Haar und die schmutzigen Gesichter der Frauen – ein befremdlicher Gegensatz, der durch die schrillen, gewöhnlichen Stimmen und das rauhe Gelächter noch verstärkt wurde.

Der Mittelpunkt des Trubels war ein dünner Mann mit kunstvollen Ringellocken, die über seine Halskrause wogten. Er trug weißen Satin, und sein hoher Sessel ähnelte einem Thron. Die Miene des Mannes war spöttisch, und aus seinen tiefliegenden Augen sprach eigenartiger Schmerz.

Tel blieb am Kopfende der Treppe stehen und sprach flüchtig zu einem greisen Taschendieb in eleganter scharlachroter Livree, der einen langen Stab in der Hand hielt. Der Weißhaarige drehte sich um, klopfte mit dem Stab auf den Boden und meldete mit donnernder Stimme: »Durchlaucht, Marquis Tel ersucht, Euch Ritter Sperber vom Orden der Pandioner und Streiter der Königin von Elenien vorstellen zu dürfen.«

Der dünne Mann erhob sich und klatschte scharf in die Hände. Die Musiker unterbrachen ihre Darbietung. »Wir haben hohe Gäste, liebe Freunde«, wandte er sich an die Tanzenden. Seine Stimme war sehr tief und gekonnt moduliert. »Erweisen wir dem unerschrockenen Ritter Sperber, der unsere Heilige Mutter Kirche beschützt, die ihm gebührende Ehre. Ich bitte Euch, Ritter Sperber, tretet herbei, auf daß wir Euch begrüßen und willkommen heißen dürfen.«

»Eine hübsche Rede«, wisperte Sephrenia.

»Kein Wunder«, murmelte Tel säuerlich. »Wahrscheinlich hat er die letzte Stunde damit zugebracht, sie zu formulieren.« Der flachshaarige Räuber führte sie durch die Reihen der Männer und Frauen, die ihren Tanz unterbrochen hatten und sich ein wenig unbeholfen verbeugten oder knicksten, sobald Sephrenia und Sperber an ihnen vorbeikamen.

Als sie den Mann in Weiß erreichten, verbeugte sich Tel. »Durchlaucht«, sagte er. »Ich habe die Ehre, Euch Ritter Sperber, den Pandioner, vorstellen zu dürfen. Ritter Sperber, Durchlaucht Stragen.«

Stragen verneigte sich. »Ihr ehrt mein bescheidenes Haus, Herr Ritter.«

Auch Sperber verbeugte sich. »Es ist mir eine Ehre, Durchlaucht.« Er nahm sich eisern zusammen, nicht über das Gebaren dieses eingebildeten Gecken zu lächeln.

»So lernen wir uns denn endlich kennen, Herr Ritter«, sagte Stragen. »Euer junger Freund Talen hat uns mit aufregenden Berichten Eurer heldenhaften Abenteuer unterhalten.«

»Talen neigt manchmal zur Übertreibung, Durchlaucht.«

»Und die Dame ist ...?«

»Sephrenia, meine Lehrerin in den Geheimnissen.«

»Liebe Schwester«, bat Stragen in tadellosem Styrisch, »erlaubt Ihr mir, Euch zu begrüßen?«

Falls Sephrenia staunte, daß dieser Fremde ihre Sprache beherrschte, ließ sie es sich nicht anmerken. Sie streckte die Hände aus, und Stragen küßte ihre Handteller. »Es ist eine Überraschung, Durchlaucht, einen kultivierten Herrn inmitten einer Welt voller elenischer Wilder kennenzulernen«, sagte sie.

Er lachte. »Ist es nicht amüsant, festzustellen, Sperber, daß selbst unsere makellosen Styriker ihre kleinen Vorurteile haben?« Der blonde Pseudoaristokrat blickte sich im Saal um. »Aber meine Mitarbeiter lieben diese Frivolitäten. Ziehen wir uns zurück, damit sie sich wieder ungestört ihrem Vergnügen hingeben können.« Er hob die klangvolle Stimme ein wenig und wandte sich an die eleganten Gauner. »Liebe Freunde, bitte entschuldigt uns. Wir werden unsere Besprechung woanders führen, denn wir möchten euch auf keinen Fall länger um eure Unterhaltung bringen.« Er machte eine Pause, dann blickte er scharf auf ein hinreißendes dunkelhaariges Mädchen. »Ich darf annehmen, daß Ihr Euch an unser Gespräch nach dem letzten Ball erinnert, Gräfin«, sagte er nachdrücklich. »Obgleich ich Eure Geschäftsinstinkte zu würdigen weiß, sollte doch die Ausführung der Abmachungen privat stattfinden, nicht mitten auf der Tanzfläche. Es war sehr unterhaltend – ja sogar lehrreich –, aber es behinderte doch den Tanz.«

»'s ist bloß eine andere Weise zu tanzen, Stragen«, entgegnete sie mit ordinärer, nasaler Stimme.

»Ah, ja, Gräfin, aber *vertikal* zu tanzen ist zur Zeit en vogue. Die horizontale Form ist noch nicht bis in die modebewußten besseren Kreise vorgedrungen, und wir wollen doch mit der Mode gehen, nicht wahr?« Er wandte sich Tel zu. »Eure Dienste heute abend, mein teurer Marquis, waren vortrefflich. Ich weiß nicht, ob ich je imstande sein werde, sie angemessen zu belohnen.« Lässig hob er ein parfümiertes Spitzentuch zur Nase.

»Daß ich Euch von Diensten sein konnte, Durchlaucht, ist mir Lohn genug«, entgegnete Tel mit einer tiefen Verbeugung.

»Sehr gut, Tel«, lobte Stragen. »Vielleicht erhebe ich Euch noch in den Grafenstand.« Er drehte sich um und führte Sperber und Sephrenia aus dem Ballsaal. Kaum befanden sie sich auf dem Korridor, veränderte sein Gehaben sich abrupt. Die Tünche gelangweilter Vornehmheit fiel ab, und seine Augen wurden wachsam und hart. Es waren die Augen eines außerordentlich gefährlichen Mannes. »Verwundert Euch unsere kleine Farce, Sperber?« fragte er. »Vielleicht seid Ihr der Ansicht, daß Leute unseres Gewerbes in Domizile wie Platimes Keller in Cimmura oder auf Melands Dachboden in Azie gehören?«

»Das ist zumindest üblicher, Durchlaucht«, erwiderte Sperber vorsichtig.

»Wir können das ›Durchlaucht‹ weglassen, Sperber. Es ist eine Affektiertheit – jedenfalls zum Teil. Das Ganze hat jedoch einen ernsteren Grund, als nur eine persönliche Marotte zu befriedigen. Edelleute verfügen über weit größere Reichtümer als einfache Bürger, deshalb bilde ich meine Mitarbeiter aus, sich bei den Reichen und Müßiggängern zu bedienen, statt bei den Armen und Fleißigen. Es ist auf die Dauer lohnender. Meine gegenwärtige Gruppe, fürchte ich, hat noch viel zu lernen. Tel macht sich bereits recht gut, aber ich bezweifle, daß ich aus der Gräfin je eine Dame machen kann. Sie hat die Seele einer Hure und diese Stimme ...« Er schauderte. »Jedenfalls ermutige ich meine Leute, sich falscher Titel zu bedienen, und bilde sie aus, sich entsprechend zu benehmen, als Vorbereitung für ernsthaftere Geschäfte. Wir sind selbstverständlich nach wie vor Diebe, Huren und Mörder, aber wir befassen uns mit einem besseren Kundenkreis.«

Sie betraten ein großes, gut beleuchtetes Gemach, in dem Kurik und Talen nebeneinander auf einem Diwan saßen. »Hattet Ihr eine angenehme Reise, Herr Ritter?« Eine Spur Groll schwang noch in der Stimme des Jungen mit. Er trug Wams und enges Beinkleid, und zum ersten Mal, solange Sperber ihn kannte, war er ordentlich gekämmt. Er erhob sich und verbeugte sich weltmännisch vor Sephrenia. »Kleine Mutter«, grüßte er sie.

»Ich sehe, Ihr habt Euch unseres ungeratenen Jungen angenommen, Stragen«, bemerkte sie.

»Seine Hoheit war noch etwas ungeschliffen, liebe Lady«, erklärte ihr der elegante Gauner. »Ich nahm mir die Freiheit, ihm etwas Schliff zu geben.«

»Seine Hoheit?« fragte Sperber neugierig.

»Ich habe gewisse Vorteile, Sperber.« Stragen lachte. »Wenn die Natur – oder Lady Zufall – jemanden mit einem Titel ausstattet, hat sie keine Möglichkeit, den Charakter des Empfängers zu beurteilen und die Würde entsprechend zu verleihen. Ich andererseits kann das wahre Wesen des Betreffenden erkennen und den angemessenen Rang auswählen. Ich erkannte sogleich, daß der junge Talen ein außergewöhnlicher Jüngling ist, so verlieh ich ihm die Herzogswürde. Hätte ich die Gelegenheit, noch drei Monate mit ihm zu arbeiten, könnte ich ihn ohne weiteres am Hof vorstellen.« Er ließ sich in einem bequemen Sessel nieder. »Bitte, meine Freunde, nehmt doch Platz und laßt mich wissen, wie ich euch noch behilflich sein kann.«

Sperber rückte einen Sessel für Sephrenia zurecht, dann

setzte auch er sich selbst. »Was wir dringend benötigen, Nachbar, ist ein Schiff, das uns zur Nordküste von Deira bringt.«

»Genau das ist es, worüber ich mit Euch sprechen wollte, Sperber. Von unserem großartigen jungen Dieb hier erfuhr ich, daß Euer endgültiges Ziel Cimmura ist. Er erwähnte auch, daß Euch in den nördlichen Königreichen möglicherweise einige Unannehmlichkeiten erwarten. Unser dem Wein sehr zugetaner Monarch hat einen dringenden Bedarf an Freunden und hegt bitteren Groll gegen jene, die sich ihm entziehen. So, wie ich es sehe, zürnt er Euch momentan. Alle möglichen unschmeichelhaften Beschreibungen werden gegenwärtig im westlichen Eosien verbreitet. Wäre es nicht schneller – und sicherer –, direkt nach Cardos zu segeln und Euch von dort aus nach Cimmura zu begeben?«

Sperber überlegte. »Ich hatte vor, an einem abgelegenen Küstenstreifen in Deira an Land zu gehen und durch die Berge südwärts zu reiten.«

»Das dürfte sich als ziemlich anstrengend erweisen – und als sehr gefährlich für jemanden auf der Flucht. Einsame Strände gibt es an jeder Küste. Ich bin sicher, daß wir in der Nähe von Cardos einen passenden für Euch finden können.«

»Wir?«

»Ich glaube, ich werde Euch begleiten, Sperber, obwohl wir uns eben erst kennengelernt haben. Ich möchte ohnehin etwas Geschäftliches mit Platime besprechen.« Er erhob sich. »Ich werde im Morgengrauen ein Schiff im Hafen bereitstehen haben. Jetzt lasse ich euch allein. Ihr seid gewiß müde und hungrig nach eurem Ritt, und ich kehre besser in den Ballsaal zurück, bevor unsere allzu eifrige Gräfin ihr Gewerbe wieder mitten auf der Tanzfläche betreibt.« Er verbeugte sich vor Sephrenia. »Ich wünsche Euch eine angenehme Nachtruhe, liebe Schwester«, sagte er auf styrisch. Er nickte Sperber zu und verließ das Gemach.

Kurik stand auf, ging zur Tür und lauschte. »Ich fürchte, der Mann ist nicht ganz bei Verstand, Sperber«, sagte er leise.

»Oh, an seinem Verstand ist nichts auszusetzen«, widersprach Talen. »Er hat einige seltsame Ideen, aber manche sind vielleicht sogar durchführbar.« Er trat vor Sperber. »Also gut. Laßt ihn mich sehen.«

»Was sehen?«

»Den Bhelliom. Ich habe mehr als einmal mein Leben aufs Spiel gesetzt, um mitzuhelfen, ihn zu stehlen. Und dann hat man mich im letzten Augenblick abgeschoben! Ich finde, es steht mir wenigstens zu, einen Blick auf den Stein zu werfen.«

»Ist es ungefährlich?« wandte Sperber sich an Sephrenia.

»Ich weiß es nicht, Sperber. Die Ringe werden ihn in Schach halten – teilweise jedenfalls. Also gut, laßt Talen einen kurzen Blick darauf werfen.«

Sperber zog den Leinenbeutel aus dem Kittel, öffnete den Knoten und schüttelte die leuchtende blaue Rose auf seine rechte Handfläche. Wieder sah er aus den Augenwinkeln etwas Dunkles zucken, und es lief ihm eiskalt über den Rücken. Aus irgendeinem Grund machte der zuckende Schatten den Alptraum wieder lebendig, und er konnte die Anwesenheit der drei bedrohlichen verschwommenen Gestalten beinahe spüren, die ihn vor einer Woche im Schlaf gequält hatten.

»O Gott!« entfuhr es Talen. »Das ist unglaublich!« Er starrte das Juwel für einen Moment an, dann schüttelte er sich. »Steckt ihn wieder ein, Sperber. Ich will ihn nicht mehr ansehen.«

Sperber schob den Bhelliom zurück in den Leinenbeutel.

»Eigentlich müßte der Stein blutrot sein«, sagte Talen düster. »Denkt nur an all jene, die seinetwegen sterben mußten!« Er blickte Sephrenia an. »War Flöte wirklich eine Göttin?«

»Kurik hat es dir also erzählt. Ja, sie war – und ist – eine der Jüngeren Götter von Styrikum.«

»Ich habe sie gemocht«, gestand der Junge. »Wenn sie eine Göttin ist, könnte sie sich für jedes Alter entscheiden, und für jede Gestalt, oder nicht?«

»Natürlich.«

»Warum hat sie dann ausgerechnet Alter und Gestalt eines Kindes gewählt?«

»Die Menschen sind zu Kindern ehrlicher.«

»Das ist mir eigentlich nie aufgefallen.«

»Aphrael ist liebenswerter als du, Talen.« Sephrenia lächelte. »Das ist vielleicht der wahre Grund für ihre Wahl. Sie braucht Liebe – alle Götter brauchen Liebe, sogar Azash. Und Menschen heben niedliche kleine Mädchen gern auf den Arm und küssen sie. Aphrael genießt es, wenn sie geküßt wird.«

»*Mich* hat niemand viel geküßt.«

»Das kommt vielleicht noch, Talen – wenn du dich benimmst.«

2

Das Wetter war auf der thalesischen Halbinsel ebenso unbeständig wie in allen anderen nördlichen Ländern. Am nächsten Morgen nieselte es, und dicke graue Wolken trieben vom Deirameer her über die Straße von Thalesien.

»Ein prächtiger Tag für eine Seereise«, bemerkte Stragen trocken, während er und Sperber durch ein lückenhaft mit Brettern vernageltes Fenster auf die regennasse Straße hinunterblickten. »Ich verabscheue Regen. Ob ich es wohl in Rendor zu etwas bringen könnte?«

»Ich würde Euch Rendor nicht empfehlen«, entgegnete Sperber und erinnerte sich an eine von der Sonne versengte Straße in Jiroch.

»Unsere Pferde sind bereits an Bord«, sagte Stragen. »Wir können aufbrechen, sobald Sephrenia und die anderen bereit sind.« Nach kurzer Pause fragte er: »Ist Euer Fuchs am Morgen immer so störrisch? Meine Männer haben mir gemeldet, daß er auf dem Weg zum Schiff drei von ihnen gebissen hat.«

»Ich hätte sie warnen müssen. Faran ist nicht gerade das gutmütigste Pferd.«

»Warum behaltet Ihr ihn dann?«

»Weil er das verläßlichste Streitroß ist, das ich je hatte. Außerdem mag ich ihn.«

Stragen beäugte Sperbers Kettenhemd. »Das braucht Ihr jetzt wirklich nicht zu tragen.«

»Reine Gewohnheit.« Sperber zuckte die Schultern. »Es gibt momentan zu viele übelgesinnte Leute, die es auf mich abgesehen haben.«

»Es stinkt grauenvoll, wißt Ihr.«

»Ihr werdet Euch daran gewöhnen.«

»Eure Laune scheint mir heute morgen nicht die beste zu sein. Stimmt etwas nicht?«

»Ich bin sehr lange unterwegs, habe so manches erlebt, worauf ich nicht vorbereitet war, und muß das alles erst noch verarbeiten.«

»Vielleicht erzählt Ihr mir einmal davon, wenn wir einander besser kennen.« Stragen fiel offenbar etwas ein. »Ach, übrigens, Tel hat mir von diesen drei Schurken erzählt, die Euch gestern gesucht haben. Jetzt suchen sie Euch nicht mehr.«

»Danke.«

»Es war eine persönliche Angelegenheit. Sie hätten zuerst meine Erlaubnis einholen müssen. Bedauerlicherweise konnten wir jedoch nicht viel von ihnen erfahren. Sie wurden von jemandem außerhalb Thalesiens beauftragt – soviel erfuhren wir von dem einen, der noch zu reden imstande war.«

Fünfzehn Minuten später wartete vor dem Hintereingang des ehemaligen Lagerhauses eine vornehme Kutsche auf sie. Als alle darin Platz genommen hatten, wendete der Kutscher sein Zweigespann geschickt in der engen Gasse und lenkte es auf die Straße.

Im Hafen rollte die Kutsche auf einen Kai und hielt neben einem Schiff, das wie ein Küstenfahrer aussah. Die gerefften Segel wiesen Flicken auf, und seine wuchtige Reling war mehrmals beschädigt und ausgebessert worden. Der Rumpf war geteert und ohne Namen.

»Es ist ein Korsar, nicht wahr?« fragte Kurik Stragen, als sie aus der Kutsche stiegen.

»Das stimmt«, bestätigte Stragen. »Ich habe mehrere dieser Schiffe im Einsatz. Woran habt Ihr das erkannt?«

»An seiner Bauweise. Es ist auf Schnelligkeit ausgelegt, Durchlaucht«, erwiderte Kurik. »Für ein Frachtschiff ist es zu schmal, und die Verstärkung um die Masten verrät, daß mehr Segel gesetzt werden können, als für einen Küstenfahrer üblich sind. Es wurde erbaut, um andere Schiffe zu jagen.«

»Oder vor ihnen zu fliehen, Kurik. Seeräuber führen ein aufregendes Leben. Es gibt allerlei Leute, denen es ein Bedürfnis zu sein scheint, Piraten allein um des Prinzips willen aufzuhängen.«

Sie stiegen die Laufplanke hinauf. Stragen führte sie zu ihren Kabinen auf dem Unterdeck. Die Seeleute kappten die Trossen, und das Schiff lief in langsamer Fahrt aus dem Hafen. Doch kaum hatten sie die Landzunge hinter sich und tieferes Gewässer erreicht, wurden weitere Segel gesetzt, und das abenteuerliche Schiff jagte krängend über die Straße von Thalesien auf die deiranische Küste zu.

Gegen Mittag ging Sperber an Deck und erblickte Stragen an der Bugreling, wo er mißmutig über die graue regengekräuselte See starrte. Er trug einen dicken braunen Umhang, und von der Hutkrempe tropfte Wasser auf seinen Rücken.

»Ich dachte, Ihr mögt Regen nicht«, bemerkte Sperber.

»Es ist so muffig unten in der Kabine«, klagte der Räuber. »Ich brauchte frische Luft. Wie schön, daß Ihr mir Gesellschaft leistet, Sperber. Es ist schwer, mit Piraten eine kultivierte Unterhaltung zu führen.«

Eine Zeitlang lauschten sie dem Knarren der Takelung, dem Ächzen der Spanten und dem schwermütigen Platschen des Regens auf der Wasseroberfläche.

»Wie kommt es, daß Kurik soviel über Schiffe weiß?« fragte Stragen schließlich.

»Er ist als junger Bursche zur See gefahren.«

»Das erklärt es natürlich. Ihr möchtet wohl nicht über die Angelegenheiten sprechen, die Euch nach Thalesien geführt haben?«

»Nein. Eine Kirchensache, wißt Ihr.«

Stragen lächelte. »Ah, ja. Unsere schweigsame Heilige Mutter Kirche. Manchmal glaube ich, daß sie diese Geheimniskrämerei halb so ernst nimmt wie unsereiner.«

»Es gehört für uns eben zum Glauben, davon auszugehen, daß die Kirche weiß, was sie tut.«

»Für *Euch,* Sperber, weil Ihr Ordensritter seid. Ich habe keine derartigen Schwüre geleistet, deshalb kann ich mir gewisse Zweifel erlauben. Allerdings will ich nicht verheimlichen, daß ich in jüngeren Jahren durchaus mit dem Gedanken spielte, Priester zu werden.«

»Ihr hättet es weit bringen können. Sowohl Geistlichkeit wie Armee sind von jeher an fähigen jüngeren Söhnen von Edelleuten interessiert.«

»Das gefällt mir.« Stragen lächelte. »›Jüngerer Sohn‹ hört sich viel besser als ›Bastard‹ an, nicht wahr? Aber die Kirche und ich wären nicht sehr gut miteinander ausgekommen, fürchte ich. Mir fehlt es an der Demut, die sie offenbar verlangt, und eine Versammlung, die nach ungewaschenen Achselhöhlen riecht, hätte mich schon bald veranlaßt, meine Eide zu widerrufen.« Er blickte wieder durch den Regen hinaus aufs Meer. »Wenn man es recht bedenkt, hat mir das Leben nicht sehr viele Möglichkeiten geboten. Für die Kirche bin ich nicht demütig und für die Armee nicht gehorsam genug, und einem Handwerk nachzugehen mangelt es mir an der gut bürgerlichen Gesinnung. Eine Zeitlang habe ich mich sogar am Hof versucht. Die Regierung braucht ja immer fähige Beamte. Aber nachdem ich dem geistig etwas trägen Sohn eines Herzogs bei einem Posten zuvorkam, an dem wir beide interessiert waren, wurde er ausfallend. Ich forderte ihn heraus, und er war so dumm, zu unserem Zweikampf in Kettenhemd und mit einem Breitschwert anzurücken. Faßt es nicht als persönliche Beleidigung auf, Sperber, aber Kettenrüstungen haben zu viele kleine Lücken, als daß sie guten Schutz vor einem Degen bieten könnten. Das mußte mein Gegner in unserer Auseinandersetzung allzu rasch feststellen. Es erwies sich, daß der Dummkopf, den ich aufgespießt hatte, ein entfernter Verwandter König Warguns gewesen war. Daraufhin habe ich mich rasch aus dem

Regierungsdienst zurückgezogen. Und unser trunksüchtiger Monarch verfügt über nicht sehr viel Humor.«

»Das ist auch mir aufgefallen.«

»Wie ist es Euch gelungen, seinen Unwillen zu erregen?«

Sperber zuckte die Schultern. »Er verlangte, daß ich mich an dem Krieg in Arzium beteilige, aber ich hatte Dringendes in Thalesien zu erledigen. Übrigens, wie verläuft dieser Krieg? Ich bin nicht so recht auf dem laufenden.«

»Nun, bis zu uns sind nur Gerüchte durchgedrungen. Einige behaupten, die Rendorer wären vernichtet worden; andere schwören, Wargun sei geschlagen und die Rendorer marschieren nordwärts und stecken alles in Brand, was sich anzünden läßt. Welchem Gerücht man mehr Glauben schenkt, hängt von der Einstellung des einzelnen ab, nehme ich an.« Plötzlich blickte Stragen angespannt heckwärts.

»Was ist?« fragte Sperber.

»Das Schiff dort hinten.« Stragen deutete mit der Hand. »Es sieht aus wie ein Kauffahrer, aber dazu ist es ein wenig zu schnell.«

»Ebenfalls ein Korsar?«

»Ich kenne es nicht – und glaubt mir, ich würde es kennen, wenn es im selben Geschäft wäre.« Er ließ das Schiff nicht aus den Augen. Plötzlich entspannten sich seine Züge. »Es dreht ab.« Er lachte kurz. »Tut mir leid, wenn Ihr mich für übertrieben argwöhnisch haltet, Sperber, aber Seeräuber ohne gesundes Mißtrauen zieren nur allzu rasch einen Galgen in irgendeiner Hafenstadt. Wo waren wir?«

Stragen stellte etwas zu viele Fragen. Jetzt war eine gute Gelegenheit, ihn abzulenken. »Ihr wolltet mir erzählen, wie Ihr Warguns Hof verlassen und Euch selbständig gemacht habt.«

»Das ging nicht von heute auf morgen«, gestand Stragen, »aber ich hatte die richtige Eignung für ein Leben als Verbrecherkönig. Ich kenne keinerlei Skrupel mehr, seit ich meinen Vater und meine Halbbrüder getötet habe.«

Das kam unerwartet für Sperber.

»Meinen Vater umzubringen war vielleicht ein Fehler«, gab Stragen zu. »Er war kein wirklich schlechter Kerl, und er hat für meine Erziehung bezahlt, aber es schmerzte mich, wie er meine Mutter behandelte. Sie war eine liebenswerte junge Frau aus einer guten Familie, die er als Gesellschafterin für seine kränkelnde Gemahlin in sein Haus geholt hatte. Nun, es kam, wie es kommen mußte, und ich bin das lebende Ergebnis. Nachdem ich am Hof in Ungnade gefallen war, beschloß mein Vater, sich von mir zu distanzieren. Er schickte meine Mutter heim zu ihrer Familie. Sie starb kurz darauf. Ich könnte meinen Vatermord vielleicht rechtfertigen, wenn ich behauptete, daß Mutter an gebrochenem Herzen starb, aber die Wahrheit ist, daß sie an einer Gräte erstickte. Jedenfalls stattete ich dem Haus meines Vaters einen kurzen Besuch ab, und nun ist sein Titel frei. Meine beiden Halbbrüder waren so töricht, sich einzumischen, deshalb ruhen alle drei im selben Grab. Ich könnte mir vorstellen, daß mein Vater bedauerte, soviel Geld für meinen Fechtunterricht ausgegeben zu haben. Sein Gesichtsausdruck, als er starb, drückte jedenfalls Bedauern über *irgend etwas* aus.« Der blonde Mann zuckte die Schultern. »Heute würde ich wahrscheinlich anders handeln. Es bringt nichts ein, unüberlegt seine Verwandtschaft abzuschlachten, nicht wahr?«

»Kommt darauf an, was Ihr davon erwartet.«

Stragen bedachte ihn mit einem flüchtigen Grinsen. »Wie auch immer, ich erkannte bald, nachdem ich mich für die Straße entschieden hatte, daß der Unterschied zwischen einem Baron und einem Taschendieb oder einer Herzogin und einer Hure nicht sehr groß ist. Ich versuchte das meinem Vorgänger zu erklären, aber der Narr wollte mir nicht zuhören. Er zog sein Schwert, und ich setzte ihn ab. Danach begann ich, die Diebe und Huren von Emsat auszubilden. Ich stattete sie mit falschen Titeln, entwendetem Putz und einer dünnen Tünche guter Manieren aus, um ihnen den Anschein von Edelleuten zu geben. Dann setzte ich sie auf die Aristokratie an. Das Geschäft geht ausgezeichnet. Ich bin mittlerweile in der Lage, meiner früheren Gesellschaftsschicht die unzähligen Kränkungen und Unverschämtheiten zurückzuzahlen, die sie einst mir angedeihen ließ.« Er machte eine Pause. »Habt Ihr nun genug über meinen unliebenswürdigen und respektlosen Lebenswandel gehört, Sperber? Ich muß sagen, Eure Höflichkeit und Nachsicht sind schier übermenschlich. Abgesehen davon bin ich es müde, mich noch länger beregnen zu lassen. Begeben wir uns doch hinunter. Ich habe ein Dutzend Flaschen köstlichen arzischen Rotweins in meiner Kabine. Wir könnten uns ein wenig betrinken und kultiviert unterhalten.«

Sperber dachte über diesen seltsamen Mann nach, während er ihm unter Deck folgte. Stragens Motive waren klar, und sein Groll und Rachedurst waren durchaus verständlich. Ungewöhnlich war nur, daß ihm Selbstmitleid offenbar völlig wesensfremd war. Doch Sperber mußte sich eingestehen, daß er Stragen mochte. Er traute ihm natürlich nicht – das wäre töricht –, aber er mochte ihn trotzdem.

»Ich auch«, stimmte Talen an diesem Abend in ihrer Kabine ein, als Sperber Stragens Geschichte knapp wiedergab und gestand, daß er ihn mochte. »Aber das ist wahrscheinlich ganz natürlich. Stragen und ich haben vieles gemein.«

»Wirfst du mir das wieder vor?« brummte Kurik.

»Es war nicht auf dich gemünzt, Vater«, versicherte ihm Talen. »So etwas passiert eben, und ich bin in dieser Hinsicht bei weitem nicht so empfindlich wie Stragen.« Er grinste. »Aber ich konnte unsere ähnliche Lebensgeschichte zu meinem Vorteil nutzen, während ich in Emsat war. Ich glaube, er mag mich auch, und er hat mir einige recht interessante Angebote gemacht. Er möchte, daß ich für ihn arbeite.«

»Du hast vielversprechende Zukunftsaussichten, Talen«, sagte Kurik säuerlich. »Du kannst entweder Platimes Nachfolge übernehmen oder die Stragens – vorausgesetzt, du wirst nicht vorher erwischt und aufgehängt.«

»Ich denke bereits in größeren Maßstäben«, erklärte Talen prahlerisch. »Stragen und ich haben uns darüber Gedanken gemacht. Der Rat der Diebe kommt einer Regierung gegenwärtig sehr nahe. Das einzige, was ihm dazu noch fehlt, ist ein Führer – ein König vielleicht oder gar ein Kaiser. Wärst du nicht stolz, Vater des Kaisers der Diebe zu sein, Kurik?«

»Nein, wahrhaftig nicht!«

»Was meint Ihr, Sperber?« Die Augen des Jungen blitzten spitzbübisch. »Soll ich in die Politik gehen?«

»Ich glaube, wir können etwas Angemesseneres für dich finden, Talen.«

»Möglich, aber wird es so lohnend sein – oder soviel Spaß machen?«

Eine Woche später erreichten sie die elenische Küste etwa fünf Meilen nördlich von Cardos. Gegen Mittag gingen sie an einem einsamen Strand, der landeinwärts von dunklen Tannen geschützt war, von Bord.

»Die Straße nach Cardos?« wandte Kurik sich an Sperber, während sie Faran und Kuriks Wallach sattelten.

»Dürfte ich einen Vorschlag machen?« fragte Stragen, der in der Nähe stand.

»Selbstverständlich.«

»König Wargun ist arg rührselig, wenn er betrunken ist –, und das ist er fast immer. Eure Flucht hat ihn wahrscheinlich so mitgenommen, daß er jede Nacht in sein Bier flennt. Für Eure Festnahme hat er in Thalesien und Deira eine hohe Belohnung ausgesetzt und hier wahrscheinlich ebenfalls. Euer Gesicht ist in Elenien wohlbekannt, und von hier nach Cimmura sind es ungefähr zweihundertfünfzig Meilen – das ist ein harter Ritt von einer guten Woche, im günstigsten Fall. Wollt Ihr unter diesen Umständen wirklich eine so verkehrsreiche Straße nehmen? Gar in Anbetracht der Tatsache, daß jemand Euch mit Pfeilen spicken will, statt Euch Wargun zu übergeben!«

»Scheint in der Tat nicht ratsam. Kennt Ihr einen anderen Weg?«

»Ja, glücklicherweise. Wir werden allerdings einen guten Tag länger brauchen. Platime hat mir einmal diesen Weg gezeigt. Er ist zwar längst nicht so bequem, dafür aber nur sehr wenigen bekannt.«

Sperber musterte den dünnen blonden Mann mit leichtem Argwohn. »Kann ich Euch trauen, Stragen?« fragte er direkt.

Stragen schüttelte betrübt den Kopf. »Talen«, wandte er sich an den Jungen, »hast du ihm denn nie das Diebesasylrecht erklärt?«

»Ich habe es versucht, aber Sperber hat manchmal Schwierigkeiten, die Ehrbegriffe anderer zu verstehen. Es ist so, Sperber, wenn Stragen zuließe, daß uns was zustößt, während wir unter seinem Schutz reisen, bekäme er es mit Platime zu tun.«

»Das ist mehr oder weniger der Grund, weshalb ich mitkam«, gestand Stragen. »Solange ich bei euch bin, befindet ihr euch unter meiner Protektion. Ich mag Euch, Sperber, und es kann nicht schaden, wenn ein Ordensritter ein gutes Wort beim lieben Gott für mich einlegt, falls es unerwarteterweise dazu kommen sollte, daß man mich hängt.« Sein ironischer Gesichtsausdruck kehrte zurück. »Nicht nur das, vielleicht kann ich einige meiner Todsünden sühnen, wenn ich für Euer körperliches Heil sorge.«

»Habt Ihr wirklich so viele Sünden begangen, Stragen?« fragte Sephrenia ihn sanft.

»Mehr als ich mich erinnern kann, liebe Schwester«, antwortete er auf styrisch, »und viele sind zu abscheulich, als daß ich in Eurer Gegenwart darüber reden möchte.«

Sperber warf einen raschen Blick auf Talen, und der Junge nickte ernst. »Verzeiht, Stragen«, entschuldigte sich Sperber. »Ich habe Euch verkannt.«

»Macht nichts, alter Junge.« Stragen grinste. »Und durchaus verständlich. Es gibt Tage, da traue ich mir selbst nicht.«

»Wo ist dieser andere Weg nach Cimmura?«

Stragen schaute sich um. »Na, so was, wenn ich mich nicht irre, beginnt er gleich da oben am Strand. Ist das nicht ein erstaunlicher Zufall?«

»Es ist wohl Euer Schiff, das uns hierhergebracht hat?«

»Ich bin Miteigner, ja.«

»Und Ihr habt zum Kapitän gesagt, daß es vielleicht recht günstig wäre, uns hier abzusetzen?«

»Ich glaube, ich habe etwas Ähnliches gesagt.«

»Wahrhaftig ein erstaunlicher Zufall«, bestätigte Sperber.

Stragen blickte hinaus aufs Meer. »Merkwürdig«, murmelte er. Er deutete auf ein vorbeisegelndes Schiff. »Das ist derselbe Kauffahrer, den wir in der Straße von Thalesien gesehen haben. Er hat offenbar nichts geladen, sonst könnte er nicht so schnell so weit gekommen sein.« Er zuckte die Schultern. »Was soll's? Reiten wir los.«

Der von Stragen empfohlene Weg erwies sich als kaum mehr denn ein Waldpfad, der sich über den Gebirgszug zwischen der Küste und dem breiten Streifen Ackerland um Cimmura schlängelte. Nachdem er das Gebirge verlassen hatte, ging er unmerklich in furchige Landwege über, die sich durch Felder und Wiesen wanden.

Eines Morgens, als sie den Streifen Ackerland etwa halb überquert hatten, näherte sich ein heruntergekommen aussehender Bursche auf einem lahmen Maultier vorsichtig dem Lager. »Ich muß mit einem Mann namens Stragen reden«, rief er außer Bogenschußweite.

»Komm her!« forderte Stragen ihn auf.

Der Mann saß gar nicht erst ab. »Ich komme von Platime«, erklärte er dem Thalesier. »Ich soll euch warnen. Ein paar Kerle hielten auf der Straße von Cardos nach Cimmura Ausschau nach euch.«

»*Hielten?*«

»Sie konnten uns nichts mehr sagen, nachdem wir sie bemerkt hatten, und sie halten jetzt auch nach nichts mehr Ausschau.«

»Ah!«

»Bevor wir sie aufhalten konnten, stellten sie allerdings Fragen. Sie haben eine Menge Bauern nach Euch und Euren Begleitern gefragt und euch alle gut beschrieben. Ich glaube nicht, daß sie euch nur gesucht haben, um sich mit euch über das Wetter zu unterhalten, Durchlaucht.«

»Waren es Elenier?« fragte Stragen gespannt.

»Ein paar, ja. Die übrigen schienen thalesische Seeleute zu sein. Jemand ist hinter Euch und Euren Freunden her, Stragen, und sie führen nichts Gutes im Schild. An Eurer Stelle würde ich zusehen, daß ich so schnell wie möglich nach Cimmura und in Platimes Keller komme.«

»Vielen Dank, Freund«, sagte Stragen.

Der Bursche zuckte die Schultern. »Ich werde dafür bezahlt. Mit Dank läßt mein Beutel sich nicht füllen.« Er wendete sein Maultier und ritt davon.

»Ich *wußte*, ich hätte umdrehen und dieses Schiff versenken sollen!« schnaubte Stragen. »Ich werde nachlässig. Reiten wir rasch weiter, Sperber. Hier sind wir nicht einmal vor Blicken geschützt.«

Drei Tage später erreichten sie Cimmura und hielten am Nordrand des Tales an, um auf die durch Rauch und Nebel nur verschwommen erkennbare Stadt hinabzublicken.

»Ein nicht gerade anziehender Ort, Sperber«, stellte Stragen kritisch fest.

»Das kann ich nicht bestreiten«, gab Sperber zu, »aber es ist unser Zuhause.«

Stragen nickte. »Ich verlasse euch jetzt. Ihr habt so allerlei zu erledigen und ich ebenfalls. Darf ich vorschlagen, wir vergessen, daß wir uns je begegnet sind? Ihr habt mit Politik zu tun und ich mit Eigentumsaneignung. Möge Gott entscheiden, was unehrlicher ist. Viel Glück, Sperber, und haltet die Augen offen.« Er verbeugte sich aus dem Sattel vor Sephrenia, wendete sein Pferd und ritt hinunter zu der rußigen Stadt.

»Ich könnte mich fast an ihn gewöhnen«, sagte Sephrenia. »Wohin jetzt, Sperber?«

»Zum Ordenshaus«, entschied der große Pandioner. »Wir waren sehr lange fort, und ich möchte gern erst den Stand der Dinge erfahren, ehe ich mich ins Schloß begebe.« Er blinzelte zur Mittagssonne, die im anhaltenden Dunst verwaschen und kraftlos aussah. »Sehen wir zu, daß wir möglichst unbemerkt bleiben, bis wir wissen, wer in der Stadt das Sagen hat.«

Sie hielten sich zwischen den Bäumen, während sie um Cimmura herum zur Nordseite ritten. Einmal rutschte Kurik von seinem Wallach und kroch zum Rand des Unterholzes, um sich umzublicken. Er kehrte mit ernstem Gesicht zurück. »Kirchensoldaten haben Posten auf der Wehrmauer bezogen.«

Sperber fluchte. »Bist du sicher?«

»Die Soldaten tragen Rot.«

»Reiten wir trotzdem weiter. Wir müssen ins Ordenshaus gelangen.«

Die vermeintlichen Straßenarbeiter legten immer noch Kopfsteine vor der Burg der Pandioner.

»Das machen sie jetzt schon fast ein Jahr«, murmelte Kurik, »und sind nicht viel weiter gekommen. Warten wir, bis es dunkel wird?«

»Das dürfte nicht viel nützen. Die Ordensburg wird auch nachts beobachtet, und ich möchte nicht, daß unsere Rückkehr allgemein bekannt wird.«

»Sephrenia«, wandte Talen sich an die Styrikerin, »könnt Ihr eine Rauchsäule dicht an der Innenmauer beim Tor aufsteigen lassen?«

»Ja.«

»Gut. Damit können wir uns diese Pflasterleger vom Hals schaffen.« Der Junge erklärte seinen Plan.

»Gar nicht dumm, Sperber«, sagte Kurik stolz. »Was meinst du?«

»Einen Versuch ist es wert. Warten wir ab, was geschieht.«

Die rote Uniform, die Sephrenia für Kurik erschuf, war nicht perfekt, aber die Rußflecken und versengten Stellen, die sie hinzufügte, verdeckten die gröberen Unstimmigkeiten. Wichtig waren die goldenen Schulterstücke, die ihn als Offizier auswiesen. Der stämmige Knappe lenkte nunmehr sein Pferd durch die Büsche zu einer Stelle nahe dem Stadttor.

Sephrenia begann styrische Worte zu murmeln und mit den Fingern zu gestikulieren.

Die Rauchsäule, die hinter der Mauer aufstieg, war sehr überzeugend: dick, ölig schwarz und erschreckend groß.

»Haltet mein Pferd«, bat Talen Sperber und glitt aus dem Sattel. Er rannte zum Rand des Gebüsches und brüllte mit voller Lunge: »Feurio!«

Die vermeintlichen Straßenarbeiter starrten ihn verständnislos an, dann drehten sie sich um und blickten bestürzt auf die Stadt.

»Man braucht bloß ›Feurio‹ zu rufen«, erklärte Talen, als er zurückkehrte. »Das hilft immer, um die Leute abzulenken.«

In diesem Moment galoppierte Kurik zu den Spionen vor dem Tor des Ordenshauses. »Los, Männer! Am Ziegenweg brennt ein Haus. Helft das Feuer löschen, bevor es sich über die ganze Stadt ausbreitet.«

»Wir haben den Befehl, hierzubleiben und die Pandioner nicht aus den Augen zu lassen!« protestierte ein Arbeiter.

»Hast du in der Stadt irgendwas, woran dein Herz hängt?« fragte Kurik barsch. »Wenn das Feuer außer Kontrolle gerät, kannst du hier stehen und es im Auge behalten, während es verbrennt. Und jetzt los mit euch allen! Ich reite zur Burg hinauf. Vielleicht kann ich die Pandioner überreden, uns beim Löschen zu helfen.«

Die Arbeiter blickten ihn an, ließen ihr Werkzeug fallen und rannten zur vermeintlichen Feuersbrunst, während Kurik sich der Zugbrücke des Ordenshauses näherte.

»Sehr geschickt«, lobte Sperber Talen.

»Diebe tun so was oft.« Der Junge zuckte die Schultern. »Wir müssen allerdings echtes Feuer legen. Dann rennen die Leute aus den Häusern, um zu gaffen. Das gibt uns die Gelegenheit, uns in ihren Häusern nach Wertsachen umzusehen.« Er blickte zum Stadttor. »Unsere Freunde sind nicht mehr zu sehen. Reiten wir lieber zur Burg, bevor sie zurückkommen.«

Zwei Pandioner in schwarzer Rüstung kamen ihnen ernst entgegen, als sie die Zugbrücke erreichten. »Brennt es in der Stadt, Sperber?« fragte einer besorgt.

»Nicht wirklich«, beruhigte ihn Sperber. »Sephrenia beschäftigt nur die Kirchensoldaten.«

Der andere Ritter grinste Sephrenia an, dann richtete er sich auf. »Wer seid ihr, die ihr Einlaß in das Haus der Soldaten Gottes begehrt?« begann er das Ritual.

»Dafür haben wir jetzt keine Zeit, Bruder«, wehrte Sperber ab. »Vielleicht machen wir es das nächste Mal dann doppelt und dreifach. Wer hat jetzt die Leitung des Ordenshauses?«

»Hochmeister Vanion.«

Das kam überraschend. Als Sperber das letztemal von Vanion gehört hatte, war er im Einsatz in Arzium gewesen, wo der Krieg tobte. »Weißt du, wo er sich momentan aufhält?«

»In seinem Turm, Sperber«, warf der zweite Ritter ein.

»Wie viele Ritter sind gegenwärtig hier?« fragte Sperber die beiden.

»Ungefähr hundert.«

»Gut. Ich werde sie vielleicht brauchen.« Sperber stupste Faran mit den Absätzen. Der mächtige Fuchs drehte den Kopf und blickte seinen Herrn sichtlich erstaunt an. »Wir sind in Eile, Faran«, erklärte Sperber seinem Pferd. »Wir holen das Ritual das nächste Mal nach.«

Farans Miene war unverkennbar mißbilligend, als er über die Zugbrücke trottete.

»Ritter Sperber!« ertönte eine laute Stimme von der Stallung. Das Gesicht des Novizen Berit, eines schlaksigen, knochigen jungen Mannes, verzog sich zu einem breiten Grinsen.

»Könnt Ihr nicht noch ein bißchen lauter brüllen, Berit?« rügte Kurik ihn. »Vielleicht kann man Euch dann sogar in Chyrellos hören.«

»Tut mir leid, Kurik«, entschuldigte Berit sich verlegen.

»Sorgt dafür, daß sich ein anderer Novize um unsere Pferde kümmert, und kommt mit uns«, wies Sperber den jungen Mann an. »Wir haben allerlei zu tun, und wir müssen mit Vanion reden.«

»Sofort, Ritter Sperber.« Berit rannte in die Stallung zurück.

»Er ist ein so netter Junge.« Sephrenia lächelte.

»Er macht sich vielleicht noch«, brummte Kurik.

»*Sperber?*« rief ein vermummter Pandioner überrascht, als sie durch den Rundbogeneingang ins Ordenshaus traten. Der

Vermummte schob die Kapuze zurück. Es war Ritter Perraine, der Pandioner, der in Dabur zur Tarnung einen Viehhändler gespielt hatte. Perraine sprach mit leichtem Akzent.

»Perraine! Was machst du in Cimmura?« staunte Sperber und schüttelte seine Hand. »Wir dachten, du hättest in Dabur Wurzeln geschlagen.«

Perraine schien sich endlich von seiner Überraschung zu erholen. »Ah, nachdem Ashram tot war, bestand kein Grund mehr, in Dabur zu bleiben. Aber wie kommst du hierher? Wir hörten, daß König Wargun dich durch ganz Westeosien verfolgen ließ.«

»Verfolgen bedeutet noch nicht Erwischen, Perraine.« Sperber grinste. »Aber wir können uns später unterhalten. Als erstes müssen meine Freunde und ich mit Vanion sprechen.«

»Selbstverständlich.« Perraine verneigte sich knapp vor Sephrenia und schritt hinaus auf den Hof.

Sie stiegen die Treppe zum Südturm hinauf, in dem Vanion sein Studiergemach hatte. Der Hochmeister des Ordens der Pandioner trug eine weiße styrische Robe. Sein Gesicht war in der kurzen Zeit, seit Sperber ihn zuletzt gesehen hatte, noch mehr gealtert. Die anderen waren ebenfalls da: Ulath, Tynian, Bevier und Kalten. Ihre Gegenwart ließ den keineswegs kleinen Raum scheinbar schrumpfen. Sie waren allesamt große Männer, nicht nur dank ihres Körperbaus, sondern auch ihres beachtlichen Rufs wegen. Der Eindruck all dieser breiten Schultern beherrschte das Gemach. Wie es unter Ordensrittern üblich war, wenn sie sich im Ordenshaus aufhielten, trugen alle Mönchskutten über ihren Kettenhemden.

»Endlich!« Kalten stieß einen erleichterten Seufzer aus. »Sperber, warum hast du uns nicht wissen lassen, wie es euch erging?«

»Im Trolland ist es etwas schwierig, Kuriere zu finden, Kalten.«

»Hattet ihr Glück?« fragte Ulath gespannt. Er war ein hünenhafter Thalesier mit zwei blonden Zöpfen, und der Bhelliom hatte eine ganz besondere Bedeutung für ihn.

Sperber blickte Sephrenia rasch an und bat sie stumm um Erlaubnis.

»Also gut«, sagte sie, »aber nur eine Minute.«

Sperber langte in seinen Kittel und zog den Leinenbeutel mit dem Bhelliom heraus. Er öffnete die Zugschnur, holte das kostbarste Kleinod der Welt heraus und legte es auf den Tisch, den Vanion für seine Schreibarbeiten benutzte. Auch jetzt glaubte Sperber, aus den Augenwinkeln einen schwarzen Schatten zucken zu sehen. Der Höllenhund, den sein Alptraum in Thalesien herbeibeschworen hatte, folgte ihm immer noch, und der Schatten erschien ihm nun größer und dunkler, als ließe ihn jeder neue Blick auf den Bhelliom mächtiger und bedrohlicher werden.

»Blickt nicht zu tief in diese Blütenblätter«, warnte Sephrenia. »Der Bhelliom kann sich eurer Seelen bemächtigen, wenn ihr ihn zu lange betrachtet.«

»Großer Gott!« entfuhr es Kalten. »Seht euch diesen Stein an!«

Jedes einzelne leuchtende Blütenblatt der Saphirrose war so vollkommen, daß man vermeinte, den Tau darauf glitzern zu sehen. Tief in ihrem Herzen lockte ein blaues Licht schier übermächtig, sie zu betrachten und ihre Vollkommenheit zu bewundern.

»O Gott«, betete Bevier inbrünstig, »behüte uns vor der Verführung dieses Steines.« Bevier war cyrinischer Ritter und ausgesprochen fromm. Doch wenn nur die Hälfte von dem stimmte, was Sperber selbst gespürt hatte, war Beviers Angst vor dem Bhelliom mehr als berechtigt.

Ulath, der thalesische Hüne, murmelte in Troll: »Nicht töten, Bhelliom-Blaurose. Ordensritter nicht Feinde von Bhelliom. Ordensritter beschützen Bhelliom vor Azash. Hilf wieder recht machen, was falsch ist, Blaurose. Ich bin Ulath-von-Thalesien. Wenn Bhelliom zornig, dann wende Zorn gegen Ulath.«

Sperber richtete sich auf. »Nein!« sagte er entschlossen in der gräßlichen Trollsprache. »Ich bin Sperber-von-Elenien. Ich bin der, der töten Ghwerigtroll. Ich bin der, der bringen Bhelliom-Blaurose zu diesem Ort, um zu heilen meine Königin. Wenn Bhelliom-Blaurose das tut und immer noch Zorn hat, dann wende Zorn gegen Sperber-von-Elenien, nicht gegen Ulath-von-Thalesien.«

»Narr!« entfuhr es Ulath. »Habt Ihr eine Ahnung, was dieses Ding Euch antun kann?«

»Würde es Euch denn etwas anderes antun?«

»Meine Herren, bitte«, warf Sephrenia müde ein, »hört sofort mit diesem Unsinn auf!«

Sie blickte auf die glühende Saphirrose auf dem Tisch. »Höre mich, Bhelliom-Blaurose!« sagte sie mit fester Stimme, ohne sich die Mühe zu machen, in Troll zu sprechen. »Sperber-von-Elenien hat die Ringe. Bhelliom-Blaurose muß Sperber-von-Elenien als Herrn anerkennen und ihm gehorchen!«

Der Stein verdunkelte sich flüchtig, dann leuchtete er wieder tiefblau.

»Gut«, lobte sie. »Ich werde Bhelliom-Blaurose bei dem, was getan werden muß, leiten und Sperber-von-Elenien wird ihm befehlen. Blaurose muß gehorchen!«

Der Edelstein flackerte, dann kehrte das Leuchten zurück.

»Steckt ihn nun zurück, Sperber.«

Sperber schob die Rose wieder in den Beutel und diesen zurück unter seinen Kittel.

»Wo ist Flöte?« erkundigte sich Berit und schaute sich um.

»*Das*, mein junger Freund, ist eine sehr, sehr lange Geschichte«, sagte Sperber.

»Sie ist doch nicht tot?« fragte Tynian erschrocken.

»Nein«, beruhigte Sperber ihn »Das wäre unmöglich. Flöte ist unsterblich.«

»Kein Mensch ist unsterblich«, warf der fromme Bevier schockiert ein.

»Eben«, entgegnete Sperber. »Flöte ist kein Mensch. Sie ist die styrische Kindgöttin Aphrael.«

»Häresie!« keuchte Bevier.

»So würdet Ihr nicht reden, wenn Ihr in Ghwerigs Höhle

dabeigewesen wärt, Ritter Bevier«, warf Kurik ein. »Ich habe sie mit eigenen Augen aus einem bodenlosen Abgrund emporschweben sehen.«

»Es könnte ein Zauber gewesen sein.« Aber Bevier wirkte nicht mehr so selbstsicher.

»Nein, Bevier«, versicherte ihm Sephrenia. »Kein Zauber hätte erreicht, was sie in jener Höhle tat. Sie war – und ist – Aphrael.«

»Ehe wir uns auf ein theologisches Streitgespräch einlassen, brauche ich Auskünfte«, sagte Sperber. »Wie ist es euch gelungen, von Wargun wegzukommen, und wie ist die Lage in der Stadt?«

»Wargun war kein großes Problem«, versicherte ihm Vanion. »Auf unserem Weg nach Süden kamen wir durch Cimmura, und es verlief alles mehr oder weniger, wie wir es in Azie geplant hatten. Wir steckten Lycheas ins Verlies, übertrugen dem Grafen von Lenda die Regentschaft und überzeugten die Armee und die Kirchensoldaten hier in Cimmura, mit uns in den Süden zu marschieren.«

»Wie ist euch das gelungen?« fragte Sperber überrascht.

»Vanion ist ein Überredungskünstler.« Kalten grinste. »Die meisten Generale standen zu Annias, doch als sie protestieren wollten, berief sich Vanion auf das Kirchengesetz, von dem Graf Lenda in Azie sprach, und übernahm den Oberbefehl über die Armee. Die Generale protestierten weiter, bis er sie alle auf den Hof eskortieren ließ. Nachdem Ulath ein paar von ihnen enthauptet hatte, wechselten die meisten anderen die Seiten.«

»Oh, *Vanion!*« Sephrenias Tonfall zeugte von tiefster Mißbilligung.

»Ich war in arger Zeitnot, kleine Mutter«, entschuldigte er sich. »Wargun war ungeduldig. Er wollte das gesamte elenische Offiziercorps niedermetzeln. Das konnte ich ihm glücklicherweise ausreden. Jedenfalls trafen wir König Soros von Pelosien an der Grenze und marschierten gemeinsam nach Arzium. Die Rendorer ergriffen die Flucht, als sie uns kommen sahen, Wargun beabsichtigt, sie zu jagen, aber ich glaube, lediglich zu seinem persönlichen Vergnügen. Den anderen Hochmeistern und mir gelang es, ihn zu überzeugen, daß unsere Anwesenheit in Chyrellos während der Wahl des neuen Erzprälaten absolut erforderlich sei, woraufhin er jedem gestattete, hundert Ritter mitzunehmen.«

»Wie großzügig von ihm«, sagte Sperber sarkastisch. »Wo sind die Ritter der anderen Orden?«

»Sie haben ihr Lager außerhalb von Demos aufgeschlagen. Dolmant möche nicht, daß wir nach Chyrellos kommen, ehe es die Situation dort erforderlich macht.«

»Wenn Lenda die Dinge im Schloß unter Kontrolle hat, weshalb sind dann Kirchensoldaten auf der Stadtmauer?«

»Annias hat natürlich erfahren, was wir hier getan hatten. Es gibt Mitglieder der Hierokratie, die ihm ergeben sind, und sie alle haben ihre eigenen Truppen. Er lieh sich einige ihrer Männer aus und sandte sie hierher. Sie befreiten Lycheas und steckten den Grafen von Lenda ins Verlies. Zur Zeit haben sie die Stadt in der Hand.«

»Dagegen sollten wir etwas tun.«

Vanion nickte. »Wir waren mit den anderen Orden unterwegs nach Demos, als wir durch Zufall erfuhren, was sich hier tat. Die anderen Orden zogen weiter nach Demos, um bereit zu sein, in Chyrellos einzurücken, sobald es soweit ist, und wir kehrten nach Cimmura zurück. Wir sind erst spät in der vergangenen Nacht angekommen. Die Ritter wollten sofort in die Stadt, aber wir alle haben schwere Kämpfe hinter uns, und ein jeder war müde. Ich möchte, daß die Männer sich erst ausgeruht haben, ehe wir in der Stadt Ordnung schaffen.«

»Müssen wir mit Schwierigkeiten rechnen?«

»Das bezweifle ich. Diese Kirchensoldaten sind nicht Annias' Männer. Wie gesagt, sind sie von anderen Patriarchen ausgeliehen, und ihre Loyalität ist zweifelhaft. Ich glaube, eine kleine Kraftprobe wird genügen, um sie zur Aufgabe zu bewegen.«

»Sind die übrigen sechs Ritter, die am Zauber im Thronsaal

beteiligt sind, unter Euren hundert?« fragte Sephrenia den Hochmeister.

»Ja«, antwortete Vanion matt. »Wir sind alle hier.« Er blickte auf das pandionische Schwert, das Sephrenia bei sich trug. »Wollt Ihr mir das geben?«

»Nein«, erwiderte sie entschieden. »Ihr habt bereits genug zu tragen. Aber jetzt wird es nicht mehr lange dauern.«

»Ihr wollt den Zauber umkehren?« fragte Tynian. »Ehe Ihr den Bhelliom benutzt, um die Königin zu heilen, meine ich?«

»Das ist unumgänglich«, erklärte sie. »Der Bhelliom muß mit ihrer Haut in Berührung kommen, um sie heilen zu können.«

Kalten trat ans Fenster. »Es ist bereits Spätnachmittag. Wenn wir heute noch handeln wollen, sollten wir es gleich tun.«

»Warten wir bis morgen«, entschied Vanion. »Falls die Soldaten Widerstand leisten, könnte es eine Zeitlang dauern, bis wir sie unterworfen haben. Und ich möchte keinesfalls, daß es auch nur einem einzigen gelingt, sich in der Dunkelheit davonzustehlen und Annias zu warnen, ehe wir Zeit hatten, Verstärkung heranzuschaffen.«

»Wie viele Soldaten sind im Schloß?« fragte Sperber.

»Meine Spione berichten von zweihundert«, antwortete Vanion. »Nicht genug, uns ernsthafte Schwierigkeiten zu machen.«

»Wir müssen uns etwas einfallen lassen, um die Stadt ein paar Tage lang völlig abzuriegeln, wenn wir verhindern wollen, daß rotuniformierter Entsatz flußaufwärts heranrückt«, riet Ulath.

»Darum kann ich mich kümmern«, sagte Talen. »Ich laufe in die Stadt, kurz bevor es dunkel wird, und rede mit Platime. Er wird die Tore für uns sichern.«

»Kann man ihm trauen?« fragte Vanion.

»Platime? Natürlich nicht. Aber ich glaube, diesen Gefallen wird er uns erweisen. Er haßt Annias.«

»Das wär's denn«, sagte Kalten zufrieden. »Wir brechen im

Morgengrauen auf, und bis zum Mittagessen haben wir Ordnung geschafft.«

»Nicht nötig, für den Bastard Lycheas mitzudecken«, brummte Ulath und prüfte die Schneide seiner Streitaxt mit dem Daumen. »Ich glaube nicht, daß er großen Appetit haben wird.«

3

Kurik weckte Sperber früh am nächsten Morgen und half ihm in seine schwarze Paraderüstung. Seinen Schwertgürtel und den Helm mit Federbusch tragend, begab Sperber sich sodann zu Vanions Studiergemach, um dort auf den Sonnenaufgang und die Gefährten zu warten. Heute war der große Tag! Über ein halbes Jahr hatte er auf diesen Tag hingearbeitet. Heute würde er seiner Königin in die Augen blicken, sie ritterlich grüßen und ihr den Treueid schwören können. Quälende Ungeduld erfaßte ihn. Er konnte es kaum noch erwarten. »Und danach, Annias und Martel«, er flüsterte es beinahe, »werdet ihr nur noch eine Fußnote in den Geschichtsbüchern sein.«

»Und wer darf sich Krager vornehmen?« fragte Kalten, der an Sperbers Seite schritt.

»Überlassen wir ihn jemandem, der uns einen Gefallen tut.«

»Ist mir recht.« Kalten wurde ernst. »Wird es funktionieren, Sperber? Wird der Bhelliom Ehlana tatsächlich heilen, oder haben wir uns nur etwas vorgemacht?«

»Ich rechne fest damit. Wir müssen ganz einfach daran glauben. Der Bhelliom ist sehr, sehr mächtig.«

»Hast du ihn überhaupt schon mal benutzt?«

»Einmal. Denk nicht an den Bhelliom, Kalten. Das ist unglaublich gefährlich.«

Kalten blickte ihn skeptisch an. »Wirst du Ulath bemühen, Lycheas einen Kopf kürzer zu machen, wenn wir im Palast sind?«

»Ich habe noch nicht darüber nachgedacht«, erwiderte

Sperber. »Vielleicht sollten wir warten und Ehlana entscheiden lassen.«

»Gewiß. Übrigens, Vanion hat veranlaßt, daß unsere Brüder ihre Rüstung anlegen. Sobald die Sonne aufgeht und das Stadttor geöffnet wird, dürften wir alle aufbruchbereit sein.« Er runzelte die Stirn. »Es könnte sich jedoch ein Problem ergeben. Am Tor sind Kirchensoldaten. Wenn sie uns kommen sehen, schmettern sie es uns vielleicht vor der Nase zu.«

»Für so einen Fall gibt es Rammböcke«, meinte Sperber.

»Vielleicht wird die Königin aber nicht sehr erfreut sein, wenn sie erfährt, daß du ihr Stadttor zerschmettert hast.«

»Wir werden die Kirchensoldaten zwingen, es wieder instand zu setzen.«

»Das wäre ehrliche Arbeit, und davon verstehen Kirchensoldaten herzlich wenig. Wirf erst einen Blick auf das Stück Kopfsteinpflaster außerhalb unserer Burg, bevor du eine endgültige Entscheidung triffst. Kirchensoldaten können mit Werkzeug nicht sonderlich gut umgehen.« Die Rüstung des großen Blonden knarrte, als er sich in einen Sessel setzte.

»Es hat uns viel Zeit gekostet, Sperber, aber jetzt haben wir es bald geschafft, was meinst du?«

»Ja, fast«, bestätigte Sperber. »Und wenn Ehlana erst wieder gesund ist, können wir uns auf die Suche nach Martel machen.«

Kaltens Augen leuchteten auf. »Und wir knöpfen uns Annias vor. Ich finde, wir sollten ihn vom Haupttor von Chyrellos baumeln lassen.«

»Er ist ein Primas der Kirche, Kalten«, tadelte Sperber ihn.

Kalten kicherte. »Wir können uns später bei ihm entschuldigen.«

»Und wie stellst du dir das vor?«

»Oh, da lasse ich mir schon was einfallen.« Kalten zuckte gleichmütig die Schultern. »Wir könnten sagen, es sei ein Versehen gewesen, oder dergleichen.«

Als schließlich alle auf dem Hof versammelt waren, hob die Sonne sich bereits über den Horizont. Vanion, der bleich und abgespannt aussah, plagte sich mit einer Kiste die Treppe herunter. »Die Schwerter«, erklärte er Sperber knapp. »Sephrenia sagt, wir werden sie im Thronsaal brauchen.«

»Kann denn nicht ein anderer sie tragen?« fragte Kalten.

»Nein. Sie sind meine Bürde. Sobald Sephrenia herunterkommt, brechen wir auf.«

Die zierliche Styrikerin wirkte sehr ruhig, ja abwesend, als sie mit Ritter Gareds Schwert in den Händen, dicht gefolgt von Talen, aus dem Ordenshaus trat.

»Ist alles in Ordnung?« fragte Sperber sie.

»Ja. Ich habe mich auf das Ritual im Thronsaal vorbereitet«, erwiderte sie.

»Es könnte zum Kampf kommen. Ist es da eine so gute Idee, Talen mitzunehmen?« gab Kurik zu bedenken.

»Ich kann ihn beschützen«, versicherte sie ihm. »Seine Anwesenheit ist notwendig. Es gibt Gründe dafür, aber ich glaube nicht, daß Ihr sie verstehen würdet.«

»Laßt uns aufsitzen und losreiten«, drängte Vanion.

Ein beachtliches Gerassel setzte ein, als die hundert schwarzgepanzerten pandionischen Ritter in ihre Sättel kletterten. Sperber nahm seinen gewohnten Platz an Vanions Seite ein, Kalten, Bevier, Tynian und Ulath folgten ihnen dichtauf, und die Kolonne Pandioner reihte sich hinter ihnen ein. Sie überquerten die Zugbrücke im Trott und überraschten die Kirchensoldaten vor dem Tor. Auf eine knappe Geste Vanions hin, scherten zwanzig Pandioner aus der Kolonne aus und umzingelten die scheinbaren Arbeiter. »Haltet sie hier fest, bis wir durch das Tor sind. Dann bringt sie in die Stadt und schließt euch uns wieder an.«

»Jawohl, Eminenz«, bestätigte Ritter Perraine.

»Meine Herren«, wandte Vanion sich an die übrigen, »ich glaube, Galopp wäre nun angebracht. Wir wollen den Soldaten in der Stadt nicht unnötig viel Zeit geben, sich auf unsere Ankunft vorzubereiten.«

Sie legten die kurze Strecke zwischen Ordenshaus und Osttor mit donnerndem Hufschlag zurück. Kaltens Befürchtung, das Tor würde vor ihrer Nase zugeschmettert werden, bewahrheitete sich nicht. Die Soldaten waren viel zu verblüfft, als daß sie so rasch hätten reagieren können.

»Meine Herren Ritter!« protestierte ein Offizier mit schriller Stimme. »Ihr dürft die Stadt nicht ohne Genehmigung des Prinzregenten betreten!«

»Erlaubt Ihr, Hochmeister Vanion?« bat Tynian höflich.

»Selbstverständlich, Ritter Tynian. Wir haben Dringliches zu erledigen und keine Zeit für müßiges Geschwätz.«

Tynian lenkte sein Pferd vorwärts. Das Vollmondgesicht des Ritters von Deira war von der Art, die man üblicherweise mit Gutmütigkeit und Lebensfreude in Verbindung bringen würde. Sein Panzer jedoch verbarg einen außerordentlich gut entwickelten Oberkörper und ungemein kräftige Arme und Schultern. Er zog sein Schwert. »Kamerad«, wandte er sich freundlich an den Offizier, »würdet Ihr die Güte haben, zur Seite zu treten, damit wir weiterreiten können? Ich bin sicher, daß keiner von uns Wert auf Unannehmlichkeiten legt.«

Viele der Kirchensoldaten, die inzwischen daran gewöhnt waren, daß sie in Cimmura tun und lassen konnten, was sie wollten, waren keineswegs darauf vorbereitet, daß jemand ihre Autorität in Frage stellte. Zu Tynians Bedauern gehörte der Offizier zu diesen Soldaten. »Ohne ausdrückliche Genehmigung des Prinzregenten muß ich euch das Betreten der Stadt verbieten«, erklärte er unerbittlich.

»Ist das denn Euer letztes Wort?« fragte Tynian seufzend.

»Ja.«

»Dann habt Ihr es Euch selbst zuzuschreiben, Kamerad.« Tynian richtete sich in den Steigbügeln auf und schwang sein Schwert in hohem Bogen.

Da der Offizier nicht glauben konnte, daß jemand sich tatsächlich gegen ihn auflehnen könnte, unternahm er nichts, den Hieb abzuwehren oder ihm auszuweichen. Seine Miene verriet nur Verblüffung, als Tynians schwere breite Klinge den Winkel zwischen seinem Hals und der Schulter traf und schräg in seinen Oberkörper drang.

Der alzionische Ordensritter lehnte sich im Sattel zurück,

nahm den rechten Fuß aus dem Steigbügel und stieß die Leiche von seiner Klinge. »Ich *habe* ihn gebeten, zur Seite zu treten, Hochmeister Vanion«, erklärte er. »Da er es nicht getan hat, liegt die Verantwortung für das, was ihm zustieß, allein bei ihm, findet Ihr nicht auch?«

»Durchaus, Ritter Tynian«, bestätigte der Hochmeister. »Ihr braucht Euch keine Vorwürfe zu machen. Höflicher hätte niemand sein können.«

»Reiten wir weiter«, brummte Uláth. Er zog seine Streitaxt aus ihrer Schlaufe an der Sattelseite. »Also«, wandte er sich an die entsetzen Kirchensoldaten. »Wer will der nächste sein?«

Die Soldaten ergriffen die Flucht.

Die Ritter, welche die Arbeiter bewacht hatten, trotteten herbei und trieben ihre Gefangenen vor sich her. Vanion ließ zehn Pandioner zur Bewachung des Tores zurück und ritt an der Spitze der Kolonne in die Stadt. Die Bürger von Cimmura wußten über die Lage im Schloß Bescheid, und als sie die pandionischen Ritter in ihren schwarzen Panzern mit finsteren Gesichtern durch die Kopfsteinstraßen reiten sahen, zweifelten sie nicht, daß es zum Kampf kommen würde. Hastig wurden straßauf, straßab Fenster und Türen von innen verriegelt.

Die Pandioner ritten durch nunmehr verlassene Straßen.

Ein plötzliches Pfeifen erklang von hinten, dann ein heftiger metallischer Schlag. Sperber wirbelte halb herum.

»Du solltest wirklich besser auf deinen Rücken aufpassen, Sperber«, tadelte ihn Kalten. »Das war ein Armbrustbolzen. Er hätte dich genau zwischen den Schulterblättern getroffen. Du schuldest mir die Kosten für die Neuemaillierung meines Schildes.«

»Ich schulde dir mehr als das, Kalten«, entgegnete Sperber dankbar.

»Eigenartig«, stellte Tynian fest. »Die Armbrust ist eine lamorkische Waffe. Es gibt nicht viele Kirchensoldaten, die damit umgehen können.«

»Vielleicht eine persönliche Fehde«, warf Ulath ein. »Habt Ihr in letzter Zeit irgendwelche Lamorker beleidigt, Sperber?«

»Nicht daß ich wüßte.«

»Jedes weitere Wort wäre nur Zeitvergeudung«, sagte Vanion. »Wenn wir das Schloß erreichen, befehle ich den Soldaten sofort, die Waffen niederzulegen.«

»Glaubt Ihr, daß sie gehorchen?« fragte Kalten.

Vanion lächelte freudlos. »Wahrscheinlich nicht – jedenfalls nicht, ehe wir ihnen eine Lehre erteilt haben. Sobald wir dort sind, Sperber, möchte ich, daß Ihr und Eure Freunde den Schloßeingang sichert. Es wäre höchst unerfreulich, wenn wir die Kirchensoldaten durch die Korridore hetzen müßten.«

»Jawohl, Hochmeister«, erwiderte Sperber steif.

Die Kirchensoldaten, die vom Stadttor geflohen waren, hatten ihre Kameraden im Schloß gewarnt. So hatten diese sich auf dem Schloßhof gesammelt und das prächtige Tor geschlossen.

»Bringt den Rammbock her!« rief Vanion.

Ein Dutzend Pandioner ritt mit einem schweren Baumstamm herbei, der von Schlaufen an ihren Sätteln gehalten wurde. Sie benötigten etwa fünf Minuten, das Tor einzubrechen, dann strömten die Ordensritter auf den Hof.

»Werft eure Waffen auf den Boden!« brüllte Vanion den verwirrten Soldaten auf dem Hof zu.

Sperber führte seine Freunde an der Innenmauer entlang zum Schloßeingang. Dort saßen sie ab und stiegen die Freitreppe hinauf zu den zwölf Soldaten, die dort Wache standen. Der diensthabende Offizier zog sein Schwert. »Ihr habt hier keinen Zutritt!« rief er.

»Macht Platz, Nachbar«, forderte Sperber ihn mit bedrohlich ruhiger Stimme auf.

»Ihr habt mir nichts zu befeh...«, begann der Offizier. Ein Geräusch wie von einer Melone, die auf einem Steinboden aufschlägt, ertönte, als Kurik seinen Morgenstern auf den Schädel des Offiziers herabsausen ließ. Der Mann zuckte nur noch kurz.

»Das ist mir neu«, sagte Tynian zu Ulath. »Ich habe noch nie zuvor gesehen, wie das Hirn aus den Ohren quillt.«

»Kurik ist wirklich gut mit dem Morgenstern«, lobte Ulath.

»Irgendwelche Fragen?« wandte Sperber sich drohend an die Wachen.

Sie starrten ihn stumm an.

»Ich glaube, ihr solltet eure Waffen fallen lassen«, sagte Kalten zu ihnen.

Hastig gehorchten sie.

»Wir lösen euch hier ab, Nachbarn«, erklärte Sperber ihnen. »Ihr könnt euch euren Kameraden auf dem Hof anschließen.«

Die Wachen rannten die breite Treppe hinunter.

Die Pandioner ritten langsam auf die Kirchensoldaten auf dem Hof zu. Einige der fanatischeren leisteten Widerstand, doch die Ordensritter erteilten ihnen die Lehre, zu der Vanion seinen Segen gegeben hatte. Blut rann über den gepflasterten Boden, und bald lagen abgetrennte Köpfe, Arme und ein paar Beine auf dem Hof. Immer mehr Soldaten erkannten, welchen Ausgang dieser Kampf nehmen würde. Sie warfen ihre Waffen zur Seite und ergaben sich. Ein kleiner Trupp leistete noch hartnäckigen Widerstand, doch er wurde alsbald von den Rittern an die Wand gedrängt. Auch diesen Soldaten wurde eine Lehre erteilt, aus der sie jedoch keinen Nutzen mehr ziehen konnten.

Vanion schaute sich auf dem Hof um. »Treibt die Überlebenden in den Marstall«, befahl er, »und laßt ein paar Mann als Wachen dort.« Dann saß er ab und schritt zum zerschmetterten Tor zurück. »Es ist vorbei, kleine Mutter«, rief er Sephrenia zu, die mit Talen und Berit außerhalb der Schloßmauer gewartet hatte. »Ihr könnt jetzt ohne Bedenken hereinkommen.«

Sephrenia lenkte ihren Schimmelzelter auf den Hof, doch nicht ohne sich die Augen mit einer Hand zuzuhalten. Talen dagegen schaute sich begeistert um.

»Schaffen wir ihn weg«, wandte Ulath sich an Kurik und bückte sich, um den getöteten Offizier an den Schultern aufzuheben. Zu zweit trugen sie die Leiche außer Sicht, und Tynian kratzte mit der Stiefelsohle rasch das ausgeronnene Gehirn von der obersten Stufe.

»Zerstückelt ihr eure Gegner immer so?« fragte Talen, ehe er absaß, um zu Sephrenia hinüberzugehen und ihr aus dem Sattel zu helfen.

Sperber zuckte die Schultern. »Vanion wollte, daß die Soldaten sehen, was ihnen widerfährt, wenn sie weiteren Widerstand leisten. Zerstückelung wirkt für gewöhnlich ungemein überzeugend.«

»*Müßt* Ihr so reden?« Sephrenia schauderte.

»Es ist besser, wenn Ihr noch kurz hier wartet, kleine Mutter«, meinte Sperber, als Vanion sich ihnen mit weiteren zwanzig Rittern anschloß. »Es könnten sich noch Soldaten im Innern verborgen haben.«

Sie stießen tatsächlich auf einige Krieger, doch Vanions Ritter trieben sie geschickt aus ihren Verstecken und brachten sie zum Eingang, wo ihnen die strikte Anweisung erteilt wurde, sich zu ihren Kameraden im Marstall zu gesellen.

Die Flügeltür der Ratskammer war unbewacht. Sperber öffnete sie und ließ Vanion den Vortritt.

Lycheas saß verängstigt hinter dem Ratstisch, neben ihm ein feister Mann in Rot sowie Baron Harparin, der verzweifelt an einer Klingelschnur zerrte. »Ihr dürft hier nicht herein!« protestierte er schrill mit seiner weibischen Stimme. »Im Namen König Lycheas' befehle ich euch, das Schloß auf der Stelle zu verlassen!«

Vanion blickte ihn mit eisiger Miene an. Sperber wußte, wie sehr der Hochmeister den widerwärtigen Päderasten verachtete. »Dieser Mann erzürnt mich«, Vanion deutete auf Harparin. »Würde jemand ihm bitte eine Lehre erteilen?«

Ulath schritt mit der Streitaxt in der Faust um den Tisch herum.

»Wagt es ja nicht!« quiekte Harparin. Er wich furchterfüllt zurück und zerrte weiterhin verzweifelt, aber vergeblich, an der Klingelschnur. »Ich bin Mitglied des Königlichen Rates. Wagt es ja nicht, mir etwas anzutun!«

Ulath wagte es. Harparins Kopf hüpfte einmal auf dem Boden auf, dann rollte er über den Teppich bis zum Fenster. Sein

Mund war weit aufgerissen, und seine Augen quollen noch vor Entsetzen hervor. »War es das, was Ihr gemeint habt, Hochmeister Vanion?« erkundigte sich der hünenhafte Thalesier höflich.

»So ungefähr, ja. Danke, Ritter Ulath.«

»Was ist mit den beiden anderen?« Ulath deutete mit der Axt auf Lycheas und den Feisten.

»Äh – noch nicht, Ritter Ulath.« Der Hochmeister der Pandioner trat mit dem Kasten, in dem sich die Schwerter der gefallenen Ritter befanden, an den Ratstisch. »Nun, Lycheas, wo ist der Graf von Lenda?« fragte er scharf.

Lycheas starrte ihn offenen Mundes an.

»Ritter Ulath!« sagte Vanion eisig.

»Nein!« gellte Lycheas. »Lenda ist unten im Verlies. Wir haben ihm nichts getan, Hochmeister Vanion. Ich schwöre Euch, daß er ...«

»Schafft Lycheas und diesen Dicken in den Keller«, befahl Vanion zwei Rittern. »Befreit den Grafen von Lenda und sperrt an seiner Statt diese beiden ins Verlies. Dann geleitet Graf Lenda hierher.«

»Gestattet Ihr, daß ich das übernehme?« fragte Sperber.

»Selbstverständlich.«

»Bastard Lycheas«, sagte Sperber förmlich, »als Streiter der Königin ist es mir ein Vergnügen, Euch wegen Hochverrats zu arretieren. Die Strafe für ein solches Vergehen ist allgemein bekannt. Eure Hinrichtung wird zur angemessenen Zeit stattfinden. Euch darüber Gedanken zu machen, hilft Euch vielleicht, die Zeit während der langen eintönigen Stunden Eurer Gefangenschaft zu vertreiben.«

»Ich könnte uns Zeit und Ausgaben ersparen, Sperber«, erbot Ulath sich hilfsbereit und hob vielsagend seine Axt.

Sperber tat, als überlegte er. »Nein«, entgegnete er schließlich in bedauerndem Tonfall. »Lycheas hat das Volk von Cimmura seine Regentschaft bitter spüren lassen. Ich finde, die Menschen haben ein Recht auf das ergötzliche Schauspiel einer blutigen öffentlichen Hinrichtung.«

Lycheas flennte hemmungslos vor Angst, als Ritter Perraine und ein weiterer Pandioner ihn an Baron Harparins Schädel vorbei und durch die Tür zerrten.

»Ihr seid ein harter und entschlossener Mann, Sperber«, bemerkte Bevier.

»Ich weiß.« Sperber blickte Hochmeister Vanion an. »Wir müssen auf Lenda warten. Er hat den Schlüssel zum Thronsaal. Ich möchte nicht, daß Ehlana beim Aufwachen als erstes eine eingeschlagene Tür sieht.«

Vanion nickte. »Ich brauche Lenda ohnehin.« Er setzte den Schwertkasten auf dem Ratstisch ab und ließ sich auf einem Stuhl nieder. »Vergeßt nicht, Harparin zuzudecken, bevor Sephrenia kommt. Dinge wie diese gehen ihr sehr nahe.« Für Sperber war das ein neuerlicher, unvermuteter Hinweis, daß Vanions Besorgnis um Sephrenia weit über das übliche Maß hinausging.

Ulath trat ans Fenster, riß einen Vorhang herunter und schob des Päderasten Kopf mit dem Fuß zu dessen Körper zurück; dann bedeckte er die Leiche.

»Eine ganze Generation kleiner Knaben wird sicherer schlafen, nun, da Harparin nicht mehr unter uns weilt«, sagte Kalten leichthin. »Und wahrscheinlich werden sie Ulath in ihre nächtlichen Gebete einbeziehen.«

Ulath zuckte die Schultern. »Ich kann jede Fürbitte brauchen, die ich bekommen kann.«

Sephrenia trat mit Talen und Berit ein und schaute sich um. »Ich bin angenehm überrascht«, sagte sie erleichtert. »Es tut wohl, kein blutiges Gemetzel zu sehen.« Plötzlich kniff sie die Augen zusammen und deutete auf die bedeckte Leiche nahe der Wand. »Was ist das?«

»Der verblichene Baron Harparin«, erklärte Kalten. »Er verließ uns ziemlich plötzlich.«

»Habt Ihr etwa nachgeholfen, Sperber?« fragte Sephrenia anklagend.

»Nicht er, sondern ich«, warf Ulath ein. »Es tut mir leid, wenn es Euch stört, aber ich bin nun mal Thalesier. Wir sind weit und breit als Barbaren verschrien, und man kann sich doch seiner Verpflichtung nicht entziehen, dem Ruf seiner Heimat Ehre zu machen, oder denkt Ihr da anders?«

Sie entsagte es sich, darauf zu antworten und ließ den Blick über die Gesichter der in der Ratskammer anwesenden Pandioner schweifen. »Gut.« Sie nickte. »Wir sind alle hier. Öffnet den Kasten, Vanion.«

Der Hochmeister tat wie geheißen.

»Meine Herren Ritter«, begann Sephrenia, nachdem sie Ritter Gareds Schwert neben den Kasten auf den Tisch gelegt hatte. »Vor einigen Monaten haben mir zwölf von euch geholfen, den Zauber zu wirken, der Königin Ehlana am Leben erhalten hat. Sechs eurer tapferen Kameraden sind seither in das Haus des Todes eingegangen. Ihre Schwerter müssen jedoch hier sein, wenn wir den Zauber aufheben, um die Königin heilen zu können. Deshalb muß jeder von euch, der dabeigewesen ist, zusätzlich zum eigenen Schwert auch eines der gefallenen Brüder tragen. Ich werde den Zauber sprechen, der es euch ermöglicht, diese Schwerter an euch zu nehmen. Danach begeben wir uns zum Thronsaal, wo euch die Schwerter der Gefallenen abgenommen werden.«

Vanion blickte sie erstaunt an. »Abgenommen? Von wem?«

»Ihren ursprünglichen Besitzern.«

»Ihr werdet Geister im Thronsaal beschwören?« fragte er überrascht.

»Dazu bedarf es keiner Beschwörung. Dafür sorgt ihr Schwur. Wie schon einmal nehmt ihr um den Thron herum Aufstellung und streckt die Schwerter aus. Ich hebe den Zauber auf, wodurch der Kristall verschwinden wird. Alles andere hängt von Sperber ab – und vom Bhelliom.«

»Sagt mir genau, was ich tun muß«, verlangte Sperber.

»Zur rechten Zeit«, erwiderte sie. »Ich möchte nicht, daß Ihr voreilig handelt.«

Ritter Perraine geleitete den merklich gealterten Grafen von Lenda in die Ratskammer.

»Wie war es im Verlies?« erkundigte Vanion sich beiläufig.

»Klamm, Hochmeister Vanion«, antwortete Lenda.

Vanion musterte das gefurchte Gesicht des greisen Edelmannes. »Wie geht es Euch gesundheitlich, Lenda? Ihr seht sehr müde aus.«

»Alte Männer sehen immer sehr müde aus, Vanion.« Lenda lächelte sanft. »Und ich bin älter als die meisten.« Er straffte die dünnen Schultern. »Ins Verlies geworfen zu werden, ist ein Berufsrisiko für Diener der Öffentlichkeit. Man gewöhnt sich daran. Ich war schon in schlimmeren.«

»Ich bin sicher, Lycheas und dieser feiste Kerl werden den Aufenthalt im Verlies genießen, Euer Gnaden«, sagte Kalten lächelnd.

»Das bezweifle ich, Ritter Kalten.«

»Wir haben sie darauf aufmerksam gemacht, daß das Ende ihrer Gefangenschaft den Übergang in eine andere Welt einleitet. Deshalb bin ich überzeugt, daß sie das Verlies vorziehen. *So* unangenehme Mitbewohner sind Ratten gar nicht!«

»Ich habe Baron Harparin nicht gesehen. Ist er entkommen?«

»Sozusagen«, antwortete Kalten. »Er war beleidigend. Ihr habt Harparin ja selbst gekannt. Ritter Ulath erteilte ihm eine kleine Nachhilfe in Höflichkeit – mit seiner Streitaxt.«

»Dieser Tag ist voll erfreulicher Überraschungen«, gluckste Lenda.

»Graf von Lenda«, sagte Vanion nun förmlich, »wir werden uns jetzt in den Thronsaal begeben, um den Zauber von der Königin zu nehmen. Ich möchte, daß Ihr als Zeuge daran teilnehmt, damit Ihr die Identität der Königin bestätigen könnt, sollte es zu einem späteren Zeitpunkt zu Zweifeln kommen. Das einfache Volk ist abergläubisch, und es gibt gewisse Persönlichkeiten, die vielleicht ein Gerücht in Umlauf bringen möchten, daß Ehlana nicht wirklich ist, wer sie zu sein scheint.«

»Sehr gern, Hochmeister Vanion«, versicherte ihm Lenda, »aber wie wollt Ihr den Zauber von ihr nehmen?«

»Ihr werdet es sehen.« Sephrenia lächelte. Sie streckte die Hände über die Schwerter und murmelte einen langen styrischen Spruch. Die Schwerter glühten flüchtig, und die Ritter, die dabeigewesen waren, als Königin Ehlana in Kristall gehüllt wurde, traten zum Tisch. Sephrenia sprach mit gedämpfter Stimme, worauf ein jeder eines der Schwerter an sich nahm. »Sehr gut«, lobte sie. »Begeben wir uns nun zum Thronsaal.«

»Das alles ist sehr geheimnisvoll«, sagte Lenda zu Sperber, während sie durch den Korridor zum Thronsaal schritten.

»Habt Ihr schon einmal gesehen, wie echte Magie gewirkt wurde, Euer Gnaden?« fragte Sperber ihn.

»Ich glaube nicht an Magie, Sperber.«

Sperber lächelte. »Das könnte sich schon bald ändern.«

Der greise Edelmann zog den Schlüssel aus einer Tasche und sperrte die Tür zum Thronsaal auf. Dann folgten alle Sephrenia in den Saal. Es war dunkel. Während Lendas Gefangenschaft hatte man alle Kerzen verlöschen lassen. Aber auch in der Dunkelheit konnte Sperber immer noch den gemessenen Schlag des Herzens seiner Königin vernehmen. Kurik trat auf den Korridor zurück und kehrte mit einer brennenden Fackel wieder.

»Frische Kerzen?« fragte er Sephrenia.

»Unbedingt«, antwortete sie. »Wir wollen doch nicht, daß Ehlana in einem dunklen Raum erwacht.«

Kurik und Berit wechselten die niedergebrannten Kerzen gegen neue aus. Dann blickte Berit neugierig auf die junge Königin, der er so treu gedient hatte, ohne sie je gesehen zu haben. Seine Augen weiteten sich plötzlich, als er sie anstarrte, und er hielt den Atem an. Sein Blick war der durchaus angebrachter Verehrung, aber Sperber fand, daß es vielleicht noch ein bißchen mehr war als Hochachtung. Berit war im selben Alter wie Ehlana, und sie war bildschön.

»So ist es viel besser«, lobte Sephrenia und blickte sich in dem nun kerzenschimmernden Saal um. »Sperber, kommt mit mir.« Sie führte ihn zu dem Podest, auf dem der Thron stand.

Ehlana trug prächtige Gewänder, und auf ihrem hellblonden Haar glitzerte die Krone von Elenien. Sie hatte die Augen geschlossen, und ihr Gesicht strahlte inneren Frieden aus.

»Gleich ist es soweit, meine Königin«, murmelte Sperber mit Tränen in den Augen.

»Zieht Eure Handschuhe aus, Sperber«, wies Sephrenia ihn an. »Die Ringe müssen den Bhelliom berühren, wenn Ihr ihn benutzt.«

Er schlüpfte aus den Rüsthandschuhen, holte den Leinenbeutel hervor und knüpfte die Zugschnur auf.

»Also dann, meine Herren«, wandte Sephrenia sich an die überlebenden Ritter. »Nehmt eure Plätze ein.«

Vanion und die fünf anderen Pandioner stellten sich rings um den Thron auf, jeder mit seinem eigenen Schwert und dem eines ihrer gefallenen Brüder.

Sephrenia stand neben Sperber und begann mit dem styrischen Spruch, den ihre Hände in webender Bewegung begleiteten. Die Kerzenflammen flackerten wie im Rhythmus zu dem klangvollen Zauber. Plötzlich breitete sich im Saal der Geruch des Todes aus. Sperber riß den Blick von Ehlanas Antlitz, um sich rasch im Kreis der Ritter umzusehen. Wo sich sechs befunden hatten, standen nun zwölf. Die durchscheinenden Gestalten jener, die in den vergangenen Monaten einer nach dem anderen den Tod gefunden hatten, waren zurückgekehrt, um ein letztes Mal ihre Schwerter in die Hand zu nehmen.

»Jetzt, meine Herren Ritter«, wies Sephrenia die lebenden wie die toten an, »richtet eure Schwerter auf den Thron.« Sie sprach nun eine andere Beschwörung. Die Spitze eines jeden Schwertes fing zu glühen an und leuchtete immer heller, bis ein Ring aus reinem Licht den Thron umgab. Sephrenia hob den Arm und rief ein kurzes Wort; dann senkte sie den Arm so heftig, als wolle sie die Luft durchschneiden. Die Kristallhülle, die den Thron umgab, zerfloß, als wäre sie aus Wasser. Dann war sie verschwunden.

Ehlana sank nach vorn und zitterte heftig am ganzen Leib. Sie atmete schwer und ihr Herzschlag, der immer noch im Saal widerhallte, wurde stockend. Sperber sprang auf das Thronpodest, um ihr zu Hilfe zu eilen.

»Noch nicht!« rief Sephrenia scharf.

»Aber ...«

»Tut, was ich sage!«

Hilflos stand Sperber eine Minute, die ihm länger als eine Stunde schien, über seine Königin gebeugt. Dann trat Sephrenia herbei und hob Ehlanas Kinn mit beiden Händen. Die weit aufgerissenen grauen Augen der Königin waren blicklos, und ihr Gesicht war grotesk verzerrt.

»Nehmt jetzt den Bhelliom in beide Hände, Sperber«, befahl sie, »und legt ihn auf ihre Brust über dem Herzen. Aber denkt daran, daß beide Ringe den Stein berühren müssen! Und dann befehlt ihm, sie zu heilen.«

Sperber nahm die Saphirrose in beide Hände und tupfte damit behutsam auf Ehlanas Brust.

»Heile meine Königin, Bhelliom-

Blaurose!« befahl er laut.

Die ungeheure Kraft, die von dem Stein in seinen Händen ausging, zwang Sperber in die Knie. Die Kerzen flackerten, und ihr Schein verdüsterte sich, als huschte ein dunkler Schatten über den Saal. War irgend etwas geflohen? Oder war es der Schatten des Grauens, das Sperber folgte und seine Träume in Alpträume verwandelte?

Ehlana erstarrte, und ihre schlanke Gestalt wurde gegen die Rückenlehne ihres Thrones geschmettert. Ein heiseres Keuchen löste sich aus ihrer Kehle. Dann wurden ihre Augen mit einem Mal klar, und sie blickte Sperber überrascht an.

»Es ist vollbracht«, erklärte Sephrenia mit zittriger Stimme, dann knickten ihre Knie ein, und sie sank kraftlos auf das Podest.

Ehlana holte zitternd Atem. »Mein Ritter!« rief sie schwach und streckte die Arme nach dem Pandioner in der schwarzen Rüstung aus, der vor ihr kniete. Trotz ihrer Schwäche war ihre Stimme voll und melodisch. Es war die Stimme einer Frau, nicht mehr die Kinderstimme, an die Sperber sich erinnerte. »Oh, Sperber, endlich seid Ihr zu mir zurückgekehrt!« Sie schlang die zitternden Arme um seine gepanzerten Schultern, schob das Gesicht unter das hochgeklappte Visier und küßte ihn.

»Genug für jetzt, Kinder«, sagte Sephrenia. »Sperber, tragt sie zu ihren Gemächern.«

Sperber war aufgewühlt. Ehlanas Kuß war alles andere als kindlich gewesen. Er steckte den Bhelliom in den Beutel zurück, nahm seinen Helm ab und warf ihn Kalten zu. Dann nahm er seine Königin sanft in die Arme, und sie schmiegte ihre Wange an seine. »Oh, ich habe dich gefunden«, hauchte sie und legte die Arme um seine Schultern. »Ich liebe dich und lasse dich nie mehr gehen.«

Sperber erkannte die Ballade, aus der Ehlana zitierte, und er fand es sehr ungeziemend. Es machte ihm Sorgen. Etwas war ganz offensichtlich nicht so, wie es sein sollte.

4

Meine Beziehung zu Ehlana wird ein Problem, dachte Sperber, während er aus seinem Panzer schlüpfte, nachdem er seiner Königin am folgenden Morgen seine Aufwartung gemacht hatte. Ehlana war ihm auch in der Zeit seiner Verbannung innerlich immer nahe gewesen, doch nun war ihre Beziehung nicht mehr so einfach wie damals, als Sperber sie verließ. Er war der Erwachsene gewesen, sie das Kind. Das hatte sich nun geändert, und sie beide mußten sich auf dem ungewohnten, glatten Parkett der Herrscher-Untertan-Beziehung zurechtfinden.

Von Kurik und anderen wußte er, daß das Mädchen, das er fast von der Wiege an aufgezogen hatte, während der wenigen Monate, ehe sie Annias' Gift zum Opfer gefallen war, beachtliches Durchsetzungsvermögen bewiesen hatte. Dies zu hören, war eines, es selbst zu erleben, etwas ganz anderes. Nicht, daß Ehlana sich Sperber gegenüber streng oder gebieterisch gab. Sie erteilte ihm keine direkten Befehle, ließ aber keinen Zweifel daran, daß sie *erwartete*, er würde auf ihre

Wünsche eingehen. So bewegten sich beide in einer Grauzone, in der es Gelegenheiten für bedenkliche Fehler sowohl für Sperber wie für Ehlana gab.

Mehrere Vorfälle waren Beispiele dafür. So betrachtete Sperber Ehlanas Verlangen, daß er in dem Gemach unmittelbar neben dem ihrem schlafen solle, höchst unschicklich, beinahe skandalös. Als er versucht hatte, ihr seine Bedenken vorzubringen, hatte sie nur gelacht. Doch seine Rüstung gewährte zumindest ein wenig Schutz vor spitzen Zungen. Immerhin waren es unruhige Zeiten, und die Königin von Elenien mußte beschützt werden. Als ihr Streiter hatte Sperber die Pflicht – ja das Recht –, Wache bei ihr zu halten.

Als er ihr jedoch am Morgen, wieder in voller Rüstung, seine Aufwartung machte, hatte sie die Nase gerümpft und ihm geraten, sich sogleich umzuziehen. Er wußte, daß das ein großer Fehler sein würde. Über den Streiter der Königin in stählernem Panzer würde niemand, der Wert auf sein Wohlergehen legte, ein falsches Wort sagen. Trug Sperber jedoch Wams und enges Beinkleid, wäre das etwas ganz anderes. Die Dienerschaft würde sich zweifellos darüber auslassen, und die Gerüchte aus dem Schloß verbreiteten sich rasch durch die ganze Stadt.

Jetzt blickte Sperber zweifelnd in den Spiegel. Sein Wams war aus schwarzem Samt mit Silberborte, sein Beinkleid war grau. Zumindest hatte dieser Aufzug vage Ähnlichkeit mit einer Uniform, zumal die schwarzen Halbstiefel, die Sperber dazu trug, militärischer wirkten als die spitzen Schuhe, die derzeit Mode am Hof waren. Den schmalen Degen lehnte er von vornherein ab und schnallte sich statt dessen sein Breitschwert um. Das mochte zwar ein wenig lächerlich aussehen, doch die schwere Waffe ließ deutlich erkennen, daß Sperber sich dienstlich in den Gemächern der Königin aufhielt.

»Das ist absurd, Sperber!« Ehlana lachte, als er in ihr Wohngemach zurückkehrte, wo sie mit Kissen im Rücken und einer blauen Satindecke über den Knien halb sitzend, halb liegend auf einem Diwan ruhte.

»Meine Königin?« sagte er kühl.

»Das Breitschwert, Sperber! Es paßt nicht zu dieser Kleidung. Bitte schnallt es sofort ab und tragt den Degen, den ich für Euch bereitlegen ließ.«

»Wenn Ihr Anstoß an meiner Erscheinung nehmt, Majestät, ziehe ich mich zurück. Das Schwert bleibt, wo es ist. Ich kann Euch nicht mit einer Stricknadel beschützen.«

Ihre grauen Augen blitzten. »Ihr ...«, begann sie hitzig.

»*Meine* Entscheidung, Ehlana«, unterbrach er ihren Widerspruch. »Ich bin für Eure Sicherheit verantwortlich, und die Maßnahmen, die ich zu diesem Zweck ergreife, stehen nicht zur Debatte!«

Der Blick in Ehlanas Augen wurde weicher. »So streng und unbeugsam, mein Streiter?«

»Wenn es um die Sicherheit Eurer Majestät geht, ja«, sagte er entschieden.

»Aber warum streiten wir, mein Ritter?« Sie lächelte ihn schelmisch an und klimperte mit den Wimpern.

»Tut das nicht, Ehlana!« Wie von selbst fiel er in die Rolle des Tutors zurück, der er in ihren Kinderjahren gewesen war. »Ihr seid die Königin, keine kokette Kammerzofe. Bittet nicht und versucht nicht, etwas mit Charme zu erreichen. Befehlt!«

»Würdet Ihr das Schwert ablegen, wenn ich es Euch befehlen würde, Sperber?«

»Nein. Die üblichen Regeln treffen auf mich nicht zu.«

»Wer hat das entschieden?«

»Ich! Wir können den Grafen von Lenda rufen, wenn Ihr möchtet. Er ist im Recht gut bewandert und kann uns seine Ansicht in dieser Sache sagen, meine Königin.«

»Sperber, wenn wir allein sind wie jetzt, könntet Ihr da nicht dieses ›Majestät‹ und ›meine Königin‹ lassen? Ich habe schließlich einen Namen, und Ihr hattet keine Bedenken, mich Ehlana zu rufen, als ich ein Kind war.«

»Wie Ihr wünscht.« Er schüttelte lächelnd den Kopf.

»Es steht Euch gut, wenn Ihr lächelt, mein Streiter. Ihr solltet es viel öfter versuchen.« Sie lehnte sich nachdenklich in ihre Kissen zurück. Ihr aschblondes Haar war an diesem Morgen sorgfältig gekämmt, und sie trug ein paar unaufdringliche, aber ungemein kostbare Schmuckstücke. Ihre Wangen waren sanft gerötet, was bei ihrer hellen Haut hübsch aussah. »Was habt Ihr in Rendor gemacht, nachdem Euch dieser Dummkopf Aldreas verbannt hatte?«

»So spricht man nicht von seinem Vater, Ehlana.«

»Als Vater ließ er sehr zu wünschen übrig, Sperber, und Verstand hat er nicht viel gehabt. Die Anstrengungen, seine Schwester zu befriedigen, müssen seinem Gehirn geschadet haben.«

»Ehlana!«

»Ah, seid doch nicht so spießig, Sperber! Das ganze Schloß wußte Bescheid, wahrscheinlich sogar die ganze Stadt.«

»Wie könnt Ihr so viel über Prinzessin Arissa wissen?« fragte er. »Sie wurde doch bereits vor Eurer Geburt in das Kloster bei Demos gesandt.«

»Gerüchte können ein langes Leben haben, und Arissa war alles andere denn verschwiegen.«

Sperber überlegte, wie er das Thema wechseln könnte. Obwohl Ehlana sich anscheinend der Bedeutung ihrer Worte klar war, wollte er einfach nicht glauben, daß sie so weltklug sein konnte. Etwas in ihm klammerte sich hartnäckig an den Glauben, daß sie unter ihrer offensichtlichen menschlichen Reife immer noch dasselbe unschuldige Kind war, das er vor zehn Jahren verlassen mußte. »Streckt Eure linke Hand aus«, forderte er sie auf. »Ich habe etwas für Euch.«

Beide wußten immer noch nicht so recht, wie sie miteinander umgehen sollten, das bereitete ihnen Unbehagen. Sperber wechselte zwischen steifer, korrekter Förmlichkeit und abruptem, fast militärischem, befehlsgewohntem Auftreten. Auch Ehlanas Verhalten schien zwischen dem des übermütigen Kindes, das er aufgezogen und geformt hatte, und dem der erhabenen Monarchin zu schwanken. Auf einer tieferen Ebene waren sich beide der Veränderungen nur allzu bewußt, die Ehlana in einer kurzen Dekade geformt hatten. Da Sperber die körperliche Entwicklung nicht hatte miterleben können, stand er nun beeindruckt und ein wenig hilflos vor der jungen Frau. Er bemühte sich ehrlich, sie nicht so anzusehen, daß seine Blicke mißverstanden werden könnten. Und was Ehlana anging, so schien sie sich ihrer erwachten Reize nur allzu bewußt zu sein und war hin und her gerissen zwischen der Versuchung, sie zur Geltung zu bringen, und dem Verlangen, sie verlegen zu verbergen. Es war eine schwierige Zeit für sie beide.

Es sollte nun etwas zu Sperbers Verteidigung klargestellt werden. Ehlanas schier überwältigende Weiblichkeit, verbunden mit ihrer königlichen Haltung und erstaunlichen Offenheit, hatten ihn abgelenkt, und die Ringe ähnelten einander so sehr, daß man ihm wirklich vergeben sollte, daß er versehentlich den eigenen von seinem Finger zog und ihn über ihren streifte. Er dachte gar nicht daran, wie dies ausgelegt werden könnte.

Trotz der Ähnlichkeit der Ringe gab es jedoch ein paar winzige Unterschiede, und Frauen haben ein erstaunlich gutes Auge dafür. Ehlana bedachte den Rubinring, den Sperber ihr an den Finger gesteckt hatte, nur mit einem flüchtigen Blick, doch plötzlich jubelte sie auf, schlang die Arme um Sperbers Hals und preßte ihre Lippen auf seine.

Es war vielleicht ein wenig unglücklich, daß Vanion und der Graf von Lenda ausgerechnet in diesem Moment das Gemach betraten. Der alte Graf hüstelte höflich, und Sperber, der bis zu den Haarspitzen errötet war, befreite sich sanft, aber entschieden aus den Armen der Königin.

Graf Lenda lächelte verständnisvoll, und Vanion hatte eine Braue leicht hochgezogen. »Verzeiht die Störung, Majestät«, entschuldigte der Graf sich diplomatisch, »aber da Eure Genesung offensichtlich gut voranschreitet, hielten Hochmeister Vanion und ich die Zeit für günstig, Euch in gewissen Staatsangelegenheiten auf den neuesten Stand zu bringen.«

»Selbstverständlich, Lenda«, entgegnete sie, ohne auf die unausgesprochene Frage einzugehen, was zwischen ihr und Sperber vorgegangen war.

»Wir haben ein paar Freunde mitgebracht, Majestät«, flocht nun Vanion ein. »Sie können Euch über einige Ereignisse genauer berichten als wir. Sie warten vor der Tür.«

»Dann bittet sie sogleich herein.«

Sperber trat an ein Beistelltischchen und schenkte sich hastig ein Glas Wasser ein. Sein Mund war merkwürdigerweise wie ausgetrocknet.

Vanion trat kurz hinaus und kehrte mit Sperbers Gefährten zurück. »Majestät, ich glaube, Ihr kennt Sephrenia, Kurik und Ritter Kalten bereits.« Dann stellte er die übrigen vor, unterließ es aber vorsichtshalber, Talens professionelle Aktivitäten zu erwähnen.

»Ich freue mich sehr, euch alle kennenzulernen«, sagte Ehlana huldvoll. »Doch ehe wir beginnen, möchte ich etwas bekanntgeben. Ritter Sperber hat soeben um meine Hand angehalten.«

Sperber hatte gerade getrunken und verschluckte sich heftig.

»Was hast du denn, Liebster?« fragte Ehlana unschuldsvoll.

Er deutete auf seinen Hals und gab würgende Geräusche von sich.

Als Sperber wieder Luft bekam und sich einigermaßen gefaßt hatte, blickte der Graf von Lenda seine Königin an. »Dann darf ich schließen, Majestät, daß Ihr den Antrag Eures Streiters angenommen habt?«

»Aber natürlich! Ich war gerade dabei, als Ihr eingetreten seid.«

»Oh«, sagte der alte Mann. »Ich verstehe.« Lenda war ein vollendeter Politiker und in der Lage, solche Erklärungen abzugeben, ohne die Miene zu verziehen.

»Herzlichen Glückwunsch«, sagte Kurik rauh und schüttelte heftig Sperbers Hand.

Kalten starrte Ehlana an. »*Sperber?*« sagte er ungläubig.

»Ist es nicht seltsam, daß nicht einmal deine engsten Freunde ahnen, was in dir steckt, Liebster?« Dann wandte sie sich Kalten zu. »Ritter Kalten«, sagte sie, »Euer Jugendfreund ist der vortrefflichste Ritter auf der ganzen Welt. Jede Frau würde sich geehrt fühlen, ihn zum Gemahl zu haben.« Sie lächelte zufrieden. »Aber ich habe ihn *bekommen*. Und nun, meine Freunde, setzt euch und erzählt mir, was sich während meiner Erkrankung in meinem Reich getan hat. Bitte, faßt euch kurz, mein Verlobter und ich haben noch viel zu besprechen.«

Vanion war stehengeblieben. Er ließ den Blick über die anderen schweifen. »Falls ich etwas Wichtiges auslasse, weist mich darauf hin«, bat er. Er blickte zur Decke. »Wo fange ich am besten an?« überlegte er laut.

»Vielleicht damit, daß Ihr mir verratet, was für eine schlimme Krankheit ich hatte«, schlug Ehlana vor.

»Ihr wurdet vergiftet, Majestät.«

»*Was?*«

»Mit einem außerordentlich seltenen Gift aus Rendor – dem gleichen, an dem Euer Vater starb.«

»Wer hat das getan?«

»Im Fall Eures Vaters, seine Schwester. In Eurem, der Primas Annias. Ihr habt gewußt, daß er ein Auge auf den Erzprälatenthron in Chyrellos geworfen hatte?«

»Natürlich. Ich tat, was ich konnte, seine Pläne zu vereiteln. Sollte er tatsächlich Erzprälat werden, trete ich zum Eshandismus über – oder werde vielleicht sogar Styrikerin. Würde Euer Gott mich aufnehmen, Sephrenia?«

»Göttin, Majestät«, berichtigte Sephrenia. »Ich diene einer Göttin.«

»Wie ungemein praktisch! Müßte ich kahlhäuptig gehen und ihr ein paar elenische Kinder opfern?«

»Das ist absurd, Ehlana!«

»Ich mache nur Spaß, Sephrenia.« Ehlana lachte. »Aber ist es nicht gerade das, was die einfachen Elenier von den Styrikern glauben? Wie habt Ihr von den Vergiftungen erfahren, Hochmeister Vanion?«

Vanion erzählte mit knappen Worten von Sperbers Begegnung mit König Aldreas' Geist und der Wiedererlangung des Ringes, der nun – durch ein Versehen – die Hand des Streiters zierte. Dann berichtete er von der De-facto-Herrschaft Annias' und der Erhebung des Vetters der Königin zum Prinzregenten.

»Lycheas?« unterbrach sie ihn. »Lächerlich. Er ist ja nicht einmal imstande, sich anzuziehen!« Sie runzelte die Stirn. »Wenn man mir das gleiche Gift eingegeben hat, an dem mein Vater starb, wie kommt es dann, daß ich lebe?«

»Wir bedienten uns gewisser Magie, um Euch am Leben zu erhalten, Königin Ehlana«, antwortete Sephrenia.

Vanion erzählte von Sperbers Rückkehr aus Rendor und von ihrer wachsenden Überzeugung, daß Annias sie vergiftet hatte, um Zugang zu ihrer Schatzkammer zu erhalten und seine Kampagne für das Amt des Erzprälaten zu finanzieren.

Hier griff Sperber die Geschichte auf und berichtete der jungen Dame, die eben erst ihr Netz um ihn zugezogen hatte, von der Reise der Gruppe Ordensritter und ihrer Begleiter nach Chyrellos, Borrata und schließlich nach Rendor.

»Wer ist Flöte?« unterbrach Ehlana ihn einmal.

»Ein styrisches Findelkind«, antwortete er. »Das heißt, dafür hielten wir sie. Sie sah wie eine Sechsjährige aus, aber es erwies sich, daß sie viel, viel älter ist.« Er fuhr mit seinem Bericht fort, beschrieb ihre Wanderung durch Rendor und ihre Begegnung mit dem Arzt in Dabur, von dem sie schließlich erfahren hatten, daß nur Magie ihre Königin retten könnte. Dann erzählte er von dem Zusammenstoß mit Martel.

Ehlana verzog das Gesicht. »Ich konnte ihn nie leiden.«

»Er ist jetzt Annias' Mann«, erklärte Sperber, »und er war zur selben Zeit in Rendor wie wir. Es gab dort einen verrückten religiösen Fanatiker – Arasham –, er war der geistige Führer des Königreichs. Martel versuchte, ihn zu einer Invasion der elenischen Reiche zu überreden, als Ablenkungsmanöver, um Annias freie Hand während der Wahl zum neuen Erzprälaten zu geben. Sephrenia und ich begaben uns in Arashams Zelt, und dort war Martel.«

»Habt ihr ihn getötet?« fragte Ehlana heftig.

Sperber blinzelte. Das war eine Seite an ihr, die ihm völlig fremd war. »Es war nicht der rechte Zeitpunkt«, entschuldigte er sich. »Ich ließ mir statt dessen eine List einfallen und überzeugte Arasham, daß es besser sei, mit der Invasion zu warten, bis er von mir hörte. Martel kochte vor Wut, konnte jedoch nichts dagegegen unternehmen. Er und ich führten später ein kleines Gespräch, und er sagte mir, daß er das Gift entdeckt und es Annias gegeben hatte.«

»Würde das vor Gericht genügen, Graf Lenda?« fragte Ehlana.

»Das hängt vom Richter ab, Majestät.«

»Dann brauchen wir uns keine Gedanken darüber zu machen«, sagte sie grimmig, »denn *ich* werde sowohl das Amt des Richters wie der Schöffen übernehmen!«

»Das ist ungesetzlich, Majestät«, murmelte Lenda.

»Es war auch ungesetzlich, was man meinem Vater und mir angetan hat. Erzähle weiter, Sperber.«

»Wir kehrten hierher, nach Cimmura, zurück und begaben uns ins Ordenshaus. Dort wurde ich ersucht, die königliche Krypta unter dem Dom aufzusuchen. Dort erschien mir der Geist Eures Vaters. Er teilte mir unter anderem mit, daß Eure Tante ihn und daß Annias Euch vergiftet hat. Auch daß Lycheas das Produkt intimer Freuden zwischen Annias und Arissa ist.«

»Gott sei Dank!« Ehlana seufzte erleichtert. »Ich hatte schon befürchtet, er wäre der Bastard meines Vaters. Es ist schlimm genug, zugeben zu müssen, daß er mein Vetter ist, aber mein Bruder? Undenkbar!«

»Der Geist Eures Vaters hat mir auch gesagt, daß nur der Bhelliom Euer Leben retten könnte.«

»Bhelliom? Wer oder was ist das?«

Sperber langte unter sein Wams und zog den Leinenbeutel hervor. Er öffnete ihn und nahm die Saphirrose heraus. »Das ist der Bhelliom, Majestät.« Wieder spürte er mehr, als er es sah, die lockende Bewegung von etwas Finsterem unmittelbar am Rand seines Blickfelds. Er schüttelte dieses Gefühl ab und streckte die Hand mit dem Stein aus.

»Wundervoll!« hauchte sie und langte danach.

»*Nein!*« rief Sephrenia scharf. »Berührt ihn nicht, Ehlana! Er könnte Euch vernichten!«

Ehlana wich erschrocken zurück. »Aber Sperber berührt ihn!«

»Der Bhelliom kennt ihn. Vielleicht kennt er Euch ebenfalls, aber wir wollen lieber kein Risiko eingehen. Es hat uns alle zu viel Zeit und Mühe gekostet, Euer Leben zu retten, als daß wir es jetzt gefährden sollten.«

Sperber ließ den Stein in den Beutel fallen und steckte ihn wieder weg.

»Noch etwas solltet Ihr wissen, Ehlana«, fuhr Sephrenia fort. »Der Bhelliom ist der mächtigste und wertvollste Gegenstand auf der Welt. Azash will ihn unbedingt in seinen Besitz bringen. Er war auch für Othas Invasion vor fünfhundert Jahren verantwortlich. Otha hat Zemocher – und andere – hier im Westen auf die Jagd nach dem Stein geschickt. Wir dürfen auf keinen Fall zulassen, daß er ihn bekommt.«

»Sollen wir ihn jetzt gleich vernichten?« fragte Sperber düster. Aus irgendeinem Grund fiel ihm diese Frage unendlich schwer.

»Ihn vernichten?« rief Ehlana bestürzt. »Aber er ist so wunderschön!«

»Er ist auch böse«, erklärte Sephrenia. Sie zögerte. »Böse ist vielleicht nicht die richtige Bezeichnung. Er kennt den Unterschied zwischen gut und böse gar nicht. Nein, Sperber, behalten wir ihn noch eine Zeitlang, bis wir sicher sein können, daß für Ehlana keine Gefahr eines Rückfalls mehr besteht. Berichtet weiter. Versucht, Euch kurz zu fassen. Eure Königin ist noch sehr schwach.«

»Gut.« Er erzählte von ihrer Suche auf dem ehemaligen Schlachtfeld am Randerasee und wie sie schließich auf Graf Ghasek gestoßen waren. Die Königin hörte aufmerksam zu, ja schien sogar den Atem anzuhalten, als er von den Ereignissen am Vennesee berichtete. Sperber erwähnte kurz König Warguns Störmanöver – benutzte allerdings nicht direkt dieses

Wort – und beschrieb zuletzt den schrecklichen Kampf in Ghwerigs Höhle und die Offenbarung von Flötes wahrer Identität. »Und so sieht es nun aus«, schloß er. »König Wargun bekämpft die Rendorer in Arzium; Annias wartet in Chyrellos auf den Tod von Erzprälat Cluvonus; und Ihr seid wieder an der Macht, wie es Euer Recht ist.«

»Und frisch verlobt«, erinnerte sie ihn. Offenbar dachte sie nicht daran, ihn das vergessen zu lassen. Sie überlegte kurz und fragte: »Und was habt ihr mit Lycheas gemacht?«

»Er ist im Verlies, Majestät.«

»Und Harparin und der andere?«

»Der Dicke ist bei Lycheas. Harparin verließ uns ziemlich plötzlich.«

»Ihr habt ihn entkommen lassen?«

Kalten schüttelte den Kopf. »Nein, Majestät. Er wollte uns befehlen, uns aus der Ratskammer zu entfernen. Vanion überließ es Ulath, ihn einen Kopf kürzer zu machen.«

»Wie passend. Ich möchte Lycheas sehen.«

»Es wäre besser, wenn Ihr Euch ausruht«, meinte Sperber besorgt.

»Nicht bevor ich meinem Vetter die Meinung gesagt habe – und du aufhörst, mich ›Euch‹ und ›Ihr‹ zu nennen!«

»Ich hole ihn«, erbot sich Ulath. Er drehte sich um und verließ das Gemach.

»Graf von Lenda«, fuhr Ehlana fort. »Würdet Ihr den Vorsitz über den königlichen Rat übernehmen?«

»Wie Majestät es wünschen.« Lenda verbeugte sich.

»Und Hochmeister Vanion, würdet Ihr mir ebenfalls als Berater dienen – wenn Eure anderen Pflichten es zeitlich zulassen?«

»Es ist mir eine Ehre, Majestät.«

»Als mein Gemahl und Streiter wird auch Sperber einen Sitz am Ratstisch haben – und ich würde sagen, Sephrenia ebenfalls.«

»Ich bin Styrikerin, Ehlana«, gab Sephrenia zu bedenken. »Haltet Ihr es für klug, eine Styrikerin in Eurem Rat aufzunehmen – in Anbetracht der Einstellung der einfachen Elenier zu unserer Rasse, meine ich?«

»Ich werde diesem Unsinn ein für allemal ein Ende machen!« sagte Ehlana fest. »Sperber, fällt dir jemand ein, der außerdem von Nutzen für den Rat sein könnte?«

Er überlegte, und plötzlich kam ihm eine Idee. »Ich glaube, ja. Er ist zwar nicht von edler Geburt, aber er ist sehr klug und kennt eine Seite Cimmuras, von deren Existenz Ihr – du wahrscheinlich gar nichts weißt.«

»Wer ist dieser Mann?«

»Er heißt Platime.«

Talen lachte laut. »Habt Ihr den Verstand verloren, Sperber? Ihr wollt Platime unters selbe Dach lassen, unter dem sich die Schatzkammer und die Kronjuwelen befinden?«

Ehlana blickte ihn leicht verwirrt an. »Gibt es ein besonderes Problem mit diesem Mann?«

»Platime ist der König der Diebe in Cimmura«, erklärte Talen ihr. »Er herrscht über alle Diebe und Bettler in der Stadt – ebenso über die Schwindler, Meuchler und Huren.«

»Hüte deine Zunge, junger Mann!« schnaubte Kurik.

»Ich habe diese Bezeichnung schon früher gehört, Kurik«, sagte Ehlana ruhig, »ich weiß, was sie bedeutet. Aber verrate mir jetzt den Grund für diesen Vorschlag, Sperber.«

»Wie ich schon sagte, Platime ist sehr schlau – in mancher Hinsicht sogar brillant. Und er ist ein Patriot, obwohl das ein wenig merkwürdig erscheinen mag. Keiner kennt die gesellschaftlichen Verhältnisse in Cimmura besser als er. Er verfügt über Möglichkeiten, an Information zu gelangen, wie sonst niemand. In Cimmura geschieht nichts – wohl auch nicht sonstwo auf der Welt –, das er nicht erfährt.«

»Ich werde mit ihm reden«, versprach Ehlana.

Dann zerrten Ulath und Perraine Lycheas in das Gemach. Lycheas riß den Mund weit auf, und seine Augen quollen aus den Höhlen, als er seine Base sah. »Wie ...«, begann er und biß sich auf die Lippe.

»Du hast wohl nicht erwartet, daß ich noch lebe, Lycheas?«

»Soviel ich weiß, ist es üblich, vor der Königin zu knien, Lycheas«, knurrte Ulath und half mit einem Tritt gegen die Beine nach. Lycheas stürzte krachend zu Boden und blieb zitternd liegen.

Der Graf von Lenda räusperte sich. »Majestät«, sagte er, »während Eurer Erkrankung bestand Prinz Lycheas darauf, mit ›Eure Majestät‹ angeredet zu werden. Ich werde mich erst noch in den Statuten vergewissern, aber ich glaube, daß das Hochverrat ist.«

»Das genügt mir«, brummte Ulath und hob seine Streitaxt. »Ein Wort von Euch, Königin von Elenien, und sein Kopf verunziert in wenigen Minuten auf einem Spieß das Schloßtor.«

Lycheas starrte Ehlana entsetzt an; dann weinte er und flehte um sein Leben, während seine Base tat, als dächte sie darüber nach. Sperber *hoffte* jedenfalls, daß sie nur so tat. »Nicht hier, Ritter Ulath«, sagte sie schließlich bedauernd. »Der Teppich, wißt Ihr.«

»König Wargun wollte ihn aufhängen«, warf Kalten ein. Er legte den Kopf zurück. »Ihr habt hier eine hübsche hohe Decke, Majestät, und feste Balken. Ich brauche bestimmt nicht lange, einen Strick zu besorgen. Wir können ihn im Handumdrehen in der Luft tanzen lassen, und Hängen ist viel sauberer als Köpfen.«

Ehlana blickte Sperber an. »Was meinst du, Liebster? Sollen wir meinen Vetter hängen?«

Sperber war zutiefst schockiert von der Kaltblütigkeit, mit der sie das sagte.

»Äh – er weiß bestimmt so allerhand, das nützlich für uns sein könnte.«

»Das mag stimmen.« Sie nickte. »Wie sieht es aus, Lycheas? Hast du irgend etwas, das du uns anvertrauen möchtest, während ich über dein künftiges Los nachdenke?«

»Ich sage alles, was du willst, Ehlana«, krächzte er.

Ulath schlug ihn unsanft auf den Hinterkopf. »Eure Majestät!« erinnerte er ihn.

»Eu-eure Majestät«, stammelte Lycheas.

»Da ist noch etwas zu bedenken, Ehlana«, fuhr Sperber fort. »Lycheas ist Annias' Sohn, wie du weißt.«

»Wie habt ihr das herausgefunden?« rief Lycheas.

»Wie ich sagte«, fuhr Sperber fort, »Lycheas ist Annias' Sohn und könnte sich als nützliches Verhandlungsobjekt in Chyrellos erweisen, wenn wir verhindern wollen, daß Annias auf den Erzprälatenthron kommt.«

»Oh«, sagte Ehlana verdrossen. »Nun, wenn es sein muß. Aber sobald du ihn nicht mehr brauchst, übergibst du ihn Ritter Ulath und Ritter Kalten. Ich bin sicher, sie werden sich einigen, wer von ihnen sich seiner annehmen darf.«

»Könnten wir Strohhalme ziehen?« fragte Kalten Ulath.

»Oder die Würfel entscheiden lassen«, schlug Ulath vor.

»Graf Lenda«, bat Ehlana nun, »bringt diesen Wicht doch mit Hochmeister Vanion irgendwohin, wo Ihr ihn verhören könnt. Ich will ihn nicht mehr sehen. Nehmt die Ritter Kalten, Perraine und Ulath mit. Vielleicht bringt ihre Gesellschaft ihn dazu, ein wenig redseliger zu werden.«

»Jawohl, Majestät«, erwiderte Lenda und verbarg ein Lächeln.

Nachdem Lycheas aus dem Gemach geschleppt worden war, blickte Sephrenia der jungen Königin in die Augen. »Ihr habt das doch nicht ernsthaft in Erwägung gezogen, Ehlana?«

»Oh, natürlich nicht – nun, jedenfalls nicht *zu* ernsthaft. Ich möchte, daß Lycheas ins Schwitzen kommt. Ich glaube, das ist nötig.« Sie seufzte müde. »Ich fürchte, ich muß mich jetzt ausruhen. Sperber, sei so lieb und trage mich ins Bett.«

»Das ist nicht schicklich, Ehlana«, entgegnete er steif.

»Schicklich oder nicht. Gewöhne dich möglichst schnell daran, an mich und das Bett gleichzeitig zu denken.«

»Ehlana!«

Sie lachte und streckte die Arme nach ihm aus.

Als Sperber sich über seine Königin beugte, um sie auf die Arme zu heben, schaute er zufällig auf Berits Gesicht. Der junge Ritteranwärter bedachte ihn mit einem Blick, aus dem unverhohlener Haß sprach. Noch ein Problem, dachte Sperber seufzend. Er nahm sich vor, eingehend mit Berit zu reden, sobald sich eine Gelegenheit ergab.

Er trug Ehlana in ihr Gemach, legte sie ins Bett und deckte sie zu. »Du hast dich sehr verändert, meine Königin«, sagte er ernst. »Du bist nicht mehr dieselbe, die ich vor zehn Jahren verlassen mußte.« Es war höchste Zeit, offen darüber zu sprechen.

»Du hast es also bemerkt.« Sie lächelte schalkhaft.

»O ja!« erwiderte er in schulmeisterischem Tonfall. »Du bist erst achtzehn, Ehlana. Es steht dir nicht und schickt sich auch nicht, wenn du dich um zehn Jahre älter zu geben bemühst. Ich kann dir nur empfehlen, dich in der Öffentlichkeit deinem Alter entsprechend unschuldsvoller zu benehmen.«

Sie wand sich im Bett herum, bis sie auf dem Bauch lag, den Kopf am Fußende. Sie stützte das Kinn auf die Hände, machte große unschuldige Kinderaugen und strampelte mit einem Fuß auf dem Kopfkissen. »So?« fragte sie.

»Hör auf!«

»Ich versuche nur, dir zu Gefallen zu sein, mein Verlobter. Was möchtest du sonst noch an mir ändern?«

»Du bist hart geworden, Kind.«

»Nenne mich nicht mehr ›Kind‹, Sperber! Ich habe an dem Tag, als Aldreas dich nach Rendor verbannte, aufgehört, ein Kind zu sein. Ich durfte Kind sein, solange du hier warst, mich zu beschützen, doch nachdem du fort warst, konnte ich es mir nicht mehr leisten.« Sie setzte sich auf und überkreuzte die Beine. »Der Hof meines Vaters war ein außerordentlich unerfreulicher Ort für mich, Sperber«, sagte sie sehr ernst. »Ich wurde herausgeputzt und bei öffentlichen Auftritten vorgezeigt. Annias' überhebliches Lächeln ist mir nie entgangen. Wenn ich Zutrauen zu jemandem gewann, wurde er sogleich fortgeschickt – oder ermordet. So sah ich mich gezwungen, die Kammerzofen bei ihrem hohlköpfigen Klatsch zu belauschen. Wenn sie unter sich sind, verhehlen sie ihre Lüsternheit nicht. Ich habe eine Zeitlang sogar eine Liste geführt – du hast mich ja gelehrt, methodisch zu sein. Du kannst dir nicht vorstellen, was im Dienstbotenquartier vorgeht! Nach meiner Liste hat eine der nimmersatten Zofen mit ihren Eroberungen sogar Arissa fast übertroffen. Ihre Bereitwilligkeit war legendär. Wenn ich manchmal ›weltklug‹ bin – hast du es nicht so genannt? – mußt du die Schuld den Erziehern geben, die man mir vorsetzte, nachdem du nicht mehr hier warst. Schon bald darauf begann ich mich – da selbst ein Hauch von Zuneigung zu den Damen oder Herren am Hof sogleich mit deren Entfernung geahndet wurde – auf die Dienstboten zu verlassen. Das ist mir zur Gewohnheit geworden, und es hat sich als sehr günstig für mich erwiesen. Im Schloß geschieht nichts, das die Dienstboten nicht wissen, und ich erfuhr es immer recht schnell. Das half mir, mich vor meinen Feinden zu schützen – und jeder am Hof war mein Feind, außer Lenda. Es war keine schöne Kindheit, Sperber, aber es lehrte mich mehr als müßige Stunden mit Reifenspiel und vergeudete Zuneigung zu Puppen oder Hündchen. Wenn ich hart zu sein scheine, liegt es daran, daß ich in feindseliger Umgebung aufwuchs. Es wird vielleicht Jahre dauern, die scharfen Kanten abzuschleifen, aber ich werde deine Bemühungen in dieser Hinsicht zu würdigen wissen.« Sie lächelte ihn vergnügt an, doch ihre Augen verrieten noch immer ein bißchen Schmerz und eine Spur Herausforderung.

»Meine arme Ehlana«, flüsterte er mitfühlend.

»Arm? Nein, mein geliebter Sperber. Jetzt habe ich ja dich, und das macht mich zur reichsten Frau der Welt.«

»Es gibt da ein Problem, Ehlana«, sagte er ernst.

»Ich sehe keines. Jetzt nicht mehr.«

»Ich fürchte, du hast es mißverstanden, als ich dir versehentlich meinen Ring gab.« Er bedauerte es sofort. Sie riß die Augen auf, als hätte er sie geohrfeigt. »Bitte, verstehe meine Worte nicht falsch«, fuhr er hastig fort. »Ich bin ganz einfach zu alt für dich.«

»Es ist mir egal, wie alt du bist«, entgegnete sie trotzig. »Du gehörst mir, Sperber, und ich werde dich *niemals* aufgeben!« Ihre Stimme war so voll Wildheit, daß er fast zurückgezuckt wäre. »Also gut. Nun, da du deinem Pflichtgefühl Genüge getan hast, werden wir nie mehr davon sprechen. Wann, denkst du, sollte unsere Vermählung stattfinden – bevor oder nachdem du mit Vanion nach Chyrellos reist und Annias tötest? Ich jedenfalls kann es kaum noch erwarten. Ich habe so allerlei über die Dinge gehört, die zwischen Mann und Frau passieren, wenn sie allein sind, und ich bin wirklich sehr, sehr neugierig.«

Selten war Sperber das Blut so in den Kopf gestiegen wie jetzt.

5

»Schläft sie?« fragte Vanion als Sperber aus Ehlanas Schlafgemach zurückkehrte.

Sperber nickte. »Hat Lycheas euch irgend etwas Brauchbares erzählt?«

»So einiges – das heißt, er hat hauptsächlich bestätigt, was wir bereits vermutet hatten«, erwiderte der Hochmeister. Sein Gesicht wirkte sorgenvoll und immer noch war ihm anzumerken, welche Kraft es ihn gekostet hatte, die Schwerter der gefallenen Ritter zu tragen. »Graf Lenda«, fragte er, »sind die Gemächer der Königin vor Lauschern sicher? Ich möchte auf keinen Fall, daß etwas von dem, was Lycheas uns erzählt hat, an falsche Ohren gelangt.«

»Sie sind ausreichend vor Lauschern geschützt«, beruhigte ihn Lenda. »Außerdem würde die Anwesenheit Eurer Ritter auf dem Gang bestimmt jeden von ungebührlicher Neugier abhalten.«

Kalten und Ulath traten mit zufriedener Miene ein. »Lycheas hat heute einen sehr schlechten Tag«, bemerkte Kalten grinsend. »Als wir ihn zum Verlies zurückbrachten, plauderten Ulath und ich über einige Hinrichtungen, denen wir beigewohnt haben. Daß er auf dem Scheiterhaufen verbrannt werden könnte, machte ihm am meisten angst.«

»Und er fiel fast in Ohnmacht, als wir uns die Möglichkeit durch den Kopf gehen ließen, ihn auf der Folterbank zu strecken, bis er den Geist aufgibt«, flocht Ulath lachend ein. »Ach, übrigens, auf dem Rückweg hielten wir am Schloßtor an. Die Kirchensoldaten, die wir gefangennahmen, sind jetzt dabei, das Tor zu reparieren.« Der hünenhafte Genidianer stellte seine Streitaxt in eine Ecke. »Einige Eurer Pandioner haben sich auf der Straße umgesehen, Hochmeister Vanion. Es hat ganz den Anschein, als wäre eine beachtliche Zahl von cimmurischen Bürgern untergetaucht.«

Vanion blickte ihn sichtlich verwirrt an.

»Es herrscht eine gewisse Nervosität«, erklärte Kalten. »Annias hat geraume Zeit das Zepter in der Stadt geschwungen, und es gibt immer Menschen, Edelleute wie gewöhnliche Untertanen, die ihr Fähnchen nach dem Wind drehen. So manche haben keine Mühe gescheut, sich bei dem guten Primas lieb Kind zu machen. Ihre Nachbarn wissen jedenfalls, wer dazu zählte, und es gab bereits so einige – Unfälle, wie ich hörte. Bei einem plötzlichen Machtwechsel wollen viele dem neuen Herrscher ihre Loyalität auf sichtbare Weise kundtun. Jedenfalls baumeln jetzt so manche am Hanfstrick, und diverse Häuser wurden in Brand gesteckt. Ulath und ich haben den Rittern den Rat erteilt, wenigstens den Brandstiftungen ein Ende zu machen. Feuer neigen dazu, sich auszubreiten, wie Ihr wißt.«

»Ich liebe Politik.« Tynian grinste.

»Gegen den Pöbel muß immer hart durchgegriffen werden«, rügte der Graf von Lenda. »Der Mob ist der Feind *jeder* Regierung.«

»Ach übrigens«, fragte Kalten Sperber neugierig, »hast du der Königin *tatsächlich* einen Antrag gemacht?«

»Es war ein Mißverständnis.«

»Das dachte ich mir fast! Du gehörst nicht zu denen, die ihr Heil in der Ehe suchen. Sie wird dich jedoch festnageln, wenn mich nicht alles täuscht.«

»Mir wird schon etwas einfallen.«

»Dazu wünsche ich dir viel Glück. Aber um ganz ehrlich zu sein, viel Hoffnung sehe ich für dich nicht.«

»Habt Ihr euch schon mit Ulath geeinigt, wer Lycheas beseitigen darf?« beendete Tynian das fruchtlose Gespräch.

»Noch nicht.« Kalten bedachte den Thalesier mit einem mißtrauischen Blick. »Ulath versucht, mich beim Würfeln hereinzulegen.«

»Hereinlegen?« protestierte der Hüne mild.

»Ich habe einen Eurer Würfel gesehen, mein Freund. Er hatte vier Sechsen!«

»Das sind ein bißchen viel Sechsen«, bemerkte Tynian.

»Allerdings.« Kalten seufzte. »Aber um ehrlich zu sein, ich glaube nicht, daß Ehlana ihn wirklich hinrichten lassen wird. Er ist ein so jämmerlicher Dummkopf, daß sie es vermutlich nicht übers Herz bringt. Na ja«, er zuckte die Schultern, »bleibt immer noch Annias.«

»Und Martel«, erinnerte ihn Sperber.

»O ja! Bleibt immer noch Martel.«

»Wohin ist er eigentlich verschwunden, nachdem Wargun ihn aus Larium gejagt hat?« fragte Sperber. »Ich halte mich gern auf dem laufenden, was seinen Aufenthaltsort betrifft. Schließlich möchte ich nicht, daß er in Schwierigkeiten gerät.«

»Als wir ihn das letzte Mal sahen, zog er sich gen Osten zurück«, warf Tynian ein und rückte am Schulterteil seines schweren deiranischen Panzers.

»Osten?«

Tynian nickte. »Wir dachten, Martel würde sich südwärts, nach Umanthum, verziehen, erfuhren jedoch später, daß er nach dem Brandschatzen von Coombe seine Flotte nach Sarrinium verlegte – wahrscheinlich, weil Wargun die Arzische Meerenge durch Patrouillenboote sichern läßt. Er ist vermutlich inzwischen wieder in Rendor.«

Sperber schnallte seinen Schwertgürtel ab, legte ihn auf den Tisch und setzte sich.

»Was hat Lycheas Euch erzählt?« fragte er Vanion.

»Ziemlich viel. Es war offensichtlich, daß er nicht alles

weiß, was Annias tut, aber er hat beachtlich viel aufgeschnappt. Er ist gescheiter, als er aussieht.«

»Dümmer wäre auch gar nicht möglich«, brummte Kurik.

»Lycheas sagte, daß seine Mutter und Annias schon viele Jahre ein Paar waren«, berichtete Vanion, »und daß Annias Arissa riet, ihren Bruder zu verführen. Er hatte eine obskure Kirchendoktrin ausgegraben, die anscheinend eine Ehe zwischen ihnen zuließe.«

»Eine solche Obszönität würde die Kirche nie gestatten«, erklärte Ritter Bevier entrüstet.

»Die Kirche hat in ihrer Geschichte vieles getan, was sich nicht mit der heutigen Moralvorstellung vereinbaren läßt, Bevier«, sagte Vanion. »Annias sagte sich, daß Aldreas ein schwächlicher König sei und Arissa die tatsächliche Herrschaft ausüben würde, wenn sie sich mit ihm vermählte. Und da Annias Arissa mehr oder weniger unter Kontrolle hatte, würde er es sein, der die eigentlichen Entscheidungen traf. Zunächst schien ihm das zu genügen, doch dann ging sein Ehrgeiz mit ihm durch. Er liebäugelte mit dem Erzprälatenthron in Chyrellos. Das war vor etwa zwanzig Jahren, schätze ich.«

»Wie hat Lycheas das alles erfahren?« fragte Sperber.

»Er besuchte seine Mutter häufig im Kloster«, erwiderte Vanion. »Arissas Reminiszenzen waren weitreichend, und sie war außerordentlich offen zu ihrem Sohn.«

»Das ist ekelhaft!« preßte Bevier hervor.

»Prinzessin Arissa hat eine seltsame Art von Moral«, erklärte Kalten dem jungen Arzier.

»Jedenfalls«, fuhr Vanion fort, »machte Sperbers Vater zu diesem Zeitpunkt seinen Einfluß geltend. Ich kannte ihn sehr gut, und *seine* Moralbegriffe waren bedeutend konventioneller. Was Aldreas und Arissa taten, empörte ihn zutiefst. Aldreas hatte Angst vor Sperbers Vater. Als dieser ihm vorschlug, eine deiranische Prinzessin zu heiraten, erklärte Aldreas sich widerstrebend einverstanden. Das übrige ist bekannt. Arissa bekam einen grauenvollen Wutanfall und verschwand in jenes Freudenhaus unten am Fluß – entschuldigt, Sephrenia.«

»Ich höre solche Dinge nicht zum erstenmal, Vanion. Styrikerinnen sind bei weitem nicht so weltfremd, wie ihr Elenier manchmal glaubt.«

»Jedenfalls blieb Arissa mehrere Wochen in dem Freudenhaus. Als sie endlich gefaßt wurde, blieb Aldreas nichts anderes übrig, als sie in das Kloster zu verbannen.«

»Da ergibt sich eine Frage«, warf Tynian ein. »Wenn man bedenkt, wie lange sie sich in diesem Freudenhaus aufhielt und wie viele Kunden sie dort hatte, wie kann da irgend jemand sicher sein, *wer* Lycheas gezeugt hat?«

»Darauf wollte ich gerade zu sprechen kommen«, entgegnete Vanion. »Arissa versicherte Lycheas bei einem seiner Besuche, daß sie schon von Annias schwanger gewesen war, ehe sie ins Freudenhaus ging. Aldreas heiratete die deiranische Prinzessin, die nach Ehlanas Geburt im Kindbett starb. Lycheas war damals etwa sechs Monate alt, und Annias versuchte sein möglichstes, Aldreas dazu zu veranlassen, ihn als Sohn anzuerkennen und zum Thronerben zu machen. Das aber war selbst Aldreas zuviel. Er lehnte es strikt ab. Etwa zu dieser Zeit starb Sperbers Vater, und die erbliche Würde des Streiters des Königs ging auf Sperber über. Annias erschrak über Ehlanas Fortschritte, nachdem Sperber ihre Erziehung in die Hand genommen hatte. Als sie acht war, hielt Annias es für dringend erforderlich, Ehlana von ihrem Streiter zu trennen, ehe Sperber sie so willensstark machte, daß er, Annias, nicht mehr imstande sein würde, seinen Einfluß auf sie durchzusetzen. Er überredete also Aldreas, Sperber ins Exil nach Rendor zu schicken. Dann sandte er Martel nach Cippria, mit dem Auftrag, Sperber zu töten, um sicher zu gehen, daß er nicht zurückkommen und Ehlanas Erziehung abschließen würde.«

»Aber es war damals bereits zu spät, nicht wahr?« Sperber lächelte. »Ehlana war schon zu willensstark für ihn.«

»Wie hast du das fertiggebracht, Sperber?« fragte Kalten. »Ein begnadeter Lehrer bist du nie gewesen.«

»Durch Liebe, Kalten«, sagte Sephrenia leise. »Ehlana liebte Sperber schon, als sie noch sehr klein war, und versuchte alles so zu tun, wie er es gewollt hätte.«

Tynian lachte. »Ihr habt es Euch selbst zuzuschreiben, Sperber.«

»Was?«

»Ihr habt eine Frau mit ehernem Willen geschaffen, und jetzt wird sie Euch zwingen, sie zu heiraten – und sie ist stark genug, es zuwege zu bringen.«

»Tynian«, entgegnete Sperber ätzend, »Ihr redet zuviel.« Der große Pandioner war plötzlich gereizt, schon deshalb, weil er insgeheim zugeben mußte, daß der Alzioner wahrscheinlich recht hatte.

»Aber nichts von alldem ist wirklich neu«, stellte Kurik fest. »Jedenfalls reicht es nicht aus, daß Lycheas damit seinen Kopf retten könnte.«

»Es geht noch weiter«, versicherte Vanion ihm. »Ehlana hatte Lycheas solche Angst eingejagt, als sie scheinbar drauf und dran war, ihn hinrichten zu lassen –, daß es nur so aus ihm heraussprudelte. Jedenfalls, nachdem Annias Aldreas gezwungen hatte, Sperber zu verbannen, begann der König sich zu ändern. Er entwickelte tatsächlich Rückgrat. Es ist manchmal schwer zu erkennen, aus welchem Grund Leute bestimmte Dinge tun.«

»In diesem Fall nicht, Vanion«, widersprach Sephrenia. »Aldreas stand unter Annias' Fuchtel und wußte im Grunde seines Herzens, daß er unrecht tat. Vielleicht spürte er, daß sein Streiter imstande gewesen wäre, seine Seele zu retten, und als er Sperber verbannt hatte, wurde Aldreas bewußt, daß er völlig allein war.«

»Damit könnte sie wirklich recht haben«, staunte Bevier. »Vielleicht sollte ich die Ethiken Styrikums studieren. Eine Synthese elenischen und styrischen Gedankenguts könnte sich als sehr interessant erweisen.«

»Häresie«, stellte Ulath fest.

»Was meint Ihr?«

»Wir dürfen gar nicht erst in Betracht ziehen, daß andere Ethiken richtig sein könnten, Bevier. Ich gebe zu, das ist etwas kurzsichtig, aber unsere Kirche ist eben manchmal so.«

Bevier sprang auf, und Blut schoß ihm ins Gesicht. »Ich werde mir keine Beleidigungen anhören, die gegen unsere Heilige Mutter gerichtet sind!« rief er.

»Setzt Euch wieder, Bevier«, riet ihm Tynian. »Ulath zieht Euch nur auf. Unsere genidianischen Brüder sind in Theologie viel eingehender bewandert, als wir annehmen.«

»Das liegt am Klima«, erklärte Ulath. »In Thalesien kann man im Winter nicht viel tun – außer zuzusehen, wie es schneit, wenn einem das Spaß macht. Darum haben wir viel Zeit, zu meditieren und zu studieren.«

»Nun, wie auch immer, Aldreas gab nicht mehr jedesmal nach, wenn Annias unverschämte Geldforderungen stellte«, fuhr Vanion fort. »Annias begann an seinem Grimm zu ersticken. So beschlossen er und Arissa, den König zu ermorden. Martel beschaffte das Gift, und Annias sorgte dafür, daß Arissa sich aus dem Kloster stehlen konnte. Er hätte Aldreas wahrscheinlich selbst vergiften können, aber Arissa bat ihn, es ihr zu überlassen, weil sie ihren Bruder selbst töten wollte.«

»Wollt Ihr wirklich in diese Familie einheiraten, Sperber?« fragte Ulath.

»Bleibt mir denn eine Wahl?«

»Ihr könntet Euch aus dem Staub machen. Ich bin überzeugt, daß Ihr Arbeit im Tamulischen Reich auf dem daresischen Kontinent finden würdet.«

»Seid still, Ulath!« rügte Sephrenia.

»Jawohl, Erhabene.«

»Fahrt fort, Vanion«, bat sie.

»Nachdem Arissa Aldreas ermordet hatte, bestieg Ehlana den Thron. Sie erwies sich als wahre Schülerin Sperbers. Sie lehnte es von vornherein ab, Annias Zugang zur Schatzkammer zu gewähren, und war nahe daran, ihn in ein Kloster abzuschieben. Da hat er sie vergiftet.«

»Entschuldigt, Hochmeister Vanion«, bat Tynian. »Versuchter Königsmord ist doch ein Kapitalverbrechen, nicht wahr?«

»In der gesamten zivilisierten Welt, Ritter Tynian.«

»Das dachte ich mir. Kalten, wie wär's, wenn Ihr eine Rolle Hanfseil bestellt? Und Ihr, Ulath, solltet Euch aus Thalesien ein paar Ersatzäxte kommen lassen.«

»Wir haben nun den Beweis, daß Lycheas, Annias und Arissa Hochverrat begangen haben – gemeinsam mit einer größeren Zahl Verbündeter.«

»Das wußten wir schon zuvor«, sagte Kalten.

»Stimmt«, Tynian lächelte, »aber jetzt können wir es beweisen. Wir haben einen Zeugen.«

»Ich hatte eigentlich gehofft, selbst angemessene Vergeltung üben zu können«, protestierte Sperber.

»Es ist immer besser, wenn man in solchen Dingen nach dem Gesetz verfährt, Sperber«, erklärte Lenda. »Dadurch können spätere Streitigkeiten vermieden werden.«

»Es ist nicht meine Absicht, jemanden übrigzulassen, der noch Streitigkeiten vom Zaun brechen kann.«

»Vielleicht solltet Ihr ihn kürzer an die Kette nehmen, Hochmeister Vanion«, meinte Lenda lächelnd. »Seine Reißzähne scheinen länger zu werden.«

»Das ist auch mir aufgefallen«, pflichtete Vanion ihm bei und erzählte weiter: »Annias war ziemlich bestürzt, als Sephrenias Zauber verhinderte, daß Ehlana starb wie ihr Vater. Dennoch setzte er Lycheas als Prinzregenten ein, da er sich sagte, eine bewegungsunfähige Königin käme einer toten gleich. Er nahm das Staatssäckel persönlich in die Hand und fing an, Patriarchen noch und noch zu kaufen. Damit kam seine Kampagne um die Erzprälatur ins Rollen und wurde offensichtlicher. Tja, etwa an diesem Punkt von Lycheas' Geschichte ließ Graf Lenda durchblicken, daß er noch nichts gehört habe, was wesentlich genug wäre, Lycheas' Kopf vor Ritter Ulaths Axt zu retten.«

»Oder vor meiner Schlinge«, fügte Kalten grimmig hinzu.

Vanion lächelte. »Lendas Bemerkung erzielte die gewünschte Wirkung. Der Prinzregent verwandelte sich in eine wahre Goldmine an Information. Er sagte, er könne es zwar nicht beweisen, aber er sei überzeugt, daß Annias sich mit Otha in Verbindung gesetzt habe und seine Unterstützung suche. Der Primas hat seine heftige Abneigung gegenüber den Styrikern immer offen bekundet, aber das kann er vorgetäuscht haben, um seine Absichten zu verbergen.«

»Wahrscheinlich nicht«, widersprach Sephrenia. »Es besteht ein gewaltiger Unterschied zwischen den Weststyrikern und den Zemochern. Die Zerstörung des Weststyrikums wäre zweifellos eine von Othas ersten Bedingungen für seine Unterstützung.«

»Das glaube ich auch«, stimmte Vanion bei.

»Hat Lycheas überhaupt irgend etwas Greifbares, auf das sich sein Verdacht gründet?« fragte Tynian.

»Nicht viel«, antwortete Ulath. »Er sagte, daß ein paar Treffen stattgefunden haben, aber das ist auch schon so ziemlich alles. Es genügt jedenfalls nicht für eine Kriegserklärung.«

»Kriegserklärung?« fragte Bevier erstaunt.

»Natürlich.« Ulath zuckte die Schultern. »Wenn Otha sich in die inneren Angelegenheiten der Westelenischen Reiche einmischt, ist das Grund genug, gen Osten zu ziehen und ihn zu bekriegen.«

»Dieser Ausdruck hat mir immer imponiert«, gestand Kalten. »›Bekriegen‹. Das klingt so entschieden – und so endgültig.«

»Wir brauchen keine Rechtfertigung, wenn wir gegen Zemoch vorgehen wollen, Ulath«, sagte Tynian.

»Nein?«

»Niemand hat nach der Invasion durch die Zemocher vor fünfhundert Jahren je einen Friedensvertrag aufgesetzt. Theoretisch befinden wir uns immer noch im Krieg mit Otha. Das stimmt doch, Graf von Lenda, oder?«

»Wahrscheinlich, aber Kampfhandlungen nach fünfhundertjähriger Waffenruhe wiederaufzunehmen dürfte wohl ein wenig schwierig zu rechtfertigen sein.«

»Wir haben uns lediglich ausgeruht, Euer Gnaden.« Tynian zuckte die Schultern. »Ich weiß nicht, wie es diesen anderen Herren hier geht, aber *ich* fühle mich jetzt ausgeruht genug.«

»O nein!« seufzte Sephrenia.

»Das Entscheidende ist«, fuhr Vanion fort, »daß Lycheas mehrmals denselben Styriker zu Geheimbesprechungen mit Annias kommen sah. Einmal konnte er sogar einen Teil ihres Gespräches hören. Der Styriker hatte einen zemochischen Akzent – meint zumindest Lycheas.«

»Das paßt zu diesem Bastard«, bemerkte Kurik. »Er hat die Visage eines Schleichers und Lauschers.«

»Das möchte ich nicht abstreiten«, entgegnete Vanion. »Wie gesagt, unser geschätzter Prinzregent konnte nicht das ganze Gespräch hören, aber er sagte uns, der Styriker habe erwähnt, Otha müsse ein bestimmtes Juwel beschaffen. Falls ihm das nicht gelänge, würde ihm der zemochische Gott seine Unterstützung entziehen. Ich glaube, wir können uns ganz gut vorstellen, welches Juwel er meinte.«

Kalten machte ein betrübtes Gesicht. »Du wirst sicher ein Spielverderber sein, Sperber, nicht wahr?«

»Keine Ahnung, wovon du redest.«

»Du wirst der Königin davon erzählen, nehme ich an, und dann wird sie entscheiden, daß diese Information wichtig genug ist, Lycheas' Hals sowohl die Axt als auch den Strick zu ersparen.«

»Wie du weißt, bin ich praktisch verpflichtet, sie auf dem laufenden zu halten, Kalten.«

»Wir könnten dich wohl nicht überreden, noch ein Weilchen zu warten?«

»Warten? Wie lange?«

»Nur bis nach der Beerdigung des Bastards.«

Sperber grinste seinen Freund an. »Ich fürchte, nein, Kalten. Ich würde dir den Gefallen ja gern tun, aber ich muß an meine eigene Haut denken. Es könnte die Königin sehr zornig machen, wenn sie erfahren würde, daß ich ihr so etwas Wichtiges verheimliche.«

»Und das ist so ziemlich alles, was Lycheas weiß«, schloß Vanion. »Jetzt müssen wir eine Entscheidung treffen. Cluvonus liegt im Sterben. Es dauert vielleicht nicht mehr lange. Sobald er dahingeschieden ist, müssen wir uns den anderen Orden in Demos zum Ritt nach Chyrellos anschließen. Das bedeutet, daß die Königin ganz ohne Schutz zurückbleibt. Wir wissen nicht, wann wir von Dolmant den Marschbefehl bekommen. Genausowenig wissen wir, wann die elenische Armee aus Arzium zurückkehrt. Was können wir zum Schutz der Königin tun?«

»Sie mitnehmen«, meinte Ulath schulterzuckend.

»Ich fürchte, dazu würde sie sich nicht überreden lassen«, entgegnete Sperber. »Sie ist erst jetzt wieder imstande, selbst zu herrschen, und sie nimmt ihre Pflichten und ihre Verantwortung sehr ernst. Sie würde uns gründlich die Meinung sagen, sollten wir ihr den Vorschlag machen, ausgerechnet jetzt ihre Hauptstadt im Stich zu lassen.«

»Mach sie betrunken«, schlug Kalten vor.

»*Was?*«

»Du möchtest ihr doch bestimmt nicht einfach eins überbraten, oder? Also mach sie beschwipst, wickle sie in eine Decke und binde sie auf einen Sattel.«

»Hast du den Verstand verloren? Es geht um die *Königin*, Kalten, nicht um eine deiner gewöhnlichen Schankdirnen!«

»Du kannst dich ja später entschuldigen. Wichtig ist nur ihre Sicherheit.«

»Vielleicht stellt sich dieses Problem gar nicht«, sagte nun Vanion. »Cluvonus lebt möglicherweise noch eine Weile. Er liegt immerhin schon seit Monaten im Sterben. Vielleicht überlebt er sogar Annias.«

»Das dürfte nicht so schwer sein«, warf Ulath düster ein. »Annias' Lebenserwartung ist jetzt nicht mehr so hoch.«

»Dürfte ich die Herren bitten, ihren Blutdurst einen Augenblick zu zügeln?« ersuchte Graf Lenda. »Ich halte es für das Wichtigste, sofort jemanden zu König Wargun nach Arzium zu senden, der ihn überzeugt, daß er die elenische Armee nach Elenien zurückschicken muß – und genügend

Pandioner, um die Loyalität des Generalstabs zu garantieren. Ich werde ein Schreiben verfassen, das ihn eindringlichst darauf hinweist, daß wir die elenische Armee hier in Cimmura brauchen, und zwar so schnell wie möglich.«

»Ersucht ihn, auch die Ritterorden zurückzuschicken«, bat Vanion. »Ich glaube, wir werden sie in Chyrellos brauchen.«

»Es würde nicht schaden, wenn Ihr König Obler ebenfalls schreibt«, fügte Tynian hinzu. »Und Patriarch Bergsten. Gemeinsam können sie sich wahrscheinlich gegen ihn durchsetzen. Der König von Thalesien säuft und führt gern Krieg, aber er ist trotzdem immer noch durch und durch Politiker. Er wird einsehen, wie wichtig es ist, Cimmura zu schützen und sofort die Kontrolle über Chyrellos zu übernehmen – wenn es ihm jemand klarmacht.«

Lenda nickte bestätigend.

»Doch all das löst unser Problem nicht, meine Herren«, gab Bevier zu bedenken. »Der Kurier, den wir zu Wargun schicken, ist möglicherweise noch keinen Tag unterwegs, wenn wir Bescheid erhalten, daß der Erzprälat gestorben ist. Dann befinden wir uns wieder in der gleichen Lage. Sperber wird eine unwillige Königin überreden müssen, ihre Hauptstadt zu verlassen, ohne daß eine unmittelbare Gefahr erkennbar wäre.«

»Blast in ihr Ohr«, riet Ulath.

»Wie meint Ihr?«

»Normalerweise hilft es«, versicherte ihm der Genidianer, »zumindest in Thalesien. Ich habe einmal in Emsat einem Mädchen ins Ohr geblasen, woraufhin es mir tagelang wie ein Hündchen gefolgt ist.«

»Das ist abscheulich!« entrüstete Sephrenia sich.

»Oh, ich weiß nicht«, entgegnete Ulath, »*ihr* schien es Spaß zu machen.«

»Habt Ihr sie auch am Kopf getätschelt und unter dem Kinn gekrault – wie ein Hündchen?«

»Auf den Gedanken bin ich gar nicht gekommen«, gestand Ulath. »Glaubt Ihr, sie hätte es gemocht?«

Sephrenia fluchte auf styrisch.

»Wir kommen vom Thema ab«, rügte Vanion. »Wir können die Königin nicht zwingen, Cimmura zu verlassen, und ebensowenig können wir sicher sein, daß genügend Truppen die Stadt erreichen, ehe wir abberufen werden.«

»Ich glaube, eine Streitmacht, die imstande ist, die Mauern zu halten, ist bereits hier, Hochmeister Vanion«, meldete Talen sich zu Wort. Der Junge trug die elegante Kleidung – Wams und enges Beinkleid –, mit der Stragen ihn in Emsat ausstaffiert hatte. Er sah wie ein junger Edelmann aus.

»Unterbrich uns nicht«, tadelte Kurik ihn. »Es ist eine sehr ernste Angelegenheit! Wir haben jetzt wirklich keine Zeit für kindische Späße!«

»Laßt ihn doch sprechen, Kurik«, bat der Graf von Lenda gespannt. »Gute Ideen können manchmal von völlig unerwarteter Seite kommen. Was ist das für eine Streitmacht, die du gemeint hast, mein Junge?«

»Die Bürger«, antwortete Talen ruhig.

»Das ist verrückt, Talen!« Kurik schüttelte den Kopf. »Sie sind nicht ausgebildet.«

»Wieviel Ausbildung bedarf es denn, siedendes Pech auf die Köpfe von Belagerern zu gießen?« fragte Talen.

»Das ist ein sehr interessanter Einfall, junger Mann«, lobte Lenda. »Nach Königin Ehlanas Krönung kam es tatsächlich zu machtvollen Sympathiekundgebungen. Es könnte durchaus sein, daß die Einwohner von Cimmura – und der umliegenden Ortschaften – ihr bereitwillig zu Hilfe eilen, wenn sie darum gebeten werden. Das Problem ist allerdings, daß sie keine Führer haben. Menschenmassen, die sich nur auf den Straßen zusammendrängen, ohne recht zu wissen, was sie tun sollen, weil niemand da ist, der es ihnen sagt, wären als Verteidiger der Stadt von keinem großen Nutzen.«

»Es gibt aber Männer, die zu führen verstehen, Euer Gnaden.«

»Wer?« fragte Vanion den Jungen.

»Platime, beispielsweise«, erklärte Talen, »und Stragen, falls er noch hier ist.«

»Dieser Platime ist doch eine Art Schurke, wenn ich es recht verstanden habe«, sagte Bevier zweifelnd.

»Ritter Bevier«, erwiderte Lenda, »ich habe viele Jahre im Königlichen Rat von Elenien gesessen und kann Euch versichern, daß sich nicht nur die Hauptstadt, sondern das gesamte Königreich seit Jahrzehnten in der Hand von Schurken befunden hat.«

»Aber ...«, wollte Bevier protestieren.

»Ist es der Umstand, daß Platime und Stragen *gesetzlich* gesehen Schurken sind, der Euch zu schaffen macht, Ritter Bevier?« fragte Talen.

»Was denkt Ihr, Sperber?« wollte Lenda wissen. »Meint Ihr, daß dieser Platime wirklich imstande wäre, eine Art militärische Operation zu leiten?«

Sperber überlegte. »Ich glaube schon. Bestimmt sogar, wenn Stragen noch hier ist und ihm dabei helfen kann.«

»Stragen?«

»Unter den Dieben in Emsat nimmt er eine ähnliche Stellung ein wie Platime hier bei uns. Stragen ist etwas eigenwillig, aber höchst intelligent. Er hat eine hervorragende Erziehung genossen.«

»Die beiden können auch viele, die in ihrer Schuld stehen, zur Unterstützung herbeirufen«, sagte Talen. »Platime kann zweifellos Männer von Vardenais, Demos und den Kreisstädten Lenda und Cardos bekommen – ganz zu schweigen von den Räuberbanden auf dem Land.«

»Es ist ja nicht so, daß sie die Stadt längere Zeit halten müßten«, sagte Tynian nachdenklich. »Nur bis die elenische Armee hier ist. Was vor allem zählt, ist die abschreckende Wirkung. Es ist unwahrscheinlich, daß Annias mehr als tausend Kirchensoldaten von Chyrellos abziehen und hierherschicken kann. Und wenn die Wehrgänge der Stadtmauer mit einer größeren Zahl von Kriegern bemannt sind, werden die Soldaten sich einen Angriff zweimal überlegen. Wißt Ihr was, Sperber? Ich glaube, der Junge hat da einen großartigen Einfall!«

»Euer Vertrauen rührt mich zutiefst, Ritter Tynian«, bedankte Talen sich mit höfischem Kratzfuß.

»Es gibt auch Veteranen in Cimmura«, fiel Kurik ein. »Ehemalige Soldaten, die etwas von Strategie und Taktik verstehen. Sie können die Arbeiter und Bauern bei der Verteidigung der Stadt führen.«

»Das alles ist ganz und gar widernatürlich«, sagte der Graf von Lenda sarkastisch. »Der eigentliche Zweck des Regierens war von jeher, das gemeine Volk unter der Fuchtel und nur ja von der Politik fernzuhalten. Die einzige Lebensberechtigung des kleinen Bürgers ist, zu arbeiten und Steuern zu bezahlen. Wenn wir unseren Plan in die Tat umsetzen, werden wir es eines Tages vielleicht bereuen.«

»Haben wir denn eine Wahl, Lenda?« fragte Vanion.

»Nein, ich glaube nicht.«

»Nun, dann wollen wir anfangen. Graf Lenda, ich glaube, Ihr habt noch einige Korrespondenz zu erledigen. Und Talen, wie wär's, wenn du mit diesem Platime sprichst?«

»Darf ich Berit mitnehmen, Hochmeister Vanion?« Der Junge blickte auf den jungen Ritteranwärter.

»Meinetwegen, aber warum?«

»Ich bin doch jetzt der offizielle Gesandte einer Regierung zu einer anderen. Da sollte ich eine Eskorte haben, das läßt mich bedeutender aussehen. So etwas beeindruckt Platime.«

»Eine Regierung zu einer anderen?« fragte Kalten. »Betrachtest du Platime tatsächlich als eine Art Staatsoberhaupt?«

»Ist er das etwa nicht?«

Als Sperbers Freunde das Gemach verließen, hielt Sperber Sephrenia mit einem bittenden Blick zurück. »Ich muß Euch etwas sagen.«

Sie nickte.

Er schloß die Tür. »Ich hätte es Euch wahrscheinlich schon eher anvertrauen sollen, aber es erschien mir anfangs so harmlos ...« Er zuckte die Schultern.

»Sperber, das müßtet Ihr eigentlich besser wissen. Ihr müßt mir alles sagen. Ich entscheide, was harmlos ist und was nicht.«

»Also gut. Ich glaube, jemand folgt mir.«

Ihre Pupillen verengten sich.

»In der Nacht, nachdem wir Ghwerig den Bhelliom weggenommen hatten, quälte mich ein Alptraum. Azash kam darin vor und der Stein. Aber da war noch etwas. Irgend etwas, das ich nicht deuten kann.«

»Könnt Ihr es beschreiben?«

»Ich kann es nicht einmal sehen, Sephrenia! Es scheint eine Art Schatten zu sein – etwas Finsteres unmittelbar am Rand meines Blickfelds – wie eine huschende Bewegung seitlich und ein paar Schritt hinter mir. Ich habe das Gefühl, daß dieses Etwas mich nicht sehr mag.«

»Erscheint es Euch nur in Euren Träumen?«

»Nein. Hin und wieder auch, wenn ich wach bin. Auf jeden Fall immer dann, wenn ich den Bhelliom aus seinem Beutel nehme. Es gab auch noch verschiedene andere Male, aber wenn ich den Beutel öffne, ist es jedesmal da.«

»Dann öffnet ihn jetzt«, wies sie ihn an. »Stellen wir fest, ob auch ich es sehen kann.«

Sperber langte unter sein Wams, holte den Beutel hervor und öffnete ihn. Er nahm die Saphirrose heraus und hielt sie in der Hand. Der huschende Schatten war augenblicklich da. »Könnt Ihr es sehen?« fragte Sperber.

Sephrenia schaute sich eingehend um. »Nein«, antwortete sie. »Spürt Ihr, ob von dieser Finsternis irgend etwas ausgeht?«

»Ja. Und was immer es ist, es mag mich nicht.« Er steckte den Bhelliom in den Beutel zurück.

»Es könnte etwas sein, das mit dem Stein selbst zusammenhängt«, meinte Sephrenia ein wenig zweifelnd. »Doch um ehrlich zu sein, ich weiß nicht viel über den Bhelliom. Aphrael spricht nicht gern davon. Jedenfalls habe ich den Eindruck gewonnen, daß selbst die Götter Angst vor dem Stein haben. Ich weiß eigentlich nur, wie man ihn benutzt, mehr nicht.«

»Ich habe keine Ahnung, ob es mit dem Bhelliom zusammenhängt«, sagte Sperber nachdenklich, »aber jemand ist zweifellos daran interessiert, mich zu beseitigen. Da waren diese Männer vor den Mauern von Emsat, dieses Schiff, von dem Stragen annahm, daß es uns folgte, und diese Gesetzlosen, die auf der Straße von Cardos nach uns suchten.«

»Nicht zu vergessen, daß jemand Euch auf dem Weg zum Schloß von hinten erschießen wollte«, fügte sie hinzu.

»Könnte es vielleicht ein weiterer Sucher sein?«

»Möglicherweise eine Kreatur ähnlicher Art. Wenn ein echter Sucher den Geist eines Menschen übernimmt, wird derjenige eine willenlose Marionette. Diese mißglückten Anschläge wurden jedoch von Menschen begangen, die offenbar noch über ihren Verstand verfügten.«

»Könnte Azash irgendeine Kreatur befehligen, die so etwas vermag.«

»Wer weiß, welche Wesen Azash mobilisieren kann? Ich kenne über ein Dutzend verschiedene. Wahrscheinlich gibt es aber noch viel, viel mehr.«

»Würde es Euch kränken, wenn ich es mit Logik versuchte?«

»Wenn es sein muß, dann tut es.« Sie lächelte ihn an.

»Also gut. Erstens ist uns bekannt, daß Azhash schon lange meinen Tod will.«

»Richtig.«

»Und wahrscheinlich ist er jetzt, da ich den Bhelliom habe und ihn benutzen kann, noch versessener darauf.«

»Ihr sprecht das Offensichtliche aus, Sperber.«

»Ich weiß, doch Logik ist manchmal so. Aber diese Anschläge auf mich erfolgten für gewöhnlich, kurz nachdem ich den Bhelliom hervorgeholt und diesen Schatten gesehen hatte.«

»Ihr meint, es gibt da eine Verbindung?«

»Wäre das nicht möglich?«

»Fast alles ist möglich, Sperber.«

»Also gut. Wenn dieser Schatten so etwas wie der Damork oder der Sucher ist, kommt er wahrscheinlich von Azash. Dieses ›wahrscheinlich‹ erschüttert die Logik zwar ein wenig, aber es sollte dennoch in Betracht gezogen werden, meint Ihr nicht?«

»Unter den gegebenen Umständen muß ich Euch fast beipflichten.«

»Was sollen wir dagegen tun? Es ist natürlich nur eine Hypothese und läßt die Möglichkeit puren Zufalls außer Betracht, aber sollten wir nicht für den Fall, daß es eine Verbindung *gibt*, irgendwelche Schritte unternehmen?«

»Wir können es uns gar nicht leisten, darauf zu verzichten, Sperber. Als erstes würde ich vorschlagen, daß Ihr den Bhelliom in diesem Beutel laßt. Nehmt ihn nur heraus, wenn es unbedingt sein muß!«

»Hört sich vernünftig an.«

»Und wenn Ihr ihn wirklich herausholen müßt, dann seid auf der Hut vor einem weiteren Anschlag.«

»Das bin ich immer. Berufsbedingt.«

»*Und* ich finde, wir behalten das lieber für uns. Falls dieser Schatten wirklich von Azash gesandt ist, kann er unsere Freunde beeinflussen, sich gegen uns zu wenden. Es ist nicht auszuschließen, daß einer von ihnen urplötzlich auf Euch losgeht. Würden wir ihnen sagen, was wir vermuten, würde der Schatten – was immer er ist – wahrscheinlich wissen, was sie denken. Machen wir Azash also besser nicht darauf aufmerksam, daß wir ahnen, was er beabsichtigt.«

Sperber gab sich einen Ruck. Dann fragte er leise: »Wäre es nicht das beste, den Bhelliom auf der Stelle zu zerstören?«

Sie schüttelte den Kopf. »Nein, Lieber, wir brauchen ihn vielleicht noch.«

»Aber es wäre eine einfache Lösung.«

»Das stimmt nicht, Sperber.« Sie lächelte düster. »Wir wissen nicht, welche Kräfte bei der Vernichtung des Bhelliom frei werden. Wir könnten dabei einiges verlieren, was uns lieb und teuer ist.«

»Was?«

»Die Stadt Cimmura beispielsweise – oder den ganzen eosischen Kontinent. Wer vermag das schon zu sagen.«

6

Der Abend dämmerte bereits, als Sperber leise die Tür zum Schlafgemach seiner Königin öffnete, um nach ihr zu sehen. Ihr aschblondes Haar war in seiner ganzen Fülle über das Kopfkissen gebreitet und schimmerte im goldenen Schein der Kerze, die auf dem Nachttischchen brannte. Sie hatte die Augen geschlossen, und ihre Züge waren entspannt.

Sperber hatte in der kurzen Zeit seit ihrer Erweckung erkannt, daß die Jugendjahre am korrupten Hof unter der Herrschaft Annias' Ehlanas Züge mit steter Wachsamkeit und einer eisernen Entschlossenheit geprägt hatten. Wenn sie schlief, war ihr Gesicht jedoch von der gleichen warmherzigen Sanftheit, mit der sie sich als Kind in sein Herz geschlichen hatte. Insgeheim mußte er sich eingestehen, daß er dieses blasse Mädchen liebte, obwohl es ihm immer noch schwerfiel, sich damit abzufinden, daß es inzwischen erwachsen geworden war. Ehlana war kein Kind mehr, sondern eine junge Frau, und die Versuchung war groß. Doch Sperber sah ein, daß er nicht der Richtige für sie war.

»Ich weiß, daß du da bist, Sperber.« Sie öffnete die Augen nicht, doch ein weiches Lächeln spielte um ihre Lippen. »Das mochte ich sehr, als ich noch ein Kind war, weißt du. Manchmal, vor allem dann, während du mir Unterricht in Theologie erteilt hast, döste ich ein – oder täuschte es vor. Du hast eine Zeitlang weitergeredet und schließlich ganz still dagesessen und mich angesehen. Dann fühlte ich mich immer so warm und geborgen und völlig sicher. Das waren die vielleicht glücklichsten Augenblicke meines Lebens. Und denk nur, wenn wir erst verheiratet sind, wirst du mir jede Nacht zusehen, wie ich in deinen Armen einschlafe, und ich weiß dann, daß nichts auf der Welt mir etwas anhaben kann, weil du immer da sein und auf mich aufpassen wirst.« Sie öffnete die stillen grauen Augen. »Komm her und küß mich, Sperber«, bat sie und streckte die Arme aus.

»Das ist nicht schicklich, Ehlana. Du liegst im Bett ...«

»Wir sind verlobt, Sperber. Außerdem bin ich die Königin. *Ich* entscheide, was schicklich ist und was nicht.«

Sperber gab auf und küßte sie. Wie er bereits bemerkt hatte, war Ehlana ganz gewiß kein Kind mehr. »Ich bin zu alt für dich, Ehlana«, erinnerte er sie – und sich selbst – aufs neue. »Du weißt, daß ich recht habe, nicht wahr?«

»Unsinn!« Sie hatte die Arme um seinen Hals nicht gelockert. »Ich verbiete dir, alt zu werden. Ist es damit erledigt?«

»Das ist unsinnig. Genausogut kannst du versuchen, der Flut Einhalt zu gebieten.«

»Das habe ich noch nicht ausprobiert, Sperber. Also können wir nicht mit Gewißheit sagen, daß ich es nicht kann, richtig?«

Er lachte. »Ich gebe auf.«

»Oh, gut. Es macht mir großen Spaß zu gewinnen. Wolltest du mir etwas Wichtiges sagen? Oder hast du nur hereingeschaut, um deine viel zu alten Augen ein wenig zu erfreuen?«

»Ist es dir unangenehm?«

»Daß du mich gerne ansiehst? Natürlich nicht. Tu es nach Herzenslust, Liebster. Möchtest du noch mehr von mir sehen?«

»Ehlana!«

Sie lachte glockenhell.

»Wollen wir uns jetzt mit Ernsthafterem befassen?«

»Es war durchaus ernst gemeint, Sperber – sogar sehr ernst.«

»Die pandionischen Ritter, ich eingeschlossen, werden Cimmura bald verlassen müssen. Erzprälat Cluvonus' Lebenskräfte schwinden rasch, und sobald er verschieden ist, wird Annias nichts unversucht lassen, seine Nachfolge anzutreten. Die Straßen von Chyrellos sind voll von Soldaten, die ihm ergeben sind, und wenn die Ritterorden nicht rechtzeitig dort eintreffen, um Annias aufzuhalten, wird es ihm gelingen.«

Ihr Gesicht nahm wieder diesen harten Ausdruck an. »Warum reitest du nicht gleich mit diesem hünenhaften Thalesier, Ritter Ulath, nach Chyrellos und machst Annias einen

Kopf kürzer? Und dann kehrst du umgehend zurück. Laß mir gar keine Zeit, mich einsam zu fühlen.«

»Ein interessanter Vorschlag, Ehlana. Ich bin froh, daß du ihn nicht in Anwesenheit Ulaths geäußert hast, sonst wäre er bereits unterwegs zum Marstall, um die Pferde zu satteln. Nein, es geht mir darum, daß du hier schutzlos sein wirst, sobald wir die Stadt verlassen haben. Könntest du dich entschließen, mit uns zu kommen?«

»Ich würde es gern, Sperber, aber ich muß in Cimmura bleiben, um den Schaden zu beheben, den Annias angerichtet hat, während ich – schlief. Ich habe Pflichten, Liebster.«

»Wir haben gewußt, daß du so entscheiden würdest, deshalb haben wir uns für deine Sicherheit einen anderen Plan einfallen lassen.«

»Ihr werdet mich durch einen Zauber im Schloß einschließen?« Aus ihren Augen blitzte der Schalk.

»Daran hatten wir nicht gedacht«, gestand er. »Es würde wahrscheinlich ohnehin nicht viel nützen. Sobald Annias herausfände, was wir getan haben, würde er zweifellos Truppen hierherschicken, um die Stadt einzunehmen. Seine Beauftragten könnten das Reich auch von außerhalb der Schloßmauern regieren, und du wärst nicht in der Lage, sie daran zu hindern. Nein, wir werden eine Art Armee zusammenstellen, die dich – und die Stadt – beschützt.«

»Der Ausdruck ›eine Art Armee‹ hört sich nicht sehr vertrauenerweckend an, Sperber. Woher wollt ihr so viele Männer nehmen?«

»Von der Straße und den Bauernhöfen und den umliegenden Ortschaften.«

»Oh, einfach großartig, Sperber«, sagte sie lachend. »Ihr wollt mich von Tagelöhnern und Bauernburschen beschützen lassen?«

»Und von Dieben und Straßenräubern, meine Königin.«

»Das meinst du nicht im Ernst?«

»Doch. Lehne es nicht von vornherein ab. Höre dir erst die Einzelheiten an. Außerdem sind zwei professionelle Schurken auf dem Weg zu dir. Triff bitte keine Entscheidungen, ehe du nicht mit ihnen gesprochen hast.«

»Ich liebe dich, Sperber, aber jetzt zweifle ich an deinem Verstand. Du kannst doch keine Streitmacht aus Ziegelträgern und Ochsentreibern zusammenstellen!«

»Nein? Woher, glaubst du, kommen denn die Soldaten deiner Armee, Ehlana? Werden sie nicht von den Straßen und Bauernhöfen rekrutiert?«

Sie zog die Stirn kraus. »Daran hatte ich nicht gedacht«, gestand sie. »Aber ohne Generale wird niemals eine schlagkräftige Streitmacht aus ihnen.«

»Darüber werden die beiden Männer, die ich eben erwähnte, mit dir sprechen, Majestät.«

»Warum klingt es immer so kalt und unpersönlich, wenn du mich ›Majestät‹ nennst, Sperber?«

»Versuch nicht, das Thema zu wechseln. Du wirst dir also keine voreilige Meinung bilden?«

»Nein. Aber ich bin trotzdem skeptisch. Ich wünschte, *du* könntest hierbleiben.«

»Das wünschte ich auch, aber ...« Er zuckte die Schultern.

»Wann werden wir je Zeit für uns allein haben?«

»Bald, Ehlana, bald. Aber zuerst *müssen* wir Annias schlagen. Das verstehst du doch?«

Sie seufzte. »Es bleibt mir nichts anderes übrig.«

Bald darauf erschienen Talen und Berit mit Platime und Stragen im Palast. Sperber empfing sie im Wohngemach, während Ehlana sich noch den Kleinigkeiten widmete, die offenbar dazugehörten, eine Frau ›präsentabel‹ zu machen, wie sie es nannte.

Stragen hätte nicht präsentabler sein können. Der watschelnde, schwarzbärtige Platime hingegen, König der Bettler, Diebe, Meuchler und Huren, sah hier ausgesprochen fehl am Platz aus.

»Ho, Sperber!« brüllte der Dicke. Er hatte sich für diesen

feierlichen Anlaß sogar von seinem orangenen Wams getrennt, von dem man die Speisekarte der zurückliegenden drei Monate hätte ablesen können, und sich in ein blaues Wams aus Samt gezwängt.

»Platime«, erwiderte Sperber ernst. »Ihr seht heute richtig vornehm aus.«

»Gefällt es Euch?« Platime zupfte erfreut sein Wams zurecht und drehte sich zur Begutachtung im Kreis. Sperber entgingen die Löcher im Rücken des Kleidungsstückes nicht, die zweifellos von Messerstichen herrührten. »Ich hatte schon seit mehreren Monaten ein Auge darauf, und jetzt konnte ich den früheren Besitzer endlich dazu veranlassen, sich davon zu trennen.«

»Durchlaucht.« Sperber verneigte sich vor Stragen.

»Herr Ritter«, bedankte Stragen sich, ebenfalls mit einer Verneigung.

»Also, Sperber, worum geht es nun wirklich?« fragte Platime. »Talen brabbelte irgendeinen Unsinn über eine Heimwehr oder so was Ähnliches.«

»Heimwehr! Das ist ein guter Name«, lobte Sperber. »Der Graf von Lenda wird in wenigen Minuten hier sein, und ich bin sicher, daß dann auch Ihre Majestät durch jene Tür erscheinen wird – hinter der sie wahrscheinlich jetzt gerade lauscht.«

Aus dem Schlafgemach der Königin war ein zorniges Aufstampfen zu hören.

»Wie gehen die Geschäfte?« fragte Sperber den überfetten Führer der cimmurischen Unterwelt.

»Ausgezeichnet.« Der Feiste strahlte. »Diese auswärtigen Kirchensoldaten, die der Primas zum Schutz des Bastards Lycheas gesandt hatte, waren geradezu sträflich arglos. Man findet selten jemanden, der so leicht zu berauben ist.«

»Gut. Ich freue mich immer, wenn Freunde es zu etwas bringen.«

Die Tür öffnete sich, und der greise Graf von Lenda schlurfte herein.

»Verzeiht meine Verspätung, Sperber«, entschuldigte er sich. »Meine Beine sind nicht mehr die jüngsten.«

»Ihr braucht Euch nicht zu entschuldigen, Euer Gnaden«, entgegnete Sperber. »Meine Herren«, wandte er sich an die beiden Unterweltführer. »Ich habe die Ehre, euch den Grafen von Lenda vorstellen zu dürfen. Er ist der Vorsitzende des Königlichen Rates. Euer Gnaden, dies sind die beiden Männer, die Eure Heimwehr leiten werden. Das ist Platime, und das ist Durchlaucht Stragen aus Emsat.«

Alle verbeugten sich – Platime *versuchte* es zumindest. »Durchlaucht?« Lenda blickte den Thalesier fragend an.

»Eine Laune, Euer Gnaden.« Stragen lächelte ironisch. »Ein Überbleibsel aus einer vergeudeten Jugend.«

»Stragen ist einer der Besten«, warf Platime ein. »Er hat einige seltsame Ideen, aber er macht gute Gewinne – bessere als ich in manchen Wochen.«

»Du bist zu gütig, Platime«, bedankte Stragen sich mit einer Verbeugung.

Sperber durchquerte das Zimmer zur Tür des königlichen Schlafgemachs. »Wir sind alle versammelt, meine Königin«, rief er.

Einen Augenblick später betrat Ehlana in hellblauem Satingewand und einem schlichten, mit Brillanten verzierten Stirnreif das Wohngemach. Sie blieb stehen und sah sich in königlicher Haltung um. »Majestät«, sagte Sperber förmlich, »darf ich Euch Platime und Stragen, Eure Generale, vorstellen?«

»Meine Herren.« Sie neigte leicht den Kopf.

Platime versuchte aufs neue, sich zu verbeugen, doch ohne erwähnenswerten Erfolg. Dafür übertraf Stragen sich selbst.

»Niedliches Ding, nicht wahr?« wandte Platime sich an seinen blonden Gefährten.

Stragen wand sich sichtlich.

Ehlana blinzelte verblüfft und schaute sich schnell im Gemach um. »Wo sind denn unsere anderen Freunde?« fragte sie.

»Ins Ordenshaus zurückgekehrt, meine Königin«, erwiderte Sperber. »Sie haben Vorbereitungen zu treffen. Doch Sephrenia hat versprochen, später noch einmal hierherzukommen.« Er bot ihr den Arm an und führte sie zu einem prunkvollen Sessel. Sie setzte sich und ordnete sorgfältig die kunstvollen Falten ihres Gewandes.

»Darf ich?« wandte Stragen sich an Sperber.

Sperber zog eine Braue hoch.

Stragen ging zum Fenster, verneigte sich im Vorbeigehen vor Ehlana und zog die schweren Vorhänge zu. Sie starrte ihn an. »Es ist sehr unvorsichtig, sich in einer Welt, in der es Armbrüste gibt, mit dem Rücken zu einem offenen Fenster zu setzen, Majestät«, erklärte er mit einer neuerlichen Verbeugung. »Ihr habt viele Feinde, wißt Ihr.«

»Im Schloß ist es völlig sicher, Durchlaucht Stragen«, protestierte Lenda.

»Möchtest du es ihm sagen?« Stragen blickte Platime müde an.

»Euer Gnaden«, sagte der Fette höflich. »Ich könnte in zehn Minuten dreißig Mann innerhalb der Schloßmauern haben. Ritter sind sehr gut auf dem Schlachtfeld, nehme ich an, aber es ist ziemlich schwierig, nach oben zu blicken, wenn man einen Helm trägt. In meiner Jugend habe ich die Kunst des Einbruchs studiert. Ein guter Einbrecher ist auf einem Dach ebenso zu Hause wie auf der Straße.« Er seufzte. »Das waren noch Zeiten. Nichts läßt das Herz höher schlagen als ein hübscher, gut geplanter Einbruch.«

»Aber es ist nichts mehr für einen Mann, der eine Tonne wiegt«, warf Stragen ein. »Nicht einmal ein Schieferdach würde dieses Gewicht tragen.«

»Das ist eine schändliche Übertreibung, Stragen!«

»Ich gebe es zu. Sagen wir – eine halbe Tonne.«

Ehlana wirkte ehrlich erschrocken. »Was hast du mit mir vor, Sperber?«

»Euch beschützen, meine Königin«, antwortete er. »Annias will Euren Tod. Das hat er bereits bewiesen. Sobald er von Eurer Genesung erfährt, wird er erneut versuchen, Euch zu töten. Die Männer, die er schicken wird, sind bestimmt keine Herren. Sie werden auch ihre Karte nicht am Eingang abgeben, wenn sie Euch besuchen kommen. Platime und Durchlaucht Stragen kennen sich aus. Sie wissen, wie man sich unbemerkt in ein Haus stehlen kann, und deshalb werden sie die entsprechenden Gegenmaßnahmen ergreifen können.«

»Wir können Euch versichern, Majestät, daß niemand lebend an uns vorbeikommen wird«, versprach Stragen mit seiner tiefen, wohlklingenden Stimme. »Wir werden uns bemühen, Euch nicht allzu lästig zu fallen, aber ich fürchte, gewisse Einschränkungen Eurer Bewegungsfreiheit werden unvermeidbar sein.«

»Ich darf, beispielsweise, nicht in der Nähe eines offenen Fensters sitzen?«

»Richtig. Wir werden eine Liste mit Vorschlägen erstellen und sie Euch über den Grafen von Lenda übermitteln. Platime und ich sind Geschäftsleute, und Majestät könnten unsere Gegenwart als peinlich empfinden. Wir werden uns so gut es geht im Hintergrund halten.«

»Euer Zartgefühl ist bewundernswert, Durchlaucht«, lobte sie, »aber ich empfinde die Gegenwart von ehrlichen Männern gar nicht als peinlich.«

»Ehrlich?« Platime lachte rauh. »Ich glaube, wir wurden soeben beleidigt, Stragen.«

»Lieber ein ehrlicher Meuchler als ein unehrlicher Höfling«, versicherte Ehlana ihm. »Tut ihr es wirklich? Meucheln, meine ich.«

»Na ja, früher habe ich mich ein paarmal damit beschäftigt. Auf diese Weise kann man in aller Ruhe herausfinden, was jemand in seinem Beutel mit sich herumträgt. So etwas hat mich schon immer interessiert. Übrigens, da wir gerade davon reden, vielleicht könntest du es ihr jetzt sagen, Talen.«

»Worum geht es?« erkundigte Sperber sich.

»Um ein geringes Entgelt, Sperber«, antwortete der Junge.

»Ach?«

»Stragen bot seine Dienste kostenlos an«, erklärte der Junge.

»Um der Erfahrung willen, Sperber«, warf der blonde Nordmann ein. »König Warguns Hof ist ziemlich langweilig. Der Hof von Elenien hingegen soll außerordentlich distinguiert und ungewöhnlich lasterhaft sein, wurde mir gesagt. Ein Lernbeflissener nutzt gern die Gelegenheit, sein Wissen zu erweitern. Platime ist nicht so wißbegierig. Er hätte lieber etwas Handfestes.«

»Nämlich?« fragte Sperber sofort den Fetten.

»Ich denke allmählich an meinen Ruhestand, Sperber – an ein ruhiges Landhaus, wo ich mich in der Gesellschaft einer Schar unmoralischer junger Frauen vergnügen kann – verzeiht, Majestät. Es ist nur so, daß man seinen Lebensabend nicht richtig genießen kann, wenn man wegen einiger früherer Vergehen geahndet wird. Ich bin freudig bereit, die Königin mit meinem Leben zu beschützen, wenn sie so großmütig sein könnte, mir Pardon für meine früheren Unbedachtheiten zu gewähren.«

»Um welche Unbedachtheiten handelt es sich, Meister Platime?« erkundigte Ehlana sich mißtrauisch.

»Oh, um nichts wirklich Erwähnenswertes, Majestät«, erwiderte er ein wenig verlegen. »Ein paar Morde, verschiedene Diebstähle, Erpressungen, Einbrüche, Brandstiftungen, Schmuggel, Wegelagereien, Viehdiebstähle, Plünderung von zwei Klostern, den unerlaubten Betrieb von mehreren Freudenhäusern – und dergleichen mehr.«

»Du warst ja wirklich sehr beschäftigt, Platime«, sagte Stragen bewundernd.

»Purer Zeitvertreib. Tja, Majestät, eine umfassende Amnestie wäre vielleicht das beste, denn es wäre möglich, daß ich das eine oder andere Vergehen vergessen habe.«

»Gibt es denn irgendein Verbrechen, das Ihr *nicht* begangen habt, Meister Platime?« fragte sie streng.

»Ich glaube, Baratterie, Majestät. Ich weiß allerdings nicht so recht, was das Wort bedeutet, darum bin ich mir nicht sicher.«

»Das ist, wenn ein Kapitän sein Schiff kentert oder versenkt, um die Fracht stehlen zu können«, erklärte Stragen.

»Nein, so was habe ich nie getan! Ebensowenig hatte ich je geschlechtlichen Umgang mit Tieren, ich habe nie Zauberei betrieben und mich nie des Hochverrats schuldig gemacht.«

»Das sind die wirklich schlimmen Verbrechen, nehme ich an«, sagte Ehlana mit völlig unbewegtem Gesicht. »Ich mache mir ja solche Sorgen um die Moral von törichten jungen Schafen.«

Platime lachte schallend. »Genau wie ich, Majestät. Es kostete mich so manche schlaflose Nacht.«

»Wie kam es, daß Ihr Euch nie mit Hochverrat beschmutzt habt, Meister Platime?« fragte der Graf von Lenda neugierig.

»Wahrscheinlich aus Mangel an Gelegenheit, Euer Gnaden«, antwortete Platime ehrlich. »Allerdings bezweifle ich, daß ich mich, selbst bei gebotener Gelegenheit, damit befaßt hätte. Wankende Regierungen machen die Bevölkerung nervös und übervorsichtig. Die Leute fangen an, ihre Wertsachen wie ihren Augapfel zu hüten, und das erschwert das Leben für Diebe sehr. Nun, Majestät, seid Ihr einverstanden?«

»Eine Generalamnestie für Eure Dienste? Solange ich sie benötige?« entgegnete sie.

»Was soll letzteres bedeuten?« fragte Platime argwöhnisch.

»Oh, nichts Besonderes, Meister Platime«, versicherte sie ihm unschuldsvoll. »Ich möchte nicht, daß Ihr Euch langweilt und mich ausgerechnet dann alleine laßt, wenn ich Euch am nötigsten brauche. Ohne Eure Gesellschaft würde ich verzweifeln. Nun?«

»Abgemacht, bei Gott!« brüllte er. Er spuckte in die Hand und streckte sie ihr entgegen.

Sie blickte Sperber verwirrt an.

»Es ist so üblich, Majestät«, erklärte er ihr. »Ihr müßt ebenfalls in die Hand spucken, und dann klatscht Ihr und Platime die Handflächen zusammen.«

Sie zuckte unwillkürlich zurück, dann aber tat sie, was von ihr erwartet wurde. »Abgemacht«, sagte sie mit unsicherer Stimme.

»Das wär's dann! Jetzt seid Ihr wie meine eigene kleine

Schwester für mich, Ehlana«, versicherte Platime ihr mit dröhnender Stimme. »Falls Euch jemand beleidigt oder bedroht, schneid' ich ihm die Gedärme heraus, und Ihr könnt höchstpersönlich mit Euren niedlichen Händen heiße Kohlen in seinen klaffenden Bauch füllen.«

»Ihr seid zu gütig«, sagte sie schwach.

»Sie hat dich ganz schön übers Ohr gehauen, Platime!« Talen überschlug sich beinahe vor Lachen.

»Was redest du da?« Platimes Gesicht verfinsterte sich.

»Du hast dich gerade freiwillig lebenslang zum Dienst für die Regierung verpflichtet, hast du das nicht gemerkt?«

»So ein Unsinn!«

»Nein, nein, das hast du! Du hast dich einverstanden erklärt, der Königin zu dienen, solange sie es wünscht, und nicht einmal daran gedacht, eine angemessene Entlohnung auszuhandeln. Sie kann dich bis zum Tag deines Todes hier im Schloß behalten.«

Platime wurde kreideweiß. »Das würdet Ihr mir doch nicht antun, Ehlana, oder?«

Sie streckte den Arm aus und tätschelte seine bärtige Wange. »Wir werden sehen, Platime. Wir werden sehen.«

Stragen krümmte sich vor unterdrücktem Lachen. »Was ist mit dieser Heimwehr, Sperber?« fragte er, nachdem er sich wieder beruhigt hatte.

»Wir werden die Bürger zur Verteidigung der Stadt mobilisieren«, erklärte Sperber. »Sobald Kurik hier ist, arbeiten wir die Einzelheiten aus. Er schlug vor, daß wir uns die Veteranen holen, sie dienstverpflichten und zu Sergeanten und Korporalen machen. Platimes Leute können wir als Leutnants einsetzen, und Ihr sowie Platime werdet unter dem Oberbefehl von Graf von Lenda Dienst als Generale tun, bis die reguläre elenische Armee zurück ist und euch ablöst.«

Stragen ließ sich das Ganze durch den Kopf gehen.

»Es ist ein durchführbarer Plan«, sagte er schließlich. »Es bedarf bedeutend geringerer Ausbildung, eine Stadt zu verteidigen, als eine anzugreifen.« Er blickte auf seinen niedergeschlagenen dicken Freund. »Es ist schon gut, Eure Majestät«, versicherte er Ehlana. »Ich nehme Euren Beschützer mit und flöße ihm ein wenig Bier ein. Aus irgendeinem Grund wirkt er ein wenig niedergeschlagen.«

»Wie Ihr meint, Durchlaucht.« Sie lächelte. »Fallen Euch irgendwelche Vergehen ein, deren *Ihr* Euch vielleicht in meinem Reich schuldig gemacht habt und für die Ihr Amnestie ersehnt – zu den gleichen Bedingungen?«

»Nein, Majestät«, entgegnete er. »Der Diebeskodex verbietet, daß ich in Platimes Privatrevier wildere. Wäre das nicht der Fall, würde ich sogleich hinauseilen und jemanden ermorden – nur damit ich den Rest meines Lebens in Eurer Gesellschaft verbringen dürfte.« Aus seinen Augen blitzte der Schalk.

»Ihr seid ein sehr schlimmer Mann, Durchlaucht.«

»Das stimmt, Majestät.« Er verbeugte sich. »Komm schon, Platime. Wenn du dich erst daran gewöhnt hast, wird es dir gar nicht mehr so schrecklich erscheinen.«

»Das war sehr, sehr geschickt, Majestät«, lobte Talen, nachdem die beiden gegangen waren. »So hat noch *nie* jemand Platime hereingelegt.«

»Es hat dir wirklich gefallen?« fragte sie erfreut.

»Es war brillant, meine Königin. Jetzt verstehe ich, weshalb Euch Annias vergiftet hat. Ihr seid eine außerordentlich gefährliche Frau.«

Sie strahlte Sperber an. »Bist du nicht stolz auf mich, Liebster?«

»Ich glaube, dein Reich ist jetzt sicher, Ehlana.« Er duzte sie nun wieder, da sie unter sich waren. »Ich kann nur hoffen, daß die anderen Monarchen auf der Hut sind.«

»Würdet ihr mich bitte kurz entschuldigen?« Sie blickte auf ihren noch feuchten Handteller. »Ich möchte mir gern die Hände waschen.«

Bald darauf führte Vanion die anderen ins Wohngemach der Königin. Der Hochmeister verbeugte sich rasch vor Ehlana. »Habt Ihr bereits mit Platime gesprochen?« fragte er Sperber.

»Ja. Und es ist alles in die Wege geleitet«, versicherte Sperber ihm.

»Gut. Wir müssen gleich morgen früh nach Demos reiten. Dolmant hat uns benachrichtigt, daß Erzprälat Cluvonus die Woche nicht mehr überleben wird.«

Sperber seufzte. »Wir wußten, daß es bald soweit sein würde. Gott sei Dank hatten wir noch Zeit, hier die nötigen Vorkehrungen zu treffen. Platime und Stragen sind im Schloß – wahrscheinlich dort, wo es was zu trinken gibt. Setz dich mit ihnen zusammen, Kurik, und arbeitet die notwendigen Pläne aus.«

»Wird gemacht.«

»Einen Moment noch, Meister Kurik«, bat Lenda. »Wie fühlt Ihr Euch, Majestät?« wandte er sich an Ehlana.

»Gut.«

»Fühlt Ihr Euch kräftig genug, Euch der Öffentlichkeit zu zeigen?«

»Selbstverständlich, Lenda.«

»Sehr schön. Sobald unsere Generale und Meister Kurik unsere Heimwehr zusammengestellt haben, solltet Ihr mit ein paar kurzen Ansprachen für die rechte Stimmung sorgen – Appelle an ihren Patriotismus, Anprangerung der Kirchensoldaten, ein paar Andeutungen über die Verworfenheit des Primas Annias ...«

»Großartig, Lenda. Ich halte sowieso gern Ansprachen.«

»Du wirst hierbleiben müssen, bis du alles in die Wege geleitet hast«, wandte Sperber sich an Kurik. »Sobald alles für die Sicherheit Cimmuras getan ist, schließt du dich uns in Chyrellos an.«

Kurik nickte und ging.

»Das ist ein sehr guter Mann, Sperber«, stellte Ehlana fest.

»Ja.«

Sephrenia hatte die rosigen Wangen der Königin kritisch betrachtet. »Ehlana«, sagte sie.

»Ja?«

»Ihr solltet Eure Wangen nicht so kneifen, daß sie Farbe

kriegen, wißt Ihr. Das führt zu einem Bluterguß. Ihr habt eine sehr helle und zarte Haut.«

Ehlana errötete. Dann lachte sie verlegen. »Es ist ein bißchen eitel, nicht wahr?«

»Ihr seid eine Königin, Ehlana, keine Bauernmaid. Weiße Haut ist königlicher.«

»Warum komme ich mir immer wie ein kleines Kind vor, wenn sie zu mir spricht?« fragte Ehlana niemand im besonderen.

»So geht es uns allen, Majestät«, versicherte ihr Vanion.

»Was tut sich momentan in Chyrellos?« fragte Sperber seinen Freund. »Hat Dolmant schon Näheres mitgeteilt?«

»Annias kontrolliert die Straßen«, erwiderte Vanion. »Etwas Offenkundiges hat er noch nicht unternommen, doch seine Soldaten sind allgegenwärtig. Dolmant vermutet, daß er versuchen wird, zur Wahl aufzurufen, noch bevor Cluvonus kalt ist. Dolmant hat Freunde, die sich um eine Hinhaltetaktik bemühen werden, bis wir dort eintreffen, aber allzuviel können sie nicht ausrichten. Jetzt ist Eile geboten. Wenn wir uns den anderen Orden anschließen, sind wir vierhundert Mann. Wir werden zwar in der Minderzahl sein, doch allein unser Erscheinen wird seine Wirkung nicht verfehlen.

Und da ist noch etwas anderes: Otha hat die Grenze von Lamorkand überschritten. Er marschiert noch nicht weiter, stellt jedoch ein Ultimatum. Er verlangt die Rückgabe des Bhelliom.«

»Rückgabe? Er hat ihn doch nie besessen!«

»Typisches diplomatisches Geplänkel, Sperber«, warf der Graf von Lenda ein. »Je schwächer jemandes Position, desto größer seine Lügen.« Der alte Mann schürzte nachdenklich die Lippen. »Wir wissen – beziehungsweise können es zumindest annehmen –, daß es ein Abkommen zwischen Otha und Annias gibt, richtig?«

»Stimmt«, bestätigte Vanion.

»Annias weiß, daß es gegenwärtig unsere Taktik sein muß, Zeit zu gewinnen. Othas Zug zu diesem Zeitpunkt wird die Wahl beschleunigen. Annias wird argumentieren, daß die Kirche einig sein muß, um gegen diese Bedrohung gewappnet zu sein. Othas Anwesenheit an der Grenze wird den Ängstlicheren unter der Hierokratie Schrecken einflößen, und sie werden sich beeilen, für Annias zu stimmen. Dadurch bekommen er und Otha, was sie begehren. Es ist sehr schlau eingefädelt.«

»Hat Otha den Bhelliom beim Namen genannt?« fragte Sperber.

Vanion schüttelte den Kopf. »Er hat Euch lediglich beschuldigt, ein kostbares nationales Wertstück gestohlen zu haben. Zu viele kennen die Bedeutung des Bhelliom. Otha kann deshalb nicht offen seinen Namen nennen.«

»Es fügt sich alles immer besser zusammen«, stellte Lenda fest. »Annias wird erklären, daß nur er eine Möglichkeit kennt, wie Otha zum Rückzug bewegt werden kann. Er wird die Hierokratie in eine solche Panik versetzen, daß sie sich beeilt, ihn zu wählen. Dann wird er Sperber den Bhelliom wegnehmen und ihn Otha, als Teil ihrer Abmachung, übergeben.«

»Es wird nicht so leicht sein, ihn ›wegzunehmen‹«, warf Kalten finster ein. »Die Ritterorden werden sich hinter Sperber stellen.«

»Genau das hofft Annias wahrscheinlich«, sagte Lenda. »Das gäbe ihm jegliche Rechtfertigung, die Ritterorden aufzulösen. Und der Großteil der Ordensritter wird dem Befehl des Erzprälaten gehorchen. Die übrigen gelten dann als Gesetzlose, und Annias wird der Öffentlichkeit mitteilen, daß Ihr das Kleinod nicht hergeben wollt, mit dem die Gefahr gebannt werden könnte, die durch Otha droht. Wie gesagt, es ist sehr schlau eingefädelt.«

»Sperber«, sagte Ehlana mit klingender Stimme, »wenn ihr Chyrellos erreicht habt, möchte ich, daß Annias wegen Hochverrats festgenommen und in Ketten zu mir gebracht wird. Bringt Arissa und Lycheas ebenfalls mit.«

»Lycheas ist bereits hier, meine Königin.«

»Das weiß ich. Nehmt ihn nach Demos mit und sperrt ihn zu seiner Mutter. Ich möchte, daß er viel Zeit hat, Arissa die gegenwärtige Lage zu beschreiben.«

»Das ist eine gute Idee, Majestät«, sagte Vanion behutsam, »aber wir werden anfangs wahrscheinlich nicht stark genug sein, Annias zu verhaften.«

»Das ist mir bekannt, Hochmeister Vanion. Aber wenn Patriarch Dolmant der Haftbefehl und die Anklageschrift übergeben werden, vermag er damit vielleicht die Wahl hinauszuschieben. Er kann eine Untersuchung durch die Kirche veranlassen, und derlei dauert erfahrungsgemäß sehr lange.«

Lenda erhob sich und verbeugte sich vor Sperber. »Mein Junge«, sagte er, »egal, was Ihr sonst noch getan habt und noch tun werdet, Eure beste Leistung sitzt auf diesem Thron. Ich bin stolz auf Euch, Sperber.«

»Ich glaube, wir sollten uns jetzt lieber verabschieden«, riet Vanion. »Wir haben noch eine Menge Vorbereitungen zu treffen.«

»Ich werde Euch Kopien des Haftbefehls spätestens in der dritten Stunde nach Mitternacht zustellen, Hochmeister Vanion«, versprach Lenda, »und noch einige andere. Wir haben jetzt eine ausgezeichnete Gelegenheit, das Reich von Annias und seinesgleichen zu befreien.«

»Berit«, bat Sperber, »mein Panzer ist in dem Gemach da drüben. Seid so freundlich und bringt ihn ins Ordenshaus. Ich glaube, ich werde ihn brauchen.«

»Selbstverständlich, Ritter Sperber.« Doch Berits Augen waren immer noch ablehnend und unfreundlich.

»Einen Augenblick noch, Sperber«, bat Ehlana, als alle zur Tür gingen. Er blieb stehen und wartete, bis die Tür sich hinter den anderen schloß.

»Ja, meine Königin?«

»Du mußt ganz, ganz vorsichtig sein, mein Liebster«, bat sie, und ihr Herz sprach aus ihren Augen. »Es wäre mein Tod, dich zu verlieren.« Stumm streckte sie die Arme nach ihm aus.

Er eilte zu ihr und umarmte sie. Sie küßte ihn heftig. »Geh schnell, Sperber.« Sie war den Tränen nahe. »Ich möchte nicht, daß du mich weinen siehst.«

7

Sie brachen bei Sonnenaufgang am nächsten Morgen nach Demos auf. Die Fähnchen an ihren Lanzen flatterten, als die hundert Pandioner im klingelnden Trott ostwärts ritten.

»Es ist ein schöner Tag, um unterwegs zu sein.« Vanion blickte auf die sonnigen Wiesen. »Ich wünschte nur – nun ja.«

»Wie fühlt Ihr Euch jetzt, Vanion?« fragte Sperber seinen alten Freund.

»Viel besser«, antwortete der Hochmeister. »Ich will ehrlich zu Euch sein, Sperber. Diese Schwerter waren sehr *sehr* schwer. Sie haben mir nur allzu deutlich gezeigt, wie es ist, alt zu werden.«

»Ihr werdet ewig leben, mein Freund.« Sperber lächelte.

»Wenn man sich so fühlt wie ich mich, als ich diese Schwerter trug, kann ich darauf verzichten.«

Eine Zeitlang ritten sie stumm dahin.

»Es wird nicht leicht sein, Vanion«, sagte Sperber düster. »Annias' Leute sind in Chyrellos weit in der Überzahl. Und wenn Otha in Lamorkand zum Vormarsch ansetzt, wird es ein knappes Rennen zwischen ihm und Wargun. Sieger ist der, der als erster in Chyrellos eintrifft.«

»Ich denke, hier kommen wir dem Glaubensbekenntnis sehr nahe, Sperber. Wir werden ganz einfach auf Gott vertrauen müssen. Ich bin sicher, er möchte nicht, daß Annias Erzprälat wird, und ich bin überzeugt, daß er Otha nicht in Chyrellos' haben will.«

»Hoffen wir es.«

Berit und Talen ritten nicht weit hinter ihnen. Im Lauf der Monate hatte sich eine besondere Art von Freundschaft zwischen dem Novizen und dem jungen Dieb entwickelt, die sich unter anderem dadurch ergeben hatte, daß beide sich in Anwesenheit der Älteren ein wenig unbehaglich fühlten.

Berit richtete sich im Sattel auf. »Es ist so, Talen«, erklärte er, »wenn der alte Erzprälat stirbt, versammeln die Patriarchen der Hierokratie sich in der Basilika. Die meisten anderen hohen Kirchenmänner sind ebenfalls dort. Für gewöhnlich auch die Könige von Eosien. Jeder König hält zu Beginn eine Rede, doch während der Beratung der Hierokratie darf niemand außer den Patriarchen sprechen. Sie sind auch die einzigen, die stimmberechtigt sind.«

»Heißt das, die Hochmeister dürfen gar nicht wählen?«

»Die Hochmeister *sind* Patriarchen«, warf Perraine ein, der hinter ihnen ritt.

»Das wußte ich nicht. Ich habe mich gefragt, warum jeder den Ordensrittern respektvoll Platz macht. Wie kommt es dann, daß Annias der Kirche in Cimmura vorsitzt?«

»Patriarch Udale ist dreiundneunzig, Talen«, erklärte Berit. »Er lebt zwar noch, aber wir sind nicht einmal sicher, ob er überhaupt noch seinen eigenen Namen weiß. Er wird im pandionischen Mutterhaus in Demos gepflegt.«

»Das macht es Annias nicht gerade leichter, nicht wahr? Als Primas darf er nicht reden – oder abstimmen, und er hat gewiß auch keine Möglichkeit, diesen Udale zu vergiften, wenn sich der im Mutterhaus aufhält, oder?«

»Richtig. Und deshalb braucht er Geld. Er muß Leute kaufen, die für ihn reden – und für ihn stimmen.«

»Einen Moment! Annias ist doch nur ein Primas, oder nicht?«

»Stimmt.«

Talen runzelte die Stirn. »Wenn er bloß ein Primas ist, während die anderen Patriarchen sind, wie kann er davon ausgehen, bei der Wahl eine Chance zu haben?«

»Ein Kirchenmann braucht nicht Patriarch zu sein, um den Kirchenthron besteigen zu dürfen. Im Lauf der Geschichte wurden schon mehrmals einfache Dorfpfarrer Erzprälat.«

»Das alles ist sehr kompliziert, findet Ihr nicht? Wäre es nicht einfacher, wenn wir mit der Armee einrückten und den Mann auf den Thron setzten, den wir wollen?«

»Das wurde in früherer Zeit schon versucht. Aber es hat nie richtig geklappt. Ich glaube, Gott hat das nicht gebilligt.«

»Er wird es noch viel weniger billigen, wenn Annias gewählt wird, oder?«

»Da magst du recht haben, Talen.«

Tynian ritt mit breitem Grinsen herbei. »Kalten und Ulath amüsieren sich damit, Lycheas' Angst noch zu schüren. Ulath köpft im Vorüberreiten Schößlinge mit seiner Axt, und Kalten hat eine Henkersschlinge geknüpft und deutet damit auf überhängende Äste. Wir mußten Lycheas' Hände an den Sattelknauf ketten, damit er nicht bewußtlos aus dem Sattel fällt.«

»Kalten und Ulath sind anspruchslose Burschen«, bemerkte Sperber. »Es braucht nicht viel, sie zu amüsieren. Lycheas wird seiner Mutter eine Menge zu erzählen haben.«

Gegen Mittag verließen sie die Landstraße und ritten querfeldein südostwärts. Das schöne Wetter hielt an. Sie kamen rasch voran und erreichten Demos spät am nächsten Tag. Kurz bevor die Kolonne nach Süden zum Lager der übrigen drei Orden abbog, brachten Sperber, Kalten und Ulath Lycheas um den Nordrand der Stadt herum zu dem Kloster, in dem Prinzessin Arissa gefangengehalten wurde. Es war von bewaldeten Hängen umgeben und hatte gelbe Sandsteinmauern. Vögel sangen auf den Bäumen ringsum im Spätnachmittagssonnenschein.

Sperber und seine Freunde saßen am Tor ab und zerrten den geketteten Lycheas ziemlich grob aus dem Sattel.

»Wir müssen mit Eurer Mutter Oberin sprechen«, sagte Sperber zu der sanften, kleinen Nonne, die ihnen das Tor öffnete. »Hält Prinzessin Arissa sich immer noch die meiste Zeit im Garten an der Südmauer auf.«

»Ja, Herr Ritter.«

»Seid so gut und bittet die Mutter Oberin, sich uns dort anzuschließen. Wir wollen ihr Arissas Sohn übergeben.« Er faßte Lycheas am Schlafittchen und zog ihn quer durch den Hof zu dem mauerumgebenen Garten, in dem Arissa viele Stunden ihrer Gefangenschaft verbrachte.

»Mutter!« rief Lycheas, als er sie sah. Er riß sich von Sperber los und stolperte auf sie zu. Die Ketten behinderten seine flehend ausgestreckten Hände.

Prinzessin Arissa sprang empört auf. Die schwarzen Ringe um ihre Augen waren fast verschwunden, und ihre unzufriedene Miene hatte selbstgefälliger Erwartung Platz gemacht.

»Was soll das?« fragte sie scharf und umarmte ihren zitternden Sohn.

»Sie haben mich ins Verlies geworfen, Mutter«, schluchzte Lycheas, »und sie haben mich bedroht!«

»Wie könnt Ihr es wagen, den Prinzregenten so zu behandeln, Sperber?« schrie sie.

»Die Lage hat sich geändert, Prinzessin«, erklärte Sperber kühl. »Euer Sohn ist nicht mehr Prinzregent.«

»Niemand hat das Recht, ihn abzusetzen. Dafür werdet Ihr mit dem Leben bezahlen, Sperber.«

»Das bezweifle ich, Arissa«, sagte Kalten grinsend. »Ich bin sicher, Ihr werdet Euch freuen zu hören, daß Eure Nichte von ihrer Krankheit genesen ist.«

»Ehlana? Das ist unmöglich.«

»Da täuscht Ihr Euch. Ich weiß, daß Ihr als wahre Tochter der Kirche in unsere Lobpreisung Gottes für ihre Errettung einstimmen werdet. Der Königliche Rat war außer sich vor Freude. Baron Harparin sogar so sehr, daß er den Kopf verlor.«

»Aber es gibt keine Heilung von ...« Hastig biß sie sich auf die Lippe.

»Von einer Vergiftung durch Darestim?« beendete Sperber den Satz für sie.

»Woher wißt Ihr ...«

»So schwierig war das gar nicht, Arissa. Es bricht nun alles über Eurem Kopf zusammen, Prinzessin. Die Königin war außerordentlich ungehalten, Euret- und Eures Sohnes wegen – und auch Primas Annias wegen. Sie hat uns befohlen, euch drei in Gewahrsam zu nehmen. Betrachtet Euch unter Arrest.«

»Wie lautet die Anklage?«

»Hochverrat, nicht wahr, Kalten?«

»Ja, ich glaube, das waren die Worte der Königin. Ich bin sicher, es ist alles ein Mißverständnis, Eure Hoheit.« Der

Blonde lächelte die Tante der Königin spöttisch an. »Ihr, Euer Sohn und der gute Primas dürften keine Schwierigkeiten haben, die Dinge bei der Verhandlung richtigzustellen.«

»Verhandlung?« Arissa erbleichte.

»Soviel ich weiß, ist dies das übliche Verfahren, Prinzessin. Normalerweise hätten wir Euren Sohn einfach gehängt und Euch dann ebenfalls, aber ihr habt beide eine gewisse Bekanntheit im Reich, deshalb sind einige Formalitäten angebracht.«

»Das ist absurd!« rief Arissa. »Ich bin Prinzessin aus königlichem Geblüt! Ich kann eines solchen Verbrechens gar nicht angeklagt werden.«

»Nun, vielleicht könnt Ihr das Ehlana erklären«, entgegnete Kalten. »Ich bin überzeugt, sie wird sich Eure Argumente aufmerksam anhören – ehe sie das Urteil spricht.«

»Ihr werdet auch des Mordes an Eurem Bruder angeklagt, Arissa«, fügte Sperber hinzu. »Prinzessin oder nicht, das allein genügte schon, Euch zu hängen. Aber wir sind momentan in Zeitnot. Euer Sohn wird Euch die Sachlage gewiß in allen Einzelheiten erklären können.«

Eine greise Nonne betrat den Garten. Ihre Miene drückte Mißfallen über die Anwesenheit von Männern innerhalb der Klostermauern aus.

»Ah, Mutter Oberin.« Sperber begrüßte sie mit einer Verbeugung. »Auf Anordnung der Krone habe ich den Auftrag, diese beiden Verbrecher in Haft zu setzen, bis sie vor Gericht gebracht werden können. Habt Ihr Bußzellen in Eurem Kloster?«

»Ich muß bedauern, Herr Ritter«, entgegnete die Äbtissin, »aber die Bestimmungen unseres Ordens verbieten es uns, Büßerinnen gegen ihren Willen einzusperren.«

»Das macht nichts, Mutter Oberin«, sagte Ulath lächelnd. »Wir kümmern uns darum. Keinesfalls wollen wir die Damen der Kirche in Verlegenheit bringen. Ich kann Euch versichern, daß die Prinzessin und ihr Sohn gar nicht mehr den Wunsch verspüren werden, ihre Zellen zu verlassen – so in Buße vertieft, wie sie sein werden. Laßt mich überlegen. Ich werde zwei Rollen Ketten benötigen, einige kräftige Nägel, einen Hammer und einen Amboß. Ich werde diese Zellen gründlich verschließen, und Ihr und Eure Schwestern braucht Euch nicht mit Politik zu beschäftigen.« Er hielt inne und blickte Sperber an. »Oder soll ich sie an die Mauer ketten?«

Sperber überlegte es ernsthaft. »Nein«, entschied er schließlich. »Sie sind trotz allem Angehörige des Königshauses, da sollte man gewisse Rücksicht walten lassen.«

»Ich habe keine Wahl, als auf Eure Wünsche einzugehen, meine Herren Ritter«, sagte die Äbtissin. Sie blickte sie fragend an. »Es gehen Gerüchte um, daß die Königin genesen ist. Ist etwas Wahres daran?«

»O ja, Mutter Oberin«, versicherte ihr Sperber. »Die Königin ist wohlauf und hat die Regierungsgeschäfte in Elenien wieder übernommen.«

»Gott sei gelobt!« rief die greise Nonne. »Und werdet ihr unsere unerwünschten Gäste bald aus unserem Kloster entfernen?«

»Ja, Mutter Oberin. Sehr bald.«

»Dann werden wir die Räumlichkeiten, welche die Prinzessin entweiht hat, säubern – und natürlich für ihre Seele beten.«

»Natürlich.«

»Wie ungemein rührend«, sagte Arissa spöttisch.

Etwa fünfzehn Minuten später kamen Kalten und Ulath aus dem Klosterinnern zurück.

»Alles gut gesichert?« fragte Sperber.

»Ein Schmied würde eine Stunde brauchen, diese Zellentüren aufzubekommen«, versicherte ihm Kalten. »Reiten wir weiter?«

Sie hatten kaum eine halbe Meile zurückgelegt, als Ulath plötzlich den großen Pandioner aus dem Sattel stieß und dabei brüllte: »Vorsicht, Sperber!«

Der Armbrustbolzen zischte durch die leere Luft, wo sich noch vor einem Moment Sperber befunden hatte, und bohrte sich in einen Baum am Straßenrand.

Kalten riß sein Schwert aus der Scheide und spornte sein Pferd in die Richtung, aus welcher der Bolzen gekommen war.

»Seid Ihr in Ordnung?« fragte Ulath. Er saß ab, um Sperber auf die Füße zu helfen.

»Von einem Bluterguß abgesehen, ja. Ihr stoßt sehr kraftvoll zu, mein Freund.«

»Tut mir leid, Sperber. Es war die Aufregung.«

»Ist schon gut, Ulath. Stoßt so fest Ihr wollt, wenn so was passiert. Wie habt Ihr den Bolzen überhaupt gesehen?«

»Reines Glück. Ich schaute zufällig in diese Richtung und sah eine Bewegung im Gebüsch.«

Kalten kam fluchend zurück. »Ich habe ihn nicht erwischt.«

»Ich werde dieses Burschen allmählich *sehr* leid«, brummte Sperber und zog sich in den Sattel.

»Denkst du, es ist derselbe, der dir in Cimmura in den Rücken schießen wollte?« fragte Kalten.

»Wir sind nicht in Lamorkand, Kalten, wo in jeder Küche im ganzen Reich eine Armbrust in einer Ecke lehnt.« Er überlegte kurz. »Reden wir nicht darüber, wenn wir wieder bei Vanion sind«, bat er. »Ich kann schon auf mich aufpassen, und er hat ohnehin genug am Hals.«

Die Ritter der vier Orden warteten in einem gut verborgenen Lager etwa drei Meilen südlich von Demos. Sperber und seine Gefährten wurden zu einem Zelt gewiesen, wo ihre Freunde mit Hochmeister Abriel vom cyrinischen Orden, Hochmeister Komier vom genidianischen und Hochmeister Darellon vom alzionischen, in ein Gespräch vertieft waren. »Wie hat die Prinzessin die Neuigkeiten aufgenommen?« fragte Vanion.

»Sie war ziemlich unzufrieden«, spöttelte Kalten. »Sie versuchte eine Rede zu halten, aber da sie im Grunde genommen nichts weiter sagen wollte als ›das könnt ihr nicht tun‹, würgten wir sie ab.«

»Ihr habt *was?*« rief Vanion.

»Oh, nicht so, Hochmeister Vanion. Eine mißverständliche Wortwahl, fürchte ich«, entschuldigte Kalten sich.

»Sagt, was Ihr meint, Kalten«, rügte ihn Vanion. »Jetzt sind Zweideutigkeiten unangebracht!«

»Ich würde die Prinzessin doch nicht wirklich strangulieren, Eminenz.«

»Ich schon«, brummte Ulath.

»Dürfen wir den Bhelliom sehen?« wandte Komier sich an Sperber.

Sperber blickte Sephrenia an, und sie nickte, wenngleich etwas zögernd. Sperber langte unter seinen Wappenrock und holte den Leinenbeutel hervor. Er knüpfte die Zugschnur auf; dann schüttelte er die Saphirrose auf seinen Handteller.

Es war schon ein paar Tage her, seit er auch nur das geringste Unbehagen empfunden hatte, den der ungewöhnliche Schatten immer hervorrief, doch er verspürte es, kaum daß sein Blick auf die Blütenblätter der Saphirrose fiel, und wieder zuckte dieser formlose Schatten, jetzt noch schwärzer und größer, unmittelbar am Rand seines Blickfelds.

»Großer Gott!« keuchte Hochmeister Abriel.

»Laßt ihn schnell wieder verschwinden«, brummte der Thalesier Komier.

»Aber ...«, protestierte Hochmeister Darellon.

»Wollt Ihr Eure Seele bewahren, Darellon?« fragte Komier. »Wenn ja, dann starrt dieses Ding nicht länger als ein paar Sekunden an!«

»Steckt ihn wieder weg, Sperber«, wies Sephrenia ihn an.

»Gibt es Neues über Otha?« erkundigte Kalten sich, als Sperber den Bhelliom zurück in den Beutel fallen ließ.

»Er hat sich offenbar nicht von der Grenze gerührt«, antwortete Abriel. »Vanion erzählte uns von dem Geständnis des Bastards Lycheas. Es ist anzunehmen, daß Annias Otha gebeten hat, dortzubleiben und vorerst nur zu drohen. Denn so kann der Primas von Cimmura behaupten, er kenne eine Möglichkeit, den Vormarsch der Zemocher zu verhindern. Das könnte ihm einige Stimmen einbringen.«

»Otha weiß, daß Sperber den Bhelliom hat. Das ist doch anzunehmen, nicht wahr?« fragte Ulath.

»Da Azash es weiß, weiß Otha es auch«, sagte Sephrenia. »Ob Annias es bereits erfahren hat, ist noch nicht sicher.«

»Was tut sich in Chyrellos?« fragte Sperber Vanion.

»Wir haben zuletzt gehört, daß das Leben des Erzprälaten Cluvonus nur noch an einem seidenen Faden hängt. Da es unmöglich ist, unser Kommen zu verheimlichen, reiten wir nun offen nach Chyrellos. Und nachdem Otha seinen ersten Zug gemacht hat, haben auch wir unsere Pläne geändert. Wir wollen versuchen, Chyrellos zu erreichen, *bevor* Cluvonus stirbt. Zweifellos wird Annias alles tun, damit die Wahl so schnell wie möglich anberaumt wird. Wirklich Befehle erteilen kann er erst danach. Aber sobald Cluvonus den letzten Atemzug getan hat, können die Patriarchen, die Annias gekauft hat, die Einberufung der Wahl fordern. Als erstes werden sie darüber abstimmen, die Stadttore zu schließen. Annias wird wahrscheinlich die nötigen Stimmen haben, diesen Antrag durchzubringen.«

»Kann Dolmant in etwa abschätzen, wie die Stimmenverteilung gegenwärtig ist?« fragte Sperber.

»Knapp, Ritter Sperber«, antwortete Hochmeister Abriel vom cyrinischen Orden. Er war ein stämmiger Mann in den Sechzigern mit Silberhaar und dem Gesicht eines Asketen. »Es sind bei weitem nicht alle Patriarchen in Chyrellos.«

»Was zum Teil der Tüchtigkeit von Annias' Meuchlern zuzuschreiben sein dürfte«, sagte der Thalesier Komier trocken.

»Höchstwahrscheinlich«, stimmte Abriel bei. »Jedenfalls halten sich gegenwärtig einhundertundzweiunddreißig Patriarchen in Chyrellos auf.«

»Von wie vielen insgesamt?« erkundigte Kalten sich.

»Von einhundertachtundsechzig.«

»Warum eine so krumme Zahl?« fragte Talen neugierig.

»Es wurde einst so bestimmt, junger Mann. Man entschied sich für diese Zahl, damit hundert Stimmen erforderlich sein würden, einen neuen Erzprälaten zu wählen.«

»Hundertsiebenundsechzig wäre näher dran gewesen«, sagte Talen nach kurzer Überlegung.

»Woran?« Kalten blickte ihn an.

»An den hundert Stimmen. Hundert Stimmen wären sechzig Prozent von ...« Talen bemerkte Kaltens verständnislose Miene. »Ah – ist schon gut, Kalten. Ich erkläre es Euch später.«

»Kannst du das im Kopf ausrechnen, Junge?« fragte Komier erstaunt. »Dann haben wir eine Menge Papier mit unseren Berechnungen vergeudet.«

»Es ist ein Trick, Eminenz«, sagte Talen bescheiden. »In meinem Geschäft muß man manchmal sehr schnell mit Zahlen umgehen. Darf ich fragen, wie viele Stimmen Annias gegenwärtig hat?«

»Fünfundsechzig«, erwiderte Ariel, »teils feste, teils wahrscheinliche.«

»Und wir?«

»Achtundfünfzig.«

»Dann gewinnt niemand. Er braucht noch fünfunddreißig Stimmen und wir zweiundvierzig.«

»So einfach ist es leider nicht, fürchte ich.« Abriel seufzte. »Nach dem Verfahren, das die Kirchenväter bestimmt haben, können entweder hundert oder ein gleicher Prozentsatz der von den Anwesenden abgegebenen Stimmen entscheiden, sowohl die Wahl eines neuen Erzprälaten als auch andere Hauptpunkte.«

»Und *das* zu berechnen, haben wir den Stoß Papier verbraucht«, brummte Komier.

»Annias braucht also achtzig Stimmen«, sagte Talen nach kurzem Nachdenken, »aber es fehlen ihm noch fünfzehn.« Er runzelte die Stirn. »Einen Moment!« rief er. »Eure Zahlen stimmen nicht. Ihr habt nur hundertdreiundzwanzig gerechnet, aber gesagt, daß hundertzweiunddreißig Patriarchen in Chyrellos sind.«

»Neun davon haben sich noch nicht entschieden«, erklärte ihm Abriel. »Dolmant befürchtet, daß sie nur noch auf eine größere Bestechung warten. Es wird hin und wieder über Nebenpunkte abgestimmt. In diesen Fällen ist lediglich eine einfache Mehrheit erforderlich. Manchmal stimmen die neun mit Annias, manchmal nicht. Sie wollen ihm ihre Macht zeigen. Sie wählen, wie es zu ihrem Vorteil ist.«

»Auch wenn sie jedesmal mit Annias stimmen, macht das keinen Unterschied«, stellte Talen fest. »Egal, wie man es sieht, aus neun werden trotzdem keine fünfzehn.«

»Aber er braucht keine fünfzehn«, warf Hochmeister Darellon bedrückt ein. »Durch all die Anschläge und die vielen Kirchensoldaten auf den Straßen von Chyrellos haben sich siebzehn der Patriarchen, die gegen Annias sind, irgendwo in der Heiligen Stadt versteckt. Sie sind nicht anwesend, um wählen zu können, und das ändert den Prozentsatz.«

»Lieber Gott«, wandte Kalten sich an Ulath, »mir brummt jetzt schon der Kopf.«

»Das sieht nicht gut aus, meine Herren«, sagte Talen. »Ohne diese siebzehn sind neunundsechzig Stimmen nötig. Annias braucht also nur noch vier weitere.«

»Und sobald er genug Geld aufbringt, vier der neun Patriarchen zu bestechen, wird er der Wahlsieger«, stellte Ritter Bevier fest. »Der Junge hat recht, meine Herren. Es sieht nicht gut für uns aus.«

»Dann müssen wir die Zahlen ändern«, erklärte Sperber.

»Wie ändert man Zahlen?« fragte Kalten. »Eine Zahl bleibt eine Zahl, daran kann man nichts ändern.«

»Man kann, wenn man hinzufügt. Wir müssen, sobald wir in Chyrellos sind, diese siebzehn Patriarchen finden, die sich versteckt halten, und sie zur Abstimmung sicher zur Basilika bringen. Dadurch braucht Annias wieder achtzig Stimmen, um zu gewinnen, und so viele kriegt er nicht.«

»Aber wir auch nicht«, gab Tynian zu bedenken. »Selbst wenn wir sie zur Basilika brächten, hätten wir doch nur achtundfünfzig Stimmen.«

»Zweiundsechzig, Ritter Tynian«, verbesserte ihn Berit respektvoll. »Die Hochmeister der vier Orden sind ebenfalls Patriarchen, und ich kann mir nicht vorstellen, daß einer von ihnen für Annias stimmen würde.«

»Das ändert die Anzahl erneut«, warf Talen ein. »Werden

die siebzehn und die vier dazugerechnet, ergibt es insgesamt hundertsechsunddreißig. Das bedeutet, daß für den Wahlsieg zweiundachtzig – eigentlich einundachtzig und ein Bruchteil – Stimmen nötig sind.«

»So viele kann keine Seite zusammenbekommen«, sagte Komier düster. »Wir können nicht gewinnen.«

»Wir brauchen die Wahl nicht zu gewinnen, um trotzdem zu erreichen, was wir wollen«, erklärte Vanion. »Wir versuchen ja nicht, irgendeinen Kandidaten durchzubringen, sondern lediglich Annias vom Thron fernzuhalten. Wir gewinnen schon, wenn Annias die erforderliche Stimmenzahl nicht bekommt.« Sperbers Freund erhob sich und schritt im Zelt hin und her. »Sobald wir Chyrellos erreichen, ersuchen wir Dolmant, Wargun eine Nachricht nach Arzium zu senden, daß in der Heiligen Stadt eine Kirchenkrise ausgebrochen ist. Damit steht Wargun unter *unserem* Kommando. Und wir erteilen ihm den von uns vieren unterzeichneten Befehl, seine Operationen in Arzium abzubrechen und nach Chyrellos zu eilen. Falls Otha sich in Marsch setzt, werden wir Wargun ohnehin hier brauchen.«

»Wie sollen wir genügend Stimmen für eine solche Erklärung zusammenbekommen?« fragte Hochmeister Darellon.

»Ich habe nicht an eine Abstimmung gedacht, mein Freund.« Vanion lächelte dünn. »Dolmants Reputation wird Patriarch Bergsten überzeugen, daß die Erklärung offziell ist, und Bergsten kann Wargun befehlen, sogleich nach Chyrellos aufzubrechen. Für das Mißverständnis können wir uns später immer noch entschuldigen. Bis dahin wird Wargun jedoch bereits mit den vereinten Armeen des Westens in Chyrellos sein.«

»Ohne die elenische Armee«, warf Sperber ein. »Meine Königin sitzt in Cimmura mit nur zwei Dieben als Schutz.«

»Ich will Euch nicht beleidigen, Ritter Sperber«, sagte Darellon, »aber das ist in der momentanen Situation wahrhaftig nicht ausschlaggebend!«

»Da bin ich mir nicht so sicher«, widersprach Vanion. »Annias braucht jetzt verzweifelt Geld. Er muß unbedingt Zugang zum elenischen Staatsschatz haben – nicht nur, um die restlichen neun Patriarchen zu bestechen, sondern auch, um die Stimmen zu behalten, die er bereits hat. Es brauchen nur noch ein paar abzuspringen, dann kann er den Thron vergessen. Ehlana – und ihre Staatskasse – zu schützen ist jetzt sogar noch wichtiger als zuvor.«

»Vielleicht habt Ihr recht, Vanion«, räumte Darellon ein. »Daran hatte ich wohl nicht gedacht.«

»Also gut«, fuhr Vanion fort, »wenn Wargun mit den Streitkräften Chyrellos erreicht, verlagert sich das Kräfteverhältnis. Annias' Macht über jene, die ihn jetzt unterstützen, ist nicht sehr groß, und ich glaube, er verdankt sie zu einem großen Teil der Einschüchterung durch seine Soldaten, die auf den Straßen allgegenwärtig sind. Sobald sich daran etwas ändert, wird ein Großteil abspringen. Wie ich es sehe, meine Herren, ist unsere Aufgabe, Chryrellos noch vor Cluvonus' Ableben zu erreichen, anschließend dafür zu sorgen, daß die Nachricht an Wargun sofort losgeschickt wird, und dann die Patriarchen aufzuspüren, die sich versteckt haben, damit wir sie rechtzeitig zur Wahl in die Basilika bringen können.« Er blickte Talen an. »Wie viele brauchen wir – was ist das absolute Minimum, um Annias' Sieg zu verhindern?«

»Wenn er sich die Stimmen dieser neun beschaffen kann, wird er vierundsiebzig haben, Eminenz. Und wenn wir sechs der Patriarchen finden, die sich versteckt haben, werden es hundertfünfundzwanzig Wähler sein. Sechzig Prozent davon sind fünfundsiebzig. Er hätte also nicht genügend.«

»Sehr gut, Talen«, dankte Vanion. »Das wär's denn, meine Herren. Wir reiten nach Chyrellos und suchen die Stadt nach sechs Patriarchen ab, die bereit sind, gegen Annias zu stimmen. Wir stellen selbst einen Kandidaten auf – irgend jemanden – und führen bis Warguns Ankunft einfach eine Abstimmung nach der anderen durch.«

»Das ist trotzdem nicht das gleiche wie ein Sieg«, brummelte Komier.

»Aber das nächstbeste«, gab Vanion zu bedenken.

Sperber schlief in dieser Nacht sehr unruhig. Die Dunkelheit schien mit Schreien, Ächzen und Stöhnen und einem unbeschreiblichen Grauen erfüllt zu sein. Schließlich stand er auf, warf sich eine Mönchskutte über und begab sich zu Sephrenia.

Wie er fast erwartet hatte, fand er sie mit einer Teetasse in der Hand am Eingang ihres Zeltes sitzend vor. »Schlaft Ihr denn nie?« fragte er.

»Eure Träume halten mich wach, Lieber.«

»Ihr wißt, was ich träume?« fragte er staunend.

»Keine Einzelheiten, aber ich weiß, daß Euch etwas quält.«

»Ich habe den Schatten wieder gesehen, als ich Vanion und den anderen Hochmeistern den Bhelliom zeigte.«

»Ist es das, was Euch beunruhigt?«

»Zum Teil. Jemand hat mit der Armbrust auf mich geschossen, als Ulath, Kalten und ich aus dem Kloster kamen, in dem Arissa gefangen ist.«

»Aber das ist geschehen, *bevor* Ihr den Bhelliom aus dem Beutel genommen habt. Vielleicht gibt es überhaupt keinen Zusammenhang zwischen den Vorfällen.«

»Möglicherweise spart der Schatten sie auf – vielleicht kann er sie in der Zukunft eintreffen sehen. Es könnte auch sein, daß ich den Bhelliom gar nicht berühren muß, um den Schatten zu veranlassen, einen Mörder zu schicken.«

»Gehören zur elenischen Logik so viele Vermutungen?«

»Nein, und das beunruhigt mich ein bißchen – aber nicht genug, daß ich die Hypothese aufgebe. Azash schickt nun schon lange die verschiedensten Kreaturen, die mich töten sollen, kleine Mutter, und alle hatten irgend etwas Unnatürliches an sich. Dieser Schatten, den ich aus den Augenwinkeln sehe, ist zweifellos nicht natürlich, sonst hättet Ihr ihn ebenfalls sehen müssen.«

»Das könnte stimmen.«

»Dann wäre ich doch töricht, wenn ich meine Vorsicht außer acht ließe, nur weil ich nicht *beweisen* kann, daß Azash den Schatten schickt, oder?«

»Wahrscheinlich.«

»Obwohl ich es nicht beweisen kann, *weiß* ich aber, daß es irgendeine Verbindung zwischen dem Bhelliom und diesem huschenden Schatten gibt. Welcherart sie ist, weiß ich noch nicht, und vielleicht schätze ich deshalb bestimmte Zufälle falsch ein. Doch um sicherzugehen, gehe ich lieber vom Schlimmsten aus: daß der Schatten zu Azash gehört, daß er dem Bhelliom folgt und menschliche Meuchler auf mich ansetzt.«

»Das hört sich plausibel an.«

»Ich freue mich, daß Ihr mir beistimmt.«

»Ihr seid Euch dessen doch bereits klar gewesen, Sperber. Warum seid Ihr dann zu mir gekommen?«

»Ich brauchte Euch als Zuhörerin, während ich es mir selbst noch einmal klarmachte.«

»Ich verstehe.«

»Außerdem bin ich gern in Eurer Gesellschaft.«

Sie lächelte ihn liebevoll an. »Ihr seid ein so guter Junge, Sperber. Und jetzt erzählt mir, weshalb Ihr diesen letzten Anschlag auf Euer Leben vor Vanion geheimgehalten habt?«

Er seufzte. »Ihr billigt es also nicht.«

»Stimmt.«

»Nun, ich möchte nicht, daß er mich in die Mitte der Kolonne steckt und gerüstete Ritter ihre Schilde über mich halten müssen. Ich *muß* sehen, was auf mich zukommt, Sephrenia. Könnte ich das nicht, würde ich aus der Haut fahren.«

»Du meine Güte«, seufzte sie.

Faran war gereizt. Anderthalb Tage fast ununterbrochenen Dahintrabens hatte seine normale Übellaunigkeit noch gesteigert. Etwa fünfzig Meilen vor Chyrellos ließen die Hochmeister die Kolonne anhalten und wiesen die Ritter an, abzusitzen und ihre Pferde eine Zeitlang im Schritt gehen zu lassen.

Faran versuchte Sperber dreimal zu beißen, während der große Ritter aus dem Sattel kletterte. Als der kräftige Braune jedoch halb herumwirbelte und Sperber in die Hüfte trat, hielt der Ritter es für angebracht, etwas zu unternehmen. Mit Kaltens Hilfe kam er auf die Beine, schob sein Visier zurück und zog sich am Zügel hoch, bis er dem häßlichen Streitroß direkt in die Augen blicken konnte. »Hör auf!« knurrte er.

Faran funkelte ihn mit haßerfüllten Augen an.

Sperber bewegte seine Hand sehr schnell und faßte mit den eisenbehandschuhten Fingern das linke Ohr des Braunen. Grimmig begann er es zu drehen.

Faran trat ihm mit dem Vorderhuf ins Knie.

»Es liegt ganz bei dir, Faran«, erklärte ihm Sperber. »Du wirst ohne dieses Ohr jedoch ausgesprochen lächerlich aussehen.« Er drehte es noch fester, bis das Pferd unwillig schnaubte.

»Es ist immer schön, sich mit dir zu unterhalten, Faran«, sagte Sperber und gab das Ohr frei. Dann streichelte er den schweißigen Nacken. »Ich treibe dich nicht zu meinem Vergnügen so hart an. Aber wir haben es nicht mehr weit. Kann ich dir jetzt wieder trauen?«

Faran seufzte und scharrte mit einem Vorderhuf.

»Gut. Dann gehen wir ein Stück im Schritt.«

»Das ist geradezu unheimlich«, sagte Hochmeister Abriel zu Vanion. »Noch nie zuvor habe ich eine so vollkommene Verbindung zwischen Pferd und Mensch erlebt.«

»Das macht Sperber so stark«, erwiderte Vanion. »Er ist schon allein gefährlich genug, aber wenn er auf diesem Pferd sitzt, wird er zur Naturkatastrophe.«

Die Ritter führten ihre Pferde etwa eine Meile im Schritt, ehe sie wieder aufsaßen und durch den Nachmittagssonnenschein auf die Heilige Stadt zuritten.

Es war schon fast Mitternacht, als sie die breite Brücke über den Arruk überquerten und sich dem Westtor von Chyrellos näherten. Das Tor wurde von Kirchensoldaten bewacht. »Ich bedauere, meine Herren«, sagte der Hauptmann der Torwache, »aber auf Befehl der Hierokratie darf kein Bewaffneter Chyrellos während der Dunkelheit betreten.«

Hochmeister Komier langte nach seiner Streitaxt.

»Einen Moment, mein Freund«, hielt Hochmeister Abriel ihn sanft zurück. »Ich glaube, es gibt eine Möglichkeit, dieses Problem zu beheben, ohne jemandes Gefühle zu verletzen«, wandte er sich an den rotuniformierten Offizier.

»Ja, Herr Ritter?« Die Stimme des Hauptmanns klang geradezu beleidigend selbstgefällig.

»Dieser Befehl, von dem Ihr gesprochen habt, gilt er auch für Angehörige der Hierokratie?«

»Herr Ritter?« entgegnete der Hauptmann verwirrt.

»Es ist eine ganz einfache Frage, Hauptmann. Ein Ja oder Nein genügt. Trifft dieser Befehl auch auf die Patriarchen der Kirche zu?«

Der Hauptmann wand sich. »Niemand darf einen Kirchenpatriarchen behindern, Herr Ritter.«

»›Eminenz!‹« verbesserte Abriel ihn.

Der Hauptmann blinzelte verständnislos.

»Die korrekte Anrede für einen Patriarchen ist ›Eminenz‹, Hauptmann. Nach dem Kirchengesetz sind meine drei Gefährten und ich Patriarchen der Kirche. Laßt Eure Männer antreten, Hauptmann. Wir wollen sie inspizieren.«

Der Hauptmann zögerte.

»Ich spreche für die Kirche, Leutnant«, sagte Abriel scharf. »Wollt Ihr Euch widersetzen?«

»Äh – ich bin Hauptmann, Eminenz«, murmelte der Mann.

»Ihr *wart* Hauptmann, Leutnant. Möchtet Ihr wieder Sergeant sein? Wenn nicht, dann tut sogleich, was ich befehle!«

»Jawohl, Eminenz«, erwiderte der verstörte Mann. »He, ihr!« brüllte er. »Alle! Stellt euch zur Inspektion auf!«

Die Inspektion der Wachabteilung am Tor wurde mit äußerster Strenge vorgenommen. Tadel wurden großzügig und in beißendem Tonfall verteilt. Danach ritt die Kolonne ohne weitere Behinderung in die Heilige Stadt ein. Kein Lachen wurde laut, kein Ritter verzog auch nur die Miene – bis sie außer Hörweite des Stadttores waren. Die Disziplin der Ordensritter war eben ein Wunder der zivilisierten Welt.

Trotz der späten Stunde patrouillierten große Abteilungen

Kirchensoldaten durch die Straßen. Sperber kannte diese Art von Männern und wußte, daß ihre Loyalität käuflich war. In den meisten Fällen machten sie ihren Dienst nur um des Soldes willen. Aufgrund ihrer großen Zahl in Chyrellos hatten sie sich eine gewisse arrogante Unverschämtheit angewöhnt. Das Erscheinen von vierhundert Ordensrittern in Panzerrüstung auf den Straßen zur mitternächtlichen Stunde führte zur geziemenden Bescheidenheit, wie Sperber fand – zumindest unter den einfachen Soldaten. Die Offiziere brauchten etwas länger, die Wahrheit zu erfassen.

»Kalten«, befahl Vanion, »teilt die Kolonne in Zehnertrupps auf. Durchkämmt die Stadt und verbreitet laut, daß die Ordensritter ihren Schutz jedem Patriarchen anbieten, der sich zur Wahl in die Basilika begeben möchte.«

»Jawohl, Eminenz«, gab Kalten zurück. »Ich werde die Heilige Stadt aufwecken. Bestimmt wartet jeder schon atemlos darauf, meine Nachricht zu hören.«

»Glaubt Ihr, es besteht noch Hoffnung, daß er eines Tages erwachsen wird?« sagte Sperber kopfschüttelnd.

»Hoffentlich nicht«, entgegnete Vanion lächelnd. »Gleichgültig, wie alt wir anderen werden, können wir uns doch immer daran erfreuen, daß wir einen ewigen Jungen unter uns haben. Das ist recht tröstlich.«

Die Hochmeister mit Sperber und seinen Gefährten sowie einer Zwanzigmannabteilung unter dem Befehl von Ritter Perraine folgten der breiten Prunkstraße.

Dolmants Haus wurde von einem Zug Soldaten bewacht. Sperber erkannte ihren Offizier als einen, der dem Patriarchen von Demos treu ergeben war. »Gott sei Dank!« rief der junge Mann erleichtert, als die Ritter vor Dolmants Tor anhielten.

»Wir waren in der Gegend und haben uns zu einem Anstandsbesuch entschlossen«, sagte Vanion lächelnd. »Seine Eminenz ist doch wohlauf, hoffe ich?«

»Er wird sich gleich viel besser fühlen, nun, da Ihr und Eure Freunde hier seid, Eminenz. Die Lage in Chyrellos ist sehr angespannt.«

»Das kann ich mir vorstellen. Ist Dolmant noch wach?«

Der Offizier nickte. »Er ist in einer Besprechung mit dem Patriarchen von Uzera. Vielleicht ist Euch Patriarch Emban bekannt, Eminenz?«

»Ein etwas beleibter Mann – leutselig?«

»Das ist er, Hochmeister Vanion. Ich melde seiner Eminenz, daß Ihr eingetroffen seid.«

Dolmant, der Patriarch von Demos, war so hager und streng wie immer, doch sein asketisches Gesicht leuchtete auf, als die Ordensritter sein Studiergemach betraten. »Willkommen, meine Herren«, begrüßte er sie. »Ihr kennt doch alle Emban?« Er deutete auf den dicken Patriarchen.

Emban war wahrhaftig mehr als nur ›beleibt‹. »Euer Studiergemach sieht allmählich wie eine Gießerei aus, Dolmant.« Er lachte und ließ den Blick über die Ritter schweifen. »Soviel Stahl habe ich schon seit Jahren nicht mehr auf einem Fleck gesehen.«

»Ein beruhigender Anblick, findet Ihr nicht?«

»Ja, o ja!«

»Wie sieht es in Cimmura aus, Vanion?« fragte Dolmant besorgt.

»Gute Neuigkeiten. Königin Ehlana ist genesen und hat die Regierung wieder fest in der Hand«, berichtete Vanion.

»Gott sei Dank!« rief Emban. »Ich glaube, Annias ist bankrott.«

»Dann ist es Euch also gelungen, den Bhelliom zu finden?« wandte Dolmant sich an Sperber.

Sperber nickte. »Möchtet Ihr ihn sehen, Eminenz?«

»Lieber nicht. Ich dürfte ja nicht an seine Kräfte glauben, aber ich habe so einige Geschichten gehört. Aberglauben, zweifellos – aber wir wollen kein Risiko eingehen.«

Sperber seufzte insgeheim erleichtert. Er war gar nicht darauf erpicht, den Schatten wieder zu sehen, und erst recht nicht darauf, tagelang mit dem unguten Gefühl herumlaufen zu müssen, daß jemand mit einer Armbrust auf ihn zielte.

»Es ist erstaunlich, daß die Nachricht von der Genesung

der Königin Annias noch nicht erreicht hat«, bemerkte Dolmant. »Zumindest hat er sich nichts anmerken lassen.«

»Es würde mich wundern, wenn er davon gehört hätte«, warf Komier ein. »Vanion hat die Stadt abgeriegelt, um die Cimmuraner zu Hause zu halten. Personen, die versuchen, die Stadt zu verlassen, werden höflich, aber bestimmt zurückgewiesen.«

»Ihr habt doch nicht Eure Pandioner in Cimmura gelassen, Vanion?«

»Nein, Eminenz. Wir haben von anderer Seite Hilfe bekommen. Wie geht es dem Erzprälaten?«

»Er liegt im Sterben«, antwortete Emban. »Das tut er zwar schon seit einigen Jahren, aber jetzt geht er die Sache offenbar etwas ernsthafter an.«

»Hat Otha weitere Schritte unternommen?« erkundigte Darellon sich.

Dolmant schüttelte den Kopf. »Er lagert immer noch unmittelbar an der lamorkischen Grenze. Er stößt alle möglichen Drohungen aus und verlangt, daß ihm der mysteriöse zemochische Schatz zurückgegeben wird.«

»Er ist gar nicht so mysteriös, Dolmant«, warf Sephrenia ein. »Otha will den Bhelliom, und er weiß, daß Sperber ihn hat.«

»Dann kann es nicht ausbleiben, daß irgendwann jemand vorschlägt, Sperber soll den Stein ihm aushändigen, um eine Invasion zu verhindern«, gab Emban zu bedenken.

»Ehe wir ihn aus der Hand geben, Eminenz«, erklärte Sephrenia, »vernichten wir ihn lieber.«

»Sind von denjenigen Patriarchen, die sich verkrochen haben, inzwischen welche aus ihren Verstecken hervorgekommen?« fragte Hochmeister Abriel.

»Nicht einer«, schnaubte Emban. »Wahrscheinlich stecken sie in den tiefsten Rattenlöchern, die sie finden konnten. Zwei von ihnen hatten übrigens tödliche Unfälle.«

»Unsere Ritter suchen die Stadt nach ihnen ab«, erklärte Hochmeister Darellon. »Selbst die verängstigsten Hasenfüße fassen vielleicht ein bißchen Mut, wenn Ordensritter sie beschützen.«

»Darellon!« rügte Dolmant.

»Tut mir leid«, entschuldigte Darellon sich höflichkeitshalber.

»Wird das etwas an der Berechnung ändern?« wandte Komier sich an Talen. »Ich meine, wenn man die beiden abzieht, die gemeuchelt wurden?«

»Nein, Eminenz«, erwiderte Talen. »Wir hatten sie gar nicht einbezogen.«

Dolmant blickte die beiden leicht verwirrt an.

»Der Junge ist ein mathematisches Genie«, erklärte Komier. »Er kann im Kopf schneller rechnen als ich mit dem Stift.«

»Du überraschst mich immer wieder, Talen«, sagte Dolmant. »Könnte ich dich für eine Karriere in der Kirche interessieren?«

»Um die Spenden der Gläubigen zu zählen, Eminenz?« fragte Talen.

»Äh – nein, das wohl nicht, Talen.«

»Hat sich etwas an den Stimmen geändert, Eminenz?« fragte Abriel.

Dolmant schüttelte den Kopf.

»Annias hat nach wie vor die einfache Mehrheit. Er kann alles durchbringen, sofern es kein Hauptpunkt ist. Seine Speichellecker fordern eine Abstimmung über so gut wie alles, was anfällt, und deshalb sitzen wir die ganze Zeit im Ratssaal.«

»Die Zahlen werden sich ein wenig ändern, Eminenz«, kündete Komier an. »Meine Freunde und ich haben beschlossen, diesmal mitzuwählen.«

»Also *das* ist ungewöhnlich«, staunte Patriarch Emban. »Die Hochmeister der Ritterorden haben seit zweihundert Jahren an keiner Wahl der Hierokratie mehr teilgenommen.«

»Wir sind doch willkommen, Eminenz?«

»Was mich betrifft, auf jeden Fall, Eminenz. Annias dürfte jedoch nicht sehr begeistert darüber sein.«

»Wie bedauerlich für ihn. Wie sieht es mit unseren Zahlen aus, Talen?«

»Sie stiegen soeben von neunundsechzig Stimmen auf einundsiebzig. Das wären die sechzig Prozent, die Annias braucht, um die Wahl zu gewinnen.«

»Und eine einfache Stimmenmehrheit?«

»Hat er immer noch. Er braucht nur einundsechzig.«

»Ich glaube nicht, daß einer der neutralen Patriarchen bei einer Hauptabstimmung zu ihm überläuft, es sei denn, die Bestechungssumme ist hoch genug«, sagte Dolmant. »Die Neutralen werden sich wahrscheinlich der Stimme enthalten, dann braucht Annias ...«

Er überlegte stirnrunzelnd.

»Sechsundsechzig Stimmen, Eminenz«, half Talen aus. »Eine Stimme fehlt ihm.«

»Großartiger Junge«, murmelte Dolmant. »Dann sollten wir jede Abstimmung zu einer Hauptabstimmung machen – sogar, wenn es darum geht, ob mehr Kerzen angezündet werden sollen oder nicht.«

»Wie können wir das tun?« fragte Komier. »Ich bin ein bißchen eingerostet, was das Verfahren angeht.«

Dolmant lächelte leicht. »Einer erhebt sich und sagt, ›Hauptpunkt‹.«

»Wird das nicht einfach überstimmt?«

Emban gluckste. »O nein, mein lieber Komier. Eine Abstimmung darüber, ob eine Sache ein Hauptpunkt ist oder nicht, ist an sich bereits eine Hauptabstimmung. Ich glaube, wir haben ihn, Dolmant. Diese eine Stimme, die ihm fehlt, wird seine Thronbesteigung verhindern.«

»Außer er kommt zu Geld«, gab Dolmant zu bedenken. »Oder es stirbt noch ein Patriarch. Wie viele von uns muß er umbringen, um die Wahl zu gewinnen, Talen?«

»Alle wäre am besten für ihn.« Talen grinste.

»Benimm dich!« fuhr Berit ihn an.

»Verzeiht«, entschuldigte Talen sich, »ich hätte ›Eminenz‹ hinzufügen sollen, nehme ich an. Annias muß die Gesamtzahl der Wählenden um wenigstens zwei vermindern, um die sechzig Prozent zu erreichen, die er braucht, Eminenz.«

»Dann werden wir jedem loyalen Patriarchen Ritter als Leibwächter zuteilen müssen. Dadurch verringert sich natürlich die Zahl derer, die in der Stadt nach den fehlenden Patriarchen suchen. Es sieht allmählich so aus, als hinge es von der Kontrolle über die Straßen ab. Wir brauchen Wargun! Dringendst!«

Emban blickte ihn verwundert an.

»Das ist uns in Demos eingefallen, Eminenz«, erklärte Abriel. »Annias schüchtert die Patriarchen durch die Anwesenheit der vielen Kirchensoldaten in der Stadt ein. Wenn ein Patriarch – entweder Ihr oder Patriarch Dolmant – eine Kirchenkrise ausruft und Wargun befehlen würde, seine Operationen in Arzium abzubrechen und seine Armeen nach Chyrellos zu bringen, würde das Bild sich ändern. Die Einschüchterung käme dann von der anderen Seite.«

»Abriel!« tadelte Dolmant schmerzlich berührt. »Wir wählen Erzprälaten nicht durch Einschüchterung!«

»Wir leben in der wirklichen Welt, Eminenz«, entgegnete Abriel. »Annias hat die Regeln für dieses Spiel aufgestellt. Deshalb sehen wir uns gezwungen, nach diesen Regeln zu spielen – außer Ihr habt bessere Würfel.«

»Es würde uns obendrein wenigstens eine Stimme mehr bringen«, fügte Talen hinzu.

»Ach?« Dolmant blickte ihn an.

»Patriarch Bergsten begleitet Warguns Armee. Wir könnten ihn wahrscheinlich veranlassen, richtig zu stimmen, oder?«

Emban grinste. »Wie wär's, wenn wir uns zusammentun und ein Schreiben an den König von Thalesien verfassen, Dolmant?«

»Das wollte ich gerade vorschlagen, Emban. Und vielleicht sollten wir vergessen, jemandem davon zu berichten. Widersprüchliche Order von anderen Patriarchen würden Wargun nur verwirren, und er muß schon verwirrt genug sein, wie die Dinge liegen.«

8

Sperber war müde, aber er schlief schlecht. In seinem Kopf kreisten Zahlen. Neunundsechzig wurde zu einundsiebzig, dann achtzig, dann wieder rückwärts, und die neun und siebzehn – nein fünfzehn – hingen ominös im Hintergrund. Er wußte bald nicht mehr, was diese Zahlen bedeuteten. Sie wurden zu Nummern, die sich drohend, in Rüstung und mit Waffen in den Händen, vor ihm aufreihten. Und wie fast immer, wenn er jetzt schlief, spukte der Schatten in seinen Träumen. Er tat nichts, er beobachtete nur – und wartete.

Sperber hatte seine Schwierigkeiten mit der Politik. Zu vieles reduzierte sich in seinem Verstand auf Schlachtfeldvergleiche, und auf dem Schlachtfeld zählten überlegene Kräfte und Ausbildung und die Tapferkeit des einzelnen. In der Politik dagegen waren die Schwächsten den Stärksten ebenbürtig. Eine zittrige Hand, die sich zur Abstimmung erhob, vermochte dasselbe wie eine Faust im Rüsthandschuh. Seine Instinkte sagten ihm, daß die Lösung dieses Problems in seiner Schwertscheide steckte, aber der gewaltsame Tod des Primas von Cimmura würde den Westen spalten, und das zu einem Zeitpunkt, da Otha marschbereit an der Ostgrenze stand.

Schließlich gab er seine Schlafversuche auf und schlüpfte leise aus dem Bett, um den schnarchenden Kalten nicht zu wecken. Er warf seine Mönchskutte über und tappte durch die nächtlichen Korridore zu Dolmants Studiergemach.

Sephrenia saß dort, mit einer Teetasse in der Hand, vor dem niederbrennenden Kaminfeuer. »Ihr macht Euch Sorgen, Lieber, nicht wahr?« fragte sie leise.

»Ihr nicht?« Er ließ sich seufzend in einen Sessel fallen und streckte die langen Beine aus. »Wir sind für derlei nicht geschaffen, kleine Mutter. Keiner von uns. Ich vermag mich einfach nicht für diese Zahlenspielerei zu begeistern, und ich bin auch nicht sicher, ob Ihr versteht, was Zahlen bedeuten. Da Styriker nicht lesen, kann überhaupt jemand von euch Zahlen begreifen, die höher als die Summe eurer Finger und Zehen sind?«

»Wollt Ihr beleidigend werden, Sperber?«

»Nein, kleine Mutter, das könnte ich nicht – nicht zu Euch. Verzeiht, wenn ich heute morgen mißmutig bin. Ich kämpfe in einem Krieg, von dem ich nichts verstehe. Was haltet Ihr davon, wenn wir ein Gebet an Aphrael richten und sie bitten, die Einstellung einiger Patriarchen zu ändern? Das wäre klar und einfach und würde wahrscheinlich helfen, eine Menge Blutvergießen zu vermeiden.«

»Das würde Aphrael nicht tun, Sperber.«

»Ich hatte es befürchtet, daß Ihr das sagen würdet. Bleibt uns also nur die unangenehme Alternative, das Spiel mitzuspielen, nicht wahr? Es würde mir ja nicht so viel ausmachen, wenn ich die Regeln besser verstünde. Ehrlich gesagt, ich ziehe Schwerter und Meere von Blut vor.« Er blickte sie an. »Na, sagt es schon, Sephrenia.«

»Was soll ich sagen?«

»Seufzt und rollt die Augen himmelwärts und sagt ›Elenier!‹«

Ihre Augen wurden streng. »Das war unangebracht!«

Patriarch Dolmant trat leise, mit besorgter Miene ein. »Schläft denn heute nacht gar niemand?« fragte er.

»Wir haben einen bedeutenden Tag vor uns, Eminenz«, erwiderte Sperber. »Könnt auch Ihr deshalb nicht schlafen?«

Dolmant schüttelte den Kopf. »Einer meiner Köche erkrankte. Ich weiß nicht, weshalb die anderen Dienstboten deshalb nach mir riefen. Ich bin doch kein Arzt.«

»Ich glaube, so etwas nennt man Vertrauen, Eminenz.« Sephrenia lächelte. »Man nimmt an, daß Ihr gute Beziehungen zum elenischen Gott habt. Wie geht es dem Armen – dem Koch, meine ich?«

»Es scheint etwas Ernstes zu sein. Ich habe nach einem Arzt geschickt. Der Mann ist zwar kein besonders guter Koch, aber ich möchte trotzdem nicht, daß er stirbt. Doch nun erzählt mir, Sperber, was in Cimmura wirklich geschehen ist.«

Sperber berichtete knapp, was sich im Thronsaal ereignet hatte, und ebenso knapp von Lycheas' Geständnis.

»Otha?« rief Dolmant. »Annias ist tatsächlich *so* weit gegangen?«

»Wir können es nicht wirklich beweisen, Eminenz. Es wäre jedoch nützlich, es in Annias' Gegenwart zu erwähnen. Vielleicht bringt ihn das ein wenig aus der Fassung. Jedenfalls haben wir auf Ehlanas Anordnung Lycheas und Arissa in dem Kloster nahe Demos eingesperrt, und ich habe ein ganzes Bündel von Haftbefehlen für Personen dabei, die sich des Hochverrats schuldig gemacht haben. Annias' Name steht ganz obenauf.« Er hielt inne und überlegte. »Da fällt mir etwas ein. Wir könnten die Ritter zur Basilika schicken, damit sie Annias verhaften und ihn dann in Ketten nach Cimmura bringen. Ehlana hat es ernst gemeint, als sie von Hängen und Köpfen sprach.«

»Ihr könnt Annias nicht aus der Basilika herausholen, Sperber. Es ist eine Kirche, ein Asyl Gottes!«

»Zu dumm«, brummte Sperber. »Wer ist der Anführer von Annias' Speichelleckern in der Basilika?«

»Makova, der Patriarch von Coombe. Er leitet das Ganze mehr oder weniger seit etwa einem Jahr. Makova ist ein Esel, in jeder Beziehung bestechlich, aber im Kirchenrecht ein Fachmann. Er kennt alle Lücken im Gesetz und hat hunderterlei Schliche parat.«

»Nimmt Annias an den Sitzungen teil?«

»Meistens ja. Er hält sich gern auf dem laufenden, was die Abstimmungen betrifft. Er verbringt seine Freizeit damit, den neutralen Patriarchen Angebote zu machen. Diese neun Männer sind sehr schlau. Sie akzeptieren nie offen. Sie antworten mit ihren Stimmen. Möchtet Ihr Euch dieses Katz-und-Maus-Spiel ansehen, kleine Mutter?« fragte Dolmant mit leichter Ironie.

»Danke, Dolmant, ich muß leider ablehnen, denn es gibt viele Elenier, die überzeugt sind, daß die Basilika einstürzen würde, wenn ein Styriker sie beträte. Ich glaube nicht, daß es mir gefallen würde, angespuckt zu werden. Ich bleibe lieber hier, wenn Ihr nichts dagegen habt.«

»Wann beginnen die Sitzungen gewöhnlich?« fragte Sperber den Patriarchen.

»Das ist unterschiedlich«, antwortete Dolmant. »Makova ist der Vorsitzende; das war eine Abstimmung mit einfacher Mehrheit. Er nutzt dieses Amt und beruft die Sitzungen ein, wie es ihm gefällt, und die Boten, die dazu einladen, verirren sich scheinbar immer, wenn sie Annias' Gegnern Bescheid geben sollen. Makova begann damit, daß er versuchte, eine Hauptabstimmung durchzubringen, während wir noch im Bett lagen.«

»Was ist, wenn er mitten in der Nacht eine Sitzung einberuft, Dolmant?« fragte Sephrenia.

»Das kann er nicht. Irgendwann im Altertum legte ein Patriarch, der nichts Besseres zu tun hatte, die Regeln für die Sitzungen der Hierokratie fest. Der Geschichte ist zu entnehmen, daß er ein langweiliger alter Windbeutel war, der sich in unwichtige Einzelheiten verbiß. Er war unter anderem auch für die Regel mit den hundert Stimmen – beziehungsweise mit den sechzig Prozent – bei Hauptpunkten verantwortlich. Wahrscheinlich aus einer Laune heraus hat er auch die Bestimmung niedergelegt, daß die Sitzungen der Hierokratie nur bei Tageslicht stattfinden dürfen. Viele seiner Regeln sind ganz und gar überflüssig, aber er redete sechs Wochen lang, und schließlich stimmten seine Brüder für die Annahme seiner Regeln, nur damit er endlich zu reden aufhörte.« Dolmant strich sich nachdenklich übers Kinn. »Wenn alles vorbei ist, schlage ich diesen Esel zur Heiligsprechung vor. Diese pedantischen und lächerlichen Regeln sind momentan vielleicht das einzige, das Annias' Thronbesteigung verhindert. Jedenfalls haben wir es uns angewöhnt, schon am frühen Morgen im Audienzsaal zu erscheinen, um nichts zu versäumen. Um ehrlich zu sein, ist es auch ein kleiner Racheakt. Makova ist normalerweise kein Frühaufsteher, aber seit ein paar Wochen begrüßt er notgedrungen gemeinsam mit uns die Sonne, denn wenn er nicht anwesend wäre, könnten wir einen neuen Vorsitzenden wählen und ohne ihn in der Tagesordnung fortfahren. Es könnte über alles mögliche abgestimmt werden, was ihm nicht gefallen würde.«

»Könnte er die Abstimmungen nicht einfach für ungültig erklären lassen?«

Nun feixte Dolmant regelrecht. »Abstimmungsergebnisse aufzuheben, zählt zu den Hauptpunkten, Sephrenia, und dafür hat er nicht die notwendigen Stimmen.«

Jemand klopfte respektvoll an die Tür, und Dolmant sah persönlich nach. Ein Diener raunte ihm etwas zu.

»Der Koch ist soeben gestorben«, sagte Dolmant zu Sperber und Sephrenia. Seine Stimme klang betroffen. »Bitte wartet. Der Arzt möchte mit mir reden.«

»Merkwürdig«, murmelte Sperber.

»Es kommt tatsächlich vor, daß Menschen eines natürlichen Todes sterben, Sperber«, sagte Sephrenia.

»Nicht in meinem Beruf – zumindest nicht sehr oft.«

»Vielleicht war er alt.«

Dolmant kehrte mit sehr bleichem Gesicht zurück. »Er wurde vergiftet!«

»Wa-as?« rief Sperber.

»Mein Koch wurde vergiftet, und der Arzt hat festgestellt, daß das Gift sich in dem Haferbrei befindet, den der Mann fürs Frühstück zubereitete. Der Haferbrei hätte für alle im Haus den Tod bedeuten können!«

»Vielleicht solltet Ihr Eure Einstellung zu Annias' Verhaftung noch einmal überdenken, Eminenz«, sagte Sperber grimmig.

»Ihr glaubt doch nicht etwa ...« Dolmants Augen weiteten sich.

»Annias ist für die Vergiftung von Aldreas und Ehlana verantwortlich, Eminenz«, erinnerte Sperber ihn. »Ich bezweifle, daß ihm der verfrühte Tod von ein paar Patriarchen und ein paar Dutzend Ordensrittern Gewissensbisse bereiten würde.«

»Der Mann ist ein Ungeheuer!« Dolmant fing zu fluchen an, und seine Verwünschungen waren in Kasernen zweifellos üblicher als in theologischen Seminaren.

»Vielleicht solltet Ihr Emban ersuchen, alle Patriarchen, die auf unserer Seite stehen, zu benachrichtigen«, riet Sephrenia Dolmant. »Offenbar ist Annias eine billigere Methode eingefallen, die Wahl zu gewinnen.«

»Ich wecke jetzt am besten die anderen auf.« Sperber erhob sich. »Ich möchte sie davon in Kenntnis setzen, und es dauert eine Zeitlang, ehe man einen Plattenpanzer angelegt hat.«

Es war noch dunkel, als sie in Begleitung von fünfzehn Rittern von jedem der vier Orden zur Basilika aufbrachen. Sechzig Ordensritter waren eine Streitmacht, der sich zweifellos nur wenige in den Weg stellen würden.

Das erste bleiche Licht des Tages erschien am Osthimmel, als sie die gewaltige Kuppelkirche erreichten, das Herz der Heiligen Stadt. Die Ankunft der Kolonne Pandioner, Cyriniker, Genidianer und Alzioner in der vergangenen Nacht war nicht unbemerkt geblieben. Jedenfalls wurde das von Fackeln beleuchtete Bronzetor zu dem riesigen Hof vor der Basilika von hundertfünfzig rotuniformierten Kirchensoldaten bewacht – unter dem Befehl desselben Hauptmanns, der auf Makovas Anordnung zu verhindern versucht hatte, daß Sperber und seine Gefährten auf ihrem Weg nach Borrata das pandionische Ordenshaus in Chyrellos verließen.

»Halt!« befahl er in gebieterischem, ja beleidigendem Tonfall.

»Wollt Ihr versuchen, Patriarchen der Kirche den Zutritt zu verwehren, Hauptmann?« wandte Hochmeister Abriel sich ruhig an ihn. »Obwohl Ihr wißt, daß Ihr dabei Eure Seele gefährdet?«

»Von seinem Hals ganz zu schweigen«, brummte Ulath.

»Patriarch Dolmant und Patriarch Emban dürfen selbstverständlich eintreten«, entgegnete der Hauptmann. »Kein wahrer Sohn der Kirche könnte ihnen das verweigern.«

»Und was ist mit diesen übrigen Patriarchen, Hauptmann?« fragte ihn Dolmant.

»Ich sehe keine weiteren Patriarchen, Eminenz«, war die hämische Antwort.

»Ihr müßt Euch umsehen, Hauptmann«, riet ihm Emban. »Nach dem Kirchenrecht sind die Hochmeister der Ritterorden auch Patriarchen. Macht Platz und laßt uns ein.«

»Ich kenne kein solches Kirchengesetz.«

»Wollt Ihr mich einen Lügner nennen, Hauptmann?« Embans üblicherweise gutmütiges Gesicht wirkte nun eisern.

»Aber – gewiß nicht, Eminenz. Darf ich mich in dieser Angelegenheit an meine Vorgesetzten wenden?«

»Nein. Tretet zur Seite!«

Der Hauptmann fing zu schwitzen an. »Ich danke Eurer Eminenz, daß Ihr mich auf meinen Fehler hingewiesen habt«, stammelte er. »Es war mir nicht bekannt, daß auch die Hochmeister einen kirchlichen Rang haben. Alle Patriarchen dürfen eintreten. Alle übrigen, fürchte ich, müssen vor dem Tor warten.«

»Er hat allen Grund, sich zu fürchten, wenn er wirklich darauf besteht«, knirschte Ulath.

»Hauptmann«, sagte Hochmeister Komier, »alle Patriarchen haben das Recht auf einen gewissen Verwaltungsstab, richtig?«

»Gewiß, mein Herr – uh, Eminenz.«

»Diese Ritter sind *unser* Stab. Schreiber und dergleichen. Falls Ihr *ihnen* den Zutritt verwehrt, erwarte ich, daß lange Reihen schwarzgewandeter Untergebener der *anderen* Patriarchen in spätestens fünf Minuten die Basilika verlassen!«

»Das geht nicht, Eminenz«, beharrte der Hauptmann.

»Ulath!« donnerte Komier.

»Wenn Ihr gestattet, Eminenz«, warf Bevier rasch ein. Sperber bemerkte, daß Bevier seine Lochaberaxt locker in der Rechten hielt. »Der Hauptmann und ich kennen uns von früher. Vielleicht kann ich ihn zur Vernunft bringen.« Der junge cyrinische Ritter lenkte sein Pferd näher heran. »Obgleich unsere Bekanntschaft nicht herzlich war, Hauptmann«, sagte er, »bitte ich Euch inständig, Eure Seele nicht zu gefährden, indem Ihr Euch über unsere Heilige Mutter Kirche hinwegsetzt. Werdet Ihr nun, in Anbetracht dieses Rates, zur Seite treten, wie die Kirche es Euch befohlen hat?«

»Nein, Herr Ritter.«

Bevier seufzte bedauernd. Mit einem fast beiläufigen Hieb seiner furchterregenden Axt sandte er den Kopf des Hauptmanns in hohem Bogen durch die Luft. Bevier tat dergleichen häufiger, wie Sperber schon aufgefallen war. Sobald er sicher war, daß er sich auf theologisch solidem Boden befand, entschloß der junge Arzier sich zuweilen zu erschreckend direktem Vorgehen. Selbst jetzt wirkte sein Gesicht friedlich gelassen, während er beobachtete, wie der kopflose Hauptmann noch einige Sekunden stocksteif dastand. Als die Leiche schließlich zusammensackte, seufzte er leicht.

Die Kirchensoldaten holten bestürzt Luft und schrien vor Entsetzen auf, ehe sie sich besannen, nach ihren Waffen zu greifen.

»Dann wollen wir mal«, sagte Tynian und langte nach seinem Schwert.

»Freunde«, wandte Bevier sich nun mit freundlicher, aber befehlender Stimme an die Soldaten. »Ihr habt soeben einen bedauerlichen Vorfall miterlebt. Ein Soldat der Kirche hat sich eigensinnig geweigert, einen rechtmäßigen Befehl unserer Heiligen Mutter auszuführen. Wir wollen nun Gott in seiner unendlichen Barmherzigkeit in einem gemeinsamen, inbrünstigen Gebet bitten, die schreckliche Sünde dieses Hauptmanns zu vergeben. Kniet nieder, Freunde, und betet.« Bevier schüttelte das Blut von seiner Axt, wobei es auf einige der umstehenden Soldaten spritzte.

Zuerst sanken nur ein paar Soldaten auf die Knie, dann weitere und schließlich die übrigen.

»Lieber Gott«, betete Bevier ihnen vor, »wir flehen dich an, nimm die Seele unseres treuen, soeben dahingeschiedenen Bruders auf und gewähre ihm Vergebung für seine große Sünde.« Er schaute sich um. »Betet weiter, Freunde«, wies er die knienden Soldaten an. »Betet nicht nur für euren ehemaligen Hauptmann, sondern auch für euch selbst, damit keine Sünde sich heimtückisch und listig in eure Seelen stehle, wie sie in die seine Eingang gefunden hat. Verteidigt nachdrücklich eure Lauterkeit und Demut, liebe Freunde, damit ihr nicht das gleiche Geschick wie euer Hauptmann erleidet.« Dann lenkte der cyrinische Ritter in brüniertem Stahl und makellos weißem Wappenrock und Umhang sein Pferd im Schritt durch die Reihen kniender Soldaten. Dabei verteilte er Segen mit einer Hand, während er in der anderen seine Lochaberaxt hielt.

»Ich habe ja immer gesagt, daß er ein guter Junge ist«, wandte Ulath sich an Tynian, als der Trupp dem selig lächelnden Bevier folgte.

»Das habe ich nie auch nur für einen Augenblick lang bezweifelt, mein Freund«, erwiderte Tynian.

»Hochmeister Abriel.« Patriarch Dolmant lenkte sein Pferd an den knienden Soldaten vorbei, von denen viele vor Rührung weinten. »Habt Ihr Ritter Bevier in letzter Zeit über das wahre Wesen seines Glaubens befragt? Ich mag mich täuschen, aber mir scheint, als hätte ich gewisse Abweichungen von der wahren Lehre unserer Heiligen Mutter bemerkt.«

»Sobald ich Zeit und Gelegenheit habe, werde ich ihn eingehend katechisieren, Eminenz.«

»Es eilt nicht so, Hochmeister. Ich habe nicht das Gefühl, seine Seele befände sich in unmittelbarer Gefahr. Das ist eine wahrhaftig *grauenvolle* Waffe, die er da führt.«

»Ja, Eminenz«, pflichtete ihm Abriel bei. »Grauenvoll.«

Die Neuigkeit über das plötzliche Ableben des uneinsichtigen Offiziers am Tor verbreitete sich mit Windeseile. An der massiven Eingangstür der Basilika hielten keine Kirchensoldaten sie auf – es waren überhaupt keine zu sehen.

Die schwerbewaffneten Ritter saßen ab, stellten sich in Reihen auf und folgten ihren Hochmeistern und den beiden Patriarchen in das riesige Kirchenschiff. Lautes Rasseln und Krachen war zu hören, als der Trupp vor dem Altar kurz niederkniete. Dann marschierten sie durch einen kerzenhellen Korridor zum Verwaltungstrakt und dem Audienzsaal des Erzprälaten.

Die Männer, die vor dem Saal Posten standen, waren keine

Kirchensoldaten, sondern Angehörige der Leibgarde des Erzprälaten. Ihre Loyalität galt dem Amt, und sie waren absolut unbestechlich. Aber sie hielten sich auch strikt an den Buchstaben der Kirchengesetze und waren darin wahrscheinlich besser bewandert als viele der Patriarchen im Audienzsaal. Sie erkannten den kirchlichen Rang der vier Ordensobersten sofort an. Einen Grund zu finden, weshalb das Gefolge eingelassen werden sollte, dauerte allerdings etwas länger. Schließlich war es der schlaue Patriarch Emban mit seinen beinahe enzyklopädischen Kenntnissen von Kirchenrecht und Kirchengebräuchen, der darauf hinwies, daß jeder Kirchenmann mit der erforderlichen Legitimation und Einladung durch einen Patriarchen zugelassen werden mußte. Nachdem die Posten zugestimmt hatten, wies Emban darauf hin, daß Ordensritter als Angehörige von eigentlich klösterlichen Orden Kirchenmänner waren. Die Leibgardisten überlegten und erkannten Embans Beweisführung an. Gemessen öffneten sie die breite Flügeltür. Sperber bemerkte manches kaum unterdrückte Lächeln, als er und seine Freunde hintereinander eintraten. Die Leibgardisten waren absolut unbestechlich und neutral, was jedoch nicht ausschloß, daß sie eine eigene, persönliche Meinung hatten.

Der Audienzsaal stand dem Thronsaal eines Königs an Größe nicht nach. Der Erzprälatenthron – kunstvoll aus massivem Gold geschmiedet – stand auf einem Podest vor einem Hintergrund purpurner Vorhänge am Ende des Saales, und zu beiden Seiten reihten sich, tribünenartig ansteigend, hochlehnige Sitzbänke. Die untersten vier Reihen waren rotgepolstert, ein sichtbarer Hinweis, daß sie für Patriarchen reserviert waren. Über diesen Sitzen und mit Samtschnüren von tiefstem Purpur von ihnen getrennt, erstreckten sich die hölzernen Tribünenplätze für Zuschauer. #Hinter einem Stehpult vor dem Thron hielt der Patriarch Makova von Coombe in Arzium soeben eine bombastische Rede voll religiösen Schwulstes. Makova, dessen Gesicht eingefallen und pockennarbig war, drehte sich verägert um, als die Türflügel aufschwangen und die Ritter den Patriarchen von Demos und Uzera in den Saal folgten.

»Was hat das zu bedeuten?« rief Makova empört.

»Nichts Besonderes, Makova«, antwortete Emban. »Dolmant und ich geleiten lediglich einige unserer Mitpatriarchen zu ihren Sitzen, da sie an unseren Beratungen teilnehmen wollen.«

»Ich sehe keine Patriarchen«, schnaubte Makova.

»Aber, aber, Makova! Alle Welt weiß, daß die Hochmeister der Kriegerorden uns ranggleich und deshalb Angehörige der Hierokratie sind.«

Makova blickte rasch zu einem schmächtigen Mönch, der seitlich vom Pult an einem Tisch saß, auf dem sich dicke Bücher und alte Schriftrollen häuften. »Würden die Anwesenden die Güte haben, sich die Worte des kirchlichen Rechtsberaters anzuhören?« fragte er.

Zustimmendes Gemurmel wurde laut. Die Bestürzung in den Gesichtern einiger Patriarchen verriet, daß sie die Antwort bereits kannten.

Der schmächtige Mönch blätterte in mehreren umfangreichen Bänden nach, dann erhob er sich und erklärte, nachdem er sich geräuspert hatte: »Seine Eminenz, der Patriarch von Uzera, hat das Gesetz richtig zitiert. Die Hochmeister der Ritterorden gehören der Hierokratie an. Die Namen der gegenwärtigen Inhaber dieser Ämter sind im Ratsverzeichnis eingetragen. Die Hochmeister haben in den vergangenen zwei Jahrhunderten keinen Gebrauch von ihrem Recht gemacht, an Sitzungen teilzunehmen, was sie jedoch keineswegs ausschließt.«

»Eine Amtsgewalt, die lange nicht ausgeübt wurde, ist erloschen«, schnaubte Makova.

»Ich fürchte, das stimmt nicht ganz, Eminenz«, bedauerte der Mönch. »Es gibt viele Präzedenzien für wiederaufgenommene Teilnahme in der Geschichte. Beispielsweise weigerten sich die Patriarchen des Königreichs Arzium infolge eines Disputs über angemessene Amtsroben achthundert Jahre lang, zu den Sitzungen zu erscheinen. Und ...«

»Schon gut. Schon gut«, wehrte Makova ergrimmt ab. »Aber diese schwergerüsteten Assassinen haben kein Recht, sich hier aufzuhalten!« Er funkelte die Ordensritter an.

»Ihr täuscht Euch auch in diesem Punkt, Makova«, entgegnete Emban lächelnd. »Die Ordensritter sind Angehörige religiöser Orden, und ihre Eide sind nicht weniger bindend und rechtskräftig als unsere. Sie gelten demnach als Kirchenmänner und dürfen als Zuhörer an Sitzungen teilnehmen – vorausgesetzt, sie wurden von einem anwesenden Patriarchen eingeladen.« Emban drehte sich um. »Meine Herren Ritter, es wäre mir eine Ehre, wenn ihr meine persönliche Einladung annehmt.«

Makova blickte rasch zu dem Rechtsgelehrten, und der schmächtige Mönch bestätigte die Richtigkeit mit einem Nicken.

»Worauf es hinausläuft, Makova«, sagte Emban mit salbungsvoller Stimme, »ist die Tatsache, daß die Ordensritter das gleiche Recht haben, hier anwesend zu sein, wie die Schlange Annias, die in unverdientem Prunk auf der Nordtribüne sitzt – und bestürzt auf der Unterlippe kaut, wie ich bemerke.«

»Ihr geht zu weit, Emban!« rief Annias.

»Das glaube ich nicht, alter Junge. Wollen wir über irgend etwas abstimmen, um festzustellen, auf welch schwankenden Beinen Eure Unterstützung steht?« Emban schaute sich um. »Aber wir möchten die Sitzung nicht länger als unbedingt nötig unterbrechen. Ich bitte euch, meine Mitpatriarchen und geschätzten Gäste, laßt uns unsere Plätze aufsuchen, damit die Hierokratie ihre hohlen Beratungen wieder aufnehmen kann.«

»Hohl?« keuchte Makova.

»Hohl und eitel, alter Junger. Ehe Cluvonus nicht dahingeschieden ist, ist nichts, was wir beschließen, von irgendeiner Bedeutung. Wir vertreiben uns lediglich die Zeit – und verdienen uns unsere Diäten.«

»Das ist ein sehr respektloser kleiner Mann«, flüsterte Tynian Ulath zu.

»Aber gut.« Der hünenhafte Genidianer grinste.

Sperber wußte genau, was er jetzt tun würde. »Du«, sagte er leise zu Talen, der wahrscheinlich versehentlich mit eingelassen worden war, »begleitest mich.«

»Wohin gehen wir?«

Sperber lachte freudlos. »Einen alten Bekannten ärgern.« Er führte den Jungen die Treppe zu einer oberen Tribünenreihe hinauf, wo der ausgemergelte Primas von Cimmura, umgeben von mehreren seiner schwarzgewandeten Speichellecker, hinter einem Schreibpult saß. Sperber und Talen begaben sich zu Sitzen auf der Bank unmittelbar hinter Annias. Sperber sah, daß Ulath, Berit und Tynian ihnen folgten, und winkte ihnen warnend ab. Zur gleichen Zeit geleiteten Dolmant und Emban die Hochmeister zu Plätzen in den unteren gepolsterten Reihen.

Sperber wußte, daß Annias manchmal ungewollt mit einer unbedachten Bemerkung hinausplatzte, wenn er überrascht wurde, und er wollte herausfinden, ob sein Feind auf irgendeine Weise etwas mit der versuchten Massenvergiftung in Dolmants Haus zu tun hatte. »Kann das *wirklich* der Primas von Cimmura sein?« rief er in vorgetäuschtem Erstaunen. »Was, in aller Welt, macht Ihr so fern von zu Hause, Annias?«

Annias drehte sich um und funkelte ihn an. »Was führt Ihr im Schilde, Sperber?« fragte er heftig.

»Zuschauen, weiter nichts«, antwortete der Pandioner. Er nahm seinen Helm ab und legte seine Panzerhandschuhe hinein. Dann schnallte er seinen Schild und den Schwertgurt ab und stützte sie an die Rückenlehne von Annias' Platz. »Das Zeug ist Euch doch nicht im Weg, Nachbar?« fragte er freundlich. »Es ist nämlich etwas schwierig, sich zu setzen, wenn man so mit seinem Handwerkzeug bebürdet ist, wißt Ihr.« Er nahm auf der Bank Platz. »Wie ist es Euch ergangen, Annias? Ich habe Euch schon seit Monaten nicht mehr gesehen.« Er machte eine Pause. »Ihr seht ein bißchen abgezehrt und blaß aus, alter Junge. Frische Luft und körperliche Arbeit würden Euch gut tun.«

»Seid still, Sperber«, fauchte Annias. »Ich versuche zuzuhören.«

»Oh, natürlich. Wir können uns später noch ausgiebig unterhalten – unsere Erlebnisse austauschen und derlei mehr.« An Annias' Reaktion war nichts außergewöhnlich, und Sperber war sich nicht mehr ganz so sicher, daß der Mann die Hand im Spiel gehabt hatte.

»Meine Brüder, darf ich um eure Aufmerksamkeit bitten«, rief Dolmant. »Es hat sich einiges ereignet, das ich der Hierokratie zu Gehör bringen möchte. Obgleich unsere obersten Pflichten ewig sind, haben wir auch Aufgaben auf dieser Welt und müssen uns auf dem laufenden halten.«

Makova blickte fragend zu Annias hinauf. Der Primas griff nach einem Gänsekiel und einem Stück Papier. Sperber stützte die Arme auf die Rückenlehne und blickte seinem Feind über die Schulter. »Laßt ihn reden«, kritzelte Annias.

»Mühsam, nicht wahr, Annias?« sagte Sperber freundlich. »Es wäre doch viel praktischer, wenn Ihr selbst eine Stimme hättet, nicht wahr?«

»Ich sagte Euch, Ihr sollt den Mund halten, Sperber!« knirschte der Primas und reichte einem jungen Mönch den Zettel, damit er ihn Makova bringe.

»Sind *wir* heute aber gereizt«, bemerkte Sperber. »Habt Ihr vergangene Nacht schlecht geschlafen, Annias?«

Annias drehte sich um und funkelte ihn an. »Wer ist das?« fragte er scharf. Er deutete auf Talen.

»Mein Page. Das ist eine der Bürden meines Ritterranges. Er muß sozusagen einspringen, wenn mein Knappe anderweitig beschäftigt ist.«

Makova hatte inzwischen einen raschen Blick auf den Zettel geworfen. »Die Worte des weisen Primas von Demos sind uns immer willkommen«, erklärte er von oben herab. »Aber bitte faßt Euch kurz. Wir haben über wichtige Punkte zu entscheiden.«

Er gab das Pult frei.

»Selbstverständlich, Makova«, erwiderte Dolmant und trat

hinter das Rednerpult. »Nun denn, in aller Kürze«, begann er, »infolge der Genesung von Königin Ehlana hat sich die politische Lage in Elenien grundlegend geändert und ...«

Überraschungsrufe erklangen, gefolgt von einem Stimmengewirr. Sperber, der sich immer noch auf die Rückenlehne von Annias' Platz stützte, freute sich, als er sah, wie der Primas kreidebleich wurde und hochruckte, als wolle er aufspringen. »Unmöglich!« krächzte er.

»Erstaunlich, nicht wahr, Annias? Und so völlig unerwartet. Ich bin sicher, Ihr freut Euch über die *allerbesten* Wünsche, die mich die Königin Euch zu übermitteln bat.«

»Erklärt das, Dolmant!« Makovas Stimme überschlug sich fast.

»Ich wollte mich nur kurz fassen – wie Ihr mich ersucht habt, Makova. Vor einer knappen Woche genas Königin Ehlana von ihrer rätselhaften Krankheit. Nach ihrer Wiederherstellung kamen verschiedene Tatsachen ans Licht, und nun befindet sich der Prinzregent – und seine Mutter, wie ich hörte – unter Anklage wegen Hochverrats in Gewahrsam.«

Annias sank halb ohnmächtig auf seinem Sitz zusammen.

»Der verehrte und ehrenwerte Graf von Lenda hat den Vorsitz des Königlichen Rates übernommen, und Haftbefehle für diverse Mitverschwörer in dem hinterhältigen Komplott gegen die Königin wurden mit seinem Siegel ausgestellt. Der Streiter der Königin ist unterwegs, die Hochverräter zu verhaften, und er wird sie zweifellos allesamt vor Gericht bringen – vor das königliche oder das göttliche.«

»Baron Harparin müßte als Ranghöchster den Vorsitz des Königlich Elenischen Rates übernehmen!« protestierte Makova.

»Baron Harparin steht gegenwärtig vor dem Allerhöchsten Gericht, Makova«, sagte Dolmant hart. »Sein Richter ist Gott. Ich fürchte, für seinen Freispruch besteht wenig Hoffnung – möge Gott ihm gnädig sein.«

»Was ist ihm zugestoßen?« fragte Makova bestürzt.

»Ich hörte, daß er während der Regierungsumgestaltung

versehentlich enthauptet wurde. Bedauerlich, aber so etwas passiert hin und wieder.«

»Harparin?« keuchte Annias entsetzt.

»Er beging den Fehler, Hochmeister Vanion zu beleidigen«, murmelte Sperber ihm ins Ohr, »und Ihr wißt ja, wie reizbar Vanion sein kann. Im nachhinein hat er es schrecklich bedauert, aber inzwischen lag Harparin an zwei verschiedenen Stellen. Der schöne Teppich der Ratskammer ist nicht mehr zu gebrauchen – das viele Blut –, wie Ihr Euch denken könnt.«

»Hinter wem seid Ihr noch her, Sperber?« fragte Annias.

»Ich habe die Liste jetzt nicht bei mir, Annias, aber sie umfaßt sehr viele Namen Höhergestellter – Namen, die Ihr zweifellos erkennen würdet.«

An der Tür rührte sich etwas; dann kamen ziemlich hastig zwei verängstigt wirkende Patriarchen in den Saal und huschten zu Plätzen auf den rotgepolsterten Bänken. Kalten war, ehe er sich wieder zurückzog, flüchtig grinsend an der Tür zu sehen.

»Nun?« flüsterte Sperber Talen zu.

»Die zwei Herren bringen die Summe auf hundertneunzehn«, wisperte Talen. »Wir haben jetzt fünfundvierzig, Annias immer noch fünfundsechzig. Nun braucht er zweiundsiebzig statt einundsiebzig. Wir rücken näher, Sperber.«

Der Schreiber des Primas von Cimmura brauchte mit *seiner* Berechnung etwas länger. Annias kritzelte ein einzelnes Wort auf einen Zettel. Sperber, der über seine Schulter blickte, las »Abstimmen«.

Der Punkt, über den Makova eine Abstimmung verlangte, war vollkommen lächerlich. Alle wußten das. Die einzige Frage, welche die Abstimmung beantworten sollte, war die, für welche Seite die neun neutralen, nahe der Tür nebeneinandersitzenden und nun ziemlich verängstigt wirkenden Patriarchen sich entscheiden würden.

Makovas Stimme zitterte, als er schließlich das Abstimmungsergebnis verkündete. Die neun hatten allesamt *gegen* den Primas von Cimmura gestimmt.

Die Flügeltür wurde aufs neue geöffnet, und drei Mönche

in schwarzen Kutten traten ein. Sie schoben ihre Kapuzen zurück und begaben sich feierlich gemessenen Schrittes zum Podest. Als sie es erreichten, zog einer ein gefaltetes schwarzes Tuch unter seiner Kutte hervor, und die drei breiteten es ernst über den Thron, womit sie kundtaten, daß der Erzprälat Cluvonus dahingeschieden war.

9

»Wie lange wird die Stadt offiziell in Trauer sein?« fragte Tynian Dolmant an diesem Nachmittag, als sich alle wieder im Studiergemach des Patriarchen zusammengefunden hatten.

»Eine Woche«, antwortete Dolmant. »Dann findet die Beerdigung statt.«

»Und während dieser Zeit tut sich gar nichts?« erkundigte sich der Alzioner im blauen Umhang. »Keine Sitzungen der Hierokratie oder dergleichen?«

Dolmant schüttelte den Kopf. »Nein. Wir sollen diese Woche mit Beten und innerer Einkehr verbringen.«

»Es ist eine Zeit der Besinnung«, erklärte nun Vanion. »Und Wargun dürfte es schaffen, in der Zwischenzeit hierherzugelangen.« Er runzelte die Stirn. »Wir haben trotzdem ein Problem. Annias hat kein Geld mehr, und das bedeutet, daß seine Stimmenmehrheit immer stärker ins Wanken gerät und seine Verzweiflung wächst. Und Verzweifelte neigen zu unüberlegten Handlungen.«

»Das stimmt«, pflichtete Komier ihm bei. »Ich vermute, daß Annias sich der Straße zuwenden wird. Er wird seine Stimmen durch Einschüchterung halten und die Gesamtstimmenzahl verringern, indem er jene Patriarchen ermorden läßt, die auf unserer Seite stehen, bis er deren Zahl so weit verringert hat, daß ihm die Mehrheit sicher ist. Ich glaube, es ist an der Zeit, uns zu verschanzen, meine Herren. Sehen wir zu, daß wir unsere Freunde hinter feste Mauern schaffen, wo wir sie beschützen können.«

»Ich kann dem nur zustimmen«, sagte Abriel. »Unsere derzeitige Lage ist prekär.«

»Welches Ordenshaus liegt der Basilika am nächsten?« fragte Patriarch Emban. »Unsere Freunde werden zu den Sitzungen und wieder zurück durch die Straßen laufen müssen. Wir sollten sie so wenig Gefahren wie möglich aussetzen.«

»Unseres ist am nächsten«, erwiderte Vanion. »Und es hat seinen eigenen Brunnen. Nach allem, was heute morgen geschehen ist, möchte ich wahrhaftig nicht, daß Annias irgendwie an unser Frischwasser herankommt.«

»Vorräte?« erkundigte Darellon sich.

»Wir haben genug, einer sechsmonatigen Belagerung standzuhalten«, versicherte ihm Vanion. »Leider ist es nur Soldatenproviant, fürchte ich, Eminenz«, wandte er sich an den wohlbeleibten Emban.

Emban seufzte. »Macht nichts. Ich wollte sowieso ein bißchen abnehmen.«

»Es ist ein guter Plan«, meinte Hochmeister Abriel, »aber er hat einen Nachteil. Wenn wir uns alle in einem Ordenshaus aufhalten, können die Kirchensoldaten uns umzingeln. Dann sitzen wir fest und haben keine Möglichkeit, zur Basilika zu gelangen.«

»Dann kämpfen wir uns eben den Weg frei!« brummte Komier und setzte gereizt seinen Helm mit den Ogerhörnern auf.

Abriel schüttelte den Kopf. »Bei Kämpfen geht es nicht ohne Verluste ab. Wir können es uns jedoch nicht leisten, auch nur einen einzigen Patriarchen zu verlieren.«

»Wir können also gar nicht gewinnen«, sagte Tynian.

»Das würde ich nicht sagen«, widersprach Kalten.

»Wißt Ihr denn einen Ausweg?«

»Ich denke schon.« Kalten blickte Dolmant an. »Dazu brauche ich Euer Einverständnis, Eminenz.«

»Ich höre. Wie sieht Euer Plan aus?«

»Wenn Annias zu roher Gewalt greift, bedeutet dies das Ende der bürgerlichen Ordnung, richtig?«

»Mehr oder weniger, ja.«

»Wenn er sich nicht an die Gesetze hält, warum sollten wir es dann? Falls wir die Zahl der Kirchensoldaten um das Ordenshaus der Pandioner verringern wollen, brauchen wir sie nur mit etwas Wichtigem abzulenken.«

»Die Stadt wieder in Brand setzen?« schlug Talen vor.

»Das wäre vielleicht ein bißchen zu drastisch«, wehrte Kalten ab. »Wir sollten diese Maßnahme jedoch für den Notfall vormerken. Momentan aber sind die Stimmen, die Annias sicher hat, das Wichtigste für ihn. Wenn wir sie eine nach der anderen beseitigen, wird er doch so gut wie alles tun, um die zu beschützen, die er noch hat, oder nicht?«

»Ich werde Euch auf *keinen* Fall erlauben, Patriarchen umzubringen, Kalten!« rief Dolmant entsetzt.

»Wir wollen keinen von ihnen töten, Eminenz. Es genügt, wenn wir ein paar quasi in Gewahrsam nehmen. Annias ist leidlich intelligent, es dürfte demnach nicht zu lange dauern, bis er dahinterkommt.«

»Das geht aber nicht ohne irgendeine Anklage, Ritter Kalten«, gab Abriel zu bedenken. »Man kann Patriarchen der Kirche nicht grundlos verhaften, unter welchen Umständen auch immer.«

»Oh, da gibt es Anklagepunkte, Hochmeister Abriel – alle möglichen sogar – aber ›Verbrechen gegen die Elenische Krone‹ hört sich doch am besten an, meint Ihr nicht?«

»Es ist nicht auszuhalten, wenn er den klugen Mann zu markieren versucht«, murmelte Sperber Tynian zu.

»Aber davon wirst du begeistert sein, Sperber«, versicherte Kalten ihm. Mit einer Geste schier unerträglicher Selbstzufriedenheit warf er seinen schwarzen Umhang zurück. »Wie viele von diesen Haftbefehlen, die Graf Lenda in Cimmura für dich unterschrieben hat, hast du noch in der Tasche.«

»Acht oder neun? Wieso?«

»Sind irgendwelche Personen darunter, ohne deren Gesellschaft du es in den nächsten Wochen nicht aushalten würdest?«

»Ich könnte sehr gut ohne einen einzigen von ihnen auskommen.« Sperber glaubte zu wissen, worauf sein Freund hinaus wollte.

»Dann müssen wir lediglich ein paar Namen austauschen«, sagte Kalten. »Es sind amtliche Dokumente, also wird es auch legal *aussehen*. Nachdem wir uns vier oder fünf dieser gekauften Patriarchen geschnappt und sie zum Ordenshaus der Alzioner gebracht haben – das zufällig am anderen Ende der Stadt liegt –, wird Annias da nicht alles in seiner Macht Stehende tun, sie zurückzubekommen? Ich könnte mir vorstellen, daß sich zu dem Zeitpunkt die Zahl der Kirchensoldaten um das pandionische Ordenshaus drastisch verringern wird.«

»Erstaunlich!« sagte Ulath. »Kalten hat tatsächlich einen durchführbaren Plan.«

Vanion seufzte. »Das einzige, was ich bedenklich finde, ist der Austausch der Namen. Man kann nicht einfach einen Namen durchstreichen und einen anderen darüberschreiben – nicht auf einem amtlichen Dokument.«

»Ich habe nichts von durchstreichen gesagt, Hochmeister Vanion«, entgegnete Kalten bescheiden. »Einmal, als wir noch Ritteranwärter waren, habt Ihr Sperber und mir erlaubt, für ein paar Tage nach Hause zu reisen. Ihr habt ein paar Zeilen geschrieben, damit wir ungehindert durch das Tor durften. Wir haben dieses Papier zufällig aufgehoben. Die Schreiber im Skriptorium besitzen ein Mittel, das Tinte völlig löscht. Sie benutzen es zur Ausbesserung, wenn sie Schreibfehler machen. Das Datum auf Eurem Passierschein hat sich auf geheimnisvolle Weise geändert. Man könnte fast sagen, auf wundersame Weise, meint Ihr nicht?« Er zuckte die Schultern. »Aber ich war wohl immer schon Gottes besonderer Liebling.«

»Wäre das machbar?« fragte Komier Sperber.

»Als wir Novizen waren, gab es da keine Schwierigkeiten«, versicherte ihm Sperber.

»Ihr habt diese beiden *tatsächlich* zu Rittern geschlagen, Vanion?« fragte Abriel.

»Es waren gerade keine besseren da.«

Das Grinsen im Studiergemach war ansteckend.

»Das ist verwerflich, Kalten«, sagte Dolmant. »Ich müßte es strengstens verbieten – wenn ich davon ausginge, daß Ihr es ernst meint. Es war aber nur eine Überlegung, nicht wahr, mein Sohn?«

»Selbstverständlich, Eminenz.«

»Das hatte ich auch nicht anders erwartet.« Dolmant lächelte freundlich – dann zwinkerte er.

Sephrenia schüttelte den Kopf. »Meine Güte, gibt es denn nicht wenigstens *einen* ehrlichen Elenier auf der Welt? Also auch Ihr, Dolmant?«

»Ich habe absolut nichts gutgeheißen, kleine Mutter«, protestierte er mit übertriebener Unschuldsmiene.

»Oh, natürlich, Eminenz. Es war nur ein Denkspiel, nicht wahr? Keiner von uns würde etwas so Verwerfliches je *ernsthaft* in Erwägung ziehen.«

»Ihr nehmt mir die Worte aus dem Mund«, bestätigte Dolmant.

»Als pandionischer Ritteranwärter wart Ihr ein viel netterer Junge, Dolmant«, rügte sie.

Alle starrten den Patriarchen von Demos wortlos an.

»O je.« Sephrenia zwinkerte, und ein Lächeln huschte um ihre Mundwinkel. »Das hätte ich wohl nicht sagen sollen, oder, Dolmant?«

»War das wirklich nötig, kleine Mutter?« entgegnete er verlegen.

»Ja, Lieber. Ihr habt angefangen, Euch ein bißchen zu viel auf Eure Klugheit einzubilden. Als Eure Lehrerin – und Freundin – ist es meine Pflicht, das zu verhindern, wann immer möglich.«

Dolmant tippte mit einem Finger auf den Tisch. »Ich kann mich doch darauf verlassen, daß das unter uns bleibt, meine Herren?«

»Nicht einmal wilde Pferde könnten es mir entlocken, Dolmant.« Emban grinste. »Soweit es mich betrifft, habe ich nie auch nur davon gehört – zumindest, bis ich Euch das nächste Mal um einen Gefallen bitten muß.«

»Wart Ihr gut, Eminenz?« fragte Kalten respektvoll. »Als Pandioner, meine ich?«

»Er war der Beste, Kalten«, antwortete Sephrenia an Dolmants Statt stolz. »Er konnte es sogar mit Sperbers Vater aufnehmen. Es hat uns alle sehr betrübt, als die Kirche ihm andere Pflichten zuwies. Wir verloren einen sehr guten Pandioner, als er den geistlichen Weg beschritt.«

Dolmant ließ mit immer noch argwöhnischer Miene den Blick über die Gesichter seiner Freunde wandern; dann seufzte er. »Nie hätte ich gedacht, daß Ihr mich verraten würdet, Sephrenia.«

»Es ist doch nichts, wessen Ihr Euch schämen müßt, Eminenz«, sagte Vanion.

»Es könnte sich als politisch ungelegen erweisen«, meinte Dolmant. »Zumindest habt *Ihr* geschwiegen, Bruder.«

»Macht Euch keine Sorgen, Dolmant«, warf Emban aufmunternd ein. »Ich werde Eure Freunde hier im Auge behalten. Sobald ich bemerke, daß einer sich schwer tut, seine Zunge im Zaum zu halten, werde ich ihn in jenes Kloster in Zembar schicken, in dem die Brüder ein Schweigegelübde ablegen müssen.«

»Aber jetzt sollten wir beginnen, meine Herren«, meinte Vanion. »Wir müssen einige freundliche Patriarchen festnehmen. Kalten, Ihr fangt an, die Schrift zu üben. Die Namen, die Ihr anstelle der gelöschten auf den Haftbefehlen einfügt, müssen Graf Lendas Handschrift tragen.« Er hielt inne und blickte seinen blonden Untergebenen an. »Es kann nicht schaden, wenn Ihr Sperber mitnehmt.«

»Das schaffe ich schon allein.«

Vanion schüttelte den Kopf. »Nein, Kalten«, widersprach er. »Das glaube ich nicht. Ich kenne Eure Rechtschreibversuche von früher.«

»Schlimm?« fragte Darellon.

»Grauenvoll, mein Freund. Einmal schrieb er ein Wort von sechs Buchstaben und hat nicht einen einzigen richtig geschafft.«

»Manche Wörter sind schwierig zu schreiben, Vanion.«
»Auch sein eigener *Name?*«

»Aber das könnt ihr nicht tun!« protestierte der Patriarch von Cardos schrill, als Sperber und Kalten ihn ein paar Tage später aus seinem Haus holten. »Ihr könnt einen Patriarchen der Kirche nicht verhaften, solange die Hierokratie tagt, selbst wenn er etwas Schwerwiegendes getan hätte.«

»Aber die Hierokratie tagt jetzt nicht, Eminenz«, erinnerte Sperber ihn. »Nicht während der offiziellen Trauerwoche.«

»Trotzdem kann ich nicht vor ein Zivilgericht gestellt werden. Ich verlange, daß ihr diese unbegründete Anklage vor einem Kirchengericht erhebt!«

»Schafft ihn hinaus«, wies Sperber den schwarzgepanzerten Ritter Perraine ohne ein weiteres Wort an.

Der Patriarch von Cardos wurde aus dem Zimmer gezerrt.

»Was geht dir durch den Kopf?« fragte Kalten.

»Zweierlei. Unseren Gefangenen schienen die Anklagepunkte nicht sehr zu überraschen, nicht wahr?«

»Jetzt, da du es erwähnst – nein.«

»Ich habe das Gefühl, daß Lenda ein paar Namen übersah, als er die Liste zusammenstellte.«

»Das ist möglich. Und das zweite?«

»Wir senden Annias eine Botschaft. Er weiß, daß wir ihm nichts anhaben können, solange er sich in der Basilika aufhält. Also halten wir ihn dort fest und schränken seine Bewegungsfreiheit ein – das wird ihn zumindest gewaltig ärgern. Wir können ihm die Sache mit dem vergifteten Koch nicht so einfach durchgehen lassen.«

»Und wie stellst du dir das vor?«

»Paß auf – und mach einfach mit.«

»Tue ich das nicht immer?«

Sie traten hinaus auf den Hof des prunkvollen Hauses des Patriarchen, das – davon war Sperber überzeugt – mit dem Geld elenischer Steuerzahler erbaut worden war.

»Meine Kameraden und ich haben Euer Ersuchen um eine geistliche Anhörung in Erwägung gezogen, Eminenz«, wandte der große Pandioner sich an den Verhafteten. Er begann durch sein Bündel Haftbefehle zu blättern.

»Dann werdet Ihr mich in die Basilika zu einer Anhörung bringen?« fragte der Patriarch.

»Hm?« murmelte Sperber scheinbar abwesend und las weiter.

»Ich sagte, dann werdet Ihr mich zur Basilika geleiten und Eure absurden Anschuldigungen dort vorbringen?«

»Nein, das nicht, Eminenz. Das wäre zur Zeit zu umständlich.« Sperber zog den Haftbefehl für den Primas von Cimmura aus dem Bündel und zeigte ihn Kalten.

»Ja, das ist er«, bestätigte Kalten. »Das ist der Kerl, den wir festnehmen müssen.«

Sperber rollte den Haftbefehl zusammen und tupfte damit auf seine Wange. »Ich sage Euch, was wir tun werden, Eminenz. Wir bringen Euch ins alzionische Ordenshaus und inhaftieren Euch dort. Diese Anklage kommt aus dem Elenischen Reich, und jegliches kirchliche Verfahren muß vom Oberhaupt der Kirche jenes Reiches geleitet werden. Da Primas Annias während der Geschäftsunfähigkeit des Patriarchen von Cimmura stellvertretend die Amtsgeschäfte übernommen hat, macht ihn das zum zuständigen Leiter dieser Anhörung. Seltsam, wie sich alles ergibt, nicht wahr? Wir sind gern bereit, Euch ihm zu übergeben. Er braucht lediglich die Basilika zu verlassen, sich zum alzionischen Ordenshaus zu begeben und uns zu befehlen, Euch ihm auszuhändigen.« Er blickte auf einen rotröckigen Offizier, der von dem düster dreinblickenden Ritter Perraine bewacht wurde.

»Der Hauptmann Eurer Wache hier wird einen ausgezeichneten Boten abgeben. Sprecht mit ihm und erklärt ihm die Situation. Dann schicken wir ihn zur Basilika, um Annias Bescheid zu geben. Weist ihn an, den guten Primas zu bitten, uns zu besuchen. Es wird uns eine große Freude sein, ihm auf neutralem Boden zu begegnen, nicht wahr, Kalten?«

»Oh, durchaus!« erwiderte Kalten.

Der Patriarch von Cardos bedachte sie mit einem mißtrauischen Blick, dann sprach er rasch zum Hauptmann seiner Wachabteilung. Immer wieder blickte er dabei verstohlen auf den zusammengerollten Haftbefehl in Sperbers Hand.

»Glaubst du, er hat es kapiert?« murmelte Kalten.

»Hoffentlich! Ich habe alles getan, außer es ihm ins Gesicht zu brüllen.«

Der Patriarch von Cardos kehrte mit vor Grimm erstarrtem Antlitz zurück.

»Oh, noch etwas, Hauptmann«, hielt Sperber den Kirchensoldaten zurück, der gerade losmarschieren wollte. »Hättet Ihr die Güte, dem Primas von Cimmura etwas von uns auszurichten? Sagt ihm nur, Ritter Sperber vom pandionischen Orden schlägt ihm vor, aus der Basilika herauszukommen und sein Spiel auf der Straße zu spielen – wo uns gewisse kleine Beschränkungen nicht den Spaß verderben können.«

Kurik traf an diesem Abend ein, müde und staubig von der Reise. Berit führte ihn in Dolmants Studiergemach, wo er sich sogleich in einen Sessel fallen ließ. »Ich hätte schon ein bißchen eher hier sein können«, entschuldigte er sich, »aber in Demos besuchte ich noch Aslade und die Jungs. Sie wird sehr böse auf mich, wenn ich in die Stadt komme, ohne mich zu Hause sehen zu lassen.«

»Wie geht es ihr?« erkundigte Patriarch Dolmant sich.

»Sie ist fetter geworden.« Kurik lächelte. »Und ich glaube, sie wird mit zunehmendem Alter ein wenig töricht. Sie war nostalgisch und hat mich auf den Heuboden mitgenommen.« Sein Kinn straffte sich leicht. »Später habe ich ein ernstes Wort mit den Jungs geredet und ihnen eindringlich geraten, die Disteln auf der Wiese stehenzulassen.«

»Habt Ihr eine Ahnung, wovon er redet, Sperber?« fragte Dolmant verdutzt.

»Ja, Eminenz.«

»Aber Ihr habt nicht vor, es mir zu erklären, oder?«

»Nein, Eminenz, lieber nicht. – Wie geht es Ehlana?« fragte er seinen Knappen.

»Sie ist schwierig«, brummte Kurik. »Haltlos. Eigenwillig. Schroff. Arrogant. Gebieterisch. Hinterlistig. Nachtragend. Wie junge Königinnen eben sind. Aber ich mag sie. Irgendwie erinnert sie mich an Flöte.«

»Ich habe dich nicht um eine Beschreibung gebeten, Kurik«, rügte ihn Sperber, »sondern mich nach ihrem Befinden erkundigt.«

»Oh, sie scheint sich wohl zu fühlen. Wenn ihr irgendwas fehlen würde, könnte sie bestimmt nicht so schnell rennen.«

»Rennen?«

»Sie denkt offenbar, daß sie eine Menge versäumt hat, während sie schlief. Sie hat inzwischen ihre Nase in jeden Winkel des Schlosses gesteckt. Lenda denkt ernsthaft an Selbstmord, glaube ich, und die Kammerzofen sind allesamt der Verzweiflung nahe. Ihr entgeht nicht ein Staubkörnchen! Wenn sie fertig ist, wird sie zwar möglicherweise nicht das beste Königreich auf der Welt haben, aber zweifellos das ordentlichste.« Kurik griff in seine Lederweste. »Da.« Er zog ein dickes Bündel gefaltetes Papier hervor. »Sie hat dir einen Brief geschickt. Nimm dir Zeit, ihn zu lesen. Sie hat zwei volle Tage gebraucht, ihn zu schreiben.«

»Wie geht es mit der Heimwehr voran?« erkundigte sich Kalten.

»Sehr gut. Kurz bevor ich aufbrach, kam ein Bataillon Kirchensoldaten vor der Stadt an. Der Bataillonsführer beging den Fehler, zu nah ans Tor zu treten, als er Einlaß begehrte. Zwei Bürger begossen ihn.«

»Kochendes Pech?« riet Tynian.

»Nein, Ritter Tynian. Die beiden Burschen verdienen sich ihren Lebensunterhalt mit der Entleerung und Säuberung von Senkgruben. Der Offizier bekam die Früchte ihrer Tagesarbeit ab – einen Riesenbottich voll. Der Oberst – oder was immer sein Rang war – verlor den Kopf und befahl einen Sturm aufs

Tor. Da erst kamen Steine und brennendes Pech von den Mauern. Die Soldaten schlugen ihr Lager unweit der Ostmauer auf, um zu beraten. Spät in der Nacht kletterten etwa zwei Dutzend von Platimes Schurken an Seilen von den Zinnen hinunter und besuchten ihr Lager. Am nächsten Morgen hatten die Soldaten kaum noch Offiziere. Sie lungerten noch eine Zeitlang vor der Stadt herum, dann zogen sie ab. Ich glaube, deine Königin hat nichts zu befürchten, Sperber. Als Gruppe sind Soldaten nicht sehr einfallsreich, und unübliche Taktiken verwirren sie. Platime und Stragen amüsieren sich großartig, und die Bürger entwickeln einen gewissen Stolz, wenn es um ihre Stadt geht. Sie fegen sogar ihre Straßen, denn es könnte ja sein, daß Ehlana bei einer ihrer morgendlichen Inspektionen vorbeikommt.«

»Diese Idioten lassen sie doch nicht etwa aus dem Schloß?« rief Sperber aufgebracht.

»Wer sollte sie aufhalten? Wie ich schon sagte, Sperber, sie hat nichts zu befürchten. Platime hat ihr die stärkste Frau, die ich in meinem Leben gesehen habe, als Leibwächterin zugeteilt. Sie ist fast so groß wie Ulath und trägt mehr Waffen als eine ganze Abteilung Soldaten.«

»Das kann nur Mirtai sein, die Riesin«, warf Talen ein. »Besser könnte niemand Königin Ehlana beschützen, Sperber. Mirtai ist eine Armee für sich.«

»Eine Frau?« sagte Kalten ungläubig.

»Ich würde Euch nicht empfehlen, sie in ihrer Gegenwart so zu nennen, Kalten«, warnte Talen ihn ernst. »Sie betrachtet sich als Krieger, und niemand, der auch nur ein Fünkchen Verstand hat, würde ihr widersprechen. Sie trägt meistens Männerkleidung, wahrscheinlich, weil sie nicht von Burschen belästigt werden möchte, die was für Frauen ihrer Statur übrig haben. Sie hat Messer am Körper, wo man wahrhaftig nicht damit rechnet. Sogar in ihre Schuhsohlen hat sie sich ein Paar einarbeiten lassen. Von diesen beiden Messern ragt nicht viel über ihre Zehen hinaus, aber es genügt. Ihr würdet es ganz bestimmt nicht mögen, wenn sie Euch in gewisse Weichteile tritt.«

»Wie ist Platime denn zu so einer Frau gekommen?« fragte ihn Kalten.

»Er hat sie gekauft.« Talen zuckte die Schultern. »Sie war damals fünfzehn und mit dem Wachsen noch lange nicht fertig. Sie sprach kein Wort elenisch. Platime wollte sie in einem Freudenhaus arbeiten lassen, aber nachdem sie etwa ein Dutzend Möchtegernfreier verkrüppelt oder umgebracht hatte, überlegte er es sich anders.«

»Jeder spricht elenisch«, behauptete Kalten.

»Nicht im Tamulischen Reich. Mirtai ist Tamulerin. Darum auch der fremdartige Name. Ich habe Angst vor ihr, und das will schon etwas heißen.«

»Nicht nur die Riesin beschützt Ehlana, Sperber«, fuhr Kurik fort. »Das Volk ist der Königin jetzt schon auf beinahe fanatische Weise ergeben, und jeder achtet höchstpersönlich auf die Gesinnung seiner Nachbarn. Platime hat inzwischen so gut wie jeden festgenommen, der auch nur im geringsten verdächtig ist.«

Doch Sperber machte sich immer noch Sorgen. »Annias hat eine Menge Helfershelfer in Cimmura«, gab er zu bedenken.

»*Hatte*«, berichtigte Kurik. »Es gab ziemlich drastischen Anschauungsunterricht. Und falls es wirklich noch jemand in Cimmura geben sollte, der die Königin nicht liebt, muß er sehr, sehr vorsichtig sein, daß es niemand merkt. Aber kann ich jetzt was zu essen haben? Ich bin ausgehungert.«

Die Trauerfeierlichkeiten für Erzprälat Cluvonus waren ein gewaltiges Spektakel. Tagelang läuteten die Glocken. Die Luft in der Basilika war schneidend dick von Räucherwerk, und pausenlos waren Gebete und Hymnen zu hören, gemessen im archaischen Elenisch vorgetragen, eine Sprache, die nur wenige Anwesende verstehen konnten.

Die Geistlichen, die für gewöhnlich nüchternes Schwarz trugen, kleideten sich bei feierlichen Anlässen wie diesem in farbenprächtigen Ornat: die Patriarchen in Rot, die Primasse in den Landesfarben ihres jeweiligen Heimatreiches. Jeder der neunzehn Mönchs- und Nonnenorden hatte seine eigene Farbe, und jede Farbe hatte ihre eigene, besondere Bedeutung. So war das Kirchenschiff der Basilika eine wahre Orgie in Farben, die eher an einen cammorischen Jahrmarkt denken ließ denn an eine Trauerfeierlichkeit.

Obskure Rituale und abergläubische Überlieferungen aus uralter Zeit wurden religiös zelebriert, obwohl niemand auch nur eine Ahnung von ihrer ursprünglichen Bedeutung hatte. Eine beachtliche Zahl Priester und Mönche, deren einzige Pflichten im Leben die Durchführung dieser Rituale und antiquierter Zeremonien war, zeigten sich zum einzigen Mal in ihrem Leben flüchtig in der Öffentlichkeit. Ein greiser Mönch, dessen einzige Aufgabe im Leben darin bestand, mit einem schwarzen Samtkissen und einem eingebeulten und sehr glanzlosen Salzfäßchen dreimal um die Bahre des Erzprälaten zu schreiten, war so aufgeregt, daß sein Herz flatterte und zu schlagen aufhörte, so daß auf der Stelle ein Ersatz für ihn ernannt werden mußte. Sein Nachfolger, ein pickliger junger Novize mit unbedeutenden Verdiensten und von zweifelhafter Frömmigkeit, weinte vor Dankbarkeit, als ihm bewußt wurde, daß er nur ungefähr einmal während jeder Generation verpflichtet war, wirklich etwas zu tun.

Die Trauerfeierlichkeit dehnte sich schier endlos dahin, und immer wieder wurden Gebete und Hymnen eingeflochten. Die Trauergäste mußten, wie es das Zeremoniell verlangte, abwechselnd stehen, knien, sitzen. Es war alles sehr feierlich, aber nur weniges erschien wirklich sinnvoll.

Primas Annias saß nahe der Samtkordel, welche die Patriarchen an der Nordseite des riesigen Kirchenschiffes von den anderen Trauergästen trennte. Er war umgeben von seinen Helfershelfern und Speichelleckern. Da Sperber nicht dicht genug an ihn herankommen konnte, setzte er sich statt dessen ihm gegenüber an die Südseite, wo er, umgeben von seinen Freunden, dem graugesichtigen Kirchenmann direkt in die Augen zu sehen vermochte.

Die Patriarchen, die gegen Annias waren, hatten inzwischen allesamt planmäßig Schutz im pandionischen Ordenshaus gefunden. Und die Festnahme und Inhaftierung von sechs der Patriarchen, die für Annias – oder zumindest für sein Geld – waren, hatten sich ebenfalls ohne Schwierigkeiten durchführen lassen. Annias, dem Zorn und Enttäuschung unverkennbar ins Gesicht geschrieben standen, beschäftigte sich damit, Anweisungen an den Patriarchen vom Coombe zu kritzeln, die von jugendlichen Pagen zugestellt wurden. Jedesmal, wenn Annias Makova einen Zettel schickte, sandte Sperber Dolmant einen. Sperber hatte es dabei leichter. Annias mußte die Nachricht schreiben. Sperber hingegen schickte nur leere Zettel. Es war eine List, mit der Dolmant sich überraschenderweise einverstanden erklärt hatte.

Kalten setzte sich neben Tynian, kritzelte ebenfalls eine Nachricht und gab sie von Hand zu Hand weiter an Sperber.

Fiel Klügg. Noch fynf fon den fersteggten Patriarken siend for einner halben Schtuhnde ahns Hynterdor fom Ohdenshaus gekommen. Sy hahben gehert dahs wir unsere Freinde beschytsen unn hahben die Gelehgenheyt beym Schopf gebackt. Gutt, niech?

Sperber wand sich innerlich. Kaltens Rechtschreibung war vermutlich noch beklagenswerter, als Vanion befürchtet hatte. Er zeigte den Zettel Talen. »Wie sieht es dadurch jetzt aus?« flüsterte er.

Talen kniff die Augen zusammen. »Die Zahl der Stimmen ändert sich nur um eine. Wir haben sechs von Annias' Sympathisanten eingesperrt und fünf weitere von unseren zurückbekommen. Jetzt haben wir zweiundfünfzig, er hat neunundfünfzig, dann sind da noch die neun neutralen. Insgesamt also hundertzwanzig Stimmen. Um zu gewinnen, braucht man immer noch zweiundsiebzig, aber nicht einmal die neun würden ihm jetzt noch helfen. Mit ihnen hätte er achtundsechzig, also vier zu wenig.«

»Gib mir den Zettel«, bat Sperber. Er kritzelte die Zahlen

unter Kaltens Nachricht und fügte zwei Sätze darunter: *Ich schlage vor, daß wir alle Verhandlungen mit den Neutralen einstweilen aufschieben. Wir brauchen sie jetzt nicht.* Er reichte Talen den Zettel. »Bring ihn Dolmant«, wies er ihn an. »Und es ist absolut nichts dagegen einzuwenden, wenn du unterwegs grinst.«

»Ein boshaftes Grinsen, Sperber? Vielleicht ein hämisches?«

»Tu dein Bestes.« Sperber nahm ein Stück Papier, schrieb die Neuigkeit darauf und ließ sie unter seinen gepanzerten Freunden weiterreichen.

Der Primas Annias sah sich plötzlich einer Gruppe Ordensritter gegenüber, die ihn von der anderen Seite des Kirchenschiffes der Basilika angrinsten. Sein Gesicht verdunkelte sich, und er begann nervös an einem Fingernagel zu kauen.

Schließlich neigte die Trauerfeier sich doch noch ihrem Ende entgegen. Die Menge im Kirchenschiff erhob sich, um Cluvonus' Leichnam zu seiner letzten Ruhestatt in der Krypta unter der Basilika zu folgen.

Sperber blieb mit Talen kurz stehen, um auf Kalten zu warten. »Wo hast du eigentlich Rechtschreiben gelernt?« fragte er seinen alten Freund.

»Mit Rechtschreiben sollte kein wahrer Ritter sich beschäftigen, Sperber«, entgegnete Kalten von oben herab. Er schaute sich eingehend um, um sich zu vergewissern, daß niemand sie hören konnte, dann flüsterte er: »Wo bleibt bloß Wargun?«

»Keine Ahnung«, wisperte Sperber zurück. »Vielleicht mußten sie ihn erst ausnüchtern. Warguns Orientierungssinn ist nicht sehr gut, wenn er getrunken hat.«

»Wir sollten uns rasch einen Ersatzplan einfallen lassen, Sperber. Die Hierokratie wird die Sitzung fortführen, sobald Cluvonus im Sarkophag liegt.«

»Wir haben genügend Stimmen, um Annias' Sieg zu vereiteln.«

»Er wird nur zwei Abstimmungen brauchen, um das zu erkennen, mein Freund. Spätestens dann wird er etwas unternehmen – und wir sind hier arg in der Minderheit.« Kalten blickte zu den schweren Holzbalken an der Treppe zur Krypta. »Vielleicht sollte ich Feuer an die Basilika legen«, meinte er.

»Bist du wahnsinnig?«

»Es würde die Dinge verzögern, Sperber, und wir brauchen dringend eine Verzögerung.«

»Ich glaube nicht, daß wir *so* weit gehen müssen. Behalten wir diese fünf Patriarchen einstweilen als Trümpfe im Ärmel. Talen, wie sieht es ohne ihre Stimmen für uns aus?«

»Dann sind es insgesamt hundertfünfzehn Wähler, und neunundsechzig Stimmen sind für den Sieg erforderlich.«

»Eine Stimme würde Annias dann immer noch fehlen – selbst wenn er die Neutralen kaufen kann. Wenn er sich dem Erfolg so nahe sieht, wird er wahrscheinlich jegliche Konfrontation unterlassen. Kalten, geh mit Perraine zum Ordenshaus und hol die fünf Patriarchen. Steck sie in Rüstungen, so daß man sie nicht erkennen kann. Dann stell einen Trupp von fünf Rittern zusammen und bring sie hierher, aber setz sie einstweilen in irgendeinem Gemach in der Nähe ab. Dolmant kann dann entscheiden, wann er sie braucht.«

»Gut.« Kalten grinste boshaft. »Wir haben Annias geschlagen, nicht wahr, Sperber?«

»Sieht so aus. Aber warten wir mit unserem Freudenfest, bis wirklich ein anderer auf dem Thron sitzt. Und jetzt mach schon!«

Als die rotgewandeten Hierokraten die Sitzung wieder aufnahmen, wurden zunächst Reden gehalten, hauptsächlich Eulogien von Patriarchen, die zu unbedeutend für die Teilnahme an der Trauerzeremonie im Kirchenschiff gewesen waren. Die des Patriarchen Ortzel von Kadach in Lamorkand, Baron Alstroms Bruder, war besonders lange und ermüdend. Die Sitzung wurde schon früh beendet und am nächsten Morgen wieder aufgenommen. Die Patriarchen, die gegen Annias waren, hatten sich am vergangenen Abend zusammengesetzt und Ortzel zu ihrem Bannerträger gemacht. Sperber hatte zwar, was Ortzel betraf, nach wie vor ernste Bedenken, doch er behielt sie für sich.

Dolmant hielt die fünf Patriarchen, die doch noch den Mut zur Rückkehr gefunden hatte, in Reserve. In nicht gerade zusammenpassende Rüstungsteile gekleidet saßen sie mit einem Trupp Ordensritter in einem Aufenthaltsraum unweit des Audienzsaals.

Nachdem die Hierokraten zur Tagesordnung übergegangen waren, erhob Patriarch Makova sich und nominierte den Primas Annias von Cimmura als Kandidaten für das Amt des Erzprälaten. Seine Nominierungsrede dauerte fast eine Stunde, doch der Applaus war nicht gerade stürmisch. Danach erhob Dolmant sich und nominierte Ortzel. Dolmants Rede war feuriger und erntete begeisteteren Beifall.

»Wird jetzt gewählt?« wisperte Talen Sperber zu.

»Ich weiß nicht«, gestand Sperber. »Das hängt von Makova ab. Er hat gegenwärtig den Vorsitz.«

»Ich würde *wirklich* gern bei einer Wahl zusehen«, sagte Talen aufgeregt.

»Bist du dir denn deiner Berechnung nicht sicher?« fragte Sperber leicht bestürzt.

»Natürlich bin ich mir sicher! Aber Zahlen sind eben nur Zahlen. Wenn sie Menschen betreffen, kann eine Menge passieren. Seht Euch beispielsweise das an.« Talen deutete auf einen Pagen, der mit einem zusammengefalteten Blatt Papier von den neun unentschlossenen Patriarchen zu Dolmant eilte. »Was führen die jetzt wohl im Schilde?«

»Sie möchten wahrscheinlich wissen, weshalb Dolmant ihnen plötzlich kein Geld mehr anbietet. Ihre Stimmen sind beim gegenwärtigen Stand wertlos, aber das wissen sie wahrscheinlich noch nicht.«

»Was, glaubt Ihr, werden sie jetzt tun?«

»Wer weiß?« Sperber zuckte die Schultern. »Und was spielt es schon für eine Rolle?«

Makova, der am Rednerpult stand, blätterte durch ein Bündel Papiere. Dann blickte er auf und räusperte sich. »Bevor wir zur Wahl schreiten, meine Brüder, möchte ich euch auf etwas aufmerksam machen, das ich soeben erst erfahren habe. Wie zumindest einige von euch wissen, sammeln sich zemochische Truppen an der Ostgrenze von Lamorkand, offensichtlich in kriegerischer Absicht. Ich glaube, wir können mit Sicherheit annehmen, daß Otha in den Westen eindringen wird – vermutlich schon in den nächsten Tagen. Es ist deshalb von größter Wichtigkeit, daß die Wahl so schnell wie möglich abgeschlossen wird. Leider wird unser neuer Erzprälat sich sofort nach seiner Bestätigung der unheilvollsten Krise gegenübersehen, der unsere Kirche und ihre getreuen Söhne seit fünfhundert Jahren ausgesetzt ist.«

»Was soll das?« flüsterte Bevier Sperber zu. »Jeder in Chyrellos weiß, daß Otha sich längst in Ostlamorkand befindet.«

»Er will Zeit schinden«, antwortete Sperber stirnrunzelnd, »aber ich sehe keinen Grund dafür.«

»Was hat Annias nun wieder ausgeheckt?« fragte Tynian und blickte finster durch den Audienzsaal zu dem Primas von Cimmura hinüber, der selbstzufrieden lächelte.

»Er wartet darauf, daß etwas geschieht«, antwortete Sperber.

»Was?«

»Ich habe nicht die leiseste Ahnung, aber ich denke, Makova wird reden, bis es soweit ist.«

Da stahl Berit sich in den Audienzsaal. Sein Gesicht war kreidebleich und verstört. Er stolperte fast auf dem Weg die Tribünentreppe hinauf und zwängte sich die Bankreihe entlang zu Sperber. »Ritter Sperber!« platzte er hinaus.

»Sprecht leise, Berit!« zischte Sperber. »Setzt Euch und reißt Euch zusammen.«

Berit sank auf einen Sitz und holte tief Atem.

»Gut«, lobte Sperber. »Und jetzt erzählt, was passiert ist, aber leise.«

»Zwei Armeen nähern sich Chyrellos, Ritter Sperber«, berichtete der Novize gepreßt.

»*Zwei?*« Ulath setzte sich überrascht auf. Dann spreizte er die Hände. »Vielleicht hat Wargun seine Streitkräfte aus irgendeinem Grund geteilt.«

»Es ist nicht König Warguns Armee, Ritter Ulath«, sagte Berit. »Als wir sie kommen sahen, sind ein paar Ordensritter auf Spähtrupp gegangen, um festzustellen, wer sich der Stadt nähert. Die Armee, die vom Norden kommt, scheint aus Lamorkern zu bestehen.«

»Lamorker?« fragte Tynian verwirrt. »Was machen *die* hier? Sie sollten doch an der Grenze Otha gegenüberstehen.«

»Ich glaube nicht, daß diese Lamorker sich für Otha interessieren«, entgegnete Berit. »Einige der Kundschafter, die ausritten, waren Pandioner. Sie erkannten die Führer der lamorkischen Armee als Adus und Krager.«

»*Was?*« entfuhr es Kalten.

»Nicht so laut, Kalten!« knirschte Sperber. »Und die andere Armee, Berit?« fragte er, obwohl er die Antwort bereits kannte.

»Hauptsächlich Rendorer, Ritter Sperber, aber es sind auch viele Cammorier darunter.«

»Und ihr Führer?«

»Martel, Herr Ritter.«

ZWEITER TEIL

DER ERZPRÄLAT

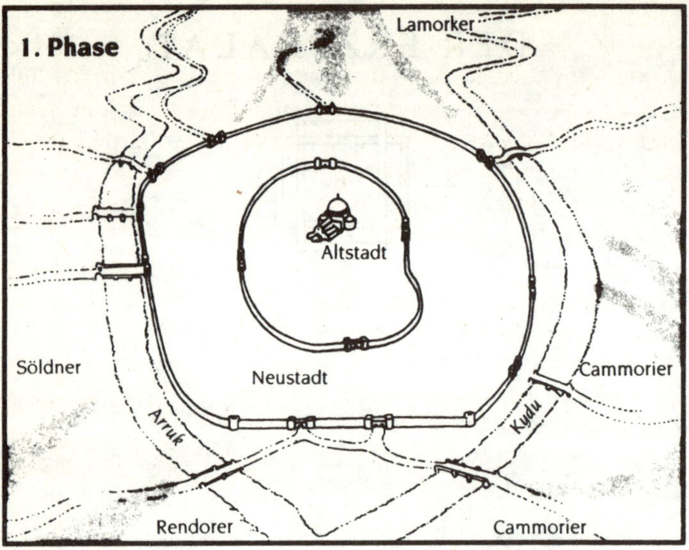

DIE SCHLACHT VON CHYRELLOS

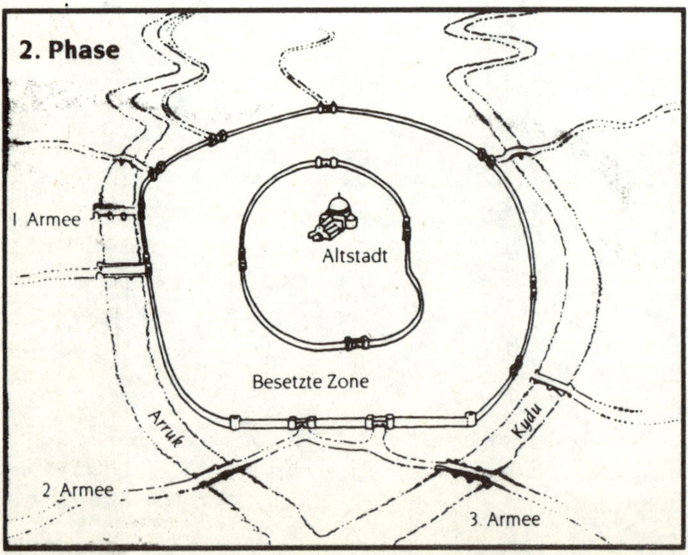

10

Patriarch Makovas Stimme leierte dahin, und die Morgensonne schien durch die fußdicken Dreieckscheiben aus Bleikristall eines großen Rundfensters hoch oben in der Wand hinter dem behangenen Erzprälatenthron. Staubkörnchen schwebten golden in diesem Schein und hoben die spitz zulaufenden Umrisse eines jeden exakten Dreiecks in der stillen Luft deutlich hervor. Makova sprach weitschweifig über die Schrecken des zemochischen Krieges vor fünf Jahrhunderten und ging dann zu einer detaillierten Analyse der Fehler der Kirchenpolitik während jener unruhigen Zeit über.

Sperber informierte Dolmant, Emban und die Hochmeister auf einem rasch gekritzelten Zettel über alles, was Berit ihm berichtet hatte.

»Werden die Kirchensoldaten Chyrellos verteidigen?« flüsterte Bevier.

»Ich glaube, im besten Fall können wir auf einen Anschein von Widerstand hoffen«, antwortete Sperber.

»Wenn Wargun nur käme«, murmelte Kalten.

»Wäre jetzt nicht ein günstiger Augenblick, uns zu entschuldigen und unauffällig zurückzuziehen?« meinte Tynian. »Was Makova schwatzt, wissen wir längst.«

»Vergewissern wir uns erst, was Dolmant davon hält«, schlug Sperber vor. »Ich möchte Annias keinerlei Hinweis geben, was wir jetzt unternehmen. Jedenfalls wissen wir nun, warum er Zeit schindet. Aber Martel wird ohnehin eine Weile brauchen, bis er seine Streitkräfte aufgestellt hat. Uns bleibt noch etwas Zeit.«

»Nicht viel«, brummte Tynian.

»Unter den gegebenen Umständen wäre es das Beste, die Brücken zu zerstören«, riet Bevier. »Das würde das Vorrücken der Armeen verzögern.«

Sperber schüttelte den Kopf. »Es gibt zehn Brücken über die beiden Flüsse, Bevier, und wir haben insgesamt nur vierhundert Ritter. Ich glaube nicht, daß wir es wagen können, das

Leben dieser Männer aufs Spiel zu setzen – und nur für ein paar Stunden Zeitgewinn.«

»Ganz davon zu schweigen, daß die Lamorker, die ja aus dem Norden kommen, überhaupt keine Brücken zu überqueren brauchen«, warf Tynian ein.

Die Flügeltür des prunkvollen Audienzsaals schwang auf, und ein aufgeregter Mönch eilte zum Rednerpult. Seine Sandalen klapperten auf dem polierten Marmor, und sein keuchender Atem brachte die im Sonnenschein, der durch die Bleikristalldreiecke fiel, schwebenden Staubkörnchen zum Wirbeln und Tanzen. Der Mönch verbeugte sich tief vor Makova und händigte ihm ein gefaltetes Blatt Papier aus.

Der Patriarch las die Nachricht rasch durch und ein dünnes, triumphierendes Lächeln huschte über sein pockennarbiges Gesicht. »Ich habe soeben eine wichtige Neuigkeit erfahren, meine Brüder«, verkündete er. »Zwei sehr große Pilgerscharen nähern sich Chyrellos. Ich weiß zwar, daß viele von uns sich in ihrer Frömmigkeit nicht für weltliche Dinge interessieren, aber es ist kein Geheimnis, daß es in Eosien zu gewissen Spannungen gekommen ist. Wäre es nicht das Klügste, wenn wir die Sitzung für heute beenden, damit wir Näheres erfahren und uns so ein Bild von der Lage machen können?« Er ließ den Blick über die Stimmberechtigten wandern. »Kein Einspruch. Die Sitzung wird morgen früh fortgesetzt.«

»Pilger!« schnaubte Ulath verächtlich, während er aufstand.

Sperber blieb noch sitzen und starrte durch den Saal zum Primas von Cimmura, der seinen Blick mit schwachem Lächeln erwiderte.

Vanion hatte sich mit den übrigen Patriarchen erhoben und schaute kurz zu Sperber hinauf. Er gab ihm mit der Rechten einen Wink und ging zur Tür.

»Verschwinden wir«, forderte Sperber seine Freunde über das aufgeregte Stimmengewirr im Saal hinweg auf. Die schwarzgewandeten Patriarchen gingen langsam zur Tür, wurden jedoch immer wieder von Gruppen ihrer Brüder aufgehalten, die stehengeblieben waren, um über die Neuigkeit zu diskutieren. Sperber führte seine gepanzerten Gefährten zur Tribünentreppe und dann hinunter zum marmorgefliesten Audienzsaal.

Nahe dem Ausgang stieß er auf Annias. »Ah, da seid Ihr ja, Sperber«, sagte der dünne, graugesichtige Primas von Cimmura mit leicht hämischem Lächeln. »Beabsichtigt Ihr, Euch zur Stadtmauer zu begeben, um zu sehen, wie die Gläubigen herbeiströmen?«

Sperber zügelte sich mit eisernem Willen. »Interessanter Vorschlag, Nachbar«, antwortete er gedehnt in einem fast beleidigenden Tonfall, »aber ich gönne mir zunächst ein Mittagsmahl. Darf ich Euch einladen, Annias? Ich glaube, Sephrenia bereitet Hammel am Spieß zu. Hammelbraten ist gesund, und Ihr seht in letzter Zeit gar nicht gut aus.«

»Wie freundlich von Euch, mich einzuladen, aber ich habe eine Verabredung. Dringende Kirchenangelegenheiten, wißt Ihr.«

»Natürlich. Ach übrigens, Annias, wenn Ihr mit Martel sprecht, dann grüßt ihn von mir. Sagt ihm, wie sehr ich mich freue, das Gespräch fortzusetzen, das wir in Dabur begannen.«

»Ich richte es gerne aus, Herr Ritter. Wenn Ihr mich jetzt entschuldigen würdet.« Des Primas' Miene verriet leichten Ärger, als er sich umdrehte und durch die breite Flügeltür trat.

»Worum ging es hier eigentlich?« fragte Tynian.

»Ihr müßt Sperber erst noch ein bißchen besser kennenlernen«, erwiderte Kalten. »Er wäre eher gestorben, als Annias auch nur eine Spur Genugtuung zu gönnen. Er hat damals, als ich ihm die Nase gebrochen habe, mit keiner Wimper gezuckt. Er hat mich nur freundlich angelächelt und in den Bauch getreten.«

»Habt *Ihr* mit einer Wimper gezuckt?«

»Nein, weil ich viel zu sehr damit beschäftigt war, nach Luft zu schnappen. Was tun wir jetzt, Sperber?«

»Vanion will mit uns reden.«

Die Hochmeister der Ritterorden standen auf dem Korridor neben der Tür und unterhielten sich angespannt. Patriarch Emban von Uzera war bei ihnen. »Ich glaube, wir sollten als erstes den Zustand der Stadttore überprüfen«, sagte Hochmeister Abriel gerade. Seine brünierte Rüstung, der strahlendweiße Wappenrock und der ebenso weiße Umhang verliehen ihm ein täuschend heiligengleiches Aussehen, doch sein Gesicht hatte im Augenblick nicht viel von einem Heiligen an sich.

»Glaubt ihr, wir können überhaupt mit den Kirchensoldaten rechnen?« fragte Hochmeister Darellon, der einen blauen Umhang übergeworfen hatte. Darellon war ein überschlanker Mann, der nicht kräftig genug für den schweren deiranischen Panzer wirkte. »Sie könnten zumindest die Brücken zerstören.«

»Kann ich mir nicht vorstellen«, warf Emban ein. »Sie erhalten ihre Befehle von Annias, und Annias wird diesem Martel wohl kaum Steine in den Weg legen. Sperber, womit haben wir es da draußen wirklich zu tun?«

»Erklärt Ihr es, Berit«, wandte Sperber sich an den hageren Ritteranwärter. »Ihr habt sie selbst gesehen.«

»Jawohl, Herr Ritter. Vom Norden her kommen Lamorker, Eminenz, und vom Süden Cammorier und Rendorer. Weder die eine noch die andere Armee ist zahlenmäßig sehr stark, aber gemeinsam können sie zur Bedrohung für die Heilige Stadt werden.«

»Diese Armee im Süden«, fragte Emban, »wie ist sie formiert?«

»Die Cammorier bilden die Vorhut, Eminenz, und die Flanken. Die Rendorer sind in der Mitte und stellen die Nachhut.«

»Und sie tragen ihre üblichen schwarzen, rendorischen Gewänder?« fragte Emban eindringlich und mit glitzernden Augen.

»Das ist schwer zu sagen, Eminenz. Sie befinden sich jenseits des Flusses und wirbeln viel Staub auf. Es hat aber tatsächlich den Anschein, als unterscheide ihre Kleidung sich von jener der Cammorier.«

»Ich verstehe. Vanion, ist dieser junge Mann tüchtig?«

»Sehr sogar, Eminenz«, antwortete Sperber für seinen Hochmeister. »Wir setzen große Erwartungen in ihn.«

»Gut. Darf ich ihn mir ausleihen? Und ich hätte auch gern Euren Knappen Kurik. Ich brauche etwas und möchte, daß sie es mir beschaffen.«

»Selbstverständlich, Eminenz«, erklärte Sperber sich einverstanden. »Geht mit Seiner Eminenz, Berit. Kurik findet Ihr im Ordenshaus.«

Emban watschelte davon, Berit folgte ihm dichtauf.

»Wir sollten uns aufteilen, meine Herren«, meinte Hochmeister Komier. »Sehen wir uns die Tore an. Ulath, Ihr kommt mit mir.«

»Jawohl, Hochmeister.«

»Sperber, Ihr begleitet mich«, bestimmte Vanion. »Kalten, ich möchte, daß Ihr in Patriarch Dolmants Nähe bleibt. Annias könnte vielleicht die allgemeine Verwirrung nutzen, und Dolmant ist derjenige, von dem er am meisten zu befürchten hat. Tut Euer Bestes, dafür zu sorgen, daß Seine Eminenz die Basilika nicht verläßt. Ein bißchen sicherer ist es da doch.« Vanion setzte seinen schwarzen Helm mit dem Federbusch auf, und sein tintenschwarzer Umhang wirbelte, als er sich umwandte.

»Wohin?« fragte Sperber seinen Hochmeister, als sie aus der Basilika traten und die marmorne Freitreppe zu dem weiten Hof hinunterstiegen.

»Wir nehmen uns das Südtor vor«, antwortete Vanion grimmig. »Ich möchte mir Martel ansehen.«

»Gut.« Sperber nickte. »Ich wäre der Letzte, der auf einem ›Habe-ich-doch-Gesagt‹ herumreiten würde, aber ich habe es Euch gesagt, Vanion, wie Ihr Euch erinnert. Ich wollte Martel von Anfang an umbringen.«

»Treibt es nicht zu weit, Sperber!« schnaubte Vanion, während er sich in den Sattel plagte. Seine Miene wurde grimmig. »Aber die Situation hat sich geändert. Ihr habt jetzt meine Erlaubnis.«

»Ein bißchen spät«, brummte Sperber und stemmte sich auf Farans Rücken.

»Was habt Ihr gesagt?«

»Nichts, Hochmeister.«

Das Südtor von Chyrellos war seit über zweihundert Jahren nicht mehr geschlossen worden und sein beklagenswerter Zustand war nur zu offensichtlich. Ein Teil des Holzes war morsch, und von den dicken Ketten, mit denen es geschlossen und geöffnet werden konnte, rieselte der Rost.

Vanion genügte ein Blick. Er schauderte. »Für eine Verteidigung völlig unbrauchbar. Ich könnte es mit den Zehenspitzen eintreten. Steigen wir auf die Mauer hinauf, Sperber. Ich möchte diese Armeen sehen.«

Auf dem Wehrgang drängten sich die Bürger: Handwerker, Kaufleute, Händler und Tagelöhner. Es herrschte eine Art Festtagsstimmung unter der farbenprächtigen Menge, welche die näher kommende Armee begaffte.

»Paß doch auf, wen du schubst!« sagte ein Arbeiter streitsüchtig zu Sperber. »Wir hab'n das gleiche Recht wie ihr, zu schau'n.« Er roch übelkeiterregend nach billigem Bier.

»Geh und schau woanders, Nachbar«, riet Sperber ihm.

»Du kannst mich nicht rumkommandieren. Ich hab' meine Rechte!«

»Du möchtest dich umsehen?«

»Darum bin ich da.«

Sperber packte ihn vorn an seinem groben Kittel, hob ihn über die Brustwehr und ließ ihn fallen. Die Mauer war an dieser Stelle etwa vier Meter hoch, und der Atem zischte aus dem Mund des betrunkenen Arbeiters, als er auf dem Boden aufschlug. »Die heranmarschierende Armee ist in der Richtung, Nachbar«, rief Sperber freundlich hinunter. Er lehnte sich über die Brustwehr und deutete südwärts. »Wie wär's mit einem kleinen Spaziergang dorthin?«

Der betrunkene Arbeiter humpelte stöhnend zum Tor, zurück in die fragwürdige Sicherheit der Stadt, und auf dem Wehrgang wurde sofort Platz für die beiden Pandioner gemacht.

Vanion blickte den gemischten Streitkräften aus Cammoriern und Rendorern entgegen. »So habe ich es erhofft«, sagte er zu Sperber. »Der Hauptteil von Martels Streitkräften hat noch nicht aufgeschlossen, und ihr Vormarsch staut sich an den Brücken.« Er deutete auf die riesige Staubwolke, die im Süden aufstieg. »Er wird diese Männer frühestens kurz vor Anbruch der Dunkelheit hier haben. Ich bezweifle, daß er vor morgen mittag mit der Aufstellung fertig ist. Das gibt uns noch ein wenig Zeit. Gehen wir wieder hinunter.«

Sperber drehte sich um, seinem Hochmeister zu folgen, blieb dann jedoch abrupt stehen, denn eine prunkvolle Kutsche mit dem erhabenen Emblem der Kirche an den Seiten war soeben aus dem Südtor gerollt. Der Mönch auf dem Kutschbock hatte eine verdächtig vertraute Schulterhaltung. Kurz bevor die Kutsche westwärts abbog, blickte ein bärtiger Mann in der Soutane eines Patriarchen flüchtig aus dem Fenster. Die Kutsche war keine dreißig Fuß entfernt. So konnte Sperber den vermeintlichen Geistlichen im Innern des Wagens deutlich erkennen.

Es war Kurik.

Sperber fing zu fluchen an.

»Was ist los?« fragte Vanion.

»Ich werde ein längeres Gespräch mit Patriarch Emban führen müssen«, knirschte Sperber. »Das waren Kurik und Berit in der Kutsche.«

»Seid Ihr sicher?«

»Ich würde Kurik selbst in dunkler Nacht aus hundert Meter erkennen. Emban hatte kein Recht, die beiden derart in Gefahr zu bringen!«

»Jetzt ist es zu spät, etwas dagegen zu tun. Kommt mit, Sperber. Ich will mit Martel sprechen.«

»Martel?«

»Vielleicht verrät er uns vor Überraschung das eine oder andere. Denkt Ihr, er ist arrogant genug, daß er die Unterhändlerfahne ehren wird – und sei es nur, um zu zeigen, daß er momentan die Trümpfe in der Hand hat?«

Sperber nickte bedächtig. »Ja, ich denke, er würde sich ehrenhaft geben, selbst wenn er dafür durch Feuer schreiten müßte.«

»So in etwa schätze auch ich ihn ein. Dann wollen wir uns überzeugen, ob wir recht haben. Aber wenn Ihr Euch darauf einlaßt, Beleidigungen mit ihm auszutauschen, dann vergeßt darüber nicht, die Augen offenzuhalten, Sperber. Der eigentliche Zweck unserer scheinbaren Unterhandlung ist schließlich ein Blick auf seine Armee aus nächster Nähe. Ich muß wissen, ob er lediglich irgendwelchen Pöbel auf Jahrmärkten und in Spelunken aufgesammelt oder erfahrene Kämpfer um sich geschart hat.«

Ein beschlagnahmtes Bettlaken – das Vanion dem eingeschüchterten Wirt allerdings bezahlen wollte, als Sperber es bereits von einem Gästebett zog – diente ihnen als Unterhändlerfahne. Sie flatterte und knallte an Sperbers Lanze, während die beiden Ritter in schwarzem Plattenpanzer durch das Südtor auf die anrückende Armee zudonnerten. Auf einem Hügel hielten sie an. Sperber drehte Faran ein wenig, so daß ihre behelfsmäßige Fahne deutlich sichtbar war. Obgleich sie sich noch in einiger Entfernung zur Vorhut von Martels Armee befanden, konnte Sperber ferne Rufe und Befehle hören. Die Reihen kamen allmählich zum Halten, und alsbald ritt Martel, von einem Soldaten begleitet, aus der Mitte seiner Streitkräfte. Auch Martel hielt eine Lanze, von der ein weißer Umhang flatterte, der verdächtig wie der eines cyrinischen Ritters aussah. Sperber blickte ihm mit zusammengekniffenen Augen entgegen.

Martel trug eine kostbare Rüstung. Der Stahl von Brustharnisch und Schulterplatten war fein brüniert und mit Gold- und Silberarbeit verziert. Sie schien aus einer deiranischen Waffenschmiede zu stammen und war viel eleganter als die rein zweckmäßige der Ordensritter. Ein paar Meter vor Sperber und Vanion stieß er die Lanzenspitze in den Boden und nahm den prächtigen Helm ab, auf dem ein weißer Federbusch wippte. Sein ebenso weißes Haar wehte hinter ihm im Wind.

»Euer Gnaden«, grüßte er mit übertriebener Höflichkeit und verbeugte sich knapp vor Vanion.

Vanions Gesicht war eisig. Er sprach nicht selbst zu dem Ritter, den er aus dem pandionischen Orden hatte ausstoßen müssen, sondern winkte statt dessen Sperber heran.

»Ah«, sagte Martel in einem Tonfall, den man für ehrliches Bedauern hätte halten können. »Ich hatte Besseres von Euch erwartet, Vanion. Na gut, dann verhandle ich eben mit Sperber. Aber hört ruhig zu, wenn Ihr möchtet.«

Auch Sperber stieß die Lanzenspitze in den Grasboden, und auch er nahm den Helm ab, während er Faran näher heranlenkte.

»Du siehst gut aus, alter Junge«, sagte Martel.

»Und du wie immer – von deiner schmucken Rüstung abgesehen.«

»Ich hatte in letzter Zeit Gelegenheit, ein paar Überlegungen anzustellen«, entgegnete Martel. »In den vergangenen Jahren bin ich zu ziemlich viel Geld gekommen, aber mir wurde bewußt, daß ich es nicht richtig genoß. So beschloß ich, ein paar neue Spielsachen anzuschaffen.«

»Darunter ist auch ein neues Pferd, nicht wahr?« Sperber betrachtete Martels kräftigen Rappen.

»Gefällt er dir? Ich könnte dir einen aus demselben Gestüt besorgen, wenn du möchtest.«

»Ich bleibe lieber bei Faran.«

»Hast du dieses häßliche Biest je gezähmt?«

»Ich mag ihn, wie er ist. Was hast du hier vor, Martel?«

»Ist das nicht offensichtlich, alter Junge? Ich werde die Heilige Stadt besetzen. Wollte ich mich vor der Welt ins rechte Licht setzen, könnte ich es natürlich diplomatischer formulieren und von ›Befreiung‹ sprechen, aber da wir so alte Freunde sind, kann ich es mir leisten, offen zu sein. Ohne Umschweife, Sperber, ich werde in die Heilige Stadt einmarschieren und sie mir untertan machen, wie man so schön sagt.«

»Du meinst, du wirst es *versuchen*, Martel.«

»Wer sollte mich daran hindern?«

»Dein Verstand, hoffe ich. Du bist zwar ein bißchen wirr, aber dumm warst du im Grunde genommen nie.«

Martel verbeugte sich spöttisch.

»Wo hast du eigentlich in so kurzer Zeit die vielen Soldaten aufgesammelt?«

»In kurzer Zeit?« Martel lachte. »Dir scheint wohl manches zu entgehen, Sperber. Ich fürchte, du warst zu lange in Jiroch. Die glühende Sonne.« Er schauderte. »Ach übrigens, hast du in letzter Zeit von der hübschen Lillias gehört?« Er warf es rasch ein, offenbar um zu prahlen, daß er genau wußte, was Sperber in den vergangenen Jahren getrieben hatte, und natürlich in der Hoffnung, seinen früheren pandionischen Bruder in Verlegenheit zu bringen.

»Es geht ihr gut – wie ich zuletzt hörte.« Sperber ließ sich nicht die geringste Regung anmerken.

»Vielleicht kümmere ich mich um sie, wenn das hier alles vorbei ist.«

»Dann ruh dich aber zuvor gut aus, Martel. Ich glaube nämlich nicht, daß du für Lillias genug Durchhaltevermögen besitzt. Aber du hast meine Frage noch nicht beantwortet.«

»Ich dachte, du könntest sie selbst beantworten, alter Junge, nachdem ich deinem Gedächtnis einen kleinen Anstoß gegeben habe. Die Lamorker habe ich verdingt, als ich ein bißchen Zwist zwischen Baron Alstrom und Graf Gerrich säte. Die lamorkischen Söldner sind immer zu haben. Ich brauchte sie bloß zu rufen, und schon kamen sie angerannt. Mit den Rendorern gab es auch keine größeren Schwierigkeiten, nachdem ich Arasham losgeworden war. Übrigens hat er im Sterben immer wieder das Wort ›Widderhorn‹ gekrächzt. Könnte es das Geheimwort gewesen sein, das du ausgebrütet hast? Wie langweilig, Sperber. Ziemlich einfallslos. Der neue geistliche Führer von Rendor läßt sich viel leichter lenken.«

»Ich bin ihm begegnet«, sagte Sperber knapp. »Ich wünsche dir viel Vergnügen in seiner Gesellschaft.«

»Oh, Ulesim ist gar nicht so schlimm – solange der Wind nicht gerade von ihm her weht. Wie auch immer, ich ging in Arzium an Land, brandschatzte Coombe und marschierte nach Larium. Ich muß schon sagen, Wargun ließ sich ganz schön Zeit. Als er endlich eintraf, ritt ich weg und führte ihn in Arzium in Kreisen an der Nase herum. Das war ein vergnüglicher Zeitvertreib, während ich auf die Nachricht wartete, daß Cluvonus das Zeitliche gesegnet hat. Tut mir leid, daß ich nicht zur Trauerfeier erscheinen konnte.«

»Da ist noch was, das dir leid tun dürfte, Martel. Annias wird nicht imstande sein, dich zu bezahlen. Ehlana ist wieder genesen und hat ihm den Zugang zum Staatssäckel abgeschnitten.«

»Ja, das hörte ich – von Prinzessin Arissa und ihrem Sohn. Als kleinen Gefallen für den Primas von Cimmura habe ich sie aus dem Kloster befreit. Leider gab es dabei ein kleines Mißverständnis. Sämtliche Nonnen in jenem Kloster sind ganz plötzlich gestorben. Bedauerlich. Als wir dann abzogen, haben meine Soldaten noch rasch Feuer an das Kloster gelegt. Ich werde Arissa Grüße von dir ausrichten, wenn ich wieder bei meinen Truppen bin. Ich habe sie in meinem Zelt untergebracht, schon seit wir Demos verließen. Die Schrecken ihrer Inhaftierung haben sie sehr mitgenommen, deshalb tröste ich sie, so gut ich kann.«

»Diese Nonnen sind ein Grund mehr für mich, dich zu töten!«

»O bitte, du kannst es jederzeit versuchen. Aber sag mal, wie in aller Welt ist es dir gelungen, Ehlana zu heilen? Man hat mir in Rendor versichert, daß es kein Gegenmittel gäbe.«

»Das war ein Irrtum. Wir haben in Dabur erfahren, wie sie geheilt werden konnte. Deshalb waren Sephrenia und ich dort. Daß wir dir in Arashams Zelt einen Strich durch deine Rechnung gemacht haben, war eine willkommene zusätzliche Befriedigung für uns.«

»Es hat mich wirklich sehr verärgert, das gebe ich zu.«

»Wie willst du deine Truppen denn bezahlen?«

»Sperber«, sagte Martel kopfschüttelnd. »Ich bin dabei, die reichste Stadt der Welt zu erobern. Hast du eine Ahnung, welche Beute es in Chyrellos gibt? Meine Soldaten haben sich schier überschlagen, sich mir anschließen zu dürfen – ohne jeglichen Sold, nur für die Chance, dort herumstöbern zu dürfen.«

»Dann kann ich nur hoffen, daß sie auf eine lange Belagerung vorbereitet sind.«

»So lange werde ich gar nicht brauchen, Sperber. Annias wird mir das Tor öffnen.«

»Annias hat nicht genügend Stimmen in der Hierokratie, um einen solchen Befehl zu erteilen.«

»Ich würde sagen, meine Anwesenheit wird nicht ohne Einfluß auf die Wahl bleiben.«

»Möchtest du das gleich hier klären? Nur du und ich?« forderte ihn Sperber auf.

»Warum sollte ich, wenn ich doch bereits die Oberhand habe, alter Junge?«

»Schön. Dann versuch mal, in die Stadt zu kommen. Vielleicht finden wir eine dieser dunklen Gassen, für die du eine Vorliebe hast.«

»Ich kann den Tag kaum erwarten, teurer Bruder.« Martel lächelte. »Na, Vanion, hat Euer zahmer Affe mir für Eure Zwecke genügend Antworten abgeschwatzt, oder soll ich weitermachen?«

»Reiten wir zurück«, sagte Vanion abrupt zu Sperber.

»Eine Unterhaltung mit Euch ist immer ein Vergnügen, Hochmeister Vanion«, rief Martel ihnen spöttisch nach.

Sie setzten sich im roten Studiergemach von Ritter Nashan zusammen, dem wohlbeleibten Pandioner, der das hiesige Ordenshaus leitete. Dieses Haus stand im Unterschied zu jenen der anderen Orden innerhalb der Mauer um die Altstadt, das ursprüngliche Chyrellos. Jeder Hochmeister hatte ein anderes Stadttor inspiziert, und keiner ihrer Berichte klang sonderlich ermutigend. Abriel als ältester Hochmeister erhob sich. »Was meint ihr, meine Herren?« fragte er. »Besteht überhaupt eine Möglichkeit, die ganze Stadt zu verteidigen?«

»Völlig unmöglich, Abriel«, antwortete Komier überzeugt. »Diese Tore könnten nicht einmal einer Schafherde Einhalt gebieten, und selbst wenn wir die Kirchensoldaten miteinbezögen, hätten wir nicht genügend Mannen, um eine Streitmacht abzuwehren, wie sie sich da draußen sammelt.«

»Ihr deutet da eine sehr unerfreuliche Möglichkeit an, Komier«, sagte Darellon.

»Das ist mir bewußt, aber ich sehe kaum eine andere für uns. Ihr etwa?«

»Leider auch nicht.«

»Verzeiht, meine Herren«, wandte Ritter Nashan respektvoll ein, »aber ich fürchte, ich weiß nicht, was Ihr beabsichtigt.«

»Wir müssen uns hinter die innere Stadtmauer zurückziehen, Nashan«, erklärte ihm Vanion.

»Und alles übrige aufgeben?« rief Nashan erschrocken. »Meine Herren, wir sprechen über die größte – und reichste – Stadt der Welt!«

»Wir haben keine Wahl, Ritter Nashan«, versicherte ihm Abriel. »Die Mauern der Altstadt wurden im Altertum erbaut. Sie sind viel höher und trutziger als die äußere Stadtmauer. Wir können die Altstadt verteidigen – eine Zeitlang zumindest –, aber unmöglich die ganze Stadt halten.«

»Dann müssen wir einige sehr harte und unangenehme Entscheidungen treffen«, stellte Hochmeister Darellon fest. »Wenn wir uns in die Altstadt zurückziehen, bleibt uns nichts anderes übrig, als die Bevölkerung auszuschließen. Wir haben nicht genügend Vorräte für so viele Personen.«

»Wir können jedoch nichts tun, ehe wir nicht den Befehl über die Kirchensoldaten haben«, sagte Vanion. »Vierhundert Ordensritter allein sind nicht in der Lage, Martels Armee standzuhalten.«

»Vielleicht kann ich da helfen«, warf Patriarch Emban ein. Er hatte sich in einem riesigen Sessel ausgestreckt und die

Hände auf dem Faßbauch verschränkt. »Es hängt jedoch davon ab, wie selbstherrlich Makova sich morgen früh fühlen wird.« Emban war direkten Antworten ausgewichen, als Sperber ihn gefragt hatte, welchen Auftrag er Kurik und Berit erteilt hatte.

»Wir werden einen taktischen Vorteil haben«, sagte Komier nachdenklich. »Martels Truppen sind Söldner. Sobald sie in der Neustadt sind, werden sie sich erst einmal viel Zeit zum Plündern nehmen. Und das wiederum gibt uns mehr Zeit.«

Emban grinste. »Es wird auch einen beachtlichen Prozentsatz der Hierokratie ablenken. Viele meiner Mitpatriarchen haben prunkvolle Häuser außerhalb der Altstadtmauer. Ich könnte mir vorstellen, daß sie das Plündern in der Neustadt mit blutendem Herzen beobachten. Es *könnte* ihre Begeisterung für die Kandidatur des Primas von Cimmura sehr dämpfen. *Mein* Haus dagegen befindet sich hier in der Altstadt. Ich werde also völlig klar denken können, und Ihr auch, Dolmant, nicht wahr?«

»Ihr seid ein schlimmer Mann, Emban«, rügte Dolmant.

»Aber Gott freut sich über meine Bemühungen, Dolmant, ganz gleich wie hinterlistig sie auch sein mögen. Wir alle leben, um zu dienen – jeder auf seine eigene, besondere Weise.«

Er hielt inne und runzelte die Stirn. »Ortzel ist unser Kandidat«, fuhr er dann fort. »Ich persönlich hätte einen anderen ausgesucht, aber momentan hat eine Welle von Konservativismus die Kirche überspült, und Ortzel ist so konservativ, daß er nicht einmal an Feuer glaubt. Wir müssen ihn vielleicht ein bißchen bearbeiten, Dolmant. So, wie er jetzt ist, kann man ihn nicht gerade als liebenswert bezeichnen.«

»Das ist *unser* Problem, Emban – Eures und meines«, erklärte Dolmant. »Aber jetzt sollten wir uns alle mit militärischen Fragen beschäftigen.«

»Unser nächster Schritt wird wohl sein, geeignete Rückzugsrouten festzulegen«, meinte Abriel. »Wenn es der Patriarch von Uzera fertigbringt, die Kirchensoldaten unserem Befehl zu unterstellen, werden wir sie rasch in die Altstadt verlegen müssen, ehe die Bevölkerung ahnt, was wir tun, wenn wir nicht Scharen von Flüchtlingen bei uns haben wollen.«

»Das ist rücksichtslos, meine Herren!« tadelte Sephrenia. »Ihr gebt Unschuldige einer Horde von Wilden preis. Martels Männer werden sich nicht mit Plündern allein zufriedengeben. Ganz gewiß werden schreckliche Greuel geschehen.«

Dolmant seufzte. »Krieg ist nie zivilisiert, kleine Mutter. Ach ja, noch etwas anderes. Ab sofort werdet Ihr stets mit uns zur Basilika kommen. Ich will Euch an einem Ort haben, an dem wir Euch beschützen können.«

»Wie Ihr meint, Lieber.«

Talen machte eine Leidensmiene. »Ich kann Euch wohl nicht dazu überreden, mich aus der Altstadt hinauszulassen, bevor Ihr die Tore schließt?« fragte er Sperber.

»Nein«, antwortete Sperber. »Aber warum möchtest du das denn?«

»Natürlich, um mir einen Anteil an der Beute zu beschaffen. Das ist eine einmalige Gelegenheit!«

»Du würdest doch nicht bei der Plünderung der Häuser mitmachen, Talen?« sagte Bevier entsetzt.

»Selbstverständlich nicht, Ritter Bevier. Das überlasse ich Martels Soldaten. Erst wenn sie mit den Armen voll Beute auf die Straßen herauskommen, werden die Diebe von Chyrellos eingreifen und sie ausnehmen. Ich könnte mir vorstellen, daß Martel in den nächsten Tagen ziemlich viele Männer verlieren wird. Unter seinen Leuten wird eine wahre Epidemie von Stichwunden ausbrechen, bevor das alles vorbei ist. Da draußen sind Bettler, die bald nie wieder betteln müssen.« Der Junge seufzte abgrundtief. »Ihr nehmt meiner Kindheit den ganzen Spaß, Sperber.«

»Es besteht absolut keine Gefahr, meine Brüder«, erklärte Makova spöttisch, als die Sitzung am nächsten Morgen fortgesetzt wurde. »Der Befehlshaber meiner Leibwache, Hauptmann Gorta ...« Er unterbrach sich kurz und bedachte die

Hochmeister der Ritterorden mit einem finsteren Blick. Das plötzliche Ableben seines früheren Hauptmanns ergrimmte ihn offenbar immer noch. »... genauer gesagt, Hauptmann Erden«, fuhr Makova fort, »nahm das persönliche Risiko auf sich und ritt hinaus, um die sich der Stadt nähernden Pilger eingehend zu befragen. Er versicherte mir, daß sie genau das sind, Pilger, gläubige Söhne der Kirche, und daß sie diese Pilgerfahrt zur Heiligen Stadt unternehmen, um an dem Dankgebet teilzunehmen, wenn der neue Erzprälat den Heiligen Thron besteigt.«

»Oh, das ist wirklich erstaunlich, Makova«, warf Patriarch Emban mit gedehnter Stimme ein. »Auch ich sandte Männer aus der Stadt, doch ihre Beobachtungen waren völlig anderer Art. Wie, meint Ihr, können wir diese Widersprüche in Einklang bringen?«

Makovas Lächeln war frostig. »Der Patriarch von Uzera ist als Spaßmacher bekannt«, sagte er. »Und wahrlich helfen seine Scherze uns bisweilen über allzu angespannte Augenblicke hinweg. Aber jetzt ist wirklich nicht die Zeit für Späße, mein teurer Emban.«

»Seht Ihr mich lachen, Makova?« Embans Stimme klang so schneidend wie ein blankgezogener Dolch. Seufzend erhob er sich. »*Meine* Männer meldeten, liebe Brüder, daß diese Horde sogenannter Pilger vor unseren Toren alles andere als freundlich ist.«

»Unsinn!« brauste Makova auf.

»Vielleicht.« Emban zuckte die Schultern. »Ich habe mir jedenfalls die Freiheit genommen, einen dieser ›Pilger‹ in die Basilika bringen zu lassen, damit wir uns etwas näher mit ihm befassen können. Er wird vielleicht nicht viel sprechen, aber allein schon aus dem Auftreten, der Haltung, aus seiner Abstammung – sogar seiner Kleidung, läßt sich viel entnehmen.« Emban klatschte laut in die Hände, noch ehe Makova protestieren oder sich seiner Machtbefugnis bedienen konnte.

Die Tür des Audienzsaals schwang auf und Kurik und Berit kamen herein. Jeder hielt ein Fußgelenk des schwarzgewandeten Mannes, den sie den Anwesenden vorweisen sollten, und zerrten den Reglosen über den Marmorboden, nicht ohne einen langen Streifen Blut auf den weißen Fliesen zu hinterlassen.

»Was *macht* ihr?« rief Makova.

»Nur einen Beweis vorlegen, Makova. Es läßt sich keine vernünftige Entscheidung ohne die nähere Begutachtung von Beweisstücken treffen, oder?« Emban deutete auf einen Punkt ein Stück vor dem Rednerpult. »Bringt den Zeugen dorthin«, wies er Kurik und Berit an.

»Ich verbiete es!« brüllte Makova.

»Verbietet es ruhig, alter Junge.« Emban zuckte die Schultern. »Aber es ist bereits zu spät. Jeder im Saal hat diesen Mann inzwischen gesehen, und wir alle wissen, was er ist, nicht wahr?« Emban watschelte zur Leiche, die mit gespreizten Armen und Beinen auf dem Marmorboden lag. »Die Züge dieses Mannes verraten uns seine Herkunft, und seine schwarze Kleidung bestätigt es. Meine Brüder, was wir hier vor uns sehen, ist ganz offensichtlich ein Rendorer.«

»Patriarch Emban von Uzera«, rief Makova verzweifelt, »ich verhafte Euch wegen Mordes.«

»Seid kein Esel, Makova«, sagte Emban. »Ihr könnt mich nicht verhaften, während die Hierokratie tagt. Außerdem befinden wir uns in der Basilika, und ich ersuche um Asyl.« Er blickte Kurik an. »Habt ihr ihn unbedingt töten müssen?«

»Ja, Eminenz«, erwiderte der stämmige Knappe. »Die Situation erforderte es – aber wir sprachen danach ein kurzes Gebet für ihn.«

»Sehr lobenswert, mein Sohn. Ich erteile Euch und Eurem jungen Begleiter volle Absolution, daß Ihr diesen elenden Ketzer vor das Angesicht Gottes geschickt habt, auf daß der Herr in seiner unendlichen Güte den letzten Richtspruch über ihn fälle.« Der Dicke schaute sich im Saal um. »Und nun wollen wir unsere Schlüsse aus der Anwesenheit dieses ›Pilgers‹ ziehen. Wir sehen hier einen Rendorer – mit einem Schwert bewaffnet. Da die einzigen Rendorer, die sich gegenwärtig in diesem Teil des eosischen Kontinents aufhalten, Eshandisten sind, müssen wir folgern, daß auch dieser ›Pilger‹ einer war. Können wir bei der religiösen Einstellung der eshandistischen Ketzer davon ausgehen, daß sie in die Heilige Stadt kommen, um die Thronbesteigung eines neuen Erzprälaten mit uns zu feiern? Hat unser teurer Bruder Makova die Häretiker des Südens etwa auf wundersame Weise zum wahren Glauben bekehrt und sie mit dem Körper unserer Heiligen Mutter Kirche wiedervereint? Ich blicke gespannt der Antwort des verehrten Patriarchen von Coombe entgegen.« Er heftete erwartungsvoll die Augen auf Makova.

»Ich bin froh, daß er auf *unserer* Seite steht«, flüsterte Ulath Tynian zu.

»Ich auch.«

»Ah«, sagte Emban, als Makova ihn hilflos anstarrte. »Ich habe meine Erwartung vielleicht zu hoch geschraubt. Dann müssen wir alle Gott um Vergebung bitten, weil es uns nicht gelang, diese Gelegenheit zu nutzen, die Wunde im Körper unserer Heiligen Mutter zu schließen. Unser Bedauern und unsere bitteren Tränen der Enttäuschung dürfen jedoch nicht unsere Augen gegenüber der rauhen Wirklichkeit trüben. Die ›Pilger‹ vor unseren Toren sind nicht, was sie zu sein vorgeben. Unser teurer Bruder Makova wurde grausam getäuscht, fürchte ich. Was sich vor der Stadt sammelt, ist keineswegs eine Heerschar von Gläubigen, sondern die blutgierige Armee unserer verhaßtesten Feinde, die darauf erpicht sind, das Herz unseres wahren Glaubens zu vernichten und zu entweihen. Unser persönliches Geschick, meine Brüder, ist unwichtig, aber ich möchte euch allen raten, euren Frieden mit Gott zu machen. Die Greueltaten, deren sich die eshandistischen Häretiker gegenüber Angehörigen der höheren Priesterschaft befleißigen, sind nur allzu gut bekannt, als daß sie hier aufgeführt werden müßten. Ich persönlich habe mich damit abgefunden, daß mein Los die Flammen sein werden.« Er machte eine Pause, dann grinste er und drückte die Hände auf seinen feisten Bauch. »Ich werde gewiß ein gutes Feuer abgeben.«

Ein nervöses Lachen erhob sich im Saal.

»Unser eigenes Geschick ist nicht wichtig«, betonte Emban aufs neue. »Von Bedeutung aber ist das Geschick der Heiligen Stadt und das der Kirche. Wir sehen uns einer schrecklichen, aber einfachen Entscheidung gegenüber. Übergeben wir unsere Mutter den Häretikern oder kämpfen wir?«

»Kämpfen!« schrie ein Patriarch und sprang auf. »Kämpfen!«

Sein Ruf wurde rasch aufgegriffen. Bald stand die gesamte Hierokratie und brüllte nur das eine Wort: »Kämpfen!«

Emban verschränkte theatralisch die Hände im Rücken und neigte den Kopf. Als er ihn wieder hob, rannen Tränen über seine Wangen. Er drehte sich langsam um, damit jeder im Audienzsaal reichlich Gelegenheit hatte, diese Tränen zu sehen. »Aber, meine Brüder«, fuhr er mit gebrochener Stimme fort, »unser Eid verbietet uns, Soutane und Ornat abzulegen und das Schwert zu ergreifen. In dieser furchtbaren Krise stehen wir hilflos da. Wir sind dem Untergang geweiht, meine Brüder, und unsere Heilige Mutter Kirche mit uns. Wehe, daß ich diesen schrecklichen Tag noch erleben muß. An wen können wir uns wenden, Brüder? Wer wird uns zu Hilfe kommen? Wer hat die Macht, uns in dieser dunkelsten Stunde zu beschützen? Was für Männer gibt es auf dieser weiten Welt, die uns in diesem schrecklichen, diesem tödlichen Kampf beschützen können?«

Eine atemlose Pause setzte ein.

»Die Ordensritter!« ertönte schließlich eine kraftlose Greisenstimme aus den gepolsterten Bankreihen. »Wir müssen uns an die Ordensritter wenden! Nicht einmal die Mächte der Hölle können sie besiegen!«

»Die Ordensritter!« schrie die Hierokratie nun einstimmig. »Die Ordensritter!«

11

Die Aufregung im Audienzsaal hielt noch eine Zeitlang an, während Patriarch Emban von Uzera ernst in der Mitte des langen Saales stand. Er hatte sich *zufällig* auch genau die Mitte der Stelle ausgesucht, wo die Sonnenstrahlen durch das Rundfenster hinter dem leeren Thron auf die Marmorfliesen fielen.

Als das Stimmengewirr allmählich verstummte, hob er eine fleischige Hand. »Wahrlich, meine Brüder«, fuhr er in geschickt gewähltem, düster ernstem Tonfall fort, »die unschlagbaren Ordensritter könnten Chyrellos mühelos verteidigen, doch sind sie gegenwärtig zum Schutz von Arzium im Einsatz. Die Hochmeister sind natürlich hier, auf ihrem rechtmäßigen Platz unter uns, doch hat jeder nur eine kleine Eliteabteilung bei sich, die kräftemäßig keineswegs genügt, die uns umzingelnden Armeen der Finsternis abzuwehren. Wir können die gesammelten Streitkräfte der Ritterorden nicht im Handumdrehen von Arzium herbeizaubern, und selbst wenn das möglich wäre, wie sollten wir die Feldherrn der Armee in jenem vom Krieg heimgesuchten Land überzeugen, daß unsere Not größer ist als ihre, damit sie die Ritter entlassen, so daß sie uns zu Hilfe eilen können?«

Patriarch Ortzel von Kadach erhob sich. Sein helles, ergrauendes Haar rahmte das strenge Gesicht ein.

»Gestattet, daß ich das Wort ergreife, Emban«, sagte er. Da er der durch Kompromiß aufgestellte Kandidat der Anniasgegner war, hatte sein Wort Gewicht.

»Selbstverständlich«, erwiderte Emban. »Es ist mir ein Bedürfnis, der Weisheit meines geschätzten Bruders aus Lamorkand zu lauschen.«

»Die oberste Pflicht der Kirche«, begann Ortzel mit seiner barschen Stimme, »ist es, zu überleben, damit sie ihre Arbeit weiterführen kann. Alle anderen Erwägungen sind zweitrangig. Sind wir uns in diesem Punkt einig?«

Ein zustimmendes Murmeln wurde laut.

»Es gibt Umstände, die Opfer erfordern«, fuhr Ortzel fort. »Ist das Bein eines Menschen zwischen Steinen eingeklemmt und die steigende Flut umspült bereits seinen Hals, muß er da nicht sein Bein opfern, um sein Leben zu retten? So ist es nun auch hier. Voll Kummer müssen wir, falls nötig, selbst ganz Arzium opfern, wenn nur dies unser Leben retten kann – unser Leben, und das unserer Heiligen Mutter Kirche. Wir blicken einer ernsten Krise entgegen, meine Brüder. Bisher schreckte die Hierokratie für gewöhnlich davor zurück, die harten und strikten Bedingungen dieser einschneidenden Maßnahme durchzusetzen, aber die Lage, in der wir uns jetzt befinden, ist zweifellos seit dem Einfall der Zemocher vor fünfhundert Jahren die bedrohlichste, der sich unsere Heilige Mutter gegenübersieht. Gott blickt auf uns herab, meine Brüder, und wird über uns richten, wenn wir in der Führung seiner geliebten Kirche versagen. Wie unsere Gesetze es erfordern, rufe ich zu einer sofortigen Abstimmung auf. Der Punkt, der zur Abstimmung steht, lautet ganz einfach: ›Stellt die gegenwärtige Situation in Chyrellos eine Gefahr für den Glauben dar?‹ Ja oder nein?«

Makovas Augen weiteten sich erschrocken. »Aber gewiß«, platzte er heraus, »gewiß ist die Lage nicht *so* kritisch! Wir haben noch nicht einmal Unterhandlungen mit den Armeen vor der Stadt versucht und …«

»Der Patriarch hat nicht das Wort«, wies Ortzel ihn scharf ab. »Über die Frage einer Glaubenskrise wird nicht debattiert!«

»Rechtsfrage!« brüllte Makova.

Ortzel blickte einschüchternd auf den schmächtigen Mönch, der als Rechtsberater diente. »Zitiert das Gesetz!« befahl er.

Der Mönch zitterte heftig und blätterte hastig durch seine Bücher.

»Was ist eigentlich los?« fragte Talen verwirrt. »Ich verstehe es nicht.«

»Ein Antrag auf Anerkennung einer Glaubenskrise wird so

gut wie nie gestellt«, erklärte ihm Bevier. »Wahrscheinlich, weil die Könige von Westeosien so heftig dagegen protestieren. In einer Glaubenskrise übernimmt die Kirche alles – die Regierungen, Armeen, Finanzen – alles.«

»Wäre für die Entscheidung über eine Glaubenskrise nicht mindestens eine Hauptabstimmung erforderlich?« fragte Kalten. »Oder gar Einstimmigkeit?«

»Ich glaube nicht«, entgegnete Bevier. »Doch hören wir uns an, was der Rechtsberater zu sagen hat.«

»Aber ist dieser Punkt nicht ohnehin überflüssig?« meinte Tynian. »Wir haben schließlich bereits nach Wargun geschickt und ihm mitgeteilt, daß es eine Kirchenkrise gibt.«

»Man hat offenbar übersehen, Ortzel dies mitzuteilen«, antwortete Ulath. »Er nimmt es mit dem Wortlaut des Gesetzes peinlich genau. Da ist es doch besser, wir bringen ihn nicht in Verlegenheit.«

Der schmächtige Mönch erhob sich mit kreideweißem Gesicht und räusperte sich. Seine Stimme war schrill vor Angst. »Der Patriarch von Kadach hat das Gesetz korrekt zitiert«, verkündete er. »Über eine Glaubenskrise muß unverzüglich geheim abgestimmt werden.«

»Geheim?« rief Makova.

»So lautet das Gesetz, Eminenz, und die einfache Mehrheit genügt.«

»Aber ...«

»Ich muß den Patriarchen von Coombe darauf hinweisen, daß eine weitere Diskussion nicht zulässig ist.« Ortzels Stimme war wie Peitschenknall. »Ich fordere zur Wahl auf.« Er blickte sich um. »Ihr«, wandte er sich an einen Geistlichen, der ganz in der Nähe des sichtlich verstörten Annias saß, »holt die Utensilien für die Geheimabstimmung. Soviel ich weiß, könnt Ihr sie in der Truhe rechts vom Thron des Erzprälatens finden.«

Der Geistliche zögerte und schaute verängstigt zu Annias.

»Marsch, beeilt Euch!« donnerte Ortzel.

Der Priester sprang auf und rannte zu dem verhangenen Thron.

»Vielleicht könnte mir das jemand ein bißchen besser erklären«, bat Talen noch verwirrter.

»Später, Talen«, versprach ihm Sephrenia leise. Sie trug eine schwarze Robe, die ein wenig kirchlich aussah und ihre Rasse und ihr Geschlecht nicht erkennen ließ, und saß völlig unauffällig zwischen den gepanzerten Ordensrittern. »Sehen wir uns jetzt lieber dieses köstliche Possenspiel an.«

»Sephrenia!« rügte Sperber.

»Verzeiht«, entschuldigte sie sich. »Es liegt nicht in meiner Absicht, mich über Eure Kirche lustig zu machen, Sperber. Was mich erheitert, ist dieses aufgeregte Spektakel.«

Die Wahlutensilien bestanden aus einer verhältnismäßig großen schwarzen Schatulle, die sehr staubig und ohne Verzierung war, und zwei einfachen mit geprägten Bleisiegeln verschlossenen Lederbeuteln.

»Patriarch von Coombe«, sagte Ortzel knapp, »Ihr führt gegenwärtig den Vorsitz, deshalb ist es Eure Pflicht, die Siegel aufzubrechen und die Stimmplättchen verteilen zu lassen.«

Makova blickte rasch zum Rechtsberater, und der kleine Mönch nickte. Dann griff Makova nach den beiden Beuteln, brach die Siegel auf und nahm aus jedem Beutel ein Plättchen. Sie hatten etwa die Größe einer Kupfermünze. Eines war weiß, das andere schwarz.

»Wir werden hiermit wählen.« Er hob die Plättchen hoch, damit alle Patriarchen sie sehen konnten. »Sind die Versammelten einverstanden, daß Schwarz für nein und Weiß für ja gilt?«

Zustimmendes Murmeln war zu hören.

»So verteilt sie denn«, befahl Makova zwei jugendlichen Pagen. »Jeder Angehörige der Hierokratie erhält ein weißes und ein schwarzes Plättchen.« Dann räusperte er sich. »Möge Gott euch die Weisheit geben, meine Brüder, euch richtig zu entscheiden.« In Makovas Gesicht war ein bißchen Farbe zurückgekehrt.

»Er hat Anhänger gezählt«, vermutete Kalten. »Annias hat neunundfünfzig, und er *glaubt*, wir nur siebenundvierzig. Er weiß nichts von den fünf Patriarchen, die wir noch versteckt halten. Ich könnte mir vorstellen, daß diese fünf Stimmen eine ziemliche Überraschung für ihn sein werden. Er wird natürlich trotzdem die Mehrheit haben.«

»Ihr vergeßt die Neutralen, Kalten«, erinnerte ihn Bevier.

»Sie werden sich lediglich der Stimme enthalten, meint Ihr nicht? Schließlich warten sie noch auf Bestechungsgelder. Sie können es sich also nicht leisten, die eine oder andere Seite vor den Kopf zu stoßen.«

»Stimmenthaltungen sind nicht zulässig, Kalten«, erklärte Bevier. »Nicht bei *dieser* Wahl. Das Kirchengesetz erfordert, daß sie bei diesem Punkt mit Ja oder Nein entscheiden.«

»Woher wißt Ihr so viel darüber, Bevier?«

»Habt Ihr vergessen, daß ich Militärgeschichte studiert habe.«

»Was hat Militärgeschichte damit zu tun?«

»Auch während des Einfalls der Zemocher hat die Kirche die Glaubenskrise erklärt. Als Teil meines Studiums habe ich mich damit befaßt.«

»Oh.«

Während die zwei Pagen die Stimmplättchen verteilten, erhob Dolmant sich und schritt zur Flügeltür. Er sprach kurz zu den Wachen, die davor standen; dann kehrte er auf seinen Platz zurück. Als die beiden Jungen etwa am Ende der vierten rotgepolsterten Bankreihe ankamen, öffneten sich die Türflügel und die fünf nervösen Patriarchen, die sich versteckt gehalten hatten, traten ein.

»Was soll das?« Makova drohten die Augen aus dem Kopf zu quellen.

»Der Patriarch von Coombe hat nicht das Wort!« erinnerte ihn Ortzel. Offenbar empfand er es als Genugtuung, Makova zurechtzuweisen. »Meine Brüder«, wandte er sich an die fünf, »wir stimmen jetzt ...«

»Es ist *meine* Pflicht, unseren Brüdern alles zu erklären!« sagte Makova heftig.

»Der Patriarch von Coombe irrt«, sagte Ortzel scharf. »*Ich* habe den Punkt vor die Hierokratie gebracht, deshalb ist es *meine* Sache.« Er erklärte den fünf Mitpatriarchen rasch, worum es ging und machte sie nachdrücklich auf den Ernst der Lage aufmerksam, was Makova bestimmt nicht getan hätte.

Makova gewann seine Fassung wieder.

»Er zählt insgeheim schon wieder die Stimmen«, murmelte Kalten. »Er hat immer noch mehr als wir. Jetzt hängt alles von den Neutralen ab.«

Die schwarze Schatulle wurde auf einen Tisch vor Makovas Rednerpult gestellt. Die Patriarchen schritten daran vorbei, und jeder warf eines seiner Stimmplättchen in den Schlitz im Deckel der Schatulle. Einige taten es sehr auffällig, damit man ja sehen konnte, welches sie einwarfen. Andere achteten darauf, daß ihres nicht zu sehen war.

»Ich übernehme das Auszählen«, erklärte Makova.

»Nein«, wandte Ortzel ein. »Zumindest nicht allein. *Ich* habe den Punkt zur Abstimmung gestellt, und *ich* werde Euch assistieren.«

»Dieser Ortzel gefällt mir immer besser«, sagte Tynian zu Ulath.

»Vielleicht haben wir ihn falsch eingeschätzt«, erwiderte Ulath.

Makovas Gesicht wurde zusehends fahler, während er und Ortzel die Stimmplättchen zählten. Es herrschte nun eine fast atemlose Stille.

»Fertig«, erklärte Ortzel schließlich. »Verkündet das Ergebnis, Makova.«

Makova warf einen raschen, um Entschuldigung heischenden Blick auf Annias.

»Es sind vierundsechzig Ja- und sechsundfünfzig Neinstimmen«, murmelte er fast unhörbar.

»Wiederholt es, Makova«, forderte Ortzel. »Einige unserer Brüder hören nicht mehr so gut.«

Makova bedachte ihn mit einem haßerfüllten Blick und verkündete das Ergebnis nun etwas lauter.

»Wir haben die Neutralen!« jubelte Talen, »*und* wir haben Annias obendrein noch drei Stimmen abgeluchst!«

»Gut«, sagte Emban milde. »Ich bin froh, daß das nun geklärt ist. Wir haben sehr viel zu überdenken, meine Brüder, und sehr wenig Zeit. Gehe ich recht in der Annahme, daß es der Wille der Hierokratie ist, umgehend die Ordensritter *und* die Armeen Westeosiens herbeizubeordern?«

»Wollt Ihr das Königreich Arzium völlig schutzlos lassen, Emban?« empörte Makova sich.

»Was bedroht Arzium denn gegenwärtig, Makova? Sämtliche Eshandisten stehen vor *unseren* Toren. Wollt Ihr eine weitere Abstimmung?«

»Es ist ein Hauptpunkt, der eine Stimmenmehrheit von sechzig Prozent erfordert!« beharrte Makova.

»Rechtsfrage«, entgegnete Emban. Sein rundes Gesicht hatte einen fast heiligen Ausdruck. Er blickte den Rechtsberater an. »Was sagt das Gesetz zu Hauptabstimmungen unter den gegebenen Umständen?« erkundigte er sich.

»Von der Erzprälatenwahl abgesehen, ist während der Zeit einer Glaubenskrise keine Wahl mit einer größeren Stimmenmehrheit vorgesehen, Eminenz«, antwortete der Mönch.

»Das dachte ich mir.« Emban lächelte. »Nun, Makova, stimmen wir ab oder nicht?«

»Ich ziehe den Punkt zurück«, sagte Makova mürrisch. »Aber wie wollt Ihr einen Kurier aus einer belagerten Stadt hinausbekommen?«

Ortzel erhob sich aufs neue. »Wie meine Brüder wissen, bin ich Lamorker, und in Lamorkand sind Belagerungen beinahe alltäglich. Vergangene Nacht schickte ich zwanzig meiner Leute verkleidet aus der Stadt. Sie warten nur auf das Signal, welches jetzt bereits als rote Rauchfahne von der Kuppel der Basilika aufsteigt. Ich nehme an, daß sie inzwischen schon im Galopp nach Arzium unterwegs sind – zumindest kann ich das für sie nur hoffen!«

»Er wächst mir richtig ans Herz.« Kalten grinste.

»Ihr habt gewagt, das ohne die Zustimmung der Hierokratie zu veranlassen, Ortzel?« fragte Makova entrüstet.

»Konnte es denn einen Zweifel über den Ausgang der Abstimmung geben, Makova?«

»Das riecht aber sehr nach geheimer Absprache«, bemerkte Sephrenia.

»Meine Brüder«, fuhr Emban fort. »Die gegenwärtige Krise ist zweifellos militärischer Art, und die meisten von uns besitzen wenig oder keine militärische Erfahrung. Fehler, Verwirrung, Zeitverlust wären bei weltfremden, in der Kriegskunst nicht ausgebildeten Kirchenmännern unvermeidlich. Der Patriarch von Coombe war als Vorsitzender beispiellos, und ich bin überzeugt, daß ich ihm unsere Dankbarkeit im Namen von uns allen ausdrücken darf, aber bedauerlicherweise ist der Patriarch von Coombe in der Kriegskunst nicht besser bewandert als ich. Und ich, meine Brüder, muß gestehen, daß ich ein Schwertende nicht vom anderen unterscheiden kann.« Er lächelte breit. »Es dürfte offensichtlich sein, daß ich mich auf einer gedeckten Tafel besser zurechtfinde als auf dem Schlachtfeld. Ich würde mich über jede Herausforderung auf diesem Gebiet freuen. Mein Gegner und ich könnten uns dann mit viel Vergnügen bis zum Ende eines saftig gebratenen Ochsens duellieren.«

Die Hierokratie lachte und entspannte sich merklich.

»Wir brauchen einen militärischen Führer, meine Brüder«, fuhr Emban fort, »einen General statt eines Vorsitzenden. In unserer Mitte befinden sich vier solcher Generale. Das sind die Hochmeister der vier Orden.«

Alle horchten auf. Emban hob die Hand. »*Aber* dürfen wir es wagen, diese überragenden militärischen Genies von der lebenswichtigen Aufgabe abzulenken, der Verteidigung Chyrellos? Ich glaube nicht. Doch an wen können wir uns sonst wenden?« Er machte eine Pause. »Ich muß jetzt ein feierliches Versprechen, das ich einem meiner Brüder gegeben habe, brechen«, gestand er. »Ich bete, daß sowohl er wie auch Gott mir in der Großmut ihres Herzens vergeben können. Wir haben wahrhaftig einen Mann mit militärischer Ausbildung unter uns, liebe Brüder. Er hat diese Tatsache aus Bescheidenheit verheimlicht, doch eine Bescheidenheit, die uns in dieser Zeit der Krise sein Talent vorenthält, ist keine Tugend.« Ein Ausdruck ehrlichen Bedauerns zeichnete sich auf Embans Vollmondgesicht ab. »Verzeiht mir, Dolmant«, bat er, »aber ich habe in dieser Sache keine Wahl. Meine Pflicht gegenüber der Kirche geht über die Freundespflicht.«

Dolmants Augen waren frostig.

Emban seufzte. »Ich fürchte, daß mein teurer Bruder aus Demos mich nach Beendigung dieser Sitzung verprügeln wird. Aber ich bin ja gutgepolstert, und die blauen Flecken werden schon nicht allzu deutlich zu sehen sein – hoffe ich. In seiner Jugend war der Patriarch von Demos Akolyth im pandionischen Orden und ...«

Im Saal setzte überraschtes Gemurmel ein.

Emban hob die Stimme. »Hochmeister Vanion vom pandionischen Orden, der zur gleichen Zeit ebenfalls Novize war, versicherte mir, daß unser frommer Bruder aus Demos ein meisterlicher Krieger war und vielleicht selbst zum Rang des Hochmeisters aufgestiegen wäre, hätte unsere Heilige Mutter nicht andere Verwendung für seine überragenden Begabungen gehabt.« Wieder machte er eine Pause. »Danken wir Gott, meine Brüder, daß wir nie vor *diese* Entscheidung gestellt wurden, denn zwischen Vanion und Dolmant zu wählen, hätte sich gewiß als Aufgabe erwiesen, die über unser aller Weisheit hinausgegangen wäre.« Er fuhr noch eine Zeitlang fort, Dolmant mit Lob zu überhäufen, dann blickte er sich um. »Wie entscheiden wir also, meine Brüder? Wollen wir unseren Bruder aus Demos inständig bitten, uns in dieser Zeit größter Gefahr zu führen?«

Makova starrte ihn an. Sein Mund öffnete sich ein paarmal, als wolle er etwas sagen, doch jedesmal kniff er ihn wieder zu.

Sperber stützte die Hände auf die Bank, beugte sich vor und sagte leise zu dem ältlichen Mönch vor ihm: »Hat es Patriarch Makova plötzlich die Sprache verschlagen, Nachbar? Ich hatte erwartet, daß er die Wände hochgehen würde.«

»Nun, der Grund für das Schweigen des Patriarchen von Coombe beruht auf einem alten Brauch – einer Regel – unter der Hierokratie. Kein Patriarch darf für seine eigene Kandidatur sprechen – wie unbedeutend das angestrebte Amt auch sein mag. Es wird als unbescheiden erachtet.«

»Ein vernünftiger Brauch«, lobte Sperber.

»Ich bin ganz Eurer Meinung, Herr Ritter.« Der Mönch lächelte. »Irgendwie ermüdet Makova mich.«

Sperber grinste ihn an. »Mich auch«, gestand er. »Wir sollten wohl beide um größere Geduld beten – irgendwann einmal.«

Makova blickte sich verzweifelt um, doch keiner seiner Freunde meldete sich zu Wort – vielleicht, weil sie nichts Schmeichelhaftes über ihn zu sagen wußten oder weil sie schon jetzt erkannten, wie die Wahl ausgehen würde. »Abstimmen«, forderte er mürrisch.

»Gute Idee, Makova.« Emban lächelte. »Fangen wir an. Die Zeit drängt.«

Fünfundsechzig stimmten für Dolmant als Vorsitzenden, fünfundfünfzig dagegen. Noch einer von Annias' Anhängern war abtrünnig geworden.

»Mein Bruder von Demos«, wandte Emban sich an Dolmant, als die Abstimmung beendet und das Wahlergebnis bekanntgegeben war, »würdet Ihr die Güte haben, den Vorsitz zu übernehmen?«

Dolmant kam herbei, während Makova wütend seine Papiere zusammenraffte und das Rednerpult verließ.

»Ihr ehrt mich mehr, als ich gebührend in Worte des Dankes kleiden könnte, meine Brüder«, begann Dolmant. »So sage ich denn jetzt nur, daß mich euer Vertrauen beglückt, und damit können wir uns sogleich der anstehenden Krise zuwenden. Unser dringendstes Anliegen ist der Aufbau einer größeren Streitkraft unter dem Befehl der Ordensritter. Wie läßt sich das bewerkstelligen?«

Emban hatte sich noch gar nicht gesetzt. »Die erforderlichen Streitkräfte, von denen unser hochverehrter Vorsitzender spricht, stehen bereit, meine Brüder«, wandte er sich an die Patriarchen. »Jeder von uns hat eine Abteilung Kirchensoldaten zu seiner Verfügung. Angesichts der gegenwärtigen

Krise schlage ich vor, daß wir diese Truppen sogleich unter den Befehl der Ritterorden stellen.«

»Wollt Ihr uns unseres einzigen Schutzes berauben, Emban?« protestierte Makova.

»Der Schutz der Heiligen Stadt ist bedeutend wichtiger, Makova«, entgegnete Emban. »Soll die Geschichte dereinst von uns berichten, wir wären so feige gewesen, daß wir unserer Heiligen Mutter in der Zeit ihrer Not aus Angst und erbärmlicher Sorge um die eigene Haut unsere Hilfe versagten? Betet zu Gott, daß sich keine solche Memme in unserer Mitte befindet und uns mit ihrer Gegenwart erniedrigt. Was sagt die Hierokratie? Sollen wir um der Heiligen Kirche willen dieses unbedeutende Opfer bringen?«

Diesmal war das zustimmende Murmeln in manchen Fällen leicht gequält.

»Möchte jemand diesen Punkt zur Abstimmung bringen?« fragte Dolmant mit kühler Korrektheit. Er ließ den Blick über die jetzt schweigenden Reihen wandern. »Dann möge der Schriftführer niederlegen, daß der Vorschlag des Patriarchen von Uzera ohne Gegenstimme angenommen wurde. Die Schreiber werden sogleich damit beginnen, die erforderlichen Dokumente zu verfassen, mit denen jeder Angehörige der Hierokratie mit seiner Unterschrift seine persönliche Abteilung Kirchensoldaten unter den Befehl der Ritterorden zur Verteidigung der Stadt stellt.« Er hielt inne. »Würde jemand die Güte haben, den Befehlshabenden der Leibgarde des Erzprälaten zu ersuchen, vor der Hierokratie zu erscheinen?«

Ein Priester eilte zur Tür und kehrte alsbald in Begleitung eines sehr kräftigen Offiziers mit rotem Haar, poliertem Brustharnisch, einem gehämmerten Schild und klassischem Kurzschwert zurück. Der Gesichtsausdruck des Offiziers verriet, daß er von der Armee vor den Toren der Stadt wußte.

»Eine Frage, Oberst«, wandte Dolmant sich an ihn. »Meine Brüder haben mich ersucht, den Vorsitz bei ihren Beratungen zu übernehmen. Spreche ich in Abwesenheit eines Erzprälaten an seiner Statt?«

Der Oberst überlegte nur kurz. »Das ist Euer Recht, Eminenz«, erwiderte er und konnte nicht ganz verbergen, daß er erfreut war.

»Das hat es noch nie gegeben!« protestierte Makova, offenbar verärgert, daß er nicht daran gedacht hatte, sich diesen Vorteil während seiner eigenen Amtszeit als Vorsitzender zunutze zu machen.

»Ebensowenig wie diese Situation, Makova«, sagte Dolmant. »In der Geschichte der Kirche wurde erst fünfmal eine Glaubenskrise erklärt, und während jeder dieser vier bisherigen Krisen saß ein sehr energischer Erzprälat auf dem Thron, der jetzt bedauerlicherweise leer vor uns steht. In ungewöhnlichen Umständen müssen wir improvisieren. Wir werden folgendes tun, Oberst: Jeder Patriarch unterzeichnet ein Dokument, das den Befehl über seine aus Kirchensoldaten bestehende Leibgarde den Ordensrittern überträgt. Um Zeit zu sparen und unnötige Streitgespräche zu unterbinden, werdet Ihr mit Euren Männern, sobald diese Dokumente unterschrieben sind, jeden Patriarchen zur Kaserne seiner Leibgarde eskortieren, wo er die schriftliche Order persönlich bestätigen kann.« Dolmant drehte sich zu den Ordensoberen um. »Hochmeister Abriel«, bat er, »würdet Ihr mit Euren Hochmeisterbrüdern Ritter abstellen, die den Befehl über die Soldaten übernehmen und sie an einem von Euch bestimmten Ort antreten lassen? Unsere Aufstellung muß rasch vor sich gehen.«

Abriel erhob sich. »Das werden wir, Eminenz«, versicherte er Dolmant.

»Danke, Hochmeister Abriel.« Dolmant blickte wieder zu den Reihen der Hierokratie auf der Tribüne über ihm. »Wir haben getan, was wir können, meine Brüder«, wandte er sich an die Patriarchen. »Nun ist es erforderlich, daß wir unsere Soldaten sofort den Ordensrittern übergeben. Danach sollten wir zu Gott beten und um seine Erleuchtung bitten. Vielleicht zeigt er uns in seiner unendlichen Weisheit weitere Schritte, die wir zum Schutz seiner geliebten Kirche unternehmen können. Die Hierokratie wird, wenn keine Einwände erfolgen, erst wieder tagen, wenn diese Krise überstanden ist.«

»Brillant«, lobte Bevier. »Eine Glanzleistung! Schlag um Schlag haben sie Annias die Kontrolle über die Hierokratie entzogen, ihn sämtlicher Soldaten beraubt und verhindert, daß während unserer Abwesenheit irgendwelche Abstimmungen stattfinden können.«

»Aber es ist schade, daß sie die Sitzung so schnell abgebrochen haben«, warf Talen ein. »So, wie die Dinge jetzt stehen, brauchen wir nur noch eine einzige Stimme, um unseren eigenen Erzprälaten durchzukriegen.«

Sperber war in Hochstimmung, als er und seine Gefährten sich unter das Gedränge am Ausgang mischten. Zwar war Martel noch immer eine ernsthafte Bedrohung für die Heilige Stadt, aber es war ihnen zumindest gelungen, die Intrigen Annias' und seiner Helfershelfer zu unterbinden. Und daß der Primas von Cimmura seine Stimmen längst nicht so gut im Griff hatte, wie es für seine Wahl erforderlich gewesen wäre, ging schon daraus hervor, daß vier seiner bezahlten Stimmen zur anderen Seite übergelaufen waren.

Aber plötzlich befiel Sperber wieder dieses inzwischen nur allzu bekannte, fast überwältigende Gefühl drohenden Grauens. Er drehte sich halb um. Und diesmal sah er ihn sogar, zumindest teilweise. Der Schatten befand sich hinter dem Erzprälatenthron und schien dort im Dämmerlicht leicht zu wogen. Schnell langte Sperber unter seinen Wappenrock und vergewisserte sich, daß der Bhelliom sich in seinem Leinenbeutel befand und daß dessen Schnur fest zugezogen war. Offenbar hatte er sich mit seiner Vermutung getäuscht. Der Schatten konnte auch unabhängig vom Bhelliom erscheinen – und das sogar hier in der heiligsten Stätte des elenischen Glaubens! Beunruhigt verließ Sperber mit seinen Freunden den Saal, der ihm nun finster und kalt erschien.

Der Anschlag auf Sperbers Leben erfolgte fast unmittelbar, nachdem er den Schatten bemerkt hatte. Ein Mönch mit tief ins Gesicht gezogener Kapuze, einer von vielen in der Menge an der Tür, wirbelte plötzlich herum und stieß mit einem schmalen Dolch direkt nach des großen Pandioners ungeschütztem Gesicht. Nur seine blitzschnelle Reaktion rettete Sperber. Ohne zu überlegen wehrte er den Dolch mit dem gepanzerten Arm ab und packte den Mönch. Der Mann in der Kutte schrie verzweifelt auf und stach sich die Klinge in die Seite. Er erstarrte abrupt, und Sperber spürte, wie ein heftiger Schauder den Körper des Mannes durchfuhr. Dann hing er schlaff und mit leerem Gesicht in Sperbers Griff.

»Kalten!« zischte Sperber seinem Freund zu. »Hilf mir, ihn auf den Füßen zu halten.«

Kalten trat rasch an die andere Seite des toten Mönchs und nahm seinen Arm.

»Ist unserem Bruder nicht wohl?« erkundigte sich ein anderer Mönch, als sie die Leiche so aufrecht wie möglich durch die Tür trugen.

»Er ist ohnmächtig«, erklärte Kalten gleichmütig. »Die vielen Menschen und das Gedränge waren wohl zu viel für ihn. Mein Freund und ich bringen ihn in eine Kammer, wo er sich erholen kann.«

»Geschickt«, lobte Sperber leise.

»Da siehst du mal wieder, wie schnell mir was einfällt.« Kalten deutete mit dem Kopf zu einer nahen Tür. »Schaffen wir ihn dort hinein und sehen ihn uns genauer an.«

Sie schleiften die Leiche in die Kammer und schlossen die Tür hinter sich. Kalten zog den Dolch aus der Seite des Mönches. »Und das soll eine Waffe sein?« sagte er abfällig.

»Sie hat genügt«, brummte Sperber. »Schon die kleine Stichwunde hat ihn steif wie ein Brett werden lassen.«

»Gift?« fragte Kalten.

»Wahrscheinlich. Außer der Anblick seines eigenen Blutes hat ihn umgeworfen. Sehen wir mal nach.« Sperber bückte sich und riß die Kutte des Mönches auf.

Der ›Mönch‹ war ein Rendorer.

»Wenn *das* nicht interessant ist!« sagte Kalten. »Hat ganz den Anschein, als würde der Armbrustschütze, der es schon mehrmals auf dich abgesehen hatte, jetzt Hilfe von außerhalb in Anspruch nehmen.«

»Vielleicht ist er selber der Schütze.«

»Bestimmt nicht, Sperber. Der Armbrustschütze hat sich immer zwischen anderen Menschen versteckt. Aber jeder mit auch nur ein bißchen Hirn würde einen Rendorer erkennen. Er hätte sich nicht unbemerkt unter die Menge mischen können.«

»Wahrscheinlich hast du recht. Gib mir den Dolch. Ich zeige ihn am besten Sephrenia.«

»Martel ist offenbar doch nicht so erpicht darauf, dir noch einmal zu begegnen.«

»Wieso glaubst du, daß Martel dahintersteckt?«

»Und warum meinst du, daß es nicht der Fall ist? Was tun wir damit?« Kalten deutete auf die Leiche.

»Laß ihn liegen. Der Hausmeister der Basilika wird ihn schon finden und für uns wegschaffen.«

Viele Kirchensoldaten reichten ihren Abschied ein, als sie erfuhren, daß sie unter den Befehl der Ordensritter gestellt werden sollten – das heißt, zumindest die Offiziere. Ihren Gesuchen wurde zwar nicht entsprochen, aber die Ordensritter waren nicht völlig unempfänglich für die Gefühle der verschiedenen Obristen, Hauptleute und Leutnants, die starke moralische Bedenken äußerten, ihre Truppen unter diesen Umständen zu führen. Verständnisvoll entbanden sie diese Offiziere ihres leitenden Ranges und nahmen sie als einfache Soldaten in ihre Streitkräfte auf. Dann ließen sie die Rotröcke auf dem großen Platz vor der Basilika Aufstellung nehmen und teilten sie zum Dienst auf der Mauer und an den Toren der Altstadt ein.

»Hat es bei Euch irgendwelche Schwierigkeiten gegeben?«

fragte Ulath Tynian, als die beiden sich, jeder an der Spitze eines großen Trupps Rotröcke, an einer Kreuzung trafen.

»Nein. Nur ein paar Entlassungsgesuche.« Tynian zuckte die Schultern. »Ich habe in dem Trupp lauter neue Offiziere.«

»Ich in meinem auch«, erwiderte Ulath. »Eine Menge alte Sergeanten sind aufgerückt.«

»Vor einer Weile bin ich Bevier begegnet«, sagte Tynian, während sie nebeneinander zum Haupttor der Altstadt ritten. »Ich weiß nicht wieso, aber er hatte dieses Problem offenbar nicht.«

»Der Grund ist doch klar, Tynian.« Ulath grinste. »Es hat sich herumgesprochen, was er mit dem Hauptmann gemacht hat, der uns nicht in die Basilika hineinlassen wollte.« Ulath nahm seinen Helm mit den Ogerhörnern ab und kratzte sich am Kopf. »Ich glaube, was sie am meisten erschreckt hat, war das Beten. Es ist eine Sache, jemandem in der Hitze einer Meinungsverschiedenheit den Kopf abzuschlagen, aber danach für seine Seele zu beten, ist recht ungewöhnlich, nicht wahr?«

»Ja, daran mag es liegen«, pflichtete Tynian ihm bei. Er blickte über die Schulter auf die Soldaten, die sichtlich widerwillig und bedrückt und alles andere als im Gleichschritt in einen möglichen Kampf marschierten. Die meisten waren nicht Kirchensoldaten geworden, um zu kämpfen, und so sahen sie den bevorstehenden Unbequemlichkeiten keineswegs mit Begeisterung entgegen. »Kameraden, Kameraden, so geht das nicht!« rügte Tynian. »Versucht wenigstens wie Soldaten *auszusehen*. Richtet die Reihen aus und bemüht euch, im Gleichschritt zu marschieren. Wir haben immerhin einen Ruf zu wahren.« Er machte eine kurze Pause. »Wie wär's mit einem Lied, Kameraden?« schlug er vor. »Es wirkt beruhigend auf die Bürger, wenn die Soldaten singend in die Schlacht ziehen. Es kündet von Mut und Tapferkeit und verrät die heldenhafte Verachtung von Tod und Verstümmelung.«

Das Lied, das daraufhin erklang, hörte sich jedoch nicht gerade heldenhaft an; deshalb bestand Tynian darauf, daß die Männer noch einmal von vorn begannen – und dann noch mehrere Male, bis die Töne aus voller Lunge schließlich seinem Verlangen nach Zurschaustellung kriegerischer Begeisterung entsprachen.

Als Sephrenia von dem Anschlag durch den verkleideten Rendorer erfuhr, reagierte sie beinahe gleichmütig. »Ihr seid sicher, daß Ihr kurz vor dem Angriff den Schatten hinter dem Erzprälatenthron gesehen habt?« fragte sie Sperber.

Er nickte.

»Dann stimmt unsere Hypothese also immer noch«, sagte sie zufrieden. Sie betrachtete den kleinen, giftverschmierten Dolch, der auf dem Tisch zwischen ihnen lag. »Nicht gerade die geeignete Waffe gegen jemanden in Panzerrüstung«, bemerkte sie.

»Schon ein Kratzer hätte töten können, kleine Mutter.«

»Wie hätte er Euch kratzen können, so in Stahl gehüllt, wie Ihr wart?«

»Er hat versucht, mich im Gesicht zu treffen, Sephrenia.«

»Dann müßt Ihr Euer Visier geschlossen halten.«

»Würde das nicht lächerlich aussehen?«

»Was ist Euch lieber? Lächerlich auszusehen oder tot zu sein? Hat einer Eurer Freunde den Anschlag gesehen?«

»Kalten war dabei – zumindest gleich danach.«

Sie runzelte die Stirn. »Das ist zu dumm! Ich weiß, daß Ihr gehofft hattet, wir könnten es für uns behalten – wenigstens bis wir mehr wissen.«

»Kalten weiß, daß jemand mich umzubringen versucht – alle wissen es, doch sie glauben, daß Martel dahintersteckt.«

»Dann wollen wir sie in diesem Glauben belassen, nicht wahr?«

»Es ist zu vereinzelter Fahnenflucht gekommen, Hochmeister«, meldete Kalten Vanion, als die Gruppe sich auf der Freitreppe der Basilika sammelte. »Es war unmöglich zu verhindern, daß man in einigen der außerhalb liegenden Kasernen von unseren Unternehmungen erfahren hat.«

»Damit war zu rechnen«, entgegnete Vanion. »Hat irgend jemand über die äußere Mauer geschaut, um festzustellen, was Martel tut?«

»Berit hat seine Augen überall«, antwortete Kalten. »Der Junge wird mal einen verflixt guten Pandioner abgeben. Er hat gemeldet, daß Martel mit seiner Aufstellung so gut wie fertig ist. Wahrscheinlich könnte er jetzt bereits den Befehl geben, die Stadt zu stürmen. Ich bin sicher, daß irgendwelche von Annias' Helfershelfern zu ihm vorgedrungen sind und ihm berichtet haben, was sich heute in der Basilika getan hat. Jede Minute, die er zögert, gibt uns mehr Zeit, ihm einen heißen Empfang zu bereiten. Aber warum greift er nicht an?«

»Habgier, Kalten«, erklärte Sperber seinem Freund. »Martel ist unglaublich habgierig. Er nimmt an, daß wir versuchen wollen, die gesamte Stadt zu verteidigen, und so will er uns Zeit geben, uns so zu verzetteln, daß er uns überrennen kann. Er wird einfach nicht glauben können, daß wir die Neustadt aufgeben und uns ganz auf die Verteidigung der Altstadtmauer konzentrieren.«

»Ich befürchte, daß viele meiner Mitpatriarchen ebenso empfinden. Die Abstimmung wäre wahrscheinlich anders ausgefallen, wenn jene, deren Paläste in der Neustadt stehen, geahnt hätten, daß wir sie Martel kampflos überlassen.«

Komier und Ulath kamen die Marmorstufen zu ihnen herauf. »Wir werden ein paar Häuser unmittelbar außerhalb der Mauer einreißen müssen«, sagte Komier. »Die Armee nördlich der Stadt besteht aus Lamorkern, und Lamorker benutzen Armbrüste. Wir wollen keine Dächer da draußen, von denen aus sie auf uns schießen können.« Der genidianische Hochmeister hielt kurz inne. »Ich habe keine Erfahrung mit Belagerungen«, gestand er. »Welcher Maschinen wird Martel sich gegen uns bedienen?«

»Widder«, antwortete Abriel, »Katapulte, Belagerungstürme.«

»Was ist ein Belagerungsturm?«

»Ein hohes, turmähnliches Gerüst, das man dicht an die Mauer heranrollen kann. Von seiner Plattform aus stürmen die feindlichen Soldaten mitten unter die Verteidiger. So lassen sich die Verluste verringern, die sie bei Sturmleitern erleiden.«

»Rollen?« fragte Komier.

»Die Türme haben Räder.«

Komier brummte. »Dann lassen wir die Trümmer jener Häuser, die wir einreißen, auf den Straßen liegen. Die Angreifer werden es schwer haben, ihr Gerät über die Steinblöcke zu rollen.«

Berit kam auf den breiten Platz und durch die Reihen von Kirchensoldaten galoppiert, die rasch eine Gasse für ihn gebildet hatten. Vor der Treppe sprang er aus dem Sattel und rannte die Stufen hinauf. »Meine Herren«, rief er atemlos. »Martels Männer bauen ihre Belagerungsmaschinen zusammen.«

»Würde mir das bitte jemand erklären?« fragte Komier.

»Die Maschinen werden zum Transport zerlegt, Komier«, erklärte ihm Abriel. »Am Kampfort muß man sie wieder zusammensetzen.«

»Wie lange werden sie dazu brauchen? Ihr Arzier seid doch Fachleute, wenn es um Burgen und Belagerungen geht.«

»Mehrere Stunden auf jeden Fall, Komier. Für die Palintona werden sie länger brauchen. Sie müssen an Ort und Stelle gebaut werden.«

»Palin... Was ist das?«

»Ein Palintonon ist eine Art übergroßes Katapult. Zu riesig zum Transportieren, selbst in zerlegtem Zustand. Man errichtet es an Ort und Stelle aus Bäumen.«

»Und wie schwer sind die Geschosse, die es wirft?«

»Bis zu zwei Zentner.«

»Oh! Vielen solcher Geschosse kann die Mauer aber nicht standhalten.«

»Das ist ja der Zweck der Übung. Aber zunächst wird Martel Onager einsetzen, die üblichen Katapulte. Zum Bau der Palintona brauchen sie mindestens eine Woche.«

»Bis dahin werden wir mit den Katapulten und Widdern und Türmen vollauf beschäftigt sein, fürchte ich«, brummte Komier. »Ich *hasse* Belagerungen.« Dann zuckte er die Schultern. »Was soll's? Fangen wir an.« Er blickte abfällig auf die Kirchensoldaten. »Setzen wir diese begeisterten Freiwilligen ein, um die Häuser niederzureißen und die Trümmer auf den Straßen zu verteilen.«

Schon bald nach Anbruch der Dunkelheit bemerkten einige von Martels Kundschaftern, daß die äußere Mauer von Chyrellos unbesetzt war. Ein paar, die dümmeren, kehrten um und meldeten es. Die meisten jedoch wurden zur Vorhut der Plünderer. Etwa eine Stunde vor Mitternacht weckte Berit Sperber und Kalten auf, um zu berichten, daß sich Truppen in der Neustadt befanden. Dann drehte er sich um.

»Wohin wollt Ihr?« fragte Sperber.

»Zurück in die Neustadt, Ritter Sperber.«

»O nein! Ihr bleibt jetzt in der Altstadt. Ich möchte nicht, daß Euch etwas zustößt.«

»Jemand muß die Entwicklung beobachten, Ritter Sperber«, wandte Berit ein.

»Auf der Kuppel der Basilika ist ein Aussichtstürmchen«, sagte Sperber. »Nehmt Kurik mit und beobachtet von dort oben.«

»Jawohl, Ritter Sperber.« Das klang etwas mißmutig.

Sperber und die anderen schritten durch die schmalen Straßen der Altstadt und stiegen zum Wehrgang der Mauer hinauf. Fackeln huschten durch die Straßen der Neustadt, während Martels Söldner von Haus zu Haus rannten und stahlen, was sie konnten. Die vereinzelten Schreie von Frauen verrieten, daß Plündern nicht das einzige war, womit sich die Angreifer beschäftigten. Ein Auflauf panikerfüllter und schreiender Bürger drängte sich um die jetzt geschlossenen Tore der Altstadt und flehten um Einlaß, doch die Tore öffneten sich nicht.

Ein schmächtiger Patriarch mit hängenden Tränensäcken rannte die Stiege zum Wehrgang hinauf. »Was *macht* Ihr?« schrie er Dolmant mit sich überschlagender Stimme an. »Warum sind diese Soldaten nicht draußen und verteidigen die Stadt?«

»Es ist eine militärische Entscheidung, Cholda«, erklärte Dolmant ihm ruhig. »Wir haben nicht genügend Männer, ganz Chyrellos zu verteidigen. Deshalb mußten wir uns in die Altstadt zurückziehen.«

»*Seid Ihr wahnsinnig?* Mein Haus ist da draußen!«

»Tut mir leid, Cholda«, erwiderte Dolmant, »ich kann nichts dagegen tun.«

»Aber ich habe für Euch *gestimmt!*«

»Das weiß ich zu schätzen.«

»Mein Haus! Mein Eigentum! Meine Schätze!« Patriarch Cholda von Mirishum rang die Hände. »Mein schönes Haus! Die wertvolle Einrichtung! Mein Gold!«

»Ihr findet Zuflucht in der Basilika, Cholda«, sagte Dolmant kühl. »Betet, daß Euer Opfer Gnade vor Gottes Auge finden möge.«

Der Patriarch von Mirishum drehte sich um und stolperte bitterlich weinend die Stiege hinunter.

»Ich fürchte, Ihr habt eben einen Wähler verloren, Dolmant«, meinte Emban.

»Die Abstimmung ist vorüber, Emban, und ich bin sicher, daß ich auch ohne die Stimme dieses Patriarchen auskommen könnte.«

»Ich wäre mir da nicht so sicher, Dolmant«, wandte Emban ein. »Eine Wahl steht noch bevor, eine ziemlich wichtige sogar, und vielleicht brauchten wir dazu auch Choldas Stimme.«

»Es ist soweit«, sagte Tynian bedrückt.

»Was ist soweit?« erkundigte Kalten sich.

»Die ersten Brände sind ausgebrochen.« Tynian deutete auf die Neustadt, wo sich eine Säule orangegoldener Flammen und schwarzen Rauches durch ein Dach gefressen hatte. »Soldaten sind offenbar immer sorglos mit ihren Fackeln, wenn sie nachts plündern.«

»Können wir denn nichts tun?« fragte Bevier bestürzt.

»Ich fürchte, nein«, entgegnete Tynian, »außer um Regen zu beten.«

»Dafür ist die falsche Jahreszeit«, warf Ulath ein.

»Ich weiß.« Tynian seufzte.

12

Das Plündern in der Neustadt ging bis tief in die Nacht hinein weiter. Feuer von mehreren Brandherden breitete sich schnell aus, und bald war die Stadt in dicken Qualm gehüllt. Von der Mauer aus konnten Sperber und seine Freunde Söldner mit vor Gier und Mordlust funkelnden Augen durch die Straßen laufen sehen. Sie trugen behelfsmäßige Beutel und Säcke bei sich. Die Menschenmassen, die sich um Einlaß flehend vor den Toren zur Altstadt gedrängt hatten, begannen sich aufzulösen, als Martels Söldner erschienen.

Schreckliche Bluttaten geschahen – einige vor aller Augen – und andere Greuel. Ein stoppelbärtiger Cammorier zerrte eine junge Frau an den Haaren aus einem Haus und verschwand mit ihr in einer engen Gasse. Ihre Schreie verrieten den Beobachtern unmißverständlich, was mit ihr geschah.

Ein blutjunger Kirchensoldat, der neben Sperber an den Zinnen stand, fing zu weinen an. Als der Cammorier mit leicht verlegenem Gesicht aus der Gasse zurückkam, hob der Rotrock seinen Bogen, zielte und schoß, alles in einer Bewegung. Der Cammorier krümmte sich und krallte die Finger um den gefiederten Pfeilschaft, von dem nur noch das Ende aus dem Bauch ragte.

»Gut gemacht«, lobte Sperber den Kirchensoldaten.

»Das hätte meine Schwester sein können, Herr Ritter«, sagte der Junge und wischte sich die Tränen ab.

Plötzlich kam die Frau weinend und arg mitgenommen aus der Gasse getaumelt und sah ihren Schänder zuckend im Schutt der Straße liegen. Sie schwankte zu ihm und trat ihm mehrmals heftig ins Gesicht. Als sie erkannte, daß er sich nicht wehren konnte, riß sie den Dolch aus seinem Gürtel. Es bleibt besser unbeschrieben, was sie als nächstes tat. Seine Schreie gellten jedenfalls noch geraume Zeit durch die Straße. Als er endlich verstummte, warf sie das blutige Messer von sich, öffnete den Sack, den er geschleppt hatte, und blickte hinein. Dann wischte sie sich die Augen mit ihrem Ärmel, band den Sack zu und zerrte ihn zu ihrem Haus zurück.

Der Soldat, der auf den Cammorier geschossen hatte, würgte heftig und übergab sich.

»Niemand ist unter diesen Umständen sonderlich zivilisiert, Nachbar.« Sperber legte beruhigend eine Hand auf seine Schulter.«

»Geht und trinkt einen Schluck Wasser und wascht Euch das Gesicht. Versucht, nicht mehr daran zu denken.«

»Danke, Herr Ritter.« Der junge Rotrock schluckte schwer.

»Vielleicht sind die Kirchensoldaten gar nicht so übel, zumindest nicht alle«, murmelte Sperber vor sich hin und revidierte eine langjährige Meinung.

Bei Sonnenuntergang fand wieder ein Treffen in Ritter Nashans rotem Studiergemach im pandionischen Ordenshaus statt, das Tynian und Ulath – nicht mehr nur scherzhaft – inzwischen ›das Hauptquartier‹ nannten. Anwesend waren die Hochmeister, die drei Patriarchen, sowie Sperber mit seinen Freunden, nicht jedoch Kurik, Berit und Talen.

Ritter Nashan blieb schüchtern an der Tür stehen. Nashan war ein fähiger Verwalter, aber er fühlte sich in Anwesenheit von so vielen Hochgestellten ein wenig unbehaglich. »Falls Ihr nichts mehr benötigt«, sagte er, »darf ich mich zurückziehen.

»Bleibt, Nashan.« Hochmeister Vanion lächelte. »Wir wollen Euch doch nicht aus Eurem eigenen Gemach vertreiben. Außerdem kennt Ihr Euch in der Stadt aus, und es könnte sein, daß wir Eurer Kenntnisse bedürfen.«

»Danke, Hochmeister Vanion«, sagte der füllige Pandioner und setzte sich in einen Sessel.

»Ich glaube, wir haben Eurem Freund Martel ein Schnippchen geschlagen, Vanion«, meinte Hochmeister Abriel.

»Habt Ihr in den letzten Stunden über die Mauer gesehen, Abriel?« entgegnete Vanion trocken.

»Eben deshalb. Wie Ritter Sperber gestern vermutete, konnte dieser Martel nicht glauben, daß wir die Neustadt kampflos aufgeben würden, darum zog er es gar nicht in Erwägung, als er seine Pläne machte. Er unternahm nichts, seine Kundschafter am Betreten der Stadt zu hindern, und diese Kundschafter waren die Vorhut des Gros' der Plünderer. Kaum hatten seine Kundschafter festgestellt, daß die Stadt nicht verteidigt wurde, stürmten sie in die Häuser, und fast die gesamte Armee folgte ihnen. Martel hat die Kontrolle über seine Streitkräfte völlig verloren und wird sie auch nicht zurückgewinnen, ehe die Neustadt leergeplündert ist. Und nicht nur das. Sobald die Soldaten soviel Beute haben, wie sie nur schleppen können, werden sie desertieren.«

»Ich kann Diebstahl nicht billigen«, sagte Patriarch Ortzel streng, »doch unter diesen Umständen ...« Ein schwaches, fast verschmitztes Lächeln huschte über seine schmalen Lippen.

»Hin und wieder ist eine gewisse Umverteilung weltlicher Güter nötig, Ortzel«, entgegnete Emban salbungsvoll. »Leute mit zu viel Geld haben zu viel Zeit, sich Sünden einfallen zu lassen und zu begehen. Vielleicht ist dies Gottes Weg, die Stinkreichen in einen Zustand heilsamer Armut zu versetzen.«

»Ich frage mich nur, ob Ihr an dieser Ansicht festhalten würdet, wenn es um *Euer* Haus ginge.«

»Oh, das könnte meine Meinung schon ändern«, gab Emban zu.

»Gottes Wege sind unerforschlich«, warf Bevier fromm ein. »Wir hatten keine andere Wahl, als die Neustadt aufzugeben.«

»Ich glaube allerdings nicht, daß wir mit so vielen Fahnenflüchtigen aus Martels Reihen rechnen dürfen, daß wir Anlaß zum Jubeln hätten«, gab Vanion zu bedenken. »Aber durch die Plünderung gewinnen wir jedenfalls etwas Zeit.« Er blickte die anderen Hochmeister fragend an. »Eine Woche? Was meint ihr?«

»Bestenfalls«, erwiderte Komier. »Es sind sehr viele Männer. Es wird nicht lange dauern, bis die Stadt leergeräumt ist.«

»Und dann wird es zu Mord und Totschlag kommen«, sagte Kalten düster. »Wie Ihr gesagt habt, Hochmeister Komier, es sind sehr viele Männer da draußen, und ich bin ziemlich sicher, daß nicht alle in die Stadt kommen konnten. Und jene, die noch vor den Toren warten, sind bestimmt nicht weniger habgierig als jene, die als erste hereinstürmten. Es wird eine Zeitlang chaotisch zugehen, glaube ich, und Martel wird ziemlich lange brauchen, bis er alles wieder fest im Griff hat.«

»Ihr habt wahrscheinlich recht«, brummte Komier. »Wie auch immer, es verschafft uns ein wenig Zeit. Die Altstadt hat vier Tore, und drei sind in keinem besseren Zustand als die der Neustadt. Ein Tor ist leichter zu verteidigen als vier, davon sollten wir ausgehen.«

»Wollt Ihr die Tore durch Zauberei verschwinden lassen, Komier?« fragte Emban. »Ich weiß, daß die Ordensritter in so manchen ungewöhnlichen Dingen ausgebildet werden, aber wir befinden uns hier in der Heiligen Stadt. Würde Gott so etwas an seiner eigenen Türschwelle billigen?«

»An Magie habe ich überhaupt nicht gedacht«, gestand Komier. »Ich hatte mir vielmehr überlegt, wie schwer es sein wird, ein Tor einzurammen, wenn sich dahinter der Schutt von zwei oder drei eingerissenen Häusern türmt.«

»Es ist so gut wie unmöglich«, bestätigte Abriel.

Emban grinste breit. »Befindet Makovas Haus sich nicht ganz dicht am Osttor?«

»Nun, da Ihr es erwähnt, Eminenz, soviel ich weiß, ja.«

»Ein größeres Haus?« fragte Abriel.

»Müßte es wohl sein«, brummte Emban, »wenn man bedenkt, was er dafür bezahlt hat.«

»Was die elenischen Steuerzahler dafür bezahlt haben, Eminenz«, berichtigte Sperber.

»Ah, ja. Das hatte ich fast vergessen. Meint Ihr, die elenischen Steuerzahler wären bereit, dieses so teure Haus der Verteidigung der Kirche zu opfern?«

»Es wäre ihnen ein Bedürfnis, Eminenz.«

»Wir werden uns das Haus des Patriarchen von Coombe sehr genau ansehen, wenn wir die Häuser auswählen, die wir abbrechen müssen«, versprach Komier.

»Die einzige ungeklärte Frage ist nun, wo bleibt König Wargun?« sagte Dolmant. »Martels Unüberlegtheit hat uns ein wenig Zeit verschafft, aber das allein hält ihn uns nicht auf Dauer vom Leibe. Könnten sich Eure Kuriere verirrt haben, Ortzel?«

»Es sind allesamt tüchtige Männer, und eine Armee von der Größe, wie Wargun sie führt, sollte nicht schwer zu finden sein. Außerdem müßten ihn doch auch die Kuriere, die Ihr und Emban schon zuvor weggeschickt habt, längst erreicht haben, nicht wahr?«

»Ganz zu schweigen von jenen, die der Graf von Lenda aus Cimmura sandte«, fügte Sperber hinzu.

»Der Verbleib des Königs von Thalesien ist in der Tat ein Rätsel«, sagte Emban, »und erweist sich als zusehends bedenklicher.«

Die Tür öffnete sich, und Berit trat ein. »Entschuldigt, meine Herren«, bat er, »aber ich sollte Euch Bescheid geben, wenn sich in der Neustadt etwas Ungewöhnliches tut.«

»Was habt Ihr beobachtet, Berit?« fragte Vanion.

»Ich war oben in dem Häuschen auf der Basilikakuppel …«

»Türmchen«, verbesserte Vanion ihn unwillkürlich.

»Türmchen«, wiederholte Berit. »Man kann von dort oben die ganze Stadt überblicken. Die Bürger fliehen aus Chyrellos. Sie strömen aus allen Toren.«

»Martel will sie nicht im Weg haben«, warf Kalten ein.

»*Und* er will die Frauen aus der Stadt haben«, fügte Sperber düster hinzu.

»Das verstehe ich nicht, Sperber«, gestand Bevier.

»Ich erkläre es Euch später«, versprach Sperber ihm mit einem raschen Blick auf Sephrenia.

Es klopfte an der Tür, und ein pandionischer Ritter trat ein. Er hielt Talen am Arm gepackt, und der Straßenjunge aus Cimmura starrte verärgert auf einen ziemlich prallen Sack, den der Ritter in der Hand hielt. »Ihr wolltet diesen jungen Burschen sehen, Ritter Sperber?«

»Ja. Vielen Dank, Kamerad.« Dann wandte Sperber sich streng an Talen. »Wo warst du?«

Talen wich seinem Blick aus. »Äh – da und dort«, antwortete er.

»Du weißt, daß du mir so nicht kommen kannst, Talen«, rügte Sperber müde. »Ich werde die Wahrheit herausfinden.«

»Na gut.« Talen seufzte. »In den Straßen der Altstadt gibt es Diebe, und außerhalb der Mauern tut sich so allerhand Interessantes. Es ist mir geglückt, mich hinauszustehlen. Ich habe die Information dann verkauft.«

»Wie geht das Geschäft?« fragte Patriarch Emban mit glänzenden Augen.

»Gar nicht so schlecht«, antwortete Talen. »Die meisten Diebe hier in der Altstadt haben nicht allzuviel zu bieten. Man macht keinen großen Profit, wenn man auf den Dingen sitzenbleibt, die man gestohlen hat. Aber mit mir lassen sich gut Geschäfte machen. Ich verlange lediglich einen Prozentsatz von dem, was sie den Soldaten draußen stehlen können.«

»Öffne den Sack, Talen«, befahl Sperber.

»Ihr schockiert mich, Sperber«, entrüstete Talen sich. »Es sind heilige Männer in dieser Stube. Haltet Ihr es wirklich für schicklich, ihnen – nun, Ihr wißt schon was – zu zeigen?«

»Öffne den Sack, Talen!«

Der Junge seufzte abgrundtief, hob den Sack auf Ritter Nashans Schreibtisch und tat wie geheißen. Hauptsächlich Zierrat kam zum Vorschein – Metallkelche, Figurinen, dicke Schmuckketten, verschiedene Speisegerätschaften und ein kunstvoll graviertes Tablett von der Größe eines Eßtellers. Alle diese Gegenstände schienen aus purem Gold zu sein.

»Das hast du alles im Austausch für Informationen bekommen?« fragte Tynian ihn ungläubig.

»Informationen sind das Wertvollste auf der Welt, Ritter Tynian«, entgegnete Talen fast von oben herab. »Ich tue nichts Unsittliches oder Verbotenes. Mein Gewissen ist rein. Und nicht nur das, ich trage zur Verteidigung der Stadt bei.«

»Dieser Logik kann ich nicht so ganz folgen«, sagte Ritter Nashan.

»Die Soldaten da draußen geben das Diebesgut nicht freiwillig her, Herr Ritter«, feixte Talen. »Die Diebe kennen ihre Einstellung, deshalb bitten sie gar nicht erst lange. Martel hat seit Sonnenuntergang ziemlich viele seiner Soldaten verloren.«

»Das ist verwerflich, junger Mann!« tadelte Ortzel.

»Meine Hände sind rein, Eminenz«, versicherte ihm Talen mit Unschuldsmiene. »Ich selbst habe nicht einen Soldaten in den Rücken gestochen. Und ich bin doch nicht verantwortlich für das, was die Gauner da draußen machen, nicht wahr?«

»Gebt es auf, Ortzel«, riet Emban ihm schmunzelnd. »Keiner von uns ist weltlich genug, als daß er es mit diesem Jungen aufnehmen könnte.«

Er machte eine Pause. »Dolmant«, sagte er schließlich, »es ist doch eine alte Praktik der Kirche, einen Zehent einzuziehen, nicht wahr?«

»Natürlich«, versicherte ihm der Patriarch von Demos.

»Gut. Unter den gegebenen Umständen würde ich sagen, daß der Junge ein Viertel seines Gewinns der Kirche abzutreten hat, meint Ihr nicht auch?«

»Ja, das halte ich für angemessen.«

»Ein *Viertel?*« rief Talen entrüstet. »Das ist Straßenraub!«

»Wir befinden uns hier nicht auf der Straße, mein Sohn.« Emban lächelte. »Sollen wir nach jedem deiner Ausflüge abrechnen? Oder sollen wir warten, bis du deinen gesamten Gewinn eingesäckelt hast, so daß wir dann alles auf einmal kassieren können?«

»Nachdem du mit Patriarch Emban abgerechnet hast, Talen«, sagte Vanion, »möchte ich, daß du meine brennende Neugier stillst und mir von diesem Geheimweg aus der Altstadt erzählst, den du gefunden hast.«

»Das ist im Grunde kein Geheimnis, Hochmeister Vanion«, entgegnete Talen. »Man muß nur die Namen einer Abteilung geschäftstüchtiger Kirchensoldaten wissen, die auf einem der Mauertürme Nachtwache haben. Sie haben ein schönes langes Seil, in das Knoten geknüpft sind, was es leicht macht, daran hinunter- und hinaufzuklettern. Sie sind bereit, das Seil zu verleihen, und ich bin bereit, ihre Namen und den Turm, in welchem sie Wache halten, an die richtigen Leute zu vermitteln. So macht jeder einen hübschen Profit.«

»Einschließlich der Kirche«, erinnerte ihn Patriarch Emban.

»Ich hatte gehofft, Ihr würdet das vergessen, Eminenz.«

»Hoffnung ist eine Kardinaltugend, mein Sohn«, erklärte Emban ihm salbungsvoll, »selbst wenn sie fehl am Platz ist.«

Kurik kam mit einer lamorkischen Armbrust herein.

»Wir haben Glück, meine Herren«, sagte er. »Ich habe in der Basilika zufällig einen Blick in die Waffenkammer der Leibgarde des Erzprälaten geworfen. Es gibt dort Regale um Regale voller Armbrüste und Fässer voll Bolzen.«

»Eine ungemein brauchbare Waffe«, lobte Ortzel – aber er war ja auch Lamorker.

»Sie sind nicht so durchschlagskräftig wie Langbogen, Eminenz«, erklärte Kurik, »doch sie haben eine große Reichweite. Ich glaube, damit lassen sich Sturmangriffe auf die Altstadt abwehren, bevor der Feind die Mauer erreicht.«

»Könnt Ihr mit dieser Waffe umgehen, Kurik?« fragte Vanion.

»Ja, Hochmeister Vanion.«

»Dann fangt gleich an, Kirchensoldaten zu Armbrustschützen auszubilden.«

»Jawohl.«

»So einiges wendet sich zum Guten, meine Freunde«, stellte Vanion fest. »Eine verteidigungsfähige Stellung, ausgeglichene Bewaffnung und die Zeit arbeiten für uns.«

»Ich würde mich trotzdem wohler fühlen, wenn Wargun hier wäre.«

»Da ist noch etwas, mit dem wir uns beschäftigen müssen,

meine Herren«, sagte Emban ernst. »Nehmen wir an, alles geht gut und die Hierokratie tagt wieder, nachdem Martel vertrieben ist. Damit, daß wir die Neustadt preisgegeben haben, wird sich eine größere Zahl Patriarchen gegen uns stellen. Wenn man zuläßt, daß das Haus eines Mannes gebrandschatzt wird, ist er ganz sicher nicht gut auf einen zu sprechen und wird es sich überlegen, ob er ihm noch einmal seine Stimme gibt. Wir müssen die Verbindung zwischen Annias und Martel beweisen können. Gelingt uns das nicht, ist alle Mühe vergeblich. Ich kann so überzeugend reden wie jeder andere auch, aber Wunder kann ich keine wirken. Ich brauche etwas, auf dem ich aufbauen kann.«

Es ging auf Mitternacht, als Sperber die Treppe zur Mauer unweit vom Südtor hinaufstieg. Es war das Tor, das sich am leichtesten verteidigen ließ, und man hatte beschlossen, es nicht zu verbarrikadieren. Die Neustadt brannte jetzt an allen Ecken und Enden. Ein Plünderer, der ein Haus betritt und feststellen muß, daß es bereits ausgeräumt ist, gerät leicht in Wut, die er für gewöhnlich abzureagieren versucht, indem er das Haus in Brand steckt. Ein solches Verhalten ist vorhersehbar und gewissermaßen auch ganz natürlich. Die Plünderer, deren Gesichter immer länger wurden, je weniger unversehrte Häuser sie fanden, in denen es noch Kostbarkeiten gab, rannten waffen- und fackelschwingend von Haus zu Haus. Der praktisch veranlagte Kurik hatte sich mit den Kirchensoldaten, die er im Armbrustschießen ausbildete, auf den Mauerwehrgang begeben, und die Plünderer boten seinen Männern bewegte Zielscheiben, auf die sie schießen konnten. Allzu viele Treffer erzielten sie nicht, aber sie schienen von Schuß zu Schuß besser zu werden.

Da erschienen aus einer schmalen Straße am Rand der Trümmerzone, nur knapp außerhalb der Schußweite, eine größere Zahl gut bewaffneter Reiter. Der Mann an ihrer Spitze saß auf einem Rappen mit glänzendem Fell und trug eine prachtvolle deiranische Rüstung. Er nahm seinen Helm ab. Es war Martel. Und dicht hinter ihm ritten der viehische Adus und der wieselige Krager.

Kurik eilte zu Sperber und dessen blondem Freund. »Ich kann die Soldaten auf sie schießen lassen, wenn du möchtest«, sagte der Knappe zu Sperber. »Vielleicht hat einer Glück und trifft.«

Sperber kratzte sich am Kinn. »Lieber nicht, Kurik«, sagte er schließlich.

»Du läßt dir da eine verdammt gute Gelegenheit entgehen, Sperber«, wandte Kalten ein. »Falls Martel einen verirrten Armbrustbolzen ins Auge kriegt, wird die ganze Armee da draußen auseinanderfallen.«

»Trotzdem« erwiderte Sperber. »Sehen wir erst mal, ob wir ihn nicht ein wenig reizen können. Wenn er sich ärgert, platzt er manchmal mit etwas heraus. Vielleicht kriegen wir ihn jetzt dazu.«

Sperber konzentrierte sich auf den weißhaarigen Mann und wob den komplexen styrischen Zauber. »Da ist dir so ziemlich alles danebengegangen, nicht wahr, Martel?« sagte er im Plauderton.

»Bist du das, Sperber?« Martels Stimme antwortete im gleichen Tonfall. Auch er bediente sich des Zaubers, den sie beide als Ritteranwärter gelernt hatten. »Wie schön, deine Stimme wieder zu hören, alter Junge. Nur deine Bemerkung verstehe ich nicht so recht. Von meiner Warte aus betrachtet, scheint doch alles recht gutzugehen.«

»Dann versuch doch mal, wie viele deiner Soldaten du jetzt zu einem Sturm auf die Mauern bewegen kannst.«

»Es war wirklich sehr schlau, die äußere Stadt aufzugeben, Sperber. Damit hatte ich nicht gerechnet.«

»Gut! Ich kann mir vorstellen, welche Seelenqualen du jedesmal leidest, wenn du an die schöne Beute denkst, die dir entgeht.«

»Wie kommst du darauf, daß sie mir entgeht? Ich hielt ein paar Ansprachen. Der Großteil meiner Armee gehorcht mir nach wie vor – sie ist da draußen, auf den Wiesen jenseits der Flüsse. Ich habe die Männer darauf aufmerksam gemacht, daß es viel einfacher ist, wenn wir den Unternehmungslustigen die schwere Arbeit der Plünderei überlassen. Wenn sie zurückkommen, nehmen wir ihnen die Beute ab und teilen sie auf. Jeder bekommt gleich viel.«

»Du auch?«

»Meine Güte! Natürlich nicht, Sperber.« Martel lachte. »Ich bin der General. Ich nehme mir zuvor meinen Anteil.«

»Den Löwenanteil?«

»Ich *bin* ja schließlich der Löwe. Wir alle werden sehr, sehr reich, wenn wir erst im Schatzgewölbe unter der Basilika sind.«

»Geht das nicht ein wenig zu weit, Martel, selbst für *dich.*«

»Geschäft ist Geschäft, Sperber. Du und Vanion, ihr habt mir die Ehre geraubt, da bleibt mir zum Trost nur noch das Geld – und Befriedigung, natürlich. Ich glaube, ich werde deinen Kopf ausstopfen lassen, wenn hier alles vorüber ist, mein Freund.«

»Mein Kopf ist hier, Martel. Komm nur und hol ihn dir. Deine Soldaten werden noch eine ganze Weile brauchen, bis sie die Stadt ausgeräumt haben, und du kannst dir nicht leisten, viel Zeit zu vergeuden, wenn du vermeiden willst, dich mit König Wargun und der Hälfte aller kampffähigen Männer von Eosien anzulegen.«

»Ah, ja. Wargun, der stets besoffene König von Thalesien. Ihn hätte ich fast vergessen. Was mag ihm wohl zugestoßen sein? Es ist doch gar nicht seine Art, so zu trödeln.«

Sperber brach den Zauber. »Laß deine Soldaten auf ihn schießen, Kurik«, sagte er düster.

»Was ist los, Sperber?« fragte Kurik.

»Martel ist es irgendwie gelungen, Wargun von Chyrellos fernzuhalten. Wir müssen es den Hochmeistern sagen. Ich fürchte, wir sind hier ganz auf uns allein gestellt.«

13

»Mit Worten hat er es nicht ausgedrückt, Vanion«, sagte Sperber. »Aber Ihr kennt ihn doch, da war dieser gewisse Hohn in seiner Stimme, von dem er genau weiß, wie aufreizend er ist.«

»Wiederholt es bitte, Ritter Sperber. Was genau hat er gesagt?«

»Wir sprachen von Wargun, Eminenz, und er sagte: ›Was mag ihm wohl zugestoßen sein? Es ist doch gar nicht seine Art, so zu trödeln.‹«

»Das hört sich in der Tat so an, als wüßte er etwas«, meinte Dolmant. »Ich kenne Martel nicht so gut wie ihr beide, trotzdem würde ich sagen, so spricht einer, der sehr mit sich zufrieden ist.«

»Sperber hat recht«, bestätigte Sephrenia. »Martel hat irgend etwas ausgeheckt, um Wargun fernzuhalten. Die Frage ist, wie ist es ihm gelungen.«

»Das Wie ist nicht so wichtig, kleine Mutter«, sagte Vanion. Die vier saßen in einer Stube, die an Ritter Nashans Studiergemach anschloß. »Es kommt jetzt erst einmal darauf an, diesen Umstand vor den Kirchensoldaten geheimzuhalten. Ordensritter sind ausgebildet, auch unter schier hoffnungslosen Umständen nicht zu verzagen. Die Kirchensoldaten nicht; das einzige, woran sie sich jetzt klammern, ist die Hoffnung, Warguns Armeen über die Wiesen westlich des Arruks kommen zu sehen. Die Altstadt ist noch nicht vollständig umzingelt, und die Plünderer achten nicht auf andere Leute. Wenn die Neuigkeit bekannt würde, käme es wahrscheinlich zur Massenfahnenflucht. Informiert die Ordensritter vertraulich. Ich gebe den anderen Hochmeistern Bescheid.«

»Und ich Emban und Ortzel«, versprach Dolmant.

Die Woche schien sich dahinzuschleppen, obwohl sehr viel zu tun war. Häuser wurden abgebrochen und ihre Trümmer zum Verbarrikadieren der drei Tore benutzt, die nur schwer zu verteidigen gewesen wären, wie Komier festgestellt hatte. Kurik setzte die Ausbildung ausgesuchter Kirchensoldaten im Armbrustschießen fort. Berit stellte eine Gruppe junger Mönche zusammen, die sich bei der Beobachtung vom Aussichtstürmchen auf der Basilikakuppel ablösten. Emban tat in der Basilika sein Bestes, sich die Gunst ihrer Wähler zu erhalten, was zusehends schwieriger wurde. Keiner der Verteidiger wagte es, den Kirchenpatriarchen das Recht zu verweigern, sich auf die Mauer zu begeben. Aber der Blick von der Mauer war nicht sehr ermutigend. Eine größere Zahl von Patriarchen, unter ihnen auch erbitterte Gegner des Primas von Cimmura, beklagten sich bitter, als die Feuer sich den Stadtteilen näherten, in denen ihre Häuser standen, und nicht wenige sagten Emban offen ins Gesicht, daß er in Zukunft nicht mehr mit ihrer Unterstützung rechnen könne. Embans zuvor rundliches Gesicht wurde hohlwangig, und während er mit ansehen mußte, wie die Zahl seiner Anhänger dahinschmolz, begann er über Magenschmerzen zu klagen.

Annias unternahm nichts. Er wartete nur ab.

Und die Feuer in der Neustadt breiteten sich weiter aus.

Sperber stand eines Abends auf der Mauer und blickte düster über die brennende Stadt. Als er ein leises Rasseln hinter sich hörte, drehte er sich rasch um.

Es war Ritter Bevier. »Sieht nicht sehr vielversprechend aus, nicht wahr?« sagte der junge Arzier und blickte ebenfalls über die Neustadt.

»Wahrhaftig nicht«, bestätigte Sperber. »Wie lange, denkt Ihr, kann diese Mauer einem Palintonon standhalten, Bevier?«

»Nicht sehr lange, fürchte ich. Diese Mauer wurde im Altertum errichtet, als solche Belagerungsmaschinen noch unbekannt waren. Aber vielleicht macht Martel sich gar nicht die Mühe, welche zu bauen. Es erfordert viel Zeit und Können. Ein schlecht konstruiertes Palintonon ist gefährlicher für jene, die es bedienen, als für den Feind.«

»Dann können wir vielleicht hoffen. Geschosse von normalen Katapulten können den Mauern nichts anhaben, aber wenn man sie mit zentnerschweren Felsen bombardiert ...«

»Sperber!« Talen kam die Stiege heraufgerannt. »Sephrenia bittet Euch, sofort zum Ordenshaus zu kommen. Sie sagt, es ist dringend.«

»Geht schon, Sperber. Ich halte hier Wache«, versprach ihm Bevier.

Der Pandioner nickte und eilte die Stiege zur schmalen Straße hinunter.

Sephrenia kam ihm in der Eingangshalle entgegen. Ihr Gesicht war noch blasser als sonst.

»Was gibt es?« fragte Sperber.

»Perraine«, sagte sie gedämpft, »wird sterben.«

»*Sterben?* Es gab doch noch gar keine Angriffe. Was ist passiert?«

»Selbstmord, Sperber.«

»*Perraine?*«

»Er hat Gift genommen und weigert sich, mir zu sagen, welches.«

»Gibt es irgendeine Möglichkeit ...«

Sie schüttelte den Kopf. »Er möchte mit Euch sprechen, Sperber. Ich fürchte, daß ihm nicht mehr viel Zeit bleibt.«

Ritter Perraine lag auf einer schmalen Pritsche in einer zellenähnlichen Kammer. Er war totenbleich und schweißüberströmt. »Ihr habt Euch aber viel Zeit gelassen, Sperber«, sagte er mit schwacher Stimme.

»Was soll das, Perraine?«

»Es muß sein. Vergeuden wir keine Zeit. Ich muß Euch Wichtiges sagen, solange ich noch kann.«

»Wir können darüber sprechen, nachdem Sephrenia Euch das Gegenmittel gegeben hat.«

»Kein Gegenmittel! Hört mir bitte zu, ohne mich zu unterbrechen.« Perraine seufzte tief. »Ich habe Euch verraten, Sperber.«

»Dazu seid Ihr gar nicht fähig, Perraine.«

»Jeder ist dazu fähig, mein Freund. Er braucht nur einen triftigen Grund. Ich hatte einen, glaubt es mir. Aber laßt mich weiterreden, ich habe wirklich nicht mehr viel Zeit. Ihr habt bemerkt, daß Euch in letzter Zeit jemand zu töten versuchte, nicht wahr?«

»Ja, aber ...«

»Das war ich, Sperber – oder vielmehr ... Männer, die ich dazu gedungen hatte.«

»*Ihr?*«

»Gott sei Dank ist es mir nicht gelungen.«

»Warum, Perraine? Habe ich Euch irgendwie beleidigt?«

»Nein. Ich handelte auf Martels Befehl.«

»Welchen Grund hättet Ihr, Martel zu gehorchen?«

»Er hat mich erpreßt. Er bedrohte eine Frau, die mir teurer als mein Leben ist.« Perraine bäumte sich auf. »Martel kam in Dabur zu mir, kurz nachdem Arasham verblichen war. Ich griff nach meinem Schwert, aber er lachte mich nur aus. Er sagte, falls ich mir etwas aus Ydra machte, sollte ich das Schwert lieber nicht gegen ihn erheben.«

»Ydra?«

»Sie ist aus Nordpelosien. Die Baronie ihres Vaters grenzt an die meines Vaters. Ydra und ich lieben uns seit unserer Kindheit. Ich würde für sie sterben, ohne einen Augenblick zu überlegen. Irgendwie wußte Martel davon. Er behauptete, er hätte ihre Seele Azash gegeben. Ich glaubte ihm nicht. Ich hielt es für unmöglich.«

Sperber erinnerte sich an Bellina, die Schwester des Grafen von Ghasek. »Es ist möglich, Perraine«, sagte er düster.

»Das habe ich herausgefunden. Martel und ich reisten nach Pelosien. Er zeigte mir Ydra, als sie gerade abscheuliche Riten vor einem Abbild Azashs durchführte.« Tränen quollen aus Perraines Augen. »Es war grauenvoll, Sperber, grauenvoll! Ich wollte sie töten, um sie zu erlösen«. Perraines Stimme wurde schwächer. »Aber ich brachte es einfach nicht über mich. Ich hoffte, Ydras Seele durch Euren Tod retten zu können. Falls Ihr je die Gelegenheit habt, hoffe ich, daß Ihr Martel tötet!«

»Darauf habt Ihr mein Wort, Perraine.«

Wieder seufzte Perraine, und sein Gesicht wurde noch bleicher. »Das ist ein ausgezeichnetes Gift«, bemerkte er. »Nun, jedenfalls hielt Martel mein Herz in seiner Faust. Er befahl mir, nach Arzium zu reisen und mich dort Vanion und den anderen Pandionern anzuschließen. Bei der ersten Gelegenheit sollte ich dann zum Ordenshaus in Cimmura zurückkehren. Er wußte von irgendwoher, daß Ihr Euch nach Thalesien begeben und höchstwahrscheinlich auf dem Rückweg durch Emsat kommen würdet. Er gab mir Geld und wies mich an, Meuchler zu dingen. Ich mußte alles tun, was er mir befohlen hatte ... Meistens waren es meine Meuchler, die Euch zu töten versuchten, doch einmal, als wir auf dem Weg hierher durch Demos ritten, schoß ich selbst mit einer Armbrust auf Euch. Ich könnte behaupten, daß ich absichtlich vorbeischoß, doch das wäre eine Lüge. Ich hatte wirklich versucht, Euch zu töten, Sperber.«

»Und das Gift in Dolmants Haus?«

»Ja. Eine Verzweiflungstat. Ihr habt ungewöhnlich viel Glück, mein Freund. Ich versuchte alles, was ich mir nur ausdenken konnte. Aber es gelang mir einfach nicht, Euch zu töten.«

»Und der Rendorer, der mich in der Basilika mit einem vergifteten Messer kitzeln wollte?«

Perraine blinzelte erstaunt. »Damit hatte ich nichts zu tun, Sperber, das schwöre ich. Wir waren beide in Rendor und wissen, wie unzuverlässig Rendorer sind. Jemand anders muß ihn geschickt haben – vielleicht Martel selbst.«

»Und warum habt Ihr Euch nun anders besonnen, Perraine?« fragte Sperber bedrückt.

»Martel hat mich nicht mehr in der Hand. Ydra ist tot.«

»Das tut mir leid.«

»Mir nicht. Irgendwie hat sie erkannt, was mit ihr geschah. Sie schloß sich in der Kapelle auf Ihres Vaters Besitz ein und betete die ganze Nacht. Und als die Sonne aufging, stieß sie sich einen Dolch ins Herz. Sie hat einen ihrer Lakaien mit einem Brief hierhergeschickt, in dem sie alles erklärte, was geschehen war. Er traf in letzter Minute ein, ehe Martels Armee die Stadt einschloß. Jetzt ist Ydra frei und ihre Seele sicher.«

»Warum habt Ihr dann Gift genommen?«

»Ich will ihr folgen, Sperber. Martel hat mir die Ehre geraubt, aber meine Liebe kann er mir nicht nehmen.« Perraine verkrampfte sich auf seiner schmalen Pritsche, dann wand er sich kurz vor Schmerzen. »Ja«, keuchte er, »ein ausgezeichnetes Gift. Ich würde es beim Namen empfehlen, aber ich traue unserer kleinen Mutter nicht ganz. Mit ein bißchen Glück wäre sie vielleicht sogar imstande, einen Stein wiederzubeleben.« Er lächelte ihre Lehrerin an. »Könnt Ihr Euch überwinden, mir zu vergeben, Sperber?«

»Es gibt nichts, was ich Euch vergeben müßte, Perraine«, versicherte ihm Sperber mit schwerer Stimme und nahm die Hand seines Freundes.

Perraine seufzte. »Bestimmt wird man meinen Namen aus den Annalen der Pandioner streichen und sich seiner voll Verachtung erinnern.«

»Nicht, wenn ich es verhindern kann«, versprach ihm Sperber. »Ich werde Eure Ehre schützen, mein Freund.« Er drückte Perraines Hand in stummem Versprechen.

Sephrenia langte über das Bett und nahm die andere Hand des Sterbenden.

»Es ist gleich vorbei«, flüsterte Perraine schwach. »Ich wünschte ...« Dann verstummte er.

Sephrenias Wimmern war fast wie das eines leidvollen Kindes. Sie zog Perraines schlaffen Leichnam an sich.

»Dafür ist keine Zeit!« sagte Sperber scharf. »Kommt Ihr hier eine Weile allein zurecht? Ich muß Kurik holen.«

Sie starrte ihn erstaunt an.

»Wir müssen Perraine in seine Rüstung stecken«, erklärte er. »Dann werden Kurik und ich ihn zu einer Straße unmittelbar an der Mauer schaffen. Wir schießen ihm einen Armbrustbolzen in die Brust und lassen ihn auf der Straße liegen. Jeder wird glauben, daß einer von Martels Söldnern ihn von der Mauer geschossen hat.«

»Aber warum, Sperber?«

»Perraine war mein Freund. Ich habe versprochen, seine Ehre zu schützen.«

»Aber er hat versucht, Euch zu töten, Lieber.«

»Nein, kleine Mutter. *Martel* hat versucht, mich zu töten. Er zwang Perraine, ihm zu helfen. Die Schuld liegt allein bei Martel, und eines gar nicht so fernen Tages werde ich mit ihm abrechnen.« Er machte eine Pause. »Vielleicht solltet Ihr inzwischen anfangen, über unsere Hypothese nachzudenken. Perraines Geständnis hat sie ziemlich erschüttert.« Dann erinnerte er sich an den Rendorer mit dem vergifteten Messer. »Oder es sind noch mehr Meuchler da draußen, über die wir uns Sorgen machen müssen«, fügte er hinzu.

Die ersten Angriffsversuche begannen nach fünf Tagen der Plünderung. Sie waren halbherzig. Martel wollte offenbar nur herausfinden, wo starke und schwache Stellen der Bastion waren. Die Verteidiger hatten dabei in gewisser Hinsicht den Vorteil, daß Martel von Vanion ausgebildet worden war, und der Hochmeister sich deshalb ein ziemlich genaues Bild machen konnte, was der weißhaarige, ehemalige Pandioner tun würde. Das erlaubte ihm, seine Kräfte vorausschauend einzusetzen und den Feind zu täuschen. Die Sondierungsangriffe wurden nach und nach häufiger. Bisweilen fanden sie im Morgengrauen statt, manchmal am Spätnachmittag und hin und wieder mitten in der Nacht, wenn die Dunkelheit die rauchverschleierte Stadt bedeckte. Die Ordensritter waren allzeit auf Posten. Sie zogen ihre Rüstung gar nicht mehr aus und schliefen in den Pausen, wann und wo sich gerade Gelegenheit bot.

Erst als die Neustadt fast völlig in Schutt und Asche lag, rückte Martel mit seinen Belagerungsmaschinen heran und begann den pausenlosen Beschuß der Altstadt. Schwere Steine hagelten vom Himmel und zerschmetterten Soldaten und Bürger gleichermaßen. An einigen seiner Katapulte hatte Martel riesige Körbe befestigt und wahre Wolken von Armbrustbolzen schossen auf die Altstadt herab. Danach setzte er Feuer ein. Kugel brennenden Pechs und Naphtas flogen über die Mauer, sie setzten Dächer in Brand und verursachten große flammende Lachen auf den Straßen.

Hochmeister Abriel begann, eigene Maschinen zu bauen, um zurückzuschlagen, doch außer den Trümmern zerstörter Häuser konnten die Verteidiger kaum etwas als Geschosse benutzen.

Doch sie hielten durch, und jeder Stein, jede Feuerkugel, jede Pfeilsalve erhöhte ihren Haß auf die Belagerer.

Der erste ernsthafte Angriff kam kurz nach Mitternacht, acht Tage nach Beginn der Plünderungen. Eine wilde Horde rendorischer Fanatiker stürmte kreischend aus den dunklen, rauchigen Straßen im Südwesten und hatte es auf einen altersschwachen Erkerturm an der Ecke der alten Mauer des Viertels abgesehen. Die Verteidiger eilten sogleich dorthin. Pausenloser Bogen- und Armbrustbeschuß brach Lücken und Gassen in die Reihen der schwarzgewandeten Rendorer. Ihr Kampfgekreische verwandelte sich in Todes- und Schmerzensschreie, wie sie seit Anbeginn der Zeit von jedem Schlachtfeld aufgestiegen waren. Doch immer mehr Rendorer stürmten herbei, so von ihrem religiösen Eifer erfüllt, daß sie der schrecklichen Verluste nicht achteten. Manche schleppten sich sogar noch mit tödlichen Verwundungen bis zur Mauer.

»Das Pech!« brüllte Sperber den Soldaten zu, die fieberhaft mit Armbrüsten und Bogen auf die wildbewegte Masse der Angreifer unter ihnen schossen. Kessel mit siedendem Pech wurden herbeigezerrt, während bereits Sturmleitern gegen die verwitterten Zinnen krachten. Mit gellenden Kampfschreien kletterten die Rendorer die primitiven Leitern hinauf und stürzten heulend und zuckend in die Tiefe, als das siedende Pech sich über sie ergoß.

»Fackeln!« befahl Sperber.

Ein halbes Hundert brennender Fackeln flog über die Mauer und entzündete die Lachen flüssigen Pechs und Naphtas. Eine gewaltige Flammenwand schoß empor, schmiegte sich an die

Mauer und verbrannte jene Rendorer, die sich noch an ihre Leitern klammerten. Brennende Männer rannten schreiend und stolpernd blindlings durch die Menge der Angreifer und zogen wie Kometen tropfende Flammen hinter sich her.

Doch immer noch strömten weitere Rendorer heran, immer noch hoben sich Sturmleitern schwerfällig aus ihren Reihen, von Hunderten von Händen geschoben, um sie aufzurichten und an die Mauer zu kippen. Wildäugige Eiferer, manche sogar mit Schaum vor dem Mund, kletterten die Leitern empor, noch ehe sie den Stein berührt hatten. Die Verteidiger stießen die Leitern mit langen Stangen zurück, bis sie nach hinten kippten, wodurch die Männer, die schon fast oben gewesen waren, in den Tod stürzten. Hunderte von Rendorern drückten sich an den Fuß der Mauer, um herabsirrenden Pfeilen zu entgehen, und rannten dann zu den noch stehenden Leitern, um sie zu erklimmen.

»Blei!« befahl Sperber. Das Blei war Beviers Idee gewesen. Der Deckel eines jeden Sarkophags in der Krypta unter der Basilika war mit einer bleiernen Abbildung der Person verziert, der er die letzte Ruhestatt bot. Nun waren die Sarkophagdeckel ohne diese Zier. Die Abbilder waren geschmolzen worden, und ihr Blei füllte die Kessel, die in regelmäßigen Abständen auf dem Wehrgang blubberten. Auf Sperbers Geheiß wurden sie an den Zinnenrand geschoben und so gekippt, daß sich silbrige Ströme auf die Rendorer ergossen, die sich an den Fuß der Mauer drängten. Mehr als ein flüchtiger Aufschrei war von keinem Getroffenen zu hören, nachdem er in flüssiges Blei gehüllt war.

Einigen gelang es, dennoch das obere Ende der Leiter und den Wehrgang zu erreichen. Die Kirchensoldaten traten ihnen mit dem Mut der Verzweiflung entgegen und hielten die Fanatiker solange auf, bis die Ordensritter ihnen zu Hilfe kamen. Sperber schritt an der Spitze der Phalanx schwarzgepanzerter Pandioner. Er schwang sein schweres Breitschwert ohne Unterlaß. Der große Pandioner hieb einen breiten Pfad durch die Reihen der brüllenden Rendorer. Die Ritter, die ihm folgten und die Verwundeten aus dem Weg schafften, waren bald blutbefleckt. Ein dürrer Rendorer fuchtelte mit einem rostigen Säbel und stellte sich brüllend dem herankommenden schwarzgerüsteten Ritter. Sperber änderte die Richtung seines Hiebes ein wenig und schnitt den Mann fast entzwei.

»Sperber!« brüllte Kalten, als der Arm seines Freundes zu ermüden begann. »Ruhe aus! Ich übernehme hier!«

So ging es, bis der Wehrgang frei von Feinden war und alle Sturmleitern auf der Straße lagen. Dort wimmelte es immer noch von Rendorern, von denen jedoch viele von Pfeilen durchbohrt oder von Steinen erschlagen wurden.

Und dann wichen sie zurück und flohen.

Kalten kam keuchend zu Sperber und wischte sein Schwert ab. »Guter Kampf.« Er grinste.

»Es geht«, bestätigte Sperber lakonisch. »Rendorer sind allerdings keine guten Kämpfer.«

»Solche habe ich am liebsten vor der Klinge«, sagte Kalten lachend. Er holte mit dem Fuß aus, um auch die untere Hälfte des dürren Rendorers auf die Straße zu befördern.

»Laß ihn, wo er ist«, sagte Sperber. »Wir wollen doch der nächsten Welle von Angreifern auf ihrem Weg hierher einen lehrreichen Anblick bieten. Vielleicht sagst du den Leuten, die unten an der Mauer saubermachen, daß sie alle abgetrennten Schädel aufheben sollen. Wir stellen sie dann auf den Zinnen aus.«

»Auch als lehrreiches Beispiel?«

»Warum nicht? Ein Belagerer, der eine verteidigte Mauer stürmt, hat doch das Recht zu erfahren, was ihm wahrscheinlich bevorsteht, meinst du nicht?«

Bevier kam den blutigen Wehrgang herbeigeeilt. »Ulath wurde verwundet!« rief er ihnen entgegen und machte sofort wieder kehrt, um die beiden zu ihrem verletzten Freund zu führen. Die Kirchensoldaten wichen ihm hastig aus, denn Bevier schwang unbewußt im Gehen seine Lochaberaxt.

Ulath lag auf dem Rücken. Seine Augen waren zurückgerollt, und Blut rann aus seinen Ohren.

»Wie ist das passiert?« fragte Sperber Tynian.

»Ein Rendorer kam von hinten herbei und hieb ihm seine Axt auf den Kopf.«

Tynian entfernte vorsichtig Ulaths gehörnten Helm und tastete behutsam durch das blonde Haar des genidianischen Ritters. »Ich glaube nicht, daß sein Schädel gebrochen ist«, sagte er.

»Vielleicht hat der Rendorer seine Axt nicht fest genug geschwungen«, meinte Kalten.

»Ich habe den Hieb gesehen. Der Rendorer schlug mit aller Kraft zu. Der Streich hätte Ulaths Kopf spalten müssen wie eine Melone.« Tynian runzelte die Stirn. Er tippte auf den hornigen Höcker, der die beiden gewundenen Hörner vereinte, die an den Seiten des konischen Helmes emporragten. Dann untersuchte er den Helm eingehender. »Nicht ein Kratzer«, sagte er staunend, holte seinen Dolch hervor und schabte an dem Horn, doch dessen glänzende Oberfläche blieb makellos. Schließlich packte ihn die Neugier so sehr, daß er nach Ulaths Streitaxt griff und mehrmals auf das Horn einhackte, ohne daß sich auch nur der kleinste Splitter gelöst hätte. »Erstaunlich. Das ist das härteste Zeug, das mir je untergekommen ist.«

»Das ist wahrscheinlich der Grund, daß Ulath sein Hirn noch im Schädel hat«, meinte Kalten. »Trotzdem sieht er nicht sehr gesund aus. Bringen wir ihn zu Sephrenia.«

»Übernehmt ihr das«, bat Sperber bedauernd. »Ich muß mit Vanion reden.«

Die vier Hochmeister standen beisammen. Sie hatten nicht weit entfernt den Angriff beobachtet.

»Ritter Ulath wurde verwundet«, meldete Sperber Komier.

»Böse?« fragte Vanion rasch.

»Eine gute Verwundung gibt es nicht, Vanion«, sagte Komier. »Was ist geschehen, Sperber?«

»Ein Rendorer hat ihm die Axt auf den Schädel gehauen.«

»Auf den Schädel, sagt Ihr? Dann kommt er wieder in Ordnung.« Komier klopfte mit den Fingerknöcheln auf seinen eigenen ogergehörnten Helm. »Deshalb tragen wir das.«

»Er sieht aber leider nicht sehr gut aus«, entgegnete Sperber ernst. »Tynian, Kalten und Bevier bringen ihn gerade zu Sephrenia.«

»Er wird sich rasch erholen«, versicherte ihnen Komier erneut.

Sperber verdrängte einstweilen die Gedanken an Ulaths Verwundung. »Ich glaube, ich kenne jetzt Martels Strategie zu einem guten Teil, meine Herren. Er hat die Rendorer aus einem ganz bestimmten Grund dabei. Rendorer tragen keinerlei Rüstung – nicht einmal Helme – und mit Schwertern können sie kaum umgehen. Bei moderner Kriegsführung taugen sie nicht viel. Nur ihr blinder Fanatismus, der sie selbst auf eine Übermacht losstürmen läßt, macht die Rendorer wirklich gefährlich. Martel wird sie laufend gegen uns werfen, um uns zu schwächen. Wenn er uns für erschöpft genug hält, wird er seine Cammorier und lamorkischen Söldner schicken. Wir müssen uns etwas einfallen lassen, um die Rendorer von der Mauer fernzuhalten. Ich werde mit Kurik reden. Vielleicht fällt ihm was Brauchbares ein.«

Kurik fiel tatsächlich so allerhand ein. Seine langjährige Erfahrung und die Reminiszenzen alter Veteranen, mit denen er hin und wieder zusammengekommen war, brachten ihn auf eine Reihe abgefeimter Ideen, unter anderem die Benutzung von Fußangeln. Es handelte sich dabei um einfache vierzackige Eisen, bei denen – egal, wohin sie geworfen wurden – stets eine Spitze nach oben gerichtet war. Rendorer trugen keine Stiefel, sondern ausschließlich Sandalen aus weichem Leder. In Gift getaucht waren die Fußangeln nicht nur schmerzhaft, sondern tödlich. Zehn Fuß lange Balken, in die man zugespitzte Pflöcke steckte, daß sie herausragten wie die Stacheln von Igeln, auch ihre Spitzen mit Gift bepinselt, ergaben fast unüberwindliche Barrieren, wenn man sie in großer Zahl auf langen Stangen hinunterrollte, daß sie am Fuß der Mauer verstreut lagen. Lange Pendel aus Baumstämmen, die parallel zur Mauer von den Zinnen schwangen, würden Sturmleitern wie Spinnweben wegfegen. »Natürlich kann nichts davon schwere Angriffe abwenden, Sperber«, sagte Kurik. »Aber wir können die Angreifer soweit aufhalten, daß die Schützen sie abschießen können und nur wenige die Mauer erreichen.«

»Genau das wollte ich bezwecken«, sagte Sperber. »Setzen wir die Bürger auf die Herstellung der Kriegsgeräte an. Bis jetzt haben sie nichts getan, als herumgesessen und gegessen. Geben wir ihnen die Gelegenheit, sich ihren Unterhalt zu verdienen.«

Die Anfertigung von Kuriks Hindernissen nahm mehrere Tage in Anspruch, in denen es zu weiteren Angriffen der Rendorer kam. Dann verstreuten Hochmeister Abriels Katapulte massenweise Fußangeln vor der Mauer, und die ›Igel‹ rollten die langen Stangen hinunter und blieben als stacheliges Gewirr etwa zwanzig Meter von der Mauer entfernt liegen. Danach stießen kaum noch Rendorer bis zur Mauer vor, und jene, denen es doch gelang, schleppten keine Sturmleitern. Gewöhnlich drängten sie sich nur an die Mauer, brüllten ihre Sprüche und hämmerten mit ihren Schwertern an die Mauer, bis die Schützen an den Schießscharten sie in aller Ruhe abschossen.

Nach mehreren dieser Versuche ließ sie Martel fast einen Tag lang in Ruhe, um sich eine neue Strategie zu überlegen. Da jedoch noch Sommer war, fingen die Massen toter Rendorer vor der Mauer in der Sonne aufzuschwellen an. Der Verwesungsgestank drang bis in die Altstadt.

Eines Abends nutzten Sperber und seine Kameraden die Ruhepause, sich für ein dringend benötigtes Bad und eine warme Mahlzeit ins Ordenshaus zu begeben. Zuvor jedoch besuchten sie Ritter Ulath. Der hünenhafte Genidianer lag im Bett. Seine Augen waren noch blicklos, sein Gesicht verriet Verwirrung. »Ich werde es müde, nur herumzuliegen, Brüder«, sagte er schleppend. »Und es ist so heiß hier drinnen. Was haltet ihr davon, wenn wir Trolle jagen? Durch den Schnee zu stapfen, könnte unser Blut ein bißchen abkühlen.«

»Er glaubt, er ist im genidianischen Mutterhaus in Heid«,

erklärte Sephrenia den Rittern leise. »Er will unbedingt auf Trolljagd gehen. Und er hält mich für eine Dienstmagd und macht mir ständig unschickliche Anträge.«

Bevier schnappte nach Luft.

»Und manchmal weint er«, fügte sie hinzu.

»Ulath?« staunte Tynian.

»Möglicherweise ist es nur eine List. Beim ersten Mal versuchte ich ihn zu trösten, was in einer Art Ringkampf ausartete. Trotz seines Gesundheitszustands ist er sehr stark.«

»Wird er wieder genesen?« fragte Kalten. »Ich meine, wird er seinen Verstand wiederbekommen?«

»Das ist schwer zu sagen, Kalten. Der Schlag hat sein Gehirn erschüttert. Bei solchen Verletzungen kann man nie genaues sagen. Ihr solltet jetzt lieber gehen. Aufregung ist nicht gut für ihn.«

Ulath fing an eine lange, wirre Rede in der Trollsprache zu halten, und Sperber wunderte sich, daß er sie noch verstand. Der Zauber, den Sephrenia in Ghwerigs Höhle wirkte, hatte seine Kraft offenbar noch nicht verloren.

Nachdem er gebadet und sich rasiert hatte, schlüpfte Sperber in eine Mönchskutte und gesellte sich zu den anderen, die im fast leeren Speisesaal saßen, wo ihr Mahl auf einem langen Tisch angerichtet war.

»Was wird Martel wohl als nächstes tun?« fragte Komier gerade Abriel.

»Wahrscheinlich wird er auf die üblichen Belagerungstaktiken zurückgreifen«, meinte Abriel, »und uns eine Zeitlang mit seinen Katapulten bombardieren. Die Rendorer waren vermutlich seine einzige Hoffnung auf einen raschen Sieg gewesen. Jetzt weiß er, daß die Belagerung sich lange hinziehen kann.«

Alle saßen ganz still und lauschten dem eintönigen Krachen der großen Steine, die in der Stadt ringsum aufschlugen.

Da stürzte Talen in den Saal. Sein Gesicht war rußig und seine Kleidung schmutzig. »Ich habe Martel gesehen!« rief er aufgeregt.

»Das haben wir alle, Talen«, entgegnete Kalten und lehnte sich auf seinem Stuhl zurück. »Er reitet bisweilen an der Mauer entlang, um sich umzusehen.«

»Er war aber nicht außerhalb der Mauer, Kalten«, erklärte Talen. »Er war im Keller unter der Basilika!«

»Was sagst du da, Junge?« fragte Dolmant scharf.

Talen holte tief Luft. »Ich – äh – na gut, ich war nicht ganz ehrlich zu euch, meine Herren, als ich erklärte, wie ich die Diebe von Chyrellos aus der Altstadt brachte«, gestand er. »Ich hatte wirklich ein Treffen zwischen den Dieben und diesen Kirchensoldaten auf der Mauer mit ihren Seilen vermittelt. Ich habe euch allerdings verschwiegen, daß ich noch einen anderen Weg fand. Nachdem wir hierhergekommen sind, habe ich mich im tiefsten Keller unter der Basilika umgeschaut und einen Gang gefunden. Ich weiß nicht, wozu er ursprünglich benutzt wurde, jedenfalls führt er nach Norden. Er ist völlig rund, und die Steine der Wände und des Bodens sind vollkommen glatt. Ich bin diesem Gang gefolgt. Er führt aus der Stadt.«

»Hattest du den Eindruck, als wäre dieser Gang benutzt worden?« fragte Patriarch Emban.

»Nicht, als ich ihn das erste Mal betrat, Eminenz. Die Spinnweben waren so dick wie Stricke.«

»Oh, ja«, sagte Ritter Nashan. »Ich habe davon gehört, bin jedoch nie dazu gekommen, mich dort umzusehen. Die alten Folterkammern befinden sich im untersten Keller.«

»Wozu dient dieser Gang, Nashan?« fragte Vanion.

»Er ist ein alter Aquädukt und war Teil der ursprünglichen Wasserleitung der Basilika. Er führt nordwärts zum Kydu, von dem einst das Wasser für die Altstadt kam. Aber man war der Meinung, daß der Gang schon seit Jahrhunderten verschüttet ist.«

»Nicht der ganze, Herr Ritter«, versicherte ihm Talen. »Man kann ihn noch bis in die Neustadt hinein benutzen. Wie habt Ihr diesen Gang genannt?«

»Aquädukt«, antwortete Nashan.

»Das ist ein komisches Wort. Jedenfalls habe ich den Gang entdeckt, bin ihm gefolgt und im Keller eines Lagerhauses ein paar Straßen von der Mauer entfernt in der Neustadt herausgekommen. Von dem Keller gelangt man durch eine Tür in eine Gasse. Das war die Information, die ich den Dieben von Chyrellos verkauft habe. Heute nachmittag war ich wieder in diesem Keller und habe Martel gesehen, als er gerade aus dem Gang schlich. Ich versteckte mich schnell, und er kam direkt an mir vorbei. Er war allein, also folgte ich ihm. Er ging in eine Art Lagerraum, wo Annias auf ihn wartete. Ich konnte nicht hören, was sie sagten, aber sie steckten die Köpfe zusammen wie Leute, die etwas ausbrüten. Sie sprachen ziemlich lange miteinander, bevor sie den Lagerraum verließen. Da sagte Martel zu Annias, er solle auf das Signal warten, dann würden sie sich wieder dort unten treffen. Er sagte: ›Ich möchte, daß Ihr an einem sicheren Ort seid, wenn der Kampf beginnt.‹ Dann sagte Annias, er mache sich immer noch Sorgen, daß Wargun kommen könne, doch Martel lachte und sagte: ›Keine Angst, mein Freund, Wargun weiß nicht, was sich hier tut.‹ Dann gingen die beiden. Ich wartete vorsichtshalber noch ein bißchen, bevor ich hierherrannte.«

»Wie kann Martel von diesem Aquädukt erfahren haben?« fragte Kalten.

»Wahrscheinlich haben einige seiner Männer einen Dieb verfolgt und sind dabei auf den Gang gestoßen.« Talen zuckte die Schultern.

»Das erklärt dann auch Warguns Fernbleiben«, sagte Komier düster. »Wahrscheinlich gerieten unsere Kuriere in einen Hinterhalt und wurden abgefangen.«

»Und Ehlana sitzt in Cimmura und hat Stragen und Platime zu ihrem Schutz«, fiel Sperber ein. »Ich glaube, ich steige in diesen Keller hinunter und warte auf Martel. Irgendwann wird er schon kommen, dann kann ich ihn mir schnappen.«

»Auf keinen Fall!« wandte Emban scharf ein.

»Eminenz!« protestierte Sperber »Ich glaube, Ihr überseht, daß diese Belagerung endet, sobald Martel tot ist!«

»Und ich glaube, *Ihr* überseht, daß es unser eigentliches Ziel ist, Annias bei der Wahl zu schlagen. Ich brauche unbedingt einen Augenzeugenbericht über ein Gespräch zwischen Annias und Martel, um die nötigen Stimmen gegen den Primas von Cimmura zu bekommen. Unsere Lage wird immer heikler, meine Herren. Jedesmal, wenn die Feuer auf ein neues Viertel übergreifen, verlieren wir ein paar Stimmen mehr.«

»Würde Talens Aussage über das Treffen zwischen Annias und Martel denn nicht das Mißtrauen der Hierokratie wecken, Eminenz?« fragte Kalten.

»Die meisten hohen Kirchenmänner haben noch nie zuvor von Martel gehört, Ritter Kalten«, erwiderte Emban, »und dieser Junge ist nicht der vertrauenswürdigste Zeuge. *Irgend jemand* in Chyrellos weiß bestimmt, daß er ein Dieb ist. Nein, wir brauchen einen absolut unbestechlichen und vertrauenswürdigen Zeugen. Einen, dessen Neutralität und Objektivität von niemandem in Frage gestellt werden kann.«

»Der Kommandant der Leibgarde des Erzprälaten vielleicht?« schlug Ortzel vor.

»Genau der Richtige!« bestätigte Emban und schnippte mit den Fingern. »Wenn wir ihn veranlassen können, sich in den Keller zu begeben, wo er Martels und Annias' Gespräch mithören kann, dann könnte ich dies vielleicht der Hierokratie vorbringen.«

»Überseht Ihr nicht den Umstand, daß Martel eine kleine Armee dabeihaben wird, wenn er durch den Aquädukt kommt, Eminenz?« gab Vanion zu bedenken. »Er sagte doch, daß er Annias an einem sicheren Ort wissen wolle, ehe der Kampf beginnt. Ich glaube aus diesen Worten herauszuhören, daß er einen Überraschungsangriff in der Basilika beabsichtigt – unter seiner Führung. Euer Zeuge wird keine sehr aufmerksamen Zuhörer vorfinden, wenn die Patriarchen alle um ihr Leben laufen.«

»Belästigt mich nicht mit solchen Einzelheiten, Vanion«, sagte Emban unbekümmert. »Hauptsache, Ihr postiert ein paar Mann da unten.«

»Gern. Aber wo soll ich sie herbekommen?«

»Nehmt ein paar von den Burschen auf der Mauer. Sie tun ohnehin nicht viel Nützliches.«

Vanions Gesicht lief rot an.

»Laßt lieber mich es ihm erklären, Vanion«, schlug Komier vor. »Bevor Ihr einen Schlaganfall erleidet.« Er wandte sich an den dicken Patriarchen. »Eminenz«, sagte er milde, »wenn man einen Überraschungsangriff beabsichtigt, lenkt man für gewöhnlich die Aufmerksamkeit des Gegners auf einen anderen Punkt. Das ist doch naheliegend, nicht wahr?«

»Nun ...«, entgegnete Emban zweifelnd.

»*Ich* zumindest würde so handeln, und Martel hatte eine umfassende Ausbildung. Ich vermute, daß Martel warten wird, bis diese Palatine gebaut sind ...«

»Palintona«, half Hochmeister Abriel ihm aus.

»Wie auch immer.« Komier zuckte die Schultern. »Sobald sie fertig sind, wird Martel unsere Mauer damit bombardieren, bis sie nachgibt. Und dann wird er sie stürmen – mit jedem Mann, den er aufbringen kann. Glaubt mir, Eminenz, unsere Männer auf der Mauer – oder was von ihr übrig ist – werden sehr, sehr beschäftigt sein. Genau *das* ist der Zeitpunkt, an dem Martel sich in den Keller begibt. Und wir werden *keine* Männer für die Begegnung im Keller mit ihm entbehren können.«

»Warum müßt Ihr so verflixt klug sein, Komier?« schnaubte Emban.

»Was sollen wir dann tun?« fragte Dolmant.

»Wir haben keine Wahl, Eminenz«, erwiderte Vanion. »Wir müssen diesen Aquäduktteil zum Einsturz bringen, damit Martel der Weg verwehrt ist.«

»Aber wenn ihr das tut, haben wir niemanden, der ein Treffen zwischen Annias und Martel bezeugen kann!« protestierte Emban schrill.

»Versucht es doch so zu sehen, Emban«, riet Dolmant geduldig. »Wollt Ihr wirklich, daß Martel mitstimmt, wenn wir den neuen Erzprälaten wählen?«

14

»Es sind Paradetruppen, Eminenz«, wandte Vanion ein. »Es handelt sich hier aber nicht um eine Parade oder einen zeremoniellen Wachwechsel.« Die vier – Vanion, Dolmant, Sperber und Sephrenia – saßen in Ritter Nashans Studiergemach.

»Ich habe sie auf ihrem Kasernenhof exerzieren gesehen, Vanion«, entgegnete Dolmant geduldig. »Ich kann mich noch gut genug an meine eigene Ausbildung erinnern, um Berufssoldaten zu erkennen, wenn ich sie sehe.«

»Wie viele sind es, Eminenz?« fragte Sperber.

»Dreihundert«, antwortete der Patriarch. »Als Leibgarde des Erzprälaten ist ihre einzige Aufgabe der Schutz der Basilika.« Dolmant lehnte sich in seinem Sessel zurück und preßte die Fingerspitzen aneinander. »Ich glaube nicht, daß wir eine andere Wahl haben, Vanion«, sagte er. Sein schmales asketisches Gesicht schien im Kerzenschein zu leuchten. »Emban hat recht. Die ganze Mühe, die wir uns mit den Stimmen gemacht haben, ist jetzt umsonst. Meine Brüder in der Hierokratie hängen sehr an ihren Häusern.« Er verzog das Gesicht. »Es ist eine der wenigen Eitelkeiten, die den höheren geistlichen Würdenträgern bleiben. Wir tragen alle einfache Soutanen, infolgedessen können wir uns nicht herausputzen; wir heiraten nicht, also können wir nicht mit unseren Gemahlinnen prahlen; wir haben uns dem Frieden geweiht, deshalb können wir unseren Mut nicht auf dem Schlachtfeld beweisen. Wir haben nur unsere Paläste. Als wir uns hinter die Mauer der Altstadt zurückzogen und die Paläste meiner Brüder Martels Plünderern überließen, haben wir zwanzig Stimmen verloren. Wir brauchen *unbedingt* den Beweis einer geheimen Absprache zwischen Annias und Martel. Wenn uns das gelingt, können wir den Spieß umdrehen. Dann wird man Annias für die brennenden Paläste verantwortlich machen und nicht mehr uns.« Er blickte Sephrenia an. »Ich möchte Euch um etwas bitten, kleine Mutter«, sagte er.

»Selbstverständlich, Dolmant.« Sie lächelte ihn voller Zuneigung an.

»Ich kann Euch nicht einmal offiziell bitten«, bedauerte er mit einem betrübten Lächeln, »weil es um Dinge geht, an die ich eigentlich gar nicht mehr glauben darf.«

»Dann bittet mich doch als ehemaliger Pandioner, lieber Dolmant«, riet sie ihm. »Auf diese Weise können wir beide den Umstand ignorieren, daß Ihr in schlechte Gesellschaft geraten seid.«

»Danke«, sagte er trocken. »Seht Ihr eine Möglichkeit, den Aquädukt zum Einsturz zu bringen, ohne Euch selbst in den Keller zu begeben?«

»Das kann ich übernehmen, Eminenz«, erbot sich Sperber. »Ich werde mich dazu des Bhellioms bedienen.«

»Das könnt Ihr nicht«, erinnerte Sephrenia ihn. »Ihr habt nicht mehr beide Ringe.« Sie blickte wieder Dolmant an. »Ich kann es«, versicherte sie ihm. »Wenn Sperber im Keller ist, vermag ich den Zauber durch ihn zu lenken.«

»Das ist noch besser«, begeisterte sich Dolmant. »Vanion, was haltet Ihr davon: Ihr und ich sprechen mit Oberst Delada, dem Kommandanten der Leibgarde des Erzprälaten. Wir schicken seine Gardisten unter dem Befehl eines zuverlässigen Mannes in den Keller.«

»Kurik?« schlug Sperber vor.

»Genau der Richtige!« lobte Dolmant. »Warum habt Ihr ihn eigentlich nie zum Ritter geschlagen, Vanion?«

»Wegen seiner Klassenvorurteile, Dolmant.« Vanion lachte. »Nach Kuriks Meinung sind Ritter Männer ohne Verstand und wirkliche Tugenden. Zuweilen glaube ich fast, daß er recht hat.«

»Also gut«, fuhr Dolmant fort. »Wir schicken Kurik und die Gardisten in den Keller, um auf Martel zu warten – natürlich so, daß er sie nicht entdeckt. Was wird das erste sichere Zeichen sein, daß Martels Großangriff auf unsere Mauer beginnt?«

»Felsbrocken, die vom Himmel fallen, nehme ich an. Das ist das Zeichen, daß seine Palintona in Schleuderstellung sind.«

»Und das dürfte der wahrscheinlichste Zeitpunkt sein, daß er sich auf den Weg durch den Aquädukt macht, nicht wahr?«

Vanion nickte. »Das Risiko, entdeckt zu werden, wäre zu groß, wenn sie schon früher in den Keller schlichen.«

»Das paßt alles wunderbar zusammen.« Dolmant schien in diesem Punkt mit sich zufrieden zu sein. »Sperber und Oberst Delada werden auf der Mauer auf die ersten Felsgeschosse warten. Sobald diese herunterkrachen, begeben die beiden sich in den Keller, um das Gespräch zwischen Martel und Annias zu belauschen. Falls die Erzprälatengarde den Eingang zum Aquädukt nicht halten kann, wird Sephrenia den Tunnel zum Einsturz bringen. Nun, was meint Ihr, Vanion?«

»Das ist ein ausgezeichneter Plan, Eminenz«, sagte Vanion, ohne eine Miene zu verziehen, denn genau wie er sah auch Sperber, daß der Plan sehr lückenhaft war. Die Jahre schienen Dolmants klaren, strategischen Verstand ein wenig getrübt zu haben. »Ich sehe nur einen Haken«, fügte Vanion hinzu.

»Ach?«

»Sobald die Mauer unter dem Bombardement fällt, werden wahrscheinlich Horden von Söldnern in die Altstadt einfallen.«

»Das wäre natürlich sehr ungünstig«, gestand Dolmant stirnrunzelnd ein. »Sprechen wir trotzdem mit Oberst Delada. Ich bin überzeugt, daß sich eine Möglichkeit finden wird.«

Vanion seufzte und folgte dem Patriarchen von Demos aus dem Gemach.

»War Dolmant immer so?« fragte Sperber Sephrenia. »Ich glaube, er übertreibt mit seinem Optimismus.«

»Das liegt an eurer elenischen Theologie, Lieber.« Sie lächelte. »Dolmant ist beruflich verpflichtet, an göttliche Fügung zu glauben. Styriker sehen darin die schlimmste Art von Fatalismus. Was beunruhigt Euch, Lieber?«

»Eine gute logische Theorie hat sich für mich zerschlagen, Sephrenia. Nach allem, was wir von Perraine wissen, kann ich den Schatten nicht mehr mit Azash in Verbindung bringen.«

»Warum seid Ihr so auf greifbare Beweise versessen, Sperber?«

»Entschuldigt, aber ich verstehe nicht.«

»Nur weil Ihr eine Verbindung nicht logisch begründen könnt, gebt Ihr bereits die ganze Theorie auf. Eure Folgerungen waren von Anfang an sehr dünn. Im Grunde genommen habt Ihr nur versucht, die Dinge so zurechtzubiegen, daß Eure Logik Euch dasselbe sagte wie Euer Gefühl – eine Art Rechtfertigung für eine innere Überzeugung. Ihr hattet das Gefühl – Ihr habt geglaubt –, daß der Schatten von Azash kam. Das genügt mir. Ich fühle mich sowieso wohler dabei, wenn ich mich auf Eure Gefühle verlasse statt auf Eure Logik.«

»Übertreibt Ihr nicht ein wenig?«

Sie lächelte. »Ich glaube, es ist an der Zeit, die Logik zu vergessen und sich auf die inneren Überzeugungen zu stützen, Sperber. Ritter Perraines Geständnis löscht jegliche Verbindung zwischen diesem Schatten, den Ihr immer wieder aus den Augenwinkeln seht, und den Anschlägen auf Euch, nicht wahr?«

»Ich fürchte, so ist es«, gab er zu. »Schlimmer noch, ich habe in letzter Zeit auch den Schatten nicht mehr gesehen.«

»Nur weil Ihr ihn nicht gesehen habt, bedeutet es nicht, daß er nicht mehr da ist. Beschreibt mir genau, was Ihr bei seinem Anblick empfunden habt.«

»Eine Eiseskälte«, antwortete er. »Und das überwältigende Gefühl, daß es mich haßte, was immer es war. Ich bin schon früher gehaßt worden, Sephrenia, aber nicht so. Es war unmenschlich.«

»Gut. Es ist etwas Übernatürliches. Davon können wir ausgehen. Was noch?«

»Ich hatte Angst«, gestand er.

»Ihr? Ich dachte, Ihr wüßtet überhaupt nicht, was dieses Wort bedeutet.«

»Und ob ich das weiß!«

Sie dachte nach, wobei sie die Stirn runzelte. »Eure ursprüngliche Theorie stand aber auch auf sehr wackligen Beinen, Sperber. Wäre es denn *wirklich* logisch, daß Azash Euch von irgendeinem Halunken ermorden läßt, wenn er dann erst seiner habhaft werden muß, um sich den Bhelliom von ihm geben zu lassen?«

»Es wäre wirklich ein wenig umständlich«, mußte Sperber zugeben.

»Angenommen, Martel allein hat Perraine unter Druck gesetzt – ohne Annias einzuweihen. Wir müssen dabei natürlich von der Voraussetzung ausgehen, daß es Annias ist, der mit Otha verhandelt, nicht Martel.«

»Ich könnte mir auch gar nicht vorstellen, daß Martel soweit gehen würde, persönliche Verhandlungen mit Otha zu führen.«

»Da wäre ich mir nicht so sicher, Sperber. Aber nehmen wir einmal an, daß es Martels Idee war, Euch zu töten, nicht die Othas – und auch nicht irgendein verwickelter Plan, den Azash ausbrütete. *Das* würde das Loch in Eurer Logik stopfen. Der Schatten kann demnach mit Azash zusammenhängen, ohne irgend etwas mit den Anschlägen auf Euch zu tun zu haben.«

»Was treibt er dann?«

»Wahrscheinlich beobachten. Azash möchte wissen, wo Ihr seid, und *vor allem*, wo der Bhelliom ist. Das würde auch erklären, weshalb Ihr den Schatten fast immer seht, wenn Ihr den Stein aus dem Beutel zieht.«

»Ich habe schon Kopfweh von dieser Grübelei, kleine Mutter. Aber wenn alles nach Dolmants Plan verläuft, werden Martel und Annias uns bald für ein paar Fragen zur Verfügung stehen. Vielleicht erfahren wir genug, daß dieses Grübeln ein Ende hat.«

Oberst Delada, der Kommandant der Leibgarde des Erzprälaten, war ein untersetzter, kräftig gebauter Mann mit kurzgeschnittenem rötlichem Haar und furchigem Gesicht. Trotz seines weitgehend zeremoniellen Amtes gab er sich wie ein Krieger. Er trug den brünierten Harnisch, den gehämmerten Rundschild und das traditionelle Kurzschwert seiner Gardeeinheit. Sein knielanges Cape war rot und sein visierloser Helm mit einem Pferdehaarbusch gekrönt. »Sind sie wirklich so groß, Ritter Sperber?« fragte er, während er neben dem Pandioner vom Flachdach eines an die Mauer angrenzenden Altstadthauses über die rauchenden Ruinen der Neustadt blickte.

»Ich weiß es auch nicht, Oberst Delada«, antwortete Sperber. »Ich habe auch noch nie eines gesehen, im Gegensatz zu Bevier, der mir versicherte, daß sie mindestens so groß wie ein mittleres Haus sind.«

»Und sie können damit wahrhaftig Steine von der Größe eines Ochsen schleudern?«

»So hat man mir berichtet.«

»Wo soll das nur hinführen?«

»Sie nennen es Fortschritt, mein Freund«, sagte Sperber sarkastisch.

»Die Welt wäre ein besserer Ort, würde man alle Wissenschaftler und Techniker aufhängen, Ritter Sperber.«

»Und die Advokaten dazu.«

»O ja, die Advokaten auf jeden Fall. *Jeder* will sämtliche Advokaten hängen.« Delada kniff die Augen zusammen. »Weshalb tut ihr in meiner Gegenwart eigentlich alle so geheimnisvoll, Sperber?«

»Wir müssen Eure strikte Neutralität schützen, Delada. Ihr werdet etwas sehen – und, wie wir hoffen, auch hören –, das sehr wichtig ist. Später wird man Euch rufen, Zeugnis darüber abzulegen. Dann werden einige Personen mit allen Mitteln versuchen, Eure Aussage in Zweifel zu ziehen.«

»Das sollen sie besser lassen!« sagte der Oberst hitzig.

Sperber lächelte. »Wenn Ihr zuvor keine Ahnung habt, was Ihr sehen und hören werdet, kann niemand Eure Unparteilichkeit in Frage stellen.«

»Ich bin nicht dumm, Sperber, und ich *habe* Augen. Es hat mit der Wahl zu tun, nicht wahr?«

»Zur Zeit hat so gut wie alles in Chyrellos mit der Wahl zu tun, Delada – außer vielleicht die Belagerung da draußen.«

»Und ich würde nicht allzu hoch darauf setzen, daß die Belagerung nicht auch damit zusammenhängt.«

»Das ist eines der Dinge, über die wir besser nicht reden sollten, Oberst.«

»Aha!« trumpfte Delada auf. »Genau, wie ich dachte!«

Sperber spähte über die Mauer. Das Entscheidende war, die geheime Absprache zwischen Martel und Annias zweifelsfrei zu beweisen. Doch Sperber hatte seine Bedenken. Falls aus dem Gespräch zwischen dem Primas von Cimmura und dem ehemaligen Pandioner Martels Identität *nicht* hervorging, würde Delada der Hierokratie lediglich von einer höchst verdächtigen Unterhaltung zwischen Annias und einem Fremden berichten können, dessen Name nicht gefallen war. Emban, Dolmant und Ortzel waren jedoch unerbittlich gewesen. Delada durfte auf keinen Fall etwas mitgeteilt werden, das sich auf seine Zeugenaussage auswirken könnte. Besonders Patriarch Emban hatte Sperber enttäuscht. Der fette Kirchenmann war in jeder anderen Beziehung verschlagen und hinterlistig. Warum hatte gerade bei diesem kritischen Punkt sein sittliches Empfinden versagt?

»Es geht los, Sperber!« rief Kalten von der fackelbeleuchteten Mauer. »Die Rendorer kommen, unsere Hindernisse aus dem Weg zu räumen.«

Das Dach war etwas höher als die Mauer, so konnte Sperber gut über die Befestigungsanlage blicken. Die Rendorer stürmten herbei, heulend wie immer. Ohne auf die erkennbaren Giftflecken an den Stacheln der Igel zu achten, rollten sie die Hindernisse aus dem Weg. Von religiöser Ekstase erfüllt gingen manche sogar soweit, sich unnötigerweise auf die vergifteten Spitzen zu werfen. Bald waren breite Gassen geräumt, und die mächtigen Belagerungstürme rollten durch die immer noch rauchende Neustadt auf die Altstadtmauer zu.

Sperber konnte sehen, daß die Belagerungstürme aus dicken Brettern errichtet waren. Feste Rinderfelle bedeckten sie, die so oft in Wasser getaucht worden waren, daß noch immer wahre Bäche hinabrannen. Es würde keinem Pfeil oder

Armbrustbolzen gelingen, durch die Planken zu dringen, und weder siedendes Pech noch Naphtha könnten die triefenden Felle in Brand setzen. Martel begegnete wirkungsvoll jeder ihrer Verteidigungsmaßnahmen.

»Erwartet Ihr tatsächlich, daß es zum Kampf in der Basilika kommt, Ritter Sperber?« fragte Delada.

»Wir können nur hoffen, daß es uns erspart bleibt, Oberst«, erwiderte Sperber. »Trotzdem ist es besser, darauf vorbereitet zu sein. Ich bin Euch wirklich dankbar, daß Ihr Eure Gardisten im Keller postiert habt – besonders, da ich Euch leider nicht sagen darf, weshalb wir die Männer dort brauchen. Ohne Eure Gardisten hätten wir Soldaten von der Mauer abziehen müssen.«

»Ich hoffe, Ihr wißt, was Ihr tut, Sperber«, sagte der Oberst düster. »Die ganze Abteilung unter den Befehl Eures Knappen zu stellen, hat meinen Unterführer ein wenig verärgert.«

»Es war eine taktische Entscheidung, Oberst. In dem hallenden Keller würden Eure Männer gebrüllte Befehle gar nicht verstehen. Kurik und ich sind schon lange beisammen und haben Möglichkeiten gefunden, mit derartigen Situationen fertig zu werden.«

Delada betrachtete die Belagerungstürme, die schwerfällig über die geräumte Fläche vor der Mauer rollten. »Beeindruckende Ungetüme«, stellte er fest. »Wie viele Männer bringt man in einem dieser Türme unter?«

»Das kommt ganz darauf an, wie sehr man seine Männer schätzt.« Sperber hielt seinen Schild nun vor sich, um die Pfeile abzuwehren, die bereits auf das Dach fielen. »Mehrere Hundert mindestens.«

»Ich bin mit Belagerungstaktiken nicht vertraut«, gestand Delada. »Was geschieht jetzt?«

»Sie rollen die Türme an die Mauer und versuchen zu stürmen. Die Verteidiger ihrerseits versuchen, die Türme umzukippen. Es wird eine Menge Blut fließen.«

»Wann kommen die Palintona ins Spiel?«

»Wahrscheinlich, sobald mehrere Türme fest an der Mauer stehen.«

»Werden sie denn nicht auch ihre eigenen Männer treffen?«

»Die Angreifer in den Belagerungstürmen sind nicht sehr wichtig. Viele sind Rendorer – wie jene, die beim Wegräumen der Hindernisse ihr Leben ließen. Der Befehlshaber dieser Armee ist nicht gerade ein Menschenfreund.«

»Kennt Ihr ihn?«

»O ja, sehr gut!«

»Und Ihr wollt ihn töten, nicht wahr?« fragte Delada.

»Das habe ich schon einige Male in Erwägung gezogen«, gab Sperber zu.

Ein Turm war inzwischen bereits ziemlich nahe an der Mauer, und die Verteidiger, die sich unter dem Hagel von Pfeilen und Armbrustbolzen duckten, warfen Enterhaken an langen Seilen über das Dach des Turms. Dann zogen sie an den Seilen. Der Turm wackelte, schwankte hin und her und kippte schließlich mit ohrenbetäubendem Krachen um. Die Männer im Innern schrien, manche vor Schmerzen, andere vor Schrecken. Sie wußten, was bevorstand. Durch den Sturz waren die Bretter gebrochen, und der Turm lag offen wie ein aufgeschlagenes Ei. Siedendes Pech und Naphta ergossen sich auf den zerschmetterten Turm, und die Männer, die aus ihm hervorkrabbelten, und geworfene Fackeln zündeten die heiße Flüssigkeit an.

Delada schluckte, als die Verzweiflungsschreie der brennenden Menschen vom Fuß der Mauer aufstiegen. »Geschieht das sehr oft?« fragte er rauh.

»Wir *hoffen* es«, antwortete Sperber düster. »Jeder, den wir außerhalb der Mauer töten, ist einer weniger, der hereingelangt.« Er wirkte einen raschen Zauber und sprach zu Sephrenia, die im Ordenshaus wartete. »Hier ist der Angriff in vollem Gang, kleine Mutter«, meldete er. »Ist schon etwas von Martel zu sehen?«

»Noch nicht, Lieber.« Ihre Stimme schien beinahe in sein Ohr zu flüstern. »Seid vorsichtig, Sperber!«

»Zu wem sprecht Ihr, Ritter Sperber?« fragte Delada verwundert.

»Ihr seid ziemlich fromm, Oberst, nicht wahr?«

»Ich bin ein Sohn der Kirche, Sperber.«

»Dann wärt Ihr vielleicht bestürzt über meine Antwort. Die Kriegerorden haben die Erlaubnis, gewisse Gebote der elenischen Kirche zu übertreten. Lassen wir es doch dabei bewenden.«

Trotz aller Bemühungen der Verteidiger erreichten mehrere Türme die Mauer, und die Zugbrücken schwangen von den Türmen auf die Zinnen hinab. Ein Turm berührte die Mauer direkt neben dem Tor, doch Sperbers Freunde waren darauf vorbereitet. Mit Tynian an der Spitze stürmten sie über die Zugbrücke in den Turm. Sperber hielt den Atem an, als seine Freunde im Turm verschwanden. Der Lärm, der von dort kam, kündete von der Heftigkeit des Kampfes. Das Klirren und Krachen von Waffen war zu hören, dazu Schreie und Stöhnen. Dann kamen Tynian und Kalten heraus, rannten über die dicken Planken der Zugbrücke und hoben einen großen Kessel mit blubberndem Pech und Naphtha in ihre gepolsterten, stahlgeschützten Arme. Damit wankten sie zurück über die Zugbrücke und verschwanden wieder im Turm. Die Schreie wurden gellender, als sie den Kesselinhalt über die Feinde auf der Leiter im Turm schütteten.

Die Ritter kehrten aus dem Turm zurück. Als Kalten die Mauer erreichte, griff er nach einer Fackel und warf sie zum Turm, der wie eine riesige Fackel aufloderte. Schwarzer Rauch quoll aus der klaffenden Öffnung, die ursprünglich von der Zugbrücke bedeckt gewesen war; dann schlug eine orangefarbene Flamme aus dem Dach. Das qualvolle Geschrei im Turm schwoll an und erstarb ziemlich schnell.

Der Gegenangriff der Ritter entlang der Mauer reichte aus, die erste Welle der Angreifer abzuwehren, doch die Verteidigung der Zinnen hatte viele Opfer gefordert. Im dichten Hagel von Pfeilen und Armbrustbolzen hatten auf der Brustwehr viele Kirchensoldaten und auch Ordensritter ihr Leben gelassen.

»Sie werden wiederkommen, nicht wahr?« fragte Delada düster.

»Natürlich«, antwortete Sperber knapp. »Jetzt werden erst

einmal Katapulte die Mauern bombardieren und weitere Belagerungstürme anrollen.«

»Wie lange können wir durchhalten?«

»Vier, vielleicht fünf solcher Angriffe. Dann werden die Palintona beginnen, die Mauer in Stücke zu schießen. Danach wird die Altstadt zum Schlachtfeld.«

»Wir können gar nicht siegen, oder?«

»Wahrscheinlich nicht.«

»Dann ist Chyrellos verloren?«

»Es war in dem Augenblick verloren, als diese beiden Armeen anrückten, Delada. Die Strategie war wohlüberlegt. Man könnte fast sagen, brillant.«

Berit kam durch die Luke auf das Dach geklettert. Die Augen des Ritteranwärters waren geweitet. Er schüttelte stetig den Kopf. »Ritter Sperber!« rief er überlaut.

»Ja, Berit?«

»Was habt Ihr gesagt?«

Sperber blickte ihn scharf an. »Was ist los, Berit?«

»Tut mir leid, Ritter Sperber, ich kann Euch nicht hören. Sie haben die Glocken der Basilika geläutet, als der Angriff begann. Und die Glocken hängen in dem Türmchen über der Kuppel. So einen Lärm habt Ihr noch nie gehört!« Berit preßte die Hand gegen seine Schläfe.

Sperber faßte ihn bei den Schultern und blickte ihm direkt ins Gesicht. »Was ist los?« brüllte er und betonte die Worte mit übertriebener Mundbewegung.

»Oh, entschuldigt, Ritter Sperber. Ich bin noch immer ganz durcheinander von den Glocken. Tausende von Fackeln nähern sich von der anderen Seite des Arruk. Ich dachte, ich müßte Euch davon gleich berichten.«

»Verstärkung?« fragte Delada hoffnungsvoll.

»Ganz sicher«, antwortete Sperber. »Aber für welche Seite?«

Hinter ihnen ertönte ein donnerndes Krachen, und ein ziemlich großes Haus stürzte ein, als ein Felsblock das Dach durchschlug.

»O Gott!« entfuhr es Delada. »Dieser Stein war ungeheuerlich! Einem solchen Bombardement kann die Mauer nicht standhalten.«

»Stimmt«, bestätigte Sperber. »Es wird Zeit, daß wir uns in den Keller begeben, Oberst.«

»Der Gegner schleudert diese Riesensteine früher, als Ihr gedacht habt, Sperber«, bemerkte der Oberst. »Das ist doch ein gutes Zeichen, meint Ihr nicht?«

»Ich fürchte, das verstehe ich nicht ganz.«

»Könnte das nicht bedeuten, daß die Armee aus dem Westen Verstärkung für uns ist?«

»Die Truppen vor der Mauer sind Söldner, Oberst. Es *könnte* sein, daß sie es eilig haben, in die Altstadt zu gelangen, um die Beute nicht mit ihren Freunden auf der anderen Flußseite teilen zu müssen.«

Das unterste Kellergeschoß der Basilika war ein langes, niedriges Tonnengewölbe aus gewaltigen, sorgfältig geglätteten Steinen, das von wuchtigen Pfeilern getragen wurde. Das Gewicht des gesamten Bauwerks ruhte ausschließlich auf diesen Bogen. Es war dämmrig und sehr klamm im Kellergeschoß, das sich unmittelbar unter der Krypta erstreckte, wo die Gebeine vor langer Zeit entschlafener Kirchenmänner in dunkler Stille allmählich zu Staub zerfielen.

»Kurik!« zischte Sperber, als er und Delada an dem Gittertor vorbeikamen, das den Keller, in dem Sperbers Knappe und Deladas Gardisten warteten, vom übrigen Geschoß abtrennte.

Kurik kam auf leisen Sohlen zum Gitter.

»Das Bombardement mit den Palintona hat begonnen«, teilte Sperber ihm mit, »und eine große Armee nähert sich von Westen.«

»Du kommst ja mit großartigen Neuigkeiten«, brummte Kurik. »Es ist wirklich nicht sehr schön hier, Sperber. Ketten und Hand- und Fußschellen hängen an den Wänden, und weiter hinten ist eine Kammer, die Bellinas Herz hätte höherschlagen lassen.«

Sperber blickte Delada an.

Der Oberst hüstelte. »Die Folterkammer wird nicht mehr benutzt«, versicherte er ihm. »Es gab eine Zeit, da der Kirche jedes Mittel recht war, Ketzerei auszumerzen. Es wurden hier hochnotpeinliche Befragungen durchgeführt, um Geständnisse zu erzwingen. Das war nicht gerade eines der rühmenswerten Kapitel im Buch der Kirchengeschichte.«

Sperber nickte. »Einige Geschichten darüber drangen an die Öffentlichkeit. Warte hier mit den Gardisten, Kurik. Der Oberst und ich müssen an Ort und Stelle sein, ehe unsere Besucher eintreffen. Wenn ich zum Angriff pfeife, dann zögere nicht, weil ich dich dann wirklich brauche.«

»Habe ich dich je im Stich gelassen, Sperber?«

»Nein, natürlich nicht. Tut mir leid, es war eine überflüssige Bemerkung.« Er führte den Oberst tiefer in das Kellerlabyrinth. »Wir werden uns in einen verhältnismäßig großen Kellerraum begeben, Oberst«, erklärte er. »In der Wand gibt es eine Menge Nischen und Winkel. Der junge Bursche, der sich hier umsah, hat mir alles gezeigt. Er sagt, daß sich die beiden Männer, an denen wir interessiert sind, höchstwahrscheinlich dort treffen werden. Ihr werdet zumindest einen davon kennen. Ich hoffe, daß bei ihrem Gespräch auch der Name des anderen fällt. Bitte achtet genau darauf, was sie reden. Sobald das Gespräch zu Ende ist, möchte ich, daß ihr Euch direkt zu Eurer Unterkunft begebt und die Tür verschließt. Öffnet sie für niemanden, außer für mich, Hochmeister Vanion oder Patriarch Emban. Vielleicht fühlt Ihr Euch besser, wenn ich Euch versichere, daß Ihr für eine Weile die wichtigste Person in Chyrellos sein werdet, für deren Schutz wir ganze Armeen einsetzen.«

»Das ist alles sehr geheimnisvoll, Sperber.«

»Das ist leider vorerst unumgänglich, mein Freund. Ich hoffe, daß Ihr es versteht, sobald Ihr das Gespräch der beiden hört. Hier ist die Tür.« Sperber schob die morsche Tür auf, und die beiden Männer betraten ein großes dunkles, spinnwebendurchzogenes Gewölbe. Ein schlichter Tisch und zwei Stühle standen nahe der Tür. Auf dem Tisch stand ein dicker Kerzenstumpf in einem Unterteller mit Sprüngen. Sperber ging voraus zur hinteren Wand und trat in einen tiefen Alkoven. »Nehmt Euren Helm ab«, flüsterte er, »und wickelt Euren Umhang um den Brustharnisch, damit uns kein spiegelnder Lichtschein verraten kann.«

Delada nickte.

»Ich werde jetzt die Kerze ausblasen«, warnte Sperber, »und wir müssen vollkommen still sein. Sollten wir uns dringend etwas mitzuteilen haben, müssen wir es uns so leise wie möglich ins Ohr flüstern.« Er blies die Kerze aus. Dann warteten sie. Irgendwo weit entfernt tropfte Wasser in der Dunkelheit.

Es mochten fünf Minuten vergangen sein – oder eine Stunde – oder gar ein Jahrhundert –, als vom hintersten Kellerende ein gedämpftes Klicken zu hören war.

»Soldaten«, hauchte Sperber Delada zu. »Hoffen wir, daß ihr Führer sie nicht alle hereinbringt.«

»Ja, hoffentlich«, wisperte Delada.

Gleich darauf kam ein Vermummter durch die Tür, der mit einer Hand eine brennende Kerze vor Zugluft schützte. Mit ihr zündete er den Kerzenstumpf auf dem Tisch an, dann blies er seine Kerze aus und schlug die Kapuze aus dem Gesicht zurück.

»Ich hätte es mir denken können«, wisperte Delada Sperber zu. »Es ist der Primas von Cimmura!«

»Allerdings, mein Freund. Allerdings.«

Die Soldaten kamen näher. Sie gaben sich Mühe, das Rasseln ihrer Ausrüstung zu vermeiden. »Das ist weit genug«, erklärte eine nur zu gut bekannte Stimme. »Zieht euch ein Stück zurück. Ich rufe, wenn ich euch brauche.«

Nach einer kurzen Pause trat Martel ein. Er hatte seinen Helm unter den Arm geklemmt, und sein weißes Haar schimmerte im Licht der Kerze.

»Nun, Annias«, sagte er gedehnt. »Es war ein guter Versuch, aber das Spiel ist zu Ende.«

»Was redet Ihr da, Martel?« schnaubte Annias. »Alles verläuft nach Plan!«

»Bis vor einer Stunde.«

»Ihr sprecht in Rätseln, Martel. Sagt schon, was geschehen ist!«

»Eine Armee marschiert aus dem Westen heran, Annias.«

»Die zweite Welle cammorischer Söldner, von der Ihr gesprochen habt?«

»Ich fürchte, diese Söldner wurden inzwischen aufgerieben, Annias.« Martel schnallte seinen Waffengurt ab. »Ich sage es Euch gar nicht gern, alter Junge, aber es ist Warguns Armee, und sie ist überall, so weit das Auge reicht.«

Sperbers Herz hüpfte vor Freude.

»Wargun?« rief Annias. »Ihr habt gesagt, Ihr hättet dafür gesorgt, daß er Chyrellos fernbleibt!«

»Das hatte ich auch gedacht, alter Junge, aber irgendwie ist wohl doch jemand zu ihm vorgedrungen.«

»Und seine Armee ist größer als Eure?«

Martel ließ sich auf den Stuhl fallen. »Gott, bin ich müde«, gestand er. »Ich habe seit zwei Tagen nicht mehr geschlafen. Was habt Ihr gesagt?«

»Hat Wargun mehr Männer als Ihr?«

»Du lieber Himmel, ja! Er könnte uns in wenigen Stunden aufreiben. Wir sollten wirklich nicht auf ihn warten. Alles, worum *ich* mir Sorgen machen muß, ist lediglich, wie lange Sperber braucht, mich zu töten. Trotz seines Aussehens ist er im Grund genommen ein sanfter Mensch. Ich bin sicher, er wäre recht schnell mit mir fertig. Perraine hat mich wirklich enttäuscht. Ich dachte, er könnte meinen früheren Bruder endgültig aus dem Weg räumen. Na ja, dann wird eben Ydra für seine Unfähigkeit bezahlen. Wie ich also sagte, Sperber dürfte nicht einmal eine Minute brauchen, mich zu töten. Er ist ein viel besserer Schwertkämpfer als ich. *Ihr* dagegen müßt Euch weit größere Sorgen machen. Lycheas hat mir erzählt, daß Ehlana Euren Kopf auf einem Tablett serviert haben möchte. Ich habe sie mal flüchtig in Cimmura gesehen, kurz nach dem Tod ihres Vaters, bevor Ihr sie vergiftet habt. Sperber ist sanftmütig, aber Ehlana ist härter als Stein, und sie haßt Euch, Annias. Es könnte leicht sein, daß ihr einfällt, Euch mit eigener Hand den Kopf abzuschlagen. Da sie jedoch ein zierliches Mädchen ist, braucht sie vielleicht einen halben Tag, bis sie Euren dicken Hals durchgesäbelt hat.«

»Aber wir sind dem Ziel so *nahe*«, rief Annias wütend und enttäuscht zugleich. »Der Erzprälatenthron ist mir so gut wie sicher. Ich brauche nur danach zu greifen!«

»Laßt ihn lieber ganz schnell wieder los. Er ist viel zu schwer, ihn mitzuschleppen, wenn Ihr um Euer Leben rennen müßt. Arissa und Lycheas packen in meinem Zelt bereits ein paar Dinge, aber Ihr werdet zum Packen keine Zeit mehr haben, fürchte ich. Und eines möchte ich gleich klarstellen, Annias. Ich werde nicht auf Euch warten – nie! Wenn Ihr zu langsam seid, lasse ich Euch zurück!«

»Aber einige Sachen *muß* ich mitnehmen, Martel!«

»Daran zweifle ich nicht. Mir fallen selbst ein paar ein, ohne daß ich lange überlegen muß – Euer Kopf beispielsweise. Und Lycheas sagt, daß der blonde Affe, der bei Sperber ist, der sehr ungesunden Leidenschaft zu frönen begonnen hat, Leute aufzuhängen. Ich kenne Kalten gut genug, um zu wissen, wie unbeholfen er ist. Ganz bestimmt wird er Pfusch machen, und der Ehrengast bei einem stümperhaften Tanz am Henkersseil zu sein, ist nicht meine Vorstellung von einem vergnüglichen Nachmittag.«

»Wie viele Männer habt Ihr in den Keller mitgebracht?« Angst schwang in Annias' Stimme.

»Etwa hundert.«

»Seid Ihr wahnsinnig? Wir befinden uns mitten in einem Stützpunkt der Ordensritter!«

»Eure Feigheit kommt ans Licht, Annias.« Martels Stimme troff von Verachtung. »Dieser Aquädukt ist nicht sehr breit. Möchtet Ihr wirklich über tausend bis an die Zähne bewaffnete Söldner klettern, wenn der Augenblick kommt, die Beine in die Hand zu nehmen und zu rennen?«

»Rennen! Wohin könnten wir denn rennen? Wohin könnten wir uns überhaupt begeben?«

»Nach Zemoch natürlich. Otha wird uns beschützen.«

Oberst Delada sog den Atem fast zischend ein.

»Psst!« mahnte Sperber.

Martel stand auf und begann hin und her zu stapfen. Im Kerzenlicht wirkte sein Gesicht gerötet.

»Denkt an folgendes, Annias«, sagte er. »Ihr habt Ehlana Darestim gegeben, und Darestim ist absolut tödlich. Es gibt keine Heilung, und kein gewöhnlicher Zauber könnte die Wirkung aufgehoben haben. Das weiß ich, weil ich selbst von Sephrenia in Magie ausgebildet wurde.«

»Diese styrische Hexe!« knirschte Annias.

Martel packte ihn am Kragen und hob ihn von seinem Stuhl. »Hütet Eure Zunge, Annias. Beleidigt meine kleine Mutter nicht, oder Ihr würdet Euch wünschen, Sperber hätte Euch erwischt. Wie ich schon sagte, er ist im Grund genommen eine sanfte Seele. Im Gegensatz zu mir. Ich kann Euch so allerlei antun, was Sperber nicht einmal im Traum einfallen würde.«

»Ihr hegt doch gewiß nicht noch irgendwelche Gefühle für sie!«

»Das ist *meine* Sache, Annias. Hört lieber zu. Wenn nur Magie die Königin geheilt haben kann, und gewöhnlicher Zauber nicht gewirkt hätte, was bleibt dann noch übrig?«

»Der Bhelliom?« riet Annias und strich die Falten glatt, die Martels Faust am Oberteil seines Gewandes gedrückt hatte.

»Genau. Sperber hat ihn irgendwie in die Hände bekommen. Er benutzte ihn, Ehlana zu heilen. Höchstwahrscheinlich trägt er ihn bei sich. Ich werde die Rendorer losschicken, die Brücken über den Arruk zu zerstören. Das müßte Wargun eine Zeitlang aufhalten und Euch und mir Zeit geben, uns in Sicherheit zu bringen. Wir gehen am besten zuerst ein Stück nordwärts, um aus dem Kampfgebiet zu gelangen, und wenden uns dann nach Osten, Richtung Zemoch.« Er grinste freudlos. »Wargun wollte die Rendorer schon immer auslöschen. Wenn ich sie hinaus zu den Brücken schicke, bekommt er die Gelegenheit, und weiß Gott, *ich* werde ihnen nicht nachtrauern. Meinen übrigen Truppen werde ich befehlen, sich

Wargun am Ostufer entgegenzustellen. Sie werden heldenhaften Widerstand leisten – mit viel Glück dauert die Schlacht gute zwei Stunden, ehe Wargun sie alle niedergemetzelt hat. Mehr Zeit bleiben Euch, mir und unseren Freunden nicht, um von hier wegzukommen. Wir können davon ausgehen, daß Sperber uns dicht auf den Fersen bleibt, und es besteht wohl kein Zweifel, daß er den Bhelliom dabeihaben wird.«

»Woher wollt Ihr das alles wissen, Martel? Ihr stellt doch nur Vermutungen an.«

»Mir scheint, Ihr seid all die Jahre in Sperbers Nähe gewesen und kennt ihn immer noch nicht. Ihr seid ein ausgesprochener Idiot, ist Euch das klar? Otha hat seine Truppen in Ostlamorkand zusammengezogen und wird bereits im Laufe der nächsten Tage in Westeosien einmarschieren. Er wird alles in Sichtweite abschlachten – Männer, Frauen, Kinder, Rinder, Hunde, wilde Tiere, sogar Fische. Das zu verhindern ist die oberste Pflicht der Ordensritter. Das war einer der Gründe, die Kriegerorden ins Leben zu rufen. Sperber ist das Musterbeispiel eines pflichtbewußten, ehrenhaften und unbeugsamen Ordensritters. Ich würde meine Seele dafür geben, ein Mann wie Sperber zu sein. Er besitzt das einzige, das Otha aufhalten kann. Glaubt Ihr da wirklich, daß irgend etwas auf der Welt ihn daran hindern könnte, den Bhelliom mitzunehmen? Benutzt Euren Verstand, Annias.«

»Was nützt es uns dann, davonzulaufen, wenn wir wissen, daß uns Sperber mit dem Bhelliom auf den Fersen ist? Er wird Otha vernichten und uns mit ihm.«

»Das ist unwahrscheinlich. Sperber ist zwar mächtig, aber er ist kein Gott wie Azash, und Azash ist seit Anbeginn der Zeit auf den Bhelliom versessen. Sperber wird uns verfolgen, und Azash wird ihn erwarten und vernichten, um den Bhelliom an sich zu bringen. Dann wird Otha einmarschieren. Und da wir ihm einen so ungeheuren Dienst erwiesen haben, wird er Euch auf den Erzprälatenthron setzen und *mir* jenes eosische Königreich geben, das ich mir aussuche – vielleicht sogar alle. Otha hat seinen Machthunger in den letzten tausend Jahren verloren. Ich werde sogar Lycheas als Regenten – oder gar als König – von Elenien einsetzen, wenn Ihr das möchtet, obwohl ich mir beim besten Willen keinen Grund dafür vorstellen kann. Euer Sohn ist ein wehleidiger Schwachkopf, und allein sein Anblick dreht mir den Magen um.«

Sperber fröstelte plötzlich. Er schaute sich um. Obwohl er ihn nicht sehen konnte, wußte er, daß der Schatten, der ihm seit Ghwerigs Tod folgte, irgendwo in diesem Kellerraum war. Konnte es sein, daß er schon auftauchte, wenn nur über den Bhelliom gesprochen wurde?

»Aber wie wollen wir wissen, daß Sperber uns folgen wird?« fragte Annias. »Er weiß doch nichts von unserer Abmachung mit Otha und hat deshalb nicht die geringste Ahnung, wohin wir wollen.«

»Ihr seid wirklich naiv, Annias.« Martel lachte. »Sephrenia kann ein Gespräch aus fünf Meilen Entfernung belauschen und, wenn sie will, ebenso jeder, der bei ihr ist. Und nicht nur das. Es gibt Hunderte von Stellen in diesem Geschoß, die sich in Hörweite dieses Raumes befinden. Glaubt mir, Annias, auf die eine oder andere Weise belauscht Sperber uns in diesem Augenblick.«

Er machte eine Pause.

»Das stimmt doch, Sperber?« fügte er hinzu.

15

Martels Frage hing im modrigen Halbdunkel.

»Bleibt hier«, flüsterte Sperber Delada finster zu. Er griff nach seinem Schwert.

»Kommt nicht in Frage«, entgegnete der Oberst grimmig. Auch er zog sein Schwert.

Es war wirklich weder der richtige Augenblick noch der richtige Ort für Streitgespräche. »Also gut. Aber seid vorsichtig. Ich nehme Martel, Ihr Annias.«

Sie traten beide aus ihrem Versteck und schritten auf den

Tisch mit der flackernden Kerze zu. »Wenn das nicht mein teurer Bruder Sperber ist!« sagte Martel. »Welch eine Freude, dich wiederzusehen, alter Junge.«

»Dann schau nur schnell, Martel, denn du wirst bald für sehr lange Zeit gar nichts mehr sehen.«

»Ich würde dir ja gern den Gefallen tun, Sperber, aber ich fürchte, wir werden es wieder einmal verschieben müssen. Dringende Geschäfte, das verstehst du doch.« Martel packte Annias bei der Schulter und stieß ihn zur Tür. »Lauft!« zischte er. Die beiden rannten hinaus, während Sperber und Delada mit der Klinge in der Faust herbeistürmten.

»Bleibt stehen!« rief Sperber seinem Begleiter zu.

»Sie entkommen, Sperber!« protestierte Delada.

»Das sind sie bereits«, entgegnete Sperber mit grimmiger Enttäuschung. »Martel hat hundert Mann da draußen. Wir brauchen Euch lebend, Oberst.« Sperber pfiff schrill, während er bereits rasch näher kommende Schritte zahlloser Männer hörte. »Wir müssen die Tür verteidigen, bis Kurik und die Gardisten hier sind.«

Sie stellten sich links und rechts neben der morschen Tür auf. Im letzten Moment trat Sperber ein paar Schritte von dem Bogeneingang in der massiven Steinwand zurück, so daß er gut zu sehen war. Hier hatte sein Schwert volle Bewegungsfreiheit, während die Soldaten wegen der Enge des Eingangs mit ihren Schwertern nicht weit ausholen konnten.

Martels Soldaten erkannten sehr schnell, daß es keine gute Idee gewesen war, sich auf Sperber stürzen zu wollen, wenn er wütend war. Und Sperber war sehr wütend. Die Toten häuften sich vor der Tür, als er seinen Zorn an der hereinquellenden Meute ausließ.

Dann war Kurik mit Deladas Gardisten da, und Martels Männer fielen zurück und verteidigten den Gang, der zur Aquäduktöffnung führte, durch die Martel und Annias bereits verschwunden waren.

»Alles in Ordnung mit euch?« erkundigte Kurik sich kurz und blickte durch den Bogeneingang.

»Ja«, versicherte ihm Sperber. Rasch griff er nach Deladas Arm, als der Oberst an ihm vorbei wollte.

»Nein, Oberst. Erinnert Ihr Euch an meine Worte, daß Ihr für eine Weile der wichtigste Mann in Chyrellos sein würdet?«

»Ja«, brummte Delada verdrossen.

»Eure besondere Bedeutung begann vor ein paar Minuten, und ich werde *nicht* zulassen, daß Ihr Euch in Lebensgefahr bringt, nur weil Euch die Kampflust erfaßt hat. Ich bringe Euch jetzt zu Eurer Unterkunft und stelle eine Wache vor Eure Tür.«

Delada stieß sein Schwert in die Scheide zurück. »Ihr habt natürlich recht«, gestand er ein. »Es ist nur, daß ...«

»Ich weiß, Delada. Es geht mir nicht anders.«

Nachdem er für die Sicherheit des Obersts gesorgt hatte, kehrte Sperber in den Keller zurück. Die Gardisten unter Kuriks Befehl waren dabei, alle Söldner aufzustöbern, die sich verstecken wollten. Kurik kam durch das fackelerhellte Halbdunkel zurück. »Ich fürchte, Martel und Annias ist die Flucht gelungen, Sperber«, meldete er.

»Er war auf uns vorbereitet, Kurik«, sagte Sperber verdrossen. »Irgendwie wußte er, daß wir entweder hier unten sein würden oder daß wir ihn mit Sephrenias Hilfe belauschen würden. Er hat eine Menge Gutes über mich gesagt.«

»Ach?«

»Vor allem aber, daß die Armee, die sich aus dem Westen nähert, die Warguns ist.«

»Wird auch Zeit, daß er kommt.« Plötzlich grinste Kurik.

»Martel verkündete sogar, was er vorhat. Er *will*, daß wir ihn verfolgen.«

»Es wird mir ein Bedürfnis sein, ihm diesen Wunsch zu erfüllen. Haben wir wenigstens bekommen, was *wir* wollten?«

Sperber nickte. »Sobald Delada mit seinem Bericht fertig ist, wird niemand mehr für Annias stimmen.«

»Das ist wenigstens etwas.«

»Übergib irgendeinem Hauptmann den Befehl über diese Gardisten und begleite mich zu Vanion.«

Die Hochmeister der vier Orden standen auf dem Wehrgang der Mauer nahe dem Tor und blickten verwundert auf die Söldner, die sich zurückzuziehen begannen. »Sie haben plötzlich grundlos den Angriff aufgegeben«, sagte Vanion, als Sperber und Kurik zu ihnen stießen.

»Sie haben durchaus einen Grund«, erklärte ihm Sperber. »Das da drüben jenseits des Flusses ist Warguns Armee.«

»Gott sei Dank!« rief Vanion. »Ein Kurier muß also doch durchgekommen sein. Wie verlief es im Keller?«

»Oberst Delada hat ein *sehr* interessantes Gespräch mitgehört. Martel und Annias sind leider entkommen. Sie wollen nach Zemoch fliehen und sich unter Othas Schutz begeben. Martel wird seine Rendorer losschicken, um die Brücken zu zerstören, damit seine Söldner Zeit bekommen, Stellung zu beziehen. Er glaubt nicht, daß sie viel gegen Wargun ausrichten können. Eigentlich hofft er nur, soviel Zeit zu gewinnen, daß er sich in Sicherheit bringen kann.«

»Wir sollten gleich mit Dolmant reden«, meinte Hochmeister Darellon. »Die Lage hat sich ein wenig geändert. Ruft doch Eure Freunde zusammen, Ritter Sperber, dann treffen wir uns alle im Ordenshaus.«

»Gib ihnen bitte Bescheid, Kurik«, wandte Sperber sich an seinen Knappen. »Und sorg für die Verbreitung der guten Neuigkeit, daß König Wargun eingetroffen ist.«

Kurik nickte.

Die Patriarchen waren unendlich erleichtert, als sie von König Warguns Anrücken erfuhren und davon, daß Annias sich selbst belastet hatte. »Der Oberst kann sogar bezeugen, daß Annias und Martel ein Abkommen mit Otha haben«, berichtete Sperber. »Das einzig Bedauerliche an der ganzen Sache ist, daß Annias und Martel entkommen konnten.«

»Wie lange kann es dauern, bis Otha von dieser Wendung hört?« fragte Patriarch Emban.

»Ich fürchte, wir müssen annehmen, daß Otha umgehend erfährt, was sich hier tut, Eminenz«, antwortete Hochmeister Abriel.

Emban verzog das Gesicht. »Wieder Zauberei, nehme ich an.«

»Wargun wird wohl geraume Zeit brauchen, um sich für einen Marsch gegen die Zemocher zu formieren?« fragte Dolmant.

»Eine Woche bis zehn Tage, Eminenz«, erwiderte Vanion. »Eine Vorhut beider Armeen kann natürlich eher ausrücken, aber weder die Hauptmacht der einen noch der anderen wird in der Lage sein, vor Ablauf einer Woche aufzubrechen.«

»Wie weit kann eine Armee am Tag marschieren?« erkundigte sich Emban.

»Zehn Meilen bestenfalls, Eminenz«, antwortete Vanion.

»Das ist absurd, Vanion. Sogar *ich* schaffe zehn Meilen in vier Stunden, ohne mich anzustrengen.«

Vanion lächelte »Wenn Ihr allein dahinwandert, Eminenz. Jemand, der spazierengeht, braucht nicht darauf zu achten, ob die Nachhut auch mitkommt, und wenn er sich abends schlafenlegen will, genügt es, daß er ein geschütztes Plätzchen unter einem Busch findet und sich in einen Umhang wickelt. Ein Lager für eine Armee aufzuschlagen benötigt weit mehr Zeit.«

Emban hob sich ächzend aus seinem Sessel und watschelte zu der Karte von Eosien, die an einer Wand von Ritter Nashans Studiergemach hing. Er maß die Entfernung ab und tippte mit einem Finger auf einen Punkt der Karte. »Sie werden ungefähr hier aufeinanderstoßen, auf dieser Ebene nördlich vom Lamorksee. Ortzel, wie ist das Terrain da oben?«

»Ziemlich flach«, erklärte der lamorkische Patriarch. »Hauptsächlich Ackerland mit vereinzelten kleineren Wäldern dazwischen.«

»Emban«, sagte Dolmant ruhig, »warum überlassen wir es nicht König Wargun selbst, die Strategie auszuarbeiten? Wir haben hier unsere eigenen Angelegenheiten zu regeln, wie Ihr wißt.«

Emban lachte ein wenig verlegen. »Ich fürchte, ich bin der geborene Wichtigtuer. Am liebsten möchte ich meine Nase überall reinstecken.« Er verschränkte die Hände nachdenklich im Nacken. »Wir werden hier in Chyrellos alles unter Kontrolle haben, sobald Wargun eintrifft. Ich glaube, ich bin nicht zu optimistisch, wenn ich davon ausgehe, daß Oberst Deladas Aussage die Kandidatur des Primas von Cimmura ein für allemal beenden wird. Wie wär's, wenn wir die Wahl jetzt gleich hinter uns bringen – bevor die Hierokratie Gelegenheit hat, sich zu fassen. Patriarchen sind politische Raubtiere, und wenn sie erst Zeit hatten, über die neue Situation nachzudenken, werden sie bestimmt alle möglichen Chancen wittern. Neue Kandidaten würden uns jetzt gerade noch fehlen. Nutzen wir die Gunst der Stunde. Wir dürfen nicht vergessen, daß wir ziemlich viele Patriarchen gegen uns aufbrachten, als wir beschlossen, die Neustadt brennen zu lassen. Wir müssen die Hierokratie überrumpeln, solange sie noch überwältigt vor Dankbarkeit ist. Wir müssen den leeren Thron in der Basilika besetzen, bevor sie Zeit haben, über ihre verlorenen Häuser und dergleichen zu grübeln. Momentan haben wir die Oberhand. Also nutzen wir die Zeit, ehe unsere Unterstützung abzubröckeln beginnt.«

»Ist das alles, woran Ihr je denkt, Emban?« fragte Dolmant.

»Jemand muß es doch, mein Freund.«

»Wir sollten Wargun jedoch erst in der Stadt haben«, meinte Vanion. »Können wir ihm auf irgendeine Weise helfen?«

»Wir können aus der Altstadt ausrücken, sobald Martels Generale uns den Rücken zuwenden, um sich Warguns Armee zu stellen«, schlug Komier vor. »Dann greifen wir sie von hinten an und setzen ihnen so zu, daß sie sich gezwungen sehen, uns in die Altstadt zurückzujagen. Dadurch werden sie viele Einheiten von der Hauptmacht abziehen müssen, um uns wieder einzuschließen. Das verringert die Kräfte ein wenig, gegen die Wargun zu kämpfen hat.«

»Was ich *wirklich* tun möchte, wäre, die Brücken über den Arruk zu verteidigen, wenn uns eine Möglichkeit einfiele, wie es sich bewerkstelligen ließe«, sagte Abriel. »Denn Behelfsbrücken zu errichten, wird Wargun Zeit und Männer kosten.«

»Da sehe ich keine Möglichkeit«, sagte Darellon. »Wir haben nicht genügend Männer, die Rendorer vom Ufer fernzuhalten.«

»Wir *haben* jedoch genügend, um in der Stadt allerlei zu tun«, warf Komier ein. »Wie wär's, wenn wir zur Mauer zurückkehren und uns ein Bild von der neuen Lage machen? Ich brauche etwas zu tun, um den Geschmack der Belagerung aus dem Mund zu kriegen.«

Als es zu dämmern begann, setzte Nebel ein, denn der Sommer näherte sich seinem Ende, und die beiden Flüsse, die sich vor Chyrellos vereinten, streckten dünne Nebelfühler aus ihrem dunklen Wasser in die kühle Nacht. Die feinen Schleier schlossen sich zunächst zu einem wallenden Dunst zusammen, der das orangene Fackellicht dämpfte, verdichteten sich dann zu grauem Nebel, der weiter entfernte Häuser verdeckte und schließlich schier die Hand vor den Augen verbarg – ein Nebel, wie er in Städten, die an Flüssen lagen, nicht unüblich war.

Unter den Soldaten herrschte Begeisterung über den Einsatz. Natürlich gab es taktische Gründe für den Plan, aber Taktik ist für Generale, die Mannschaftsränge interessierten sich mehr für Vergeltung. Sie hatten das Bombardement durch die Belagerungsmaschinen über sich ergehen lassen müssen; sie hatten rasende Fanatiker abgewehrt, die auf den Sturmleitern heraufgeklettert kamen; sie hatten den Belagerungstürmen gegenübergestanden. Bis jetzt waren sie gezwungen gewesen, alles zu erdulden, was die Belagerer gegen sie warfen. Aber nun bekamen sie ihre Chance, einige Rechnungen zu begleichen und den Feind nicht ungerupft davonkommen zu lassen. So marschierten sie in grimmiger Erwartung aus der Altstadt.

Viele von Martels Söldnern hatten sich ihm begeistert angeschlossen, als die Aussicht auf Brandschatzen, Schänden und fast gefahrlose Angriffe auf schlecht verteidigte Mauern bestand. Ihre Begeisterung ließ jedoch bei der Vorstellung stark nach, gegen haushoch überlegene Streitkräfte auf freiem

Feld kämpfen zu müssen. Da wurden sie plötzlich zu ganz friedliebenden Menschen und schlichen durch die nebligen Straßen auf der Suche nach Winkeln, wo ihre neuen, friedvollen Gefühle nicht verletzt würden. Der Ausfall aus der Altstadt kam als große Überraschung und noch größere Enttäuschung für diese Männer, die nun geradezu darauf erpicht waren, ein Leben frei von jeglichem Kampf zu führen.

Der Nebel half natürlich sehr. Die Verteidiger der Altstadt brauchten sich nur auf die Männer zu stürzen, die weder die Rüstung der Ordensritter, noch die roten Röcke der Kirchensoldaten trugen. Die Fackeln, welche diese neugeborenen Pazifisten trugen, machten sie zu leichten Zielscheiben für Kuriks inzwischen geübte Armbrustschützen.

Da Pferdehufe auf Straßenpflaster zu laut waren, bewegten sich die Ordensritter zu Fuß durch die Neustadt. Nach einer Weile gesellte Sperber sich zu Vanion. »Wir machen hier nichts anderes, als Deserteure aufzusammeln«, erklärte er seinem Hochmeister.

»Nicht nur, Sperber«, widersprach Vanion. »Die Kirchensoldaten mußten eine Belagerung durchstehen, und so etwas schlägt sich aufs Gemüt. Geben wir unseren etwas zweifelhaften Verbündeten die Chance auf ein bißchen Vergeltung, bevor wir sie wieder unter den Befehl der Patriarchen stellen.«

Sperber nickte bestätigend, dann schritten er, Kalten und Kurik los, um die Führung zu übernehmen.

Eine schattenhafte Gestalt mit einer Axt erschien auf einer von Fackeln beleuchteten Kreuzung. Die Umrisse verrieten, daß sie weder Rüstung noch den Rock eines Kirchensoldaten trug. Kurik hob seine Armbrust und zielte. Im letzten Moment riß er die Waffe hoch, und der Bolzen sirrte himmelwärts.

»Was ist los?« zischte Kalten.

»Es ist Berit!« quetschte Kurik zwischen zusammengebissenen Zähnen hervor. »Ich kenne die Art, wie er beim Gehen die Schultern bewegt.«

»Ritter Sperber?« rief der Novize in die Dunkelheit. »Seid Ihr da unten?«

»Ja.«

»Gott sei Dank! Ich glaube, ich habe Euch bereits in jeder ausgebrannten Gasse der Neustadt gesucht.«

Kurik schlug mit der Faust gegen eine Wand.

»Du kannst ihn später zur Rede stellen«, sagte Sperber. »Jetzt habt Ihr mich gefunden, Berit. Was kann so wichtig sein, daß Ihr Euer Leben aufs Spiel setzt, um mir davon zu berichten?«

Berit kam auf sie zu. »Die Rendorer sammeln sich offenbar nahe dem Westtor, Ritter Sperber. Es sind Tausende.«

»Was machen sie?«

»Ich glaube, sie beten. Zumindest ist es eine Art Zeremonie. Ein hagerer, bärtiger Kerl steht auf einem Schutthaufen und schwingt feurige Reden.«

»Konntet Ihr irgend etwas von dem verstehen, was er sagte?«

»Nicht viel, Ritter Sperber, aber ein Wort rief er ziemlich oft, und die anderen wiederholten es jedesmal lautstark.«

»Was war das für ein Wort?« fragte Kurik.

»Widderhorn, wenn ich mich nicht täusche, Kurik.«

Sperber nickte. »Hat ganz den Anschein, als hätte Martel Ulesim mitgenommen, um die Rendorer bei der Stange zu halten.«

Berit blickte ihn fragend an. »Wer ist Ulesim, Ritter Sperber?«

»Der gegenwärtige Religionsführer der Rendorer. Und es gibt ein Widderhorn, das als eine Art Amtssymbol angesehen wird.« Er überlegte. »Die Rendorer sitzen lediglich herum und hören sich Predigten an?« fragte er den Ritteranwärter.

»Wenn Ihr das ganze Geschrei Predigten nennen wollt, ja.«

»Kehren wir um und sprechen mit Vanion«, schlug Sperber vor. »Das könnte alles recht nützlich für uns sein.«

Die Hochmeister waren nicht weit hinter ihnen. »Ich glaube, wir haben Glück, meine Herren«, erklärte Sperber. »Berit ist auf den Straßen herumgewandert und hat gesehen, daß die Rendorer sich in der Nähe des Westtors versammelt haben, wo sie von ihrem Führer zu neuer Raserei aufgepeitscht werden.«

»Ihr habt tatsächlich einen Novizen allein in der Neustadt herumspazieren lassen, Ritter Sperber?« sagte Abriel mißbilligend.

»Kurik wird ihn später noch zur Rede stellen, Hochmeister.«

»Wie heißt dieser Führer doch gleich?« fragte Vanion.

»Ulesim. Ich habe ihn in Rendor kennengelernt. Er ist ein ausgesprochener Idiot.«

»Was würden die Rendorer tun, wenn ihm etwas zustieße?«

»Sie würden kopflos herumirren. Martel wollte, daß sie die Brücken zerstören. Offensichtlich haben sie damit noch nicht angefangen. Rendorer brauchen eine Menge Ansporn und genaue Anweisungen, bevor sie irgendwas tun. Jedenfalls halten sie ihren Religionsführer für einen Halbgott. Ohne seinen ausdrücklichen Befehl werden sie gar nichts unternehmen.«

»Das könnte unsere Brücken retten, Abriel«, sagte Vanion. »Wenn diesem Ulesim etwas passierte, würden die Rendorer vielleicht vergessen, was sie tun sollten. Rufen wir doch unsere Truppen und statten ihnen einen Besuch ab.«

»Keine gute Idee«, sagte Kurik knapp. »Verzeiht, Hochmeister Vanion. Aber wenn wir in voller Stärke gegen die Rendorer marschieren, kämpfen sie bis zum letzten Atemzug, um ihren heiligen Mann zu verteidigen. Wir würden dadurch nur den unnötigen Tod einer Menge Männer herbeiführen.«

»Seht Ihr eine andere Möglichkeit?«

Kurik tätschelte seine Armbrust. »O ja«, sagte er zuversichtlich. »Berit hat gemeldet, daß Ulesim seinen Leuten eine Rede hält. Und jemand, der zu einer großen Menschenmenge spricht, steht gewöhnlich auf irgend etwas, um sie zu überragen. Wenn ich auf wenigstens zweihundert Schritte an ihn herankomme ...« Kurik ließ den Rest seines Satzes in der Luft hängen.

»Sperber«, entschied Vanion, »nehmt Eure Freunde mit und

gebt Kurik Deckung. Schleicht durch die Stadt und bringt ihn und seine Armbrust nahe genug an Ulesim heran, daß er ihn treffen kann. Wenn diese rendorischen Fanatiker alle durchdrehen und die Brücken nicht zerstören, kann Wargun den Fluß überqueren, ehe die anderen Söldner für ihn bereit sind. Söldner sind die vernünftigsten Soldaten der Welt. Sie lassen jede Begeisterung für hoffnungslose Schlachten vermissen.«

»Ihr glaubt, sie werden aufgeben?« fragte Darellon.

»Es kann nicht falsch sein, es herauszufinden«, antwortete Vanion. »Eine friedliche Lösung kann vielen Männern auf beiden Seiten das Leben erhalten, und ich bin mir sicher, daß wir jeden Mann – selbst die Rendorer – brauchen werden, wenn wir Otha gegenüberstehen.«

Abriel lachte plötzlich. »Ich frage mich, was Gott sich dabei denkt, wenn seine Kirche von eshandistischen Häretikern verteidigt wird.«

»Gott ist nachsichtig.« Komier grinste. »Vielleicht vergibt er ihnen sogar – ein wenig.«

Die vier Ritter, begleitet von Berit und Kurik, schlichen durch Chyrellos' Straßen zum Westtor. Ein leichter Wind war aufgekommen, und der Nebel löste sich rasch auf. Sie erreichten einen großen, vom Feuer regelrecht gerodeten Platz nahe dem Westtor, wo sie Tausende schwerberwaffnete Rendorer dicht gedrängt um einen Schutthaufen vorfanden. Auf dem Schutt stand eine wohlbekannte Gestalt.

»Ja, das ist er«, flüsterte Sperber seinen Kameraden zu, als sie sich in die Ruinen eines ausgebrannten Hauses zurückzogen. »Dort steht er in all seiner Glorie – Ulesim, der Lieblingsjünger des Heiligen Arasham.«

»Der was?« fragte Kalten.

»So nannte er sich unten in Rendor. Es ist ein Titel, den er sich selbst gegeben hat. Ich nehme an, er wollte Arasham die Mühe abnehmen, jemanden zu erwählen.«

Ulesim befand sich in einem Zustand, der an Hysterie grenzte, und seine feurige Rede ergab nicht viel Sinn. Er hatte einen knochigen Arm in die Luft gestreckt. Mit der anderen

Hand hielt er etwas fest umklammert. Nach ungefähr jedem fünfzehnten Wort schüttelte er heftig das Ding in seiner Hand und brüllte: »*Widderhorn!*« Daraufhin brüllten seine Anhänger »*Widderhorn!*« zurück.

»Was meinst du, Kurik?« flüsterte Sperber, während sie alle über eine halb eingefallene Mauer lugten.

»Daß er wahnsinnig ist.«

»Natürlich ist er wahnsinnig, aber ist er auch in Schußweite?«

Kurik blinzelte über die Köpfe der Menge hinweg zu dem herumfuchtelnden, schwafelnden Fanatiker. »Es ist ziemlich weit«, antwortete er zögernd.

»Versuch es trotzdem«, forderte Kalten ihn auf. »Falls dein Bolzen nicht weit genug fliegt – oder etwa gar zu weit –, wird ihn bestimmt ein gläubiger Rendorer für dich auffangen.«

Kurik stützte die Armbrust auf den Mauerrest und zielte sorgfältig.

»Gott hat es mir offenbart!« kreischte Ulesim. »Wir müssen die Brücken zerstören, die das Werk des Bösen sind! Die Mächte der Finsternis jenseits des Flusses werden euch angreifen, aber Widderhorn wird euch schützen! Die Macht des Heiligen Eshand hat sich mit der des Heiligen Arasham vereint, um den Talisman mit unirdischer Kraft zu füllen! Widderhorn wird euch den Sieg geben!«

Kurik drückte langsam den Abzug seiner Armbrust. Der dicke Bogen gab ein tiefes *Twäng* von sich, als er den Bolzen zu seinem Ziel schoß.

»Ihr seid unbesiegbar!« schrillte Ulesim. »Ihr seid ...«

Was immer sie sonst noch waren, sollten sie nie erfahren. Die Fiederung eines Armbrustbolzens ragte plötzlich über den Augenbrauen aus Ulesims Stirn. Er erstarrte mit weit aufgerissenen Augen und plötzlich klaffendem Mund. Dann sackte er auf dem Schutthaufen zusammen.

»Großartiger Schuß!« beglückwünschte Tynian Kurik.

»Eigentlich habe ich ja versucht, ihn in den Bauch zu schießen«, gestand Kurik.

Der Deiraner lachte. »So ist es wesentlich wirkungsvoller.«

Ein entsetztes Stöhnen breitete sich unter den Rendorern aus.

Dann flog das Wort »Armbrust« durch die Menge. Einige Bedauerliche hatten eine solche Waffe auf die eine oder andere Weise von Lamorkern bekommen. Sie wurden auf der Stelle von ihren aufgebrachten Kameraden in Stücke gerissen. Viele der schwarzgekleideten Männer aus dem Süden rannten heulend durch die Straßen und zerrissen ihre Gewänder. Andere sanken auf den Boden und weinten verzweifelt. Wieder andere standen still und starrten wie gelähmt auf die Stelle, von der aus Ulesim eben noch zu ihnen geredet hatte.

Wie Sperber bemerkte, kam es auch umgehend zu politischen Streitgesprächen. Es gab so manche in der Menge, die der Meinung waren, daß sie ein Recht auf das soeben frei gewordene Amt hatten, und sie unternahmen sofort Schritte, ihre Erhebung zu propagieren. Anhänger des einen oder anderen Kandidaten ergriffen Partei, und alsbald war die gewaltige Menschenmenge in tumultartigem Aufruhr.

»Bei politischen Diskussionen unter Rendorern geht es ziemlich hitzig zu, nicht wahr?« bemerkte Tynian mild.

»Das ist mir auch aufgefallen«, stimmte Sperber zu. »Kommt, melden wir den Hochmeistern Ulesims Unfall.«

Da die Rendorer sich in ihrer Streitbarkeit jetzt ganz und gar nicht für Brücken, Widderhörner oder die bevorstehende Schlacht interessierten, sahen die Offiziere von Martels Armee ein, daß sie nicht die geringste Chance gegen die Flut von Soldaten auf der anderen Flußseite hatten. Da Söldner die realistischsten aller Soldaten sind, ritt alsbald ein beachtlicher Trupp Offiziere unter einer weißen Fahne über die Brücke.

Kurz vor Morgengrauen kehrten sie zurück. Die Söldnerkommandanten besprachen sich kurze Zeit, dann formierten sie ihre Truppen und marschierten, die hitzigen Rendorer vor sich herschiebend, aus Chyrellos und ergaben sich.

Sperber und die anderen versammelten sich auf der Mauer der Neustadt, direkt neben dem offenen Westtor, als die Könige von Westeosien feierlich über die Brücke ritten, um die Heilige Stadt zu betreten. König Wargun ritt, flankiert von Patriarch Bergsten in Kettenrüstung, König Dregos von Arzium, König Soros von Pelosien und dem greisen König Obler, an der Spitze der Kolonne. Unmittelbar hinter ihnen folgte eine prächtige offene Kalesche. Vier Personen saßen darin. Sie hatten die Kapuzen ins Gesicht gezogen, doch die Statur einer dieser Personen sandte einen Schauder durch Sperber. Sie hatten doch gewiß nicht ... Und da, offenbar auf einen Befehl der schlanksten Gestalt, schoben die vier ihre Kapuzen zurück. Der Fette war Platime, Stragen der zweite. Die dritte war eine Frau, die Sperber nicht kannte, und die vierte, schlank und blond und wunderschön, war Ehlana, die Königin von Elenien.

16

Warguns Einritt wurde nicht mit Jubel begrüßt. Die einfachen Bürger von Chyrellos hatten keine Möglichkeit gehabt, sich auf dem laufenden zu halten, was die wechselnde Lage betraf. Für ihresgleichen sah eine Armee wie die andere aus. So ließen sie sich vorsichtshalber nicht sehen, als die Könige von Eosien auf dem Weg zur Basilika durch die Straßen kamen.

Sperber hatte kaum Gelegenheit, mit seiner Königin zu sprechen, als sie alle die Basilika erreichten. Er hatte ihr so allerlei zu sagen, doch nichts davon war für die Ohren anderer bestimmt. König Wargun erteilte seinen Generalen einige rasche Befehle, dann folgten sie dem Patriarchen von Demos zu einem dieser Zusammenkünfte ins Innere, wie sie bei solchen Anlässen üblich sind.

»Ich muß zugeben, dieser Martel ist außergewöhnlich gerissen«, gestand der König von Thalesien kurze Zeit später und lehnte sich mit einem Bierkrug in der Hand auf seinem Stuhl zurück.

Sie hatten sich in einem prunkvollen Sitzungssaal mit spiegelblankem Marmorboden und dicken weinroten Vorhängen an einem langen Tisch aus edlem, poliertem Holz zusammengesetzt. Anwesend waren die Könige, die Hochmeister der vier Orden, die Patriarchen Dolmant, Emban, Ortzel und Bergsten, sowie Sperber mit seinen Gefährten, einschließlich Ulaths, der zwar bisweilen immer noch geistesabwesend wirkte, sich aber offenbar auf dem Weg der Besserung befand. Sperber blickte mit finsterer Miene über den Tisch auf seine zukünftige Gemahlin. Er hatte mehr als ein Wörtchen mit ihr zu reden und mit Platime und Stragen nicht minder. Nur mit Mühe gelang es ihm, sich zu beherrschen.

»Nach der Brandschatzung von Coombe«, fuhr Wargun fort, »nahm Martel eine schwach verteidigte Burg auf einem hohen Felsen ein. Er baute sie zum Stützpunkt aus und zog mit der Hauptmacht seiner Streitkräfte zur Belagerung von Larium weiter. Als wir uns ihm von hinten näherten, floh er ostwärts. Dann wandte er sich südwärts und schließlich wieder gen Westen, Richtung Coombe. Ich war wochenlang hinter ihm her. Es *sah so aus*, als hätte er seine gesamte Armee in dieser Burg verschanzt, und ich richtete mich darauf ein, ihn auszuhungern. Ich wußte jedoch *nicht*, daß er während des Marsches nach und nach ganze Einheiten abgezogen hatte, die sich in den Wäldern verbargen, während er mit nur einem sehr kleinen Teil seiner Truppen die Burg erreichte. Er schickte diese Truppen hinein, schloß das Tor und ritt selbst weiter. Ich blieb zurück, um eine uneinnehmbare Burg zu belagern, während er seine Hauptmacht wieder versammelte und nach Chyrellos marschierte.«

»Wir haben Euch viele Botschaften gesandt, Majestät«, erklärte Patriarch Dolmant.

»Das glaube ich gern, Eminenz«, entgegnete Wargun sauer, »doch nur eine einzige hat mich erreicht. Martel hat in fast ganz Arzium mit kleinen Scharen seiner Krieger möglichen Boten aufgelauert. Ich befürchte, daß die meisten Eurer Kuriere tot in den Straßengräben in Gottes Steingarten liegen. Verzeiht, Dregos«, bat er den arzischen König.

»Schon gut, Wargun«, vergab ihm König Dregos. »Gott hatte einen Grund, Arzium mit so viel Stein zu bedenken. Straßen zu pflastern und Mauern und Burgen zu errichten ließen meinem Volk wenig Zeit, Fehden miteinander anzufangen.«

»Wenn Martels Männer überall im Hinterhalt lagen, wie ist es dann überhaupt jemandem gelungen, zu Euch durchzudringen, Majestät?« fragte Dolmant.

»Das war ja das Seltsame, Dolmant.« Wargun kratzte seinen zerzausten Kopf. »Ich habe es selbst nicht so ganz verstanden. Der Bursche, dem es gelang, kommt aus Lamorkand, und wie mir berichtet wurde, ritt er einfach quer durch Arzium, und niemand hat ihn beachtet. Entweder hat er mehr Glück als sonst jemand auf der Welt, oder Gott mag ihn besonders – aber so liebenswert kommt er mir gar nicht vor.«

»Ist er in der Nähe, Majestät?« fragte Sephrenia den König von Thalesien. Ihre Augen wirkten seltsam eindringlich.

»Ich glaube schon, kleine Dame.« Wargun rülpste. »Er redete davon, daß er dem Patriarchen von Kadach Meldung machen müsse. Wahrscheinlich lungert er irgendwo draußen auf dem Gang herum.«

»Meint Ihr, wir könnten ihm ein paar Fragen stellen?«

»Ist das wirklich wichtig, Sephrenia?« fragte Dolmant.

»Ja, Eminenz, ich glaube schon. Da ist etwas, dessen ich mich vergewissern möchte.«

»Du!« wandte Wargun sich scharf an einen Soldaten an der Tür. »Sieh nach, ob du den abgerissenen Lamorker findest, der uns die ganze Zeit gefolgt ist. Sag ihm, er soll reinkommen.«

»Sogleich, Majestät.«

»Selbstverständlich ›sogleich‹. Ich hab' dir einen Befehl erteilt, nicht wahr? *Alle* meine Befehle müssen sogleich ausgeführt werden!« König Wargun war bereits bei seinem vierten Krug Bier, und seine Manieren ließen zu wünschen übrig. »Wie auch immer«, fuhr er fort, »der Kerl kam vor nicht ganz zwei Wochen bei der Burg an, die ich belagerte. Nachdem ich seine Nachricht gelesen hatte, sammelte ich meine Streitkräfte, und wir marschierten hierher.«

Der Lamorker, der hereingeführt wurde, sah wirklich, wie Wargun es genannt hatte, ein wenig abgerissen aus. Und er war ganz offensichtlich weder ein Krieger noch ein Kirchenmann. Er hatte strähniges hellbraunes Haar und eine große Nase.

»Ah, Eck!« sagte Patriarch Ortzel, als er ihn sah. »Ich hätte es mir denken können, daß du das warst, der durchgekommen ist. – Meine Freunde, das ist einer meiner Diener – er heißt Eck –, ein ganz und gar durchtriebener Bursche, wie ich feststellen konnte. Er ist ungemein brauchbar, wenn List von Nöten ist.«

»Ich fürchte, List hatte diesmal wenig damit zu tun, Eminenz«, gestand Eck. Er hatte eine näselnde Stimme, die zu seinem Gesicht paßte. »Als wir Euer Signal sahen, ritten wir alle sofort nach Westen, so schnell unsere Pferde uns tragen konnten. Wir gerieten jedoch bereits in Hinterhalte, noch ehe wir die arzische Grenze erreicht hatten. Da beschlossen wir, uns zu trennen. Wir dachten, daß so vielleicht wenigstens einer durchkommen würde. Ich persönlich hatte wenig Hoffnung, denn es sah fast so aus, als lauerte hinter jedem Baum ein Bogenschütze. Jedenfalls versteckte ich mich in einer Burgruine bei Darra, um die Lage zu überdenken. Ich sah jedoch absolut keine Möglichkeit, wie ich Eure Nachricht heil zu ihrem Empfänger bringen könnte. Ich wußte nicht, wo König Wargun war, und wagte nicht, irgendwelche Reisende zu fragen, aus Angst, sie könnten zu denen gehören, die meine Freunde umgebracht hatten.«

»Eine gefährliche Situation«, warf Darellon ein.

»Ja, das war es«, stimmte Eck ihm zu. »Ich hatte mich bereits zwei Tage in der Ruine verkrochen, als ich am Morgen die eigenartigsten Töne vernahm. Es klang wie Musik. Ich dachte, es wäre vielleicht ein Schäfer, aber es war ein kleines Mädchen mit ein paar Ziegen. Es machte Musik auf dieser mehrfachen Pfeife oder Flöte oder wie man dergleichen nennt. Ich schätzte die Kleine auf etwa sechs Jahre. Als ich sie sah, wußte ich sofort, daß sie Styrikerin war. Und weil jeder weiß, daß es Unglück bringt, wenn man sich mit Styrikern einläßt, blieb ich in meinem Versteck, denn ich wollte auf gar keinen Fall, daß sie mich an irgendwelche Leute verraten konnte, die es auf mich abgesehen hatten. Aber sie trippelte direkt zu mir, als hätte sie genau gewußt, wo ich war, und sie wies mich an, ihr zu folgen.« Er hielt stirnrunzelnd inne. »Ich bin ein erwachsener Mann, Eminenz, und ich lasse mir von Kindern nichts befehlen – und von styrischen schon gar nicht –, aber es ging etwas sehr Seltsames von diesem kleinen Mädchen aus. Als sie mich anwies, etwas zu tun, machte ich mich sofort daran, ohne darüber nachzudenken. Ist das nicht merkwürdig? Um es kurz zu machen, sie führte mich aus dieser Ruine. Die Männer, die mich suchten, waren überall ringsum, aber sie schienen mich gar nicht zu sehen. Das kleine Mädchen führte mich quer durch ganz Arzium. Das ist ein sehr langer Weg, aber eigentümlicherweise haben wir dafür nur drei Tage gebraucht, genauer gesagt vier, wenn man den Tag mitrechnet, an dem wir anhielten, damit eine von ihren Ziegen in Ruhe ein Zickleinpaar werfen konnte – niedliche kleine Junge waren es. Das kleine Mädchen hat sogar darauf bestanden, daß ich sie auf meinem Pferd mitnahm, als wir weiterzogen. Nun, Herr, wir erreichten die Burg, wo König Wargun einen Trupp Rendorer belagerte, und da hat das kleine Mädchen mich verlassen. Und nun kommt das Merkwürdigste. Ich mag Styriker nicht, aber ich habe geweint, als sie ging. Sie gab mir sogar einen Abschiedskuß, ich kann ihn immer noch auf meiner Wange spüren. Seither habe ich viel darüber nachgedacht. Ich glaube jetzt, daß Styriker doch nicht so böse sind, wie man immer behauptet.«

»Danke«, murmelte Sephrenia.

»Nun, Herr«, fuhr Eck fort. »Ich ging zu den Soldaten und sagte ihnen, daß ich eine Nachricht für König Wargun hätte. Sie führten mich zu Seiner Majestät, und ich überreichte ihm das Dokument. Nachdem er es gelesen hatte, sammelte er seine Armee, und wir machten einen Gewaltmarsch hierher. Das ist eigentlich schon alles, meine Herren.«

Kurik lächelte leicht. »Sieht ganz so aus«, wandte er sich

an Sephrenia, »als wäre Flöte noch hier – und nicht nur im Geiste –, nicht wahr?«

»Es hat ganz den Anschein«, bestätigte sie, ebenfalls lächelnd.

»Dokument?« Patriarch Emban sah Patriarch Ortzel fragend an.

»Ich nahm mir die Freiheit, für die Hierokratie zu sprechen«, gestand Ortzel. »Ich gab jedem meiner Boten eine Abschrift für König Wargun. Ich hielt es unter den Umständen für richtig.«

»*Mir* ist es völlig recht«, versicherte ihm Emban. »Makova hätte es allerdings bestimmt nicht gefallen.«

»Ich werde mich irgendwann einmal bei ihm entschuldigen – falls ich daran denke. Ich war mir nicht sicher, ob welche von den anderen Nachrichten König Wargun erreicht hatten, deshalb teilte ich ihm alles mit, was geschehen war.«

Es dauerte ein paar Augenblicke, bis König Wargun klar wurde, was sie da sagten. »Soll das heißen, daß ich meine Armee auf den Befehl eines *einzelnen* Patriarchen – der nicht einmal ein Thalesier ist – in Marsch gesetzt habe?« donnerte er.

»Nein«, entgegnete der hünenhafte Patriarch Bergsten mit fester Stimme. »Ich stehe voll hinter der Handlungsweise des Patriarchen von Kadach. Ihr habt die Armee also auf *meinen* Befehl in Marsch gesetzt. Euer Unmut muß demnach *mir* gelten.«

»Oh«, entgegnete Wargun zerknirscht. »Das ist natürlich etwas anderes.« Mit Patriarch Bergsten legte man sich besser nicht an. So fuhr Wargun rasch fort: »Ich las das Dokument ein paarmal und hielt einen kleinen Umweg über Cimmura für angebracht. Ich schickte Dregos und Obler mit der Hauptstreitmacht voraus und führte die elenische Armee nach Hause zurück, damit sie ihre Hauptstadt verteidigen konnte. Als wir anlangten, stellten wir fest, daß sie bereits von den gemeinen Bürgern verteidigt wurde. Das muß man sich einmal vorstellen! Als ich Einlaß begehrte, wollten sie mir das Tor nicht öffnen, bis der Dicke da drüben seine Genehmigung erteilte. Um ehrlich zu sein, ich glaube nicht, daß Cimmura sich in großer Gefahr befand. Diese Kaufleute und Handwerker und Arbeiter kämpften auf den Mauern der Stadt wie ausgebildete Soldaten. Nun, ich begab mich ins Schloß, wo mich der Graf von Lenda und diese hübsche junge Dame, die die Krone trägt, empfingen. Da habe ich diesen Halunken da drüben entdeckt.« Er deutete auf Stragen. »Er hat vor einiger Zeit einen Vetter vierten Grades von mir mit seinem Rapier durchlöchert, und ich hatte daraufhin einen Preis auf seinen Kopf ausgesetzt – mehr aus Familienpietät denn aus Sympathie für diesen Vetter, dessen Anblick allein mir den Magen umdrehte. Er hatte die Angewohnheit, in aller Öffentlichkeit in der Nase zu bohren, das finde ich abstoßend. Jetzt tut er es nicht mehr, dafür hat Stragen gesorgt. Jedenfalls wollte ich diesen Burschen aufhängen lassen, aber Ehlana hat es mir ausgeredet.« Er nahm einen tiefen Schluck. »Tatsächlich ...«, er rülpste wieder, »hat sie gedroht, mir den Krieg zu erklären, wenn ich diese Idee nicht aufgäbe. Sie weiß, was sie will, diese junge Dame, habe ich festgestellt.« Plötzlich grinste er Sperber an. »Ich habe gehört, daß Glückwünsche angesagt sind, mein Freund, aber ich weiß nicht, ob ich an Eurer Stelle den Panzer ausziehen würde, ehe ich sie nicht näher kennengelernt habe.«

»Wir kennen einander sehr gut, Wargun«, erklärte Ehlana ihm steif. »Sperber hat mich fast von der Wiege an großgezogen, also müßt Ihr schon ihn für die weniger sanften Seiten an mir verantwortlich machen.«

»So was Ähnliches hätte ich mir ja denken müssen.« Wargun lachte und wandte sich an die anderen. »Als ich Ehlana erzählte, was hier in Chyrellos vorgeht, bestand sie darauf, ihre Armee herzubringen, um mitzukämpfen. Ich habe es ihr ausdrücklich verboten, und wißt ihr, was sie da getan hat? Sie hat die Hand ausgestreckt, mich am Bart gezupft und gesagt: ›Schon gut, Wargun, dann machen wir ein Wettrennen nach Chyrellos.‹ Also ich lass' mich von *niemandem* am Bart zupfen, darum wollt' ich sie an Ort und Stelle übers Knie legen, auch wenn sie eine Königin ist, aber da hat sich dieses gewaltige

Weib eingemischt.« Er blickte auf die Riesin, von der Sperber annahm, daß sie die Tamulerin Mirtai war, und schauderte. »Ich konnte nicht fassen, wie flink sie war. Noch ehe ich auch nur blinzeln konnte, hatte sie bereits ein Messer an meiner Kehle. Ich versuchte Ehlana zu erklären, daß ich mehr als genug Soldaten hätte, um Chyrellos allein zurückzuerobern, aber sie sagte, daß sie eine Investition zu beschützen habe, oder so ähnlich. Ganz verstehe ich es immer noch nicht. Jedenfalls rückten wir alle aus Cimmura ab, schlossen uns Dregos und Obler an und marschierten hierher zur Heiligen Stadt. Würde mir nun jemand erklären, was hier eigentlich geschehen ist?«

»Die übliche Kirchenpolitik«, sagte Emban trocken. »Ihr wißt doch, wie sehr unsere Heilige Mutter Intrigen schätzt. Wir haben uns einer Hinhaltetaktik bei den Sitzungen der Hierokratie bedient, haben Stimmen manipuliert, Patriarchen entführt – und dergleichen mehr. Nur mit größter Mühe konnten wir verhindern, daß der Primas von Cimmura auf den Thron gewählt wird. Und dann ist Martel aufgetaucht und hat die Heilige Stadt belagert. Wir zogen uns in die Altstadt zurück, um uns bis zum letzten Mann zu verteidigen. Als Ihr letzte Nacht ankamt, war die Lage bereits ziemlich ernst.«

»Wurde Annias schon festgenommen?« fragte König Obler.

»Leider nicht, Majestät«, antwortete Dolmant. »Martel ist es gelungen, ihn kurz vor dem Morgengrauen aus der Stadt hinauszuschaffen.«

»Das ist wahrhaftig bedauerlich.« Obler seufzte. »Dann könnte er immer noch zurückkehren und die Nachfolgewahl gewinnen, nicht wahr?«

»Wir wären überglücklich, wenn er käme«, sagte Dolmant mit freudlosem Lächeln. »Ihr habt doch gewiß von der Verbindung zwischen Annias und Martel gehört und von unserem Verdacht über eine Abmachung zwischen ihnen und Otha. Wie der Zufall es wollte, konnten wir den Kommandanten der Leibgarde des Erzprälaten an einen Ort mitnehmen, wo er ein Gespräch zwischen Annias und Martel mitzuhören vermochte. Der Oberst ist vollkommen neutral, und jeder weiß das. Wenn er erst vor der Hierokratie berichtet, was er gehört hat, werden sie den Bann über Annias verhängen – das ist das mindeste.« Er machte eine Pause. »Nun, die Zemocher haben sich, einem Abkommen zwischen Otha und Annias folgend, in Ostlamorkand gesammelt. Sobald Otha erfährt, daß ihre Pläne hier in Chyrellos gescheitert sind, wird er sich gen Westen in Marsch setzen. Ich schlage vor, daß wir etwas dagegen unternehmen.«

»Habt Ihr eine Ahnung, wohin Annias geflohen ist?« fragte Ehlana mit kalten Augen.

»Er und Martel sind mit Prinzessin Arissa und Eurem Vetter Lycheas unterwegs zu Otha, der ihnen Schutz gewähren soll«, erklärte ihr Sperber.

»Besteht eine Möglichkeit, ihnen den Weg abzuschneiden?« fragte sie heftig.

»Wir können es versuchen, Majestät.« Er zuckte die Schultern. »Viel Hoffnung sehe ich jedoch nicht.«

»Ich *will* ihn, Sperber!« sagte sie hitzig.

»Bedauere, Majestät«, warf Patriarch Dolmant ein, »aber Annias hat sich gegen die Kirche vergangen. Er steht *uns* zu.«

»Damit ihr ihn in irgendein Kloster steckt, wo er den Rest seines Leben beten und singen soll?« fragte sie abfällig. »Meine Pläne für ihn sind viel interessanter, Eminenz. Glaubt mir, wenn ich ihn als erste in die Hände kriege, werde ich ihn nicht an die Kirche ausliefern – wenigstens nicht, solange ich nicht mit ihm fertig bin. Danach könnt ihr haben, was übrig ist.«

»Genug, Ehlana!« sagte Dolmant scharf. »Das grenzt an offene Unbotmäßigkeit gegenüber der Kirche. Begeht nicht den Fehler, es zu weit zu treiben. Tatsächlich würden wir Annias nicht in ein Kloster stecken. Die Art seiner Verbrechen gegen die Kirche verlangt nach dem Tod auf dem Scheiterhaufen.«

Sie wich seinem Blick nicht aus, als er sie durchdringend ansah. Sperber stöhnte innerlich.

Schließlich lachte Ehlana ein wenig verlegen. »Vergebt mir,

Eminenz«, entschuldigte sie sich bei Dolmant. »Ich sprach unüberlegt. Auf dem Scheiterhaufen verbrennen, sagtet Ihr?«

»Das wäre das mindeste, Ehlana«, antwortete Dolmant.

»Ich werde mich natürlich unserer Heiligen Mutter fügen. Lieber würde ich sterben, als den Eindruck von Unbotmäßigkeit erwecken.«

»Die Kirche weiß Eure Fügsamkeit zu würdigen, meine Tochter«, sagte Dolmant mild.

Ehlana faltete fromm die Hände und bedachte ihn mit einem zerknirschten Lächeln, das keineswegs echt wirkte.

Dolmant lachte gegen seinen Willen. »Ihr seid ein unartiges Mädchen, Ehlana«, tadelte er.

»Ja, Eminenz«, gab sie zu. »Ich glaube, das bin ich.«

»Sie ist eine sehr gefährliche Frau, meine Freunde«, erklärte Wargun seinen Brudermonarchen. »Ich denke, wir sollten alle sorgsam darauf achten, ihr nicht in die Quere zu kommen. Also gut, wie geht es jetzt weiter?«

Emban rutschte etwas tiefer in seinen Stuhl und tippte die wulstigen Fingerspitzen zusammen. »Wir haben uns so gut wie darauf geeinigt, daß wir die Frage des neuen Erzprälaten jetzt ein für allemal klären sollten. Und zwar bereits ehe Ihr die Stadt betreten habt. Ihr werdet wohl einige Zeit für Vorbereitungen brauchen, bis Eure Streitkräfte nach Mittellamorkand aufbrechen können, nicht wahr?« fragte er.

»Mindestens eine Woche«, antwortete Wargun düster, »vielleicht sogar zwei. Ich habe noch verstreute Einheiten in halb Arzium – hauptsächlich Nachhut und Nachschub und einige Versprengte. Es wird eine Zeitlang dauern, sie zu formieren. Und es hält sehr auf, wenn Truppen Brücken überqueren müssen.«

»Wir können Euch im Höchstfall zehn Tage geben«, sagte Dolmant. »Ihr könnt sie unterwegs formieren.«

»Das ist gegen alle Regel, Eminenz«, wandte Wargun ein.

»Diesmal muß es sein, Majestät. Auf dem Marsch verbringen die Soldaten mehr Zeit mit Herumsitzen und Warten als mit der Marschiererei selbst. Nutzt diese Zeit.«

»Laßt Eure Soldaten nicht in die Heilige Stadt hinein«, fügte Patriarch Ortzel hinzu. »Die meisten Bürger sind geflohen; infolgedessen ist die Stadt ziemlich verlassen. Wenn Eure Soldaten abgelenkt werden, weil sie sich in den leeren Häusern umsehen, mag es etwas schwierig werden, sie zusammenzutrommeln, wenn die Zeit zum Abmarsch gekommen ist.«

»Dolmant«, sagte Emban, »Ihr habt jetzt den Vorsitz in der Hierokratie. Ich glaube, wir sollten gleich morgen früh eine Sitzung abhalten und dafür sorgen, daß unsere Brüder sich heute nicht mehr in die Neustadt begeben – zu ihrer eigenen Sicherheit natürlich, denn es könnten sich immer noch einige von Martels Söldnern in den Ruinen versteckt haben. Hauptsächlich aber, weil es besser ist, wenn sie sich noch kein klares Bild von den Schäden an ihren Häusern machen können, ehe wir morgen zur Wahl schreiten. Wir haben ziemlich viele Patriarchen gegen uns aufgebracht, und auch ohne Annias könnte es die Dinge unnötig komplizieren, wenn sie sich zusammenrotten. Ich finde, wir sollten eine Messe in der Basilika lesen, bevor wir unsere Sitzung beginnen. Irgend etwas Feierliches, vielleicht eine Dankmesse für die Errettung. Ortzel, würdet Ihr sie zelebrieren? Ihr seid unser Kandidat. Geben wir allen die Gelegenheit, sich daran gewöhnen, Euch vor Augen zu haben. Und, Ortzel, versucht, hin und wieder zu lächeln. Glaubt mir, das wird Eurem Gesicht nicht schaden.«

»Wirke ich denn wirklich so streng, Emban?« fragte Ortzel mit einem halben Lächeln.

»Perfekt!« lobte Emban. »Übt dieses Lächeln im Spiegel. Denkt daran, daß Ihr ein gütiger, liebender Vater sein werdet – zumindest möchten wir, daß man das denkt. Was Ihr tut, nachdem Ihr auf dem Thron sitzt, müßt Ihr mit Gott abmachen. Wie auch immer, die Messe wird unsere Brüder daran erinnern, daß sie in erster Linie Kirchenmänner sind, und Hauseigentümer erst in zweiter. Vom Kirchenschiff aus marschieren wir direkt zum Ratssaal. Ich werde mit dem Chorleiter sprechen, damit eine Menge Gesang durch die Basilika hallt – etwas Erhebendes, das unsere Brüder in die angemessene Stimmung bringt. Dolmant wird die Sitzung eröffnen, und wir fangen mit einem Rückblick an – damit alle in Einzelheiten erfahren, was geschehen ist. Das ist vor allem für die Patriarchen nötig, die sich seit Beginn der Belagerung in Kellern verkrochen hatten. Unter diesen Umständen ist es durchaus zulässig, Zeugen hinzuzuziehen. Ich wähle sie aus, um mich vergewissern zu können, daß sie imstande sind, anschaulich zu erzählen. Wir wollen schauerliche Beschreibungen von Schändungen und Brandschatzungen, um eine gewisse Mißbilligung des Benehmens der kürzlichen Besucher in unserer Stadt zu wecken. Unsere Zeugenparade wird ihren Höhepunkt mit Oberst Delada erreichen, der über das Gespräch zwischen Annias und Martel berichten wird. Darüber sollen sie dann ein bißchen grübeln. Ich werde mit einigen unserer Brüder reden und sie veranlassen, Reden voll gerechten Unwillens über den Primas von Cimmura vorzubereiten. Dann wird Dolmant ein Komitee zur Untersuchung dieser Angelegenheit aufstellen. Wir möchten nicht, daß die Hierokratie abgelenkt wird.« Der dicke kleine Patriarch überlegte. »Legen wir danach eine Mittagspause ein. Geben wir ihnen zwei Stunden, sich in eine Empörung über die Heimtücke Annias' hineinzusteigern. Nach der Mittagspause wird Bergsten eine Rede über die Notwendigkeit schnellen Handelns halten. Erweckt nicht den Eindruck, etwas zu überstürzen, Bergsten, aber erinnert sie, daß wir uns in einer Glaubenskrise befinden. Dann fordert die sofortige Wahl. Tragt Eure Rüstung und nehmt Eure Streitaxt mit. Sie sollen keinen Augenblick vergessen, daß wir uns im Krieg befinden. Anschließend die traditionellen Reden der Könige von Eosien. Aufwühlende Reden, Majestäten. Laßt die Zuhörer keinen Augenblick den grausamen Krieg und Otha und die furchtbaren Absichten Azashs vergessen. Wir wollen unsere Brüder tief genug erschrecken, daß sie nach ihrem Gewissen wählen und nicht in den hinteren Winkeln und dunklen Korridoren Abmachungen miteinander aushandeln. Behaltet mich im Auge, Dolmant. Ich werde Euch auf jeden Patriarchen mit unbezähmbarem Drang zu politischer Spiegelfechterei hinweisen.

Als Vorsitzender könnt Ihr bestimmen, wer zu Wort kommt und wer nicht. Laßt Euch auf gar keinen Fall darauf ein, eine Pause einzulegen. Die Sache darf nicht ins Stocken geraten. Wir müssen mit der Wahl beginnen, bevor unsere Brüder Gelegenheit finden, sich irgendwelche Dummheiten auszudenken. Treibt die Wahl voran. Wir wollen Ortzel noch vor Sonnenuntergang auf dem Thron haben. Und Ortzel, haltet Ihr den Mund während der Beratungen. Einige Eurer Ansichten sind umstritten. Äußert sie bitte nicht in der Öffentlichkeit – zumindest nicht morgen.«

»Ich komme mir wie ein kleines Kind vor«, sagte König Dregos sarkastisch zu König Obler. »Ich hatte mir immer eingebildet, eine *Ahnung* von Politik zu haben, aber noch nie habe ich miterlebt, daß mit dieser Kunst so skrupellos umgegangen wird.«

»Ihr befindet Euch jetzt in der Großstadt, Majestät.« Emban grinste ihn an. »Und *so* ziehen wir hier die Fäden.«

König Soros von Pelosien, ein Mann von äußerster Frömmigkeit und beinahe kindlicher Ehrfurcht, fiel während Patriarch Embans kaltblütigem Plan zur Manipulation der Hierokratie mehrmals fast in Ohnmacht. Schließlich murmelte er, daß er um göttliche Führung beten wolle, und zog sich hastig zurück.

»Behaltet Soros morgen im Auge, Eminenz«, riet Wargun Emban. »Er ist ein religiöser Hysteriker. Wenn er seine Rede hält, könnte er auf den Gedanken kommen, unsere Absichten bloßzustellen. Soros verbringt seine ganze Zeit damit, zu Gott zu reden, das kann den Geist schon verwirren. Besteht eine Möglichkeit, ihn bei den Ansprachen auszulassen?«

»Keine legitime«, antwortete Emban.

»Wir werden mit ihm reden, Wargun«, schlug König Obler vor. »Vielleicht können wir ihn überzeugen, daß er sich nicht wohl genug fühlt, an der morgigen Sitzung teilzunehmen.«

»Ich werde schon dafür sorgen, daß er sich nicht wohl fühlt«, murmelte Wargun.

Emban erhob sich. »Wir haben alle noch einiges zu erledigen, meine Damen und Herren, warten wir nicht länger damit.«

Sperber stand auf. »Die elenische Botschaft wurde während

der Belagerung in Mitleidenschaft gezogen, meine Königin«, sagte er zu Ehlana. »Darf ich Euch statt dessen den allerdings etwas spartanischen Komfort des pandionischen Ordenshauses anbieten?«

»Du bist böse auf mich, nicht wahr, Sperber?«

»Es wäre angebracht, uns darüber unter vier Augen zu unterhalten, meine Königin.«

»Ah.« Sie seufzte. »Gut, begeben wir uns in dein Ordenshaus, damit du mich ein Weilchen schelten kannst. Und dann gehen wir zum Küssen und uns Wiedervertragen über. Das ist der Teil, an dem *ich* interessiert bin. Aber wenigstens wirst du mich nicht übers Knie legen können – nicht während Mirtai über mich wacht. Übrigens, kennst du Mirtai schon?«

»Nein, meine Königin.« Sperber blickte die stumme Tamulerin an, die hinter Ehlanas Stuhl stand. Mirtais Haut hatte einen eigentümlichen, exotischen Bronzeton, und ihr zu Zöpfen geflochtenes Haar war glänzend schwarz. Bei einer Frau von normaler Größe hätte man ihre Züge als schön empfunden und ihre dunklen Augen, die an den Winkeln leicht hochgezogen waren, als hinreißend. Doch Mirtai war nicht von normaler Größe. Sie überragte Sperber um eine gute Handbreite. Sie trug eine weiße Satinbluse mit Puffärmeln und ein Kleidungsstück, das man eher als Kilt, denn als Rock bezeichnen konnte, mit Gürtel. Ihre Schultern waren breit, ihre Hüften schmal. Trotz ihrer Größe war sie wohlproportioniert. Doch ihr ausdrucksloser Blick wirkte drohend. Sie schaute Sperber nicht an, wie eine Frau normalerweise einen Mann anschaut. Sie war eine furchteinflößende Person.

Auf steife Weise korrekt bot Sperber seiner Königin den Arm und führte sie durch das Kirchenschiff zur Marmorfreitreppe. Als sie auf dem breiten Absatz standen, klopfte irgend etwas klirrend auf Sperbers Rücken. Er drehte sich um. Mirtai hatte mit einem Fingerknöchel auf seinen Panzer gepocht. Sie nahm einen gefalteten Umhang von ihrem Arm und hielt ihn für Ehlana auf.

»Oh, es ist doch nicht *so* kalt, Mirtai«, protestierte Ehlana.

Mirtais Gesicht wurde eisern, und sie schüttelte auffordernd den Umhang.

Ehlana seufzte und gestattete der Riesin, ihr den Umhang um die Schultern zu legen. Sperber blickte in diesem Moment direkt in das Gesicht der hünenhaften Frau, darum konnte er nicht daran zweifeln, was als nächstes geschah. Ohne die Miene zu verziehen, zwinkerte Mirtai ihm zu. Sperber fühlte sich gleich viel besser. Er war nun sicher, daß er und Mirtai großartig miteinander auskommen würden.

Da Vanion beschäftigt war, geleitete Sperber Ehlana, Sephrenia, Stragen, Platime und Mirtai zu Ritter Nashans Studiergemach, wo ihre Auseinandersetzung stattfinden sollte. Er hatte den Vormittag damit verbracht, sich einige scharfe Bemerkungen auszudenken, die beinahe schon Hochverrat nahe kamen, und sie noch auszufeilen.

Ehlana aber hatte sich seit ihrer Kindheit mit Politik befaßt und wußte, daß man schnell – ja abrupt – sein mußte, wenn die eigene Position wacklig war. »Du bist zornig auf uns«, begann sie, noch ehe Sperber Zeit gehabt hatte, die Tür hinter sich ganz zu schließen. »Du findest, daß ich hier nichts zu suchen habe und daß meine Freunde nicht hätten zulassen dürfen, daß ich mich solcherart in Gefahr begebe. So siehst du es doch in etwa, nicht wahr, Sperber?«

»In etwa, ja.« *Sein* Tonfall war eisig.

»Dann wollen wir das doch ohne Umschweife klarstellen«, fuhr sie rasch fort. »Platime, Stragen und Mirtai haben tatsächlich heftigst protestiert, aber *ich* bin die Königin, und deshalb habe ich zu bestimmen, was geschieht. Sind wir uns einig, daß mir dieses Recht zusteht?« In *ihrer* Stimme schwang ein Hauch von Herausforderung.

»So war es tatsächlich, Sperber«, versicherte ihm Platime versöhnlich. »Stragen und ich haben wirklich versucht, es ihr auszureden, über eine Stunde lang, bis sie gedroht hat, uns ins Verlies zu werfen, ja, sogar, meine Generalamnestie aufzuheben.«

»Ihre Majestät kann anderen sehr überzeugend ihren Willen aufzwingen, Sperber«, fiel Stragen ein. »Traut ihr nie, wenn sie Euch anlächelt, dann ist sie am gefährlichsten. Und wenn der Moment da ist, benutzt sie ihre Autorität wie einen Knüppel. Wir sind sogar so weit gegangen, sie in ihren Gemächern einzusperren, aber dann hat sie einfach von Mirtai die Tür eintreten lassen.«

Sperber blinzelte. »Das ist eine sehr massive Tür!«

»Sie *war* es. Mirtai hat sie zweimal getreten, dann ist sie in der Mitte auseinandergesprungen.«

Sperber blickte die riesige Frau erstaunt an.

»Es war nicht schwierig«, erklärte sie. Ihre Stimme war weich und melodisch, mit einem Anflug von exotischem Akzent. »Innentüren trocknen aus und brechen ganz leicht, wenn man sie richtig tritt. Ehlana kann die Stücke im Winter als Brennholz benutzen.« Sie sprach mit ruhiger Würde.

»Mirtai beschützt mich gut, Sperber«, sagte Ehlana. »Wenn sie bei mir ist, fühle ich mich völlig sicher. Und sie lehrt mich Tamulisch.«

»Elenisch ist eine rauhe und häßliche Sprache«, bemerkte Mirtai.

»Ganz meine Meinung«, pflichtete Sephrenia ihr lächelnd bei.

»Ich lehre Ehlana Tamulisch, damit ich mich nicht mehr schämen muß, weil meine Besitzerin mich wie ein Huhn angackert.«

»Ich bin nicht mehr deine Besitzerin, Mirtai«, erinnerte Ehlana sie. »Ich habe dir, gleich nachdem ich dich gekauft hatte, deine Freiheit gegeben.«

»*Besitzerin!*« empörte sich Sephrenia.

»Es ist bei Mirtais Volk so üblich, kleine Schwester«, erklärte Stragen ihr. »Sie ist Atanerin. Die Ataner sind eine Rasse von Kriegern, und man nimmt allgemein an, daß sie eine feste Hand brauchen. Ein freier Ataner ist eine einzige Bedrohung. Ein lebensgefährlicher Zustand.«

»Ehlana wußte es nicht besser, sonst hätte sie es nicht getan«, sagte Mirtai ruhig.

»*Mirtai!*« rief Ehlana.

»Dutzende Eurer Untertanen haben mich beleidigt, seit Ihr meine Besitzerin geworden seid, Ehlana«, erklärte Mirtai. »Wäre ich frei, würden sie nicht mehr leben. Dieser Alte – Lenda – ließ sogar einmal zu, daß sein Schatten mich berührte! Ich weiß, daß Ihr Zuneigung für ihn empfindet, und es hätte mir leid getan, ihn töten zu müssen.« Sie seufzte philosophisch. »Freiheit ist sehr gefährlich für jemanden wie mich. Ich ziehe es vor, mich nicht damit zu belasten.«

»Wir können uns ein andermal darüber unterhalten, Mirtai«, sagte Ehlana. »Jetzt müssen wir erst einmal meinen Streiter besänftigen.« Sie blickte Sperber in die Augen. »Du hast absolut keinen Grund, zornig auf Platime, Stragen oder Mirtai zu sein, mein Liebster. Sie haben alles versucht, damit ich in Cimmura bleibe. Warum bitten wir sie nicht, uns eine Zeitlang allein zu lassen, damit wir uns nach Herzenslust anschreien können?«

Sephrenia schüttelte seufzend den Kopf und folgte den beiden Dieben und der bronzenen Riesin aus dem Gemach. An der Tür hielt sie kurz an. »Brüllt, soviel ihr wollt, aber ich möchte nicht, daß einer von euch das Gemach verläßt, ehe ihr die Sache nicht ins reine gebracht habt.« Damit schloß sie die Tür von außen.

»Nun?« fragte Ehlana.

»Du bist eigensinnig.«

»Nein, ich habe einen starken Willen, Sperber. Bei Monarchen wird das sogar als Tugend betrachtet.«

»Was in aller Welt ist in dich gefahren, daß du unbedingt zu einer belagerten Stadt kommen mußtest.«

»Du vergißt eines, Sperber, ich bin nicht einfach eine Frau.«

Er musterte sie bedächtig von Kopf bis Fuß, so daß sie heftig errötete. Das zumindest war nötig, fand er. »Ach?« Er wußte sowieso, daß er bei diesem Streit den kürzeren ziehen würde.

»Hör damit auf«, sagte sie. »Ich bin die Königin – der regierende Monarch. Das bedeutet, daß ich manchmal Dinge tun muß, die eine Frau sonst nicht tun darf. Ich befinde mich ja ohnehin im Nachteil, weil ich eine Frau bin. Wenn ich mich hinter meinen Röcken verstecke, wird keiner der anderen Könige mich ernst nehmen, und wenn sie mich nicht ernst nehmen, werden sie auch Elenien nicht ernst nehmen. Ich *mußte* hierherkommen, Sperber! Das verstehst du doch, nicht wahr?«

Er seufzte. »Es gefällt mir zwar nicht, Ehlana, aber ich muß zugeben, daß du recht hast.«

»Außerdem«, fuhr sie fort, »hatte ich Sehnsucht nach dir.« Sie zögerte. »Tja, wie wär's, wenn wir uns jetzt küssen und wieder versöhnen?«

Das taten sie eine Zeitlang. »Du hast mir so gefehlt, mein strenger Streiter.« Sie seufzte und klopfte auf seinen Plattenpanzer. »*Das* habe ich allerdings keineswegs vermißt«, fügte sie hinzu. Sie blickte ihn nachdenklich an. »Warum hast du ein so merkwürdiges Gesicht gemacht, als dieser Ick ...«

»Eck«, verbesserte er.

»Entschuldige. Als dieser Eck von dem kleinen Mädchen erzählte, das ihn durch Arzium zu König Wargun geführt hat?«

»Weil dieses kleine Mädchen Aphrael war.«

»Die Göttin? Sie erscheint tatsächlich ganz normalen Menschen? Bist du ganz sicher?«

Er nickte. »Ja. Sie hat diesen Eck unsichtbar gemacht und die Reisezeit von zehn auf drei Tage verkürzt. Das hat sie auch für uns getan, als wir auf der Suche nach dem Bhelliom waren.«

»Erstaunlich!« Sie trommelte abwesend mit den Fingerspitzen auf seine Rüstung.

»Tu das nicht, Ehlana«, bat er. »Das macht mich zu einer Glocke mit Beinen.«

»Entschuldige. Sperber, sind wir *wirklich* sicher, daß wir Patriarch Ortzel auf dem Erzprälatenthron haben wollen? Ist er nicht schrecklich kalt und streng?«

»Ortzel ist strenggläubig, das stimmt, und seine Erzprälatur wird für die Ritterorden mit einigen Schwierigkeiten verbunden sein. Beispielsweise sträubt er sich heftig gegen den Einsatz von Magie.«

»Wozu ist ein Ordensritter gut, wenn er sich nicht der Magie bedienen darf?«

»Wir haben auch noch andere Fähigkeiten, Ehlana! Ich gebe zu, daß Ortzel nicht meine erste Wahl als Kandidat gewesen wäre, aber er hält sich strikt an die Lehre der Kirche. Jemand wie Annias würde niemals ein Amt mit Machtbefugnis bekommen, solange Ortzel Erzprälat ist. Er ist unbeugsam, aber er befolgt die Kirchendoktrin buchstabengetreu.«

»Könnten wir nicht jemand anderes finden – jemand, den wir mögen?«

»Wir wählen Erzprälaten nicht danach aus, ob wir sie mögen, Ehlana. Die Hierokratie versucht, den Mann auszusuchen, der für die Kirche der Beste ist.«

»*Natürlich,* Sperber. Das weiß jeder.« Plötzlich fuhr sie herum. »Da ist es wieder!« sagte sie verärgert.

»Was ist wo wieder?« fragte er.

»Du würdest es nicht sehen können, Liebster. Außer mir kann niemand es sehen. Es ist eine Art Schatten. Ich kann es nicht wirklich sehen – nicht deutlich –, aber es treibt sich hinter meinem Rücken herum, wo ich es manchmal ganz flüchtig wahrnehmen kann, und jedesmal wird mir schrecklich kalt.«

Bestürzt drehte Sperber sich halb um, achtete jedoch darauf, daß es beiläufig wirkte. Der Schatten schwebte am Rand seines Blickfelds. Er war größer und dunkler als je zuvor, und seine Bösartigkeit war stärker spürbar. Aber warum folgte er Ehlana? Sie hatte den Bhelliom nie berührt.

»Er müßte mit der Zeit verschwinden«, sagte Sperber behutsam, um sie nicht zu erschrecken. »Du darfst nicht vergessen, Ehlana, daß Annias dir ein sehr seltenes und wirkungsvolles Gift eingegeben hat. Da sind einige länger anhaltende Nachwirkungen unvermeidlich.«

»Das wird es wohl sein.«

Doch plötzlich verstand er. Es lag an ihrem Ring! Sperber ärgerte sich, daß er nicht längst an diese Möglichkeit gedacht hatte. Wer immer hinter dem Schatten steckte, würde natürlich beide Ringe im Auge behalten wollen.

»Ich dachte, wir versöhnen uns«, beklagte Ehlana sich.

»Das tun wir doch.«

»Warum küßt du mich dann nicht?«

Er war gerade dabei, als Kalten eintrat.

»Oh! Entschuldigt«, bat Kalten. »Ich dachte, Vanion wäre hier. Tja, dann will ich mal schauen, ob ich ihn woanders finden kann. Ach, übrigens, da ist etwas, das dir den Tag ein wenig verschönern könnte – falls das überhaupt nötig ist. Tynian und ich waren mit Warguns Soldaten auf der Suche nach Deserteuren in den Häusern. Im Keller eines Weingeschäfts haben wir einen alten Freund gefunden.«

»Wen?«

»Aus irgendeinem Grund hat Martel Krager zurückgelassen. Wir werden uns alle zu einem netten Plauderstündchen mit ihm zusammensetzen – sobald er nüchtern genug ist und sobald ihr zwei fertig seid mit ... was immer ihr hier tut.« Er machte eine Pause. »Möchtest du, daß ich die Tür zusperre?« fragte er dann. »Oder daß ich davor Wache stehe?«

»Hinaus, Kalten!« Aber es war nicht Sperber, der diesen Befehl erteilte.

17

Krager war in keiner sehr guten Verfassung, als Kalten und Tynian ihn hereinschleppten. Sein schütteres Haar war zerzaust, sein Gesicht bartstoppelig und seine kurzsichtigen Augen blutunterlaufen. Seine Hände zitterten stark, und seine Miene verriet eine Pein, die nichts mit seiner Gefangennahme zu tun hatte. Die beiden Ritter zerrten Martels Knecht zu einem schlichten Holzstuhl in der Mitte des Raumes und setzten ihn darauf. Krager vergrub das Gesicht in den bebenden Händen.

»Ich glaube nicht, daß wir viel aus ihm herauskriegen, solange er sich in diesem Zustand befindet«, brummte König Wargun. »Ich habe selbst schon Ähnliches durchgemacht und kenne mich aus. Gebt ihm Wein. Wenn seine Hände zu zittern aufhören, wird er sich vielleicht verständlich ausdrücken können.«

Kalten blickte Ritter Nashan fragend an, und der rundliche Pandioner deutete in die Ecke auf einen Schrank mit schöner Schnitzerei. »Es ist nur für medizinischen Gebrauch, Hochmeister Vanion«, erklärte Nashan schnell.

»Selbstverständlich«, sagte Vanion.

Kalten öffnete den Schrank und nahm eine Kristallkaraffe mit arzischem Rotwein heraus. Er schenkte ein großes Glas voll und reichte es Krager. Der arg mitgenommene Mann schüttete die Hälfte aus, als er das Glas an die Lippen führte, und goß den Rest in sich hinein. Kalten füllte das Glas nach, dann noch einmal. Kragers Hände hörten allmählich zu zittern auf. Er schaute sich blinzelnd um. »Ich sehe, daß ich meinen Feinden in die Hände gefallen bin.« Jahre harten Trinkens ließen seine Stimme rostig klingen. »Was soll's.« Er zuckte die Schultern. »So ist nun mal der Krieg.«

»Ihr befindet Euch in keiner beneidenswerten Lage«, sagte Hochmeister Abriel drohend.

Ulath brachte einen Wetzstein zum Vorschein und begann, seine Axt zu schärfen. Es war kein sehr angenehmer Laut.

»Bitte«, krächzte Krager, »ich fühle mich nicht sehr gut. Verschont mich mit melodramatischen Drohungen. Ich bin ein Überlebender, meine Herren. Ich verstehe die Situation hier sehr gut. Ich werde im Austausch für mein Leben mit euch zusammenarbeiten.«

»Findet Ihr das nicht verachtenswert?« sagte Bevier abfällig.

»Natürlich, Herr Ritter«, erwiderte Krager gedehnt, »aber ich bin doch ein verachtenswerter Mensch – oder habt Ihr das etwa nicht bemerkt? Um ehrlich zu sein, habe ich mich mit voller Absicht in eine Lage gebracht, die es euch ermöglichen würde, mich gefangenzunehmen. Martels Plan war sehr gut – bis zu einem gewissen Punkt –, doch als dann plötzlich alles schiefging, erkannte ich, daß ich nicht sein Los teilen wollte.

Vergeuden wir keine Zeit, meine Herren. Wir wissen alle, daß ich von zu großem Wert für euch bin, als daß ihr meinen Tod beschließen könntet. Ich weiß zu viel. Für mein Leben, meine Freiheit und zehntausend Goldkronen erzähle ich euch alles.«

»Wie steht es mit Eurer Loyalität?« fragte Patriarch Ortzel streng.

»Loyalität, Eminenz?« Krager lachte. »Zu Martel? Das wäre absurd! Ich habe für Martel gearbeitet, weil er mich gut bezahlte. Aber nun seid Ihr in der Lage, mir etwas von viel größerem Wert zu bieten. Abgemacht?«

»Ein Besuch auf der Streckbank würde Eure Forderung herunterschrauben«, sagte Wargun.

»Ich bin nicht von robuster Gesundheit, König Wargun«, gab Krager zu bedenken. »Ich war schon immer ziemlich schwächlich. Möchtet Ihr wirklich das Risiko eingehen, daß ich schon bei der harmlosesten Folterung dahinscheide?«

»Laßt es gut sein«, sagte Dolmant. »Gebt ihm, was er will.«

»Eminenz, Ihr seid ein weiser und gnädiger Mann.« Krager verneigte sich vor ihm.

»Mit einer Einschränkung«, fuhr Dolmant fort. »Unter den gegebenen Umständen können wir Euch erst freilassen, wenn Euer ehemaliger Herr festgenommen ist. Ihr gebt selbst zu, daß Ihr nicht sehr vertrauenswürdig seid. Außerdem müssen wir uns erst vergewissern, so weit das möglich ist, daß alles stimmt, was Ihr uns zu sagen habt.«

»Das ist verständlich, Eminenz«, erwiderte Krager. »Aber keine Verliese. Meine Lunge ist besonders anfällig, und ich sollte klamme Orte meiden.«

»Ein Kloster, vielleicht?«

»Das wäre annehmbar, Eminenz – unter der Bedingung allerdings, daß es Sperber untersagt wird, sich diesem Kloster auf weniger als zehn Meilen zu nähern. Sperber ist manchmal sehr unvernünftig, und er will mich schon seit Jahren ins Jenseits befördern – stimmt doch, nicht wahr, Sperber?«

»O ja«, gab Sperber offen zu. »Ich sage Euch was, Krager. Ich gelobe, Euch nichts zu tun, ehe Martel nicht tot ist.«

»Ein faires Angebot, Sperber«, erwiderte Krager, »falls Ihr auch noch gelobt, mir eine Woche Vorsprung zu geben, bevor Ihr hinter mir herjagt. Abgemacht, meine Herren?«

»Tynian«, bat Hochmeister Darellon, »bringt ihn hinaus auf den Korridor, während wir die Sache besprechen.«

Krager kam schwankend auf die Füße. »So kommt, Herr Ritter«, wandte er sich an Tynian. »Ihr auch, Kalten. Und vergeßt nicht, den Wein mitzunehmen.«

»Nun?« fragte König Wargun, nachdem der schwerbewachte Gefangene das Gemach verlassen hatte.

»Krager selbst ist unwichtig, Majestät«, erklärte Vanion, »aber mit der Wichtigkeit seiner Information übertreibt er nicht. Ich rate, auf seine Forderungen einzugehen.«

»Es widerstrebt mir, ihm das viele Gold zu geben«, brummte Wargun.

»In Kragers Fall ist das nicht wirklich eine Gnade«, sagte Sephrenia ruhig. »Wenn ihr ihm so viel Geld gebt, wird er sich binnen sechs Monaten zu Tode trinken.«

»Das halte ich nicht gerade für eine Strafe.« murmelte Wargun.

»Dann sind wir uns also einig?« Dolmants Blick wanderte von einem zum anderen. »Wir geben dieser Kanalratte, was sie verlangt, und halten ihn in einem Kloster fest, bis wir sicher sind, daß er Martel nichts Wesentliches mehr mitteilen kann.«

»Na gut«, gab Wargun widerwillig nach. »Holt ihn wieder herein, damit wir weitermachen können.«

Sperber öffnete die Tür. Ein narbiger Mann mit geschorenem Schädel sprach eindringlich zu Tynian.

»Kring?« rief Sperber überrascht, als er den Domi des Nomadenstammes aus den Ostmarschen Pelosiens erkannte. »Ihr seid es wirklich!«

»Es ist schön, Euch wiederzusehen«, sagte Kring. »Ich brachte Freund Tynian ein paar Neuigkeiten. Habt Ihr gewußt, daß die Zemocher ihre Kräfte in Ostlamorkand zusammengezogen haben?«

»Wir haben es gehört, ja. Und wir sind mehr oder weniger dabei, etwas zu unternehmen.«

»Gut. Ich war die ganze Zeit in der Armee des Königs von Thalesien, nun hat mich einer meiner Männer von zu Hause endlich hier gefunden. Wenn ihr etwas unternehmt, dann konzentriert Euch nicht zu sehr auf Lamorkand. Die Zemocher sind auch in Ostpelosien plündernd eingefallen. Meine Stammesbrüder sammeln Ohren sackweise. Ich dachte, die Ordensritter sollten das wissen.«

»Wir stehen in Eurer Schuld, Domi«, bedankte Sperber sich. »Vielleicht könntet Ihr Freund Tynian zeigen, wo Euer Lager ist? Wir beraten gerade mit den eosischen Königen, aber sobald wir uns losreißen können, besuchen wir Euch.«

»Dann treffe ich Vorbereitungen, Herr Ritter«, versicherte ihm Kring. »Wir werden miteinander Salz nehmen und uns unterhalten.«

»Das werden wir, mein Freund«, versprach Sperber.

Tynian folgte Kring den Korridor hinunter, während Sperber und Kalten Krager zu Nashans Studiergemach zurückbrachten.

»Also gut, Krager«, sagte Patriarch Dolmant. »Wir akzeptieren Eure Bedingungen – vorausgesetzt, Ihr erklärt Euch einverstanden, die Zeit, bis wir Euch gefahrlos entlassen können, als Gefangener in einem Kloster zu verbringen.«

»Selbstverständlich, Eminenz«, stimmte Krager sofort zu. »Ich brauche ohnehin reichlich Zeit, mich zu erholen. Martel hat mich jetzt über ein Jahr lang quer durch den Kontinent gehetzt. Was möchtet ihr als erstes wissen?«

»Wie kam die Verbindung zwischen Otha und dem Primas von Cimmura zustande?«

Krager lehnte sich auf seinem Stuhl zurück, verschränkte die Beine und drehte nachdenklich sein Weinglas. »Soviel ich weiß, begann es, kurz nachdem der alte Patriarch von Cimmura erkrankte und Annias seine Pflichten im Dom dort übernahm. Bis dahin war der Primas hauptsächlich an politischer Macht interessiert. Er wollte seine Geliebte mit ihrem Bruder vermählen, um durch sie Elenien zu regieren. Doch nachdem er einen Vorgeschmack bekommen hatte, welche Macht die Kirche in die Hand eines Mannes legen kann, erweiterte er seinen Horizont. Annias ist sich der Tatsache durchaus bewußt, daß er nicht von aller Welt geliebt und geschätzt wird.«

»Das könnte man als die Untertreibung des Jahrhunderts bezeichnen«, brummte Komier.

»Das ist Euch also nicht entgangen«, sagte Krager trocken. »Sogar Martel verachtet Annias, und ich kann mir einfach nicht vorstellen, wie Arissa sich überwinden kann, mit ihm ins Bett zu kriechen. Wie auch immer, Annias wußte, daß er Hilfe brauchte, um auf den Erzprälatenthron zu gelangen. Martel bekam Wind von Annias' ehrgeizigen Plänen. Er verkleidete sich und reiste unerkannt nach Cimmura, um mit ihm zu sprechen. Ich weiß nicht genau wie, aber Martel hatte schon viel früher Verbindung zu Otha aufgenommen. Er redete nie darüber, aber ich konnte mir denken, daß sein Ausschluß aus dem pandionischen Orden irgendwie damit zusammenhing.«

Sperber und Vanion wechselten einen Blick. »Stimmt«, bestätigte Vanion. »Fahrt fort.«

»Annias lehnte den Gedanken zunächst ab, doch Martel kann sehr überzeugend sein, wenn er will, und schließlich erklärte der Primas sich zumindest zu offenen Unterhandlungen bereit. Sie fanden einen verrufenen Styriker, den sein Stamm ausgestoßen hatte, und unterhielten sich eingehend mit ihm. Er erklärte sich bereit, als ihr Unterhändler bei Otha zu fungieren, und nach geraumer Zeit wurde ein Abkommen getroffen.«

»Worum ging es bei diesem Abkommen?« fragte König Dregos von Arzium.

»Darauf komme ich noch, Majestät«, versprach Krager. Er machte eine Pause und ließ den Blick über die Anwesenden schweifen. »Ich hoffe, ihr wißt zu würdigen, wie hilfreich ich bin. Otha sandte zur Unterstützung Annias' einige seiner Leute nach Elenien. Ein großer Teil dieser Unterstützung bestand aus Gold. Otha besitzt es tonnenweise.«

»Was?« rief Ehlana. »Ich dachte, Annias hat meinen Vater und mich vergiftet, um an den Staatsschatz heranzukommen und damit seine Kampagne für die Erzprälatur zu finanzieren.«

»Das soll keine Beleidigung sein, Majestät«, sagte Krager, »aber der elenische Staatsschatz hätte nicht einmal für einen Bruchteil seiner Ausgaben gereicht. Daß er darüber verfügen konnte, kaschierte jedoch seine *wahre* Geldquelle. Unterschlagung ist eine Sache, Zusammenarbeit mit Otha eine ganz andere. Ihr und Euer Vater wurdet tatsächlich nur vergiftet, um zu verschleiern, daß Annias von Otha mit Gold versorgt wurde. Die Dinge verliefen mehr oder weniger nach Plan. Otha half Annias mit Geld und hin und wieder auch styrischer Magie bei seinen Unternehmungen. Alles ging ziemlich gut voran, bis Sperber aus Rendor zurückkehrte. Ihr seid ein rechter Störenfried, Sperber!«

»Danke«, erwiderte Sperber.

»Ich bin sicher, daß ihr das meiste andere bereits wißt, meine Herren«, fuhr Krager fort. »Schließlich fanden wir uns alle hier in Chyrellos ein, und der Rest ist Geschichte, wie man so sagt. Doch um auf Eure Frage zurückzukommen, König Dregos: Otha ist ein harter Verhandlungspartner. Er verlangte für seine Hilfe einen hohen Preis von Annias.«

»Was mußte Annias ihm geben?« fragte Patriarch Bergsten, der hünenhafte Kirchenmann aus Thalesien.

»Seine Seele, Eminenz.« Kalten schauderte. »Otha bestand darauf, daß Annias zum zemochischen Glauben übertrat und Azash anbetete, ehe er ihn mit Magie und Geld unterstützte. Martel war Zeuge dieser Zeremonie und erzählte mir davon. Das war übrigens eine meiner Pflichten. Martel fühlt sich bisweilen einsam, und dann braucht er jemanden, mit dem er reden kann. Er ist wahrhaftig nicht zimperlich, aber selbst ihm wurde übel bei den Riten, die zu Annias' Übertritt zelebriert wurden.«

»Ist Martel auch übergetreten?« fragte Sperber angespannt.

»Das bezweifle ich, Sperber. Martel hat *keinerlei* religiöse

Überzeugungen. Er glaubt nur an Politik, Macht und Geld, nicht aber an Götter.«

»Wer von den beiden hat nun wirklich das Sagen?« fragte Sephrenia. »Wer ist der Führer und wer der Mitläufer?«

»Annias *glaubt*, daß er die Befehle erteilt, aber offen gestanden, ich bezweifle es. Alle seine Kontakte mit Otha laufen über Martel, und Martel pflegt eigene Verbindungen, von denen Annias nichts weiß. Ich kann es nicht beschwören, aber ich glaube, daß es noch eine gesonderte Abmachung zwischen Martel und Otha gibt. Das wäre nämlich genau das, was Martel tun würde, wie ich ihn kenne.«

»Es steckt doch noch mehr hinter all dem, nicht wahr?« fragte Patriarch Emban scharfsinnig. »Otha – und Azash – würden nicht so viel Geld und Kraft für einen so kargen Preis wie die wenig erbauliche Seele des Primas von Cimmura aufwenden, nicht wahr?«

»Selbstverständlich nicht, Eminenz«, bestätigte Krager. »Der Plan war natürlich, zu bekommen, was *sie* wollten, indem sie dem Plan folgten, den Annias und Martel bereits ausgeheckt hatten. Wenn es dem Primas von Cimmura gelungen wäre, die Erzprälatur durch Bestechung zu bekommen, wäre er in der Lage gewesen, zu erreichen, was sie alle – Annias, Martel, Otha, Azash – wollten, ohne daß sie Krieg führen müßten, denn bei Kriegen weiß man ja nie so genau, wie sie ausgehen.«

»Und was wollen sie?« fragte König Obler.

»Annias ist versessen darauf, Erzprälat zu werden. Martel hat nichts dagegen. Es würde ohnehin nichts bedeuten, wenn alles nach Plan verläuft. Martel will Macht, Reichtum und Anerkennung. Otha will die Herrschaft über den gesamten eosischen Kontinent. Und Azash will natürlich den Bhelliom – und die Seele eines jeden auf der ganzen Welt. Annias wird selbstverständlich ewig leben – oder nahezu –, und er hatte die Absicht, in den kommenden Jahrhunderten seine Macht als Erzprälat dafür einzusetzen, die Elenier nach und nach zur Verehrung Azashs zu bekehren.«

»Das ist ja ungeheuerlich!« rief Ortzel.

»Gewissermaßen, ja, Eminenz«, pflichtete Krager ihm bei. »Martel wird eine Kaiserkrone bekommen und beinahe so mächtig sein wie Otha. Er wird über ganz Westeosien herrschen. Damit hätten wir das gesamte Gespann: Otha und Martel als Kaiser, Annias als Hohenpriester der Kirche und Azash als Gott. Danach könnten sie sich den Rendorern und dem Tamulischen Reich in Daresien zuwenden.«

»Wie wollten sie Azash den Bhelliom beschaffen?« fragte Sperber düster.

»Durch List, Heimtücke, ehrlichen Handel oder, wenn nötig, durch Gewalt, Sperber.« Krager war plötzlich todernst. »Martel läßt Euch glauben, daß er ein Stück nordwärts reiten und dann die Richtung nach Ostlamorkand einschlagen wird, um sich Otha anzuschließen. Er geht zu Otha, das stimmt, aber *nicht* in Lamorkand. Seine Generale verstehen von der Kriegführung viel mehr als er selbst. Er ist immer noch in seiner Hauptstadt in Zemoch. *Dorthin* wollen Martel und Annias, und sie möchten, daß Ihr ihnen folgt.« Er machte eine Pause. »Man hat mich natürlich beauftragt, Euch das zu sagen«, gestand er. »Martel möchte, daß Ihr ihm nach Zemoch folgt und den Bhelliom mitbringt. Aus irgendeinem Grund haben sie Angst vor Euch, und ich glaube nicht, daß es nur daher rührt, daß es Euch gelungen ist, den Bhelliom zu finden. Martel will sich Euch nicht selbst stellen, und das paßt eigentlich gar nicht zu ihm. Wie auch immer, sie wollen, daß Ihr nach Zemoch kommt, wo *Azash* auf Euch wartet.« Kragers Gesicht verzerrte sich vor Grauen und plötzlicher Seelenqual. »Geht nicht, Sperber!« flehte er ihn an. »Um Gottes willen, tut es nicht! Wenn Azash den Bhelliom an sich bringt, ist die Welt verloren!«

Schon früh am nächsten Morgen füllte sich das geräumige Kirchenschiff der Basilika bis schier zum Überquellen. Die Bürger von Chyrellos waren vorsichtig zu den Überresten ihrer Häuser zurückgekehrt, sobald König Warguns Soldaten die letzten Söldner Martels aufgespürt hatten. Die Bewohner der Heiligen Stadt waren gewiß nicht frömmer als andere Elenier, doch Patriarch Emban hatte als sehr menschliche Geste verkündet, daß der Bevölkerung, sogleich nach der Dankesmesse, die Kirchenlagerhäuser geöffnet würden. Da in Chyrellos nirgendwo sonst Lebensmittel zu bekommen waren, strömten die Bürger herbei. Embans Überlegung war, daß die gewaltige Zahl von Kirchenbesuchern seinen Mitpatriarchen den Ernst der Lage veranschaulichen würde – was bewirken mochte, daß sie ihre Pflichten ernst nahmen. Außerdem empfand Emban tatsächlich Mitleid mit den wirklich Hungernden. Seine eigene Körpermasse machte ihn für Hunger sehr empfänglich.

Patriarch Ortzel zelebrierte die Dankesmesse. Sperber fiel auf, daß der hagere strenge Kirchenmann in völlig anderem Tonfall sprach, als er sich an die Kirchengemeinde wandte. Seine Stimme klang beinahe sanft, und manchmal lag ehrliches Mitgefühl darin.

»Sechsmal«, flüsterte Talen Sperber zu, als der Patriarch von Kadach das abschließende Gebet anstimmte.

»Was?«

»Während seiner Predigt hat er sechsmal gelächelt. Ich habe mitgezählt. Sehr natürlich wirkt sein Lächeln allerdings nicht. Was haben wir wegen Krager beschlossen? Ich bin eingeschlafen.«

»Das ist uns nicht entgangen. Gleich, nachdem Oberst Delada über das Gespräch zwischen Martel und Annias berichtet hat, wird Krager vor der gesamten Hierokratie wiederholen, was er uns gestern erzählt hat.«

»Werden sie ihm glauben?«

»Ich denke schon. Delada ist der vertrauenswürdigste Zeuge überhaupt. Krager wird nur für eine Bestätigung sorgen und Einzelheiten hinzufügen. Wenn die Patriarchen erst mit Deladas Aussage konfrontiert werden, an deren Wahrheit sie nicht zweifeln können, wird es ihnen nicht schwerfallen, auch noch zu schlucken, was Krager berichtet.«

»Sehr schlau«, sagte Talen bewundernd. »Wißt Ihr was, Sperber? Ich habe die Idee schon fast aufgegeben, Kaiser der Diebe zu werden. Ich glaube, ich werde statt dessen in den Kirchendienst treten.«

»Gott, schütze den Glauben«, betete Sperber.

»Das wird er bestimmt, mein Sohn.« Talen lächelte väterlich.

Als die Messe zu Ende ging und der Chor mit feierlichem Gesang begann, gingen Pagen durch die Reihen der Patriarchen und riefen sie zur Teilnahme an der anschließenden Sitzung auf. Sechs weitere der bisher fehlenden Patriarchen waren in verschiedenen Verstecken der Neustadt gefunden worden, und zwei waren erschienen, die sich in die Basilika selbst verkrochen hatten. Der Aufenthaltsort der übrigen war immer noch unbekannt.

Während die Patriarchen feierlichen Schrittes das Kirchenschiff verließen, um sich zum Ratssaal zu begeben, hastete Emban, der noch geblieben war, um sich mit einigen Leuten zu unterhalten, prustend und schwitzend an Sperber und Talen vorbei. »Hab' fast was vergessen«, keuchte er, als er in ihrer Höhe war. »Dolmant muß den Befehl zur Öffnung der Kirchenlagerhäuser geben, wenn es nicht zum Aufstand kommen soll.«

»Müßte ich genauso fett werden, wenn ich in der Kirche was zu sagen haben möchte?« flüsterte Talen. »Dicke können nicht schnell laufen, und das ist schlecht, wenn was schiefgeht, und irgendwann wird einmal was schiefgehen für Emban.«

Oberst Delada stand an der Tür zum Ratssaal. Sein Harnisch und Helm spiegelten, und sein roter Umhang war makellos. Sperber trat aus der Reihe der Ordensritter und Geistlichen und redete kurz mit ihm. »Nervös?« fragte er.

»Eigentlich nicht, Ritter Sperber. Ich muß allerdings zugeben, daß ich nicht gerade freudig erregt bin. Meint Ihr, daß sie mir Fragen stellen werden?«

»Möglich. Laßt Euch nicht aus der Fassung bringen. Nehmt

Euch Zeit und berichtet in aller Ruhe, was Ihr im Keller gehört habt. Euer Ruf wird mit Euch reden, darum wird niemand an Eurem Wort zweifeln.«

»Ich hoffe nur, daß ich im Saal keinen Aufruhr auslöse.«

»Macht Euch deshalb keine Sorgen. Dazu kommt es erst, wenn sie den Zeugen *nach* Euch hören.«

»Was wird er berichten, Sperber?«

»Das darf ich Euch leider nicht sagen – jedenfalls nicht, bevor Ihr Eure Aussage gemacht habt. Ich darf jetzt gar nichts tun, was Eure Neutralität ins Wanken bringen könnte.«

Die Patriarchen der Kirche standen im Saal in kleinen Gruppen zusammen und unterhielten sich mit gedämpfter Stimme. Embans sorgfältig inszenierter Dankgottesdienst hatte dem Morgen eine feierliche Stimmung verliehen, die niemand stören wollte. Sperber und Talen stiegen die Tribüne zu den Plätzen hinauf, wo sie normalerweise mit ihren Freunden saßen. Bevier achtete mit besorgtem Gesicht wie eine Glucke auf Sephrenia, die gelassen ihr makellos weißes Gewand trug. »Sie läßt einfach nicht mit sich reden«, beklagte er sich, als Sperber sich zu ihnen setzte. »Es ist uns geglückt, Platime, Stragen und sogar die Tamulerin als Geistliche verkleidet hereinzuschmuggeln, aber Sephrenia beharrt auf ihrer styrischen Robe. Immer wieder habe ich versucht, ihr zu erklären, daß es niemandem, außer den Königen und der Geistlichkeit erlaubt ist, der Beratung der Hierokratie beizuwohnen, aber sie will nicht auf mich hören!«

»Ich *gehöre* zur Geistlichkeit, lieber Bevier«, erklärte sie ihm sanft. »Ich bin eine Priesterin Aphraels – ihre Hohepriesterin, um genau zu sein. Sagen wir einfach, daß ich durch meine Anwesenheit eine Art ökumenischen Fühler ausstrecke.«

»Ich würde das lieber nicht vor Beendigung der Wahl erwähnen, kleine Mutter«, riet ihr Stragen. »Es könnte eine theologische Debatte auslösen, die sich vielleicht Jahrhunderte hinzöge, und wir sind momentan doch etwas in Zeitdruck.«

»Ich muß gestehen, mir fehlt unser Freund da drüben.« Kalten deutete auf den Platz auf der Galerie gegenüber, wo

Annias immer gesessen hatte. »Ich würde viel dafür geben, könnte ich im Verlauf der heutigen Sitzung sein Gesicht sehen.«

Dolmant war eingetreten und ging, nach einer kurzen Beratung mit Emban, Ortzel und Bergsten, zum Rednerpult. Es wurde still im Saal. »Meine Brüder und teuren Freunde«, begann er. »Seit der letzten Sitzung dieses hohen Rates haben folgenschwere Ereignisse stattgefunden. Ich habe mir die Freiheit genommen, einige Zeugen hierher zu bitten, damit sie ihre Aussagen machen, ehe wir mit unserer Beratung beginnen. Zuerst jedoch muß ich über die gegenwärtige Lage der Bevölkerung von Chyrellos sprechen. Die Armee der Belagerer hat sich unter anderem aller Nahrungsmittel bemächtigt, und die Bürger leiden große Not. Ich bitte die Hierokratie um Erlaubnis, die Kirchenlagerhäuser öffnen zu dürfen, damit wir die Not der Hungernden lindern können. Als Vertreter der Kirche ist Mildtätigkeit eine unserer vorrangigen Pflichten.« Er schaute sich um. »Höre ich irgendwelche Einwände?« fragte er.

Es herrschte völlige Stille.

»Gut. Dann ist es beschlossen. So wollen wir denn ohne weitere Verzögerung die Monarchen von Westeosien als hochgeehrte Beobachter willkommen heißen.«

Alle im Saal erhoben sich respektvoll.

Fanfarenschmettern erschallte, und eine breite Bronzetür wurde feierlich geöffnet, um die Monarchen des Kontinents einzulassen. Alle trugen ihre Prunkgewänder und Kronen. Sperber sah Wargun und die anderen Könige kaum, sein Blick wurde sogleich von dem vollkommenen Antlitz seiner zukünftigen Gemahlin gefesselt. Ehlana war bezaubernd schön. Sperber vermutete, daß seine Königin die zehn Jahre seines Exils, abgesehen von ein paar Zeremonien und Pflichten am Hofe, in bedrückender Bedeutungslosigkeit verbracht hatte. Darum genoß sie zeremonielle Anlässe offenbar mehr, als Monarchen das üblicherweise tun. Gemessenen Schrittes trat sie mit den anderen königlichen Staatsoberhäuptern ein. Ihre Hand ruhte leicht auf dem Arm ihres entfernten Verwandten, König Obler von Deira, während sie auf die Throne zugingen, die einen Halbkreis bildeten, der vom Podest und goldenen Thron des Erzprälaten ausging. Der Zufall – vielleicht war es aber auch mehr – wollte, daß das Licht, welches gebrochen durch das große runde Fenster hinter den Thronen schien, als funkelnder Kreis geradewegs auf den elenischen Thron fiel. So ließ Ehlana sich inmitten eines Strahlenkranzes aus goldenem Sonnenschein auf ihrem Thron nieder. Sperber fand das sehr angemessen.

Nachdem die Monarchen Platz genommen hatten, setzten auch alle anderen im Saal sich wieder. Dolmant begrüßte jeden König einzeln und machte ein paar bedauernde Bemerkungen, daß der König von Lamorkand aufgrund des Aufmarschs zemochischer Truppen an seiner Grenze es für ratsamer gehalten hatte, sein Reich nicht allein zu lassen. Dann ging er geschickt zu einer Zusammenfassung kürzlicher Ereignisse über. Embans Zeugen berichteten eingehend über die Zerstörung der Neustadt und die Greueltaten von Martels Söldnern. Natürlich wußte jeder von diesen Greueln, aber sie in so bildhaften Einzelheiten beschrieben zu hören, führte zu einer empörungs- und vergeltungsschwangeren Stimmung, von der Emban hoffte, sie würde helfen, die Hierokratie in eine militante Richtung zu lenken und allen klarzumachen, wie wichtig schnelles Handeln war. Das halbe Dutzend Zeugen gab auch den Namen des Befehlshabers der Angreifer bekannt: Martel. Und ehe Dolmant Oberst Delada rief, gab er einen kurzen Lebenslauf des ausgestoßenen Pandioners. Er bezeichnete ihn hauptsächlich als Söldner, vermied jedoch jeglichen Hinweis auf seine Verbindung zum Primas von Cimmura. Er ersuchte danach um die Aussage des Kommandanten der Leibgarde des Erzprälaten, wobei er wie beiläufig die legendäre Neutralität dieser absolut kirchentreuen Männer erwähnte.

Deladas Gedächtnis war erstaunlich. Er erwähnte kurz, wie er von dem Treffpunkt der Begegnung erfahren hatte, und hob den »überragenden Nachrichtendienst der Ordensritter« hervor. Er beschrieb das Untergeschoß und den in Vergessenheit geratenen Aquädukt, der so gefährlichen Zugang zur Basilika erlaubt hatte. Dann wiederholte er das Gespräch zwischen Martel und Annias fast wörtlich. Die Tatsache, daß er seinen Bericht in ruhigem Tonfall vortrug, der von keinerlei Gefühlen beeinflußt war, verlieh ihm zusätzliches Gewicht. Trotz seiner persönlichen Einstellung in der Sache vermittelte er das über jeden Zweifel erhabene Bild eines neutralen Beobachters. Seine Aussage wurde immer wieder von entsetzten und bestürzten Ausrufen aus den Reihen der Hierokratie und den übrigen Zuhörern unterbrochen.

Patriarch Makova, dessen pockennarbiges Gesicht bleich war und dessen Stimme immer wieder stockte, erhob sich, um dem Oberst Fragen zu stellen. »Besteht die Möglichkeit, daß die Stimmen, die Ihr in dem dunklen Keller gehört habt, *nicht* jene der beiden Männer waren, die sich angeblich unterhielten – sondern daß das Ganze eine raffinierte Machenschaft war, um den Primas von Cimmura in ein schlechtes Licht zu setzen?«

»Nein, Eminenz«, entgegnete Delada fest. »Das ist völlig unmöglich. Der eine Mann war ohne Zweifel Primas Annias, und er redete den anderen Mann mit Martel an.«

Makova fing zu schwitzen an. Er versuchte es anders. »Wer hat Euch zu diesem Keller geführt, Oberst?«

»Ritter Sperber vom pandionischen Ritterorden, Eminenz.«

»Aha!« sagte Makova triumphierend und blickte die anderen Patriarchen mit einem feixenden Lächeln an. »Da haben wir es! Ritter Sperber hegt schon seit langem eine persönliche Feindschaft gegen Primas Annias. Er hat diesen Zeugen ganz offensichtlich beeinflußt!«

Deladas Gesicht lief tiefrot an. »Nennt Ihr mich einen Lügner?« rief er heftig, während seine Hand nach dem Schwertknauf langte.

Makova riß die Augen weit auf und wich zurück.

»Ritter Sperber hat mir nichts im voraus gesagt, Patriarch Makova«, knirschte Delada. »Er sagte mir nicht einmal, wer diese beiden Männer im Keller waren. Ich habe Annias selbst identifiziert und Martel dadurch, daß Annias' ihn mit diesem Namen anredete. Und ich sage Euch noch etwas. Sperber ist der Streiter der Königin. Hätte *ich* dieses Amt inne, so würde der Kopf des Primas von Cimmura jetzt eine Stange vor der Basilika schmücken!«

»Wie könnt Ihr es *wagen*?« keuchte Makova.

»Der Mann, den Ihr offenbar unbedingt auf den Thron des Erzprälaten heben wollt, hat Sperbers Königin vergiftet und flüchtet in diesem Moment nach Zemoch, um Otha zu bitten, ihn vor Sperbers Zorn zu schützen. Sucht Euch lieber einen anderen, Eminenz. Selbst falls die Hierokratie den Fehler begehen sollte, Annias von Cimmura zum Erzprälaten zu wählen, wird er nicht lange genug leben, daß er sich auf diesen Thron setzen könnte. Denn wenn Sperber ihn nicht tötet, werde *ich* es tun!«

Deladas Augen funkelten, und er hatte sein Schwert halb blank gezogen.

Makova wich noch weiter zurück.

»Äh ...«, sagte Dolmant mild. »Möchtet Ihr eine kleine Pause machen, um Euch zu fassen, Oberst?«

»Ich *bin* gefaßt, Eminenz«, entgegnete Delada und stieß sein Schwert in die Scheide zurück. »Ich bin bei weitem nicht so zornig, wie ich es noch vor ein paar Stunden war. Ich habe die Ehre des Patriarchen von Coombe nicht ein einziges Mal in Frage gestellt.«

»Er kommt ordentlich in Fahrt«, flüsterte Tynian Ulath zu.

»Rothaarige sind manchmal so«, erwiderte Ulath weise.

»Möchtet Ihr dem Oberst noch weitere Fragen stellen, Makova?« fragte Emban mit Unschuldsmiene.

Ohne zu antworten, stapfte Makova zu seinem Platz zurück.

»Eine kluge Entscheidung«, murmelte Emban, gerade laut genug, daß man es hören konnte.

Ein nervöses Lachen verbreitete sich unter den Anwesenden.

Es war nicht so sehr die Eröffnung, daß Annias hinter dem

Angriff auf die Stadt gesteckt hatte, welche die Hierokratie so entsetze und empörte – sie waren allesamt hohe Kirchenmänner und wußten, wie weit der Ehrgeiz einen Menschen treiben konnte. Obwohl Annias' Methoden zutiefst verabscheuungswürdig waren, verstanden sie seine Motive und bewunderten vielleicht sogar insgeheim einen Mann, der bereit war, so weit zu gehen, um sein Ziel zu erreichen. Nein, es war sein Bündnis mit Otha, das alle Grenzen des Denkbaren sprengte. Viele der Patriarchen, die ihre Stimmen bereitwillig an Annias verkauft hatten, wanden sich innerlich, als ihnen das volle Ausmaß der Verderbtheit dieses Mannes bewußt wurde, mit dem sie sich verbündet hatten.

Schließlich rief Dolmant Krager, und der Patriarch von Demos unternahm nicht den geringsten Versuch, Kragers Charakter und seine grundsätzliche Unzuverlässigkeit zu verschleiern.

Krager sah ziemlich nüchtern aus. Als Zeichen seines Status trug er Ketten um Hand- und Fußgelenke, doch er erwies sich als brillanter Zeuge. Er versuchte gar nicht erst, seine Handlungen zu beschönigen, sondern war von schonungsloser, ja brutaler Offenheit, was seine vielen Fehler betraf. Er ging sogar so weit, über die Einzelheiten der Abmachung zu sprechen, die ihm den Kopf retten sollte. Die logische Folgerung, daß er sehr gute Gründe hatte, die Wahrheit zu sagen, entging der Hierokratie nicht. Gesichter erbleichten. Viele Patriarchen beteten laut. Wieder kam es zu empörten und entsetzen Ausrufen, als Krager mit nüchterner Stimme die Einzelheiten der monströsen Verschwörung beschrieb, die beinahe Erfolg gehabt hätte. Den Bhelliom erwähnte er jedoch mit keiner Silbe. Das war schon ziemlich am Anfang ihrer Planung beschlossen worden. »Es hätte sich wahrscheinlich alles machen lassen«, fuhr Krager bedauernd fort. »Wenn wir nur einen einzigen Tag mehr gehabt hätten, bevor die Armeen der westlichen Königreiche vor Chyrellos anrückten, würde der Primas von Cimmura bereits auf diesem Thron dort sitzen. Seine erste Amtshandlung wäre die Auflösung der Ritterorden gewesen, und als nächstes hätte er den eosischen Monarchen befohlen, in ihre Reiche zurückzukehren und ihre Armeen aufzulösen. Dann hätte Otha ohne jeden Widerstand einrücken können, und innerhalb weniger Generationen würden wir alle Azash verehren. Es war ein so guter Plan.« Krager seufzte. »Und er hätte mich zu einem der reichsten Männer der Welt gemacht.« Wieder seufzte er. »Was soll's«, schloß er.

Patriarch Emban hatte sich auf seinem Sitz zurückgelehnt und aufmerksam die Stimmung der Anwesenden abgeschätzt. Jetzt stemmte er sich auf die Füße. »Möchte jemand diesem Zeugen Fragen stellen?« Er blickte dabei unübersehbar Makova an.

Makova schwieg und wich seinem Blick aus.

»Vielleicht, meine Brüder«, fuhr Emban fort, »wäre jetzt ein günstiger Zeitpunkt, die Mittagspause einzulegen.« Er lächelte breit und klopfte die Hände auf seinen dicken Bauch. »Daß von mir ein solcher Vorschlag kommt, wundert doch niemanden, oder?«

Die meisten lachten, und das schien die Stimmung zu entspannen. »Dieser Vormittag hat uns viel zum Nachdenken beschert, meine Brüder«, fuhr der wohlbeleibte Patriarch ernst fort. »Doch da Othas Armeen marschbereit in Ostlamorkand lagern, bleibt uns leider kaum Zeit für langes Überlegen.«

Dolmant gab Embans formlosem Antrag auf Mittagspause statt und begrenzte sie auf eine Stunde.

Auf Ehlanas Bitte schlossen sich ihr Sperber und Mirtai zu einem leichten Imbiß in einem kleinen Nebenzimmer an. Die junge Königin wirkte abwesend. Statt zu essen, kritzelte sie mit schnellen Federstrichen irgend etwas auf ein Stück Papier.

»Ehlana«, sagte Mirtai. »Eßt! Sonst werdet Ihr völlig abmagern.«

»Bitte, Mirtai«, wehrte die Königin ab. »Ich versuche, eine Rede aufzusetzen. Ich muß am Nachmittag eine Ansprache an die Hierokratie halten.«

»Du brauchst nicht viel zu sagen, Ehlana«, erklärte ihr Sperber. »Versichere ihnen, daß es dir eine Ehre ist, an ihrer

Sitzung teilzunehmen, mach ein paar unschmeichelhafte Bemerkungen über Annias und rufe Gott an, die Wahl zu segnen.«

»Es ist das erste Mal, daß eine Königin eine Ansprache vor der Hierokratie hält, Sperber!« sagte sie scharf.

»Es hat schon vor dir Königinnen gegeben.«

»Ja, aber keine, die während der Wahl eines Erzprälaten auf dem Thron saß. Ich habe es nachgeschlagen. Dies ist das erste Mal in der Geschichte, und ich möchte mich nicht blamieren.«

»Das würdet Ihr aber, wenn Ihr vor Schwäche in Ohnmacht fallt«, sagte Mirtai nachdrücklich und schob Ehlanas Teller direkt vor ihre Nase. Mirtai, stellte Sperber fest, hatte die Seele eines Diktators.

Nach einem leichten Klopfen trat Talen spitzbübisch grinsend ein. Er verbeugte sich vor Ehlana. Dann wandte er sich an Sperber. »Ich wollte Euch nur schnell sagen, daß König Soros heute nachmittag keine Ansprache vor der Hierokratie halten wird. Ihr braucht Euch also keine Sorgen zu machen, daß Ihr als Gauner entlarvt werdet.«

»Wie kommt das?«

»Seine Majestät muß sich eine Erkältung geholt haben, die sich wohl auf seinen Hals geschlagen hat, denn er bringt kaum mehr als ein Flüstern hervor.«

Ehlana runzelte die Stirn. »Wie merkwürdig! Es war doch in letzter Zeit gar nicht so kalt. Ich wünsche dem König von Pelosien wirklich nichts Böses, aber ich bin froh, daß ihm das gerade jetzt passiert ist. So ein Glück für uns.«

»Mit Glück hat das wenig zu tun, Majestät.« Talen grinste. »Sephrenia hat sich fast die Kiefer ausgerenkt und die Finger verdreht, um den Zauber zu wirken. Entschuldigt mich bitte. Ich muß noch rasch Dolmant und Emban Bescheid geben und es natürlich Wargun melden, damit er Soros nicht den Schädel einschlägt, um ihn am Reden zu hindern.«

Nach dem leichten Mittagessen geleitete Sperber die beiden Damen zum Ratssaal zurück. »Sperber«, fragte Ehlana, kurz bevor sie eintraten, »magst du Dolmant?«

»Sehr sogar«, erwiderte er. »Dolmant ist einer meiner ältesten Freunde – und das nicht nur, weil er einmal Pandioner war.«

Sie lächelte. »Ich mag ihn auch.« Es hörte sich an, als wäre damit etwas beschlossen.

Dolmant eröffnete die Sitzung und ersuchte jeden der Monarchen um eine Ansprache. Wie Sperber es Ehlana erklärt hatte, erhob sich jeder König, dankte der Hierokratie, daß er teilnehmen durfte, machte ein paar Bemerkungen über Annias, Otha und Azash und bat Gott um seinen Segen für die Wahl.

»Und nun, meine Brüder und Freunde«, sagte Dolmant, »darf ich ankündigen, daß zum erstenmal in der Geschichte eine Königin hier zu uns reden wird.« Er lächelte leicht. »Keineswegs möchte ich die mächtigen Könige von Westeosien beleidigen, aber ich muß offen zugeben, daß Ehlana, die Königin von Elenien, viel liebreizender ist als sie, und ich glaube, es wird manche vielleicht überraschen, daß sie ebenso weise wie schön ist.«

Ehlana errötete anmutig, erhob sich und blieb ein paar Augenblicke mit gesenktem Kopf stehen, als habe Dolmants charmantes Kompliment sie verwirrt. »Ich danke Euch, Eminenz«, sagte sie schließlich mit klarer, klingender Stimme. Ihr Gesicht hatte wieder seine normale Farbe angenommen, und ihre Miene verriet Entschlossenheit.

Sperbers Herz machte einen Sprung. »Haltet Euch gut fest, meine Herren«, warnte er seine Freunde. »Ich kenne diesen Gesichtsausdruck. Ich glaube, sie hat ein paar Überraschungen für uns bereit.«

»Auch ich möchte der Hierokratie danken, daß sie mir erlaubt, hier anwesend zu sein«, begann Ehlana, »und ich bete mit meinen Brüdermonarchen, daß Gott diesen edlen Herren der Kirche Weisheit bei ihrer Wahl schenke. Da ich die erste Frau bin, die je in solch einer Zeit zur Hierarchie sprechen durfte, möchte ich die verehrten Patriarchen um Nachsicht bitten, wenn ich ein paar Bemerkungen anfüge. Falls meine

Worte möglicherweise ungeziemend zu sein scheinen, bin ich doch überzeugt, daß die weisen Patriarchen mir verzeihen werden. Ich bin nur eine Frau und nicht sehr alt. Und wie allgemein bekannt, sind junge Frauen manchmal töricht in ihrer Aufregung.« Sie legte eine Pause ein.

»Aufregung, sagte ich?« Ihre Stimme schallte wie eine silberne Trompete. »Nein, meine Herren, Empörung trifft besser zu! Dieses Ungeheuer, diese eiskalte, blutleere Bestie, dieser – dieser Annias ermordete meinen geliebten Vater. Er beendete auf heimtückische Weise das Leben des weisesten und gütigsten Monarchen von ganz Eosien!«

»Aldreas?« wisperte Kalten ungläubig.

»Und dann«, fuhr Ehlana mit hallender Stimme fort, »genügte es diesem viehischen Wilden nicht, daß er mir das Herz gebrochen hatte, er versuchte auch noch, mich zu töten! Unsere Kirche ist jetzt besudelt, meine Herren, in den Schmutz gezogen, weil dieser Schurke sich als Gottesmann ausgab. Ich könnte als Bittstellerin hierherkommen, um Gerechtigkeit zu fordern, aber ich werde diesem Mann, der meinen Vater vergiftete, meiner eigenen Gerechtigkeit unterwerfen. Ich bin nur eine schwache Frau, doch ich habe einen Streiter, meine Herren, einen Mann, der auf mein Geheiß diesen monströsen Annias suchen und finden wird, auch wenn diese Bestie versucht, sich im Schoß der Hölle selbst zu verkriechen. Annias wird mir in die Augen sehen müssen. Das schwöre ich hier vor allen Anwesenden. Und Generationen noch Ungeborener werden im Gedenken an sein Geschick erzittern. Unsere Heilige Mutter Kirche braucht sich nicht damit zu befassen, über diesen Elenden zu richten. Die Kirche ist gütig, mitfühlend, aber *ich*, meine Herren, ich bin es nicht.« Soviel zu ihrer scheinbaren Achtung der Gebote der Kirche, dachte Sperber.

Ehlana hatte wieder eine Pause gemacht und das junge Gesicht in rachevoller Entschlossenheit gehoben. »Aber was ist mit diesem Amt?« Sie drehte sich um und blickte auf den behangenen Thron. »Wen werdet ihr auf diesen hohen Stuhl setzen, für den Annias bereit war, die Welt in Blut zu ertränken? Wem werdet ihr dieses prunkvolle Möbel auferlegen? Denn, versteht mich bitte nicht falsch, Freunde, mehr ist es nicht, nur ein schweres, unhandliches Möbelstück und, davon bin ich überzeugt, nicht sehr bequem. Wen werdet ihr dazu verurteilen, die schrecklichen Bürden der Sorge und Verantwortung auf sich zu nehmen, die mit diesem Stuhl übergeben werden, und die der Erwählte gezwungen sein wird, in dieser dunkelsten Stunde unserer Heiligen Mutter zu tragen. Er muß weise sein, das steht außer Frage, doch alle Patriarchen der Kirche sind weise. Er muß auch mutig sein, doch seid ihr nicht alle so mutig wie Löwen? Er muß scharfsinnig sein – und begeht nicht den Fehler, meine Herren der Kirche, Weisheit mit Scharfsinn zu verwechseln. Er muß schlau sein, denn er sieht sich dem Meister der Verschlagenheit gegenüber – nicht Annias, obwohl Annias heimtückisch genug ist; nicht Otha, der sich in seinen verworfenen Ausschweifungen suhlt, sondern Azash höchstpersönlich. Wer von euch kann sich an Kraft und List mit dieser Ausgeburt der Hölle messen?«

»Was *macht* sie?« wisperte Bevier wie betäubt.

»Ist das nicht sonnenklar, Herr Ritter?« murmelte Stragen höflich. »Sie wählt einen neuen Erzprälaten.«

»Das ist verrückt!« keuchte Bevier. »Die Hierokratie wählt den Erzprälaten!«

»Im Augenblick würden sie sogar *Euch* wählen, Ritter Bevier, wenn sie mit diesem niedlichen rosigen Finger auf Euch wiese. Seht Euch die Patriarchen doch an! Ehlana hat die gesamte Hierokratie völlig in ihrer zierlichen Hand.«

»Ihr habt Krieger unter euch, verehrte Patriarchen«, sagte Ehlana gerade. »Männer aus Stahl, mutige Männer, aber könnte ein bewaffneter Erzprälat es mit der Hinterlist Azashs aufnehmen? Ihr habt Theologen unter euch, hohe Herren der Kirche, Männer von so überragendem Intellekt, daß sie sogar den Geist und den Plan Gottes zu erkennen vermögen, aber wäre ein solcher Mann, der auf die Stimme der Göttlichen Wahrheit eingestellt ist, bereit, es mit dem Meister der Lüge aufzunehmen? Es gibt unter euch jene, die im Kirchengesetz bewandert sind, und jene, die Meister der Kirchenpolitik sind. Es gibt solche, die stark sind, und solche die tapfer sind. Es gibt solche, die sanft sind, und solche, die mitfühlend sind. Könnten wir nur die gesamte Hierokratie als solche wählen, uns zu führen, wären wir unbezwingbar, und nicht einmal das Höllentor könnte uns widerstehen!« Ehlana schwankte und hob zitternd die Hand zur Stirn. »Verzeiht, meine Herren«, bat sie schwach. »Die Nachwirkungen des Giftes, mit dem die Schlange Annias mir das Leben zu rauben versuchte, halten noch an.«

Sperber war schon halb aufgesprungen, als Stragen ihn zurückhielt. »Setzt Euch, um Himmels willen! Ihr würdet nur ihren Auftritt verderben, wenn Ihr waffenklirrend zu ihr schreitet. Ihr dürft mir glauben, es geht ihr gut.«

»Unsere Heilige Mutter Kirche braucht einen Streiter, meine Herren«, fuhr Ehlana mit müder Stimme fort. »Einen Mann, der die Essenz der gesamten Hierokratie ist. Und ich glaube, tief in euren Herzen wißt ihr alle, wer dieser Mann ist. Möge Gott euch die Weisheit geben, die Erleuchtung, euch diesem einen zuzuwenden, der sich in eurer Mitte befindet, von wahrer Demut verschleiert doch sanft die Hand ausstreckt, um euch zu leiten, vielleicht ohne selbst zu wissen, daß er es tut, denn diesem so bescheidenen Mann ist vielleicht gar nicht bewußt, daß er mit der Stimme Gottes spricht. Sucht ihn in euren Herzen, meine Herren der Kirche, und legt diese Bürde *ihm* auf, denn nur er kann unser Streiter sein!« Wieder schwankte sie, und ihre Knie gaben nach. Dann sank sie zusammen. König Wargun, in dessen Augen Tränen glänzten, sprang auf und fing sie noch im Fallen.

»Souverän gemacht!« lobte Stragen. Er grinste. »Armer, armer Sperber, Ihr habt keine Chance, wißt Ihr?«

»Stragen, würdet Ihr den Mund halten!«

»Worum ging es da eigentlich?« fragte Kalten verwirrt.

»Sie hat soeben einen Erzprälaten aufgestellt, Ritter Kalten«, erwiderte Stragen.

»Wen? Sie hat keinen einzigen Namen genannt.«

»Habt Ihr es denn nicht begriffen? Sie hat sorgfältig jeden

anderen Kandidaten ausgeschlossen. Es gibt nur noch eine einzige Möglichkeit. Die Patriarchen wissen allesamt, wer er ist, und sie werden ihn wählen – sobald einer von ihnen den Mut findet, seinen Namen auszusprechen. Ich würde ihn Euch ja selbst nennen, aber ich möchte Euch den Spaß nicht verderben.«

König Wargun hatte die scheinbar ohnmächtige Ehlana auf die Arme gehoben und trug sie zur Bronzetür an der Saalseite.

»Geht zu ihr«, wandte Sephrenia sich an Mirtai. »Seht zu, daß sie sich beruhigt. Sie ist ziemlich überreizt – und laßt König Wargun nicht wieder herein. Er könnte sich verplappern und alles zunichte machen.«

Mirtai nickte. Sie rannte die Tribüne hinunter und folgte ihrer Herrin.

Im Saal fanden aufgeregte Gespräche statt. Ehlanas Feuer und Leidenschaftlichkeit hatte alle angesteckt. Patriarch Emban hatte die Augen weit aufgerissen und war noch starr vor Staunen. Dann aber verzogen seine Lippen sich zu einem breiten Grinsen, und er hielt rasch die Hand vor den Mund, um sein Lachen zu verbergen.

»… offenbar von der Hand Gottes selbst gelenkt«, sagte ein Mönch in der Nähe aufgeregt zu einem Klosterbruder. »Aber eine *Frau?* Warum sollte Gott mit der Stimme einer Frau zu uns reden?«

»Seine Wege sind unergründlich«, erwiderte der andere Mönch ehrfurchtsvoll.

Mit einiger Mühe konnte Patriarch Dolmant die Ordnung wiederherstellen. »Meine Brüder und Freunde«, sagte er. »Wir müssen der Königin von Elenien ihren Gefühlsausbruch natürlich verzeihen. Ich kenne sie seit ihrer Kindheit und versichere euch, daß sie normalerweise eine vollkommen selbstbeherrschte junge Frau ist. Zweifellos liegt es daran, wie sie selbst vermutete, daß das Gift noch nachwirkt und sie manchmal unvernünftig reagiert.«

»Oh, das ist *zu* viel«, sagte Stragen lachend zu Sephrenia. »Nicht einmal *er* weiß es.«

»Stragen, seid still!« tadelte sie scharf.

»Ja, kleine Mutter.«

Patriarch Bergsten in Kettenrüstung, furchteinflößend in seinem Helm mit den gewaltigen Ogerhörnern, erhob sich und stieß mit seiner Streitaxt auf den Marmorboden. »Erbitte das Wort.« Aber es klang nicht wie eine Bitte.

»Natürlich, Bergsten«, sagte Dolmant.

»Wir sind nicht hier, um uns über die leichte Unpäßlichkeit der Königin von Elenien zu unterhalten«, sagte der riesenhafte Patriarch von Emsat. »Wir sind hier, um einen Erzprälaten zu wählen, und ich schlage vor, daß wir damit weitermachen. Um das zu beschleunigen, nominiere ich Dolmant, den Patriarchen von Demos. Wer schließt sich mir bei dieser Nominierung an?«

»Nein!« rief Dolmant bestürzt.

»Der Patriarch von Demos hat nicht das Wort«, erklärte Ortzel und erhob sich. »Nach Brauch und Recht darf der Nominierte erst wieder das Wort ergreifen, wenn diese Frage geklärt ist. Mit dem Einverständnis meiner Brüder würde ich den geschätzten Patriarchen von Uzera bitten, den Vorsitz zu übernehmen.« Er schaute sich um. Niemand erhob Einwände.

Emban, der breit grinste, watschelte zum Rednerpult und entließ Dolmant mit einem Wink, welcher keinen Widerspruch duldete. »Hat der Patriarch von Kadach seine Bemerkungen beendet?« fragte er.

»Nein«, erwiderte Ortzel, »noch nicht.« Sein Gesicht war streng und düster wie meistens. Dann sagte er fest, ohne daß seine Miene verraten hätte, welche Enttäuschung es für ihn sein mußte: »Ich schließe mich meinem Bruder aus Emsat an. Patriarch Dolmant ist die einzig mögliche Wahl für das Amt des Erzprälaten.«

Da stand Makova auf. Sein Gesicht war leichenblaß, und sein Kiefer verkrampft. »Gott wird euch für diese Ungeheuerlichkeit bestrafen!« knirschte er. »Ich will mit dieser Absurdität nichts zu tun haben!« Er wirbelte auf dem Absatz herum und stürmte aus dem Saal.

»Zumindest ist er ehrlich«, bemerkte Talen.

»Ehrlich?« rief Berit. »Makova?«

»Natürlich, verehrter Lehrer.« Der Junge grinste. »Wenn jemand Makova kauft, bleibt er gekauft – egal, welche Wendung die Dinge nehmen.«

Patriarch um Patriarch erhob sich, um sich mit Dolmants Nominierung einverstanden zu erklären. Embans Gesicht nahm einen verschmitzten Ausdruck an, als dem letzten Patriarchen, einem gebrechlichen Greis aus Cammorien, auf die Füße geholfen wurde und er den Namen »Dolmant« krächzte.

»Nun, Dolmant«, sagte Emban mit gespieltem Staunen, »sieht ganz so aus, als blieben nur noch Ihr und ich übrig. Gibt es hier jemanden, den Ihr aufstellen möchtet, mein Freund?«

»Ich bitte euch, meine Brüder«, flehte Dolmant, »tut das nicht!« Er weinte offen.

»Der Patriarch von Demos hat nicht das Wort«, sagte Ortzel sanft. »Er muß jemanden nominieren oder schweigen.«

»Tut mir leid, Dolmant.« Emban grinste. »Aber Ihr habt gehört, was er sagte. Oh, übrigens, ich schließe mich den anderen bei Eurer Nominierung an. Seid Ihr *sicher*, daß Ihr niemanden aufstellen wollt?« Er wartete. »Nun gut. Dann verkünde ich, daß einhundertundsechsundzwanzig Patriarchen für die Nominierung des Patriarchen von Demos sind, einer hat den Saal verlassen und einer sich der Stimme enthalten. Ist das nicht erstaunlich? Sollen wir nun wählen, meine Brüder, oder etwas Zeit sparen, indem wir den Patriarchen Dolmant zum Erzprälaten durch Akklamation ernennen? Ich erwarte eure Antwort.«

Sie begann mit einer einzelnen, tiefen Stimme irgendwo weit vorne. »Dolmant!« donnerte die Stimme. »Dolmant!«

Weitere fielen ein. »Dolmant!« riefen sie. »Dolmant!« Das ging eine geraume Weile so weiter.

Dann hob Emban Schweigen gebietend die Hand. »Tut mir leid, daß ich es sein muß, der es Euch sagt, alter Junge«, wandte er sich an Dolmant, »aber Ihr seid jetzt kein Patriarch mehr. Zieht Euch doch kurz in die Sakristei zurück und nehmt ein paar Brüder mit, die Euch helfen können, in Eure neuen Roben zu schlüpfen.«

18

Im Ratssaal unterhielt man sich immer noch aufgeregt und zum Teil recht lautstark. Patriarchen standen mit verklärten Gesichtern herum, und immer wieder hörte Sperber die Phrase, »von Gott inspiriert«, in ehrfürchtigem Ton, während er sich einen Weg durch die Menge bahnte. Kirchenmänner sind schon aus Tradition sehr konservativ, und allein der Hauch der Vorstellung, daß eine Frau die Hierarchie in ihrer Entscheidung geleitet haben könnte, war undenkbar. Göttliche Inspiration erwies sich da als willkommener Ausweg. Demnach war es nicht Ehlana gewesen, die gesprochen hatte, sondern Gott mit ihrem Mund. In diesem Moment interessierte Sperber jedoch nicht die Theologie, – er machte sich Sorgen um den Zustand seiner Königin. Stragens Erklärung war natürlich plausibel, doch Stragen hatte von Sperbers Königin gesprochen – und seiner Verlobten. Sperber mußte sich selbst vergewissern, daß es ihr gut ging.

Es schien ihr nicht nur gut zu gehen, sie strotzte offenbar nur so vor Gesundheit, als er die Tür öffnete, durch die König Wargun sie getragen hatte. Sie wirkte allerdings ein bißchen lächerlich, wie sie halb gebückt dastand, das Ohr an die Stelle gedrückt, wo sich eben noch die Tür befunden hatte.

»Du könntest von deinem Thron im Ratssaal aus alles viel besser hören, meine Königin«, sagte Sperber ein wenig schroff.

»Oh, sei still, Sperber«, entgegnete sie unwirsch. »Komm herein und schließ die Tür.«

Sperber trat ein.

König Wargun stand mit dem Rücken an der Wand und schaute hilfesuchend um sich, während Mirtai sich drohend vor ihm aufgebaut hatte. »Pfeift dieses Drachenweib von mir zurück, Sperber«, flehte Wargun.

»Habt Ihr Euch entschlossen, aus der Schauspielkunst meiner Königin keine Staatsaffäre zu machen, Majestät?« fragte Sperber höflich.

»Was hattet Ihr denn gedacht? Habt Ihr wirklich geglaubt, ich würde hinauslaufen und laut verkünden, daß sie mich zum Narren gehalten hat? Ich wollte nur allen versichern, daß Eure Königin wohlauf ist. Aber ich hatte es noch nicht einmal zur Tür geschafft, als diese Riesin hereinstürmte! Sie hat mich *bedroht*, Sperber. Ausgerechnet *mich!* Seht Ihr den Sessel dort?«

Sperber folgte Warguns Blick. Aus einem langen Schnitt am Rücken eines Polstersessels waren dicke Büschel von Roßhaar gequollen.

»Es war nur eine sanfte Warnung, Sperber«, erklärte Mirtai mild. »Ich wollte Wargun klarmachen, was geschehen könnte, falls er falsche Entscheidungen trifft. Aber jetzt ist alles in Ordnung. Wargun und ich sind beinahe schon Freunde.« Sperber war bereits aufgefallen, daß für Mirtai Titel offenbar nicht zu existieren schienen.

»Es ist sehr ungehörig, einen König mit dem Messer zu bedrohen«, rügte Sperber.

»Das hat sie gar nicht. Sie hat es mit dem Knie getan«, erklärte Wargun schaudernd.

Sperber blickte die Tamulerin leicht verwirrt an.

Mirtai zog ihre Mönchskutte zur Seite, langte hinunter und hob sittsam ihren Kilt ein paar Zoll. Wie Sperber bereits von Talen wußte, hatte sie Krummdolche so an ihre Unterschenkel geschnallt, daß die Klingen sich in einer Länge von etwa vier Zoll an die Innenseiten der Waden schmiegten. Diese Messer schienen sehr scharf zu sein. Flüchtig bemerkte Sperber, daß Mirtai Grübchen an den Knien hatte. »Es ist eine sehr praktische Einrichtung für eine Frau«, erklärte sie. »Männer werden manchmal zu einem unerwünschten Zeitpunkt verspielt. Die Messer überzeugen sie, daß es ratsamer ist, mit jemand anderem zu spielen.«

»Ist das nicht ungesetzlich?« fragte Wargun.

»Wollt Ihr versuchen, sie zu verhaften, Majestät?«

»Würdet ihr mit diesem Geplapper aufhören?« sagte Ehlana scharf. »Ihr hört euch an wie eine Schar Elstern. Wir werden folgendes tun. In wenigen Minuten werden sich die Gemüter da draußen wieder beruhigen. Dann wird Wargun mich ritterlich zurückführen, und Mirtai und Sperber begleiten uns. Ich lehne mich an Warguns Arm und sehe angemessen schwach und zittrig aus. Immerhin bin ich ja entweder in Ohnmacht gefallen oder von Gott benutzt worden – je nachdem, welche von den Gerüchten, die ich da draußen herumschwirren höre, ihr glauben wollt. Wir werden alle auf unseren Plätzen sitzen, wenn man den Erzprälaten zu seinem Thron geleitet.

»Wie wollt Ihr ihnen Eure Rede erklären, Ehlana?« fragte Wargun.

»Gar nicht«, antwortete sie. »Ich kann mich an nichts mehr erinnern. Jeder wird glauben, was er glauben will, und niemand wird es wagen, mich einer Lüge zu bezichtigen, weil entweder Sperber oder Mirtai sie, wenn sie es täten, sozusagen zur Rede stellen würde.« Sie lächelte. »Ist der Mann, den ich erwählte, mehr oder weniger der, an den du auch gedacht hattest, Liebster?« fragte sie Sperber.

»Ja, ich denke, das ist er.«

»Du darfst mir dann gebührend danken – wenn wir allein sind. Nun gut, kehren wir in den Saal zurück.«

Alle gaben sich angemessen ernst, als sie den Saal wieder betraten. Ehlana lehnte sich stützend an Wargun, und ihr Gesicht wirkte blaß und erschöpft. Eine plötzliche, ehrfürchtige Stille setzte ein, als die beiden Monarchen ihre Plätze wieder einnahmen.

Patriarch Emban watschelte mit besorgtem Gesicht herbei. »Fühlt sie sich wieder gut?« fragte er.

»Es scheint ihr ein bißchen besser zu gehen«, erwiderte Sperber. Das war keine *direkte* Lüge. »Sie sagt, daß sie sich nicht mehr erinnern kann, was sie bei ihrer Ansprache sagte. Es wäre vielleicht besser, wenn wir sie in ihrem gegenwärtigen Zustand nicht zu sehr bedrängten, Eminenz.«

Emban bedachte Ehlana mit einem rätselhaften Blick. »Ich verstehe vollkommen, Sperber. Ich werde mich mit ein paar entsprechenden Worten an die Hierokratie wenden.« Er lächelte Ehlana an. »Ich bin sehr froh, daß es Euch besser geht, Majestät.«

»Danke, Eminenz«, erwiderte sie mit leiser, zittriger Stimme.

Emban kehrte zum Rednerpult zurück, während Sperber und Mirtai die Tribüne zu ihren Freunden hinaufstiegen. »Meine Brüder«, begann er. »Ich bin überzeugt, ihr freut euch mit mir, daß es Königin Ehlana wieder besser geht. Sie bat mich, an ihrer Stelle um Entschuldigung zu bitten für alles, was sie vielleicht während ihrer Ansprache gesagt haben mag. Der Gesundheitszustand der Königin ist noch immer nicht befriedigend, fürchte ich. Obwohl sie das wußte, hat sie die Mühen der Reise auf sich genommen, um an unseren Beratungen teilzunehmen.«

Ein Murmeln allgemeiner Bewunderung war zu vernehmen.

»Es wäre angebracht«, fuhr Emban fort, »Ihre Majestät nicht mit Fragen über ihre Bemerkungen zu bedrängen. Sie hat keine Erinnerung an ihre Ansprache. Das ist bei ihrer geschwächten Gesundheit nur allzu erklärlich. Natürlich wäre auch noch eine andere Erklärung dafür möglich, aber ich finde, daß uns Weisheit und Rücksicht auf Ihre Majestät davon abhalten sollten, weiter darauf einzugehen.« Das war der Stoff, aus dem Legenden entstehen!

Dann schmetterten Fanfaren, und die Tür links vom Thron schwang auf. Dolmant, von Ortzel und Bergsten geleitet, trat ein. Der neue Erzprälat trug eine schlichte weiße Soutane, und sein Gesicht war nun ruhig. Ein eigenartiger Gedanke beschlich Sperber. Es bestand eine auffallende Ähnlichkeit zwischen Dolmants weißer Soutane und Sephrenias weißem Gewand. Dieser Gedanke führte ihn an die Schwelle von Überlegungen, die vielleicht schon ein wenig häretisch waren.

Die beiden Patriarchen, der eine von Lamorkand, der andere von Thalesien, geleiteten Dolmant zum Thron, der während ihrer Abwesenheit abgedeckt worden war, und der Erzprälat nahm darauf Platz.

»Wird Sarathi nun zu uns sprechen?« fragte Emban. Er trat hinter dem Rednerpult hervor und verbeugte sich tief.

»Sarathi?« fragte Talen Berit flüsternd.

»Das ist ein uralter Name«, erklärte Berit leise. »Als die Kirche vor dreitausend Jahren vereinigt wurde, hieß der erste Erzprälat Sarathi. Man gedenkt seiner und ehrt seinen Namen, indem man den Erzprälaten damit anredet.«

Dolmant saß ernst auf seinem goldenen Thron. »Ich habe diese Erhebung nicht begehrt, meine Brüder«, sagte er, »und ich würde mich wohler fühlen, wenn ihr sie mir nicht auferlegt hättet. Wir können nur hoffen – wir alle –, daß dies wahrlich Gottes Wille ist.« Er hob das Gesicht ein wenig. »Jetzt gibt es viel zu tun. Ich werde viele von euch berufen müssen, mich zu unterstützen, und, wie es immer der Fall ist, wird es zu Veränderungen hier in der Basilika kommen. Ich bitte euch, meine Brüder, fühlt euch nicht gekränkt oder niedergeschlagen, wenn kirchliche Ämter neu verteilt werden. Auch das war immer so, wenn ein neuer Erzprälat diesen Thron besteigt. Unsere Heilige Mutter sieht sich der ernstesten Herausforderung seit einem halben Jahrtausend gegenüber. Deshalb muß mein erster Schritt sein, die Glaubenskrise zu bestätigen, und ich verfüge, daß dieser Zustand bestehen bleibt, bis wir uns dieser Herausforderung gestellt haben und als Sieger hervorgegangen sind. Und nun, meine Brüder und teuren Freunde, laßt uns beten. Danach werden wir uns unseren mannigfaltigen Pflichten zuwenden.«

»Schön und kurz«, lobte Ulath. »Sarathi packt die Sache richtig an.«

»War die Königin *wirklich* nicht bei Sinnen, als sie die Ansprache hielt?« wandte Kalten sich neugierig an Sperber.

»Das kommt darauf an, was du unter ›bei Sinnen‹ verstehst!« schnaubte Sperber. »Sie wußte jedenfalls genau, was sie tat.«

»Ich dachte es mir fast. Ich glaube, deine Ehe wird ein steter Born von Überraschungen werden, Sperber. Aber das ist schon richtig so. Das Unerwartete hält einen Mann in Schwung.«

Als sie die Basilika verließen, hielt Sperber Ausschau nach Sephrenia. Er fand sie in einem Seitengang im Gespräch mit einem Mann in Mönchskutte. Als der Mann sich umdrehte, erkannte Sperber jedoch, daß er kein Elenier war, sondern ein silberbärtiger Styriker. Der Mann verbeugte sich vor dem näher kommenden Ritter. »Ich verlasse Euch jetzt, liebe Schwester«, sagte er auf styrisch zu Sephrenia. Seine kräftige, tiefe Stimme schien sein offensichtliches Alter Lügen zu strafen.

»Nein, Zalasta, bleibt«, bat sie und legte eine Hand auf seinen Arm.

»Ich möchte die Ordensritter nicht durch meine Anwesenheit in ihrer heiligen Stätte kränken, Schwester.«

Sie lächelte. »Sperber fühlt sich nicht so schnell gekränkt wie manch andere Ordensritter, mein lieber Freund.«

»Das ist der sagenhafte Ritter Sperber?« fragte der Styriker überrascht. »Ich fühle mich geehrt, Herr Ritter.« Er sprach Elenisch mit starkem Akzent.

»Sperber«, stellte Sephrenia ihn vor. »Das ist Zalasta, mein ältester und teuerster Freund. Wir wuchsen in der gleichen Ortschaft auf.«

»Es ist mir eine Ehre, *Sionda*«, sagte Sperber auf styrisch und verneigte sich. *Sionda* war ein styrisches Wort, das soviel wie ›Freund meines Freundes‹ bedeutete.

»Das Alter hat mir offenbar die Augen getrübt«, bemerkte Zalasta. »Nun, da ich sein Gesicht besser zu sehen vermag, erkenne ich, daß dies Ritter Sperber ist. Das Licht seines hehren Zieles umgibt ihn.«

»Zalasta hat uns seine Hilfe angeboten, Sperber«, erklärte Sephrenia. »Er ist sehr weise und in den Geheimnissen tief bewandert.«

»Es wäre uns eine sehr große Ehre, o Weiser«, sagte Sperber.

Zalasta lächelte. »Ich wäre von wenig Nutzen auf Eurem Feldzug, Ritter Sperber«, entgegnete er ein wenig entschuldigend. »In einer Rüstung würde ich gewiß dahinwelken wie eine Blume.«

Sperber tippte auf seinen Harnisch. »Es ist eine elenische Vorliebe, gelehrter Freund. Wie Spitzhüte oder Brokatwämser. Wir können nur hoffen, daß stählerne Kleidung eines Tages aus der Mode kommt.«

»Ich habe Elenier immer für eine humorlose Rasse gehalten«, bemerkte der Styriker. »Aber ich sehe, daß es Euch nicht schwerfällt zu scherzen, Ritter Sperber. Auf Eurer weiten Reise wäre ich Euch von geringem Wert, doch vielleicht kann ich Euch später in einer anderen wichtigen Angelegenheit von Nutzen sein.«

»Weite Reise?« fragte Sperber.

»Ich weiß nicht, wohin Ihr Euch mit meiner Schwester begeben werdet, Herr Ritter, aber ich sehe viele lange Meilen vor euch beiden. Ich bin gekommen, um euch zu raten, eure Herzen zu stählen und stets wachsam zu sein. Eine Gefahr, welcher man ausweicht, ist manchmal einer überwundenen Gefahr vorzuziehen.« Zalasta blickte sich um. »Und meine Anwesenheit hier ist eine dieser Gefahren, der man ausweichen kann. Ihr, Ritter Sperber, seid weltoffen, aber ich glaube, einige Eurer Kameraden lassen Toleranz vermissen.« Er verbeugte sich vor Sperber und küßte Sephrenias Handteller; dann verschwand er lautlos im dämmrigen Seitengang.

»Ich habe ihn seit mehr als hundert Jahren nicht gesehen«, sagte Sephrenia. »Er hat sich ein bißchen verändert.«

»Wer würde sich in einer so langen Zeitspanne nicht verändern, kleine Mutter.« Sperber lächelte. »Außer Ihr, natürlich.«

»Ihr seid so ein netter Junge, Sperber.« Sie seufzte. »Alles scheint schon weit zurückzuliegen. Zalasta war immer so ernst als Kind. Selbst damals war er unvorstellbar weise. Er ist in den Geheimnissen bewandert wie kaum ein anderer.«

»Was ist das für eine Reise, von der er gesprochen hat?«

»Wollt Ihr damit sagen, daß Ihr es nicht spüren könnt? Ihr fühlt die Ferne nicht, die sich vor Euch erstreckt?«

»Nein.«

»Elenier!« Sie seufzte wieder. »Manchmal wundert es mich sogar, daß ihr den Jahreszeitenwechsel bemerkt.«

Sperber ging nicht darauf ein. »Wohin reisen wir?«

»Das weiß ich nicht. Nicht einmal Zalasta kann das erkennen. Die Zukunft liegt im dunkeln, Sperber. Ich hätte wissen müssen, daß es so ist, aber ich habe offenbar noch nicht bis zum Ende gedacht. Sicher ist, daß wir irgendwohin reisen. Wieso seid Ihr nicht bei Ehlana?«

»Die Könige sind alle so sehr um sie bemüht, daß ich nicht einmal in ihre Nähe komme.« Er hielt inne. »Sephrenia«, sagte er schließlich, »sie kann ihn auch sehen – den Schatten, meine ich. Ich vermute, es liegt daran, daß sie einen der Ringe trägt.«

»Das glaube ich auch. Der Bhelliom ist ohne die Ringe nutzlos.«

»Bringt sie das in Gefahr?«

»Natürlich, Sperber. Aber Ehlana befindet sich seit ihrer Geburt in Gefahr.«

»Klingt das nicht ein wenig fatalistisch?«

»Möglich. Ich wünschte, *ich* könnte diesen Schatten sehen. Vielleicht könnte ich ihn dann etwas genauer erkennen.«

»Ich kann mir Ehlanas Ring borgen und Euch beide geben«, erbot er sich. »Dann könnt *Ihr* den Bhelliom aus dem Beutel nehmen. Ich wette, daß dabei auch Ihr den Schatten sehen werdet.«

»Schlagt das nicht einmal vor, Sperber!« Sie schauderte. »Ich würde von keinem großen Nutzen für Euch sein, wenn ich plötzlich verschwände – für immer.«

»Sephrenia«, sagte er in leicht mißbilligendem Tonfall, »war ich eine Art Versuchsperson? Ihr warnt jeden, den Bhelliom zu berühren, aber Ihr habt nicht einmal mit der Wimper gezuckt, als Ihr mich veranlaßt habt, ihn Ghwerig abzujagen. War *ich* etwa nicht in Gefahr? Wolltet Ihr nur herausfinden, ob es mich zerreißen würde, wenn ich ihn in die Hand nehme?«

»Macht Euch nicht lächerlich, Sperber. Jeder *weiß*, daß es Eure Bestimmung ist, den Bhelliom zu führen.«

»*Ich* nicht.«

»Darauf wollen wir jetzt nicht weiter eingehen, Lieber. Wir haben bereits Probleme genug. Findet Euch einfach damit ab, daß Ihr mit dem Bhelliom verbunden seid. Ich denke, daß wir uns jetzt mit diesem Schatten beschäftigen sollten. Was ist er, und was tut er?«

»Er folgt offenbar dem Bhelliom – und den Ringen. Meint Ihr, daß ich vor weiteren Mordanschlägen sicher bin? Perraine auf mich anzusetzen, war doch Martels Idee, oder?«

»Ich weiß nicht, ob wir das mit Sicherheit annehmen können. Martel lenkte Perraine, aber vielleicht ist auch Martel gelenkt worden – ohne daß er es bemerkt hat.«

»Ich sehe schon, das ist wieder eine dieser Diskussionen, die mir Kopfschmerzen bereiten.«

»Trefft Vorsichtsmaßnahmen, Lieber«, wies sie ihn an. »Seid stets auf der Hut! Aber nun wollen wir uns erst einmal auf die Suche nach Ehlana machen. Sie wird verstimmt sein, wenn Ihr sie jetzt vernachlässigt.«

Sie waren alle etwas stiller, als sie sich an diesem Abend zusammensetzten. Diesmal trafen sie sich jedoch nicht im pandionischen Ordenshaus, sondern in einem großen, prunkvoll eingerichteten Zimmer, das unmittelbar an die Privatgemächer des Erzprälaten anschloß. Der Raum diente üblicherweise als Ratskammer für die Besprechungen der höchsten Kirchenmänner. Sie hatten sich auf Sarathis persönliche Bitte dort eingefunden. Sperber fiel auf, daß Tynian abwesend war. Die Wände der Ratskammer waren getäfelt. Blaue Vorhänge waren vor die Fenster gezogen, und blaue Teppiche bedeckten den Fußboden. Ein großes religiöses Fresko zierte die Decke.

Die Tür öffnete sich, und Dolmant kam herein. Alle erhoben sich und beugten das Knie.

»Bitte!« sagte Dolmant müde. »Verschont mich damit. Das

tun die Leute jetzt unablässig, seit die überschlaue Königin von Elenien mich auf einen Platz manövriert hat, den ich nicht wollte!«

»Aber Sarathi!« tadelte sie. »So was sagt man doch nicht!«

»Wir haben viel zu besprechen, meine Freunde, und Entscheidungen zu treffen.« Er ließ sich auf seinen Platz am Kopfende des langen Tisches in der Mitte des Gemachs nieder. »Bitte, setzt Euch, und dann laßt uns beginnen!«

»Wir müssen Eure Krönung ansetzen, Sarathi. Wann wäre sie Euch genehm?« fragte Patriarch Emban.

»Sie kann warten. Vertreiben wir erst einmal Otha von unserer Schwelle. Ich lege keinen Wert auf seine Teilnahme«, sagte er. »Nach meinem Dafürhalten haben wir zwei Möglichkeiten. Wir können gen Osten marschieren, bis wir auf die Zemocher stoßen, und dann auf offenem Gelände gegen sie kämpfen. Oder wir können ein geeignetes Terrain suchen und dort auf sie warten. Die erste Möglichkeit würde Otha weiter von Chyrellos fernhalten, die zweite würde uns Zeit für die Errichtung von Befestigungsanlagen geben. Beide haben ihre Vor-, aber auch ihre Nachteile.« Er blickte seine Freunde an. »Was meint ihr?«

»Ich denke, wir sollten erst feststellen, wie die Streitkräfte bestellt sind, gegen die wir kämpfen werden«, meinte König Dregos.

»Es gibt massenweise Menschen in Zemoch«, erinnerte König Obler.

»Weiß Gott!« Wargun verzog das Gesicht.

»Wir können also annehmen, daß der Feind uns zahlenmäßig überlegen ist«, fuhr Obler fort. »Wenn ich mich recht an militärische Strategie erinnere, würde uns das zwingen, zu Verteidigungsmaßnahmen Zuflucht zu nehmen. Bevor wir in die Offensive gehen können, müssen wir Othas Streitkräfte dezimieren.«

»Noch eine Belagerung!« stöhnte Komier. »Ich *hasse* Belagerungen!«

»Wir kriegen nicht immer, was wir möchten, Komier«,

sagte Abriel. »Aber es steht uns noch eine dritte Möglichkeit offen, König Wargun. In Lamorkand gibt es viele Festungen und Burgen. Wir können sie mit großen Aufgeboten besetzen und halten. Otha wird sie nicht umgehen können. Denn wenn er es tut, marschieren ihre Besatzungen aus und werden seine Reserven aufreiben und seinen Nachschub vernichten.«

»Abriel«, gab Wargun zu bedenken, »mit dieser Strategie würden wir über ganz Mittellamorkand verstreut sein!«

»Ich gebe zu, daß es seine Nachteile hat«, gestand Abriel, »aber als Otha das letzte Mal einfiel, haben wir uns ihm am Randerasee entgegengestellt. Der Kontinent wurde dabei nahezu entvölkert, und Eosien brauchte Jahrhunderte, um sich zu erholen. Ich bin sicher, daß wir dergleichen vermeiden wollen.«

»Wir haben gesiegt, oder nicht?« sagte Wargun.

»Wollen wir wirklich noch einmal auf diese Weise siegen?«

»Es gibt vielleicht noch eine Möglichkeit«, warf Sperber ein.

»Ich würde mich freuen, wenn Ihr sie uns erläutert«, sagte Hochmeister Darellon. »Über die, welche ich bisher gehört habe, bin ich nicht sehr glücklich.«

»Sephrenia«, fragte Sperber, »wie mächtig ist der Bhelliom?«

»Wie ich Euch bereits sagte, ist er der mächtigste Gegenstand auf der ganzen Welt, Lieber.«

»Also, damit bieten sich einige Möglichkeiten!« lobte Wargun. »Sperber könnte den Bhelliom einsetzen, um ganze Truppenteile von Othas Armee auszulöschen. Übrigens, Sperber, Ihr werdet den Bhelliom doch dem Königshaus von Thalesien zurückgeben, wenn Ihr damit fertig seid, nicht wahr?«

»Darüber können wir reden, Majestät«, erwiderte Sperber. »Er würde Euch jedoch nicht viel nützen. Ohne die Ringe tut er nichts, und ich denke nicht, daß ich mich von *meinem* Ring schon trennen möchte. Ihr könnt natürlich meine Königin fragen, wie sie es mit ihrem Ring hält.«

»Mein Ring bleibt, wo er ist!« entgegnete Ehlana entschieden.

Sperber hatte über sein Gespräch mit Sephrenia nachgedacht. Er war sicher, daß die drohende Konfrontation *nicht* durch riesige Armeen beigelegt werden konnte, die in Mittellamorkand gegeneinander kämpften wie vor fünfhundert Jahren. Er konnte diese Gewißheit nicht erklären, da sie nichts mit Logik zu tun hatte, sondern von einer intuitiven Eingebung herrührte, die in ihrer Art eher styrisch denn elenisch war. Jedenfalls war er irgendwie überzeugt, daß es für ihn ein Fehler wäre, sich einer Armee anzuschließen. Es würde ihn nicht nur aufhalten, das zu tun, was er tun mußte, es wäre auch gefährlich. Wenn Ritter Perraines Geschick *nicht* allein Martels Werk war, würde er sich und seine Freunde Tausenden von potentiellen Feinden aussetzen, von denen keiner bekannt war und jeder bis an die Zähne bewaffnet sein würde. Wieder mußte er sich unbedingt von einer eosischen Armee fernhalten. Sein Plan wuchs mehr aus dieser Notwendigkeit denn aus wirklicher Überzeugung, daß er Erfolg haben könnte. »Ist die Kraft des Bhelliom stark genug, Azash zu vernichten?« fragte er Sephrenia. Er kannte die Antwort natürlich bereits, aber er wollte, daß alle anderen es aus ihrem Munde hörten.

»Was sagt Ihr da, Sperber?« fragte sie zutiefst erschrocken. »Ihr sprecht davon, einen Gott zu vernichten! Die ganze Welt erzittert bei solch einer Vorstellung!«

»Ich habe die Frage nicht gestellt, um eine theologische Debatte auszulösen, kleine Mutter. Ich möchte nur wissen, ob der Bhelliom dazu imstande ist.«

»Das weiß ich nicht. Noch nie zuvor hatte jemand die Verwegenheit, einen solchen Gedanken zu fassen.«

»Wo ist Azash am verwundbarsten?« fragte Sperber.

»Nur in seinem Gefängnis. Die Jüngeren Götter von Styrikum ketteten ihn in dieses Tonidol, das Otha vor Jahrhunderten fand. Das ist einer der Gründe, weshalb er den Bhelliom so verzweifelt sucht. Nur die Saphirrose kann ihn befreien.«

»Und wenn das Idol zerstört würde?«

»Wäre das auch Azashs Ende.«

»Und was würde geschehen, wenn ich mich in die Stadt Zemoch begäbe und erkennen müßte, daß ich Azash mit dem Bhelliom nicht vernichten könnte und statt dessen den Bhelliom zerschmetterte?«

»Dann wäre die Stadt dem Erdboden gleich«, antwortete Sephrenia besorgt, »selbst die Berge ringsum.«

»Es kann demnach gar nicht schiefgehen, nicht wahr? So oder so wird es mit Azash aus sein. Und wenn es stimmt, was Krager berichtete, dann ist auch Otha in der Stadt Zemoch und mit ihm Martel, Annias und noch einige andere. Ich würde sie alle mit einem Streich erwischen. Und Azashs und Othas Ende wäre auch das der zemochischen Invasionsarmee, oder?«

»Ihr schlagt vor, Euer Leben wegzuwerfen, Sperber!« wandte Vanion ein.

»Besser ein Leben als das von Millionen.«

»Ich verbiete es ausdrücklich!« rief Ehlana.

»Verzeih, meine Königin, aber du hast mir selbst befohlen, mit Annias und den anderen abzurechnen«, erinnerte Sperber sie. »Du kannst diesen Befehl nicht widerrufen – jedenfalls nicht, soweit es mich betrifft.«

Nach einem höflichen Klopfen an der Tür trat Tynian mit dem Domi Kring ein. »Verzeiht die Verspätung«, entschuldigte sich der deiranische Ritter. »Der Domi und ich haben uns ein paar Landkarten angesehen. Aus irgendeinem Grund haben die Zemocher Truppen aus ihrem Hauptlager an der lamorkischen Grenze nach Norden geschickt. In Ostpelosien wimmelt es nur so von Zemochern.«

Krings Augen leuchteten auf, als er König Soros sah. »Ah, da seid Ihr ja, mein König!« rief er erfreut. »Ich habe Euch überall gesucht. Ich habe einen ganzen Haufen zemochischer Ohren, die ich Euch verkaufen möchte.«

König Soros flüsterte etwas. Offenbar war sein Hals immer noch nicht in Ordnung.

»Allmählich ergibt sich ein Bild«, stellte Sperber fest. »Krager sagte aus, daß Martel Annias zur Stadt Zemoch bringen würde, um Asyl bei Otha zu suchen.« Er lehnte sich auf seinem Stuhl zurück. »Ich denke, die endgültige Lösung unseres Problems, mit dem wir uns seit fünf Jahrhunderten herumschlagen, liegt in der Stadt Zemoch, nicht auf den Ebenen von Lamorkand. *Azash* ist unser Feind, nicht Martel oder Annias oder Otha und seine Zemocher, und jetzt haben wir die Waffe in der Hand, Azash ein für allemal zu vernichten. Wäre es nicht töricht, eine solche Gelegenheit nicht zu nutzen? Ich könnte nach und nach die Blütenblätter der Saphirrose mit der Vernichtung von zemochischen Fußtruppen verschwenden, und wir alle könnten auf wechselnden Schlachtfeldern irgendwo nördlich des Cammoriasees alt und grau werden. Wäre es nicht besser, uns gleich den Kern des Problems vorzunehmen – Azash persönlich? Beenden wir es jetzt, statt uns alle fünfhundert Jahre wieder damit zu beschäftigen.«

»Es ist strategisch bedenklich«, wandte Vanion ein.

»Verzeiht, mein Freund, aber wäre ein Patt auf einem offenen Schlachtfeld strategisch richtig? Es hat über ein Jahrhundert gedauert, bis der Westen sich von der letzten Schlacht mit den Zemochern erholt hatte. So aber haben wir eine Chance, es ein für allemal zu beenden. Falls es sich als nicht machbar erweisen sollte, werde ich den Bhelliom vernichten. Dann wird Azash zumindest keinen Grund mehr haben, in den Westen zu kommen. Vielleicht wird er statt dessen die Tamuler verärgern oder sonst jemand.«

»Ihr würdet nie so weit kommen, Sperber«, gab Hochmeister Abriel zu bedenken. »Ihr habt gehört, was dieser Peloi gesagt hat. Auch in Ostpelosien sind Zemocher, nicht nur in Ostlamorkand. Wollt Ihr es allein mit ihnen aufnehmen?«

»Sie werden mir den Weg schon frei machen. Martel flieht gen Norden – das hat er zumindest gesagt –, vielleicht bis Paler, oder auch nicht. Das ist nicht wirklich wichtig, denn ich werde ihm folgen, wohin er auch geht. Er *will*, daß ich ihn verfolge. Das hat er im Keller klargemacht, und er war sehr darauf bedacht, daß ich es auch wirklich hören konnte, denn er möchte mich Azash ausliefern. Ich glaube, ich kann mich darauf verlassen, daß er mir nichts in den Weg legen wird. Es mag zwar ein bißchen merkwürdig klingen, aber ich denke, diesmal können wir Martel wirklich trauen. Wenn ihm nichts anderes übrigbleibt, wird er sogar zum Schwert greifen und einen Weg für mich freihauen.« Er lächelte düster. »Die Sorge meines Bruders um mein Wohlergehen rührt mein Herz.« Sperber blickte Sephrenia an. »Ihr habt gesagt, daß schon die Vorstellung, einen Gott zu vernichten, undenkbar ist. Was ist mit der Vorstellung, den Bhelliom zu vernichten?«

»Das ist sogar noch undenkbarer, Sperber.«

»Dann würde unseren Feinden der Gedanke, daß ich es erwäge, gar nicht erst kommen, oder?«

Sie schüttelte stumm den Kopf, und aus ihren Augen sprach Angst, als sie Sperber anblickte.

»Und darin liegt unser Vorteil, meine Herren«, erklärte Sperber. »Ich kann etwas tun, das niemand erwartet. Ich kann den Bhelliom zerstören – oder damit drohen. Ich habe das Gefühl, daß sich mir dann weder Menschen noch Götter in den Weg stellen werden.«

Hochmeister Abriel schüttelte immer noch den Kopf. »Ihr würdet Euch mit primitiven Zemochern in Ostpelosien und entlang der Grenze herumschlagen müssen, Sperber. Nicht einmal Otha kann diese Wilden an der Leine halten.«

»Gestattet Ihr, daß ich spreche, Sarathi?« bat Kring mit tiefster Hochachtung.

»Selbstverständlich, mein Sohn.« Dolmant wirkte ein wenig verwirrt. Er hatte nicht die leisteste Ahnung, wer dieser kriegerische Mann war.

»Ich kann Euch durch Ostpelosien bis tief nach Zemoch bringen, Freund Sperber«, versicherte ihm Kring. »Wenn die Zemocher weit verstreut sind, können meine Reiter mitten durch sie hindurchpreschen. Wir ziehen einen fünf Meilen breiten Streifen voller Leichen – natürlich alle ohne das rechte Ohr – von Paler bis zur zemochischen Grenze.« Kring grinste wölfisch und schaute sich selbstzufrieden um. Da entdeckte er Mirtai, die sittsam neben Ehlana saß. Seine Augen weiteten sich. Er wurde zuerst rot, dann blaß, dann seufzte er tief.

»Ich würde es an Eurer Stelle lassen«, warnte Sperber ihn.

»Was?«

»Das erkläre ich Euch später.«

»Ich gebe es nicht gern zu«, sagte Bevier, »aber dieser Plan gefällt mir immer besser. Es dürfte uns wirklich nicht allzu schwerfallen, Othas Hauptstadt zu erreichen.«

»*Wir?*« fragte Kalten.

»Wir kommen doch mit, Kalten, oder etwa nicht?«

»Ist der Plan überhaupt durchführbar, kleine Mutter?« fragte Vanion.

»Nein, Hochmeister Vanion, absolut nicht!« fiel Ehlana ein. »Sperber *kann nicht* nach Zemoch, um Azash mit dem Bhelliom zu töten, weil er nicht beide Ringe besitzt. Ich habe einen, und er bekäme ihn nur über meine Leiche!«

Das war ein Punkt, an den Sperber nicht gedacht hatte. »Meine Königin ...«, begann er.

»Ich habe Euch *nicht* gestattet, zu sprechen, Ritter Sperber!« sagte sie förmlich. »Ihr werdet diesen nutzlosen und tollkühnen Plan nicht durchführen! Ihr werdet Euer Leben *nicht* wegwerfen! Es gehört *mir*, Sperber! *Mir!* Ihr habt die Erlaubnis nicht, es uns zu nehmen!«

»Das ist deutlich genug«, brummte Wargun, »und wirft uns zum Anfang zurück.«

»Vielleicht nicht«, sagte Dolmant ruhig. Er erhob sich. »Königin Ehlana, werdet Ihr Euch dem Willen unserer Heiligen Mutter Kirche fügen?« fragte er streng.

Sie blickte ihn trotzig an.

»*Tut* Ihr es?«

»Ich bin eine gläubige Tochter der Kirche«, antwortete sie verdrossen.

»Freut mich, das zu hören, mein Kind. Es ist der Wille der Kirche, ihr diesen Ring eine kurze Zeit anzuvertrauen, damit ein wichtiges Werk getan werden kann.«

»Das ist nicht recht, Dolmant«, rief sie anklagend.

»Wollt Ihr Euch der Kirche widersetzen, Ehlana?«

»Ich – ich *kann nicht!*«

»Gebt mir den Ring, Ehlana!«

Ehlana brach in Tränen aus. Sie umklammerte seine Arme und grub das Gesicht in seine Soutane.

»Gebt mir den Ring, Ehlana«, wiederholte er.

Sie schaute zu ihm auf und wischte sich trotzig die Tränen ab.

»Nur unter einer Bedingung, Sarathi«, entgegnete sie.

»Versucht Ihr, mit unserer Heiligen Mutter zu handeln?«

»Nein, Sarathi, ich gehorche lediglich einem ihrer Gebote. Sie weist uns an, zu heiraten, damit wir die Zahl ihrer Gläubigen vermehren. Ich werde Euch den Ring an dem Tag geben, da Ihr mich mit Ritter Sperber vermählt. Ich habe keine Mühen gescheut, ihn zu bekommen und bin nicht gewillt, auf die Früchte meines Wirkens zu verzichten. Wird unsere Heilige Mutter zustimmen?«

»Es erscheint mir recht und billig.« Dolmant lächelte Sperber väterlich zu, der die beiden anstarrte, während er wie eine Rinderlende verschachert wurde.

Ehlana hatte ein gutes Gedächtnis. Wie sie es von Platime gelernt hatte, spuckte sie in die Hand. »Abgemacht!« sagte sie.

Dolmant war weit genug herumgekommen, deshalb kannte er diese Geste. Auch er spuckte in die Hand. »Abgemacht«, antwortete er. Die beiden klatschten ihre Rechte zusammen und besiegelten Sperbers Geschick.

DRITTER TEIL

ZEMOCH

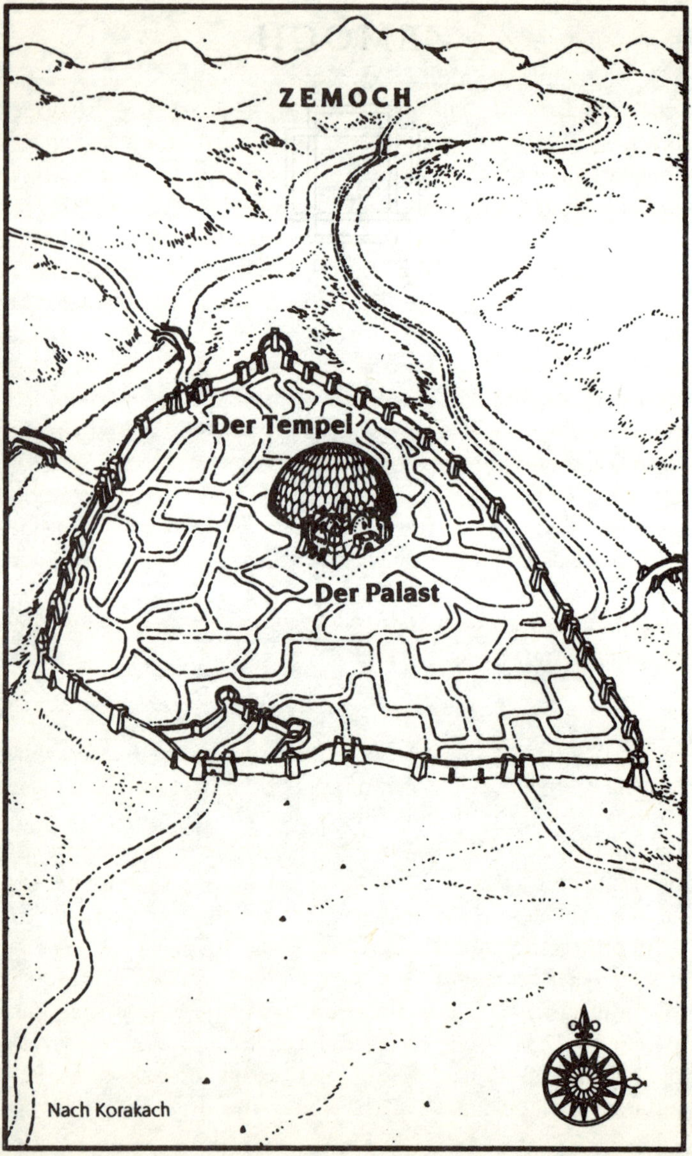
ZEMOCH
Der Tempel
Der Palast
Nach Korakach

19

Es war kalt im Zimmer. Die Hitze der Wüste verflüchtigte sich bei Sonnenuntergang, und gegen Morgen breitete sich trockene Kälte aus. Sperber stand am Fenster, als die samtige Nacht vom Himmel floh und die Schatten auf den Straßen sich in Gebäudewinkel und Eingänge zurückzogen, um einem blassen Grau zu weichen.

Da trat die erste Gestalt mit einem Tonkrug aus einer dämmrigen Gasse. Sie hatte die Kapuze ihres schwarzen Gewandes in die Stirn gezogen, und ein schwarzer Schleier bedeckte die untere Hälfte ihres Gesichts. Sie schritt mit einer solchen Anmut durch das bleiche Licht, daß Sperbers Herz sich verkrampfte. Dann folgten weitere. Eine nach der anderen traten sie aus Eingängen und Gassen und schlossen sich dem stummen Zug an, und jede folgte mit ihrem Tonkrug auf der Schulter einem uralten Ritual, das zur Gewohnheit geworden war. Wie immer auch die Männer ihren Tag begannen, die Frauen fingen ihn damit an, daß sie sich zum Brunnen begaben.

Lillias rührte sich. »Makhra«, sagte sie mit schlaftrunkener Stimme, »komm wieder ins Bett.«

Selbst über dem unaufhörlichen Muhen der halbwilden Kühe konnte er die Glocken in der Ferne hören. Die Religion dieses Königreichs mißbilligte Glocken, deshalb wußte Sperber, daß das Läuten von einer Stätte erklang, an dem Angehörige seines eigenen Glaubens zusammenkamen. Es gab keinen anderen Ort, zu dem er sich sonst hätte begeben können, darum schleppte er sich auf dieses Läuten zu.

Der Griff seines Schwertes war klebrig von Blut, und die Waffe erschien ihm nun unsagbar schwer. Er hätte sich gern von dieser Last befreit. Es wäre so einfach, sie den Fingern entgleiten und in der nach Dung riechenden Dunkelheit zurückzulassen.

Doch ein wahrer Ritter überließ sein Schwert nur dem Tod, und so krampfte Sperber grimmig die Hand um den Schwertgriff und taumelte weiter auf die Glocken zu. Ihm war kalt, und das Blut, das aus seinen Wunden floß, fühlte sich warm an, fast angenehm. Und so stolperte er durch die kalte Nacht, in der nur das Blut ihn wärmte, das aus seiner Seite strömte.

»Sperber!« erklang Kuriks Stimme, und die Hand, die seine Schulter schüttelte, war unerbittlich. »Sperber, wach auf! Du hast wieder einen Alptraum!«

Sperber schlug die Augen auf. Er war schweißgebadet.

»Der gleiche?« fragte Kurik.

Sperber nickte.

»Vielleicht bist du davon befreit, wenn du Martel endlich getötet hast.«

Sperber setzte sich im Bett auf.

Kurik hatte das Gesicht zu einem breiten Grinsen verzogen. »Ich dachte, diesmal wäre es ein anderer Traum. Schließlich ist heute dein Hochzeitstag. Bräutigame haben in der Nacht vor der Trauung fast immer schlimme Träume. Das ist schon so was wie Tradition.«

»Hast du denn in der Nacht, bevor du Aslade geheiratet hast, auch schlecht geträumt?«

»O ja!« Kurik lachte. »Irgendwas verfolgte mich, und ich mußte unbedingt an die Küste, um mich auf ein Schiff zu retten. Das Problem war nur, daß das Meer immer weiter zurückwich. – Möchtest du gleich frühstücken oder erst, wenn du gebadet hast und ich dich rasiert habe?«

»Ich kann mich selbst rasieren.«

»Das wäre gerade heute keine gute Idee. Streck die Hand aus.«

Sperber hielt ihm die Rechte vors Gesicht. Sie zitterte.

»Nein, heute solltest du dich wirklich nicht selber rasieren. Betrachten wir es als Hochzeitsgeschenk für die Königin. Ich werde dich in eurer Hochzeitsnacht schon nicht mit zerschnittenem Gesicht in euer Bett steigen lassen.«

»Wie spät ist es?«

»Etwa eine halbe Stunde vor Sonnenaufgang. Steh auf, Sperber. Du hast einen ausgefüllten Tag vor dir. Ach, übrigens, Ehlana hat dir ein Geschenk geschickt, gestern nacht, nachdem du bereits eingeschlafen warst.«

»Du hättest mich wecken sollen.«

»Warum? Im Bett könntest du es sowieso nicht tragen.«

»Was ist es denn?«

»Deine Krone.«

»Meine *was?*«

»Krone. Eine Art Hut. Als Schutz vor Wind und Wetter allerdings nicht sehr geeignet.«

»Wo hat sie diese Krone her?«

»Sie hat sie für dich anfertigen lassen, gleich nachdem du von Cimmura abgereist warst. Und sie hat sie mit hierher genommen – so, wie ein Angler stets eine Schnur und einen Haken irgendwo in einer Tasche hat. Ich nehme an, deine Braut wollte für den Fall eines Falles nicht unvorbereitet sein. Sie möchte, daß ich deine Krone bei der heutigen Zeremonie auf einem Samtkissen trage. Sobald ihr getraut seid, wird sie dir die Krone aufs Haupt drücken.«

»Idiotisch!« schnaubte Sperber und schwang die Beine aus dem Bett.

»Möglich, aber du wirst schon noch dahinterkommen, daß Frauen die Welt mit anderen Augen sehen als wir. Das macht das Leben interessant, Prinzgemahl! Also, wie sieht's aus? Frühstück oder Bad?«

Sie kamen an diesem Morgen im Ordenshaus zusammen, da in der Basilika ein ziemliches Durcheinander herrschte. Dolmant nahm tiefgreifende personelle Änderungen vor, und die Geistlichkeit rannte herum wie Ameisen, in deren Haufen man herumgestochert hat. Der hünenhafte Patriarch Bergsten, immer noch in Kettenhemd und dem Helm mit Ogerhörnern, grinste, als er Ritter Nashans Studiergemach betrat und seine Streitaxt in die Ecke stellte.

»Wo ist Emban?« fragte ihn König Wargun. »Und Ortzel?«

»Sie sind damit beschäftigt, Leute zu entlassen. Sarathi räumt gründlich auf. Emban hat eine Liste von politisch Unzuverlässigen aufgestellt. Die Zahl der Mönche in einigen Klöstern schwillt rapide an.«

»Makova?« fragte Tynian.

»War einer der ersten dieser Mönche.«

»Wer ist der Erste Sekretär?« fragte König Dregos.

»Wer wohl? Emban natürlich. Und Ortzel ist der neue Rektor der theologischen Hochschule. Wahrscheinlich ist er wirklich am besten dafür geeignet.«

»Und Ihr?« fragte Wargun.

»Sarathi hat mir ein ganz bestimmtes Amt übertragen«, antwortete Bergsten. »Wir haben nur noch keinen Namen dafür gewählt.« Er blickte die Hochmeister der Ritterorden seltsam streng an. »Seit viel zu langer Zeit herrschen Meinungsverschiedenheiten unter den einzelnen Ritterorden«, sagte er. »Sarathi hat mich beauftragt, damit Schluß zu machen.« Er zog die buschigen Brauen drohend zusammen. »Ich hoffe, wir verstehen uns, meine Herren.«

Die Ordensoberen blickten einander beunruhigt an.

»Und wie sieht es bei euch aus?« fuhr Bergsten fort. »Habt ihr bereits irgendwelche Entscheidungen getroffen?«

»Wir diskutieren noch, Eminenz«, antwortete Vanion. Aus irgendeinem Grund war sein Gesicht heute fahlgrau; er bot nicht gerade das Bild blühender Gesundheit. Sperber vergaß manchmal, daß Vanion bedeutend älter war, als er aussah. »Sperber hält an seinem selbstmörderischen Plan fest, und uns sind bisher keine überzeugenden Alternativen eingefallen. Die übrigen Ordensritter werden morgen aufbrechen, um verschiedene Festungen und Burgen in Lamorkand zu besetzen, und die Armee wird folgen, sobald die nötigen Vorbereitungen getroffen sind.«

Bergsten nickte. »Wie sieht Euer Plan aus, Sperber?«

»Ich will Azash vernichten, Martel, Otha und Annias töten und dann nach Haus zurückkehren, Eminenz.«

»Wenn's mehr nicht ist«, sagte Bergsten trocken. »Einzelheiten, Mann! Was sind Eure nächsten Schritte? Ich muß Sarathi Bericht erstatten.«

»Jawohl, Eminenz. Es ist uns allen klar, daß wir keine Chance haben, Martel und seine Gruppe einzuholen, bevor sie Zemoch erreicht haben. Er hat bereits einen Vorsprung von drei Tagen, wenn wir den heutigen Tag mitrechnen. Martel nimmt keine Rücksicht auf seine Reittiere, und er hat guten Grund, uns auf Distanz zu halten.«

»Habt Ihr vor, ihm zu folgen, oder wollt Ihr direkt zur zemochischen Grenze reiten?«

Sperber lehnte sich in seinem Sessel zurück. »Das ist noch die Frage, Eminenz«, antwortete er bedacht. »Ich möchte natürlich Martel erwischen, aber mein Hauptziel ist, die Stadt Zemoch zu erreichen, bevor es in Mittellamorkand zum Krieg kommt. Ich habe mich noch einmal mit Krager unterhalten. Er sagte, daß Martel beabsichtigt, nach Norden zu reiten und dann irgendwo in Pelosien die Grenze nach Zemoch zu überqueren. Ich möchte mehr oder weniger dasselbe tun, also folge ich ihm – doch nicht den ganzen Weg. Jedenfalls werde ich nicht meine Zeit damit vergeuden, durch ganz Nordpelosien hinter Martel herzujagen. Ich habe Martels Spiel mitgespielt, seit ich aus Rendor zurückgekehrt bin. Damit ist jetzt Schluß.«

»Und wie wollt Ihr den Massen von Zemochern in Ostpelosien aus dem Weg gehen?«

»Dieses Problem kann ich lösen, Eminenz«, warf Kring ein. »Es gibt einen Paß, der ins Landesinnere führt. Offenbar kennen die Zemocher ihn nicht. Meine Reiter und ich benutzen ihn schon seit Jahren – jedesmal, wenn Ohren entlang der Grenze rar werden.« Er hielt abrupt inne und blickte bestürzt auf König Soros. Der Monarch von Pelosien war jedoch eifrig mit Beten beschäftigt und schien des Domis unbeabsichtigtes Geständnis gar nicht gehört zu haben.

»Das wäre auch schon so ziemlich alles, Eminenz«, schloß Sperber. »Niemand weiß mit Gewißheit, was in Zemoch vorgeht. Wir werden improvisieren müssen, wenn wir dort ankommen.«

»Wie viele werdet ihr sein?« fragte Bergsten.

»Die übliche Gruppe. Fünf Ritter, Kurik, Berit und Sephrenia.«

»Was ist mit mir?« wandte Talen ein.

»*Du* kehrst nach Cimmura zurück, junger Mann«, erklärte Sephrenia. »Ehlana kann dich im Auge behalten. Du wirst im Schloß bleiben, bis wir zurück sind.«

»Das ist ungerecht!«

»Das Leben ist voller Ungerechtigkeit, Talen. Sperber und dein Vater haben Pläne mit dir. Sie haben nicht die Absicht, das Risiko einzugehen, daß du getötet wirst, ehe sie die Gelegenheit hatten, diese Pläne in die Tat umzusetzen.«

»Kann ich bei der Kirche um Asyl ersuchen, Eminenz?« fragte Talen Bergsten rasch.

»Ich fürchte nein«, antwortete der Patriarch.

»Ihr könnt Euch nicht vorstellen, wie sehr ich von unserer Heiligen Mutter enttäuscht bin, Eminenz«, schmollte Talen. »Und deshalb werde ich mein Vorhaben aufgeben, in den Dienst der Kirche zu treten!«

»Gott sei Dank«, murmelte Bergsten.

»Amen«, seufzte Abriel.

»Würdet ihr mich bitte entschuldigen?« fragte Talen verstimmt.

»Nein.« Das war Berit, der mit verschränkten Armen bei der Tür saß. Er streckte ein Bein aus, um Talen den Weg zu versperren.

Talen lehnte sich zurück und machte ein beleidigtes Gesicht.

Im weiteren Verlauf der Besprechung ging es um die Verteilung der Truppen in den verschiedenen Festungen und Burgen in Mittellamorkand – eine Aufgabe, mit der Sperber und seine Freunde nichts zu tun hatten. So schweifte des Bräutigams Aufmerksamkeit ab. Er saß nur da und starrte blicklos zu Boden.

»Freund Sperber, hättet Ihr einen Augenblick Zeit für mich?« fragte Kring, als sie Nashans Studiergemach schließlich verließen.

Sperber nickte und führte den narbigen Stammeshäuptling der Peloi in eine kleine Kapelle in der Nähe. Beide beugten flüchtig das Knie vor dem Altar und setzten sich dann auf eine der polierten Kirchenbänke in den vorderen Reihen. »Was gibt es, Kring?« fragte Sperber.

»Ich bin ein einfacher Mann, Freund Sperber«, begann Kring, »deshalb komme ich gleich zur Sache. Ich bin sehr von dieser großen schönen Frau eingenommen, die die Königin von Elenien beschützt.«

»Ich dachte mir so etwas Ähnliches.«

»Meint Ihr, ich hätte eine Chance bei ihr?« Krings Augen leuchteten.

»Das weiß ich nicht, mein Freund«, antwortete Sperber. »Ich kenne Mirtai kaum.«

»Ist das ihr Name? Mirtai – das klingt hübsch, nicht wahr? Alles an ihr ist vollkommen. Ist sie verheiratet?«

»Ich glaube nicht.«

»Gut. Es ist immer ziemlich unangenehm, einer Frau den Hof zu machen, wenn man zuerst ihren Mann töten muß. Das ist kein guter Anfang.«

»Ihr solltet wissen, daß Mirtai keine Elenierin ist, Kring, sondern eine Tamulerin. Ihre Kultur – und Religion – sind nicht wie unsere. Habt Ihr ehrenhafte Absichten?«

»Natürlich! Diese Frau würde ich niemals beleidigen!«

»Gott sei Dank. Sonst würde sie Euch wahrscheinlich töten.«

»*Töten?*« Kring blinzelte erstaunt.

»Sie ist eine Kriegerin, Kring. Sie ist nicht wie die Frauen, denen Ihr bisher begegnet seid.«

»Frauen können keine Krieger sein!«

»Elenische Frauen nicht. Aber wie ich schon sagte, Mirtai ist eine Atan-Tamulerin. Ein äußerst kriegerisches Volk. Wie ich gehört habe, hat Mirtai bereits zehn Männer getötet.«

»Zehn?« Kring schluckte schwer. »Das wird Probleme machen, Sperber.« Er straffte die Schultern. »Aber vielleicht kann ich ihr beibringen, sich fraulicher zu benehmen, wenn wir erst verheiratet sind.«

»Darauf würde ich nicht setzen, mein Freund. Wenn von euch jemand dem anderen etwas beibringen wird, dann eher sie *Euch*. Ich kann Euch nur raten, die Finger von Mirtai zu lassen. Ich mag Euch, und ich hätte es gar nicht gern, wenn Ihr getötet würdet.«

»Ich muß darüber nachdenken, Sperber«, meinte Kring. »Trotzdem möchte ich Euch bitten, mein *Olma* zu sein.«

»Ich kenne dieses Wort nicht.«

»Es bedeutet Fürbitter. Er spricht mit der Erwählten – und ihrem Vater sowie ihren Brüdern. Ihr müßtet damit anfangen, ihr zu versichern, wie sehr ich ihr zugetan bin. Dann erzählt Ihr, was für ein guter Mann ich bin – das übliche eben, Ihr versteht schon –, was für ein großer Häuptling ich bin, wie viele Pferde ich habe, wie viele Ohren ich erobert habe und was für ein mächtiger Krieger ich bin.«

»Das letztere dürfte sie beeindrucken.«

»Es ist die reine Wahrheit. Ich *bin* der Beste! Während wir nach Zemoch reiten, werde ich genug Zeit haben, eingehend darüber nachzudenken. Sagt es ihr jedoch bitte, bevor wir aufbrechen – damit auch sie Zeit hat, es sich zu überlegen. Oh, das hätte ich beinahe vergessen. Ihr könnt ihr auch sagen, daß ich ein Poet bin. Das beeindruckt Frauen normalerweise.«

»Ich werde mein Bestes tun, Domi«, versprach Sperber.

Mirtais Reaktion jedoch war nicht sehr vielversprechend, als Sperber am Spätnachmittag das Thema zur Sprache brachte. »Dieser kleine Kahlkopf mit den O-Beinen?« fragte sie ungläubig. »Der mit den vielen Narben im Gesicht?« Sie ließ sich in einen Sessel fallen und krümmte sich vor Lachen.

»Na ja«, murmelte Sperber philosophisch, als er ging. »Versucht habe ich es.«

Seine eigene bevorstehende Hochzeit würde ziemlich unkonventionell werden. Es gab in Chyrellos keine elenischen Edeldamen, die Ehlanas Brautjungfern hätten sein können. Die einzigen Frauen, die ihr wirklich nahestanden, waren Sephrenia und Mirtai. Ehlana bestand auf ihrer Anwesenheit, was bei bestimmten Kirchenmännern auf Unwillen stieß.

Selbst der weltliche Dolmant reagierte heftig. »Ihr könnt während einer religiösen Zeremonie nicht zwei Heidinnen im Kirchenschiff der Basilika bei Euch haben, Ehlana!«

»Es ist *meine* Trauung, Dolmant. Ich kann tun, was ich will. Und ich *will* Sephrenia und Mirtai als meine Brautjungfern!«

»Ich verbiete es.«

»Gut.« Ihre Augen wurden hart. »Keine Brautjungfern, keine Hochzeit – und wenn es keine Vermählung gibt, bleibt mein Ring, wo er ist!«

»Das ist eine unmögliche junge Frau, Sperber!« rief der Erzprälat wütend, als er aus dem Gemach stürmte, in dem Ehlana ihre Vorbereitungen traf.

»Wir ziehen den Ausdruck ›energisch‹ vor«, sagte Sperber mild. Er trug schwarzen Samt mit Silberverbrämung. Ehlana hatte nicht zugelassen, daß er in Rüstung heiratete. »Ich will in unserem Schlafgemach keinen Waffenschmied, der dir erst beim Ausziehen helfen muß, Liebster«, hatte sie argumentiert.

An Edelmännern mangelte es in den Armeen von Westeosien hingegen nicht, und in der Basilika gab es Legionen von Geistlichen. Daher war das riesige, kerzenerhellte Kirchenschiff so gedrängt voll wie bei der Trauerfeier für Erzprälat Cluvonus. Der Chor sang frohe Hymnen, während die Hochzeitsgäste eintrafen, und Weihrauch erfüllte die Luft.

Sperber wartete mit den Trauzeugen nervös in der Sakristei. Natürlich waren alle seine Freunde da: Kalten, Tynian, Bevier, Ulath und der Domi, sowie Kurik, Berit und die Hochmeister der vier Orden. Bei Ehlana waren außer Sephrenia und Mirtai schicklicherweise die Könige von Westeosien sowie – merkwürdigerweise – Platime, Stragen und Talen. Die Königin hatte keinen Grund für diese Auswahl genannt. Es war durchaus möglich, daß es überhaupt keinen gab.

Die Tür wurde geöffnet, und Emban schob das schwitzende Gesicht in Sperbers Gemach. Er grinste breit. »Seid Ihr bereit?«

»Fangen wir endlich an«, brummte Sperber.

»Unser Bräutigam wird ungeduldig, wie ich sehe«, stellte

Emban fest. »Ah, wieder jung zu sein! Der Chor wird die traditionelle Hochzeitshymne singen«, wandte er sich an alle Anwesenden. »Bestimmt kennen einige von euch dieses herrliche Lied. Beim letzten Akkord öffne ich die Tür, dann können die Trauzeugen unser Opferlamm zum Altar führen. Bitte, laßt ihn nicht davonlaufen. Das stört die Zeremonie ungemein.« Er grinste schalkhaft und schloß die Tür.

»Das ist ein boshafter kleiner Mann«, knirschte Sperber.

»Oh, ich weiß nicht«, entgegnete Kalten. »*Ich* mag ihn.«

Die Hochzeitshymne war das älteste sakrale Musikstück des elenischen Glaubens. Es war ein Jubelgesang. Die Bräute hörten gewöhnlich aufmerksam zu, während die Bräutigame kaum darauf achteten.

Als die letzten Töne verklangen, öffnete Patriarch Emban schwungvoll die Tür, und Sperbers Freunde, die bereits um ihn Aufstellung genommen hatten, geleiteten ihn ins Kirchenschiff. Es wäre gewiß unpassend, auf die Ähnlichkeiten einer solchen Prozession mit der von Wächtern hinzuweisen, die einen Verurteilten zur Richtstätte führten.

Sie begaben sich direkt zum Altar, wo Erzprälat Dolmant, ganz in goldbesticktes Weiß gekleidet, sie erwartete. »Ah, mein Sohn«, sagte er mit leichtem Lächeln zu Sperber, »wie schön, daß Ihr gekommen seid.«

Sperber unterließ es lieber, darauf zu antworten.

Dann, nach angemessener Pause, während alle Hochzeitsgäste sich still erhoben und sich die Hälse verrenkten, um zur hinteren Seite des Kirchenschiffs zu schauen, erklang der Hochzeitsmarsch, und die Gruppe der Braut trat zu beiden Seiten des Vestibüls heraus. Zuerst, jede von einer Seite, kamen Sephrenia und Mirtai. Der Größenunterschied der zwei Frauen fiel den Zuschauern zunächst gar nicht auf. Was sie jedoch bemerkten und was sie sichtlich schockierte, war die unverkennbare Tatsache, daß beide Heidinnen waren. Sephrenias weißes Gewand war auf beinahe aufreizende Weise styrisch. Ein Blumenkranz zierte ihre Stirn, und ihr Gesicht strahlte Ruhe aus. Mirtais Gewand war von einem in Elenien unbekannten Schnitt. Es war von tiefem Königsblau und schien weder Naht noch Saum zu haben. An beiden Schultern wurde es von einer edelsteinbesetzten Spange gehalten. Eine lange Goldkette, die das Gewand unter dem Busen raffte, überkreuzte sich am Rücken, wand sich um die Taille und verlief über die Hüften nach vorn zu einem aufwendigen, tiefliegenden Knoten, so daß die in quastenähnlichen Strängen auslaufenden Enden fast den Boden berührten. Ihre bronzenen Arme waren bis zur Schulter unbedeckt, makellos glatt, doch sehr muskulös. Sie trug goldene Sandalen, und ihr jetzt offenes, glänzend schwarzes Haar floß glatt den Rücken bis über die Oberschenkel hinab. Ein schlichter Silberreif zierte ihre Stirn, und statt Armreifen lagen breite Bänder aus brüniertem Stahl mit gehämmertem Gold um ihre Handgelenke. Aus Rücksicht auf elenische Gefühle trug sie keine sichtbaren Waffen.

Der Domi Kring seufzte schmachtend, als sie ins Kirchenschiff trat und neben Sephrenia feierlichen Schrittes durch den Mittelgang zum Altar marschierte.

Wieder setzte traditionsgemäß eine Pause ein; dann trat die Braut, deren Linke leicht auf dem Arm des alten Königs Obler ruhte, aus dem Vestibül und blieb stehen, damit alle sie bewundern konnten – nicht so sehr als Frau, denn als Kunstwerk. Ihr Gewand war aus weißem Satin, doch das war bei fast allen Bräuten so. Dieses Gewand jedoch war mit Goldlamé gefüttert, und die langen Ärmel waren umgeschlagen, so daß man dies auch sehen konnte. Um die Taille trug Ehlana einen breiten Gürtel aus Goldgeflecht mit kostbaren Edelsteinen. Ein märchenhaftes Goldcape fiel am Rücken bis zur Taille und der glänzenden Satinschleppe. Eine Krone saß auf ihrem aschblonden Haar – nicht die traditionelle Krone Eleniens, sondern wie der Gürtel ein kunstvolles Goldgeflecht, in dem Perlen und kleine, verschiedenfarbige Juwelen funkelten. Die Krone hielt den Schleier, der vorn bis zum Mieder reichte und hinten über die Schultern fiel und so fein wie zarter Dunst war. In der Hand hielt sie eine weiße Blume, und ihr bleiches junges Gesicht strahlte.

»Wie ist sie in so kurzer Zeit an ein solches Gewand gekommen?« flüsterte Berit Kurik zu.

»Sephrenia hat es herbeigezaubert, nehme ich an.«

Dolmant bedachte die beiden mit einem strafenden Blick, und sie hörten zu flüstern auf.

Nach der Königin von Elenien erschienen die Monarchen Wargun, Dregos und Soros, sowie der Kronprinz von Lamorkand in Vertretung seines Vaters, gefolgt vom cammorischen Botschafter. Rendor war hier nicht vertreten, und niemand hatte daran gedacht, Otha von Zemoch einzuladen.

Der Hochzeitszug schritt feierlich durch den Mittelgang zum Altar und dem wartenden Bräutigam. Platime und Stragen bildeten den Abschluß. Talen schritt zwischen ihnen und trug das weiße Samtkissen, auf dem das Paar Rubinringe lag. Es sollte vielleicht erwähnt werden, daß sowohl Stragen wie Platime ein waches Auge auf den jugendlichen Dieb hatten.

Sperber blickte seiner Braut entgegen, als sie mit strahlendem Gesicht näher kam. Und in diesen Augenblicken wurde ihm etwas bewußt, das er sich bisher nie eingestanden hatte. Die Erziehung Ehlanas war eine Aufgabe gewesen, die er nur widerwillig übernommen hatte, als sie ihm vor vielen Jahren anvertraut worden war. Es war nicht nur eine lästige Aufgabe gewesen, sondern auch eine Demütigung, an der Ehlana jedoch keine Schuld traf, denn auch sie war, wie Sperber ein Opfer der Laune ihres Vaters geworden. Das erste Jahr war außerordentlich aufreibend gewesen. Das Mädchen, das ihm jetzt so glücklich entgegenkam, war damals unendlich verschüchtert gewesen und hatte anfangs nur zu Rollo geredet, einem kleinen, arg mitgenommenen Plüschtier, das zu jener Zeit ihr ständiger und wahrscheinlich einziger Gefährte gewesen war. Mit der Zeit hatte sie sich jedoch an Sperbers narbiges Gesicht und seine Bestimmtheit gewöhnt, und von jenem Tag an, als ein arroganter Höfling sich ihr gegenüber unverschämt benahm, worauf Sperber ihn heftig zurechtwies, war aus Ehlanas unsicherem Zutrauen zu Sperber Freundschaft geworden. Es war zweifellos das erste Mal gewesen, daß jemand Blut für sie vergossen hatte – die Nase des Höflings hatte sehr stark geblutet –, und damit hatte sich für die kleine blasse Prinzessin eine völlig neue Welt aufgetan. Sie vertraute nunmehr ihrem Ritter alles an – auch Dinge, die ihm lieber verborgen geblieben wären. Sie hatte keinerlei Geheimnisse vor ihm, und er hatte sie kennengelernt wie sonst keinen Menschen auf der Welt – was Sperber ungeeignet für jede andere Frau gemacht hatte. Denn die kindliche Prinzessin hatte ihr ganzes Sein so sehr mit seinem verflochten, daß es keine Möglichkeit geben konnte, dieses Band jemals zu durchtrennen. Dies war letztendlich auch der Grund, weshalb sie sich jetzt hier befanden. Hätte er nur den eigenen Schmerz ertragen müssen, hätte Sperber vielleicht nein zu sagen vermocht. Doch *ihren* Schmerz konnte er nicht ertragen, und so …

Die Hymne endete. König Obler übergab seine Anverwandte ihrem Ritter, und Braut und Bräutigam wandten sich Erzprälat Dolmant zu.

Dolmant sprach vom Stand der Ehe – ziemlich lange. Dann erklärte er dem Brautpaar, es würde ›Gottes Wille‹ entsprechen, wenn sie, nachdem die Trauung vollzogen war, ihren natürlichen Neigungen folgten – ja, nicht nur ›Gottes Wille‹, sondern ›Gottes Wunsch‹. Er forderte sie auf, einander treu zu sein und erinnerte sie, daß ihre Kinder im elenischen Glauben erzogen werden mußten. Endlich kam er zu den »Willst-dus«. Nachdem beide laut ihr Jawort gegeben hatten, durften sie einander die Ringe anstecken, die nicht einmal Talen hatte stehlen können.

In diesem Augenblick vernahm Sperber sanfte, vertraute Töne, die von der Kuppel herab zu klingen schienen. Es war das weiche Trillern einer Syrinx, voll Freude und tiefer Liebe. Sperber blickte rasch zu Sephrenia. Ihr glückliches Lächeln sagte ihm alles. Flüchtig stellte er sich die völlig unsinnige Frage, welches Protokoll wohl erforderlich gewesen war, als Aphrael den elenischen Gott um Erlaubnis ersucht hatte, an der Trauung teilzunehmen und, wie es aussah, ihren Segen dem seinen hinzuzufügen.

»Was ist das für eine Musik?« wisperte Ehlana, ohne die Lippen zu bewegen.

»Ich erkläre es dir später«, murmelte Sperber.

Den anderen im kerzenbeleuchteten Kirchenschiff schienen Aphraels Flötenklänge nicht aufzufallen. Dolmants Augen jedoch weiteten sich, und er wurde blaß. Doch er gewann seine Fassung rasch wieder und erklärte Sperber und Ehlana schließlich zu Mann und Frau. Dann erflehte er in einem ansprechenden kleinen Schlußgebet Gottes Segen auf sie herab und gab Sperber endlich die Erlaubnis, seine Braut zu küssen.

Behutsam hob Sperber Ehlanas Schleier, und seine Lippen fanden sanft die ihren. Niemand küßt in aller Öffentlichkeit sehr gut, doch dem jungen Paar gelang es, ohne dabei verlegen zu wirken.

Der Trauung folgte sogleich Sperbers Krönung zum Prinzgemahl. Er kniete nieder, damit ihm die junge Frau, die soeben, unter anderem, versprochen hatte, ihm zu gehorchen – nun jedoch die Autorität seiner Königin ausübte – die Krone aufsetzen konnte, die Kurik auf einem purpurnen Samtkissen in die Kirche getragen hatte. Dann hielt Ehlana eine hübsche Rede. Sie sagte so allerlei über Sperber, hauptsächlich Schmeichelhaftes, und schloß damit, daß sie ihm die Krone fest auf den Kopf drückte. Und dann, weil er kniete und sein zu ihr emporgerichtetes Gesicht dazu verlockte, küßte sie ihn wieder. Er stellte fest, daß sie mit jedem Mal besser wurde. »Jetzt bist du *mein*, Sperber«, murmelte sie, während ihre Lippen noch die seinen berührten. Dann, obwohl er alles andere als altersschwach war, half sie ihm auf die Füße. Mirtai und Kalten kamen mit hermelinverbrämten Capes herbei und legten sie um die Schultern des Königspaares. Dann drehten die beiden sich um, um die Jubelrufe der Menschenmenge im Kirchenschiff entgegenzunehmen.

Der Zeremonie folgte ein Hochzeitsmahl. Sperber erinnerte sich nicht, was aufgetragen worden war und ob er irgend etwas gegessen hatte. Er erinnerte sich lediglich, daß er das Gefühl gehabt hatte, es würde nie zu Ende gehen. Doch dann, endlich, wurden er und seine Braut zur Tür eines prächtigen Gemachs geleitet, in einem oberen Stockwerk des Ostflügels eines der Häuser des Kirchenkomplexes. Sie traten ein, und er verschloß die Tür hinter ihnen.

Natürlich standen Möbel in diesem Gemach – Sessel, Tische, Diwane – doch das einzige, was Sperber wirklich sah, war das Bett, ein hohes Himmelbett auf einem breiten Podest.

»Endlich!« Ehlana seufzte erleichtert. »Ich hatte schon befürchtet, das alles würde nie ein Ende nehmen.«

»Ich auch«, gestand Sperber.

»Sperber«, sagte sie, und nun war ihre Stimme nicht die selbstsichere einer Königin. »Liebst du mich *wirklich?* Ich weiß, daß ich dich dazu gedrängt habe – zuerst in Cimmura, und nun hier. Hast du mich geheiratet, weil du mich wirklich liebst, oder hast du nur nachgegeben, weil ich die Königin bin?« Ihre Stimme zitterte, und ihre Augen verrieten Verwundbarkeit.

»Du stellst dumme Fragen, Ehlana«, sagte er sanft. »Ich gebe zu, daß du mich zuerst erschreckt hast – wahrscheinlich, weil ich keine Ahnung hatte, daß du so empfindest. Ehlana, ich liebe dich. Ich habe nie eine andere geliebt und werde nie eine andere lieben. Mein Herz ist etwas mitgenommen, aber es gehört ganz dir.« Dann küßte er sie, und sie schmiegte sich an ihn.

Der Kuß schien nicht enden zu wollen. Schließlich spürte Sperber eine zierliche Hand zärtlich seinen Nacken hochstreichen und seine Krone abnehmen. Er legte das Gesicht ein wenig zurück und blickte in ihre strahlenden grauen Augen. Dann nahm er sanft *ihre* Krone von ihrem Haar und ließ den Schleier auf den Boden schweben. Ernst öffnete jeder des anderen Umhang und ließ ihn auf den Boden gleiten.

Das Fenster stand offen, und der milde Nachtwind, der die Spitzenvorhänge am Fenster bauschte, trug die nächtlichen Geräusche Chyrellos' mit sich. Sperber und Ehlana fühlten den Wind nicht, und das einzige Geräusch, das sie hörten, war das Pochen ihrer beider Herzen.

Die Kerzen waren niedergebrannt, dennoch war es nicht dunkel im Gemach. Der Vollmond stand am Himmel und füllte die Nacht mit bleichem Silberschein, der sich im feinen Gespinst des schwach flatternden Vorhangs zu verfangen schien, und das Leuchten dieser Vorhänge schenkte ein feineres, vollkommeneres Licht, als Kerzen es vermocht hätten.

Es war sehr spät – genauer gesagt, sehr früh. Sperber war kurz eingenickt, doch seine bleiche, mondbeschienene Gemahlin rüttelte ihn wach. »Nichts da«, rügte sie. »Wir haben nur diese eine Nacht, und du wirst sie nicht mit Schlafen vergeuden.«

»Tut mir leid«, entschuldigte er sich. »Es war ein rastloser Tag.«

»Und eine rastlose Nacht«, fügte sie mit schelmischem Lächeln hinzu. »Hast du gewußt, daß du schnarchst wie ein Holzfäller?«

»Es liegt an meiner gebrochenen Nase, glaube ich.«

»Das könnte mit der Zeit zum Problem werden, Liebster. Ich habe einen sehr leichten Schlaf.« Ehlana kuschelte sich in seine Arme und seufzte zufrieden. »Oh, das ist schön«, sagte sie. »Wir hätten schon vor Jahren heiraten sollen.«

»Ich glaube, da hätte dein Vater etwas dagegen gehabt. Übrigens, was ist eigentlich aus Rollo geworden?«

»Nachdem Vater dich ins Exil geschickt hatte, begann seine Füllung herauszuquellen. Ich habe ihn gewaschen und bewahre ihn im obersten Fach meines Kleiderschranks auf. Ich werde ihn neu ausstopfen lassen, wenn wir unser erstes Baby haben. Der arme Rollo. Er hat ganz schön was mitgemacht, als du nicht mehr da warst. Er bekam meine ganzen Tränen ab. Mehrere Monate lang war er ein sehr aufgeweichtes kleines Plüschtier.«

»Hast du mich denn so sehr vermißt?«

»Dich vermißt? Ich dachte, ich würde sterben. Ich wollte wirklich sterben.«

Er drückte sie fester an sich.

»Also gut«, sagte sie, »unterhalten wir uns darüber.«

Er lachte. »Mußt du unbedingt alles aussprechen, was dir gerade einfällt?«

»Wenn wir allein sind, schon. Ich habe keine Geheimnisse vor dir, mein Gemahl.« Da erinnerte sie sich. »Von wem kam die Musik, die wir während der Zeremonie gehört haben.«

»Von Aphrael. Ich muß Sephrenia noch fragen, aber ich bin mir jetzt schon ziemlich sicher, daß wir in mehr als einem Glauben getraut wurden.«

»Dann habe ich noch ein Band mehr, mit dem ich dich halten kann.«

»Das hast du gar nicht nötig. Schon seit du sechs warst, hattest du mich fest in der Hand.«

Sie schmiegte sich noch enger an ihn. »Weiß Gott, ich habe mein möglichstes getan.« Plötzlich setzte sie sich auf. »Aber ich muß sagen, ein bißchen verärgert mich deine kleine styrische Göttin. Sie scheint immer in der Nähe zu sein. Wer weiß, ob sie nicht in diesem Augenblick unsichtbar in irgendeiner Ecke schwebt. Meinst du, das wäre möglich?«

»Es würde mich nicht wundern.« Er neckte sie mit voller Absicht.

»Sperber!«

Im bleichen Mondlicht konnte er es nicht erkennen, aber Sperber vermutete stark, daß Ehlana jetzt tief errötete.

»Mach dir deshalb keine Sorgen, Liebling.« Er lachte. »Aphrael ist außerordentlich höflich. Es würde ihr nie in den Sinn kommen, ungebeten hier einzudringen.«

»Aber sicher können wir nie sein, nicht wahr? Ich weiß nicht recht, ob ich sie mag. Ich habe das Gefühl, daß sie dir sehr zugetan ist, und die Vorstellung, eine göttliche Rivalin zu haben, gefällt mir gar nicht.«

»Sie ist ein Kind, Ehlana.«

»Na und? Ich war erst fünf, als ich dich das erste Mal sah,

Sperber, aber du hattest den Raum kaum betreten, da beschloß ich, dich zu heiraten.« Sie rutschte aus dem Bett, ging zu dem mondhellen Fenster und zog die Vorhänge auseinander. Im bleichen Silberlicht sah sie wie eine Alabasterstatue aus.

»Solltest du nicht lieber einen Morgenrock anziehen?« schlug er vor. »Du setzt dich öffentlicher Betrachtung aus, weißt du.«

»In Chyrellos schlafen alle schon seit Stunden. Außerdem befinden wir uns fünf Stockwerke über der Straße. Ich möchte den Mond anschauen. Er und ich sind uns sehr nahe, und ich möchte, daß er weiß, wie glücklich ich bin.«

»Heidin.« Sperber lächelte.

»Ja, vielleicht bin ich das«, gab sie zu. »Aber alle Frauen fühlen eine eigenartige Verbundenheit mit dem Mond. Er berührt uns auf eine Weise, die ein Mann nie verstehen könnte.«

Sperber glitt nun ebenfalls aus dem Bett und stellte sich zu ihr ans Fenster. Der Mond stand sehr klar und sehr hell am Himmel; dennoch verwusch sein Silberlicht jede Farbe und verbarg so zum Teil die Zerstörung, die Martels Belagerung der Heiligen Stadt gebracht hatte. Nur den Rauchgeruch, der noch stark in der Nachtluft hing, vermochte er nicht zu verdrängen.

Ehlana zog Sperbers Arme um sich und seufzte. »Ob Mirtai vor meiner Tür schläft?« fragte sie sich laut. »Das tut sie nämlich sonst, weißt du. War sie heute abend nicht wunderschön?«

»O ja. Ich hatte noch keine Gelegenheit, dir davon zu erzählen, aber Kring ist hingerissen von ihr. Ich habe noch nie einen Mann gesehen, den die Liebe so überwältigt hat.«

»Zumindest ist er offen und ehrlich. Dir muß ich Liebesbeteuerungen aus der Nase ziehen, mein edler Prinzgemahl.« Sie kräuselte die Stirn. »Das ist ein sehr umständlicher Titel. Sobald ich wieder in Cimmura bin, werde ich mich mit Lenda unterhalten. Wenn ich mich nicht irre, gibt es irgendwo ein Herzogtum ohne Herzog. Und wenn nicht, beschaffe ich dir eines. Ich werde ohnehin einige von Annias' Helfershelfern enteignen. Wie würde es dir gefallen, Herzog zu sein, Durchlaucht?«

»Vielen Dank, Majestät, aber ich verzichte gern auf zusätzliche Titel.«

»Aber ich *möchte* dir Titel geben!«

»Mir persönlich gefällt ›Gemahl‹ sehr gut.«

»Jeder Mann kann ein Gemahl sein.«

»Aber ich bin der einzige, der deiner ist.«

Sie lächelte. »Ich glaube, Sperber, mit ein bißchen Übung kannst du ein perfekter Edelmann werden.«

»Die meisten perfekten Edelleute, die ich kenne, sind Höflinge. Ihr Ruf ist nicht sonderlich gut.«

Sie fröstelte.

»Du frierst!« sagte er besorgt. »Ich habe dir doch gesagt, du sollst einen Morgenrock anziehen.«

»Wozu brauche ich einen Morgenrock, wenn ich diesen lieben wärmenden Gemahl bei mir habe?«

Er bückte sich, hob sie auf die Arme und trug sie ins Bett zurück.

»Das habe ich mir erträumt«, gestand sie, als er sich zu ihr legte und die Decken über sie beide zog. »Weißt du was, Sperber?« Sie kuschelte sich wieder an ihn. »Ich habe immer ein bißchen Angst vor dieser Nacht gehabt. Ich dachte, ich würde schrecklich nervös und gehemmt sein, aber ich bin es überhaupt nicht.« Sie küßte ihn lange.

»Was meinst du, wie spät ist es?«

»Noch etwa zwei Stunden bis Sonnenaufgang.«

»Gut, dann haben wir noch viel Zeit. Du *wirst* doch vorsichtig sein in Zemoch, nicht wahr?«

»Ich werde mein Bestes tun.«

»Aber bitte nichts Heroisches, um mich zu beeindrucken, Sperber. Ich bin schon beeindruckt.«

»Ich werde vorsichtig sein«, versprach er.

»Da wir gerade davon sprechen – möchtest du meinen Ring jetzt?«

»Gib ihn mir lieber in aller Öffentlichkeit. Damit Sarathi sieht, daß wir unseren Teil der Abmachung einhalten.«

»War ich wirklich so schrecklich zu ihm?«

»Du hast ihn ein bißchen bestürzt. Sarathi ist den Umgang mit Frauen deines Schlages nicht gewohnt. Ich glaube, du kostest ihn allerhand Nerven.«

»Koste ich dich auch Nerven, Sperber?«

»Nein. Schließlich habe ich dich erzogen. Da bin ich deine kleinen Eigenarten gewohnt.«

»Da hast du wirklich Glück, weißt du. Sehr wenige Männer haben die Gelegenheit, ihre Gemahlinnen zu erziehen. Auf dem Weg nach Zemoch kannst du ...« Sie fing zu weinen an, und er nahm sie in die Arme und hielt sie, bis ihr Tränenstrom versiegt war. Dann küßte er sie zärtlich. Aus dem einen Kuß wurden mehrere, und der Rest der Nacht verging ohne weitere Tränen.

20

»Aber warum muß es öffentlich sein?« beklagte Sperber sich und stapfte rasselnd im Gemach herum, bis sein Plattenpanzer richtig saß.

»Man erwartet es, Liebster«, erwiderte Ehlana ruhig. »Du bist jetzt Angehöriger der königlichen Familie und deshalb verpflichtet, dich bei bestimmten Anlässen in der Öffentlichkeit sehen zu lassen. Du gewöhnst dich mit der Zeit daran.« Ehlana saß in pelzverbrämtem Gewand an ihrer Frisierkommode.

»Es ist nicht schlimmer als ein Turnier«, versicherte ihm Kurik. »Das findet auch öffentlich statt. Würdest du jetzt bitte stehen bleiben, damit ich deinen Schwertgurt gerade schnallen kann?«

Kurik, Sephrenia und Mirtai waren bei Sonnenaufgang ins Brautgemach gekommen, Kurik mit Sperbers Paraderüstung, Sephrenia mit Blumen für die Königin, Mirtai mit dem Frühstück, und Emban, der sich ihnen angeschlossen hatte, mit der Nachricht, daß der offizielle Abschied auf der Freitreppe der Basilika stattfinden würde.

»Weder die Bürger noch Warguns Truppen kennen irgendwelche Einzelheiten, Sperber. Ihr solltet deshalb bei Eurer Ansprache keine näheren Angaben machen«, warnte der dicke Kirchenmann. »Wir werden nur andeuten, daß Ihr beabsichtigt, im Alleingang die Welt zu retten. Wir werden Euch viel Glück wünschen, und alle werden Euch zujubeln. Wir sind es gewöhnt zu lügen; deshalb werden wir bestimmt sehr überzeugend klingen. Natürlich ist das Ganze lächerlich, aber wir wären Euch dankbar, wenn Ihr trotzdem mitmacht. Die Stimmung der Bürger und ganz besonders die von Warguns Truppen ist momentan außerordentlich wichtig.« Mit enttäuschtem Gesicht fuhr er fort: »Ich habe vorgeschlagen, daß Ihr zum Abschluß irgendeinen spektakulären Zauber vollbringt, aber Sarathi hat es verboten.«

»Euer Hang zur Theatralik geht manchmal mit Euch durch, Emban«, rügte Sephrenia, die sich, mit Kamm und Bürste in den Händen, eine neue Frisur für Ehlana ausdachte.

»Ich bin ein Mann aus dem Volk, Sephrenia«, entgegnete Emban. »Mein Vater war Gastwirt, und ich verstehe etwas davon, Menschenmassen zu unterhalten. Die Leute lieben eine gute Schau, und die wollte ich ihnen geben.«

Sephrenia hatte inzwischen Ehlanas Haar zu einer Hochfrisur getürmt. »Wie findet Ihr das, Mirtai?« fragte sie.

»Vorher hat es mir besser gefallen«, antwortete die Riesin.

»Sie ist jetzt verheiratet. Ihre vorherige Frisur war die eines jungen Mädchens. Jetzt müssen wir aller Welt zeigen, daß sie eine Ehefrau ist.«

»Brennt ihr ein Zeichen ein«, schlug Mirtai vor. »So ist es bei meinem Volk üblich.«

»*Wa-as?*« entrüstete sich Ehlana.

»Bei uns wird der Frau, wenn sie heiratet, das Zeichen ihres Mannes eingebrannt – gewöhnlich an der Schulter.«

»Um darauf hinzuweisen, daß sie sein Eigentum ist?«

fragte die Königin spöttisch. »Und was für ein Zeichen trägt der *Ehemann*?«

»Das seiner Frau. Ehen werden bei uns nicht leichtfertig eingegangen.«

»Ich verstehe, weshalb«, sagte Kurik mit einem gewissen Respekt.

»Eßt Euer Frühstück, bevor es kalt wird, Ehlana!« befahl Mirtai.

»Ich mag gebackene Leber nicht besonders, Mirtai.«

»Sie ist ja auch nicht für Euch. Mein Volk mißt der Hochzeitsnacht eine gewisse Bedeutung bei. Viele Bräute werden in dieser Nacht schwanger – behaupten sie zumindest. Es könnte aber auch die Folge einer Generalprobe der Hochzeitsnacht sein. Habt ihr es nicht versucht?«

»Mirtai!« keuchte Ehlana und errötete tief – wie auch Emban.

»Entschuldigt Ihr mich?« bat er hastig. »Ich habe noch sehr viel zu erledigen.« Und schon floh er aus dem Gemach.

»Habe ich etwas Falsches gesagt?« fragte Mirtai arglos.

»Emban ist ein Kirchenmann, Liebes«, erklärte Sephrenia ihr und bemühte sich, ihr Lachen zu unterdrücken. »Kirchenmänner ziehen es vor, nicht so viel über dergleichen zu wissen.«

»Wie dumm von ihnen. Eßt, Ehlana!«

Die Versammlung auf der Freitreppe der Basilika war nicht *direkt* eine Zeremonie, sondern einer dieser scheinbar informell formellen Akte zur Unterhaltung der Öffentlichkeit. Dolmant beehrte sie mit seiner Anwesenheit, um ihr feierliches Gewicht zu geben. Die Könige nahmen mit Krone und Staatsrobe teil, um ihr eine offizielle Note zu verleihen, und die Hochmeister der Ritterorden waren da, um den kriegerischen Aspekt zu betonen. Dolmant begann mit einem Gebet, dem die Könige sich mit ein paar Worten und die Hochmeister mit einigen Sätzen anschlossen. Dann knieten Sperber und seine Gefährten nieder und erhielten den Segen des Erzprälaten. Schließlich kam der Abschied Ehlanas von ihrem Prinzgemahl. Danach sprach die Königin von Elenien wieder mit schallender Stimme. Sie befahl ihrem Streiter, auszuziehen und siegreich zurückzukehren. Zum Schluß nahm sie ihren Ring vom Finger und überreichte ihn Sperber als Zeichen ihrer besonderen Gunst. Sperber bedankte sich für ihre Huld, indem er ihr einen anderen Ring mit einem herzförmigen Brillanten an den Finger steckte. Talen hatte ausweichend auf die Frage reagiert, woher der Ring kam, als er ihn Sperber kurz vor Beginn der Feierlichkeit auf der Treppe aufgedrängt hatte.

»Und jetzt, mein Streiter«, schloß Ehlana, vielleicht etwas zu dramatisch, »zieht hinaus mit Euren tapferen Gefährten und seid versichert, daß unsere Hoffnungen, unsere Gebete und unser Vertrauen Euch begleiten. Nehmt das Schwert, mein Gemahl und Streiter, und verteidigt mich und unseren Glauben und unsere geliebte Heimat und unsere Heilige Mutter Kirche gegen die schändlichen Horden der heidnischen Zemocher!« Zum Schluß umarmte sie ihn und hauchte ihm einen Kuß auf die Lippen.

»Hübsche Rede, Liebling«, lobte er sie leise.

»Emban hat sie verfaßt«, gestand Ehlana. »Er hat überall die Finger im Spiel. Versuch, mir hin und wieder eine Nachricht zukommen zu lassen, mein Gemahl, und sei um Gottes willen vorsichtig!«

Sperber küßte sie sanft auf die Stirn; dann schritten er und seine Freunde entschlossen die Marmortreppe hinunter zu ihren Pferden, während die Glocken der Basilika ein Lebewohl läuteten. Die Hochmeister der Ritterorden, die den Trupp ein Stück des Weges begleiten sollten, folgten. Kring und seine berittenen Peloi warteten bereits auf der Straße. Ehe sie lostrotteten, ritt Kring gemessenen Schrittes zu Mirtai, und sein Pferd sank in ritueller Verehrung vor ihr auf die Knie. Keiner von beiden sprach, doch Mirtai wirkte ein wenig beeindruckt.

»Also gut, Faran«, sagte Sperber, als er sich in den Sattel stemmte, »ich habe nichts dagegen, wenn auch du ein bißchen angibst.«

Der mächtige häßliche Fuchs spitzte erfreut die Ohren;

dann tänzelte er hocherhobenen Kopfes, während der kriegerische Trupp Richtung Osttor ritt.

Als sie das Tor passiert hatten, verließ Vanion Sephrenias Seite und lenkte sein Pferd neben Sperber.

»Bleibt wachsam, mein Freund«, riet er. »Habt Ihr den Bhelliom für den Notfall stets griffbereit?«

»Ich trage ihn unter meinem Wappenrock«, erwiderte Sperber. Er musterte seinen Freund. »Versteht es nicht falsch«, sagte er, »aber Ihr seht heute wirklich elend aus.«

»Es ist nur die Müdigkeit, Sperber. Wargun hat uns unten in Arzium ziemlich auf Trab gehalten. Paßt gut auf Euch auf, mein Freund. Und jetzt möchte ich noch mit Sephrenia reden, bevor wir uns trennen.«

Sperber seufzte, als Vanion zu der schönen, zierlichen Frau zurückritt, die Generationen von Pandionern in die Geheimnisse von Styrikum eingeweiht hatte. Sephrenia und Vanion sprachen nie offen davon, nicht einmal zueinander, aber Sperber wußte, wie es mit ihnen stand – und er wußte auch, wie unmöglich ihre Situation war.

Kalten zügelte sein Pferd neben ihm. »Na, wie ist die Hochzeitsnacht verlaufen?« fragte er neugierig.

Sperber bedachte ihn mit einem langen, abweisenden Blick.

»Du möchtest anscheinend nicht darüber reden.«

»Das ist Privatsache, Kalten.«

»Wir sind Freunde seit unserer Kindheit, Sperber. Wir hatten nie Geheimnisse voreinander.«

»Dann haben wir sie jetzt. Es sind zweihundert Meilen bis Kadach, nicht wahr?«

»In etwa. Wenn wir gut vorankommen, müßten wir sie in fünf Tagen schaffen. Hat Martel sich irgendwie besorgt angehört, als er sich mit Annias im Keller unterhalten hat? Ich meine, wie eilig wird er es haben, nun, da wir ihm auf den Fersen sind?«

»Jedenfalls hatte er es sehr eilig, Chyrellos zu verlassen.«

»Dann wird er seinen Pferden einiges abverlangen.«

»Das ist anzunehmen.«

»Wenn er sie so antreibt, werden sie schnell müde. Also haben wir vielleicht noch eine Chance, ihn in ein paar Tagen einzuholen. Ich weiß ja nicht, wie es dir mit *ihm* geht, aber *ich* möchte Adus auf jeden Fall erwischen.«

»Ja, wir sollten diese Möglichkeit in Betracht ziehen. Wie ist das Terrain zwischen Kadach und Moterra?«

»Flach. Hauptsächlich Ackerland. Da und dort Burgen. Dörfer. Es ist nicht viel anders als Ostelenien.« Kalten lachte. »Hast du dir heute Berit schon angesehen? Er hat leichte Schwierigkeiten, sich an seine Rüstung zu gewöhnen. Sie paßt ihm nicht besonders gut.«

Berit, der hagere junge Novize, war in einen Rang befördert worden, der in den Orden selten benutzt wurde. Statt Ritteranwärter war er jetzt Rittergeselle. Damit hatte er das Recht bekommen, Rüstung zu tragen, durfte jedoch noch nicht den Titel ›Ritter‹ vor seinem Namen führen.

»Er wird sich daran gewöhnen«, meinte Sperber. »Wenn wir heute abend lagern, dann zeig ihm, wie man die drückenden Stellen polstern kann. Wir wollen doch nicht, daß er aus den Gelenken seiner Rüstung zu bluten anfängt. Geh aber behutsam vor. Wenn ich mich recht erinnere, sind junge Burschen sehr stolz und ein wenig empfindlich, wenn sie zum ersten Mal Rüstung tragen dürfen. Das legt sich allerdings, wenn die ersten Blasen aufbrechen.«

Als sie eine Hügelkuppe mehrere Meilen außerhalb von Chyrellos erreichten, kehrten die Hochmeister um. Die Ratschläge waren erteilt, die guten Wünsche gesagt, so gab es nun nicht viel mehr als einen festen Händedruck. Sperber und seine Freunde blickten ihren Obersten, die zurück zur Heiligen Stadt ritten, ernst nach.

»Nun«, sagte Tynian, »jetzt, da wir allein sind ...«

»Wollen wir uns kurz besprechen«, fiel Sperber ihm ins Wort. Er hob die Stimme. »Domi!« rief er. »Seid so nett und kommt einen Augenblick zu uns.«

Kring ritt fragenden Blickes den Hang hinauf.

»Hört zu«, begann Sperber. »Martel nimmt offenbar an,

daß Azash dafür sorgen wird, daß wir ohne Schwierigkeiten durchkommen, doch Martel könnte sich täuschen. Azash hat viele Diener, die vielleicht allesamt auf uns lauern. Er will den Bhelliom, keine Befriedigung persönlicher Rachegefühle. Kring, ich halte es für das beste, wenn Ihr ein paar Kundschafter ausschickt.«

»Mach' ich, Freund Sperber«, versprach der Domi.

»Sollten wir tatsächlich auf Diener Azashs stoßen, dann haltet Abstand und überlaßt sie mir. Ich habe den Bhelliom, ich bin gut für sie gerüstet. Kalten meinte, daß es uns möglicherweise gelingen könnte, Martel einzuholen. Wenn das geschieht, dann versucht, Martel und Annias lebend in die Hände zu bekommen. Die Kirche will sie vor Gericht stellen. Nehmt Arissa und Lycheas ebenfalls fest, sofern es sich ergibt. Ich glaube nicht, daß sie viel Widerstand leisten werden.«

»Und Adus?« fragte Kalten aufgeregt.

»Adus ist der Sprache kaum fähig, also würde er vor Gericht von keinem großen Nutzen sein. Er gehört dir – betrachte ihn als persönliches Geschenk von mir.«

Sie waren etwa eine weitere Meile geritten, als sie Stragen unter einem Baum sitzend vorfanden.

»Ich dachte schon, ihr hättet euch verirrt«, sagte der hagere Dieb und stand auf.

»Ah, haben wir hier einen Freiwilligen?« fragte Tynian.

»Wohl kaum, alter Junge«, entgegnete Stragen. »Ich hatte nie den Wunsch, Zemoch zu besuchen, und das wird wohl auch nie der Fall sein. Ich komme als Kurier der Königin und als ihr persönlicher Gesandter. Ich werde bis zur zemochischen Grenze mit euch reiten, wenn ihr gestattet. Dann kehre ich nach Cimmura zurück, um Ehlana Bericht zu erstatten.«

»Verbringt Ihr nicht sehr viel Zeit fern Eurer Geschäfte?« fragte Kurik.

»Meine Geschäfte in Emsat führen sich sozusagen von selbst. Tel vertritt dort meine Interessen. Ich brauche ohnehin Urlaub.« Er tippte an mehreren Stellen auf sein Wams. »Ah ja, hier ist es.« Er zog ein gefaltetes Stück Pergament heraus. »Ein

Brief für Euch, Sperber. Von Eurer jungen Gemahlin«, sagte er und überreichte ihn. »Es ist der erste von mehreren, die ich Euch aushändigen soll – wenn der Anlaß dazu gegeben ist.«

Sperber lenkte Faran ein Stück zur Seite und brach das Siegel auf Ehlanas Brief.

Liebster,
Du bist zwar erst seit ein paar Stunden fort, doch Du fehlst mir bereits entsetzlich. Stragen hat noch weitere Briefe für Dich – Botschaften, die Dir vielleicht helfen, wenn nicht alles nach Wunsch verläuft. Sie werden Dir meine unerschütterliche Liebe und mein Vertrauen zu Dir versichern.
Ich liebe Dich, mein Sperber!
Ehlana

»Wie habt Ihr es geschafft, uns zu überholen?« fragte Kalten, als Sperber sich wieder zu ihnen gesellte.

»Ihr tragt Rüstung, Ritter Kalten«, erwiderte Stragen. »Ich nicht. Ihr würdet staunen, wie schnell ein Pferd sein kannn, wenn es nicht mit so viel Eisen beladen ist.«

»Nun?« fragte Ulath Sperber. »Schicken wir ihn nach Chyrellos zurück?«

Sperber schüttelte den Kopf. »Er handelt auf Befehl der Königin. Und ich erhielt ausdrückliche Anweisungen. Er kommt mit.«

»Erinnert mich daran, nie königlicher Streiter zu werden«, brummte der Genidianer. »Offenbar sind Politik und alle möglichen Komplikationen damit verbunden.«

Während sie auf der Kadacher Landstraße nordostwärts ritten, bewölkte sich der Himmel, doch es regnete nicht wie beim letztenmal, als sie hier gewesen waren. Das südöstliche Grenzland von Lamorkand hatte mehr pelosischen denn lamorkischen Charakter, und nur wenige Hügelkuppen in dieser Gegend waren mit einer Burg gekrönt. Durch die Nähe zu Chyrellos gab es jedoch zahlreiche Klöster und Stifte, und Glockengeläut hallte klagend über die Felder.

»Die Wolken ziehen in die falsche Richtung«, stellte Kurik fest, als sie am zweiten Morgen nach ihrem Aufbruch von Chyrellos ihre Pferde sattelten. »Ostwind im Mittherbst verheißt nichts Gutes. Ich fürchte, uns steht ein harter Winter bevor, und das wird nicht sehr angenehm sein für die Truppen, die in Mittellamorkand im Feld sind.«

Sie saßen auf und setzten ihren Weg nordostwärts fort. Am Vormittag schlossen Kring und Stragen sich Sperber an, der an der Spitze des Zuges ritt. »Freund Stragen hat mir einiges über die Tamulerin Mirtai erzählt«, begann Kring. »Hattet Ihr Gelegenheit, mit ihr über mich zu sprechen?«

»Ich habe sozusagen das Eis gebrochen«, erwiderte Sperber.

»Das hatte ich befürchtet. Einiges von dem, was ich jetzt von Stragen weiß, gibt mir Anlaß, mir das Ganze noch einmal zu überdenken.«

»Ach?«

»Habt Ihr gewußt, daß sie Messer um Knie und Ellbogen geschnallt hat?«

»Ja.«

»Die Klingen ragen hervor, wenn sie die Knie oder Arme anwinkelt.«

»Ja, das ist so beabsichtigt.«

»Stragen hat gesagt, als Mirtai noch sehr jung war, haben drei Halunken sie überfallen. Sie hat einen Arm angezogen und einem die Kehle durchgeschnitten. Dem zweiten hat sie das Knie in die Weichteile gestoßen, und den dritten hat sie mit der Faust zu Boden geschlagen und ihm ein Messer ins Herz gestochen. Ich bin mir gar nicht sicher, daß ich so eine Frau zum Weib haben möchte. Was hat sie gesagt? Als Ihr von mir erzählt habt, meine ich.«

»Sie hat gelacht.«

»Gelacht?« stieß Kring geschockt hervor.

»Ich habe den Eindruck, daß Ihr nicht gerade der Mann ihrer Träume seid.«

»Gelacht? Über *mich*?«

»Ich halte Euren jetzigen Entschluß für sehr weise, Freund Kring«, sagte Sperber. »Ich glaube nicht, daß ihr zwei gut miteinander auskommen würdet.«

Krings Augen drohten aus den Höhlen zu quellen. »*Ausgelacht* hat sie mich?« empörte er sich. »Na, wir werden sehen!« Er drehte sein Pferd heftig herum und ritt zu seinen Männern zurück.

»Ihr hättet ihn vielleicht überreden können, wenn Ihr ihm das mit dem Lachen verschwiegen hättet«, bemerkte Stragen. »Jetzt wird er erst recht um sie werben, nur um es ihr zu zeigen. Ich mag ihn und möchte mir lieber nicht ausmalen, was Mirtai wahrscheinlich mit ihm anstellt, wenn er zu aufdringlich wird.«

»Vielleicht können wir es ihm doch noch ausreden«, meinte Sperber.

»Das halte ich für unwahrscheinlich.«

»Was macht Ihr wirklich hier, Stragen?« fragte Sperber den Blonden. »In den südlichen Königreichen, meine ich.«

Stragen blickte abwesend auf ein Kloster unweit der Straße. »Wollt Ihr tatsächlich die Wahrheit hören, Sperber? Oder wollt Ihr mir lieber kurz Zeit geben, damit ich mir eine Antwort für Euch ausdenken kann?«

»Wie wär's, wenn wir mit der Wahrheit anfangen? Wenn sie mir nicht gefällt, könnt Ihr Euch ja immer noch etwas einfallen lassen.«

Stragen grinste ihn kurz an. »Na gut. Oben in Thalesien spiele ich nur einen Edelmann. Hier unten bin ich es – zumindest beinahe. Ich verkehre mit Königen und Königinnen, dem Adel und kirchlichen Würdenträgern mehr oder weniger wie einer der ihren …« Er hob die Hand. »Ich mache mir nichts vor, mein Freund, also sorgt Euch nicht um meine geistige Gesundheit. Ich weiß, was ich bin – ein Bastard und Dieb – und ich weiß, daß meine Nähe zum Adel hier unten nur zeitweilig ist und völlig von meiner Nützlichkeit abhängt. Ich werde geduldet, nicht akzeptiert. Doch mein Selbstbewußtsein ist beträchtlich.«

»Das ist mir nicht entgangen.« Sperber lächelte leicht.

»Ich akzeptiere diese zeitbedingte und oberflächliche Gleichgestelltheit – und sei es nur der Gelegenheit zu kultivierten Gesprächen wegen. Huren und Diebe sind keine sehr anregende Gesellschaft. Das einzige, was sie zu einem Gespräch beitragen können, sind Fachsimpeleien. Habt Ihr schon einmal gehört, worüber Huren sich unterhalten, wenn sie beisammensitzen?«

»Nein.«

Stragen schüttelte sich. »Man erfährt Sachen über Männer – und Frauen –, die man wirklich nicht wissen möchte.«

»Aber Euer Status bleibt nicht so. Das ist Euch doch klar, Stragen, nicht wahr? Irgendwann werden Euch die Leute ihre Türen verschließen.«

»Ihr habt natürlich recht. Aber es macht ungeheuren Spaß, eine Weile so zu tun, als ob. Und wenn es erst einmal vorbei ist, werde ich um so mehr Grund haben, euch widerliche Aristokraten zu verachten.« Stragen machte eine Pause. »Doch *Euch* mag ich irgendwie, Sperber – zur Zeit zumindest.«

Während sie weiter nordostwärts ritten, begegneten sie immer öfter Gruppen Bewaffneter. Die Lamorker waren ohnehin nie sehr weit von totaler Mobilmachung entfernt; daher konnten sie dem Aufruf ihres Königs, zu den Waffen zu eilen, rasch Folge leisten. Als eine traurige Wiederholung der Ereignisse von vor fünf Jahrhunderten strömten Männer aller Königreiche Westeosiens zum Schlachtfeld in Lamorkand. Sperber und Ulath verbrachten die Zeit damit, sich in Troll zu unterhalten. Sperber war nicht sicher, ob er je wieder die Gelegenheit haben würde, mit einem Troll zu sprechen, aber da er die Sprache nun einmal gelernt hatte – wenngleich durch Magie – erschien es ihm zu schade, sie in Vergessenheit geraten zu lassen.

Sie erreichten Kadach am Ende eines trüben Tages, als die untergehende Sonne die Wolken im Westen mit einem orangenen Glühen tönte, das an einen fernen Waldbrand erinnerte. Der Ostwind war frisch und brachte die erste, noch schwache Kälte des kommenden Winters mit sich. Kadach war eine befestigte Stadt, starr und grau und häßlich. Kring wünschte ihnen gute Nacht und führte – was zur Gewohnheit werden sollte – seine Männer durch die Stadt zum Osttor hinaus, wo sie ihr Lager auf freiem Feld aufschlugen. Die Peloi fühlten sich in der Enge von Städten mit ihren Gassen und Mauern und Dächern nicht wohl. Sperber und seine Freunde indes fanden ein heimeliges Gasthaus nahe der Stadtmitte. Sie badeten, kleideten sich um und fanden sich zu einem Abendessen, bestehend aus gekochtem Schinken und verschiedenerlei Gemüse, in der Gaststube zusammen. Wie üblich, wies Sephrenia den Schinken zurück.

»Ich habe nie verstanden, warum manche Leute guten Schinken durch Kochen verwässern«, bemerkte Ritter Bevier abfällig.

»Lamorker versalzen den Schinken meistens, wenn sie ihn pökeln«, erklärte Kalten. »Deshalb muß man lamorkischen Schinken längere Zeit kochen lassen, ehe er genießbar ist. Sie sind ein merkwürdiges Volk. Sie machen alles zur Mutprobe – sogar das Essen.«

»Wie wär's mit einem kurzen Spaziergang, Sperber?« fragte Kurik nach dem Essen.

»Ich glaube, ich hatte heute bereits genügend frische Luft.«

»Du wolltest aber wissen, welchen Weg Martel genommen hat, oder?«

»Hm, da hast du recht. Also gut, sehen wir uns ein wenig um.«

Auf der Straße ließ Sperber den Blick schweifen. »Wir werden mindestens die halbe Nacht brauchen«, brummte er.

»Bestimmt nicht«, widersprach Kurik. »Zuerst spazieren wir zum Osttor, und wenn wir dort nichts finden, nehmen wir uns das Nordtor vor.«

»Du willst einfach die Leute auf der Straße fragen?«

Kurik seufzte. »Überleg doch, Sperber. Wenn jemand auf Reisen ist, bricht er für gewöhnlich am Morgen auf – etwa zur selben Zeit, da andere zur Arbeit gehen. Viele Arbeiter trinken ihr Frühstück, deshalb sind die Schenken zumeist offen. Wenn ein Wirt auf den ersten Gast des Tages wartet, beobachtet er die Straße ziemlich aufmerksam. Glaub mir, Sperber, falls Martel Kadach in den letzten drei Tagen verlassen hat, haben ihn mindestens ein halbes Dutzend Wirte gesehen.«

»Du bist ein außergewöhnlich schlauer Bursche, Kurik.«

»Wenigstens einer von uns muß schlau sein. Wo Ritter in Gruppen auftreten, bleibt das Denken häufig auf der Strecke.«

Die Straßen von Kadach waren nahezu menschenleer, und die paar Bürger, die unterwegs waren, beeilten sich, aus dem heftigen Wind zu kommen, der ihre Umhänge um sie peitschte. Die Fackeln, die an Kreuzungen und Hausecken in Halterungen steckten, flackerten und warfen tanzende Schatten auf das Kopfsteinpflaster.

Der Wirt der ersten Schenke schien sein bester Kunde zu sein. Er hatte nicht die leiseste Ahnung, wann er üblicherweise seine Schenke öffnete – ja, er wußte nicht einmal, ob es jetzt Morgen oder Abend war. Der zweite Wirt war unfreundlich und brummelte nur unverständliches Zeug. Der dritte dagegen erwies sich als geschwätziger alter Kerl, der sich gern unterhielt. »Hm«, murmelte er und kratzte sich am Kopf. »Laßt mich überlegen. In den letzten drei Tagen, sagt Ihr?«

»Ja, in etwa«, antwortete Kurik. »Unser Freund sagte, daß er uns hier treffen würde. Aber wir wurden aufgehalten, und jetzt sieht es ganz so aus, als wäre er ohne uns weitergeritten.«

»Könnt Ihr ihn mir noch mal beschreiben?«

»Ziemlich großer Mann. Er hat möglicherweise Rüstung getragen. Falls er keine Kopfbedeckung aufgehabt hat, müßte er Euch eigentlich aufgefallen sein. Er hat schlohweißes Haar.«

»Erinner' mich nicht dran. Könnt' sein, daß er durch ein andres Tor geritten is'.«

»Das wäre natürlich möglich, aber wir sind sicher, daß er gen Osten wollte. Vielleicht hat er die Stadt verlassen, bevor Ihr Eure Schenke aufgemacht habt.«

»Also das is' unwahrscheinlich. Ich sperr' die Tür auf, wenn die Wachen das Tor öffnen. Manche der Kerle, die in der Stadt arbeiten, wohnen in Dörfern weiter draußen, da mach' ich in der Früh meistens ein recht gutes Geschäft. Is' Euer Freund denn allein gereist?«

»Nein«, antwortete Kurik. »Er hatte einen Kirchenmann bei sich und eine Edelfrau. Außerdem vielleicht noch einen Burschen, der nicht besonders gescheit aussieht, und einen sehr kräftigen Kerl mit einem Gesicht wie ein Affe.«

»Oh, *die* Schar! Ihr hättet mich gleich nach dem Affengesicht fragen sollen. Die sin' gestern bei Sonnenaufgang aus der Stadt geritten. Und der Affe, von dem Ihr da redet, der is' von sein' Pferd runtergestiegen, zu mir gekommen und hat Bier verlangt. Hat wohl mit dem Reden Schwierigkeiten, eh?«

»Er braucht meistens einen halben Tag, ehe er den Gruß erwidert, wenn ihm jemand guten Morgen wünscht.«

Der Wirt kicherte. »Das is' er! Er riecht auch nicht besonders gut, eh?«

Kurik grinste ihn an und wirbelte eine Münze über den Schanktisch zu ihm. »*Viel* schlimmer als eine offene Jauchegrube riecht er nun auch wieder nicht. Danke für die Auskunft, Freund.«

»Glaubt Ihr, daß Ihr sie noch einholen könnt?«

»Früher oder später ganz bestimmt«, antwortete Kurik grimmig. »War sonst noch jemand bei ihnen?«

»Nein. Bloß die fünf. Von dem Affen abgesehen hatten sie alle Umhäng' an und die Kapuzen ins Gesicht gezogen. Drum hab' ich auch niemand mit weißen Haaren geseh'n. Sie sin' übrigens ziemlich schnell geritten. Wenn Ihr sie einholen wollt, müßt ihr eure Pferde ganz schön antreiben.«

»Das werden wir, Freund. Nochmals danke.«

Kurik und Sperber kehrten auf die Straße zurück. »Zufrieden mit der Auskunft?« fragte Kurik.

»Der Bursche war eine Goldmine, Kurik. Wir wissen jetzt, daß Martels Vorsprung nicht mehr so groß ist, daß er keine Truppen bei sich hat und daß er in Richtung Moterra unterwegs ist.«

»Und wir wissen noch etwas, Sperber.«

»So? Was denn?«

»Daß Adus wieder mal dringend ein Bad braucht.«

Sperber lachte. »Das braucht Adus immer. Wir werden wahrscheinlich fässerweise Wasser über ihn gießen müssen, bevor wir ihn begraben, damit der Boden ihn nicht wieder ausspuckt. Kehren wir zum Gasthaus zurück.«

Als Sperber und Kurik die niedrige Wirtsstube wieder betraten, stellten sie fest, daß ihre Gruppe sich vergrößert hatte.

Talen saß mit großen Unschuldsaugen am Tisch und tat so, als würde er die strafenden Blicke, die auf ihn gerichtet waren, nicht bemerken.

21

»Ich bin ein königlicher Kurier«, sagte der Junge hastig, als Sperber und Kurik näher kamen. »Also langt nicht nach dem Gürtel!«

»Du bist *was?*« fragte Sperber.

»Ich bringe Euch eine Nachricht von der Königin, Sperber.«

»Dann gib sie her!«

»Keine schriftliche. Solche Botschaften dürfen nicht in falsche Hände fallen, nicht wahr?«

»Also gut, dann berichte.«

»Es ist sehr persönlich, Sperber.«

»Das macht nichts. Wir sind unter Freunden.«

»Ich weiß nicht, warum Ihr Euch so habt. Ich führe bloß den Befehl der Königin aus, das ist alles.«

»Die Botschaft, Talen!«

»Ehlana macht sich zur Rückkehr nach Cimmura bereit.«

»Das ist gut«, sagte Sperber mit ausdrucksloser Stimme.

»Und sie hat große Angst um Euch.«

»Ich bin gerührt.«

»Aber es geht ihr gut.« Talens Zusätze klangen immer lahmer.

»Das freut mich.«

»Sie sagt – äh –, daß sie Euch liebt.«

»Und?«

»Und – das ist alles.«

»Eine seltsame Nachricht, Talen. Hast du vielleicht etwas ausgelassen? Wie wär's, wenn du das Ganze wiederholst?«

»Nun – äh –, sie hat mit Mirtai und Platime geredet – und mit mir, natürlich – und gesagt, sie wünschte, es gäbe eine Möglichkeit, Euch wissen zu lassen, was sie macht und was sie empfindet.«

»Das hat sie zu *dir* gesagt?«

»Na ja, ich war im Zimmer, als sie es gesagt hat.«

»Dann hat sie dich also nicht direkt beauftragt, hierherzukommen, oder?«

»Nicht direkt. Aber sollte nicht alles getan werden, um ihre Wünsche zu erfüllen? Schließlich ist sie die Königin.«

»Darf ich?« bat Sephrenia.

»Natürlich«, versicherte ihr Sperber. »Ich weiß bereits alles, was *ich* wissen wollte.«

»Vielleicht«, sagte sie, »vielleicht auch nicht.« Sephrenia wandte sich dem Jungen zu. »Talen?«

»Ja, Sephrenia.«

»Das ist die läppischste und dümmste Ausrede, die ich je von dir gehört habe. Sie ergibt nicht einmal einen Sinn – schon deshalb nicht, weil Ehlana Stragen aus einem ähnlichem Grund geschickt hat. Ist dir denn wirklich nichts Besseres eingefallen?«

Es gelang Talen sogar, ein wenig verlegen auszusehen. »Es ist aber keine Lüge«, betonte er. »Die Königin hat jedes Wort gesagt, das ich ausgerichtet habe!«

»Das bezweifle ich nicht. Aber was hat dich wirklich bewogen, uns hinterherzujagen, nur um zu berichten, was die Königin zu anderen Leuten sagt?«

Jetzt wirkte Talen verwirrt.

»Ich sehe schon.« Sephrenia seufzte. Sie wechselte zu Styrisch über und schalt Aphrael wortreich aus.

»Also, jetzt verstehe ich gar nichts mehr«, gestand Kalten noch verwirrter als Talen.

»Ich werde es gleich erklären, Kalten«, sagte Sephrenia. »Talen, du warst doch nie um eine gute Ausrede verlegen. Was ist los mit dir? Warum hast du dir nicht etwas Glaubwürdigeres einfallen lassen?«

Er wand sich. »Es wäre irgendwie nicht richtig gewesen«, antwortete er mürrisch.

»Du hattest das Gefühl, daß man Freunde nicht anlügen sollte, nicht wahr?«

»Ja, so ähnlich.«

»Gott sei gelobt!« rief Bevier inbrünstig.

»Seid mit Euren Lobpreisungen lieber nicht zu vorschnell, Bevier«, warnte Sephrenia. »Talen ist nicht ganz so bekehrt, wie es den Anschein hat. Aphrael hat ihre Hand im Spiel, und sie ist eine schlechte Lügnerin. Das hängt mit ihren Überzeugungen zusammen.«

»Flöte?« fragte Kurik. »Wieder? Welchen Grund könnte sie haben, Talen zu uns zu bringen?«

»Wer weiß?« Sephrenia lachte. »Vielleicht, weil sie ihn ganz einfach mag. Vielleicht hat es nur etwas mit ihrer Besessenheit zu tun, was Symmetrie betrifft. Vielleicht ist es auch etwas anderes – etwas, das Talen für sie tun soll.«

»Dann war es gar nicht meine Schuld?« fragte Talen schnell.

»Wahrscheinlich nicht.« Sie lächelte ihn an.

»Jetzt fühle ich mich gleich besser«, gestand er. »Ich wußte, daß Ihr gar nicht erfreut sein würdet, mich hier wiederzusehen, und ich wäre an soviel Wahrheit fast erstickt. Ihr hättet sie übers Knie legen sollen, als Ihr noch die Gelegenheit dazu gehabt habt, Sperber.«

»Habt Ihr eine Ahnung, worum es eigentlich geht?« wandte Stragen sich an Tynian.

»O ja«, antwortete Tynian. »Ich werde es Euch ein andermal erklären. Ihr werdet mir zwar nicht glauben, aber ich tue es trotzdem.«

»Habt Ihr was über Martel herausgefunden?« fragte Kalten Sperber.

»Er hat Kadach gestern bei Sonnenaufgang durchs Osttor verlassen.«

»Dann haben wir bereits einen Tag aufgeholt. Hatte er Truppen bei sich?«

»Nur Adus«, erwiderte Kurik.

»Ich denke, es ist an der Zeit, die anderen in alles einzuweihen, Sperber«, sagte Sephrenia ernst.

»Ihr habt recht.« Er holte tief Atem. »Ich fürchte, ich muß gestehen, daß ich nicht ganz ehrlich zu euch war, meine Freunde.«

»Das ist doch nicht neu oder ungewöhnlich«, brummte Kalten.

Sperber ignorierte ihn. »Seit ich Ghwerigs Höhle oben in Thalesien verlassen habe, folgt mir etwas.«

»Dieser Armbrustschütze?« fragte Ulath.

»Er könnte dazugehört haben, aber das wissen wir nicht mit Gewißheit. Der Armbrustschütze – und die Leute, die für ihn arbeiteten – waren vermutlich Martels Idee. Ich kann nicht mit Bestimmtheit sagen, ob das jetzt noch ein Problem ist. Der Verantwortliche ist jedenfalls tot.«

»Wer war es?« fragte Tynian.

»Das ist jetzt nicht mehr wichtig.« Sperber hatte längst beschlossen, kein Wort darüber zu verlieren, daß Perraine in die Sache verwickelt gewesen war. »Martel hat seine Mittel, Leute zu zwingen, ihm zu Willen zu sein. Das ist einer der Gründe, weshalb wir uns von der Armee trennen mußten. Die stete Wachsamkeit gegen heimtückische Angriffe von Leuten, denen wir eigentlich vertrauen müßten, hätte unsere Möglichkeiten stark eingeschränkt.«

»Wer hat Euch dann verfolgt, wenn nicht der Armbrustschütze?« fragte Ulath.

Sperber erzählte ihnen von der schattenhaften Gestalt, die er nun bereits seit Monaten immer wieder bemerkte.

»Und Ihr glaubt, daß es Azash ist?« fragte ihn Tynian.

»Es paßt gut zusammen, findet Ihr nicht?«

»Woher hätte Azash wissen können, wo Ghwerigs Höhle

war?« fragte Ritter Bevier. »Wenn dieser Schatten Euch folgt, seit Ihr die Höhle verlassen habt, müßte Azash es doch gewußt haben, meint Ihr nicht?«

»Ghwerig bedachte Azash mit ein paar groben Beleidigungen, bevor Sperber ihn tötete«, erklärte Sephrenia. »Es ist anzunehmen, daß Azash ihn hören konnte.«

»Was waren das für Beleidigungen?« fragte Ulath neugierig.

»Ghwerig drohte Azash, ihn zu kochen und zu essen«, sagte Kurik knapp.

»Das ist sehr kühn – sogar für einen Troll«, bemerkte Stragen.

»Nicht unbedingt«, widersprach Ulath. »Ich glaube, daß Ghwerig in seiner Höhle völlig sicher vor Azash war. Nur Sperber war sein Problem, wie sich herausstellte.«

»Hätte einer von Euch vielleicht die Güte, das ein bißchen näher zu erklären?« fragte Tynian. »Ihr Thalesier seid Sachverständige, was Trolle betrifft.«

»Ich weiß nicht, wieviel Licht wir in die Sache bringen können«, entgegnete Stragen. »Wir wissen ein *bißchen* mehr über Trolle als andere Elenier, aber soviel nun auch wieder nicht.« Er lachte. »Als unsere Ahnen in Thalesien einwanderten, konnten sie Trolle nicht von Oger oder Bären unterscheiden. Was wir wissen, haben wir hauptsächlich von den Styrikern erfahren. Als die Styriker seinerzeit nach Thalesien kamen, gab es einige Auseinandersetzungen zwischen den Jüngeren Styrischen Göttern und den Trollgöttern. Die Trollgötter sahen bald ein, daß sie den Jüngeren Göttern unterlegen waren und zogen sich zurück. Nach den Legenden sollen Ghwerig und der Bhelliom es ermöglicht haben, daß sie sich überhaupt verstecken konnten. Und es wird angenommen, daß sie sich irgendwo in Ghwerigs Höhle befinden und daß der Bhelliom sie irgendwie vor den styrischen Göttern beschützt.« Er blickte Ulath an. »Darauf wolltet Ihr doch hinaus, oder?«

Ulath nickte. »Gemeinsam sind die Trollgötter und der Bhelliom so mächtig, daß selbst Azash sich nicht mit ihnen anlegen möchte. Deshalb hat Ghwerig wahrscheinlich auch ungestraft solche Drohungen ausstoßen können.«

»Wie viele Trollgötter gibt es eigentlich?« wollte Kalten wissen.

»Fünf, nicht wahr, Ulath?« sagte Stragen.

Wieder nickte Ulath. »Der Gott des Essens, der Gott des Tötens, der Gott des ...« Er unterbrach sich und warf einen verlegenen Blick auf Sephrenia. »Äh – nennen wir ihn Gott der Fruchtbarkeit. Dann ist da noch der Gott des Eises – jeglichen Wetters, nehme ich an – und der Gott des Feuers. Trolle haben eine sehr simple Weltanschauung.«

»Dann würde Azash auch mitbekommen haben, wie Sperber mit dem Bhelliom und den Ringen die Höhle verließ«, warf Tynian ein, »und würde ihm wahrscheinlich gefolgt sein.«

»Nicht mit den besten Absichten«, fügte Talen hinzu.

»Es wäre ja auch nicht das erste Mal.« Kurik zuckte die Schultern. »Er hat den Damork geschickt, um Sperber durch ganz Rendor zu hetzen, und den Sucher, um uns in Lamorkand zu stellen. Zumindest weiß man, was man von ihm zu erwarten hat.«

Bevier runzelte die Stirn. »Ich glaube, wir übersehen etwas.«

»Was?« fragte Kalten.

»Wenn ich das nur wüßte!« sagte Bevier seufzend. »Aber ich habe das Gefühl, daß es sehr wichtig ist.«

Sie verließen Kadach am nächsten Morgen und ritten unter tiefhängenden Wolken ostwärts nach Moterra. Der graue Himmel, dazu die Erinnerung an ihr Gespräch am vergangenen Abend, drückte auf ihre Stimmung; so ritten sie größtenteils stumm dahin.

Gegen Mittag schlug Sephrenia eine Rast vor. »Meine Herren«, sagte sie tadelnd, »das ist kein Trauerzug.«

»Da könntet Ihr Euch täuschen, kleine Mutter«, wandte Kalten ein. »Ich fand wahrhaftig nichts Aufmunterndes an unserer gestrigen Unterhaltung.«

»Wir sollten jetzt lieber an Erfreuliches denken«, mahnte sie. »Uns stehen bald ernste Gefahren bevor. Wir wollen es doch nicht noch schlimmer machen, indem wir düsteren Gedanken nachhängen. Leute, die *glauben*, daß sie verlieren, tun es meistens auch.«

»Da steckt viel Wahrheit drin«, bestätigte Ulath. »Einer meiner Ritterbrüder in Heid ist davon überzeugt, daß alle Würfel auf der Welt etwas gegen ihn haben. Ich habe ihn nie gewinnen sehen – nicht ein einziges Mal!«

»Falls er mit *Euren* Würfeln gespielt hat, weiß ich, warum«, warf Kalten ein.

»Ihr kränkt mich«, klagte Ulath.

»Genug, daß Ihr diese Würfel wegwerft?«

»Na ja, *so* sehr nun auch wieder nicht. Aber wir sollten uns jetzt wirklich auf Vergnüglicheres besinnen.«

»Wir könnten in einer Schenke an der Landstraße einkehren und uns Stimmung antrinken«, schlug Kalten hoffnungsvoll vor.

»Nein.« Ulath schüttelte den Kopf. »Ich habe festgestellt, daß Bier beträchtlich zur Niedergeschlagenheit beiträgt. Nach vier oder fünf Stunden Trinken würden wir wahrscheinlich alle in unser Bier heulen.«

»Wir könnten fromme Lieder singen«, meinte Bevier.

Kalten und Tynian wechselten Blicke, dann seufzten beide.

»Habe ich euch schon einmal erzählt, wie sich in Cammorien eine Edeldame in mich verliebt hat?« fragte Tynian.

»Ich kann mich nicht erinnern«, sagte Kalten schnell.

»Nun, dann hört zu ...« Tynian erzählte ihnen eine lange amüsante und nicht ganz salonfähige Geschichte eines wahrscheinlich frei erfundenen Liebesabenteuers. Ulath folgte mit der Geschichte des bedauernswerten genidianischen Ritters, zu dem eine Ogerin in leidenschaftlicher Liebe entbrannt war. Alle schüttelten sich vor Lachen über seine Beschreibung des Gesangs der Liebeskranken. Die reich mit Einzelheiten und Humor ausgeschmückten Geschichten hoben ihre Stimmung, und als sie bei Sonnenuntergang ihr Lager aufschlugen, fühlten alle sich viel besser.

Obwohl sie oft die Pferde wechselten, brauchten sie zwölf Tage bis Moterra, einer reizlosen Stadt an einer sumpfigen Ebene, die sich von der westlichen Gabelung des Geras aus erstreckte. Sie erreichten die Stadt gegen Mittag. Wieder hörten Sperber und Kurik sich um, während der Rest der Gruppe die Pferde für den weiten Ritt nordwärts nach Paler ausruhen ließ. Da es noch mehrere Stunden hell sein würde, sahen sie keinen Grund, die Nacht in der Stadt zu verbringen.

»Nun?« fragte Kalten Sperber, als der große Pandioner und sein Knappe sich wieder zur Gruppe gesellten.

»Martel ritt nordwärts«, berichtete Sperber.

»Dann sind wir immer noch dicht hinter ihm«, meinte Tynian. »Haben wir weiter aufgeholt?«

»Nein«, antwortete Kurik. »Er hat jetzt zwei Tage Vorsprung.«

»Na ja ...« Tynian zuckte die Schultern. »Da wir ohnehin nach Norden wollen ...«

»Wie weit ist es bis Paler?« erkundigte Stragen sich.

»Gut fünfhundert Meilen«, antwortete Kalten. »Wir brauchen mindestens fünfzehn Tage.«

»Der Herbst schreitet fort«, gab Kurik zu bedenken. »Im Zemochgebirge werden wir bestimmt schon auf Schnee stoßen.«

»Welch erfreulicher Gedanke«, brummte Kalten.

»Es ist immer gut, wenn man weiß, womit man rechnen muß.«

Der Himmel blieb grau, obwohl die Luft kühl und trocken war. Auf halbem Weg gelangten sie an die weiten Ebenen des ehemaligen Schlachtfeldes am Randerasee, die zur Öde geworden waren, weil Schatzsucher den Boden immer wieder aufgewühlt hatten. Sie sahen auch jetzt einige dieser Schatzsucher, kamen jedoch ohne Zwischenfälle an ihnen vorbei.

Vielleicht hatte er sich verändert, vielleicht lag es aber auch daran, daß er sich im Freien befand und nicht in einem kerzenerhellten Gemach, doch als Sperber *diesmal* diesen wogenden

Hauch von Dunkelheit und drohendem Schatten bemerkte, war tatsächlich etwas da. Es war am späten Nachmittag eines grauen Tages, an dem sie durch eine von Schatzsuchern durchwühlte, von Kratern und Löchern übersäte, vegetationslose Landschaft geritten waren. Als Sperber die vertraute Bewegung aus den Augenwinkeln bemerkte und die eisige Kälte spürte, drehte er sich halb im Sattel und starrte geradewegs auf den Schatten, der ihn schon so lange verfolgte. Er zügelte Faran.

»Sephrenia«, sagte er ruhig.

»Ja?«

»Ihr wollt ihn doch sehen. Wenn Ihr Euch langsam umdreht, könnt Ihr ihn in Ruhe betrachten. Er ist direkt hinter dem großen Schlammtümpel da vorn.«

Sie drehte sich um.

»Könnt Ihr ihn sehen?« fragte Sperber.

»Ganz deutlich, Lieber.«

»Meine Herren«, wandte Sperber sich an die anderen. »Unser schattenhafter Freund ist offenbar aus seinem Versteck gekommen. Er befindet sich etwa hundertfünfzig Meter hinter uns.«

Alle drehten sich danach um.

»Ist fast wie eine Art Wolke«, bemerkte Kalten.

»Eine *solche* Wolke habe ich noch nie gesehen.« Talen schüttelte sich. »Sieht finster aus, nicht wahr?«

»Warum, glaubt ihr, hat er sein Versteckspiel aufgegeben?« brummte Ulath.

Alle drehten sich zu Sephrenia um, als erhofften sie sich irgendeine Erklärung von ihr.

»Das dürft Ihr nicht *mich* fragen, meine Herren«, sagte sie hilflos. »Aber irgend etwas hat sich verändert.«

»Zumindest wissen wir jetzt, daß Sperber keine Gespenster gesehen hat«, sagte Kalten. »Was machen wir mit ihm?«

»Was *können* wir tun?« fragte Ulath. »Mit Äxten und Schwertern kommt man gegen Wolken und Schatten nicht an.«

»Und? Was schlagt Ihr vor?«

»Wir beachten ihn gar nicht. Es ist eine öffentliche Straße, also bricht er keine Gesetze, wenn er uns folgen will.«

Am nächsten Morgen jedoch war die Wolke verschwunden.

Es war Spätherbst, als sie in die ihnen vertraute Stadt einritten. Wie es zur Gewohnheit geworden war, lagerten der Domi und seine Männer außerhalb der Stadtmauer. Sperber und die anderen begaben sich zu demselben Gasthof, in dem sie auch früher abgestiegen waren.

»Es ist schön, Euch wiederzusehen, Herr Ritter«, begrüßte der Wirt Sperber, als der Pandioner im schwarzen Panzer die Treppe herunterkam.

»Es ist schön, wieder da zu sein«, antwortete Sperber aus reiner Höflichkeit. »Wie weit ist es von hier aus zum Osttor?« fragte er. Es war Zeit, sich wieder nach Martel zu erkundigen.

»Drei Straßen weiter, Herr Ritter«, antwortete der Wirt.

»Das ist näher, als ich dachte.« Plötzlich kam Sperber ein Gedanke. »Ich wollte mich nur nach einem Freund umhören, der vor etwa zwei Tagen durch Paler gekommen sein müßte. Vielleicht könntet Ihr mir Zeit sparen, Nachbar.«

»Ich werde tun, was ich kann, Herr Ritter.«

»Er hat weißes Haar und ist in Begleitung einer nicht gerade häßlichen Dame, sowie einiger anderen Personen. Könnte es sein, daß er bei Euch abgestiegen ist?«

»O ja, Herr Ritter, die Gruppe hat hier übernachtet. Sie fragten nach der Straße nach Vileta – ich verstehe allerdings nicht, warum jemand bei klarem Verstand zu dieser unsicheren Zeit nach Zemoch reisen möchte.«

»Er will dort etwas erledigen, und er war immer schon ein wenig unüberlegt und waghalsig. Habe ich recht mit meiner Vermutung, daß er vor zwei Tagen hier gewesen ist?«

»Stimmt, Herr Ritter, genau vor zwei Tagen. Dem Zustand seiner Pferde nach zu schließen, ist er in großer Eile.«

»Könnt Ihr Euch erinnern, in welchem Zimmer er übernachtet hat?«

»Ich habe es der Dame gegeben, die mit Euch gekommen ist, Herr Ritter.«

»Vielen Dank, Nachbar. Es würde uns gar nicht gefallen, wenn wir unseren Freund nicht einholen könnten.«

»Euer Freund war ja recht nett, aber der Riese, der bei ihm war, hat mir gar nicht gefallen. Bessert sich der Eindruck, wenn man ihn näher kennt?«

»Nicht merklich, nein. Noch mal danke, Freund.« Sperber kehrte nach oben zurück und klopfte an Sephrenias Tür.

»Kommt herein, Sperber.«

»Ich wollte, Ihr würdet das lassen«, sagte er, als er eintrat.

»Was lassen?«

»Mich beim Namen zu nennen, bevor Ihr mich gesehen habt. Könntet Ihr nicht wenigstens so tun, als wüßtet Ihr nicht, wer an Eure Tür klopft?«

Sie lachte.

»Martel ist vor zwei Tagen hier durchgekommen, Sephrenia. Er hat in diesem Zimmer übernachtet. Könnte das irgendwie nützlich für uns sein?«

Sie überlegte kurz. »Möglich, Sperber. Woran habt Ihr gedacht?«

»Ich würde gern mehr über seine Pläne erfahren. Er weiß, daß wir ihm dicht auf den Fersen sind, und wird uns jetzt vielleicht aufzuhalten versuchen. Ich wüßte gern Genaueres über mögliche Fallen, in die wir tappen könnten. Wäre es machbar, daß ich ihn sehe? Oder wenigstens höre?«

Sie schüttelte den Kopf. »Er ist zu weit entfernt.«

»Schade.«

»Hm.« Sie überlegte. »Ich glaube, jetzt ist der Zeitpunkt gekommen, daß Ihr den Bhelliom ein wenig besser kennenlernt, Sperber.«

»Würdet Ihr mir erklären, was Ihr meint?«

»Es gibt eine Verbindung zwischen dem Bhelliom, den Trollgöttern und den Ringen. Darüber sollten wir Näheres herausfinden.«

»Weshalb die Trollgötter mit hineinziehen, Sephrenia?

Wenn es eine Möglichkeit gibt, den Bhelliom einzusetzen, warum nutzen wir sie dann nicht und lassen die Trollgötter ganz aus dem Spiel?«

»Ich weiß nicht, ob der Bhelliom uns verstehen wird, Sperber; und wenn er es tut, bin ich nicht sicher, ob *wir* begreifen, auf welche Weise er uns gehorcht.«

»Er hat die Höhle verschüttet, nicht wahr?«

»Das war leicht. Was wir jetzt tun wollen, ist komplizierter. Mit den Trollgöttern zu sprechen wäre einfacher, glaube ich. Außerdem möchte ich herausfinden, wie stark sie mit dem Bhelliom verbunden sind, wenn ich kann – *und* welche Macht Ihr durch den Bhelliom über sie gewinnt.«

»Mit anderen Worten: Ihr wollt experimentieren.«

»Nun, vielleicht könnte man es so nennen. Jedenfalls wäre es sicherer, jetzt damit zu experimentieren, wenn nichts Wesentliches auf dem Spiel steht, als später, wenn möglicherweise unser Leben davon abhängt. Verschließt die Tür, Sperber. Wir wollen die anderen vorerst damit verschonen.«

Er ging zur Tür und schob den eisernen Riegel vor.

»Ihr werdet keine Zeit zum Überlegen haben, während Ihr mit den Trollgöttern sprecht, Lieber, also ordnet alles im Geist, bevor Ihr anfangt. Ihr werdet befehlen, sonst nichts. Stellt ihnen keine Fragen und sucht keine Erklärungen. Sagt ihnen lediglich, was sie tun sollen, und macht Euch keine Gedanken darüber, wie sie gehorchen. Wir wollen den Mann, der vor zwei Tagen in diesem Zimmer übernachtet hat, sehen und hören. Sagt Ihnen, sie sollen sein Abbild dort erscheinen lassen ...« Sie schaute sich um und deutete schließlich zum Kamin. »... in diesem Feuer. Sagt dem Bhelliom, daß Ihr mit einem Trollgott sprechen wollt – am besten mit Khwaj, dem Trollgott des Feuers. Wenn es um Flammen und Rauch geht, ist das am naheliegendsten.« Sephrenia wußte offenbar viel mehr über die Trollgötter, als sie ihnen erzählt hatte.

»Khwaj«, wiederholte Sperber. Da kam ihm ein Gedanke. »Wie heißt der Trollgott des Essens?«

»Ghnomb«, antwortete Sephrenia. »Warum?«

»Ich bin mir selbst noch nicht so recht darüber im klaren. Wenn ich es weiß, probiere ich es vielleicht aus, um zu sehen, ob es funktioniert.«

»Improvisiert nicht, Sperber. Ihr wißt, was ich von Überraschungen halte. Streift jetzt Eure Rüsthandschuhe ab und holt den Bhelliom aus dem Beutel. Laßt ihn ja nicht aus den Fingern und achtet darauf, daß ihn beide Ringe ständig berühren. Könnt Ihr Euch noch in der Trollsprache verständigen?«

»Ulath und ich haben unsere Kenntnisse aufgefrischt.«

»Gut. Mit dem Bhelliom dürft Ihr elenisch reden, aber bei Khwaj müßt Ihr Euch seiner Sprache bedienen. Erzählt mir kurz in Troll, was Ihr heute getan habt.«

Die Worte kamen zuerst stockend, wurden jedoch immer flüssiger. Der Wechsel von Elenisch zu Troll erforderte ein beachtliches Umdenken. Aus der Sprache gingen einige der Charaktereigenschaften der Trolle hervor. Es waren keineswegs erfreuliche Eigenschaften. Sie setzten Vorstellungen voraus, die dem elenischen Geist völlig fremd waren – außer vielleicht auf niederster, primitivster Ebene.

»Gut«, lobte Sephrenia. »Stellt Euch jetzt an den Kamin und fangt an, Sperber. Erklärt nichts und zaudert nicht! Erteilt nur die Befehle.«

Er nickte und nahm seine Handschuhe ab. Die beiden blutroten Ringe, einer an jeder Hand, glühten im Feuerschein. Sperber griff unter seinen Wappenrock und zog den Beutel heraus. Er stand nun neben seiner Lehrerin und blickte in die knisternden Flammen. »Öffnet den Beutel«, wies Sephrenia ihn an.

Sperber knüpfte den Knoten auf.

»Nehmt jetzt den Bhelliom heraus. Befehlt ihm, Khwaj zu Euch zu bringen. Dann sagt Ihr Khwaj, was Ihr wollt. Ihr braucht es nicht ausführlich zu formulieren. Khwaj wird Eure Gedanken lesen können. Betet, daß Ihr seine nie verstehen werdet.«

Sperber holte tief Atem und legte den Beutel auf die Kamineinfassung. »Also dann«, murmelte er. Er zog den Beutel auf und holte den Bhelliom heraus. Die Saphirrose fühlte sich eisig an. Er hob sie hoch und bemühte sich, die Gedanken zu verdrängen, die bei ihrem Anblick erwachen wollten. »Blaurose!« donnerte er, während er den Stein mit beiden Händen umfaßte. »Bring Khwajs Stimme zu mir!«

Er spürte eine seltsame Veränderung in dem Stein, und ein leuchtendroter Punkt erschien tief im Herzen der blauen Blüte. Der Bhelliom wurde in seinen Händen plötzlich heiß.

»Khwaj!« brüllte Sperber in Troll. »Ich bin Sperber-von-Elenien. Ich habe die Ringe. Khwaj muß tun, was ich befehle!«

Der Bhelliom zuckte in seinen Händen.

»Ich suche Martel-von-Elenien«, fuhr Sperber fort. »Martel-von-Elenien hat vor zwei Schlafzeiten in diesem Zimmer übernachtet. Khwaj wird Sperber-von-Elenien zeigen, was Sperber-von-Elenien im Feuer sehen will. Khwaj wird Sperber-von-Elenien hören lassen, was Sperber-von-Elenien hören will. Khwaj wird gehorchen! *Jetzt!*«

Schwach, wie aus einer weit entfernten, hallenden Höhle, ertönte ein Wutgebrüll, das von einem Prasseln wie von einem gewaltigen Feuer überlagert wurde. Die Flammen, die auf den Eichenscheiten im Kamin loderten, verloren an Kraft, bis sie zu kaum mehr als einem Glühen wurden. Plötzlich aber wuchsen sie leuchtend gelb empor und füllten den gesamten Kamin mit beinahe weißglühendem Feuer. Einen Augenblick später erstarrte die zuckende, wabernde Lohe zu einer reglosen gelben Wand. Vom Kamin ging keine Wärme aus, als wäre eine dicke Glasscheibe davor geschoben worden.

Sperber blickte in ein Zelt. Martel saß an einem einfachen Tisch Annias gegenüber. Beide Männer sahen erschöpft aus.

»*Warum* könnt Ihr nicht herausfinden, wo sie sind?« fragte der Primas von Cimmura heftig.

»Ich weiß es nicht, Annias«, knirschte Martel. »Ich habe jede Kreatur eingesetzt, die Otha mir gab, doch nicht eine hat sie entdeckt.«

»O mächtiger Pandioner«, höhnte Annias. »Vielleicht hättet Ihr länger in Eurem Orden bleiben und Sephrenia ein wenig

Zeit geben sollen, Euch mehr als nur ein paar Zaubertricks zur Erheiterung von Kindern beizubringen.«

»Ihr seid sehr nahe daran, jeglichen Nutzen für mich zu verlieren, Annias«, sagte Martel drohend. »Otha und ich können *jeden* Kirchenmann, den wir nur wollen, auf den Erzprälatenthron setzen. Ihr seid nicht unersetzlich, wißt Ihr.« Und das beantwortete ein für allemal die Frage, *wer* Befehle von *wem* entgegennahm.

Die Zeltklappe wurde aufgerissen, und der affenähnliche Adus schlurfte herein. Seine Rüstung war ein wüstes Flickwerk aus Stücken und Teilen rostfleckigen Stahls aus mindestens einem halben Dutzend verschiedener Kulturen. Sperber fiel wieder einmal auf, daß Adus keine Stirn hatte. Sein Haaransatz begann bei den zottigen Augenbrauen. »Es ist verreckt«, meldete er mit einer Stimme, die wie tierisches Knurren klang.

»Ich sollte dich von jetzt ab laufen lassen«, sagte Martel verärgert.

Adus zuckte die Schultern. »Das Pferd hat nichts getaugt.«

»Es war ein gutes Tier, bis du es zuschanden geritten hast. Stiehl ein anderes.«

Adus grinste. »Ein Bauernroß?«

»Irgendein Pferd! Was du gerade finden kannst. Aber halte dich nicht die ganze Nacht damit auf, den Bauern zu töten – oder dich mit seinem Weibsvolk zu vergnügen. Und brenn den Hof nicht nieder. Wir wollen nicht schon von weitem jedem zeigen, wo wir sind.«

Adus lachte – es hörte sich zumindest ein wenig wie Lachen an. Dann verließ er das Zelt.

»Wie könnt Ihr dieses Vieh nur ertragen?« Annias schüttelte sich.

»Adus? Er ist gar nicht so schlimm. Betrachtet ihn als wandelnde Streitaxt. Er tötet für mich, aber ich schlafe schließlich nicht mit ihm. Ah, da fällt mir ein – habt Ihr und Arissa Eure Meinungsverschiedenheiten behoben?«

»Diese Metze!« sagte Annias verächtlich.

»Ihr habt gewußt, was sie ist, als Ihr Euch mit ihr eingelassen habt, Annias«, erwiderte Martel. »Ich dachte, daß es gerade ihre Lasterhaftigkeit war, die Euch immer anzog.« Martel lehnte sich zurück. »Es muß der Bhelliom sein«, murmelte er nachdenklich.

»Was?«

»Es ist wahrscheinlich der Bhelliom, der verhindert, daß meine Kreaturen Sperber aufspüren.«

»Könnte Azash ihn denn nicht für Euch finden?«

»Ich erteile Azash keine Befehle, Annias. Wenn er möchte, daß ich etwas weiß, läßt er es mich wissen. Es könnte sein, daß der Bhelliom mächtiger ist als er. Wenn wir den Tempel erreicht haben, könnt Ihr ihn ja fragen, wenn es Euch so sehr interessiert. Möglicherweise kränkt Ihr ihn mit Eurer Frage, aber Ihr müßt selbst wissen, was Ihr tut.«

»Wie viele Meilen haben wir heute geschafft?«

»Kaum mehr als zwanzig. Wir sind sehr langsam vorangekommen, nachdem Adus dem Pferd mit seinen Sporen die Eingeweide aufgerissen hat.«

»Wie weit ist es noch bis zur zemochischen Grenze?«

Martel rollte eine Karte auf und schätzte die Entfernung ab. »Gut hundertfünfzig Meilen – wir werden noch etwa fünf Tage brauchen. Sperber kann nicht mehr als drei Tage hinter uns sein. Wir müssen also unser Tempo beibehalten.«

»Ich bin völlig erschöpft! Ich kann so nicht weitermachen.«

»Denkt jedesmal, wenn Ihr anfangt, über Eure Müdigkeit zu jammern, wie es wohl wäre, von Sperbers Schwert aufgespießt oder von Ehlana mit einer Schere oder einem Brotmesser enthauptet zu werden.«

»Manchmal wünsche ich mir wirklich, wir wären uns nie begegnet, Martel.«

»Ich mir auch, alter Junge. Wenn wir erst die Grenze nach Zemoch überquert haben, müßte es uns gelingen, Sperber ein bißchen aufzuhalten. Ein guter Hinterhalt da und dort müßte ihn zu mehr Vorsicht veranlassen.«

»Wir dürfen ihn nicht töten«, wandte Annias ein.

»Seid kein Idiot. Solange er den Bhelliom hat, kann kein Mensch ihn umbringen. Uns wurde untersagt, *ihn* zu töten, selbst wenn wir es könnten, aber von den anderen hat Azash nichts gesagt. Der Verlust von ein paar seiner Gefährten könnte unserem unschlagbaren Feind schon zu schaffen machen. Sperber sieht zwar nicht so aus, doch im Grunde seines Herzens ist er ein Gefühlsmensch. Aber seht Ihr jetzt zu, daß Ihr ein wenig Schlaf kriegt. Wir reiten weiter, sobald Adus zurückkommt.«

»In der Dunkelheit?« fragte Annias bestürzt.

»Was ist los, Annias? Habt Ihr etwa Angst vor der Finsternis? Denkt über spitze Schwerter im Bauch und stumpfe Brotmesser im Hals nach. Das wird Euch alle anderen Ängste vertreiben.«

»Khwaj!« sagte Sperber scharf. »Genug! Verschwinde! *Jetzt!*«

Das Feuer im Kamin brannte wieder normal.

»Blaurose«, befahl Sperber nun. »Bring mir die Stimme von Ghnomb!«

»Was *macht* Ihr?« rief Sephrenia, doch der Bhelliom reagierte bereits. Der Lichtpunkt im glühenden Blau der Edelsteinrose war nun eine fahle Mischung von Grün und Gelb, und Sperber hatte plötzlich einen abscheulichen Geschmack wie von halbverwestem Fleisch im Mund.

»Ghnomb!« sagte Sperber gebieterisch. »Ich bin Sperber-von-Elenien, und ich habe die Ringe. Ghnomb muß tun, was ich befehle. Ich jage, Ghnomb wird mir jagen helfen. Ich bin zwei Schlafenszeiten hinter dem Menschenwesen her, das meine Beute ist. Ghnomb wird es so machen, daß meine Jäger und ich das Menschenwesen, das wir verfolgen, fangen können. Sperber-von-Elenien wird Ghnomb sagen, wann es soweit ist, und Ghnomb wird uns bei der Jagd helfen. Ghnomb *muß* gehorchen!«

Wieder war dieses hallende Wutgeheul zu vernehmen, diesmal ein Heulen, aus dem ein geiferndes Kauen und ein gräßliches Schmatzen zu hören war.

»Ghnomb! Verschwinde jetzt!« befahl Sperber. »Ghnomb wird wiederkommen, wenn Sperber-von-Elenien befiehlt!«

Der grüngelbe Punkt verschwand, und Sperber schob den Bhelliom in den Beutel zurück.

»Seid Ihr *wahnsinnig?*« rief Sephrenia.

»Nein, kleine Mutter. Ich werde Martel so dicht auf den Fersen sein, daß er keine Zeit für einen Hinterhalt mehr hat.« Er runzelte die Stirn. »Es sieht nun ganz so aus, als wären die Versuche, mich zu töten, tatsächlich Martels eigene Idee gewesen. Jetzt hat er offenbar andere Befehle. Das erklärt einiges, doch jetzt muß ich mir darüber Gedanken machen, wie ich Euch und die anderen beschützen kann.« Er verzog das Gesicht. »Es ist doch ständig *irgendwas,* nicht wahr?«

22

»Sperber!« Kurik schüttelte ihn wach. »In etwa einer Stunde graut der Morgen. Du wolltest, daß ich dich aufwecke.«

»Schläfst du denn nie?« Sperber setzte sich gähnend auf, dann schwang er die Beine aus dem Bett.

»Ich habe gut geschlafen.« Kurik musterte seinen Freund kritisch. »Du ißt nicht genug!« tadelte er. »Man kann jeden Knochen sehen. Zieh dich an. Ich wecke schnell die anderen, dann komme ich zurück und helfe dir in die Rüstung.«

Sperber erhob sich und schlüpfte in seine gesteppte, mit Rostflecken übersäte Unterkleidung.

»Sehr elegant«, spöttelte Stragen an der Tür. »Gibt es irgendeine obskure Klausel im Ritterkodex, die das Waschen dieser Kleidungsstücke verbietet?«

»Sie brauchen eine Woche zum Trocknen!«

»Sind sie denn wirklich notwendig?«

»Habt Ihr je eine Rüstung angehabt, Stragen?«

»Gott bewahre!«

»Versucht es einmal. Die Polsterung hält den Panzer davon ab, an den unmöglichsten Stellen zu reiben.«

»Was wir nicht alles für die Mode ertragen!«

»Wollt Ihr an der zemochischen Grenze wirklich umkehren?«

»Befehl der Königin, alter Junge. Außerdem hätte ich nicht den Mut, mich mit einem Gott anzulegen. Um ehrlich zu sein, ich finde, Ihr seid verrückt – versteht es bitte nicht als Beleidigung.«

»Werdet Ihr von Cimmura nach Emsat zurückkehren?«

»Wenn Eure Gemahlin es mir erlaubt. Ich sollte wirklich zurückkehren – zumindest, um die Bücher zu prüfen. Tel ist ziemlich zuverlässig, aber er ist nun mal ein Dieb.«

»Und dann?«

»Wer weiß?« Stragen zuckte die Schultern. »Ich habe keinerlei Verpflichtungen, das gibt mir eine nicht alltägliche Freiheit. Ich muß nichts tun, was ich nicht tun will. Oh, jetzt hätte ich es fast vergessen. Ich bin nicht hierhergekommen, um mit Euch über die Vor- und Nachteile von persönlicher Freiheit zu diskutieren.« Er langte unter sein Wams. »Ein Brief für Euch, Ritter Sperber.« Er verbeugte sich übertrieben. »Von Eurer Gemahlin, wenn ich mich nicht irre.«

»Wie viele davon habt Ihr denn noch?« fragte Sperber und griff nach dem gefalteten Blatt. Stragen hatte ihm bereits je einen von Ehlanas kurzen, leidenschaftlichen Briefen an ihren Gemahl in Kadach und in Moterra ausgehändigt.

»Das ist ein Staatsgeheimnis, mein Freund.«

»Habt Ihr eine Art Zeitplan? Oder übergebt Ihr sie mir, wenn Euch danach ist?«

»Ein wenig von beidem, alter Junge. Es *gibt* natürlich einen Zeitplan, aber ich soll in dieser Sache mein Gefühl entscheiden lassen. Wenn ich sehe, daß Ihr niedergeschlagen oder übelgelaunt seid, soll ich Euch ein wenig Sonnenschein bringen. Ich lasse Euch jetzt allein, damit Ihr in Ruhe lesen könnt.« Er verließ Sperbers Zimmer und schritt den Gang entlang zur Treppe.

Sperber brach das Siegel und öffnete Ehlanas Brief.

Liebster,
wenn alles gut gegangen ist, müßtest Du jetzt in Paler sein – das ist schrecklich schwierig, weißt Du. Ich versuche in die Zukunft zu blicken, doch meine Augen sind nicht scharf genug. Ich spreche viele Wochen aus der Vergangenheit zu Dir und habe nicht die geringste Ahnung, was Du inzwischen erlebt hast. Ich wage es nicht, Dir von meiner Angst oder meiner Verzweiflung über diese unnatürliche Trennung zu schreiben, denn wenn ich Dir mein Herz ausschütte, würde ich Deine Entschlossenheit lähmen, und das würde Dich in Gefahr bringen. Ich liebe Dich, mein Sperber, und bin hin und her gerissen zwischen meinem Wunsch, ich könnte ein Mann sein, um in der Gefahr an Deiner Seite zu stehen und im Angesichts des Todes mein Leben für Dich zu geben, und meiner Freude darüber, daß ich eine Frau bin und in Deinen Armen liegen kann.

Von da ab schwelgte Sperbers junge Königin in ausführlichen Reminiszensen an ihre Hochzeitsnacht, die viel zu persönlich und privat waren, um sie hier wiederzugeben.

»Wie war der Brief der Königin?« fragte Stragen, als sie ihre Pferde auf dem Hof sattelten, während der erwachende Morgen den bewölkten östlichen Horizont grau färbte.

»Dichterisch«, antwortete Sperber lakonisch.

»Das ist eine ungewöhnliche Beschreibung.«

»Manchmal verlieren wir den Blick für die wirkliche Person unter den Staatsgewändern, Stragen. Ehlana ist eine Königin, das stimmt, aber sie ist auch ein achtzehnjähriges Mädchen, das offenbar zu viele falsche Bücher gelesen hat.«

»Eine so nüchterne Beschreibung hätte ich von einem so frischgebackenen Ehemann nicht erwartet.«

»Mich beschäftigt jetzt eine ganze Menge.« Sperber zog den Sattelgurt fester an. Faran schnaubte, füllte den Bauch mit Luft und stieg seinem Herrn mit voller Absicht auf den Fuß. Im Gegenzug stieß der Pandioner seinem Streitroß das Knie in den Bauch. »Haltet heute die Augen gut offen, Stragen«, riet er. »Ein paar merkwürdige Dinge könnten geschehen.«

»Zum Beispiel?«

»Ich bin mir nicht sicher. Wenn alles gut geht, werden wir heute viel schneller vorwärts kommen als sonst. Bleibt bei dem Domi und seinen Peloi. Sie sind ein leicht erregbares Völkchen, und ungewöhnliche Geschehnisse bringen sie manchmal aus der Fassung. Versichert ihnen immer wieder, daß alles unter Kontrolle ist.«

»Und? Stimmt das?«

»Ich habe nicht die leiseste Ahnung, alter Junge. Ich bemühe mich jedoch sehr, optimistisch zu sein.«

Es dauerte lange, bis es hell wurde, da die Wolkendecke aus dem Osten sich während der Nacht verdichtet hatte. Auf der Kuppe des gemächlich vom Nordende des bleigrauen Randerasees ansteigenden Hügels gesellten sich Kring und seine Peloi zu ihnen. »Es ist schön, wieder in Pelosien zu sein, Freund Sperber«, sagte Kring mit einem gutmütigen Grinsen. »Selbst hier in diesem überlaufenen und aufgegrabenen Teil des Landes.«

»Wie viele Tage werden wir noch bis zur zemochischen Grenze brauchen, Domi?« fragte Tynian.

»Fünf oder sechs, Freund Tynian«, antwortete der Domi.

»Wir werden gleich aufbrechen«, versicherte Sperber seinen Freunden. »Sephrenia und ich müssen zuvor nur noch etwas tun.« Er winkte seiner Lehrerin zu, und sie entfernten sich ein Stück von dem Trupp, der auf dem Hügel im Sattel wartete. »Nun?« fragte er sie.

»Muß das unbedingt sein, Lieber?« fragte sie beinahe flehend.

»Ja, es ist notwendig. Mir fällt keine andere Möglichkeit ein, Euch und die anderen vor heimtückischen Überfällen zu schützen, wenn wir die zemochische Grenze erreichen.« Er langte unter seinen Wappenrock, holte den Beutel hervor und zog seine Rüsthandschuhe aus. Wieder fühlte der Bhelliom sich sehr kalt in seinen Händen an, als wäre er aus Eis. »Blaurose!« befahl er. »Bring mir Ghnombs Stimme!«

Der Edelstein erwärmte sich widerwillig. Dann erschien

das fahle Gelbgrün in seiner Tiefe, und wieder hatte Sperber den ekligen Geschmack halbverwesten Fleisches im Mund. »Ghnomb!« begann er, »ich bin Sperber-von-Elenien. Ich habe die Ringe. Ich jage jetzt. Ghnomb wird mir bei der Jagd helfen, wie ich es ihm befehle. Ghnomb wird es *jetzt* tun!«

Er wartete angespannt, aber nichts geschah. Er seufzte. »Ghnomb!« rief er, »verschwinde sofort!« Er steckte die Saphirrose in ihren Beutel zurück, verknotete die Zugschnur und schob den Beutel unter seinen Wappenrock zurück. »Na ja«, sagte er bedauernd, »das war's wohl. Ihr habt gesagt, er würde mich wissen lassen, wenn er nicht helfen kann. Das hat er wohl soeben getan. Keine erfreuliche Erkenntnis beim Stand der Dinge.«

»Gebt nicht gleich auf, Sperber«, tröstete Sephrenia ihn.

»Es hat sich nichts getan, kleine Mutter.«

»Seid da nicht so sicher.«

»Kehren wir zu den anderen zurück. Es sieht so aus, als bliebe uns nur noch der harte Weg.«

Der Trupp ritt im Trab die andere Hügelseite hinunter, während die bleiche Scheibe der Sonne sich hinter den Wolken am Horizont zeigte. Das Ackerland östlich von Paler war zum Teil schon abgeerntet, und die Leibeigenen, die noch die letzten Feldfrüchte einbrachten, arbeiteten bereits. Aus dieser Entfernung waren sie kaum mehr als reglose Spielfiguren in beiger oder blauer Kleidung.

»Leibeigenschaft weckt keine große Arbeitsbegeisterung«, bemerkte Kurik kritisch. »Diese Leute da draußen bewegen sich scheinbar überhaupt nicht.«

»Wäre ich ein Leibeigener, würde ich mich bestimmt auch nicht sehr anstrengen«, sagte Kalten.

Im Kanter durchquerten sie ein weites Tal und ritten eine niedrige Hügelkette hinauf. Die Wolken im Osten hatten sich etwas aufgehellt, und die Sonne über dem Horizont war weniger verschleiert. Kring sandte seine Kundschafter aus, und sie setzten ihren Weg fort.

Irgend etwas stimmte nicht, doch Sperber konnte nicht ergründen, was es war. Die Luft war seltsam unbewegt, und der Hufschlag wirkte laut und unnatürlich fest auf dem aufgeweichten Weg. Sperber schaute sich um und las die Besorgnis in den Mienen seiner Freunde.

Sie hatten das nächste Tal etwa zur Hälfte durchquert, als Kurik mit einer plötzlichen Verwünschung sein Pferd zügelte. »Also wirklich!« brummte er.

»Was hast du?« fragte Sperber.

»Wie lange, würdest du sagen, sind wir unterwegs?«

»Ungefähr eine Stunde. Wieso?«

»Schau dir die Sonne an, Sperber!«

Sperber blickte zum östlichen Horizont, wo die Sonne dicht über einer sanft gerundeten Hügelkette stand. »Sie ist, wo sie immer ist, Kurik.«

»Das ist es ja eben, Sperber. Sie bewegt sich *nicht*. Sie steht kein bißchen höher, seit wir losritten.«

Alle starrten gen Osten.

»Das sieht bestimmt nur so aus, Kurik. Wir sind die ganze Zeit hügelan, hügelab geritten. Da sieht man die Sonne mal höher und mal tiefer. Es hängt vom Gelände ab.«

»Das habe ich zuerst auch gedacht, Ritter Tynian, aber ich schwöre Euch, daß die Sonne sich nicht bewegt hat, seit wir von dem Hügel östlich von Paler losgeritten sind.«

»Aber Kurik«, spöttelte Kalten. »Die Sonne *muß* sich bewegen.«

»Offensichtlich nicht *heute* morgen. Was mag das nur sein?«

»Ritter Sperber!« Berits Stimme war schrill, fast hysterisch. »Schaut!«

Sperber drehte den Kopf in die Richtung, in die der Rittergeselle mit bebender Hand deutete.

Da war ein Vogel, ein ganz normaler Vogel, eine Lerche, wie Sperber zu erkennen glaubte. Es war nichts ungewöhnlich an dem Tier – wenn man außer acht ließ, daß sie völlig reglos in der Luft hing, so daß man glauben mochte, sie würde von unsichtbaren Händen festgehalten.

Alle schauten sich bestürzt um. Sephrenia fing zu lachen an.

»Ich kann wirklich nichts Lustiges daran finden«, brummte Kurik.

»Alles in Ordnung, meine Herren«, versicherte sie ihnen.

»In Ordnung?« Tynian blickte sie ungläubig an. »Was ist denn mit der Sonne und diesem dummen Vogel passiert?«

»Sperber hat die Sonne angehalten – und die Lerche ebenfalls.«

»Die Sonne angehalten!« rief Bevier. »Das ist unmöglich!«

»Offenbar nicht. Sperber hat vergangene Nacht mit einem Trollgott gesprochen. Er sagte ihm, wir wären auf Jagd und unser Wild hätte einen großen Vorsprung. Dann hat er den Trollgott Ghnomb gebeten, uns bei der Jagd zu helfen, und das scheint Ghnomb jetzt zu tun.«

»Das verstehe ich nicht«, wandte Kalten ein. »Was hat die Sonne mit der Jagd zu tun?«

»So kompliziert ist das gar nicht, Kalten«, sagte sie ruhig. »Ghnomb hat die Zeit angehalten, das ist alles.«

»Das ist alles? Wie hält man die Zeit an?«

»Das weiß ich nicht.« Sie runzelte die Stirn. »Es ist wohl auch nicht ganz richtig. In Wirklichkeit bewegen wir uns außerhalb der Zeit – innerhalb eines Augenblicks, sozusagen zwischen einer Sekunde und der nächsten.«

»Was hält den Vogel in der Luft, erhabene Sephrenia?« fragte Berit.

»Wahrscheinlich sein letzter Flügelschlag. Für die übrige Welt verläuft die Zeit völlig normal. Die anderen da draußen können uns nicht einmal sehen. Wenn die Götter etwas tun, worum wir sie bitten, tun sie es nicht immer so, wie wir es erwarten. Als Sperber Ghnomb sagte, daß er Martel einholen wolle, dachte er mehr an die Zeit als an Meilen. Infolgedessen bewegt Ghnomb uns durch die Zeit, nicht über die Entfernung. Er wird sie solange für uns anhalten, wie wir brauchen. Die Strecke zurückzulegen, ist unsere Sache.«

Stragen kam herangaloppiert. »Sperber!« rief er. »Was, um Himmels willen, habt Ihr getan?«

Sperber erklärte es ihm kurz. »Kehrt zu den Peloi zurück

und beruhigt sie. Sagt ihnen, daß es ein Zauber ist. Erklärt ihnen, daß die Welt erstarrt ist. Nichts wird sich bewegen, bis wir an unserem Ziel angelangt sind.«

»Ist das wahr?«

»Mehr oder weniger, ja.«

»Ihr könnt die Starre doch später wieder aufheben, nicht wahr?«

»Natürlich – jedenfalls hoffe ich es.«

»Äh – Sephrenia?« fragte Talen zögernd. »Auf der ganzen Welt hat alles angehalten, außer uns, nicht wahr?«

»So erscheint es *uns*. Doch niemand bemerkt es.«

»Dann können andere uns gar nicht sehen, richtig?«

»Sie wissen gar nicht, daß wir da sind.«

Ein bedächtiges, fast ehrfürchtiges Lächeln zog über die Lippen des Jungen. »Gut«, sagte er. »Gut, gut, gut.«

Auch Stragens Augen glänzten jetzt. »Ja, wirklich gut, Euer Gnaden«, murmelte er.

»Vergeßt es, alle beide!« sagte Sephrenia scharf.

»Stragen«, fügte Sperber hinzu. »Sagt Kring, daß wir es nicht mehr eilig haben. Es ist am besten, wenn wir jetzt unsere Pferde schonen. Und niemand da draußen setzt sich ab oder unternimmt irgendwas, bevor wir an unserem Ziel angekommen sind.«

Es war ein gespenstischer Ritt durch diesen anhaltenden, trüben Sonnenaufgang. Es war weder kalt noch warm, noch feucht, noch trocken. Die Welt um sie herum war still und unbewegt. Reglose Vögel hingen in der Luft. Leibeigene standen wie Statuen auf den Feldern, und einmal kamen sie an einer hohen weißen Birke vorbei, die von einem Windstoß erfaßt worden war, kurz bevor der Trollgott Ghnomb die Zeit hatte erstarren lassen. Eine Wolke goldener Blätter schwebte in der reglosen Luft.

»Wie spät mag es wohl sein?« fragte Kalten, nachdem sie viele Meilen geritten waren.

Ulath blinzelte zum Himmel. »Sonnenaufgang, würde ich sagen.«

»Spaßvogel!« sagte Kalten sarkastisch. »Also ich weiß ja nicht, wie es euch geht, aber ich habe Hunger.«

»Du bist schon hungrig zur Welt gekommen.« Sperber lachte.

Sie aßen Marschverpflegung und setzten ihren Weg fort. Eigentlich bestand kein Grund zur Eile, aber das Gefühl, daß die Zeit drängte, steckte in ihnen, seit sie Chyrellos verlassen hatten, und so kanterten sie alsbald wieder.

Etwa eine Stunde mochte vergangen sein, als Kring von der Nachhut herbeigeritten kam.

»Ich glaube, irgend etwas verfolgt uns, Freund Sperber.« Krings Stimme klang beinahe ehrfürchtig. Man spricht ja nicht oft zu jemandem, der die Sonne anhält.

Sperber blickte ihn scharf an. »Seid Ihr sicher?« fragte er.

»Nein«, gab Kring zu. »Es ist mehr ein Gefühl. Im Süden ist eine sehr dunkle Wolke, tief am Boden. Sie ist ziemlich weit entfernt, darum läßt es sich nicht mit Sicherheit erkennen, aber offenbar hält sie mit uns Schritt.«

Sperber blickte nach Süden. Es war wieder die gleiche Wolke, nur größer, finsterer und unheilvoller. Es sah also ganz so aus, als könne der Schatten ihm sogar *hierher* folgen. »Habt Ihr gesehen, daß sie sich tatsächlich bewegt?« fragte er Kring.

»Nein, aber wir haben seit unserer Mittagspause eine beachtliche Strecke zurückgelegt, und sie ist immer noch hinter meiner rechten Schulter, genau wie bei unserem Aufbruch.«

»Behaltet sie im Auge«, bat Sperber. »Stellt fest, ob sie sich wirklich bewegt.«

»Gut«, bestätigte der Domi und wendete sein Pferd.

Nachdem sie ungefähr die Entfernung eines normalen Tagesrittes zurückgelegt hatten, schlugen sie ihr Lager für die ›Nacht‹ auf.

Sperber schlief schlecht. Das gleichbleibende Licht war immer da. Er schlief, solange er konnte, dann stand er auf. Auch die anderen rührten sich.

»Guten Morgen, Sperber«, grüßte Sephrenia ironisch. Sie schien verärgert.

»Was ist los?«

»Ich vermisse meinen Morgentee. Ich wollte ein paar Steine erhitzen, um Wasser zu kochen, aber es ging nicht. Nichts wirkt mehr, Sperber – keine Magie, keine Beschwörungen, nichts. Wir sind in diesem Nimmernimmerland, das Ihr und Ghnomb erschaffen habt, vollkommen wehrlos.«

»Was könnte uns angreifen, kleine Mutter?« fragte er ernst. »Wir befinden uns außerhalb der Zeit, wo nichts und niemand zu uns dringen kann.«

Gegen ›Mittag‹ mußten sie feststellen, wie falsch diese Einschätzung gewesen war.

»Sie bewegt sich, Sperber!« brüllte Talen, als sie sich einem erstarrten Dorf näherten. »Die Wolke! Sie bewegt sich!«

Es bestand kein Zweifel, daß die Wolke, die Kring am Tag zuvor bemerkt hatte, sich jetzt tatsächlich bewegte. Sie war tintenschwarz und rollte über den Boden auf die kleine Ansammlung strohgedeckter Leibeigenenhütten in einem flachen Tal zu. Ein tiefes Donnergrollen – der erste Laut der Natur, den sie hörten, seit Ghnomb die Zeit angehalten hatte – begleitete ihr unaufhaltsames Vordringen. Hinter ihr blieben tote, verrottende Bäume und Gras zurück, als hätte die kurze Berührung der Finsternis sie binnen eines Augenblicks vernichtet. Die Wolke erfaßte das Dorf. Als sie weiterrollte, war es verschwunden, als hätte es nie existiert.

Beim Nahen der Wolke hörte Sperber einen rhythmischen Laut, eine Art weichen Aufschlagens, als würden Dutzende nackter Fersen auf den Boden trampeln. Begleitet wurde er von einem tierischen Grunzen; es hörte sich an, als stieße eine Horde Kreaturen in unregelmäßigen Abständen ein kehliges Bellen aus.

»Sperber!« drängte Sephrenia. »Nehmt den Bhelliom! Zerstört diese Wolke! Ruft Khwaj!«

Sperber fummelte am Beutel; dann warf er seine Rüsthandschuhe zu Boden und riß das Leinensäckchen auf. Hastig zog er die Saphirrose heraus und umfaßte sie mit beiden Händen. »Blaurose!« rief er. »Bring Khwaj!« Der Bhelliom wurde heiß in seinen Händen, und der rote Funke erstrahlte im Herzen ihrer Blütenblätter.

»Khwaj!« brüllte Sperber. »Ich bin Sperber-von-Elenien! Khwaj wird die Finsternis wegbrennen, die sich uns nähert! Khwaj wird es so machen, daß Sperber-von-Elenien sehen kann, was in der Wolke ist! Tu es, Khwaj! *Jetzt!*«

Wieder erschallte das Wutgeheul, als der Trollgott gezwungen wurde, etwas gegen seinen Willen zu tun. Dann erhob sich unmittelbar vor der rollenden schwarzen Wolke eine breite, hohe Wand aus tosenden Flammen. Immer heller wurde die Feuerwand, und Sperber spürte die Wellen furchtbarer Hitze, die davon ausgingen. Die Wolke rollte unaufhaltsam weiter, schien nicht auf die Wand zu achten.

»Blaurose!« rief Sperber in der Trollsprache. »Hilf Khwaj! Blaurose wird Khwaj ihre Macht und die aller Trollgötter zu Hilfe schicken! Tu es! *Jetzt!*«

Der augenblickliche Ausstoß ungeheurer Energie hätte Sperber beinahe aus dem Sattel geschleudert, und Faran wich mit angelegten Ohren und gefletschten Zähnen zurück.

Plötzlich hielt die Wolke an. Große Risse durchzogen sie, fügten sich jedoch sofort wieder zusammen. Die Flamme wogte, züngelte empor, fiel glimmend in sich zusammen und loderte aufs neue, als die beiden Kräfte einander bekriegten. Schließlich schwand die Dunkelheit der Wolke allmählich – ähnlich der Nacht, wenn der Morgen graut. Die Flammen züngelten höher, glühten fast weiß. Die Wolke wurde dünner und hing schließlich in Fetzen.

»Wir gewinnen!« rief Kalten.

»Wir?« sagte Kurik. Er bückte sich und hob Sperbers Rüsthandschuhe auf.

Und dann, als würde sie von einem Sturm davongerissen, wirbelte die Wolke davon. Sperber und seine Freunde sahen, was die grunzenden Laute verursacht hatte. Es waren riesige Kreaturen, menschengleich, zumindest insoweit, als sie Arme, Beine und Kopf besaßen. Sie waren in Felle gehüllt und trugen aus Stein gefertigte Äxte und Speere. Doch damit endete ihre

Menschenähnlichkeit. Sie hatten eine fliehende Stirn und ein vorstehendes, schnauzenähnliches Maul, und ihre Körper waren fellbedeckt. Obwohl die Wolke sich aufgelöst hatte, setzten sie ihren Vormarsch fort. Sie stampften im Gleichschritt und stießen bei jedem Schritt das kehlige Grunzen aus. In regelmäßigen Abständen hielten sie kurz an; dann erklang aus ihrer Mitte ein schrilles Heulen; danach setzten sie das rhythmische Bellen und den stampfenden Trott wieder fort. Sie trugen die Schädeldecken unvorstellbarer gehörnter Tiere als Helme, und ihre Gesichter waren mit farbigem Lehm in grellen Mustern bemalt.

»Sind das Trolle?« fragte Kalten bestürzt.

»Falls es Trolle sind, habe ich solche noch nie gesehen«, antwortete Ulath und griff nach seiner Streitaxt.

»Auf, meine Kinder!« rief der Domi seinen Männern zu. »Fegen wir diese Bestien aus dem Weg!« Er zog seinen Säbel, schwang ihn hoch und stieß einen donnernden Kampfschrei aus.

Die Peloi stürmten los.

»Kring!« brüllte Sperber. »Wartet!«

Doch es war zu spät. Hatten sie erst einmal angegriffen, waren die wilden Reiter aus den Ostmarschen Pelosiens nicht mehr zu zügeln.

Sperber fluchte. Er stopfte den Bhelliom unter seinen Wappenrock. »Berit!« befahl er. »Bringt Sephrenia und Talen zur Nachhut. Ihr anderen helft hier aus!«

Es war kein nach irgendwelchen taktischen Regeln geführter Kampf. Nach dem ersten Ansturm von Krings Männern artete alles in ein chaotisches Handgemenge von blinder Wildheit aus.

Die Ordensritter erkannten bald, daß ihre grotesken Gegner offenbar schmerzunempfindlich waren. Es war unmöglich festzustellen, ob es sich dabei um eine natürliche Eigenschaft ihrer Rasse handelte oder um einen magischen Schutz durch irgendeine Macht, die sie lenkte. Die Haut unter ihrem zottigen Fell war von unglaublicher Festigkeit. Die Schwerter prallten zwar nicht ab, drangen aber meist nicht richtig ein. Selbst die besten Streiche schlugen nur geringfügige Wunden.

Die Peloi hingegen schienen mit ihren Säbeln mehr auszurichten. Der rasche Stoß einer spitzen Waffe war wirkungsvoller als die kraftvollen Hiebe mit schweren Breitschwertern. War ihre ledrige Haut erst verletzt, heulten die Kreaturen vor Pein.

Stragen ritt mit glänzenden Augen durch die zottige Meute; die Spitze seines schmalen Rapiers tanzte, wich den unbeholfenen Streichen von Steinäxten aus, glitt die Schäfte grob zustoßender Speere entlang und drang mühelos tief in die bepelzten Leiber. »Sperber!« brüllte er. »Sie haben ihr Herz tiefer im Körper! Ihr müßt nach dem Bauch zielen, nicht nach der Brust!«

Von nun an wurde es leichter. Die Ordensritter änderten ihre Taktik und stachen mit ihren Klingen, statt zu hauen. Bevier hängte bedauernd seine Lochaber an den Sattelknauf und zog sein Schwert. Kurik legte seinen Streitkolben ab und griff nach seinem Kurzschwert. Ulath aber hielt stur an seiner Axt fest. Sein einziges Zugeständnis war, seine Waffe mit beiden Händen zu schwingen. Mit seiner gewaltigen Kraft durchhieb er hornharte Haut und zolldicke Schädelknochen.

Da wendete sich das Blatt. Die mächtigen Kreaturen konnten sich mit ihrem geringen Verstand der veränderten Lage nicht anpassen und fielen in immer größerer Zahl unter den grimmigen Schwertstößen. Eine letzte, kleine Gruppe kämpfte noch verbissen, nachdem alle anderen bereits in ihrem Blut lagen, doch die blitzschnellen Klingen von Krings Kriegern machten auch mit ihnen ein Ende. Der letzte, der noch stand, blutete aus einem guten Dutzend Säbelwunden. Er hob seine tierische Fratze und stieß ein gellendes Heulen aus. Es endete abrupt, als Ulath hoch aufgerichtet in den Steigbügeln herbeiritt, seine große Axt schwang und der heulenden Kreatur den Schädel bis zum Kinn spaltete.

Sperber schaute sich mit dem blutigen Schwert in der Hand um, doch alle Gegner waren gefallen. Aber der Sieg war teuer erkauft. Zwölf von Krings Männern waren niedergestreckt – nicht nur niedergestreckt, sondern regelrecht zerfetzt – und fast ebenso viele lagen stöhnend auf dem blutigen Boden.

Kring saß mit verschränkten Beinen im Gras und wiegte den Kopf eines seiner sterbenden Männer auf dem Schoß. Sein Gesicht war von Schmerz gezeichnet.

»Es tut mir leid, Domi«, sagte Sperber. »Findet heraus, wie viele von Euren Männern verwundet sind. Wir werden uns überlegen, wie wir sie versorgen können. Wie weit, meint Ihr, sind wir noch vom Gebiet Eures Stammes entfernt?«

»Ungefähr anderthalb Tagesritte, wenn wir galoppieren, Freund Sperber.« Kring schloß dem Krieger, der eben gestorben war, traurig die leeren Augen. »Gut fünfzig Meilen.«

Sperber ritt zu der Stelle, wo Berit mit seiner Streitaxt in der Faust Talen und Sephrenia beschützte.

»Ist es vorbei?« fragte Sephrenia mit abgewendeten Augen.

»Ja.« Sperber saß ab. »Was waren diese Kreaturen, kleine Mutter? Sie sahen aus wie Trolle, aber Ulath glaubt nicht, daß es wirklich welche waren.«

»Sie waren Menschen aus der Urzeit, Sperber. Es ist ein sehr alter und sehr schwieriger Zauber. Die Götter – und ein paar der mächtigeren styrischen Magier – können in die Zeit zurückgreifen und Gegenstände und lebende Wesen in unsere Zeit holen. Die Urmenschen sind vor vielen Tausend Jahren über das Antlitz unserer Erde gewandelt. Wir alle – Elenier, Styriker und Trolle – stammen von ihnen ab.«

»Wollt Ihr damit sagen, daß Menschen und Trolle verwandt sind?« Er starrte sie ungläubig an.

»Wir haben uns im Lauf der Äonen auf verschiedene Weise entwickelt. Die Trolle nahmen einen Weg, wir einen anderen.«

»Ghnombs erstarrte Zeit ist offenbar kein so sicherer Ort, wie wir dachten.«

»Das stimmt.«

»Ich glaube, es ist an der Zeit, die Sonne wieder wandern zu lassen. Wie es aussieht, sind wir nicht vor Verfolgern geschützt, die durch Risse in der Zeit schlüpfen, und styrische

Magie wirkt hier nicht. Wir werden in der normalen Zeit sicherer sein.«

»Ich bin ganz Eurer Meinung, Sperber.«

Sperber nahm den Bhelliom aus seinem Gürtel und befahl Ghnomb, den Zauber zu beenden.

Krings Peloi fertigten behelfsmäßige Bahren an, auf denen sie ihre Toten und Verwundeten mitnehmen konnten. Dann zog der Trupp weiter, in vieler Hinsicht erleichtert. Denn der Wind wehte wieder, die Sonne zog ihre Bahn am Himmel, und um sie herum waren Leben und Bewegung.

Am nächsten Morgen stieß eine Peloipatrouille zu ihnen. Kring ritt voraus, um sich mit den Männern zu unterhalten. Er kehrte mit düsterem Gesicht zurück. »Die Zemocher zünden das Gras an«, berichtete er zornig. »Ich werde Euch nicht länger helfen können, Freund Sperber. Wir müssen unsere Weiden schützen, und dazu müssen wir uns über das ganze Land verteilen.«

Bevier blickte ihn nachdenklich an. »Wäre es nicht einfacher, wenn die Zemocher sich alle an einem Ort sammelten, Domi?« fragte er.

»Gewiß, Freund Bevier, aber warum sollten sie?«

»Um reiche Beute zu machen, Freund Kring.«

Kring blickte ihn interessiert an. »Zum Beispiel?«

»Gold.« Bevier zuckte die Schultern. »Frauen und Eure Herden.«

Das gefiel Kring gar nicht.

»Es wäre natürlich eine Falle«, fuhr Bevier fort. »Ihr schafft all eure Herden, eure Schätze und eure Frauen und Mädchen an einen Ort und laßt nur ein paar Männer zu ihrem Schutz zurück. Mit Euren übrigen Kriegern reitet Ihr los, nachdem Ihr Euch vergewissert habt, daß zemochische Kundschafter euren Abmarsch beobachten. Sobald es dunkel wird, schleicht ihr euch zurück und bezieht Posten in der Nähe, aber so, daß ihr nicht gesehen werden könnt. Die Zemocher werden herangestürmt kommen, um eure Herden und Schätze und Frauen zu rauben. Dann könnt ihr sie alle auf einmal erwischen und spart euch die Mühe, hinter jedem einzelnen herzujagen. Außerdem gäbe das den Frauen eine großartige Gelegenheit, Zeuge eurer Tapferkeit zu sein. Ich habe gehört, daß Frauen vor Liebe dahinschmelzen, wenn sie sehen, wie ihre Männer einen verhaßten Feind schlagen.« Bevier grinste verschmitzt.

Kring kniff die Augen zusammen, während er sich diesen Plan durch den Kopf gehen ließ. »Das gefällt mir!« platzte er nach wenigen Sekunden begeistert hinaus. »So machen wir es!« Und schon ritt er los, um seine Leute einzuweihen.

»Bevier«, sagte Tynian, »manchmal erstaunt Ihr mich.«

»Es ist nur eine alte Standardstrategie für leichte Reiterei, Tynian«, erklärte ihm der junge Cyriniker bescheiden. »Ich bin bei meinen Studien der Militärgeschichte darauf gestoßen. Lamorkische Barone bedienten sich dieser List des öfteren, bevor sie Burgen zu errichten begannen.«

»Ich weiß. Aber Ihr habt vorgeschlagen, Frauen als Köder zu benutzen! Ich glaube, Ihr seid doch ein bißchen weltlicher, als Ihr vorgebt, mein Freund.«

Bevier errötete.

Sie folgten Kring etwas langsameren Schrittes, behindert durch die Verwundeten und die Pferde, welche die Toten trugen. Kalten wirkte abwesend und schien irgend etwas an den Fingern abzuzählen.

»Was hast du?« fragte ihn Sperber.

»Ich versuche auszurechnen, um wieviel wir Martel näher auf den Pelz gerückt sind.«

»Nicht ganz anderthalb Tage«, half Talen sofort aus. »Einen Tag und ein Drittel genau. Er ist jetzt noch sechs oder sieben Stunden vor uns. Wir schaffen im Durchschnitt etwa drei Meilen in der Stunde.«

»Dann also ungefähr zwanzig Meilen«, rechnete Kalten aus. »Weißt du, Sperber, wenn wir die ganze Nacht durchreiten, könnten wir morgen bei Sonnenaufgang schon in seinem Lager sein.«

»Wir werden nicht bei Nacht reiten, Kalten. Da draußen ist

etwas sehr Unfreundliches, von dem ich mich nicht gern im Dunkeln überraschen lassen möchte.«

Bei Sonnenuntergang schlugen sie ihr Lager auf. Nach dem Abendessen versammelten sich Sperber und die anderen in einem großen Zelt, um ihr weiteres Vorgehen zu besprechen.

»Wir wissen im großen und ganzen, was wir tun werden«, begann Sperber. »Die Grenze zu erreichen dürfte kein Problem sein. Kring wird seine Männer ohnehin von den Frauen abziehen, also haben wir den Großteil der Peloikrieger zumindest einen Teil des Weges bei uns. Das wird uns die einfachen zemochischen Soldaten vom Leib halten. Wir werden, zumindest bis wir die Grenze erreichen, nichts zu befürchten haben. Allerdings müssen wir mit Schwierigkeiten rechnen, nachdem wir sie überquert haben. Dafür wird Martel sorgen. Das bedeutet, daß wir ihm so nahe rücken müssen, daß er gar nicht dazu kommt, Zemocher zu sammeln und sie uns in den Weg zu stellen.«

»Du mußt dich entscheiden, Sperber«, warf Kalten ein. »Zuerst sagst du, daß wir nicht bei Nacht reiten, und jetzt sagst du, daß wir Martel näherrücken müssen.«

»Wir müssen ja nicht direkt hinter ihm sein, Kalten. So lange er *glaubt*, daß wir dichtauf sind, wird er rennen. Ich denke, ich werde ein paar Worte mit ihm wechseln, solange es hell ist.« Er blickte sich um. »Ich brauche ein Dutzend Kerzen. Berit, geht Ihr mir zur Hand?«

»Selbstverständlich, Ritter Sperber.«

»Stellt sie alle auf diesen Tisch – dicht in einer Reihe.« Sperber griff wieder unter seinen Wappenrock und holte den Bhelliom hervor. Er legte ihn auf die Tischplatte und bedeckte ihn mit einem Tuch, um seine lockenden Kräfte zu verhüllen. Als die Kerzen aufgestellt waren und brannten, deckte er den Stein ab und legte die beringten Hände darauf. »Blaurose!« befahl er, »bring Khwaj zu mir!«

Wieder wurde der Stein unter seinen Händen heiß, und der rote Funke erschien in seiner Tiefe. »Khwaj!« sagte Sperber scharf. »Du kennst mich. Ich will den Ort sehen, wo mein

Feind heute nacht schlafen wird. Laß ihn im Feuer erscheinen, Khwaj! Jetzt!«

Statt des bisherigen Wutgeheuls erklang jetzt nur noch ein verärgertes Jammern. Die Kerzenflammen loderten auf und vereinten sich zu einer Wand weißgelben Feuers. Das Abbild erschien in diesem Feuer.

Es war ein kleines Lager, lediglich drei Zelte. Es befand sich in einer grasigen Senke mit einem kleinen See in der Mitte. Dem Lager gegenüber, am anderen Ufer des Sees, wuchsen dunkle Zedern. Ein Lagerfeuer brannte in der Mitte des Zelthalbkreises. Sperber prägte sich die Einzelheiten gut ein. »Bring uns näher an das Lagerfeuer heran, Khwaj!« befahl er. »Laß uns die Unterhaltung hören.«

Das Bild veränderte sich, und das Lagerfeuer glitt näher. Martel und die anderen saßen mit vor Erschöpfung eingefallenen Gesichtern um das Feuer.

»Wo sind sie, Martel?« fragte Arissa beißend. »Wo sind diese tapferen Zemocher, mit deren Schutz Ihr gerechnet habt? Pflücken sie Blümchen auf der Wiese?«

»Sie lenken die Peloi ab, Prinzessin«, erwiderte Martel. »Möchtet Ihr wirklich, daß diese Wilden uns begleiten? Aber keine Sorge, Arissa, wenn Euch Eure Lüste überwältigen, leihe ich Euch gern Adus. Er riecht zwar nicht sehr gut, aber derlei seid Ihr sicher gewöhnt, oder?«

In ihren Augen blitzte plötzlicher Haß, doch Martel achtete nicht auf sie. »Die Zemocher werden die Peloi aufhalten«, wandte er sich an Annias. »Und wenn Sperber nicht seine Pferde zuschanden reitet – was er nie tun würde –, ist er noch drei Tage hinter uns. Wir brauchen keine Zemocher, ehe wir die Grenze nicht überquert haben. Dann werde ich ein paar zusammentrommeln, damit sie Fallen für meinen teuren Bruder und seine Freunde stellen.«

»Khwaj!« befahl Sperber, »ich will, daß sie mich hören können! Jetzt!«

Die Kerzenflammen flackerten, dann beruhigten sie sich wieder.

»Ein wirklich hübsches Lager habt Ihr da, Martel«, sagte Sperber mit gleichmütiger Stimme. »Gibt es Fische im See?«

»Sperber!« krächzte Martel. »Wie kannst du mich über die Entfernung erreichen?«

»Welche Entfernung, alter Junge? Ich bin euch ganz nahe. Ich an eurer Stelle hätte allerdings das Lager in dem Zedernwäldchen am anderen Ufer aufgestellt. Es gibt ganze Völkerscharen, die dich umbringen wollen, teurer Bruder. Da ist es sehr unvorsichtig, auf freiem Feld zu lagern, wie ihr das tut.«

Martel sprang auf. »Hol die Pferde!« brüllte er Adus zu.

»Du willst schon aufbrechen, Martel?« fragte Sperber erstaunt. »Wie schade. Ich hatte mich so gefreut, dir wieder einmal ins Auge sehen zu können. Nun ja, es spielt keine Rolle. Wir sehen uns dann am Morgen. Ich denke, daß wir zwei es noch so lange aushalten können.« Sperber grinste boshaft, während er zusah, wie die fünf ihre Pferde sattelten. Sie bewegten sich mit panischer Hast und blickten sich wild um. Schließlich kletterten sie auf ihre Pferde und trieben sie unbarmherzig mit Sporen und Peitschen an. »Aber Martel!« rief Sperber ihm nach. »Ihr habt eure Zelte vergessen!«

23

Das Land der Peloi war eine weite, von keinen Einzäunungen begrenzte Weidefläche, die nie einen Pflug zu spüren bekommen hatte. Der spätherbstliche Wind fegte, mit klagendem Seufzen dem Sommer nachtrauernd, über diese immerwährende Grassteppe. Sie ritten ostwärts, die Umhänge gegen die trockene Kälte fest um sich gezogen, auf einen hohen, spitzen Felsen in der Mitte des Prärielandes zu. Das endlose Grau der tiefen Wolkendecke drückte auf ihre Stimmung.

Sie erreichten den Felsen am Spätnachmittag. In der Tiefe ringsum herrschte rege Betriebsamkeit. Kring, der vorausgeritten war, um die Peloi zu sammeln, kam ihnen mit verbundenem Kopf entgegen.

»Was ist Euch zugestoßen, Freund Kring?« fragte Tynian.

»Es gab leider einige Unzufriedenheit mit Ritter Beviers Plan«, antwortete Kring zerknirscht. »Und jemand war ganz besonders erbost darüber und hat mir von hinten eins übergezogen.«

»Ich hätte es nicht für möglich gehalten, daß Peloikrieger von hinten angreifen.«

»Natürlich nicht! Aber mein Angreifer war ja kein Mann. Eine Peloifrau von hohem Stand schlich sich von hinten heran und schlug mir eine Pfanne über den Kopf.«

»Ich hoffe, Ihr habt sie angemessen bestrafen lassen.«

»Das konnte ich nicht, Freund Tynian. Sie ist meine Schwester. Unsere Mutter hätte mir nie verziehen, wenn ich diese Göre hätte auspeitschen lassen. Nicht einer der Frauen gefiel Beviers Idee, aber meine Schwester war die einzige, die es wagte, ihre Meinung so schlagkräftig auszudrücken.«

»Fürchten Eure Frauen denn um ihre Sicherheit?« fragte ihn Bevier.

»Keineswegs. Sie sind mutig wie Löwinnen. Was sie jedoch mit Zorn erfüllt, ist der Umstand, daß einer von ihnen die Leitung dieses Frauenlagers übertragen wird. Peloifrauen sind sehr empfindlich, was ihr Standesbewußtsein angeht. Alle Männer hielten Euren Plan für ausgezeichnet, doch die Frauen ...« Er hob hilflos die Hände. »Aber wer versteht schon eine Frau?« Er straffte die Schultern und kam zur Sache. »Ich habe meine Unterhäuptlinge beauftragt, das Lager zu organisieren. Ein kleiner Trupp bleibt dort. Wir anderen machen jedem Späher deutlich, daß wir zur Grenze aufbrechen, um in Zemoch einzufallen. Nachts werden wir bei günstiger Gelegenheit immer wieder Trupps zurückschicken, damit sie Stellung in den Hügeln ringsum beziehen, um auf die Zemocher zu warten. Ihr reitet mit uns und setzt euch unauffällig ab, sobald wir nahe der Grenze sind.«

»Ein vortrefflicher Plan, Freund Kring«, lobte Tynian.

»Das finde ich eigentlich auch.« Kring grinste. »Kommt mit mir zu den Zelten meines Stammes, Freunde. Wir braten zum

Abendessen zwei Ochsen am Spieß. Wir werden gemeinsam Salz nehmen und alles besprechen.« Da fiel ihm offenbar etwas ein. »Freund Stragen«, sagte er, »Ihr kennt die Tamulerin Mirtai von uns allen am besten. Kann sie überhaupt kochen?«

»Sie hat mir noch nie etwas zubereitet, Domi«, antwortete Stragen. »Sie erzählte uns einmal von einer langen Wanderung, die sie als junges Mädchen machte. Wenn ich sie recht verstanden habe, hat sie sich hauptsächlich von Wolfsfleisch ernährt.«

»*Wolfsfleisch?* Wie kocht man einen Wolf?«

»Ich glaube nicht, daß sie ihn gekocht hat. Sie war offenbar in Eile, also aß sie den Wolf, ohne sich Zeit für ein gemütliches Lagerfeuer zu nehmen.«

Kring schluckte schwer. »Sie hat ihn roh gegessen?« staunte er. »Wie hat sie ihn denn gefangen?«

Stragen zuckte die Schultern. »Wahrscheinlich hat sie ihn gehetzt und sich auf ihn gestürzt«, meinte er, »und dann die schmackhafteren Stücke herausgerissen und sie im Gehen verzehrt.«

»Der arme Wolf!« rief Kring. Dann blickte er den thalesischen Dieb argwöhnisch an. »Oder habt Ihr diese Geschichte nur erfunden?«

»Ich?« Stragens blaue Augen blickten unschuldig wie die eines Kindes.

Im Morgengrauen des nächstes Tages ritten sie weiter. Kring lenkte sein Pferd neben Sperber.

»Stragen hat mir gestern nur eine Lügenmär aufgetischt, nicht wahr?« fragte er mit besorgtem Blick.

»Vermutlich«, antwortete Sperber. »Thalesier sind seltsame Leute und haben einen eigenartigen Humor.«

»Aber Mirtai *könnte* es wahrscheinlich.« In Krings Stimme schwang Bewunderung mit. »Ich meine, einen Wolf fangen und ihn roh essen.«

»Ja, wenn sie will, kann sie es möglicherweise«, vermutete Sperber. »Ihr denkt also immer noch an sie.«

»Ich denke an kaum etwas anderes, Sperber. Ich habe wirklich versucht, sie mir aus dem Kopf zu schlagen, aber es geht einfach nicht!« Er seufzte. »Mein Volk wird sie nie aufnehmen, fürchte ich. Es wäre vielleicht möglich, wenn ich nicht Häuptling wäre, aber heiratete ich sie, würde sie zur Doma und als Frau des Domis die Führerin der Frauen. Die anderen Frauen würden grün vor Neid und ihre Männer aufhetzen, so daß sie im Rat gegen Mirtai sprechen, und ich müßte viele Freunde töten, mit denen ich seit meiner Kindheit verbunden bin. Mirtai würde meinem Volk nur Leid bringen.« Wieder seufzte er. »Vielleicht kann ich es so einrichten, daß ich im bevorstehenden Krieg falle. Dann brauchte ich mich nicht mehr zwischen Liebe und Pflicht zu entscheiden.« Er richtete sich im Sattel auf. »Aber das ist Weibergeschwätz. Nachdem meine Leute und ich die Hauptmacht der Zemocher ausgelöscht haben, werden wir an der Grenze aufräumen. Dann werden die Zemocher wenig Zeit haben, sich mit Euch und Euren Freunden zu beschäftigen. Zemocher lassen sich leicht ablenken. Wir werden ihre Heiligtümer und Tempel verwüsten. Das treibt sie erfahrungsgemäß in den Wahnsinn.«

»Ihr habt alles sehr sorgfältig durchdacht, Kring.«

»Es ist immer gut, wenn man sich auskennt, Sperber. Auf unserem Ritt gen Osten werden wir uns an die Straße halten, die nordostwärts zur zemochischen Stadt Vileta führt. Paßt gut auf, mein Freund. Ihr braucht eine genaue Wegbeschreibung, wenn Ihr diesen Paß finden wollt, von dem wir sprachen.« Er erklärte Sperber ausführlich, welchen Weg er nehmen mußte und machte ihn auf Orientierungspunkte und deren Entfernung aufmerksam.

»Das wär's in etwa, Freund Sperber«, schloß er. »Ich wollte, ich könnte mehr tun. Seid Ihr ganz sicher, daß ich Euch nicht mit ein paar tausend Reitern begleiten soll?«

»Ich hätte wahrhaftig nichts gegen Gesellschaft, Kring«, entgegnete Sperber, »aber eine so große Truppe würde Widerstand herausfordern, und es würde uns nur aufhalten, wenn es zu einer Schlacht käme. Wir haben Freunde auf den lamorkischen Ebenen, die sich darauf verlassen, daß wir den Azashtempel erreichen, bevor die Zemocher sie überwältigen.«

»Das verstehe ich sehr gut, Freund Sperber.«

Sie ritten zwei Tage lang ostwärts; dann erklärte Kring Sperber, daß er am Morgen nach Süden abbiegen müsse. »Ich rate Euch, etwa zwei Stunden vor Tagesanbruch loszureiten, Freund Sperber. Denn falls ein zemochischer Kundschafter Euch und Eure Freunde bei Tageslicht aus dem Lager reiten sähe, würde er euch wahrscheinlich folgen, um euch näher in Augenschein zu nehmen. Die Gegend im Süden ist ziemlich flach, da kann man es schon wagen, im Dunkeln zu reiten. Viel Glück, mein Freund. Ihr tragt eine große Last. Wir werden für Euch beten – wenn wir nicht gerade damit beschäftigt sind, Zemocher zu töten.«

Der Mond glitt gerade hinter einer von vielen weit verstreuten Wolken hervor, als Sperber aus dem Zelt trat, um ein bißchen frische Luft zu schöpfen. Stragen folgte ihm.

»Eine schöne Nacht«, sagte der schlanke blonde Mann mit der wohlklingenden Stimme.

»Aber ziemlich kalt«, erwiderte Sperber.

»Wer möchte schon in einem Land endlosen Sommers leben? Ich werde Euch wahrscheinlich nicht mehr sehen, bevor Ihr aufbrecht, Sperber. Ich bin nicht gerade ein Frühaufsteher.« Stragen langte in sein Wams und zog ein Päckchen hervor, das etwas dicker war als die bisherigen Briefe. »Das ist der letzte«, sagte er und überreichte Sperber das Päckchen. »Ich habe den Auftrag ausgeführt, den Eure Königin mir auferlegt hat.«

»Ihr habt es gut gemacht, Stragen – nehme ich an.«

»Ein bißchen mehr Anerkennung hätte ich schon von Euch erwartet, Sperber. Ich habe Ehlanas Befehl getreu befolgt.«

»Ihr hättet Euch einen langen Ritt ersparen können, wenn Ihr mir die Briefe alle auf einmal ausgehändigt hättet.«

»Der Ritt hat mir nichts ausgemacht. Ich mag Euch und Eure Gefährten, wißt Ihr – natürlich nicht genug, um mich mit

Eurer protzigen Aristokratie anzufreunden, aber ich mag Euch wirklich.«

»Ich mag Euch auch, Stragen – natürlich nicht genug, um Euch zu trauen, aber ansonsten durchaus.«

»Vielen Dank, Herr Ritter.« Stragen machte eine übertriebene Verbeugung.

Sperber grinste. »Nichts zu danken, Durchlaucht.«

»Seid vorsichtig in Zemoch, mein Freund«, sagte Stragen nun ernst. »Eure junge Königin mit ihrem eisernen Willen imponiert mir sehr, wißt Ihr, und ich möchte nicht, daß Ihr irgend etwas Dummes tut, das ihr das Herz brechen könnte. Noch etwas. Wenn Talen Euch auf etwas aufmerksam macht, dann nehmt es ernst! Ich weiß, er ist noch sehr jung – und ein Dieb obendrein –, doch sein Instinkt ist beneidenswert und sein Verstand erstaunlich. Einem Mann mit seiner Intelligenz begegnet man nicht oft im Leben. Außerdem hat er Glück. Möge der Sieg mit Euch sein, Sperber. Ich möchte nicht Azash anbeten müssen.« Er verzog das Gesicht. »Genug davon. Hin und wieder neige ich zur Rührseligkeit. Kehren wir ins Zelt zurück und brechen einer oder zwei Flaschen den Hals – außer Ihr wollt Euren Brief gleich lesen.«

»Ich glaube, das hebe ich mir noch auf. Vielleicht warten freudlose Tage in Zemoch auf mich. Dann bin ich dankbar, daß ich noch ein wenig Sonnenschein in Reserve habe.«

Die Wolken hatten sich vor den Mond geschoben, als sie am frühen Morgen ihre Pferde sattelten. Bevor sie aufsaßen, erklärte Sperber seinen Gefährten die Strecke und wies nachdrücklich auf die Orientierungspunkte hin, die Kring ihm beschrieben hatte.

Die Dunkelheit war fast undurchdringlich. »Wir können im Kreis reiten, ohne daß wir es bemerken«, beschwerte Kalten sich leicht verdrossen. Er war in der vergangenen Nacht noch lange mit den Peloi beisammengesessen, und als Sperber ihn aufgeweckt hatte, waren seine Augen blutunterlaufen gewesen und seine Hände zittrig.

»Reitet einfach weiter, Kalten«, riet ihm Sephrenia.

»Natürlich«, entgegnete er sarkastisch, »aber wohin?«
»Nach Südosten.«
»Gut. Und wo liegt Südosten?«
»Dort!« Sie deutete in die Dunkelheit.
»Woher wißt Ihr das?«
Sie redete rasch in styrischer Sprache zu ihm. »So, nun wißt Ihr es«, sagte sie.
»Kleine Mutter, ich habe kein Wort verstanden.«
»Das ist nicht meine Schuld, Lieber.«
Der Morgen graute spät an diesem Tag, da die Wolkenbank im Osten offenbar besonders dicht war. Während sie südwärts ritten, wurden allmählich die Umrisse zerklüfteter Berggipfel sichtbar, Meilen entfernt im Osten – Berge, die nur in Zemoch liegen konnten.
Am späten Vormittag zügelte Kurik sein Pferd. »Dort ist der rote Gipfel, den du erwähnt hast, Sperber.« Er deutete mit der Hand.
»Sieht aus, als würde er bluten, nicht wahr?« bemerkte Kalten. »Oder sind das nur meine Augen?«
»Vielleicht ein bißchen von beidem, Kalten«, rügte Sephrenia. »Ihr hättet gestern nacht nicht soviel Bier trinken sollen.«
»Das hättet Ihr mir gestern abend raten sollen, kleine Mutter«, murmelte er zerknirscht.
»Also gut, meine Herren«, sagte Sephrenia, »es ist Zeit, die Kleidung zu wechseln. Eure Rüstung wäre in Zemoch zu auffällig. Schlüpft in eure Kettenhemden, wenn es denn sein muß, aber darüber tragt ihr die styrischen Kittel, die ich für euch habe. Nachdem ihr umgezogen seid, nehme ich mir eure Gesichter vor.«
»Ich bin so an meines gewöhnt«, sagte Ulath.
»*Ihr* vielleicht, Ulath, aber Zemocher könnte es erschrecken.«
Die fünf Ritter und Berit entledigten sich ihrer Panzer – die Ritter mit einer gewissen Erleichterung, Berit sichtlich ungern. Dann schlüpften sie in die um nur ein bißchen weniger unbequemen Kettenhemden und schließlich in die styrischen Kittel.

Sephrenia musterte sie kritisch. »Laßt eure Schwertgurte einstweilen ruhig über den Kitteln«, riet sie. »Ich bezweifle, daß die Zemocher wirklich bestimmte Gewohnheiten haben, wie sie ihre Waffen tragen. Sollten wir später Gegenteiliges bemerken, können wir uns immer noch darauf einstellen. So, und jetzt haltet alle still!« Sie ging von einem zum anderen, berührte das Gesicht eines jeden und wiederholte vor jedem einzelnen dieselbe styrische Beschwörung.

»Es hat offenbar nicht gewirkt, Erhabene«, stellte Bevier fest, der den Blick über die Kameraden wandern ließ. »Ich finde, daß sie alle noch wie vorher aussehen.«

»Sie sollen ja nicht für *Eure* Augen anders aussehen, Bevier.« Sie lächelte. Dann ging sie zu ihrem Sattelbeutel und holte einen kleinen Handspiegel hervor. »Die Styriker werden Euch *so* sehen.« Sie reichte ihm den Spiegel.

»Großer Gott!« keuchte er. »Ich sehe ja gräßlich aus!«

Er gab den Spiegel rasch an Sperber weiter, der sein verändertes Gesicht eingehend studierte. Sein Haar war immer noch roßhaarschwarz, doch sein wettergegerbtes Gesicht war jetzt bleich – ein Rassemerkmal der Styriker, ebenso wie die dichten Brauen und die hohen Wangenknochen. Ein bißchen enttäuscht stellte er fest, daß Sephrenia seine Nase unverändert gelassen hatte. So sehr er sich auch selbst einredete, daß es ihm nichts ausmachte, eine gebrochene Nase zu haben, hätte es ihn doch interessiert, wie er mit einer geraden Nase aussehen würde.

»Ich habe Euch das Aussehen eines reinrassigen Styrikers gegeben«, erklärte Sephrenia ihm. »Es ist nicht ungewöhnlich in Zemoch, und ich fühle mich wohler dabei. Ich kann mir nicht helfen, aber beim Anblick eines Elenier-Styriker-Mischlings dreht sich mir jedesmal der Magen um.«

Dann streckte sie den rechten Arm aus und murmelte eine längere styrische Beschwörung. Ein dunkles Spiralenband, das einer Tätowierung ähnelte, umschlang ihren Unterarm. Es sah wie die erstaunlich lebensechte Nachbildung einer Schlange aus, deren Kopf auf ihrem Handteller ruhte.

»Das erfüllt einen bestimmten Zweck, nehme ich an«, sagte Tynian und blickte neugierig auf dieses Muster.

»Natürlich. Reiten wir jetzt weiter?«

Die Grenze zwischen Pelosien und Zemoch war nicht deutlich zu erkennen. Sie schien entlang des unregelmäßigen Randes des hohen Präriegrases zu verlaufen. Der Boden östlich dieser Linie war trocken und steinig, die Vegetation karg und gedrungen. Der dunkle Rand eines Nadelwaldes erstreckte sich etwa eine Meile über einen steilen Hang.

Als sie knapp die Hälfte des Weges dorthin zurückgelegt hatten, kamen ein Dutzend Reiter in schmutzigen weißen Kitteln zwischen den Bäumen hervor auf sie zu.

»Ich übernehme das«, sagte Sephrenia. »Ihr verhaltet euch völlig still. Versucht, möglichst grimmig auszusehen.«

Die Zemocher zügelten ihre Pferde. Einige besaßen die unfertig wirkenden styrischen Züge, andere hätten sich leicht als Elenier ausgeben können, und ein paar waren wie eine abstoßend ausgefallene Mischung aus beiden.

»Gepriesen sei der gefürchtete Gott der Zemocher«, grüßte der Führer in einem gräßlichen Styrisch. Es war ein Kauderwelsch aus Styrisch und Elenisch, das die schlimmsten Eigenarten beider Sprachen vereinte.

»Du hast seinen Namen nicht ausgesprochen, Kedjek!« rügte Sephrenia ihn.

»Woher weiß sie, wie dieser Kerl heißt?« wisperte Kalten Sperber zu. Offenbar verstand Kalten mehr Styrisch, als er sprechen konnte.

»›Kedjek‹ ist kein Name«, erwiderte Sperber, »sondern eine Beleidigung.«

Das Gesicht des Zemochers wurde noch blasser, und seine schwarzen Augen zogen sich vor Haß zusammen. »Frauen und Sklaven erheben nicht das Wort gegen Angehörige der Kaiserlichen Garde!« schnaubte er.

»Kaiserliche Garde!« höhnte Sephrenia. »Weder du noch einer deiner Männer würde auch nur eine Warze auf irgendeinem Körperteil eines Kaiserlichen Gardisten abgeben.

Sprecht den Namen unseres Gottes, damit ich erkenne, daß ihr vom wahren Glauben seid! Nenne ihn, Kedjek, wenn du nicht sterben willst!«

»Azash«, murmelte der Mann unsicher.

»Sein Name wird besudelt durch die Zunge, die ihn ausspricht«, sagte Sephrenia scharf. »Aber Azash liebt bisweilen Verdorbenes.«

Der Zemocher straffte die Schultern. »Ich habe den Befehl, Männer zu sammeln«, erklärte er. »Denn der Tag steht bevor, da der Heilige Otha seine Faust ausstrecken wird, um die Ungläubigen des Westens zu zermalmen.«

»Dann gehorch. Führ deinen Auftrag aus. Sei fleißig, denn Azash bestraft Faulheit mit Folterqualen.«

»Mich braucht keine Frau zu belehren«, entgegnete er kalt. »Gehorcht und stellt Eure Diener für das Feld der Ehre bereit!«

»Deine Befehlsgewalt endet hier.« Sie hob die Rechte mit der Handfläche zu ihm. Das Muster um ihren Unterarm schien sich zu winden, und das Abbild des Schlangenkopfes zischte und züngelte. »Du hast meine Erlaubnis, mich zu grüßen«, sagte sie.

Die Augen des Zemochers weiteten sich vor Entsetzen. Da der rituelle styrische Gruß das Küssen des Handtellers einschloß, war Sephrenias ›Erlaubnis‹ die offene Aufforderung zum Selbstmord. »Verzeiht mir, Hohepriesterin«, flehte er mit einem Zittern in seiner Stimme.

»Das ist nicht möglich«, antwortete sie tonlos. Sie blickte die anderen Zemocher an, deren Augen vor Angst aus den Höhlen zu quellen drohten. »Dieses Stück Unrat hat mich beleidigt«, erklärte sie. »Tut, was üblich ist.«

Die Zemocher sprangen aus ihren Sätteln, zerrten ihren sich wehrenden Führer vom Pferd und schlugen ihm auf der Stelle den Kopf ab. Sephrenia, die sich normalerweise bei einer solchen Barbarei voll Abscheu abgewandt hätte, schaute mit unbewegtem Gesicht zu. »Sehr gut«, sagte sie ausdruckslos. »Stellt seine Überreste auf die übliche Art zur Schau und nehmt unverzüglich die Ausführung eures Auftrags wieder auf.«

»Ah – äh – Erhabene Priesterin«, sagte einer von ihnen stockend, »wir haben jetzt keinen Offizier mehr.«

»*Du* hast gesprochen. Deshalb wirst *du* sie führen. Wenn du deine Sache nicht gut machst, wird deine Strafe schrecklich sein! Und nun räumt mir dieses Aas aus dem Weg!« Sie tupfte mit den Fersen auf Ch'iels Flanken, und die schlanke Schimmelstute schritt weiter, wobei sie geschickt den Blutpfützen auf dem Boden auswich.

»Führerschaft scheint bei den Zemochern gewisse Gefahren zu bergen«, bemerkte Ulath zu Tynian.

»In der Tat«, pflichtete Tynian ihm bei.

»Mußtet Ihr das mit ihm tun, erhabene Sephrenia?« würgte Bevier hervor.

»Ja. Ein Zemocher, der einen Angehörigen der Priesterschaft beleidigt, wird immer bestraft, und in Zemoch gibt es nur eine Art von Bestrafung.«

»Wie habt Ihr das Bild der Schlange bewegt?« fragte Talen mit einer Spur Angst in den Augen.

»Gar nicht«, antwortete sie. »Es bewegte sich nicht wirklich, es sah nur so aus.«

»Dann hätte es ihn gar nicht gebissen?«

»Nein, aber er hätte es *geglaubt*, und die Folgen wären dieselben gewesen. – Was hat Kring gesagt, Sperber? Wie tief müssen wir in diesen Wald hinein?«

»Einen Tagesritt ungefähr. Am Ostrand des Waldes biegen wir nach Süden ab – kurz bevor wir die Berge erreichen.«

»Reiten wir weiter.«

Alle waren ein wenig bestürzt über die offensichtliche Veränderung, die mit Sephrenia vorgegangen war. Die herzlose Arroganz, die sie während der Begegnung mit den Zemochern zur Schau getragen hatte, unterschied sich so völlig von ihrem normalen Benehmen, daß es selbst sie ein wenig ängstigte. In dumpfem Schweigen ritten sie durch den dämmrigen Wald und warfen immer wieder verstohlene Blicke auf sie.

Schließlich zügelte sie ihren Zelter. »Würdet ihr damit aufhören!« rügte sie scharf. »Oder ist mir plötzlich ein zweiter Kopf gewachsen? Ich trete als zemochische Priesterin auf und benehme mich so, wie eine Azashpriesterin es tun würde! Wenn man ein Ungeheuer spielt, muß man manchmal auch Ungeheuerliches tun. Und nun reitet munterer weiter. Erzählt uns eine Geschichte, Tynian. Lenkt uns von diesem häßlichen Zwischenfall ab.«

»Ja, kleine Mutter«, stimmte der rundgesichtige Deiraner zu. Sperber fiel auf, daß sich alle, wahrscheinlich ganz unbewußt, diese Anrede angewöhnt hatten.

In der Nacht lagerten sie im Wald und ritten am Morgen unter immer noch bewölktem Himmel weiter. Der Weg durch den Wald führte stetig aufwärts, und die Luft wurde zunehmend kälter, je höher sie kamen. Gegen Mittag erreichten sie den Ostrand des Waldes und bogen nach Süden ab, hielten sich dabei jedoch gut hundert Meter vom Rand im Waldinnern, um den Sichtschutz durch die Bäume zu nutzen.

Wie Kring Sperber erklärt hatte, kamen sie am Spätnachmittag zu einem Streifen toter Bäume. Fahlweiß, übelriechend und mit Baumpilzen überwuchert, einem drei Meilen breiten, schmutzigen Wasserfall gleich, führte die Todesspur den Berg hinab. »Sieht aus wie der Vorhof zur Hölle – und riecht auch so!« stellte Tynian düster fest.

»Vielleicht liegt es an dem trüben Wetter«, meinte Kalten.

»Ich glaube nicht, daß Sonnenschein hier viel helfen würde«, widersprach Ulath.

»Was kann einen so breiten Streifen vergiftet haben?« fragte Bevier schaudernd.

»Die Erde selbst ist verseucht«, antwortete Sephrenia. »Wir wollen uns nicht zu lange in diesem verfluchten Wald aufhalten, meine Lieben. Ein Mensch ist zwar kein Baum, aber der üble Geruch dürfte ungesund sein.«

»Der Tag geht zu Ende, Sephrenia«, sagte Kurik.

»Das ist kein Problem. Es wird auch nach Anbruch der Dunkelheit noch hell genug sein, daß wir weiterreiten können.«

»Was hat die Erde verseucht, erhabene Sephrenia?« fragte Berit. Er blickte zu den kahlen weißen Bäumen, die sich wie flehende Totenhände aus der kranken Erde streckten.

»Ich weiß es nicht, Berit, aber der Gestank ist der des Todes. Wer weiß, welche Schrecken unter der Erde liegen. Sehen wir zu, daß wir weiterkommen.«

Die Dämmerung wich nächtlicher Dunkelheit, doch die toten Bäume um sie leuchteten in fahlem Grün.

»Seid Ihr das, Sephrenia?« fragte Kalten. »Ich meine, macht Ihr das Licht?«

»Nein«, antwortete sie. »Das hat nichts mit Magie zu tun.«

Kurik lachte ein wenig verlegen. »Ich hätte mich erinnern müssen!« schalt er sich.

»Woran erinnern?« fragte ihn Talen.

»Daß verfaulendes Holz manchmal im Dunkeln schimmert.«

»Das habe ich nicht gewußt.«

»Du hast zuviel Zeit in den Städten verbracht, Talen.«

»Man muß dort sein, wo man seine Kunden hat.« Der Junge zuckte die Schultern. »Es bringt nicht viel ein, wenn man Frösche hereinlegt.«

Sie ritten die ersten Nachtstunden hindurch in diesem fahlgrünlichen Schimmern. Alle hielten den Umhang vor Nase und Mund. Kurz vor Mitternacht gelangten sie an einen steilen, bewaldeten Kamm. Diesem folgten sie ein Stück; dann schlugen sie ihr Lager für den Rest der Nacht in einer flachen, bewaldeten Mulde auf, in der ihnen die Luft, nach den scheinbar endlosen Stunden im Übelkeit erregenden Gestank des toten Waldes, geradezu wundersam süß und rein vorkam.

Was am nächsten Tag vor ihnen lag, als sie auf dem Kamm standen, war auch nicht sehr ermutigend. Die Gegend, die sich vor ihnen ausbreitete, war ebenso tot wie die gestrige, aber schwarz statt weiß.

»Was in aller Welt ist das?« keuchte Talen und starrte über die brodelnde Weite klebrig aussehenden schwarzen Schlammes.

»Der Teersumpf, den Kring erwähnte«, erklärte Sperber.

»Können wir ihn umreiten?«

»Nein. Der Teer sickert aus einer Felswand, und der Sumpf erstreckt sich meilenweit durch die Ausläufer des Berglands.«

Dieser Teersumpf bestand aus riesigen, glänzend schwarzen, brodelnden Lachen, die sich, soweit es die Gefährten erkennen konnten, bis zu einem schroffen Felsen etwa fünf Meilen im Süden erstreckten. Nahe der gegenüberliegenden Seite loderte eine bläuliche Flamme empor, fast so hoch wie der Turm des Domes zu Cimmura.

»Wie können wir diesen Sumpf überqueren?« fragte Bevier bestürzt.

»Vorsichtig, würde ich sagen«, erwiderte Ulath. »Ich habe oben in Thalesien so manches Treibsandgebiet durchquert. Es ist natürlich äußerst zeitraubend, weil man jeden Schritt erst mit einem Stock – einem möglichst langen – ausloten muß.«

»Die Peloi haben den Weg markiert«, beruhigte Sperber die Freunde. »Sie haben Pflöcke in den festen Boden gerammt.«

»Und welcher Seite der Stöcke sollen wir folgen?« fragte Kalten.

»Das hat Kring nicht gesagt.« Sperber zuckte die Schultern. »Ich bin sicher, das werden wir schon nach den ersten Schritten herausfinden.«

Sie ritten vom Kamm hinunter und behutsamen Schrittes hinaus auf das klebrige Sumpfland. Die Luft war dick von Naphthadämpfen, und Sperber spürte schon nach kurzer Zeit eine leichte Benommenheit.

Da sie äußerst vorsichtig sein mußten, kamen sie nur langsam voran. Große, klebrige Blasen stiegen aus dem Teersumpf auf und platzten mit gurgelnden Lauten. Als sie sich dem Südende des Sumpfes näherten, kamen sie an dem hohen Feuer vorbei, einer blauen Flammensäule, die tosend aus der Erde schoß. Hinter ihr stieg der Boden an, und bald darauf hatten sie den Teersumpf hinter sich. Vielleicht lag es an der Hitze der brennenden Gase, die aus dem Sumpf aufgestiegen waren, daß ihnen die Luft nun viel kälter erschien.

»Es riecht nach Regen, aber ich glaube, daß wir uns auf Schnee gefaßt machen müssen«, warnte Kurik.

»Im Gebirge muß man immer mit Schnee rechnen«, bemerkte Ulath.

»Wonach sollen wir jetzt Ausschau halten?« fragte Tynian Sperber.

»Danach.« Sperber deutete auf einen hohen Felsen mit schräg verlaufenden breiten, gelben Streifen. »Kring hätte die Strecke gar nicht besser beschreiben können.« Er spähte geradeaus und sah einen Baum, aus dessen Rinde ein Stück herausgeschnitten war. »Gut! Der Weg zum Paß ist markiert. Vorwärts, oder wollt ihr auf den Regen warten?«

Der Paß war eigentlich ein uraltes Bachbett. Das Klima von Eosien hatte sich über die Äonen hinweg verändert, und während Zemoch immer trockener wurde, war der Bach, der sich geduldig die enge Klamm gegraben hatte, an seiner Quelle ausgetrocknet und hatte eine steile Rinne zurückgelassen, die zu den hohen Felsen hinaufführte.

Wie Kurik vorhergesagt hatte, begann es am Spätnachmittag zu regnen. Es war ein gleichmäßiges Nieseln, das alles durchnäßte.

»Ritter Sperber!« rief Berit, der die Nachhut bildete. »Kommt und seht Euch das an!«

Sperber wendete Faran und ritt zurück. »Was gibt es, Berit?«

Berit deutete nach Westen, wo der Sonnenuntergang nicht mehr als ein heller Grauton am Regenhimmel war. Genau in der Mitte dieses helleren Fleckens trieb eine pechschwarze Wolke. »Sie wandert in die falsche Richtung, Ritter Sperber«, erklärte Berit aufgeregt. »Alle anderen Wolken treiben westwärts, diese aber nach Osten, auf uns zu. Sie sieht so ähnlich aus wie jene, in der die Urmenschen verborgen waren, findet Ihr nicht?«

»Allerdings«, antwortete Sperber düster. »Sephrenia!« rief er.

Sie kehrte ebenfalls um und gesellte sich zu ihnen.

»Sie ist wieder da!« Sperber deutete auf die Wolke.

»Ja, ich sehe es. Habt Ihr wirklich erwartet, daß sie einfach verschwindet, Sperber?«

»Gehofft hatte ich es. Können wir etwas tun?«

»Nein.«

Er straffte die Schultern. »Dann reiten wir weiter.«

Die steile Klamm schlängelte sich durch die Felsen. Sie folgten ihr vorsichtig, während der Abend dämmerte. Schließlich kamen sie um eine Biegung in dem alten Bachlauf und sahen eine Gerölllawine, die aus dem Schutt einer eingebrochenen Felswand bestand. Das südliche Ende der Klamm war eingestürzt und hatte, wie es aussah, den Ausgang verstopft.

»Das ist ziemlich entmutigend«, bemerkte Bevier. »Ich hoffe, Kring hat Euch auch hier hilfreiche Anweisungen gegeben, Sperber.«

»Wir sollen uns hier links halten«, wandte Sperber sich an die Gefährten. »An der Hangseite der Geröllawine werden wir einen Haufen Äste, Stämme und Strauchwerk unmittelbar an der Nordwand der Klamm vorfinden. Wenn wir das alles beiseite räumen, stoßen wir auf einen Weg, der unter das Geröll führt. Die Peloi benutzen ihn, wenn sie nach Zemoch reiten, um nach Ohren Ausschau zu halten.«

Kalten wischte sich übers Gesicht. »Dann wollen wir uns mal umsehen«, sagte er.

Der Haufen geknickter Bäume und das wirre Strauchwerk sahen im schwindenden Tageslicht wie eine Ansammlung von totem Holz aus, die vom Frühlingsschmelzwasser die Schlucht hinuntergespült worden war. Talen saß ab, stieg über einen schiefstehenden kahlen Stamm und spähte in die dunkle Lücke hinter dem wirren Haufen. »Hallo!« brüllte er hinein. Seine Stimme hatte ein hohles Echo.

»Gib uns Bescheid, wenn jemand antwortet«, rief Tynian.

»Wir sind hier richtig, Sperber«, versicherte der Junge ihm. »Hinter diesem Haufen ist alles frei.«

»Dann machen wir uns an die Arbeit«, schlug Ulath vor. Er blickte zum tiefgrauen, regnerischen Himmel. »Wir sollten uns überlegen, ob wir die Nacht nicht da drin verbringen. Es wäre ein Schutz gegen das Wetter, außerdem wird es schon dunkel.«

Sie fertigten Joche aus Holzstücken an und bedienten sich der Packpferde, um den Haufen zur Seite zu ziehen. Die Öffnung dahinter war dreieckig, der Gang eng und muffig.

»Es ist trocken«, stellte Ulath fest, »und gut versteckt. Wir könnten ein wenig tiefer hineingehen und ein Feuer machen. Wenn wir unsere Sachen nicht trocknen, werden unsere Kettenhemden morgen nur noch Rost sein.«

»Zuerst verdecken wir den Zugang wieder«, erklärte Kurik. Aber er hatte keine große Hoffnung, daß sie sich hinter einem Haufen dürren Holzes vor der schwarzen Wolke verbergen könnten, die ihnen seit Thalesien folgte.

Nachdem die Öffnung geschlossen war, holten sie Fackeln aus ihrem Gepäck, zündeten sie an und folgten dem schmalen Gang, bis er nach etwa hundert Metern breiter wurde.

»Was meint ihr?« fragte Kurik.

»Zumindest ist es trocken«, stellte Kalten fest. Er stocherte mit den Zehenspitzen in dem sandigen Boden und brachte schließlich einen Klotz gebleichten Holzes zum Vorschein. »Vielleicht finden wir auf diese Weise sogar genügend Brennholz«, sagte er hoffnungsvoll.

Sie schlugen ihr Lager auf, und schon bald prasselte ein kleines Feuer.

Talen, der dem Gang bis zum Ende gefolgt war, kehrte zurück. »Er führt noch etwa hundert Meter weiter«, berichtete er. »Das obere Ende ist mit Strauchwerk verstopft, genau wie das untere. Kring hat sich viel Mühe gemacht, diesen Durchgang zu tarnen.«

»Wie ist das Wetter am anderen Ende?« fragte Kurik.

»Schneeregen, Vater.«

»Sieht so aus, als hätte ich recht gehabt. Was soll's, es wäre nicht unser erster Schnee.«

»Wer ist mit dem Kochen an der Reihe?« erkundigte sich Kalten.

»Ihr«, antwortete Ulath.

Brummelnd kramte Kalten in den Proviantbeuteln.

Das Abendessen bestand aus Feldrationen der Peloi, geräuchertem Hammelfleisch, Schwarzbrot und einer dicken Erbsensuppe. Es war nahrhaft, schmeckte jedoch nicht besonders.

Danach saßen sie um das Feuer und blickten trüb in die Flammen. »An Tagen wie diesem frage ich mich, wie ich je auf die Idee gekommen bin, Ordensritter zu werden«, sagte Tynian. »Als ich jünger war, hatte ich die Gelegenheit, Advokat zu werden. Aber das hielt ich damals für langweilig. Also entschied ich mich für diese Laufbahn. Ich möchte wissen, warum.«

Allgemeines zustimmendes Murmeln.

»Meine Herren!« mahnte Sephrenia. »Verdrängt solche Gedanken! Habt ihr vergessen, was ich gesagt habe? Wenn wir uns der Schwermut oder gar der Verzweiflung hingeben, stürzen wir uns geradezu in die Klauen unserer Feinde. Eine finstere Wolke über unseren Köpfen genügt. Lassen wir uns nicht von dunklen Gedanken forttragen! Denn wenn das Licht schwächer wird, siegt die Dunkelheit.«

24

Schneeflocken von der Größe einer Halbkrone mischten sich unter den Nieselregen, der in den engen Paß fiel. Raben kauerten mit nassem Gefieder und finsteren Blicken auf den Ästen. Es war ein Morgen, den man am besten unter einem dichten Dach, zwischen festen Mauern an einem molligen Feuer hätte verbringen sollen. Doch in Ermangelung dieser Annehmlichkeiten krochen Sperber und Kurik tiefer in das Wacholderdickicht hinein und warteten.

»Bist du sicher?« flüsterte Sperber seinem Knappen zu.

Kurik nickte. »Es war zweifellos Rauch, Sperber«, antwortete er ebenso leise. »Und jemand hat sich ziemlich ungeschickt angestellt, Speck zu braten.«

»Wir können nicht viel mehr tun als warten«, brummte

Sperber. »Ich möchte nicht versehentlich über irgend jemanden stolpern.« Er versuchte, es sich ein bißchen bequemer zu machen, doch das ging nicht, weil er zwischen den Stämmen von zwei verkümmerten Bäumen eingekeilt war.

»Was hast du?« wisperte Kurik.

»Von einem Ast über mir tropft es mir auf den Hals und rinnt mir den Rücken hinunter.«

Kurik blickte ihn forschend an. »Wie fühlst du dich?«

»Naß. Trotzdem, danke der Nachfrage.«

»Du weißt genau, was ich meine! Ich soll auf dich achtgeben. Schließlich bist du der Schlüssel des Ganzen. Es spielt keine Rolle, ob wir anderen uns bedauern, aber wenn *du* es mit Zweifeln und Ängsten zu tun bekommst, sind wir *alle* in Schwierigkeiten!«

»Sephrenia ist manchmal wie eine Glucke.«

»Sie liebt dich, Sperber. Es ist nur natürlich, daß sie um dich besorgt ist.«

Sie warteten, doch so sehr sie die Ohren spitzten – außer dem Tropfen des Wassers von den Ästen konnten sie nichts hören.

»Sperber«, sagte Kurik schließlich.

»Ja?«

»Falls mir etwas zustößt, kümmerst du dich um Aslade, nicht wahr? Und die Jungs?«

»Dir wird nichts zustoßen, Kurik.«

»Wahrscheinlich nicht, aber ich muß es trotzdem wissen.«

»Du bekommst später eine Pension – eine ziemlich beachtliche sogar. Vielleicht werde ich ein paar Morgen Land verkaufen müssen, um sie bezahlen zu können. Aslade wird gut versorgt sein.«

»Vorausgesetzt natürlich, daß *du* heil nach Hause kommst«, sagte Kurik.

»Um deine Pension brauchst du dir trotzdem keine Gedanken zu machen, mein Freund. Dafür ist schon in meinem Letzten Willen gesorgt. Vanion wird sich darum kümmern – oder Ehlana.«

»Du denkst an alles, Sperber.«

»Ich habe einen gefährlichen Beruf. Ich muß vorsorgen – für den Fall des Falles.« Sperber grinste seinen Freund an. »Hältst du das für ein geeignetes Thema, um mich aufzuheitern?«

»Ich wollte es nur wissen«, antwortete Kurik. »Es ist beruhigend, wenn alles geregelt ist und man sich über solche Dinge keine Sorgen machen muß. Dann wird Aslade in der Lage sein, den Jungs eine eigene Existenz zu schaffen.«

»Deine Söhne haben bereits einen Beruf, Kurik.«

»Den eines Bauern? Das ist manchmal etwas unsicher.«

»Das habe ich nicht gemeint. Ich habe mit Vanion über sie gesprochen. Euer Ältester wird wahrscheinlich sein Noviziat beginnen, sobald diese Sache vorbei ist.«

»Das ist lächerlich, Sperber!«

»Nein. Der pandionische Orden braucht immer gute Männer, und wenn deine Söhne was von ihrem Vater mitbekommen haben, gehören sie zu den Besten. Wir hätten *dich* schon vor Jahren zum Ritter geschlagen, aber du hast mich ja nicht einmal darüber reden lassen. Du bist so stur, Kurik!«

»Sperber, du ...« Kurik hielt abrupt inne. »Jemand kommt!« zischte er.

»Das ist totaler Blödsinn«, erklang es von der anderen Seite des Dickichts im elenisch-styrischen Mischdialekt, der den Sprecher als Zemocher auswies.

»Warum gehst du nicht zu Surkhel zurück und sagst ihm, daß er ein Idiot ist, Houna?« schlug die andere Stimme vor. »Deine Meinung wird ihn bestimmt interessieren.«

»Surkhel *ist* ein Idiot, Timak. Er stammt aus Korakach. Alle dort sind entweder wahnsinnig oder schwachsinnig.«

»Unsere Befehle kommen von Otha, nicht von Surkhel, Houna«, erinnerte ihn Timak. »Surkhel tut nur, was man ihm aufträgt.«

»Otha!« schnaubte Houna. »Ich glaube nicht, daß es wirklich einen Otha gibt. Ich sage dir, die Priesterschaft hat ihn nur erfunden. Wer hat ihn denn schon je gesehen?«

»Du hast Glück, daß ich dein Freund bin, Houna. Mit so einem Gerede könntest du nur zu leicht bei den Aasgeiern enden. Hör auf, an allem zu kritteln. Unsere Arbeit ist nicht so schlimm. Wir brauchen nur herumzureiten und in einer Gegend nach Leuten zu suchen, wo es überhaupt keine gibt. Es sind längst alle aufgesammelt und nach Lamorkand unterwegs.«

»Ich hab' genug von diesem Regen, das ist alles.«

»Sei froh, daß es bloß Wasser regnet, Houna. Wenn unsere Freunde auf den Ebenen von Lamorkand auf die Ordensritter treffen, so könnten sie leicht in einen Wolkenbruch aus Flammen rennen – oder Blitzen – oder Giftschlangen.«

»*So* gefährlich können die Ordensritter gar nicht sein«, höhnte Houna. »Schließlich beschützt uns Azash.«

»Schöner Schutz«, höhnte nun Timak. »Azash kocht zemochische Kleinkinder zu Fleischbrühe.«

»Das ist abergläubischer Unsinn, Timak.«

»Kennst du auch nur einen, der in seinen Tempel gegangen und wieder zurückgekommen ist?«

Ein schriller Pfiff erklang aus einiger Entfernung.

»Das ist Surkhel«, stellte Timak fest. »Wir ziehen weiter, nehme ich an. Ich frage mich, ob er weiß, wie ärgerlich seine Pfeiferei ist.«

»Er *muß* pfeifen, Timak. Er hat ja noch nicht Reden gelernt. Gehen wir.«

»Was haben sie gesprochen?« flüsterte Kurik. »Wer sind sie?«

»Sie gehören offenbar zu einer Patrouille«, antwortete Sperber.

»Die nach uns sucht? Ist es Martel trotz allem gelungen, Leute auszuschicken?«

»Das glaube ich nicht. Aus der Unterhaltung der beiden schließe ich, daß sie nach jedermann Ausschau halten, der noch nicht in den Krieg gezogen ist. Am besten, wir holen die anderen und reiten weiter.«

»Was haben sie gesagt?« wollte auch Kalten wissen, als sie wieder bei den Gefährten waren.

»Nichts von Bedeutung«, erwiderte Sperber. »Sie redeten wie alle anderen Soldaten auf der Welt. Ich glaube, wenn wir diese ganzen Schreckensgeschichten, die man über sie erzählt, außer acht lassen, werden wir feststellen, daß Zemocher sich gar nicht so sehr von anderen einfachen Leuten unterscheiden.«

»Sie beten Azash an!« sagte Bevier entrüstet. »Das allein macht sie schon zu Ungeheuern.«

»Sie *fürchten* Azash, Bevier«, verbesserte ihn Sperber. »Zwischen Fürchten und Anbeten ist ein Unterschied. Ich glaube nicht, daß wir hier einen Krieg bis zur völligen Vernichtung führen müssen. Wir brauchen die Menschen nur von den Fanatikern und den Elitetruppen zu befreien – von Azash und Otha ganz abgesehen. Ich glaube, danach können wir es dem zemochischen Volk selbst überlassen, seine eigene Religion zu wählen, ob es nun die elenische oder styrische ist.«

»Sie sind ein verderbtes Volk, Sperber!« beharrte Bevier. »Und eine Ehe zwischen Styrikern und Eleniern ist in den Augen Gottes abscheulich!«

Sperber seufzte. Bevier war erzkonservativ, und mit ihm zu streiten, würde zu nichts führen. »Wir können das alles nach dem Krieg klären, hoffe ich«, sagte er. »Jedenfalls können wir jetzt unbedenklich weiterreiten. Natürlich müssen wir auf der Hut sein, aber ich glaube nicht, daß es notwendig ist, ständig in Deckung zu bleiben.«

Sie saßen wieder auf und ritten aus dem Paß auf eine Hochebene mit vereinzelten, kleineren Waldungen. Es regnete nach wie vor, und die dicken Schneeflocken wurden dichter, während sie weiter gen Osten trabten. In der Nacht lagerten sie in einem Nadelwald. Ihr Feuer, das sie mit feuchten Zweigen nährten, war klein und brannte schlecht. Als sie am Morgen erwachten, stellten sie fest, daß schwerer nasser Schnee etwa drei Zoll hoch die Ebene bedeckte.

»Zeit, eine Entscheidung zu treffen, Sperber«, sagte Kurik, der durchs anhaltende Schneegestöber hinaus auf die weiße Ebene blickte.

»So?«

»Wir können weiterhin versuchen, diesem Pfad zu folgen, der nicht besonders gut markiert ist und wahrscheinlich in spätestens einer Stunde nicht mehr zu sehen sein wird, oder wir können nach Norden reiten, dann sind wir gegen Mittag auf der Straße nach Vileta.«

»Das zweite wäre dir lieber, nicht wahr?«

»Allerdings. Ich habe keine große Lust, in einem fremden Land herumzuirren und einen Pfad zu suchen, der vielleicht nicht einmal dorthin führt, wohin wir wollen.«

»Also gut, Kurik. Da du so versessen darauf bist, richten wir uns nach dir. Aber für mich war eigentlich nur entscheidend, daß wir das Grenzland hinter uns bringen, wo Martel ein paar Überraschungen für uns bereithalten wollte.«

»Wir verlieren einen halben Tag!« gab Ulath zu bedenken.

»Wir verlieren viel mehr, wenn wir irgendwo in diesen Bergen umkehren müssen«, entgegnete Sperber. »Wir müssen Azash nicht zu einer bestimmten Stunde oder an einem bestimmten Tag treffen. Wir werden ihm jederzeit willkommen sein.«

Sie ritten nordwärts durch den Matsch, die jetzt dicht fallenden Flocken und den Nebel, der selbst die nahen Berge vor ihnen versteckte. Der nasse Schnee klebte an ihnen, was zu ihrer düsteren Stimmung beitrug. Weder Ulath noch Tynian gelang es, ihre Laune mit ein paar gezwungen humorvollen Bemerkungen zu verbessern, und sie gaben es bald auf. So ritten schließlich alle stumm dahin und hingen schwermütigen Gedanken nach.

Wie Kurik vorhergesehen hatte, erreichten sie die Straße nach Vileta gegen Mittag und folgten ihr ostwärts. Nichts wies darauf hin, daß irgend jemand sie benutzt hatte, seit es zu schneien angefangen hatte. Der Abend machte sich an diesem schneetrüben Tag lediglich durch noch stärkere Düsternis bemerkbar. Für die Nacht suchten sie in einer alten, baufälligen Scheune Schutz vor dem Wetter. Und wie immer in Gegenden, wo sie mit Feindseligkeiten rechnen mußten, hielten sie abwechselnd Wache.

Spät am nächsten Tag ritten sie an Vileta vorbei. Es gab nichts in der Stadt, was sie gebraucht hätten, und es war besser, kein unnötiges Risiko einzugehen.

»Verlassen«, sagte Kurik, als sie an der Stadt vorüberritten.

»Woher willst du das wissen?« fragte Kalten ihn.

»Kein Rauch. Es ist kalt und schneit immer noch. Wenn jemand da wäre, hätten sie Feuer gemacht.«

»Ob die Leute wohl irgendwas vergessen haben, als sie die Stadt verließen?« sagte Talen mit glänzenden Augen.

»Verschwende keinen Gedanken daran!« mahnte Kurik ihn scharf.

Auch in den darauffolgenden zwei Tagen hielt das schlechte Wetter an, und die düstere Stimmung blieb.

»Warum tun wir das, Sperber?« fragte Kalten gegen Tagesende verdrossen. »Warum wir?«

»Weil wir Ordensritter sind.«

»Es gibt auch noch andere Ordensritter! Haben wir nicht schon genug getan?«

»Möchtest du umkehren? Ich habe dich nicht gebeten mitzukommen – und auch keinen der anderen.«

Kalten schüttelte den Kopf. »Nein, natürlich nicht. Ich weiß nicht, was über mich gekommen ist. Vergiß, was ich gesagt habe.«

Doch Sperber vergaß es nicht. An diesem Abend zog er Sephrenia zur Seite. »Ich glaube, wir haben ein Problem.«

»Sind Euch ungewöhnliche Empfindungen aufgefallen?« fragte sie rasch. »Die Euch fremd erscheinen und von außerhalb kommen könnten?«

»Ich weiß nicht recht, was Ihr meint.«

»Ich glaube, wir alle haben es bereits ein paarmal erlebt – diese plötzlichen Anfälle von Zweifel und Niedergeschlagenheit.« Sie lächelte leicht. »Das paßt nicht zu einem Ordensritter. Meistens seid Ihr sogar übertrieben optimistisch. Diese Zweifel, diese Düsterkeit wird uns von außen aufgezwungen. Ist es das, was Ihr fühlt? Ist dies das Problem, das Ihr meint?«

»Es geht nicht um mich«, versicherte Sperber. »Ich fühle mich zwar ein bißchen bedrückt, aber ich glaube, daran ist nur das Wetter schuld. Ich rede von den anderen. Kalten fragte mich heute, warum ausgerechnet *wir* diesen Ritt unternehmen. Der Kalten, den ich kenne, würde nie solche Fragen stellen. Für gewöhnlich muß man ihn zügeln, aber jetzt möchte er am liebsten nach Hause zurückkehren. Wenn alle meine Freunde so empfinden, warum fühle ich es dann nicht ebenfalls?«

Sie blickte hinaus in das Schneetreiben. Wieder wurde Sperber ihre zeitlose Schönheit bewußt. »Ich glaube, er hat Angst vor Euch«, sagte sie nach einer Weile.

»Kalten? Unsinn!«

»Ihn meinte ich nicht. Azash hat Angst vor Euch, Sperber.«

»Das ist absurd!«

»Ich weiß, aber ich glaube es trotzdem. Ihr habt mehr Macht über den Bhelliom als irgend jemand zuvor. *Das* ist es, was Azash wirklich angst macht. Darum wagt er es nicht, Euch direkt herauszufordern, und deshalb versucht er, Eure Freunde zu entmutigen. Er geht gegen Kalten und Bevier und die anderen vor, weil er es bei Euch nicht wagt.«

»Und Ihr?« fragte er. »Fühlt Ihr die Verzweiflung auch?«

»Natürlich nicht.«

»Wieso ist das natürlich?«

»Es würde zu lange dauern, Euch das zu erklären. Ich kümmere mich um die Sache, Sperber. Geht schlafen.«

Am nächsten Morgen wurden sie von vertrauten Klängen geweckt. Die Töne waren klar und rein, und obwohl das Lied der Syrinx in Moll war, klang unerschütterlicher Frohsinn aus ihm. Ein Lächeln zog über Sperbers Lippen, und er rüttelte Kalten wach. »Wir haben Besuch«, sagte er.

Kalten saß abrupt auf und griff nach seinem Schwert, als auch er die Flötenklänge hörte. »Na, so was!« Er grinste. »War auch an der Zeit. Wie ich mich freue, sie wiederzusehen!«

Sie traten aus dem Zelt und schauten sich um. Es schneite immer noch, und der Nebel hing hartnäckig zwischen den Bäumen. Sephrenia und Kurik saßen an dem kleinen Feuer vor ihrem Zelt.

»Wo ist sie?« fragte Kalten und ließ den Blick wandern.

»Sie ist hier.« Sephrenia nippte ruhig ihren Tee.

»Ich kann sie nicht sehen.«

»Das braucht Ihr auch nicht, Kalten. Hauptsache Ihr wißt, daß sie da ist.«

Auch die anderen kamen mit strahlenden Gesichtern aus ihren Zelten. Ulath lachte sogar gutgelaunt.

Alle waren bester Stimmung, und der graue Morgen erschien ihnen fast sonnig. Sogar ihre Pferde waren lebhaft, ja unternehmungslustig. Sperber und Berit gingen mit der allmorgendlichen Haferration zu den Tieren, um sie zu füttern. Normalerweise begrüßte Faran den neuen Tag mit verdrossenem Blick, doch heute wirkte der mächtige häßliche Fuchs friedlich. Er starrte auf eine große, ausladende Buche. Sperber folgte seinem Blick und blieb wie angewurzelt stehen. Der Baum war noch halb vom Nebel verborgen, doch Sperber vermeinte ganz deutlich die vertraute Figur des kleinen Mädchens zu erkennen, das eben erst ihre Niedergeschlagenheit mit seinem fröhlichen Lied vertrieben hatte. Flöte sah genauso aus wie damals, als er sie zum ersten Mal gesehen hatte. Sie saß auf einem Ast und hielt ihre Syrinx an die Lippen. Das Stirnband aus geflochtenem Gras hielt ihr glänzend schwarzes Haar zusammen. Sie trug auch jetzt den kurzen Linnenkittel mit Gürtel, und sie hatte die zierlichen Füße, die wie immer Grasflecken aufwiesen, überkreuzt. Ihre großen dunklen Augen blickten ihn an, und niedliche Grübchen waren auf ihren Wangen zu sehen.

»Berit«, sagte Sperber leise. »Schaut!«

Der junge Rittergeselle drehte sich um und blieb wie angewurzelt stehen. »Hallo, Flöte!« grüßte er sie, und es hörte sich erstaunlicherweise gar nicht überrascht an.

Aphrael erwiderte seinen Gruß mit einem kurzen Triller und setzte ihre Melodie fort. Dann wallte der Nebel um den Baum, und als er sich auflöste, war sie verschwunden.

»Sie sieht gut aus, nicht wahr?« sagte Berit.

»Wie könnte es anders sein?« Sperber lachte.

Danach vergingen die Tage wie im Flug. Wenn sie sich vorher düster durch das Grau und den Schnee geschleppt hatten, ritten sie nun wie in Festtagsstimmung dahin. Sie lachten und scherzten und achteten kaum auf das Wetter, obwohl es nicht besser geworden war. Es schneite weiterhin jede Nacht durch, doch bis zum Mittag wurden die Flocken zu Regen, der den Schnee schmolz, so daß er sie nicht behinderte, auch wenn sie meist durch Matsch reiten mußten. Hin und wieder schallte Aphraels Flöte ermutigend durch den Nebel.

Mehrere Tage später sahen sie von einer Anhöhe aus die bleigraue Weite des Merjuker Meerbusens vor sich, halb verborgen durch Nebel und das eisige Nieseln. An der Küste unter ihnen kauerte sich eine beachtliche Zahl niedriger Häuser zusammen.

»Das muß Albak sein«, sagte Kalten. Er wischte sich übers Gesicht und spähte zu dem Städtchen hinunter. »Ich sehe keinen Rauch«, bemerkte er. »Nein, wartet. Aus einem Schornstein steigt welcher auf – dort, nahe der Stadtmitte.«

»Reiten wir hinunter«, sagte Kurik. »Wir müssen sowieso ein Boot stehlen.«

Albaks Straßen waren ungepflastert und mit einer hohen wäßrigen Schneeschicht bedeckt. Sie war völlig unberührt, was darauf hinwies, daß die Stadt unbewohnt war. Die dünne Rauchsäule, die sie vom Hügel aus gesehen hatten, kräuselte sich aus dem Schornstein einer niedrigen Hütte an einem Platz in der Stadtmitte. Ulath sog die Luft ein. »Dem Geruch nach eine Schenke«, meinte er.

Sie saßen ab und traten ein. Die Stube war lang und niedrig, mit rußigen Deckenbalken und modrigem Stroh am Boden. Es war klamm und roch muffig. Fenster gab es keine; nur ein armseliges Herdfeuer an der hinteren Seite spendete Licht. Ein Buckliger zerbrach mit dem Fuß eine Bank zu Feuerholz. »Wer ist da?« rief er, als sie eintraten.

»Reisende«, antwortete Sephrenia auf styrisch, und ihre Stimme klang seltsam fremd. »Wir suchen für die Nacht ein Dach über den Kopf.«

»Sucht nicht hier«, knurrte der Bucklige. »Das ist *mein* Haus.«

Er warf ein paar Stücke der zertrümmerten Bank in den offenen Herd, legte sich eine schmutzige Decke um die Schultern und setzte sich. Dann zog er ein kleines Bierfaß näher heran und streckte die Hände über die schwächlichen Flammen.

»Wir begeben uns gern anderswohin«, versicherte Sephrenia ihm. »Doch zuerst brauchen wir eine Auskunft.«

»Fragt jemand anders.« Er blinzelte sie an. Da erst sahen sie, daß er schielte und nahezu blind sein mußte.

Sephrenia ging über das faulige Stroh und stellte sich vor den unfreundlichen Buckligen. »Ihr seid offenbar der einzige hier.«

»Ja«, antwortete er mürrisch. »Alle anderen sind fort, um in Lamorkand zu sterben. Ich werde hier sterben, da brauche ich nicht so weit zu gehen. Und jetzt laßt mich in Ruhe.«

Sie streckte den Arm aus, hielt ihn vor sein stoppelbärtiges Gesicht. Das Abbild des Schlangenkopfes erhob sich züngelnd von ihrem Handteller. Der fast blinde Bucklige runzelte die Stirn und drehte das Gesicht einmal so, dann so, um erkennen zu können, was Sephrenia da hielt. Plötzlich schrie er erschrocken auf, kippte mit dem Hocker nach hinten und stieß gegen das Bierfaß, daß es auszurinnen begann.

»Ihr habt meine Erlaubnis, mir die Ehre zu erweisen«, sagte Sephrenia in unerbittlichem Tonfall.

»Ich – ich wußte ja nicht, daß Ihr eine Priesterin seid«, stammelte er. »Vergebt mir!«

»Wir werden sehen. Ist außer Euch niemand in der Stadt?«

»Nein, Priesterin – ich bin ganz allein. Ich bin zu verkrüppelt, als daß ich reisen könnte. Und ich kann kaum noch sehen. Man hat mich zurückgelassen.«

»Wir suchen eine andere Gruppe Reisender – vier Männer und eine Frau. Einer der Männer hat weißes Haar. Ein anderer sieht aus wie ein Tier. Habt Ihr sie gesehen?«

»Bitte, tötet mich nicht!«

»Dann redet!«

»Ein paar Leute sind gestern hier durchgekommen. Vielleicht waren es die, nach denen Ihr sucht. Sicher weiß ich es nicht, weil sie nicht nahe genug ans Feuer getreten sind, daß ich ihre Gesichter hätte sehen können. Aber sie haben geredet. Sie sagten, sie wollten nach Aka und von dort zur Hauptstadt. Sie haben Tassalks Boot gestohlen.« Der Bucklige ließ sich auf den Boden sinken, schlang die Arme um den Körper und begann, rhythmisch hin und her zu schaukeln, wobei er leise stöhnte.

»Er ist verrückt«, flüsterte Tynian Sperber zu.

»Ja«, bestätigte Sperber traurig.

»Alle fort«, sagte der Bucklige in einem eigentümlichen Singsang. »Alle fort, um für Azash zu sterben. Um die Elenier zu töten und dann zu sterben. Azash liebt den Tod. Alle sterben. Alle sterben. Alle sterben für Azash.«

»Wir werden uns ein Boot nehmen«, erklärte Sephrenia.

»Nehmt. Nehmt. Niemand wird zurückkommen. Alle sterben, und Azash wird sie fressen.«

Sephrenia wandte sich um und kehrte zu den anderen zurück. »Wir gehen«, sagte sie.

»Was wird aus ihm?« fragte Talen sie mit gedämpfter Stimme. »Er ist ganz allein hier und fast blind!«

»Er wird sterben.«

»Ganz allein?« fragte Talen bedrückt.

»Jeder stirbt allein, Talen.« Sie führte die Gefährten entschlossen aus der stinkenden Schenke.

Doch kaum waren sie im Freien, fing sie zu weinen an.

Sperber ging zu seinem Sattelbeutel und holte die Karte heraus. Stirnrunzelnd studierte er sie. »Warum will Martel nach Aka?« fragte er Tynian. »Das ist ein riesiger Umweg.«

»Von Aka nach Zemoch führt eine Straße.« Tynian deutete auf die Karte. »Wir haben ihn ziemlich gehetzt. Seine Pferde sind wahrscheinlich erschöpft.«

»Könnte sein. Und Martel ist noch nie gern querfeldein geritten.«

»Nehmen wir den gleichen Weg?«

»Nein. Martel versteht nicht viel von Booten, deshalb wird er mehrere Tage da draußen im Meerbusen herumtreiben. Kurik dagegen ist Seemann und kann uns auf geradem Weg übersetzen. Von der Ostküste könnten wir es in etwa drei Tagen bis zur Hauptstadt schaffen. Wir haben immer noch eine gute Chance, vor Martel dort zu sein. Kurik«, rief er. »Suchen wir uns ein Boot.«

Sperber lehnte sich an die Reling des großen, teerbeschmierten Schwertbootes, das Kurik ausgesucht hatte. Der Wind hatte nach Westen gewendet, und ihr Boot brauste über das kabbelige Wasser des Meerbusens nach Osten. Sperber griff unter seinen Kittel und holte Ehlanas Brief heraus.

Liebster,
wenn alles gut gegangen ist, müßtest Du nun nahe der zemochischen Grenze sein – und ich muß glauben, daß alles gut gegangen ist, wenn ich nicht den Verstand verlieren will. Du und Deine Gefährten, ihr werdet es bestimmt schaffen, mein geliebter Sperber. Ich weiß das so gewiß, als hätte es mir Gott selbst gesagt. Wir waren von Anfang an bestimmt, einander zu lieben – und zu heiraten. Unsere Begegnung und unsere Heirat waren Teil eines größeren Planes – ebenso wie es die Schar Deiner Gefährten war. Wer sonst in aller Welt wäre besser geeignet, Dich zu unterstützen, als die großen Männer, die mit Dir reiten? Kalten und Kurik, Tynian und Ulath, Bevier und der liebe Berit, der noch so jung und so mutig ist. Ihr alle seid durch Liebe und das gemeinsame Ziel verbunden. Du kannst gar nicht anders als Erfolg haben mit solchen Männern an Deiner Seite. Beeile Dich, mein Streiter und Gemahl. Führe Deine unbesiegbaren Kameraden zum Bau unseres Urfeindes und stelle ihn. Azash, erzittere, denn Ritter Sperber kommt mit dem Bhelliom in der Faust, und nicht einmal die geballte Macht der Hölle kann seiner Kraft widerstehen. Beeile Dich, mein Liebster, und denke daran, daß Du nicht nur mit dem Bhelliom gewappnet bist, sondern auch mit meiner Liebe.
Ich liebe Dich
Ehlana

Sperber las den Brief ein paarmal. Seine junge Gemahlin hatte offenbar eine Vorliebe für große Reden. Sogar ihre Briefe klangen wie eine öffentliche Ansprache. So ergreifend die Botschaft auch war, Sperber hätte sich etwas weniger Ausgefeiltes, etwas Direkteres gewünscht. Er wußte natürlich, daß die Gefühle, die Ehlana ausdrückte, aus ihrem Herzen kamen, doch an ihrer Vorliebe für geschliffene Phrasen kamen auch sie nicht vorbei. Na ja, dachte er seufzend. Sie wird wahrscheinlich lockerer werden, wenn wir uns besser kennen.

Als Berit an Deck kam, las Sperber den Brief noch einmal; dann traf er eine rasche Entscheidung. »Berit«, rief er, »könnte ich mit Euch sprechen?«

»Selbstverständlich, Ritter Sperber.«

»Ich dachte, Ihr würdet das vielleicht gern lesen.« Sperber reichte ihm den Brief.

Berit blickte darauf. »Aber das ist etwas Persönliches, Ritter Sperber«, wandte er ein.

»Es betrifft Euch, glaube ich. Es hilft Euch möglicherweise, mit einem Problem zurechtzukommen, das Euch in letzter Zeit zu schaffen macht.«

Berit las den Brief, und ein seltsamer Ausdruck legte sich auf sein Gesicht.

»Hilft es Euch irgendwie?« fragte Sperber.

Berit errötete. »I-ihr habt es gewußt?« stammelte er.

Sperber lächelte ein wenig ironisch. »Ich weiß, daß es Euch schwerfallen mag, das zu glauben, mein Freund, aber auch ich war einmal jung. Was Euch passiert ist, ist wahrscheinlich jedem jungen Mann passiert, seit es junge Männer gibt. In meinem Fall war es eine schöne Hofdame, und ich war ganz sicher, daß die Sonne in ihren Augen auf- und unterging. Ich denke hin und wieder auch jetzt noch an sie – voller Zuneigung.«

»Aber Ihr seid verheiratet, Ritter Sperber!«

»Erst seit kurzem, und es hat nichts mit dem zu tun, was ich für diese junge Edeldame empfand. Ich nehme an, daß Ihr sehr oft von Ehlana träumt. In solchen Fällen geht es uns allen so, und es könnte sein, daß es bessere Männer aus uns macht.«

»Ihr werdet es der Königin doch nicht erzählen?« fragte Berit verstört.

»Wahrscheinlich nicht, nein. Es betrifft sie ja nicht wirklich. Eure Empfindungen gehören zum Erwachsenwerden, Berit. Jeder macht es einmal durch – wenn er Glück hat. Das wollte ich Euch klarmachen.«

»Dann haßt Ihr mich nicht, Ritter Sperber?«

»Euch hassen? Großer Gott, nein, Berit. Ihr würdet mich enttäuschen, wenn Ihr nicht für *irgendein* junges Mädchen so empfinden würdet.«

Berit seufzte. »Danke, Ritter Sperber.«

»Berit, Ihr werdet bald selbst ein pandionischer Ritter sein, und das macht uns zu Brüdern. Meint Ihr nicht auch, daß es besser klänge, wenn Ihr mich nur Sperber nennt und das ›Ritter‹ fortlaßt?«

»Wenn Ihr das möchtet, Sperber.« Berit gab seinem Freund den Brief zurück.

»Wie wär's, wenn Ihr ihn für mich aufbewahrt? In meinen Satteltaschen ist ein ziemliches Durcheinander, und ich möchte den Brief nicht gern verlieren.«

Schulter an Schulter gingen die beiden Männer danach zum Heck, um Kurik zu fragen, ob er Hilfe auf dem Boot brauchte.

An diesem Abend warfen sie einen Treibanker aus. Als sie am nächsten Morgen erwachten, stellten sie fest, daß es zu schneien und zu regnen aufgehört hatte, wenngleich der Himmel immer noch bleigrau war.

»Die Wolke ist wieder da, Sperber!« meldete Berit, der vom Heck herbeikam. »Sie ist zwar sehr weit hinter uns, aber unverkennbar.«

Sperber blickte nach achtern. Nun, da er die Wolke deutlich sehen konnte, wirkte sie gar nicht so bedrohlich. Solange sie dieser vage Schatten am Rand seines Blickfelds gewesen war, hatte er unbeschreibliches Grauen empfunden. Nun mußte er sich zwingen, sie nicht zu unterschätzen und einfach nur als lästig zu empfinden. Trotz allem war sie nach wie vor gefährlich. Ein schwaches Lächeln huschte über seine Lippen. Es sah ganz so aus, als wäre auch ein Gott nicht unfehlbar und der Wirkung seiner Mittel nicht immer sicher.

»Warum löst du dieses Ding nicht einfach mit dem Bhelliom auf, Sperber?« fragte Kalten gereizt.

»Weil es sich neu bilden würde. Warum sich also die Mühe machen?«

Am Vormittag gingen sie an einem schneebedeckten Küstenstreifen von Bord. Sie ließen die Pferde an Land waten, stießen das Boot ins tiefere Wasser zurück, bis es davontrieb, saßen auf und ritten landeinwärts.

Das Land östlich des Meerbusens war viel trockener als das Gebirge im Westen. Eine Schicht feinen schwarzen Sandes bedeckte die steinigen Hügel, und an geschützteren Stelle lag eine dünne Schicht Pulverschnee. Der Wind war beißend kalt und wirbelte Staub- und Schneewolken um sie auf, während sie weiterritten, so daß sie Mund und Nase mit Tüchern schützen mußten. Es hatte den Anschein, als zögen sie durch ewiges Zwielicht.

»Schnell kommt man da nicht voran«, bemerkte Ulath lakonisch, während er sich vorsichtig den Staub aus den Augen wischte. »Martels Entschluß, den Weg über Aka zu nehmen, war klug.«

»Ich bin überzeugt, daß die Straße von Aka nach Zemoch ebenso kalt und staubig ist.« Sperber lächelte. »Martel ist eitel und selbstgefällig. Schmutzig zu sein liebt er gar nicht. Die Vorstellung, daß ihm ein paar Pfund feinen schwarzen Sandes, mit Schnee gemischt, den Rücken hinunterrieseln, gefällt mir.«

»Das ist kein feiner Zug von Euch, Sperber«, tadelte Sephrenia.

»Ich weiß.« Er zuckte die Schultern. »Aber was Martel betrifft, kann ich nicht anders.«

In dieser Nacht fanden sie Zuflucht in einer Höhle, und als sie am Morgen ins Freie traten, war der Himmel klar. Doch der Wind blies stärker und wirbelte Wolken des allgegenwärtigen Staubes auf.

Berit gehörte zu den jungen Männern, die ihre Pflichten sehr ernst nahmen. Er hatte sich, kaum daß der Morgen graute, draußen umgesehen, und kehrte gerade zurück, als die anderen sich am Höhleneingang versammelten. Beim Näherkommen konnten sie deutlich den Abscheu in seiner Miene sehen »In der Nähe sind Leute, Sperber«, meldete er, als er absaß.

»Soldaten?«

»Nein. Es sind alte Menschen dabei, auch Frauen und Kinder. Sie haben ein paar Waffen, aber offenbar können sie nicht so recht damit umgehen.«

»Was machen sie?« wollte Kalten wissen.

Berit hüstelte nervös und schaute sich um. »Ich möchte lieber nicht davon sprechen, Ritter Kalten. Und es wäre besser, wenn die erhabene Sephrenia sie gar nicht erst sieht. Sie haben eine Art Altar mit einem Idol aus Ton errichtet, und sie tun Dinge, die man nicht in der Öffentlichkeit tun sollte.«

»Sephrenia muß es erfahren«, entschied Sperber.

»Ich kann es ihr nicht sagen, Sperber.« Berit errötete. »Ich könnte ihr einfach nicht beschreiben, was die Leute tun.«

»Berichtet in groben Zügen, Berit. Ihr müßt Euch ja nicht in Einzelheiten verlieren.«

Sephrenia wollte es jedoch in allen Einzelheiten wissen. »Also, erzählt, was genau sie tun, Berit!«

»Ich *wußte*, daß sie es verlangen würde«, murmelte Berit vorwurfsvoll zu Sperber. »Sie – äh – sie opfern Tiere, erhabene Sephrenia. Und sie tragen keine Kleidung – nicht einmal in dieser Kälte. Sie schmieren das Blut der Opfertiere auf ihre Leiber und – äh ...«

»Ich verstehe schon«, beruhigte sie ihn. »Ich kenne das Ritual. Beschreibt die Leute. Sehen sie wie Styriker aus? Oder wie Elenier?«

»Viele von ihnen sind blond, erhabene Sephrenia.«

»Ah. Dann weiß ich, was sie sind. Sie stellen keine große Gefahr dar. Das Idol ist jedoch eine andere Sache. Wir müssen es zerschmettern.«

»Aus demselben Grund, aus dem wir das Idol im Keller in Ghasek zerstören mußten?« fragte Kalten.

»Richtig.« Sie verzog das Gesicht. »Ich sollte das ja eigentlich nicht sagen, aber es ist nun mal so und darum sag' ich es: Die Jüngeren Götter haben einen Fehler gemacht, als sie Azash im Heiligtum bei Ghanda in das Idol aus Ton verbannten. Denn dieses Idol kann von Menschen nachgebildet werden, und mit Hilfe gewisser Rituale kann der Geist Azashs in diese Nachbildungen dringen.«

Die unbekleideten Zemocher in der Schlucht glänzten nicht gerade durch Sauberkeit. Ihr Haar war strähnig und verfilzt. Die nackten Anbeter schienen Bauern und Hirten zu sein. Sie kreischten vor Angst, als die Ritter in Kettenhemden in ihre Mitte stürmten. Daß die Angreifer als Zemocher getarnt waren, erhöhte ihre Verwirrung noch. Viele suchten kopflos das Weite.

Vier Zemocher trugen einfache Priestergewänder und standen vor dem Altar, auf dem sie soeben eine Ziege geopfert hatten. Drei dieser Priester starrten den Rittern mit offenen Mündern wie gelähmt entgegen, aber der vierte, ein Mann mit schmalem Kopf und dünnem Bart gestikulierte und stieß verzweifelt styrische Worte hervor. Er brachte eine Reihe von Erscheinungen zustande, die jedoch so ungeschickt geformt waren, daß sie eher zum Lachen reizten.

Die Ritter trotteten unbeeindruckt durch diese Erscheinungen und die kopflose Menge hindurch.

»Verteidigt unseren Gott!« schrillte der Priester, dem Schaum aus dem Mund geiferte. Doch seine Anhänger hielten es für ratsamer, ihm nicht zu gehorchen.

Das Tonidol auf dem primitiven Altar schien sich ganz leicht zu bewegen, wie ein ferner Berg in der flimmernden Hitze eines Sommertages zu tanzen und zu zittern scheint. Welle um Welle purer Bösartigkeit strahlte von der Figur aus, und die Luft war mit einemmal tödlich kalt. Sperber spürte, wie seine Kraft schwand, und Faran stockte. Plötzlich schien sich der Boden vor dem Altar aufzubäumen. Irgend etwas rührte sich unter der Oberfläche, etwas so Grauenvolles, daß

Sperber vor Ekel den Blick abwandte. Der Boden hob sich, und Sperber spürte, wie eisige Furcht nach seinem Herzen griff. Das Licht begann vor seinen Augen zu schwinden.

»Nein!« rief Sephrenia durchdringend. »Laßt Euch nicht erschrecken! Es kann Euch nichts anhaben!« Sie sprach rasche styrische Worte, dann streckte sie die Hand aus. Was darauf erschien, glühte hell und war zuerst nur apfelgroß, doch als es in die Luft stieg, wuchs es und leuchtete immer stärker, bis es fast so aussah, als hätte Sephrenia eine kleine Sonne herbeibeschworen, die nun vor dem Idol schwebte. Die strahlende Kugel brachte eine so sommerliche Hitze mit sich, daß sie der tödlichen Kälte ein Ende machte. Der Erdboden glättete sich, und das Idol erstarrte zur Leblosigkeit.

Kurik lenkte seinen zitternden Wallach herbei und schwang seinen schweren Streitkolben. Der wuchtige Hieb zerschmetterte das gräßliche Idol, und die Scherben flogen in alle Richtungen.

Die nackten Zemocher wimmerten in tiefster Verzweiflung.

25

»Treibt sie zusammen, Sperber«, sagte Sephrenia und blickte schaudernd auf die nackten Zemocher. »Und bitte sorgt sogleich dafür, daß sie sich wieder ankleiden.« Sie betrachtete den Altar. »Talen, sammle die Scherben des Idols ein. Wir dürfen sie nicht hierlassen.«

Der Junge protestierte nicht einmal.

Unbewaffnete Nackte widersetzen sich üblicherweise nicht, wenn gerüstete Männer mit scharfem Stahl in den Fäusten Befehle erteilen, und so stand die Gruppe Zemocher rasch beisammen. Der Priester mit dem schmalen Kopf zeterte zwar immer noch, war aber darauf bedacht, den Angreifern keinen weiteren Grund zu geben, gegen ihn vorzugehen.

»Abtrünnige!« heulte er. »Schänder! Ich rufe Azash an, daß er euch ...« Seine Worte endeten in einem Krächzen, als Sephrenia den Arm ausstreckte und der Schlangenkopf sich züngelnd aus ihrer Handfläche hob. Der Priester starrte auf das sich wiegende Abbild des Reptils, und seine Augen drohten aus dem Kopf zu quellen. Dann brach er zusammen und warf sich vor Sephrenia zu Boden.

Sie blickte sich streng um. Augenblicklich warfen sich auch die übrigen Zemocher fürchterlich stöhnend auf den Boden. »Verruchte!« knurrte sie in dem verkommenen zemochischen Dialekt. »Euer Ritus ist seit Jahrhunderten verboten! Wie konntet ihr es wagen, dem mächtigen Azash den Gehorsam zu verweigern?«

»Unsere Priester haben uns getäuscht, erhabene Priesterin«, stammelte ein Bursche mit zotteligem Haar. »Sie sagten uns, daß das Verbot unseres Rituals eine styrische Blasphemie sei. Sie sagten, daß es die Styriker unter uns sind, die uns von unserem wahren Gott trennen.« Er schien gar nicht zu bemerken, daß Sephrenia Styrikerin war. »Wir sind Elenier«, fuhr er stolz fort, »und wir wissen, daß wir die Auserwählten sind.«

Sephrenia warf den Ordensrittern einen Blick zu, der Bände sprach. Dann schaute sie das Lumpenpack schmutzstarrender ›Elenier‹ an, das vor ihr auf dem Bauch lag. Sie holte tief Luft, offenbar, um eine schreckliche Strafpredigt zu halten, statt dessen atmetete sie bedächtig aus, und als sie schließlich redete, war ihre Stimme vollkommen ruhig.

»Ihr seid vom rechten Weg abgekommen«, sagte sie, »deshalb muß es euch verwehrt bleiben, Euren Landsleuten im Heiligen Krieg beizustehen. Begebt euch wieder nach Merjuk, oder wo immer ihr lebt, und wagt es nicht, je wieder an diesen Ort zu kommen. Meidet die Tempel Azashs, wenn ihr nicht wollt, daß er euch vernichtet!«

»Sollen wir unsere Priester hängen?« fragte der zottelige Bursche hoffnungsvoll. »Oder verbrennen?«

»Nein. Unser Gott will Anbeter, keine Leichen. Von nun an werdet ihr euch nur mit den Riten der Reinigung und der Versöhnung befassen und mit den Ritualen der Jahreszeiten. Ihr seid wie Kinder, und wie Kinder werdet ihr beten. Geht jetzt!«

Sie streckte den Arm aus und der Schlangenkopf, der sich aus ihrem Handteller hob, richtete sich auf, schwoll an, wuchs und wurde mehr und mehr dem eines Drachen ähnlicher. Die Kreatur brüllte, und rußige Flammen schossen aus seinem Rachen.

Die Zemocher ergriffen kreischend die Flucht.

»Ihr hättet sie wenigstens mit diesem einen Kerl abrechnen lassen sollen«, meinte Kalten.

»Nein«, entgegnete sie. »Ich habe sie soeben auf den Pfad einer anderen Religion gelenkt, und diese Religion verbietet das Töten.«

»Sie sind Elenier, Erhabene Sephrenia«, wandte Bevier ein. »Ihr hättet sie anweisen sollen, den elenischen Glauben anzunehmen!«

»Mit all seinen Vorurteilen und Widersprüchen? Nein, lieber nicht. Ich habe ihnen einen barmherzigeren Weg gewiesen. – Talen, bist du fertig?«

»Ich habe alle Scherben, die ich finden konnte, Sephrenia.«

»Dann nimm sie mit.« Sie wendete ihren Schimmelzelter und führte die Gruppe von dem primitiven Altar fort.

Sie kehrten zur Höhle zurück, packten ihre Sachen ein und machten sich auf den Weiterritt.

»Woher sind sie gekommen, Sephrenia?« fragte Sperber, als sie wieder in der beißenden Kälte unterwegs waren.

»Es sind Zemocher aus dem Nordosten, der Steppe nördlich von Merjuk, primitive Elenier, die nicht das Glück hatten, mit zivilisierten Menschen zusammenzutreffen wie ihr anderen.«

»Mit Styrikern, meint Ihr?«

»Natürlich. Was gäbe es sonst noch für zivilisierte Menschen?«

»Übertreibt nicht«, rügte er.

Sie lächelte. »Die Anbetung Azashs mit Orgien zu würzen war Teil von Othas ursprünglicher Strategie. Das verlockte die Elenier. Otha ist selbst Elenier, deshalb weiß er, wie stark diese Gelüste in eurer Rasse sind. Wir Styriker haben exotischere Verirrungen. Die zieht Azash im Grunde genommen vor, doch die Primitiven im Hinterland halten an ihren alten Sitten fest. Sie sind verhältnismäßig harmlos.«

Talen zügelte sein Pferd neben ihnen. »Was soll ich mit den Scherben des Idols tun?« fragte er.

»Wirf sie weg«, wies Sephrenia ihn an. »Jede Meile ein Stück. Sie müssen gründlich verstreut werden. Das Ritual hatte bereits begonnen, und wir müssen verhindern, daß jemand die Scherben wieder einsammelt und zusammenfügt. Die Wolke ist schon unerfreulich genug. Ich möchte nicht, daß wir auch noch vor Azash selbst auf der Hut sein müssen.«

»Amen!« sagte der Junge inbrünstig. Er ritt ein wenig zur Seite, richtete sich in den Steigbügeln auf und warf eine Tonscherbe in hohem Bogen fort.

»Dann sind wir jetzt sicher, oder?« fragte Sperber. »Jetzt, da das Idol zerschmettert ist?«

»Nicht, solange die Wolke noch da ist, Lieber.«

»Aber sie hat uns nie wirklich angegriffen, Sephrenia. Sie hat versucht, uns in Schwermut zu stürzen und den Kampfeswillen zu nehmen, und davor hat Flöte uns geschützt.«

»Unterschätzt diese Wolke nicht, Sperber«, warnte Sephrenia. »Sie – oder der Schatten, was immer es ist – ist wahrscheinlich eine Kreatur Azashs. Und als solche könnte sie mindestens ebenso gefährlich sein, wie es der Damork und der Sucher waren.«

Die Landschaft wurde nicht freundlicher, während sie ostwärts ritten, und das Wetter ebensowenig. Es war bitterkalt, und die aufwirbelnden Wolken schwarzen Staubes verbargen den Himmel. Die wenigen Pflanzen, die sie sahen, waren verkrüppelt und schwächlich. Sie folgten einer Art Pfad, der seinem wirren Verlauf nach eher von wilden Tieren denn von Menschen stammte. In unregelmäßigen Abständen fanden sie Wasserlöcher, doch das Wasser war zu Eis gefroren, so daß sie es erst schmelzen mußten, bevor sie die Pferde tränken konnten.

»Verfluchter Staub!« brüllte Ulath unvermittelt zum Himmel und riß sich das Tuch von Mund und Nase.

»Beruhigt Euch«, mahnte Tynian.

»Was hat das alles für einen Sinn?« brummte Ulath und spuckte Staub aus. »Wir können ja nicht einmal den Weg sehen!«

Die Pferde trotteten dahin, und ihre Hufe wirbelten kleine Wölkchen gefrorenen Staubes auf.

Die Schwermut, die ihnen im Gebirge westlich des Merjuker Meerbusens zu schaffen gemacht hatte, kehrte offenbar wieder. Sperber hielt die Augen offen, nicht nur, um den Blick wachsam über die nahen Schluchten und Felsüberhänge wandern zu lassen, sondern auch, um auf seine Gefährten zu achten. Mit Bestürzung sah er, wie ihre Laune immer schlechter wurde.

Bevier und Tynian waren in ein melancholisches Gespräch vertieft. »Es ist eine Sünde«, beharrte Bevier. »Es auch nur anzudeuten, ist Häresie und Blasphemie. Die Kirchenväter haben es verstandesmäßig ergründet, und da der Verstand *von* Gott kommt, ist er ein Teil Gottes. Und Gott selbst sagt uns, daß er und nur er allein göttlich ist.«

»Aber ...«, wandte Tynian ein.

»Laßt mich zu Ende reden, mein Freund«, bat Bevier. »Da Gott uns sagt, daß es keine anderen Götter gibt, ist es schwärzeste Sünde, wenn wir Gegenteiliges glauben. Wir haben uns auf ein Abenteuer eingelassen, das auf kindischem Aberglauben beruht. Selbstverständlich sind die Zemocher eine Gefahr, aber eine *weltliche* Gefahr, genau wie die Eshandisten. Sie haben keine übernatürlichen Verbündeten. Wir werfen unser Leben auf der Suche nach einem mythischen Gegner fort, der nur in der krankhaften Vorstellung unserer heidnischen Feinde existiert. Ich werde mit Sperber vernünftig darüber reden, und ich zweifle nicht, daß er überzeugt werden kann, dieses sinnlose Abenteuer aufzugeben.«

»Das wäre vielleicht das beste«, pflichtete Tynian ihm bei, hatte jedoch seine Zweifel. Die beiden schienen überhaupt nicht zu bemerken, daß Sperber sie hören konnte.

»Du mußt mit ihm reden, Kurik«, sagte Kalten zu Sperbers Knappen. »Du hast mehr Einfluß auf ihn.«

»Sag *du* es ihm!« knurrte Kurik. »Ich bin ein Diener. Es steht mir nicht an, meinem Herrn zu sagen, daß er ein selbstmörderischer Wahnsinniger ist.«

»Ich glaube, wir sollten uns von hinten an ihn heranschleichen und ihn in Ketten legen. Du mußt verstehen, Kurik, es geht nicht nur darum, daß ich mein eigenes Leben retten will, ich will auch seines retten.«

»Mir geht es ebenso, Kalten.«

»Sie kommen!« brüllte Berit. Er deutete auf eine nahe Wolke wirbelnden Staubes. »Zu den Waffen!«

Die warnenden Schreie von Sperbers Freunden klangen schrill, am Rande der Panik. Sie griffen an, als ginge es in die letzte Schlacht. Mit Schwertern und Äxten hieben sie in den wirbelnden Staub.

»Helft ihnen, Sperber!« Talens Stimme überschlug sich. »Die Ungeheuer werden sie alle töten!«

»Das bezweifle ich sehr, Talen«, entgegnete Sperber kühl. Er beobachtete, wie seine Freunde auf die Staubwolke einschlugen. »Sie sind dem, was sie vor ihren Klingen haben, weit überlegen.«

Talen funkelte ihn an, dann ritt er fluchend ein Stück fort.

»Ich nehme an, daß auch Ihr in diesem Staub nichts seht«, sagte Sephrenia ruhig.

»Es ist ja auch nichts weiter als Staub, kleine Mutter.«

»Dann wollen wir sofort etwas unternehmen.« Sie sprach ein paar styrische Worte und bewegte die Finger.

Die dichte, wogende Staubwolke schien zu erschaudern und zusammenzuzucken, dann stieß sie ein langes hörbares Seufzen aus und fiel in sich zusammen.

»Wo sind sie hin?« brüllte Ulath. Er blickte sich um und schwang seine Streitaxt.

Die anderen schauten nicht weniger verwirrt drein und die Blicke, mit denen sie Sperber bedachten, zeugten von tiefem Argwohn.

Danach mieden sie ihn. Sie ritten mit finsteren Gesichtern, flüsterten miteinander und warfen immer wieder verstohlene Blicke auf Sperber, Blicke voll Feindseligkeit. Ihr Lager schlugen sie an diesem Abend an der windgeschützten Seite eines von Sand blank gescheuerten hohen Felsens auf, der sich aus dem fahlen, löchrigen Lehmboden hob. Sperber bereitete ihr Abendessen, doch nachdem sie gegessen hatten, blieben seine Gefährten nicht, wie bisher immer, am Lagerfeuer bei ihm sitzen. Er schüttelte verärgert den Kopf und kroch in seine Decken.

»Habt die Güte aufzuwachen, Herr Ritter.« Die Stimme klang sanft und unendlich zärtlich. Sperber öffnete die Augen. Er stellte fest, daß er sich in einem farbenfrohen Zelt befand, durch dessen offene Tür er eine weite, blühende Wiese sah. Auch mächtige alte Bäume mit weitausladenden, blütenübersäten Ästen wuchsen hier. Jenseits der Bäume glitzerte tiefblaues Wasser, in dem sich Sonnenschein spiegelte. Ein Firmament wie hier hatte er noch nie gesehen. Es war ein Regenbogen, der das ganze Himmelsgewölbe bedeckte und der Welt darunter Segen spendete.

Die Sprecherin, die ihn geweckt hatte, stupste ihn mit der Nase und scharrte ungeduldig mit einem Vorderhuf auf dem teppichbedeckten Boden des Zeltes. Sie war klein für eine Ricke, und ihr Fell war von so blendendem Weiß, daß es fast leuchtete. Die sanften großen Rehaugen schimmerten in warmem Braun und verrieten ein Vertrauen und ein liebevolles Wesen, das an Sperbers Herz rührte. Aber sie war sehr hartnäckig. Sie ließ keinen Zweifel daran – sie wollte, daß er aufstand.

»Habe ich mich verschlafen?« fragte er mit leichter Besorgnis, daß er sie gekränkt haben könnte.

»Ihr wart sehr müde, Herr Ritter«, antwortete sie und verteidigte ihn damit gleich vor seinen Schuldgefühlen. »Gewandet Euch mit Sorgfalt, denn ich soll Euch zu meiner Gebieterin bringen, die über dieses Reich herrscht und von allen Untertanen verehrt wird.«

Sperber streichelte ihren schneeweißen Hals, und ihre Augen schienen vor Liebe zu schmelzen. Er stand auf und schaute nach seiner Panzerrüstung. Sie war, wie sie sein sollte, rabenschwarz und mit Silber verziert. Er freute sich, als er sie anzog und bemerkte, daß sie nicht mehr wog denn hauchfeine Seide. Allerdings war sie nicht aus Stahl. Und obwohl sein Schwert beeindruckend wirkte, wußte er, daß es keine Waffe, sondern ein Kleinod war in diesem Feenreich, das von einem wie Edelsteine glitzerndem Meer umgeben, in glücklicher Zufriedenheit unter einem Regenbogenhimmel lag. Hier gab es keine Gefahren, keinen Haß, keinen Hader, nur immerwährenden Frieden und nie endende Liebe.

»Wir müssen uns beeilen«, drängte die weiße Ricke. »Unser Boot wartet am Strand, wo die Wellen fröhlich im immerzu wechselnden Licht unseres verzauberten Himmels spielen.« Sie führte ihn mit zierlichen Schritten auf die mit Blumen übersäte Wiese, die so lieblich duftete, daß sie die Sinne betörte.

Eine weiße Tigerin lag auf dem Rücken ausgestreckt im warmen Morgensonnenschein, und ihre tolpatschigen Jungen mit den tapsigen großen Pfoten balgten sich in gespielter Wildheit im Gras. Die weiße Ricke blieb kurz stehen, um zärtlich ihre Nase am Gesicht der Tigerin zu reiben. Diese bedankte sich, indem sie ihr liebevoll mit der großen rosa Zunge übers schneeweiße Fell leckte, vom Kinn bis zur Ohrenspitze.

Die Blumen und Grashalme neigten sich in einem milden Lüftchen, als Sperber dem weißen Reh über die Wiese zu dem blaugetönten Schatten unter den alten Bäumen folgte. Hinter den Bäumen fiel ein alabasterner Kieselstrand sanft zum blauen Meer ab, und dort erwartete sie ein Wasserfahrzeug, das mehr einem Vogel glich denn einem gewöhnlichen Schiff. Der Bug war schlank und anmutig wie ein Schwanenhals. Zwei schwingengleiche schneeweiße Segel hoben sich über das eichene Deck. Das Schiff zerrte an seiner Vertäuung.

Sperber blickte das weiße Reh nachdenklich an, dann legte er einen Arm unter die Brust der Ricke und den anderen unter ihre Hinterläufe. So hob er sie mühelos auf die Arme. Sie wehrte sich nicht, aber ihre großen Augen verrieten flüchtig Schrecken.

»Sei ganz ruhig«, bat er. »Ich trage dich nur auf das wartende Schiff, um dich vor den kalten Fluten zu bewahren, die wir durchschreiten müssen.«

»Ihr seid sehr zuvorkommend, edler Ritter«, bedankte sie sich und schmiegte vertrauensvoll das Kinn auf seine Schulter, während er mit festen Schritten hinaus in die verspielten Wellen watete.

Sie waren kaum an Bord, als ihr Schiff vorwärtsschoß und kühn die Wellen durchschnitt. Schon bald sahen sie ihr Ziel vor sich. Es war ein winziges Eiland mit einem unvorstellbar alten Heiligen Hain, und Sperber konnte durch die weit ausladenden Äste deutlich die schimmernden Marmorsäulen eines Tempels sehen.

Auch andere Wasserfahrzeuge glitten nicht minder anmutig und unberührt vom Wechselspiel des Windes über die saphirene See zu dem Eiland, das sie rief. Und als sie auf den goldenen Strand hinaustraten, erkannte Sperber die vertrauten lieben Gesichter seiner Gefährten. Ritter Kalten, standhaft und treu; Ritter Ulath, stark wie ein Stier und tapfer wie ein Löwe; Ritter ...

Sperber erwachte halb und schüttelte den Kopf, um das Gespinst süßer Bilder und überwältigender Gefühle zu vertreiben.

Irgendwo stapfte verärgert ein kleiner Fuß. »Das erzürnt mich wirklich, Sperber!« schalt ihn eine vertraute Stimme. »Schlaf jetzt sofort weiter!«

Langsam stiegen die kühnen Ritter den schrägen Hang empor, der zur haingekrönten Kuppe des Eilands führte. Dabei erzählten sie einander die Abenteuer, die sie an diesem Morgen erlebt hatten. Ritter Kalten wurde von einem weißen Dachs geführt, Ritter Tynian von einem weißen Löwen, Ritter Ulath von einem mächtigen reinweißen Eisbären, und Ritter Bevier von einer weißen Taube. Ein weißes Lamm geleitete Berit, ein treuer weißer Jagdhund Kurik, und ein Hermelin im weißen Winterpelz Talen.

Sephrenia in weißem Gewand, mit einem Blumenkranz um die Stirn, erwartete sie auf der marmornen Freitreppe des Tempels. Und auf dem Ast einer Eiche, die älter war als alle anderen Geschöpfe, saß ruhig die Königin dieses Feenreichs: die

Kindgöttin Aphrael. Statt Flötes einfachem Kittel trug sie ein Gewand, und Licht krönte ihr Haupt. Sie bediente sich hier nicht des Spieles ihrer Hirtenflöte, um sich auszudrücken, sondern hob die Stimme in einem klaren, reinen Grußgesang. Dann erhob sie sich und schritt durch die Luft so ruhig herunter, als wäre sie eine Treppe, und als sie das kühle saftige Gras des Heiligen Haines erreichte, tanzte sie lachend und sich drehend zwischen ihnen, und ihr Kirschmündchen bedachte sie mit Dutzenden von Küssen. Ihre zierlichen Füßchen drückten das weiche Gras kaum nieder, doch Sperber erkannte nun, woher die grünen Flecken kamen, die ihn immer so verwundert hatten. Sie küßte auch die schneeweißen Geschöpfe, welche die Helden zu ihr geführt hatten, in ihr erhabenes Reich. Diese blumigen Ausdrücke kamen Sperber in den Sinn, so sehr er sie auch zu unterdrücken suchte, und er stöhnte innerlich. Aphrael bedeutete ihm gebieterisch, vor ihr niederzuknien. Dann schlang sie die zierlichen Arme um seinen Hals und küßte Sperber. »Wenn du nicht aufhörst, dich über mich lustig zu machen, Sperber«, murmelte sie ihm so ins Ohr, daß nur er es hören konnte, »nehme ich dir die Rüstung weg und schicke dich auf die Weide zu den Schafen.«

»Verzeiht mir, Göttin.« Er grinste sie an.

Sie lachte und küßte alle aufs neue. Sephrenia hatte einmal erwähnt, daß Aphrael gern küßte. Das schien sich nicht geändert zu haben.

Zum Frühstück aßen sie Früchte, die den Menschen fremd waren, und ruhten sich im weichen Gras aus, während ihnen Vögel auf den Zweigen im Heiligen Hain ein Liedchen trillerten. Dann erhob sich Aphrael, und nachdem sie alle mit weiteren Küssen bedacht hatte, sprach sie in ungewohntem Ernst zu ihnen. »Obgleich ich traurig war, weil ich in vergangenen, einsamen Monaten eure Gesellschaft missen mußte«, begann sie, »habe ich euch nicht nur um dieses frohen Wiedersehens willen hierhergerufen, wie sehr es auch mein Herz mit Freude füllt. Ihr habt euch auf meinen Wunsch und mit der Hilfe meiner lieben Schwester« – sie lächelte Sephrenia strahlend an –

»hier eingefunden, auf daß euch bestimmte Wahrheiten offenbar werden. Seht es mir nach, daß diese Wahrheiten so ungedeutet bleiben müssen, doch sie sind die Wahrheiten der Götter und weit jenseits eures Begreifens, fürchte ich; denn so sehr ich euch in Liebe zugetan bin, seid ihr jetzt wie Kinder für mich, so wie einst ich euch als Kind erschienen bin. Deshalb will ich die Grenzen eures Verstandes nicht mit Wissen stürmen, das ihr niemals ergründen könnt.« Sie ließ den Blick über ihre verständnislosen Mienen wandern. »Was ist nur los mit euch allen?« fragte sie gereizt.

Sperber stand auf, winkte der niedlichen Göttin mit dem kleinen Finger zu und führte sie ein Stück zur Seite.

Sie blickte ihn verärgert an. »Was ist?«

»Bist du in Stimmung für einen Rat?« fragte er.

»Ich höre«, sagte sie unwirsch.

»Du verwirrst sie mit wohlgesetzten Worten, Aphrael. Kalten sieht im Augenblick aus wie ein Ochse, der eine Axt auf den Schädel gekriegt hat. Wir sind schlichte Menschen, kleine Göttin. Du mußt mit schlichten Worten zu uns sprechen, wenn du möchtest, daß wir dich verstehen.«

Sie schürzte die Lippen zum Schmollmund. »Ich habe wochenlang an dieser Rede gefeilt, Sperber.«

»Es ist auch eine schöne Rede, Aphrael. Wenn du den anderen Göttern davon erzählst – und ich bin sicher, das wirst du –, dann trage sie ihnen vor, und sie werden begeistert sein. Doch um der Kürze wegen – diese Nacht dauert nicht ewig, wie du selbst weißt – *und* um der Verständlichkeit willen, halte ich eine gekürzte Fassung für angebracht. Du solltest dich auch von den allzu erhabenen Worten trennen, damit deine Rede sich nicht wie eine Predigt anhört – Menschen neigen dazu, bei Predigten einzuschlafen.«

Wieder schmollte sie ein bißchen. »Na gut, Sperber«, gab sie schließlich nach, »aber du nimmst mir den ganzen Spaß.«

»Wirst du mir je vergeben können?«

Sie streckte ihm die Zunge heraus und führte ihn zu den anderen zurück.

»Dieser nörglerische alte Bär meinte, ich solle zur Sache kommen.« Aphrael warf Sperber einen verschmitzten Seitenblick zu. »Er ist ja wirklich ein brauchbarer Ritter, doch von Poesie versteht er nichts. Aber gut. Ich habe euch zu mir gerufen, damit ich euch einiges über Bhelliom sagen kann – warum er so mächtig und so unendlich gefährlich ist.« Sie machte eine Pause und zog die rabenschwarzen Brauen zusammen. »Bhelliom ist kein Gott«, fuhr sie fort, »wohl aber ein Geist, und er ist älter als die Sterne. Es gibt viele solche Geister, und jeder hat viele Eigenschaften. Zu den wichtigsten zählt seine Farbe. Ihr müßt wissen, was geschieht ...« Sie blickte sie alle an. »Vielleicht verschieben wir das lieber auf ein anderes Mal«, entschied sie. »Jedenfalls wurden diese Geister über den Himmel verteilt, damit ...« Wieder brach sie ab. »Das ist *sehr* schwierig, Sephrenia«, klagte sie. »Warum müssen diese Elenier so unwissend sein?«

»Weil ihr Gott es vorzieht, ihnen nichts zu erklären, Aphrael«, antwortete Sephrenia.

»Er ist ein verschrobener alter Kauz«, sagte Aphrael. »Er stellt Gebote auf ohne irgendwelchen Grund. Das ist auch schon alles, was er macht: Gebote. Er ist manchmal schrecklich langweilig.«

»Vergiß deine Geschichte nicht, Aphrael.«

»Nein, nein.« Die Kindgöttin musterte die Ritter. »Die Geister haben Farben, und diese Farben haben einen ganz bestimmten Zweck. Mit dieser Erklärung müßt ihr euch einstweilen zufriedengeben. Und was tun die Geister? Sie erschaffen Welten. Bhelliom – das ist natürlich nicht sein wirklicher Name – erschuf die blauen. Aus der Ferne betrachtet, ist diese Welt blau, wegen ihrer Meere. Andere Welten sind rot oder grün oder gelb oder von irgendeiner der zahllosen anderen Farben. Die Geister erschaffen diese Welten, indem sie Staub anziehen, der immer und ewig durch die Leere treibt. Der Staub sammelt sich um sie und verdichtet sich wie gerührte Butter. Doch als Bhelliom *diese* Welt erschuf, beging er einen Fehler. Es war zuviel roter Staub. Bhellioms Essenz jedoch ist blau; Rot erträgt er nicht. Doch wenn man roten Staub sammelt, dann hat man ...«

»Eisen!« rief Tynian aus.

»Und du hast behauptet, sie würden nicht verstehen«, sagte Aphrael vorwurfsvoll zu Sperber. Sie rannte zu Tynian und küßte ihn mehrmals. »Sehr gut«, fuhr sie glücklich fort. »Tynian hat völlig recht. Bhelliom erträgt kein Eisen, weil Eisen rot ist. Um sich zu schützen, härtete er seine blaue Essenz zu einem Saphir – den Ghwerig später zur Form einer Rose schliff. Das Eisen – das Rot – erstarrte um ihn, und Bhelliom war in der Erde gefangen.«

Sie starrten sie an, immer noch verständnislos.

»Bhelliom erhielt eine besonders feste Form, weil die Trollgötter darin eingeschlossen sind«, fuhr sie fort.

»*Wa-as?*« keuchte Sperber.

»*Das* weiß jeder, Sperber. Wo, glaubst du, hat Ghwerig sie vor uns versteckt, als wir sie verfolgten?«

Voller Unbehagen erinnerte Sperber sich, daß Bhelliom und seine unfreiwilligen Bewohner sich nur wenige Zoll von seinem Herzen entfernt befanden.

»Die Sache ist die, daß Sperber gedroht hat, Bhelliom zu vernichten, und da er ein elenischer Ritter ist, wird er es wahrscheinlich mit seinem Schwert tun – oder einer Streitaxt oder mit Aldreas' Speer, oder etwas Ähnlichem –, jedenfalls mit irgend etwas aus Stahl, also aus Eisen. Wenn er mit etwas aus Eisen auf Bhelliom einschlägt, wird er ihn vernichten. Bhelliom und die Trollgötter tun alles in ihrer Macht Stehende, um zu verhindern, daß Sperber Azash nahe genug kommt, um in Versuchung zu geraten, das Schwert gegen den Stein zu erheben. Zuerst haben sie versucht, *seinen* Geist zu beeinflussen. Als das keine Wirkung zeigte, wandten sie sich *eurem* zu. Es wird nicht mehr lange dauern, meine Lieben, und einer von euch versucht, Sperber zu töten.«

»Niemals!« brüllte Kalten.

»Wenn die Einflüsterungen der Trollgötter stärker werden ...«

»Vorher stürzen wir uns selbst in unsere Schwerter!« erklärte Bevier.

»Warum in aller Welt wollt ihr so etwas Verrücktes tun?« Aphrael schüttelte den Kopf. »Ihr braucht den Stein lediglich in irgend etwas aus Stahl einzuschließen. Der Leinenbeutel ist mit den styrischen Zeichen für Eisen versehen, doch die Verzweiflung Bhellioms und der Trollgötter wächst, und die Zeichen sind nicht mehr stark genug. Ihr braucht jetzt echtes Eisen dafür.«

Sperber verzog das Gesicht. Er kam sich plötzlich ein bißchen dumm vor. »Und ich dachte immer, daß Azash den Schatten – und nun die Wolke – geschickt hätte«, gestand er.

Aphrael starrte ihn an. »*Was* hast du geglaubt?«

»Es erschien mir logisch«, antwortete er verlegen. »Seit das alles begonnen hat, versucht Azash mich zu töten.«

»Warum sollte Azash dich denn mit Wolken und Schatten jagen, wenn ihm doch viel greifbarere Mittel zur Verfügung stehen?«

»Ich wußte es!« rief Bevier. »Ich *wußte*, daß wir irgend etwas nicht bedacht haben, als Ihr uns zum erstenmal von diesem Schatten erzählt habt, Sperber! Es mußte nicht unbedingt Azash sein.«

Sperber kam sich plötzlich *sehr* dumm vor.

»Wieso habe ich soviel Macht über den Bhelliom?« fragte er Aphrael.

»Dank der Ringe.«

»Vor mir hatte Ghwerig die Ringe.«

»Aber damals waren ihre Steine klar. Jetzt sind sie rot vom Blut deiner Familie und der Ehlanas.«

»Allein die Farbe genügt, daß er mir gehorchen muß?«

Aphrael starrte ihn ungläubig an, dann wandte sie sich an Sephrenia. »Soll das tatsächlich heißen, daß sie nicht *wissen*, warum ihr Blut rot ist? Hast du sie denn nichts gelehrt, Schwester?«

»Das alles ist sehr schwierig für sie, Aphrael.«

Die kleine Göttin stapfte davon, warf die Arme in die Höhe

und murmelte styrische Worte, die ihr eigentlich fremd sein sollten.

»Sperber«, sagte Sephrenia ruhig, »euer Blut ist rot, weil es Eisen enthält.«

»Ach?« sagte er benommen. »Wie ist das möglich?«

»Glaubt es mir einfach, Sperber. Es sind diese blutgefärbten Ringe, die Euch so viel Macht über den Stein verleihen.«

»Nicht zu fassen!« staunte er.

Da kehrte Aphrael zurück. »Sobald Bhelliom in Eisen eingeschlossen ist, werden euch die Trollgötter nichts mehr anhaben können. Deine Gefährten werden dich nicht mehr töten wollen, Sperber, und ihr alle seid wieder ein Herz und eine Seele.«

»Hättest du uns das nicht auch ohne alle diese Erklärungen sagen können, Flöte?« fragte Kurik. »Vergiß nicht, das sind Ordensritter. Sie sind es gewöhnt, Befehlen zu folgen, die sie nicht verstehen.«

»Ja, ich glaube schon«, gestand sie und strich voll Zuneigung über seine bärtige Wange. »Aber ihr habt mir gefehlt – ihr alle –, und ich wollte, daß ihr seht, wo ich zu Hause bin.«

»Ein bißchen angeben, hm?« neckte er sie.

»Nun ...« Sie errötete leicht. »Ist das denn so unziemlich?«

»Es ist eine wunderschöne Insel, Flöte, und wir sind sehr stolz, weil du uns erlaubt hast, sie zu besuchen.«

Sie warf die Arme um seinen Hals und überschüttete ihn mit Küssen. Sperber entging jedoch nicht, daß ihr Gesicht dabei tränennaß war.

»Ihr müßt jetzt zurückkehren«, sagte sie, »denn die Nacht ist fast vorüber. Doch zuerst ...«

Das Küssen dauerte geraume Zeit. Als die dunkelhaarige kleine Göttin zu Talen kam, hauchten ihre Lippen leicht über die seinen, dann machte sie einen Schritt auf Tynian zu. Mit einem nachdenklichen Blick blieb sie stehen. Schließlich kehrte sie zu dem jungen Dieb zurück und küßte ihn ausgiebiger. Als sie weiterging, lächelte sie geheimnisvoll.

»Und hat unsere gütige Gebieterin den Aufruhr in Euch gestillt, Herr Ritter?« fragte die weiße Ricke, als das Schwanenboot die beiden zu dem Alabasterstrand zurückbrachte, wo das bunte Zelt sie erwartete.

»Erst wenn diese meine Augen sich aufs neue der nüchternen Welt erschließen, aus der sie mich gerufen hat, sanftes Geschöpf, wird mir größere Gewißheit zuteil werden.« Ihm war bewußt, wie gestelzt er redete, aber die Worte waren wie von allein gekommen. Er seufzte verlegen.

Flötentöne erklangen tadelnd.

»Wenn es dein Wille ist, Aphrael«, sagte er ergeben.

»So ist es schon viel besser, Sperber.« Die Stimme war nicht mehr als ein Wispern in seinem Ohr.

Die zierliche weiße Ricke führte ihn zum Zelt zurück, und er legte sich nieder. Sogleich beschlich ihn seltsame Schläfrigkeit.

»Vergeßt mich nicht«, bat das Reh und stupste sanft mit der Nase über seine Wange.

»Bestimmt nicht«, versicherte er der Ricke. »Gern werde ich deiner gedenken, denn deine liebliche Gegenwart lindert die Besorgnis meiner Seele und schenkt mir süßen Schlummer.«

Dann schlief er wieder.

Er erwachte in einer häßlichen Welt aus schwarzem Sand und beißender Kälte. Der Wind wirbelte Staub auf, der nach Moder und längst vergessenen Toten roch. Staubkörnchen hatten sich in Sperbers Haar eingenistet und rieben die Haut unter seiner Kleidung auf. Doch wirklich geweckt hatte ihn ein seltsames Klingen – es hörte sich an, als bearbeite jemand Stahl mit einem kleinen Hammer.

Trotz aller Unannehmlichkeiten des vergangenen Tages fühlte er sich ungemein erfrischt und in Frieden mit der Welt.

Das klingelnde Hämmern verstummte, und Kurik kam mit einem Gegenstand in den Händen durch ihr Lager gestapft. Er streckte ihn Sperber entgegen. »Was meinst du?« fragte er.

»Wird das genügen?« Er hielt einen kleinen Beutel aus Kettengeflecht in der Hand. »Leider fehlt mir für etwas Besseres der Stahl.«

Sperber nahm den Beutel und blickte seinen Knappen an. »Auch du?« staunte er. »Hast auch du geträumt?«

Kurik nickte. »Ich habe mich mit Sephrenia darüber unterhalten. Wir träumten alle dasselbe – das heißt, es war eigentlich gar kein Traum. Sie versuchte, es mir zu erklären, aber ich kam nicht so ganz mit.« Er machte eine Pause. »Tut mir leid, Sperber. Ich hatte an dir gezweifelt. Alles erschien so sinnlos und hoffnungslos.«

»Das lag an den Trollgöttern, Kurik. Stecken wir Bhelliom in den Stahlbeutel, damit es nicht wieder passiert.« Er langte nach dem Leinenbeutel und öffnete die Zugschnur.

»Wäre es nicht einfacher, ihn darin zu lassen?« fragte Kurik.

»Einfacher, ihn damit in den Stahlbeutel zu stecken, schon, aber es könnte sein, daß ich ihn rasch herausholen muß. Ich möchte nicht, daß mich zusätzliche Knoten behindern, wenn Azash mir im Nacken sitzt.«

»Sehr klug.«

Sperber nahm die Saphirrose in beide Hände und hielt sie in Augenhöhe. »Blaurose«, sagte er in Troll, »ich bin Sperber-von-Elenien. Kennst du mich?«

Die Rose flackerte unheilvoll.

»Erkennst du mich als deinen Herrn an?«

Die Rose wurde dunkel, und Sperber konnte ihren Haß spüren.

Vorsichtig schob er den rechten Daumen den Handteller hinauf und drehte den Ring herum. Diesmal drückte er den blutgefleckten Stein selbst an die Rose, nicht wie sonst nur den Goldreif.

Bhelliom schrie, und Sperber spürte, wie er einer lebenden Schlange gleich in seiner Hand zuckte. Er lockerte den Druck ein wenig. »Ich freue mich, daß wir uns verstehen«, sagte er. »Halte den Beutel auf, Kurik.«

Es gab keinen Widerstand. Die Rose schien froh zu sein, in den Schutz ihres Gefängnisses zu entkommen.

»Paßt«, lobte Kurik, als Sperber ein Stückchen Eisendraht als Verschluß um den Kettengliederbeutel wand.

»Ich dachte mir, daß ein Versuch nicht schaden könnte.« Sperber grinste. »Sind die anderen schon auf?«

Kurik nickte. »Sie stehen Schlange drüben am Feuer. Du solltest dir vielleicht überlegen, so etwas wie eine Generalamnestie zu erlassen, Sperber. Das heißt, wenn du nicht möchtest, daß ein ganzer Vormittag mit Entschuldigungen vergeudet wird. Vor allem bei Bevier mußt du aufpassen. Er betet bereits seit dem Morgengrauen. Er wird besonders lange brauchen, dir zu versichern, wie schuldig er sich fühlt.«

»Er ist ein guter Junge, Kurik.«

»Natürlich. Darum ist es ja auch ein Problem.«

»Zyniker.«

Kurik grinste.

Als die beiden das Lager durchquerten, blickte Kurik zum Himmel. »Der Wind hat aufgehört«, bemerkte er, »und der Staub setzt sich offenbar. Meinst du …?«

»Wahrscheinlich«, antwortete Sperber. »Es paßt doch zusammen, oder nicht? Also, sehen wir der Wirklichkeit wieder ins Auge.« Er räusperte sich, nachdem er seine verlegenen Freunde erreicht hatte. »Interessante Nacht, nicht wahr?« sagte er beiläufig. »Ich hatte mich schon richtig an das niedliche weiße Reh gewöhnt. Es hatte allerdings eine kalte, nasse Nase.«

Sie lachten, wenn auch ein wenig unsicher.

»Also gut«, sagte er. »Nun, da wir wissen, woher die düstere Stimmung gekommen ist, halte ich es für überflüssig, das Ganze noch einmal durchzukauen. Es war niemandes Schuld, vergessen wir es. Wir haben jetzt Wichtigeres zu überlegen.« Er hielt den Stahlbeutel in die Höhe. »Hier ist unser blauer Freund. Hoffentlich hat er es bequem in dem kleinen Eisensack. Aber bequem oder nicht, dort wird er bleiben – zumindest bis wir ihn brauchen. Wer ist mit dem Frühstück an der Reihe?«

»Ihr.«
»Ich habe gestern das Abendessen gekocht!«
Während Sperber unter den erheiterten Blicken seiner Freunde das Frühstück bereitete, setzte Sephrenia sich in seiner Nähe ans Feuer. »Ich schulde Euch eine Erklärung, Lieber«, gestand sie.
»So?«
»Ich wußte nicht, daß der Schatten von den Trollgöttern kam.«
»Das ist wirklich nicht Eure Schuld, Sephrenia. Ich war so sehr davon überzeugt, daß Azash dahintersteckt, daß ich gar nicht bereit war, eine andere Möglichkeit in Betracht zu ziehen.«
»Aber ich müßte es besser wissen, Sperber. Ich darf mich nicht auf Logik verlassen.«
»Ich glaube, es könnte Perraine gewesen sein, der uns auf die falsche Fährte setzte, kleine Mutter«, sagte er ernst. »Seine Anschläge geschahen auf Martels Anordnung, und Martel folgte lediglich einer früheren Strategie Azashs. Darum hatten wir keinen Grund zur Annahme, daß etwas Neues ins Spiel gekommen war. Selbst nachdem wir erfahren hatten, daß Perraine nichts mit dem Schatten zu tun hatte, blieb die alte Idee haften. Macht Euch keine Vorwürfe, Sephrenia, denn ich gebe Euch bestimmt nicht die Schuld. Mich wundert jedoch, daß Aphrael nicht bemerkte, welchen Fehler wir machten. Sie hätte uns darauf aufmerksam machen können.«
Sephrenia lächelte ein bißchen verlegen. »Ich fürchte, das liegt daran, weil sie einfach nicht glauben konnte, daß wir es nicht verstanden. Sie hat keine rechte Vorstellung davon, wie beschränkt wir sind, Sperber.«
»Solltet Ihr sie dann nicht vielleicht darauf hinweisen?«
»Lieber sterbe ich!«
Kuriks Überlegung mochte richtig gewesen sein, oder auch nicht. Ob der stetige Wind in den letzten Tagen, der sie mit Staub beinahe erstickt hatte, natürlichen Ursprungs war oder ob Bhelliom ihn gesandt hatte – jetzt war er verschwunden,

und die Luft war klar und kalt. Der Himmel war von leuchtendem Blau, und die Sonne stand am Osthorizont, ohne Wärme zu schenken. Das und die Vision der letzten Nacht hob ihre Stimmung so weit, daß sie die schwarze Wolke hinter ihnen am Horizont ignorieren konnten.

Am Nachmittag gelangten sie zu einer steilen Felswand aus zerklüftetem schwarzem Gestein. Eine Art Pfad schlängelte sich zum Kamm empor. Als sie etwa die Hälfte hinter sich hatten, rief Talen Sperber von hinten zu: »Wie wär's, wenn wir anhalten? Ich schleiche voraus und schaue mich um.«

»Das ist zu gefährlich!« wandte Sperber ein.

»Nein, Sperber. Ich kann es! Ich bin ein ausgebildeter Schleicher. Niemand wird mich sehen, das verspreche ich.« Der Junge hielt inne. »Außerdem«, fügte er hinzu, »falls es Schwierigkeiten geben sollte, braucht Ihr die Hilfe wohlgerüsteter Erwachsener. Ich wäre Euch bei einem Kampf von keinem großen Nutzen, darum bin ich der einzige, den Ihr entbehren könnt.« Er verzog das Gesicht. »Ich kann nicht glauben, was ich da gerade gesagt habe. Ihr alle müßt mir versprechen, daß ihr mir Aphrael vom Leib haltet. Ich glaube, sie hat keinen guten Einfluß auf mich.«

»Vergiß es«, sagte Sperber entschieden.

»Nichts zu machen, Sperber«, rief der Junge. Er rollte aus dem Sattel und rannte, kaum daß er mit den Füßen am Boden war. »Keiner von euch erwischt mich!«

»Höchste Zeit, daß ich ihn übers Knie lege«, knurrte Kurik, während sie dem Jungen nachblickten, der behende den steilen Hang hinaufeilte.

»Aber er hat recht«, warf Kalten ein. »Er ist der einzige, den wir wirklich entbehren könnten. Er hat in letzter Zeit allerhand Edelmut entwickelt. Du solltest stolz auf ihn sein, Kurik.«

»Stolz würde mir nicht viel nützen, wenn ich seiner Mutter erklären müßte, wieso ich zugelassen habe, daß er sich umbringt.«

Talen war über ihnen so plötzlich verschwunden, als hätte die Erde sich geöffnet und ihn verschlungen. Doch einige

Minuten später kam er aus einem Spalt nahe dem Kamm heraus und rannte zu ihnen zurück.

»Da draußen ist eine Stadt«, berichtete er. »Es kann eigentlich nur Zemoch sein, nicht wahr?«

Sperber zog seine Karte aus dem Sattelbeutel. »Wie groß ist sie?«

»So groß wie Cimmura.«

»Dann muß es Zemoch sein. Wie sieht sie aus?«

»Ich glaube, dergleichen hatte man vor Augen, als das Wort ›unheilvoll‹ erfunden wurde.«

»Stieg irgendwo Rauch auf?« fragte Kurik.

»Nur von den Schornsteinen zweier großer Gebäude in der Stadtmitte, die zusammenzugehören scheinen. Eines hat viele Türme, das andere eine große, schwarze Kuppel.«

»Dann wird die übrige Stadt verlassen sein«, meinte Kurik. »Wart Ihr schon einmal in Zemoch, Sephrenia?«

»Einmal.«

»Was ist das Haus mit den Türmen?«

»Othas Palast.«

»Und das mit der schwarzen Kuppel?« Kurik brauchte eigentlich nicht zu fragen. Alle kannten die Anwort auch so.

»Das Gebäude mit der schwarzen Kuppel ist der Tempel Azashs. Er ist dort – und wartet auf uns!«

26

Eine List anzuwenden hatte nie auch nur die Spur einer Chance bestanden, erkannte Sperber, als er und seine Gefährten ihre primitive Maskerade beendeten, um ihre Rüstung wieder anzulegen. Einfache Bauern und drittklassige Soldaten auf freiem Feld zu täuschen war eines, aber ohne aufgehalten zu werden durch eine nahezu verlassene Stadt zu reiten, in der Elitetruppen patrouillierten, war unmöglich. Zwangsläufig würden sie zu den Waffen greifen müssen, und das bedeutete in dieser Situation, daß sie die komplette Rüstung anlegen müßten. Kettenrüstung genügt vielleicht für überraschende gesellschaftliche Zusammenkünfte auf dem Land, dachte Sperber ironisch, doch für das Leben in der Stadt war mehr Förmlichkeit erforderlich.

»Also, wie sieht der Plan aus?« fragte Kalten, als die Ritter einander in die Plattenpanzer halfen.

»Ich habe noch keinen richtigen«, gab Sperber zu. »Um ganz ehrlich zu sein, ich habe nicht erwartet, daß wir überhaupt so weit kommen. Ich hatte gehofft, im besten Fall so nahe an Othas Stadt heranzukommen, daß ich sie durch die Vernichtung Bhellioms dem Erdboden gleichmachen könnte. Wir werden uns nun mit Sephrenia beraten müssen, sobald wir alle in unseren Rüstungen stecken.«

Seit dem frühen Nachmittag zogen hohe, dünne Wolken aus dem Osten über den Himmel, und nun, da die Sonne unterzugehen begann, verdichteten sie sich. Die trockene Kälte ließ ein wenig nach, und es wurde eigenartig schwül. Vom fernen östlichen Horizont war vereinzeltes Donnergrollen zu hören, als die Sonne inmitten roter Wolken verschwand und die Ritter sich um Sephrenia scharten.

»Unser glorreicher Anführer hat offenbar ein paar strategische Kleinigkeiten außer acht gelassen«, begann Kalten zum Auftakt der Besprechung.

»Ärgere mich nicht«, murmelte Sperber ihm zu.

»Tu ich nicht. Ich habe nicht einmal das Wort ›Idiot‹ benutzt. Die Frage, die uns nun alle brennend beschäftigt, lautet: was tun wir jetzt?«

»Ohne lange zu überlegen, würde ich sagen, daß wir auf eine Belagerung verzichten sollten«, bemerkte Ulath.

»Sturmangriffe machen immer Spaß«, warf Tynian ein.

»Gestattet ihr?« sagte Sperber ätzend. »Ich sehe es so, Sephrenia. Wir haben hier eine anscheinend verlassene Stadt vor uns, die aber zweifellos von Othas Leibgarde patrouilliert wird. Wir könnten vielleicht eine Weile Versteck mit ihnen spielen, doch sehr erfolgversprechend sieht es nicht aus. Ich wollte, ich wüßte ein bißchen mehr über die Stadt.«

»*Und* wie gut Othas Elitetruppen sind«, flocht Tynian ein.

»Sie sind brauchbare Soldaten«, erklärte Bevier.

»Auch ebenbürtige Gegner für Ordensritter?« wollte Tynian wissen.

»Nein, aber wer ist das schon«, antwortete Bevier ohne erkennbare Unbescheidenheit. »Sie sind vielleicht mit den Soldaten aus König Warguns Armee vergleichbar.«

»Ihr seid schon einmal hiergewesen, Sephrenia«, sagte Sperber. »Wo liegen der Palast und der Tempel genau?«

»Sie sind eigentlich ein Palast«, antwortete sie. »Er befindet sich in der Mitte der Stadt.«

»Dann spielt es keine Rolle, durch welches Tor wir kommen, oder?«

Sie schüttelte den Kopf.

»Ist es nicht merkwürdig, daß sich ein Palast und ein Tempel unter dem gleichen Dach befinden?«

»Zemocher sind merkwürdig«, entgegnete sie. »Nun, eine gewisse Trennung besteht, aber man muß *durch* den Palast, um in den Tempel zu gelangen. Der Tempel hat keine Tore ins Freie.«

»Dann brauchen wir nur zum Palast zu reiten und an die Tür zu klopfen«, sagte Kalten trocken.

»Nein«, widersprach Kurik. »Wir gehen zu Fuß zum Palast und erst, wenn wir dort sind, entscheiden wir, ob wir anklopfen oder nicht.«

»Zu Fuß?« wiederholte Kalten entsetzt.

»Pferde machen auf gepflasterten Straßen zu viel Lärm, und sie lassen sich schlecht verstecken, wenn man Deckung sucht.«

»In voller Rüstung zu Fuß zu gehen, ist kein Vergnügen, Kurik.«

»Du wolltest doch Ritter werden. Soviel ich mich erinnere, habt ihr, du und Sperber euch sogar freiwillig gemeldet.«

»Könnt Ihr nicht diesen Unsichtbarkeitszauber pfeifen, von dem Sperber uns erzählt hat?« fragte Kalten Sephrenia. »Der, den Flöte auf ihrer Syrinx geblasen hat?«

Sie schüttelte den Kopf.

»Warum nicht?«

Sie summte eine kurze Melodie. »Erkennt Ihr das?« wollte sie wissen.

Er runzelte die Stirn. »Nein.«

»Das war die traditionelle pandionische Hymne. Ich bin sicher, daß Ihr damit vertraut seid. Beantwortet das Eure Frage?«

»Oh. Musik gehört also nicht zu Euren starken Seiten, wenn ich es recht verstehe.«

Talen blickte sie neugierig an. »Was würde passieren, wenn Ihr es versucht und die falschen Töne trefft?«

Sie schauderte. »Frag lieber nicht.«

»Dann schleichen wir eben«, sagte Kalten. »Also denn, gehen wir es an.«

»Sobald es dunkel ist«, vertröstete ihn Sperber.

Über die staubige Ebene zur grimmigen Mauer von Zemoch war es gut eine Meile, und die Ritter kamen schweißüberströmt am Westtor an.

»Ist das schwül!« stöhnte Kalten und wischte sich das schweißnasse Gesicht ab. »Ist denn in Zemoch gar nichts normal? Zu dieser Jahreszeit dürfte es überhaupt nicht schwül sein.«

»Ohne Zweifel zieht ein ungewöhnliches Wetter auf«, stimmte Kurik zu. Das ferne Donnergrollen und das Wetterleuchten, das die Wolkenbänke im Osten aufleuchten ließ, bestätigte ihre Beobachtung.

»Vielleicht könnten wir Otha um Zuflucht vor dem Gewitter ersuchen?« meinte Tynian. »Wie sieht es mit der Gastfreundschaft bei den Zemochern aus?«

»Nicht zu empfehlen«, antwortete Sephrenia.

»In der Stadt müssen wir so leise wie möglich sein«, mahnte Sperber.

Sephrenia hob den Kopf und spähte gen Osten. Ihr blasses Gesicht war in der Dunkelheit kaum zu sehen. »Warten wir noch ein wenig«, riet sie. »Das Unwetter kommt hierher. Donner wird verräterisches Knarren und Rasseln übertönen.«

Sie lehnten sich an die Basaltmauer der Stadt, als das Krachen und Grollen des Donners unaufhaltsam näher kam.

»Das wird jedes Geräusch übertönen, das wir machen«, meinte Sperber nach etwa zehn Minuten. »Gehen wir in die Stadt, bevor es zu regnen anfängt.«

Das Tor war aus einfach behauenen Stämmen, die mit Eisen zusammengehalten wurden. Es stand einen Spalt offen. Sperber und seine Gefährten zogen ihre Waffen und schlichen, einer nach dem anderen, hinein.

Ein seltsamer Geruch war in der Stadt, wie er Sperber in noch keiner anderen Stadt untergekommen war. Ein Geruch, der weder angenehm, noch unangenehm, sondern nur eigentümlich fremdartig war. Natürlich brannten nirgendwo Fackeln, die den Weg hätten weisen können, so mußten sie das Licht der vereinzelten Blitze nutzen, welche die aus dem Osten herbeitreibenden Wolken erhellten. Die Straßen, die sie während dieser kurzen Augenblicke sehen konnten, waren eng, ihre Pflastersteine durch Jahrhunderte schlurfender Füße glatt getreten. Die Häuser waren ohne Ausnahme hoch und schmal, ihre Fenster klein und die meisten vergittert. Die ewigen Staubstürme, die durch die Stadt fegten, hatten die Steine der Hauswände geglättet. Der gleiche körnige Staub hatte sich in Ecken und auf den Schwellen der Haustüren gesammelt und erweckte den Eindruck, als wäre die Stadt, die sicher noch nicht länger als ein paar Monate verlassen war, schon seit Äonen aufgegeben.

Talen schlich von hinten an Sperber heran und klopfte auf seine Rüstung.

»Tu das nicht, Talen!«

»Ihr habt es bemerkt, oder? Ich habe eine Idee. Seid Ihr in der Stimmung für eine Auseinandersetzung?«

»Eigentlich nicht. Worüber willst du dich denn mit mir auseinandersetzen?«

»Ich habe gewisse Talente, die in dieser Gruppe sonst keiner hat, wißt Ihr.«

»Ich bezweifle, daß du hier viele Taschen und Beutel zum

Erleichtern finden wirst, Talen. Es ist nicht viel los auf den Straßen.«

»Ha«, sagte Talen ausdruckslos. »Ha-ha-ha. Nachdem Ihr das losgeworden sein, hört Ihr mir nun zu?«

»Tut mir leid. Also sprich.«

»Keiner von euch könnte sich durch eine Totenstadt stehlen, ohne mindestens die Hälfte der Bewohner aufzuwecken, richtig?«

»*Ganz* soweit würde ich nicht gehen.«

»Ich schon. Ich gehe sogar weiter – nicht zu weit, gerade weit genug. Und ich werde unbemerkt zurückkommen und euch vor jedem warnen können, der sich nähert – oder uns auflauert.«

Diesmal wartete Sperber nicht. Er langte nach dem Jungen, doch Talen wich seiner Hand mühelos aus. »Tut das nicht, Sperber. Ihr macht Euch bloß lächerlich!« Er rannte ein paar Schritte, dann hielt er kurz an, schob die Hand in einen Stiefelschaft und zog ein Messer mit nadelspitzer Klinge hervor. Dann verschwand er in der dunklen Gasse voraus.

Sperber fluchte.

»Was ist los?« fragte Kurik unweit hinter ihm.

»Talen ist weggelaufen.«

»Er ist *was?*«

»Er will kundschaften. Ich hab' noch versucht, ihn aufzuhalten, aber er war schneller.«

Irgendwo in dem Straßenlabyrinth vor ihnen erklang ein tiefes seltsam seelenloses Heulen.

»Was ist das?« fragte Bevier und umklammerte den langen Schaft seiner Lochaberaxt.

»Vielleicht der Wind«, antwortete Tynian nicht sehr überzeugend.

»Es weht überhaupt kein Wind!«

»Ich weiß. Aber ich möchte lieber glauben, daß es der Wind ist. Die anderen Erklärungen gefallen mir alle nicht.«

Talen kehrte auf fast lautlosen Sohlen zurück. »Eine Patrouille kommt«, meldete er und blieb außer Reichweite. »Könnt ihr euch vorstellen, daß sie Fackeln tragen? Sie wollen überhaupt niemand finden, sondern sichergehen, daß sie es nicht tun.«

»Wie viele sind es?« fragte Ulath.

»Etwa ein Dutzend.«

»Die paar sind kein großes Problem.«

»Wie wär's, wenn ihr einfach dieser Seitengasse zur nächsten Straße folgt. Dann sind sie überhaupt kein Problem, weil ihr sie gar nicht seht.« Der Junge schoß in eine Gasse und verschwand aufs neue.

»Ich glaube, wenn wir das nächste Mal einen Führer wählen, stimme ich für ihn«, murmelte Ulath.

Sie gingen durch die schmalen, verschlungenen Straßen. Da Talen kundschaftete, konnten sie den vereinzelten zemochischen Patrouillen mühelos aus dem Weg gehen. Als sie sich der Stadtmitte näherten, gelangten sie zu einem Viertel, in dem die Häuser vornehmer und die Straßen breiter waren. Talen kehrte das nächste Mal mit abfälliger Miene zurück, wie ein zuckender Blitz verriet. »Ein Stück voraus ist wieder eine Streife«, berichtete er, »das Problem ist nur, daß sie nicht patrouilliert. Es sieht ganz so aus, als wären die Soldaten in eine Weinhandlung eingebrochen. Jedenfalls sitzen sie mitten auf der Straße und saufen.«

Ulath zuckte die Schultern. »Dann machen wir eben durch die Nebenstraßen einen Bogen um sie.«

»Geht leider nicht«, entgegnete Talen. »Diese Straße hat keine Seitengassen. Ich habe keine Möglichkeit gefunden, sie zu umgehen. Soweit ich das feststellen konnte, ist diese Straße die einzige in diesem Stadtteil, die zum Palast führt. Die Stadt ist überhaupt seltsam angelegt. Offenbar führt keine einzige Straße dorthin, wohin sie führen soll.«

»Und mit wie vielen Trinkern haben wir es zu tun?« fragte Bevier.

»Fünf oder sechs.«

»Haben sie Fackeln?«

Talen nickte. »Sie sind unmittelbar hinter der nächsten Biegung.«

»Wenn ihnen die Fackeln in die Augen leuchten, werden sie in der Dunkelheit nicht viel sehen.« Bevier spannte die Muskeln und schwang andeutungsweise die Axt.

»Was meinst du?« wandte Kalten sich an Sperber.

»Es wird uns nichts anderes übrigbleiben, denn ich kann mir nicht vorstellen, daß sie uns ohne Nachdruck den Weg frei machen.«

Es war mehr ein Hinschlachten, denn ein Kampf. Die Zecherei war so weit fortgeschritten, daß die Soldaten der Streife sträflich unachtsam waren. Die Ordensritter schritten einfach auf sie zu und hieben sie nieder. Nur einer schrie kurz auf, doch sein Schrei verlor sich in einem gewaltigen Donnerknall.

Wortlos zerrten die Ritter die Leichen zu einem nahen Eingang und verbargen sie dort. Dann scharten sie sich schützend um Sephrenia und folgten der breiten, immer wieder von Blitzen erhellten Straße auf das Meer rauchiger Fackeln zu, das Othas Palast zu umgeben schien.

Wieder vernahmen sie dieses Heulen, das so gar nicht menschlich klang. Talen kehrte zurück. Diesmal machte er keine Anstalten, außer Griffweite zu bleiben. »Der Palast ist gleich da vorn«, meldete er. Er sprach trotz des jetzt fast unaufhörlichen Donners leise. »Posten halten Wache davor. Sie tragen merkwürdige, mit Stahlspitzen gespickte Rüstungen. Sie sehen wie Stachelschweine aus.«

»Wie viele?« fragte Kalten.

»Mehr als ich Zeit zum Zählen hatte. Hört Ihr dieses seltsame Heulen?«

»Ich habe mich bemüht, es nicht zu hören.«

»Gewöhnt Euch lieber daran. Es kommt von den Wachen.«

Othas Palast war größer als die Basilika in Chyrellos, aber von keinerlei baulichen Schönheit. Otha hatte sein Leben als Ziegenhirt begonnen, und das Leitmotiv seines Geschmacks ließ sich am ehesten in dem einen Wort ›groß‹ ausdrücken. Soweit es ihn betraf, war größer gleichbedeutend mit besser. Sein Palast war aus rostig schwarzem Bruchbasalt erbaut. Dank seiner glatten Seiten haben Maurer keine Mühe mit diesem Gestein, aber erfreulich für das Auge ist es nicht. Außer für gewaltige Bauten eignete es sich für kaum etwas.

Der Palast ragte wie ein Berg aus der Stadtmitte. Er hatte Türme. Paläste haben immer Türme, doch den groben schwarzen Spitztürmen, die über dem Hauptgebäude nach dem Himmel krallten, mangelte es an Anmut und den meisten offensichtlich auch an Zweck. Viele waren vor Jahrhunderten begonnen, doch nie zu Ende gebaut worden. Sie strebten halbfertig in die Höhe, umgeben von den zerfallenden Überresten primitiver Gerüste. Von dem Palast ging weniger eine Aura des Bösen aus, eher eine des Wahnsinns, einer verzweifelten, aber sinnlosen Anstrengung.

Jenseits des Palasts konnte Sperber die gewaltige Kuppel des Azashtempels sehen, eine vollkommene, rostig schwarze Halbkugel aus riesigen, streng symmetrischen, sechseckigen Basaltblöcken, die ihm das Aussehen eines ungeheuren Insektenbaus verliehen oder einer gewaltigen, verkrusteten Wunde. Die Umgebung von Palast und anschließendem Tempel war eine Art gepflasterter toter Zone, in der es weder Häuser, Bäume noch sonst irgend etwas gab. Sie erstreckte sich, von der Mauer ausgehend, vollkommen eben etwa zweihundert Meter weit. In dieser dunklen Nacht war sie von Tausenden Fackeln erhellt, die aufs Geratewohl in die Ritzen zwischen die Steinplatten gesteckt waren. Das Ganze sah wie ein kniehohes, sturmbewegtes Flammenfeld aus.

Die breite Prunkstraße, der die Ritter folgten, schien direkt über den feurigen Platz zum Hauptportal von Othas Palast zu führen, wo sie durch den breitesten und höchsten Torbogen lief, den Sperber je gesehen hatte. Die Tore standen gähnend weit offen.

Die Wachen waren in dem Streifen zwischen der Mauer und dem breiten Flammenfeld postiert. Ihre Rüstung war von einer Art, wie sie Sperber bisher nie untergekommen war. Die Helme waren in der Form von Schädeln geschmiedet, aus denen ein stählernes Geweih ragte. Die Gelenke – Schultern und Ellbogen, Hüften und Knie – waren mit Stahldornen und spitz abstehendem Zierwerk versehen. Aus den Unterarmen ragten Haken in dichten Reihen. Die Waffen dieser Posten dienten offenbar weniger zum Töten, denn um Schmerzen zuzufügen. Die Klingen waren gezahnt und liefen in rasiermesserscharfen Widerhaken aus. Ihre Schilde waren groß und abschreckend bemalt.

Ritter Tynian war Deiraner, und Deiraner waren seit undenklicher Zeit der Welt führende Rüstungsschmiede. »Das ist die idiotischste Zurschaustellung von kindischem Unsinn, die ich in meinem Leben gesehen habe!« wandte er sich, während einer kurzen Unterbrechung im Donnerkrachen, abfällig an die anderen.

»So?« sagte Kalten.

»Ihre Rüstung ist so gut wie nutzlos. Eine gute Rüstung soll ihren Träger schützen, ihm aber auch genügend Bewegungsfreiheit lassen. Es hat wenig Sinn, als Schildkröte herumzukriechen.«

»Aber sie sieht einschüchternd aus.«

»Das ist aber auch schon alles – sie wird ihres Aussehens wegen getragen. All diese Dornen und Haken leisten nichts, schlimmer noch, sie leiten die Waffe des Gegners zu den Schwachstellen. Was dachten die Waffenschmiede sich nur dabei?«

»Es ist ein Vermächtnis des letzten Krieges«, erklärte Sephrenia. »Die Zemocher waren überwältigt von der Erscheinung der Ordensritter. Den eigentlichen Zweck der Rüstung verstanden sie nicht – sie bemerkten nur, daß sie Furcht einflößte. Deshalb haben ihre Waffenschmiede mehr Wert auf das Aussehen als auf die Nützlichkeit gelegt. Zemocher tragen Rüstung nicht, um sich zu schützen, sondern um ihre Gegner einzuschüchtern.«

»Mir macht sie kein bißchen angst, kleine Mutter.« Tynian lachte. »Das wird ein Kinderspiel.«

Auf irgendein Signal hin, das nur Othas Krieger in ihrer gräßlichen Rüstung wahrnehmen konnten, setzten sie wieder zu diesem geistlosen Heulen an.

»Soll das eine Art Schlachtruf sein?« fragte Berit nervös.

»Besseres bringen sie nicht zuwege«, antwortete Sephrenia. »Die zemochische Kultur stammt von der styrischen ab, und Styriker verstehen nichts vom Krieg. Elenier brüllen, wenn sie in die Schlacht stürmen. Die Wachen versuchen lediglich, diesen Laut nachzuahmen.«

»Holt doch einfach Bhelliom hervor und vernichtet sie, Sperber«, schlug Talen vor.

»Nein!« wandte Sephrenia scharf ein. »Die Trollgötter sind nun in sicherem Gewahrsam. Wir wollen sie nicht wieder freisetzen, ehe wir Azash vor uns haben. Es wäre unsinnig, Bhelliom gegen einfache Soldaten einzusetzen, wenn wir damit unsere eigentliche Mission gefährden.«

Tynian nickte. »Dagegen läßt sich nichts einwenden.«

»Sie unternehmen nichts«, stellte Ulath fest, der die Wachen beobachtete. »Ich bin sicher, daß sie uns sehen können, aber sie machen keine Anstalten, sich zu formieren, um den Eingang zu verteidigen. Wenn wir einfach hindurchstürmen und die Tür hinter uns schließen, werden wir keinen Gedanken mehr an sie verschwenden müssen.«

Die Ritter stellten sich in ihrer üblichen Keilformation auf und schritten rasch auf den klaffenden Eingang von Othas Palast zu. Als sie sich ihm durch das Flammenfeld näherten, stieg Sperber flüchtig ein sonderbar vertrauter Geruch in die Nase.

So schnell, wie es begonnen hatte, hörte das geistlose Heulen auf, und die Wachen in ihren Schädelhelmen standen reglos. Weder hoben sie ihre Waffen, noch sammelten sie weitere Kräfte vor dem Tor. Sie standen einfach nur da.

Wieder stieg ihnen dieser durchdringende Geruch entgegen, doch ein plötzlicher Windstoß fegte ihn fort. Immer rascher zuckten Blitze herab und schmetterten mit ohrenbetäubendem Krachen große Steinbrocken von umliegenden Häusern.

»Auf den Boden!« brüllte Kurik. »Schnell, werft euch alle auf den Boden!«

Sie verstanden nicht wieso, gehorchten jedoch sogleich und tauchten mit gewaltigem Rasseln und Klirren ihrer Rüstungen hinab auf das Pflaster.

Der Grund für Kuriks Warnung wurde Augenblicke später offenbar. Zwei der grotesk gerüsteten Wachen links des Eingangs wurden plötzlich zu einer Kugel blendend blauen Feuers und zersprangen in unzählige Stücke. Ihre Kameraden drehten sich nicht einmal um. Selbst als glühende Rüstungsteilchen auf sie herabregneten, blieben sie reglos stehen.

»Es ist die Rüstung!« brüllte Kurik über das Donnerkrachen. »Stahl zieht Blitze an! Bleibt liegen!«

Immer wieder schlugen die Blitze in die Reihen der stahlgepanzerten Wachen ein, und der Geruch von versengtem Fleisch und Haar wurde vom Wind, der gegen die hohen Basaltwände des Palastes wirbelte, über den breiten Platz getragen.

»Sie rühren sich überhaupt nicht!« rief Kalten. »*Soviel* Disziplin hat niemand!«

Dann, als das Gewitter seinen schwerfälligen Marsch fortsetzte, schmetterten die Blitze in verlassene Häuser, statt in gepanzerte Männer.

»Können wir jetzt aufstehen?« fragte Sperber seinen Knappen.

»Ich glaube schon. Aber wenn ihr auch nur das leichteste Prickeln spürt, dann werft euch rasch wieder zu Boden.«

Zögernd standen sie auf. »War das Azash?« fragte Tynian Sephrenia.

»Ich glaube nicht. Azashs Blitze hätten uns getroffen. Aber es könnte Otha gewesen sein. Bis wir den Tempel erreichen, werden wir es wohl eher mit Othas Machenschaften zu tun haben, als mit Azashs Kräften.«

»Otha? Ist er wirklich so geschickt?«

»Geschickt ist wohl nicht das richtige Wort«, entgegnete sie. »Otha hat gewaltige Kräfte, aber er ist unbeholfen. Er ist zu faul zu lernen, sie richtig zu beherrschen.«

Sie setzten ihren entschlossenen Vormarsch fort, doch die Männer, die sie in ihren grotesken Rüstungen erwarteten, machten immer noch keine Anstalten, sie anzugreifen oder auch nur Verstärkung zur Verteidigung des Eingangs herbeizurufen.

Als Sperber den ersten Posten erreichte, hob er sein Schwert, und der bisher reglose Mann heulte ihn an und hob schwerfällig eine breitklingige Axt, die mit nutzlosen Dornen und Widerhaken versehen war. Sperber schlug die Axt zur Seite und schwang sein Schwert. Die abschreckende Rüstung war sogar noch nutzloser, als Tynian behauptet hatte. Ihr Blech war nicht viel dicker als Papier, und Sperbers Klinge drang in den Zemocher, als hätte es keinerlei Widerstand gegeben. Selbst wenn er einen vollkommen ungeschützten Mann getroffen hätte – die Klinge hätte nicht tiefer in den Körper dringen können.

Dann sackte der Mann zusammen, den Sperber soeben erschlagen hatte, und seine durchhauene Rüstung klaffte auf. Sperber wich in plötzlichem Ekel zurück. Was in der Rüstung steckte, war kein Lebender gewesen, sondern verfärbte, schmierige Knochen, an denen noch ein paar Fetzen verwesenden Fleisches klebten. Ein grauenvoller Gestank stieg aus der Rüstung.

»Sie sind gar nicht lebendig!« schrie Ulath. »In der Rüstung ist nichts als Knochen und stinkende Eingeweide!«

Würgend vor Ekel und Übelkeit kämpften die Ritter sich weiter voran und hieben eine Gasse durch ihre bereits toten Gegner.

»Halt!« rief Sephrenia plötzlich scharf.

»Aber ...«, wandte Kalten ein.

»Macht einen Schritt zurück – ihr alle!«

Widerwillig traten sie zurück, und die abscheulich gerüsteten Toten erstarrten wieder. Erneut begannen sie bei diesem Signal, das die Gefährten weder zu hören, noch zu sehen vermochten, zu heulen.

»Was machen sie?« fragte Ulath. »Warum greifen sie nicht an?«

»Weil sie tot sind, Ulath«, erklärte Sephrenia.

Ulath deutete mit seiner Axt auf einen der Zusammengesackten. »Tot oder nicht, der da hat jedenfalls versucht, mich mit seinem Speer zu kitzeln!«

»Das lag daran, daß Ihr in die Reichweite seiner Waffe gekommen seid. Seht sie doch an. Sie stehen da und unternehmen nichts, um ihren Kameraden zu helfen. Hol mir eine Fackel, Talen.«

Der Junge zog eine Fackel zwischen zwei Steinplatten heraus und gab sie Sephrenia. Sie hob sie und betrachtete das Pflaster unter ihren Füßen. »Das ist erschreckend.« Sie schauderte.

»Wir beschützen Euch, erhabene Sephrenia«, versicherte ihr Bevier. »Ihr habt nichts zu befürchten.«

»Keiner von uns hat etwas zu befürchten, lieber Bevier. Was jedoch erschreckend ist, ist die Tatsache, daß Otha offenbar mehr Macht zur Verfügung steht als irgendeinem anderen Sterblichen. Aber er ist zu dumm und weiß nicht, sie zu nutzen. Wir haben jahrhundertelang einen Schwachkopf gefürchtet.«

»Tote zu erwecken, ist ziemlich beeindruckend, Sephrenia«, gab Sperber zu bedenken.

»Jedes styrische Kind kann eine Leiche in Bewegung setzen. Aber Otha weiß nicht einmal, was er mit ihnen tun muß, nachdem er sie erweckt hat. Jeder dieser toten Posten steht auf einer Steinplatte, und diese Steinplatte ist alles, was er beschützt.«

»Seid Ihr sicher?«

»Vergewissert Euch selbst.«

Sperber hob seinen Schild und ging auf eine der übelriechenden Wachen zu. Kaum berührte sein Fuß die Fliese, auf welcher der Posten stand, schlug der Untote ruckhaft und schwerfällig mit einer Axt nach ihm. Mühelos wehrte Sperber den Hieb ab und trat zurück. Sofort stand der Posten wieder reglos wie eine Statue.

Und erneut stieß der Postenkreis um den Palast sein geistloses Heulen aus.

Zu Sperbers Entsetzen raffte Sephrenia ihr weißes Gewand

und begann völlig ruhig durch die Reihen der Toten zu gehen. Dann blieb sie stehen und blickte über die Schulter. »Kommt schon! Gehen wir hinein, bevor es zu regnen anfängt. Vermeidet, auf ihre Steinplatten zu treten, das ist alles.«

Es war gespenstisch, um diese abscheulich stinkenden, drohenden Gestalten herumzugehen, deren Totenschädelgesichter immer wieder von Blitzen erhellt wurden. Doch es war nicht gefährlicher, als Brennesseln auf einem Waldpfad auszuweichen.

Als sie am letzten der toten Wachsoldaten vorbei waren, blieb Talen stehen und spähte an einer diagonalen Reihe dieser Wächter entlang. »Hochverehrter Lehrer«, wandte er sich leise an Berit.

»Ja, Talen?«

»Wie wär's, wenn du diesen da schubst, daß er umkippt?« Talen deutete auf den Rücken einer der grotesken Rüstungen. »Ein bißchen seitwärts.«

»Warum?«

Talen grinste spitzbübisch. »Schubs einfach, Berit. Dann wirst du schon sehen.«

Berit wirkte ein wenig verwirrt, aber er streckte den Axtschaft aus und versetzte der starren Leiche einen festen Stoß. Sie fiel krachend auf eine andere. Die zweite schlug der ersten prompt den Kopf ab, dabei stolperte sie rückwärts und wurde sogleich von einer dritten niedergestreckt.

Das Chaos breitete sich rasch aus, und eine große Zahl der furchterregenden Toten wurden von ihresgleichen in einem sinnlosen Gemetzel zerstückelt.

»Das ist ein *sehr* guter Junge, Euer Söhnchen, Kurik«, lobte Ulath.

»Wir setzen auch einige Hoffnung in ihn«, erwiderte Kurik bescheiden.

Sie wandten sich dem Eingang zu – und hielten inne. In der Luft, in der Mitte der dunklen Türöffnung, sahen sie sich einem verschwommenen Gesicht gegenüber, das mit fahler, grüner Flamme in die Leere gezeichnet war. Es war eine groteske Fratze von unbeschreiblicher Bösartigkeit – und sie war bekannt. Sperber sah sie nicht zum ersten Mal.

»*Azash!*« zischte Sephrenia. »Bleibt stehen, wo ihr seid.«

Sie starrten die gräßliche Erscheinung an.

»Ist er das wirklich?« fragte Tynian bestürzt.

»Ein Abbild«, antwortete Sephrenia. »Auch es ist Othas Werk.«

»Ist es gefährlich?« fragte Kalten.

»In den Eingang zu treten, bedeutet den Tod. Schlimmeres als den Tod.«

»Gibt es keine andere Möglichkeit, hinein zu gelangen?« fragte Kalten und blickte furchtsam auf die glühende Erscheinung.

»Oh, ich bin sicher, daß dies nicht die einzige ist, aber ich bezweifle, daß wir je imstande wären, weitere zu finden.«

Sperber seufzte. Er hatte schon lange beschlossen, was er tun würde, wenn es soweit war. Er bedauerte die Auseinandersetzung, die sie auslösen würde, mehr als die Tat selbst. Er nahm den Kettenbeutel vom Gürtel. »Es ist soweit«, sagte er zu seinen Freunden. »Setzt euch in Bewegung. Ich weiß nicht, wieviel Zeit ich euch geben kann, aber ich werde es so lange wie nur möglich hinauszuzögern.«

»Wovon redest du?« fragte Kalten mißtrauisch.

»Näher werden wir nicht an Azash herankommen, fürchte ich. Wir alle wissen, was getan werden muß, und nur einer von uns kann es tun. Wenn irgend jemand von euch je nach Cimmura zurückkommt, dann sagt Ehlana, ich hätte mir gewünscht, einen anderen Weg nehmen zu können. Sephrenia, bin ich nahe genug? Wird Azash vernichtet?«

Ihre Augen waren voll Tränen, aber sie nickte.

»Keine Gefühlsduselei in dieser Stunde«, sagte Sperber schroff. »Dafür ist keine Zeit. Es war mir eine Ehre, euch gekannt zu haben – euch alle. Und jetzt verschwindet. Das ist ein Befehl!« Er mußte dafür sorgen, daß sie umkehrten, ehe einer von ihnen irgendeine törichte, edelmütige Entscheidung treffen konnte. »Geht!« brüllte er sie an.

Sie setzten sich in Bewegung. Soldaten gehorchten Befehlen immer – sofern diese nur laut genug gebrüllt wurden. Wenn es stimmte, was Sephrenia gesagt hatte, würden sie mindestens einen Tag brauchen, um außerhalb der Reichweite völliger Zerstörung zu gelangen. Doch es bestand wenig Hoffnung, daß Sperber so lange unentdeckt blieb. Aber zumindest mußte er versuchen, ihnen diese, wenngleich geringe Chance zu geben. Vielleicht würde niemand aus dem Palast kommen. Vielleicht würde ihn auch keine der Streifen bemerken, die durch die Stadt patrouillierten. Es war immerhin eine Hoffnung.

Er wollte ihnen nicht nachschauen. Das wäre nicht gut. Außerdem hatte er etwas viel Wichtigeres zu tun, als unglücklich herumzustehen wie ein Kind, das unartig gewesen ist und zu Hause bleiben muß, während die Familie zu einem Volksfest aufbricht. Er blickte zuerst nach rechts, dann nach links. Falls Sephrenia recht gehabt hatte und dies der einzige Zugang zu Othas Palast war, wäre es besser, sich ein Stück von der offenen Tür und der glühenden Erscheinung zurückzuziehen. Dann würde er sich nur noch um die Patrouillen zu kümmern brauchen. Wer oder was immer aus dem Palast kam, würde ihn dann nicht sofort sehen. Links oder rechts? Er zuckte die Schultern. Was machte es schon für einen Unterschied? Vielleicht wäre es noch besser, um den Palast herumzuschleichen und direkt an der Tempelmauer zu warten. Dadurch würde er näher bei Azash sein, und der Ältere Gott wäre noch dichter am Zentrum der völligen Vernichtung.

Als er sich halb umdrehte, sah er sie. Sie standen außerhalb der Reihen der erstarrten Toten. Und ihre Gesichter wirkten entschlossen.

»Was macht ihr da?« brüllte er ihnen zu. »Ich habe euch befohlen, zu verschwinden!«

»Und wir haben beschlossen, auf dich zu warten«, rief Kalten zurück.

Sperber machte einen drohenden Schritt auf sie zu.

»Sei kein Narr, Sperber«, sagte Kurik. »Du kannst das Risiko nicht eingehen, zwischen diesen Toten herumzustapfen. Wenn du auch nur einen einzigen falschen Schritt machst, wird einer dir von hinten den Schädel einschlagen – und dann hat Azash den Bhelliom. Und wir hätten den ganzen weiten Weg umsonst gemacht!«

27

Sperber fluchte. Warum konnten sie nicht einfach gehorchen? Seufzend dachte er, daß er es eigentlich hätte wissen müssen. Nun ließ es sich nicht mehr ändern, und es wäre sinnlos gewesen, ihnen Vorwürfe zu machen.

Er zog seinen Rüsthandschuh aus und nahm die Wasserflasche von seinem Gürtel. Als er den Stöpsel herauszog, blitzte sein Ring im Fackelschein blutrot. Als Sperber die Flasche senkte, betrachtete er ihn nachdenklich. »Sephrenia«, sagte er widerwillig. »Ich brauche Euch.«

Sie eilte zu ihm.

»Der Sucher war Azash, nicht wahr?«

»Ganz so einfach ist es nicht, Sperber.«

»Ihr wißt schon, was ich meine. Als wir in Pelosien an König Saraks Grabhügel standen, sprach Azash durch den Sucher zu Euch, aber er floh, als ich ihm mit Aldreas' Speer zu nahe kam.«

»Ja.«

»Und ich benutzte den Speer, um dieses Ungeheuer zu vertreiben, das aus dem Grabhügel in Lamorkand emporkam, und ich tötete Ghwerig damit.«

»Ja.«

»Aber es lag nicht am Speer selbst, nicht wahr? Eine so mächtige Waffe ist er denn doch nicht. Es lag an den Ringen, richtig?«

»Ich weiß nicht, worauf Ihr hinaus wollt, Sperber.«

»So genau weiß ich es auch nicht.« Er zog den anderen Rüsthandschuh ebenfalls aus und studierte beide Ringe. »Sie haben eigene Kräfte, nicht wahr? Ich glaube, der Umstand, daß sie die Schlüssel zu Bhelliom sind, hat mich ihnen gegenüber blind gemacht. Bhelliom hat so ungeheure Kräfte, daß ich gar nicht mehr an Dinge dachte, die mit den Ringen allein möglich sind. Aldreas' Speer spielte dabei selbst keine Rolle – was ganz gut ist, weil er in Ehlanas Gemach in Cimmura in einer Ecke steht. Jede andere Waffe hätte es auch getan, nicht wahr?«

»Solange die Ringe sie berührten, ja. Bitte, Sperber, kommt zur Sache. Eure elenische Logik ist umständlich.«

»Sie ist eine gute Denkhilfe. Ich könnte das Abbild am Eingang mit Bhelliom vernichten, doch dabei kämen die Trollgötter frei, und sie würden versuchen, mir in den Rücken zu fallen, wann immer ich mich umdrehe. Doch mit den Ringen haben die Trollgötter nichts zu tun. Ich kann die Ringe benutzen, ohne Ghnomb und seine Freunde zu wecken. Was geschieht, wenn ich mein Schwert mit beiden Händen nehme und die Fratze am Eingang damit berühre?«

Sephrenia starrte ihn an.

»Es handelt sich hier doch nicht wirklich um Azash. Wir haben es mit Otha zu tun. Ich bin ja vielleicht nicht der größte Magier auf der Welt, aber das ist auch nicht nötig, solange ich die Ringe habe. Glaubt Ihr nicht auch, daß die Ringe es mit Otha allemal aufnehmen können?«

»Das kann ich nicht sagen, Sperber«, antwortete sie nachdenklich. »Ich weiß es nicht.«

»Dann müssen wir es eben herausfinden!« Er drehte sich um und blickte über die Reihen übelriechender Toter hinweg. »Also gut«, rief er seinen Freunden zu. »Kommt zurück. Ich habe einen Plan und brauche eure Hilfe.«

Sie wanden sich vorsichtig durch die Reihen der grotesken Rüstungen und scharten sich um Sperber und seine Lehrerin.

»Ich werde jetzt einen gefährlichen Versuch unternehmen«, warnte er sie. »Falls es schiefgeht, müßt ihr Bhelliom übernehmen.« Er löste den Kettenbeutel von seinem Gürtel. »Wenn der Versuch mißlingt, dann holt Bhelliom aus dem Beutel und zerschmettert ihn mit einem Schwert oder einer

Axt.« Er reichte Kurik den Beutel und Kalten seinen Schild, dann zog er sein Schwert. Er faßte den Griff mit beiden Händen und schritt zum Eingang zurück, in dessen Mitte die glühende Erscheinung hing. Er hob das Schwert. »Wünscht mir Glück.«

Er streckte die Arme aus und richtete sein Schwert auf das Abbild in dem grünen Feuer vor sich. Dann holte er tief Luft und ging direkt darauf zu, um die Schwertspitze in das brennende Zauberbild zu bohren.

Es gab ein eindrucksvolles Feuerwerk. Bei der Berührung zerbarst das Abbild und überschüttete Sperber mit einem wahren Schwall bunter Funken. Die Detonation ließ vermutlich sämtliche Glasscheiben in einem Umkreis von mehreren Meilen zerspringen. Sperber und seine Freunde wurden zu Boden geschmettert, und die gerüsteten Leichen, die noch Wache vor dem Palast hielten, wurden gefällt wie kranke Bäume. Sperber schüttelte den Kopf, um das Klingen in den Ohren zu vertreiben. Er plagte sich auf die Füße; dabei starrte er auf den Eingang. Einer der gewaltigen Torflügel war in der Mitte gespalten. Den anderen, der gefährlich gekippt war, hielt nur noch eine Angel. Die Erscheinung war verschwunden; an ihrer Stelle schwebten lediglich ein paar dünne Rauchschwaden. Aus dem Innern des Palasts gellte anhaltendes, schmerzerfülltes Kreischen.

»Ist bei euch alles in Ordnung?« erkundigte sich Sperber und ließ den Blick über seine Freunde schweifen.

Benommen rappelten sie sich auf.

»Ziemlicher Krach«, bemerkte Ulath nur.

»Wer macht denn diesen Lärm im Palast?« fragte Kalten.

»Otha, vermute ich«, erwiderte Sperber. »Es nimmt einen ganz schön mit, wenn einem der Zauber zerschmettert wird.« Er hob seine Rüsthandschuhe und den Kettenbeutel auf.

»Talen!« brüllte Kurik. »Nein!«

Aber der Junge trat bereits in den offenen Eingang. »Sieht nicht so aus, als wäre da was, Vater«, beruhigte er ihn. Er schritt ein Stück weiter hinein; dann kehrte er zurück. »Da ich nicht in einer Rauchwolke verschwunden bin, besteht hier wohl keine Gefahr.« Er grinste.

Kurik streckte grimmig die Arme nach dem Jungen aus, doch dann überlegte er es sich anders und fluchte nur vor sich hin.

»Gehen wir hinein«, riet Sephrenia. »Bestimmt hat jede Streife in der Stadt die Explosion gehört. Wir können nur hoffen, daß die Krieger sie für Donner gehalten haben, aber einige werden sicher anrücken, um nachzusehen.«

Sperber steckte den Beutel zurück unter seinen Gürtel. »Wir wollen möglichst lange unbemerkt bleiben, wenn wir erst drinnen sind. Welche Richtung ist die günstigste?«

»Wir halten uns am besten nach links, sobald wir durch das Tor sind. Die Gänge auf dieser Seite führen zu den Küchen und den Vorratsräumen.«

»Also gut. Gehen wir.«

Der fremdartige Geruch, der Sperber schon beim Betreten der Stadt aufgefallen war, nahm hier in den dunklen Korridoren des Palasts noch zu. Die Ritter schlichen auf Zehenspitzen und lauschten den widerhallenden Rufen der Leibgarde. Im Palast herrschte Aufruhr, und selbst in einem so ungeheuerlich großen Gebäude wie diesem ließen sich Begegnungen früher oder später nicht vermeiden. In den meisten Fällen konnten Sperber und seine Freunde dies vermeiden, indem sie rasch in eines der dunklen Gemächer entlang der Korridore traten. Bedauerlicherweise war das nicht überall möglich, doch die Ordensritter waren im Nahkampf viel erfahrener als die Zemocher, und der Kampflärm ging in den Rufen unter, die durch die Korridore hallten.

Sie brauchten fast eine Stunde, ehe sie zu einer geräumigen Backstube gelangten, wo die niedergebrannten Feuer noch ein wenig Helligkeit spendeten. Dort hielten sie an und verriegelten die Türen.

»Ich habe völlig die Orientierung verloren«, gestand Kalten

und genehmigte sich ein Törtchen. »In welche Richtung müssen wir jetzt?«

»Durch diese Tür, glaube ich.« Sephrenia deutete mit der Hand darauf. »Alle Küchen haben Türen zu einem Korridor, der zum Thronsaal führt.«

»Otha speist in seinem Thronsaal?« staunte Bevier.

»Otha verläßt ihn kaum noch«, erwiderte sie. »Er kann nicht mehr laufen.«

»Was hat ihn denn verkrüppelt?«

»Sein Appetit. Er ißt fast unentwegt, und er hat schon immer etwas gegen körperliche Betätigung gehabt. Seine Beine sind inzwischen zu schwach, sein Gewicht zu tragen.«

»Wie viele Türen hat der Thronsaal?« erkundigte Ulath sich.

Sephrenia überlegte kurz. »Vier, soweit ich mich erinnere. Die eine vom Küchengang, eine vom Hauptpalast und eine zu Othas Privatgemächern.«

»Und die letzte?«

»Der vierte Ausgang hat keine Tür, sondern führt direkt ins Labyrinth.«

»Dann müssen wir als erstes diese Türen verbarrikadieren, damit wir uns möglichst ungestört mit Otha unterhalten können.«

»Und wer immer sich sonst noch dort aufhält«, fügte Kalten hinzu. »Ob Martel wohl schon da ist?« Er langte nach einem weiteren Törtchen.

»Das läßt sich nur auf eine Weise herausfinden«, sagte Tynian.

»Augenblick«, unterbrach Sperber ihn. »Was ist das für ein Labyrinth, in das der vierte Ausgang führt, Sephrenia?«

»Es ist der Weg zum Tempel. Es gab eine Zeit, da waren die Leute fasziniert von Labyrinthen. Es ist sehr kompliziert und sehr gefährlich.«

»Und das ist die einzige Möglichkeit, in den Tempel zu gelangen?«

Sie nickte.

»Azashs Anbeter müssen durch den Thronsaal, um in den Tempel zu kommen?«

»Normalerweise begeben sich Gläubige hier nicht in den Tempel, Sperber – lediglich Priester und Opfer.«

»Dann sollten wir in den Thronsaal stürmen. Wir verriegeln die Türen, kümmern uns um die Wachen im Thronsaal, und dann nehmen wir Otha gefangen. Wenn wir ihm ein Messer an die Kehle halten, wird keiner seiner Soldaten es wagen, sich mit uns anzulegen.«

»Otha ist ein Magier, Sperber«, erinnerte ihn Tynian. »Ihn gefangenzunehmen wird nicht so leicht sein.«

»Otha ist im Augenblick keine große Gefahr«, widersprach Sephrenia. »Wir wissen alle, wie es ist, wenn ein Zauber gewaltsam gebrochen wird. Man braucht eine Weile, sich davon zu erholen.«

»Sind alle bereit?« fragte Sperber angespannt.

Sie nickten, und er führte sie durch die Tür. Der Korridor von den Küchen zu Othas Thronsaal war schmal und nicht sehr lang. Eine Fackel erhellte rötlich sein entferntes Ende. Talen stahl sich voraus. Seine weichen Sohlen verursachten keinen Laut auf dem Fliesenboden. Kurz darauf kam er zurückgehuscht.

»Sie sind alle da«, wisperte er aufgeregt. »Annias, Martel und die übrigen. Sieht ganz so aus, als wären sie eben erst angekommen. Alle tragen noch ihre Reiseumhänge.«

»Wie viele Wachen sind im Thronsaal?« fragte Kurik.

»Nicht viele. Im Höchstfall zwanzig.«

»Die übrigen suchen uns wahrscheinlich auf den Korridoren.«

»Kannst du den Saal beschreiben?« fragte Tynian. »Und die Stellen, wo die Wachen stehen?«

Talen nickte. »Dieser Korridor mündet gar nicht weit vom Thron in den Saal. Otha ist nicht zu übersehen. Er erinnert mich an eine Schnecke, die zu dick für ihr Haus geworden ist. Martel und die anderen stehen um ihn herum. An jeder Tür sind zwei Wachen postiert, außer an dem Türbogen hinter dem Thron, der wird gar nicht bewacht. Die übrigen Wachen sind an den Wänden entlang verteilt. Sie tragen Kettenhemden und Schwerter, und jeder hält einen langen Speer. Vor dem Thron kauern etwa ein Dutzend stämmiger Burschen. Sie haben bloß Lendentücher umgebunden und sind nicht bewaffnet.«

»Othas Träger«, erklärte Sephrenia.

»Ihr hattet recht«, wandte Talen sich an sie. »Es sind vier Türen: die direkt vor uns, eine zweite in der Wand gegenüber, dann der offene Eingang, und eine breite Flügeltür am Ende des Saals.«

»Das ist die Haupttür in den Mittelteil des Palasts«, sagte Sephrenia.

»Also die wichtige«, schloß Sperber. »In den Küchen halten sich wahrscheinlich nur ein paar Köche auf, und in Othas Privatgemächern vermutlich auch bloß ein paar Bedienstete. Aber hinter der Haupttür sind gewiß Wachen. Wie weit ist es von dieser Tür zur Haupttür?«

»Ungefähr zweihundert Fuß«, schätzte der Junge.

»Wem ist nach Laufen zumute?« Sperbers Blick wanderte über seine Freunde.

»Was meint Ihr, Tynian?« fragte Ulath. »Wie schnell schafft Ihr zweihundert Fuß?«

»Ebenso schnell wie Ihr, mein Freund.«

»Gut, dann kümmern wir uns darum, Sperber«, erklärte Ulath.

»Vergiß ja nicht, daß du mir Adus versprochen hast!« erinnerte Kalten Sperber.

»Ich werde versuchen, mein Versprechen zu halten.«

Sie schritten entschlossen zum fackelerhellten Eingang. Kurz davor hielten sie für einen Augenblick an; dann stürmten sie hinein. Ulath und Tynian rannten zur Haupttür. Überraschte und erschrockene Schreie erklangen, als die Ritter in den Thronsaal stürzten. Othas Soldaten schrien einander widersprechende Befehle zu, doch ein Offizier überbrüllte sie alle: »Beschützt den Kaiser!«

Die Gardisten in Kettenhemden, die an den Wänden postiert gewesen waren, überließen ihre Kameraden an den Türen sich selbst und beeilten sich, mit ihren Speeren einen Schutzring um den Thron zu bilden. Kalten und Bevier hatten die zwei Wachen an der Tür zum Küchenkorridor ohne Mühe erledigt, und Ulath und Tynian erreichten die Haupttür, noch bevor die beiden Wachen sie öffnen und Hilfe herbeirufen konnten. Die Posten fielen bereits unter den ersten Streichen, und sofort stemmte Ulath sich mit dem Rücken gegen die Tür, während Tynian hinter den Vorhängen nach dem Riegel tastete.

Berit schoß neben Sperber durch die Tür, sprang über die noch auf dem Boden zappelnden Wachen und stürmte mit erhobener Axt durch den Saal zur gegenüberliegenden Tür. Trotz seiner schweren Rüstung rannte er leichtfüßig über den polierten Boden und warf sich auf die zwei Gardisten, welche die Tür zu Othas Privatgemächern bewachten. Er stieß ihre Speere zur Seite und ließ seine Axt zweimal herabsausen.

Sperber hörte das metallische Klicken hinter sich, als Kalten den schweren Eisenriegel vorschob.

An die Flügeltür, gegen die Ulath sich stemmte, wurde heftig gehämmert. Dann fand Tynian endlich den Riegel und schob ihn vor. Berit verriegelte seine Tür ebenfalls.

»Gute Arbeit«, lobte Kurik. »Aber wir müssen erst noch an Otha heran.«

Sperber blickte auf den Ring von Speeren um den Thron, dann auf Otha. Wie Talen so bildhaft beschrieben hatte, sah der Mann, der den Westen die vergangenen fünfhundert Jahre in Furcht und Schrecken versetzt hatte, wie eine riesige hauslose Schnecke aus. Er war vom selben fahlen Weißgrau und völlig haarlos. Sein unheimlich aufgedunsenes Gesicht glänzte derart von Schweiß, daß man meinen konnte, es wäre mit Schleim überzogen. Sein Wanst war ungeheuerlich und ragte so weit nach vorn, daß seine Arme wie Stümpfe wirkten. Er starrte vor Schmutz, und außerordentlich kostbare Ringe steckten an seinen fetten schmierigen Fingern. So, wie er halb auf seinem Thron lag, konnte man meinen, er wäre dort hingeschleudert worden. Seine Augen waren glasig, und er zuckte krampfartig. Offenbar hatte er sich noch nicht von dem Schock erholt, den das Zerbrechen seines Zaubers verursacht hatte.

Sperber holte tief Luft, um sich zu beruhigen, dabei schaute er sich um. Der Saal hätte sich an Wert mit einer Schatzkammer messen können. Gehämmertes Gold überzog die Wände, und Perlmutt bedeckte die Säulen rundum. Die Bodenfliesen waren aus poliertem schwarzem Onyx, die Vorhänge an den Türen aus blutrotem Samt. Fackeln ragten in regelmäßigen Abständen von Halterungen an den Wänden, und links und rechts von Othas Thron standen riesige eiserne Kohlenbecken. Und schließlich fiel Sperbers Blick auf Martel.

»Ah, Sperber«, sagte der Weißhaarige höflich, »wie nett von euch, vorbeizukommen. Wir haben euch erwartet.«

Die Worte klangen beinahe gleichmütig, wenn man die leichte Nervosität außer acht ließ, die in Martels Stimme mitschwang. Er hatte sie nicht so bald erwartet, und ihr Sturmangriff hatte ihn völlig unerwartet getroffen. Er stand mit Annias, Arissa und Lycheas innerhalb des schützenden Speerrings. Adus munterte die Speerträger mit Fußtritten und Verwünschungen auf.

»Wir waren gerade in der Gegend.« Sperber zuckte die Schultern. »Wie ist es dir ergangen, alter Junge? Du siehst etwas mitgenommen aus. War es eine anstrengende Reise?«

»Sie war zu ertragen.« Martel verbeugte sich in Richtung Sephrenia. »Kleine Mutter«, grüßte er, und wieder klang seine Stimme, als er sich an sie wandte, eigenartig bedauernd.

Sephrenia seufzte, schwieg jedoch.

»Ich sehe, wir sind alle hier«, fuhr Sperber fort. »Ich liebe diese kleinen familiären Treffen. Sie bieten uns die Gelegenheit, in Erinnerungen zu schwelgen.«

Sein Blick wanderte zu Annias, dessen untergeordnete Stellung gegenüber Martel nun unverkennbar war. »Ihr hättet in Chyrellos bleiben sollen, Exzellenz«, sagte er. »So ist Euch die ganze Aufregung bei der Wahl entgangen. Könnt Ihr Euch vorstellen, daß die Hierokratie Dolmant auf den Erzprälatenthron gesetzt hat?«

Ein Ausdruck der Qual huschte über das Gesicht des Primas von Cimmura. »Dolmant?« würgte er bestürzt hervor. In späteren Jahren wurde Sperber bewußt, daß seine Rache an dem Primas in jenem Augenblick vollkommen gewesen war. Der Schmerz, den diese schlichte Erklärung seinem Feind verursachte, ging über sein Verständnis. Das Leben des Primas von Cimmura zerfiel in diesem einen Augenblick zu Asche.

»Überraschend, nicht wahr?« fuhr Sperber unerbittlich fort. »Wirklich der letzte, mit dem man gerechnet hätte. Viele in Chyrellos sind überzeugt, daß Gott selbst seine Hand im Spiel hatte. Meine Gemahlin, die Königin von Elenien – Ihr erinnert Euch doch an sie, nicht wahr? Das hübsche blonde Mädchen, das Ihr vergiftet hattet – hielt eine Ansprache vor den Patriarchen, bevor sie mit der Wahl begannen. *Sie* hat ihn vorgeschlagen. Sie war erstaunlich beredt, aber es wird allgemein angenommen, daß Gott selbst aus ihrem Munde sprach – vor allem, wenn man die Tatsache bedenkt, daß Dolmant einstimmig gewählt wurde.«

»Das ist unmöglich!« krächzte Annias. »Ihr lügt, Sperber!«

»Ihr könnt Euch selbst überzeugen, Annias. Wenn ich Euch nach Chyrellos zurückgebracht habe, werdet Ihr genügend Zeit haben, das Sitzungsprotokoll zu studieren. Gegenwärtig rauft man sich dort um das Vergnügen, Euch vor Gericht zu stellen und hinzurichten. Das mag sich jahrelang hinziehen. Irgendwie ist es Euch gelungen, so gut wie jeden westlich der zemochischen Grenze zu beleidigen. Alle wollen aus diesem oder jenem Grund Euren Tod.«

»Jetzt bist du aber ziemlich kindisch, Sperber«, sagte Martel abfällig.

»Das bestreite ich nicht. Aber sind wir das nicht alle hin und wieder? Es ist wirklich bedauerlich, daß der Sonnenuntergang heute so mittelmäßig war, Martel, denn es war dein letzter.«

»Das trifft zumindest auf einen von uns beiden zu.«

»Sephrenia.« Es hörte sich wie ein rumpelndes, tiefes Gurgeln an.

»Ja, Otha?« fragte sie ruhig.

»Sagt Eurer einfältigen kleinen Göttin Lebewohl«, grollte der überfette Mann auf dem Thron in Altelenisch. Seine Augen waren nun wieder klar, doch seine Hände zitterten immer noch. »Eure unnatürliche Verbindung zu den Jüngeren Göttern geht zu Ende. Azash erwartet Euch.«

»Das bezweifle ich, Otha, denn ich bringe den Unbekannten mit. Ich fand ihn, lange ehe er geboren wurde, und er begleitet mich mit Bhelliom in der Hand. Azash fürchtet ihn, Otha, und Ihr tätet wahrlich gut daran, ihn ebenfalls zu fürchten.«

Otha sank tiefer in seinen Thron. Sein Kopf schien sich wie der einer Schildkröte in die Falten seines fetten Halses zu verkriechen. Aber seine Hand bewegte sich mit erstaunlicher Flinkheit. Ein Strahl grünlichen Lichts schoß aus ihr hervor, geradewegs auf die zierliche Styrikerin zu. Doch Sperber hatte mit so etwas gerechnet. Er hatte seinen Schild scheinbar gleichmütig mit beiden bloßen Händen gehalten, doch so, daß die blutroten Steine der Ringe fest auf den Stahlrand des Schildes drückten. Mit der Behendigkeit des geübten Kämpfers schob er den Schild vor seine Lehrerin. Der grüne Strahl traf den Schild und wurde von der glänzenden Oberfläche zurückgeworfen. Er zerriß einen Gardisten in einer lautlosen Explosion, die weißglühende Teile seines Kettenhemds über den ganzen Saal regnen ließ.

Sperber zog sein Schwert.

»Hören wir jetzt mit dem Unsinn auf, Martel?« fragte er düster.

»Ich würde dir ja den Gefallen tun, alter Junge«, erwiderte Martel, »aber Azash wartet auf uns. Du weißt ja, wie es so ist.«

Das Hämmern an der schweren Tür, die Tynian und Ulath bewachten, wurde heftiger.

»Begehrt da nicht jemand Einlaß?« fragte Martel interessiert. »Sei so nett, Sperber, und schau nach.«

Sperber kam näher.

»Bringt den Kaiser in Sicherheit!« befahl Annias den knapp bekleideten Burschen, die neben dem Thron kauerten. Mit geübter Eile schoben die Männer dicke Stangen in dafür bestimmte Öffnungen im edelsteinbesetzten Sessel, stemmten ihre Schultern unter die Stangen und hoben das gewaltige Gewicht ihres Gebieters samt Thron vom Podest. Dann machten sie kehrt und trotteten schwerfällig auf den Ausgang hinter dem Thron zu.

»Adus!« rief Martel. »Halte sie mir vom Leib!« Auch er drehte sich um und trieb Annias und seine Familie hinter Otha her, während der äffische Adus mit der flachen Schwertklinge auf Othas mit Speeren bewaffnete Gardisten einschlug und unverständliche Befehle brüllte.

Das Hämmern an der verriegelten Flügeltür wurde zum Donnern, als die Soldaten draußen behelfsmäßige Rammen einsetzten.

»Sperber!« brüllte Tynian. »Die Tür wird nicht mehr lange standhalten!«

»Laßt sie!« brüllte Sperber zurück. »Helft uns hier! Otha und Martel entkommen!«

Die Soldaten unter Adus' Befehl bauten sich vor Sperber, Kurik und Bevier auf, weniger, um sie in einen Kampf zu verstricken, als zu verhindern, daß sie den Ausgang erreichten, durch den man ins Labyrinth gelangte. Obwohl in fast jeder anderen Hinsicht geradezu erschreckend dumm, war Adus doch ein ausgezeichneter Krieger, und bei einem Kampf dieser Art, in einer überschaubaren Lage mit einer ebenso überschaubaren Anzahl von Soldaten, war er in seinem Element. Er leitete Othas Gardisten mit Grunzlauten, Fußtritten und Schlägen und formierte sie zu Zweier- und Dreiergruppen, um einzelne Gegner mit den Speeren abzuhalten. Adus' begrenzter Verstand hatte den Zweck von Martels Befehl gut begriffen. Er sollte die Ritter lange genug hinhalten, daß Martel zu entkommen vermochte. Und wahrscheinlich war niemand besser dafür geeignet als Adus.

Als Kalten, Ulath, Tynian und Berit in den Kampf eingriffen, wich Adus zurück. Seine zemochischen Soldaten waren zwar zahlenmäßig überlegen, aber den gepanzerten Rittern ansonsten unterlegen. Doch Adus konnte die meisten in den Eingang zum Labyrinth zurückziehen, wo ihre Speere eine wirkungsvolle Barriere bildeten.

Und die ganze Zeit donnerten die Rammen.

»Wir müssen in dieses Labyrinth!« schrie Tynian. »Wenn die Haupttür nachgibt, haben wir die da draußen im Rücken!«

Da griff Ritter Bevier ein. Der junge Cyriniker war die personifizierte Tapferkeit, und er hatte schon bei mehreren Anlässen seine eigene Sicherheit völlig außer acht gelassen. Er schritt vorwärts und schwang seine gefährliche haken

bewehrte Lochaberaxt. Er hieb damit nicht nach den Soldaten, sondern nach ihren Speeren, und ein Speer ohne Spitze ist nicht mehr als ein Stock. In kürzester Zeit hatte er Adus' Zemocher entwaffnet – aber dabei eine tiefe Wunde an seiner Seite, unmittelbar über der Hüfte, davongetragen. Er wich zurück, als Schwäche ihn erfaßte und Blut aus dem Riß in seiner Rüstung strömte.

»Kümmert Euch um ihn!« wies Sperber Berit an und stürmte auf die Zemocher zu. Ohne ihre Speerspitzen sahen die Gardisten sich gezwungen, zu ihren Schwertern zu greifen. Das brachte den Ordensrittern den entscheidenden Vorteil. Sie fegten die Zemocher aus dem Weg.

Adus schätzte die Lage mit einem Blick ab und wich in den Eingang zurück.

»Adus!« donnerte Kalten und schleuderte einen Zemocher zur Seite.

»Kalten!« brüllte Adus. Mit blutunterlaufenen Augen machte er einen Schritt vorwärts. Er knurrte und schlitzte in seiner Wut einem seiner eigenen Soldaten den Bauch auf, dann verschwand er im Labyrinth.

Sperber wirbelte herum. »Wie geht es ihm?« fragte er Sephrenia, die neben dem verwundeten Bevier kniete.

»Es ist ernst, Sperber.«

»Könnt Ihr die Blutung stillen?«

»Nicht ganz.«

Bevier lag bleich und schweißüberströmt da. Sein Brustpanzer war abgeschnallt und lag offen wie eine Muschel. »Macht weiter, Sperber«, sagte er. »Ich werde diesen Eingang schützen, solange ich kann.«

»Unsinn!« schnaubte Sperber. »Polstert die Wunde, so gut es sich machen läßt, Sephrenia, dann schnallt ihm seinen Harnisch wieder um. Berit, bringt ihn mit. Tragt ihn, wenn es sein muß.«

Ein Splittern war hinter ihnen, am anderen Ende des Thronsaals, zu hören.

»Die Tür gibt nach, Sperber«, meldete Kalten.

Sperber blickte in den langen gewölbten Gang zum Labyrinth. Fackeln steckten in großen Abständen in Eisenringen. Da sah er einen plötzlichen Hoffnungsschimmer. »Ulath«, rief er. »Bleibt Ihr mit Tynian als Nachhut. Warnt uns, sobald Soldaten hinter uns her kommen.«

»Ich halte euch nur auf, Sperber«, sagte Bevier schwach.

»Nein, bestimmt nicht«, beruhigte Sperber ihn. »Wir haben nicht vor, durch dieses Labyrinth zu rennen. Wir wissen nicht, was uns erwartet, und werden kein Risiko eingehen. Also, meine Herren, marschieren wir los.«

Sie schritten durch den langen, geraden Korridor zum Labyrinth und kamen an mehreren dunklen Eingängen zu beiden Seiten vorbei.

»Sollten wir nicht lieber einen Blick hineinwerfen?« fragte Kalten.

»Das ist nicht notwendig«, entgegnete Kurik. »Einige von Adus' Männern sind verwundet. Wir brauchen nur den Blutspritzern auf dem Boden zu folgen. Das sagt uns zumindest, daß Adus diesen Weg genommen hat.«

»Aber das heißt nicht, daß es Martel auch getan hat«, warf Kalten ein. »Vielleicht hat er Adus angewiesen, uns in die Irre zu führen.«

»Das ist möglich«, gestand Sperber ein, »aber dieser Korridor ist als einziger beleuchtet.«

»Ich würde es bestimmt nicht Labyrinth nennen, wenn der Weg mit Fackeln gekennzeichnet ist«, gab Kurik zu bedenken.

»Vielleicht nicht, aber solange die Fackeln und die Blutspur dieselbe Richtung haben, gehen wir das Risiko ein.«

Der widerhallende Korridor machte an seinem Ende eine scharfe Biegung. Dadurch, daß sowohl Wände wie Decke nach oben und innen gewölbt waren, entstand der beunruhigende Eindruck, er wäre zu niedrig, und Sperber ertappte sich dabei, daß er unwillkürlich gebückt ging.

»Sie haben die Haupttür zum Thronsaal eingebrochen, Sperber!« rief Ulath von hinten. »Ein paar Fackeln sind bereits im Gang zu sehen.«

»Das nimmt uns die Entscheidung ab«, stellte Sperber fest. »Wir haben keine Zeit, uns in irgendwelchen Seitengängen umzusehen. Also weiter.«

An dieser Stelle begann eine Krümmung des Ganges, und die Blutflecken auf dem Boden deuteten darauf hin, daß sie immer noch dem Weg folgten, den Adus genommen hatte.

Der Korridor bog nach rechts ab.

»Wie kommt Ihr zurecht?« fragte Sperber Bevier, der sich schwer gegen Berits Schulter lehnte.

»Sobald ich wieder zu Atem komme, schaffe ich es ohne Hilfe.«

Der Korridor bog wieder nach links ab, kurz darauf ein weiteres Mal.

»Der Weg führt uns wieder zurück, Sperber!«

»Ich weiß. Aber haben wir eine andere Wahl?«

»Mir fällt keine ein.«

»Ulath«, rief Sperber. »Holen die Soldaten hinter uns auf?«

»Sieht nicht so aus.«

»Vielleicht kennen sie den Weg durchs Labyrinth ebenfalls nicht«, meinte Kalten. »Ich kann mir nicht vorstellen, daß irgend jemand Azash zu seinem Vergnügen besuchen würde.«

Der Überfall erfolgte aus einem Seitengang. Fünf mit Speeren bewaffnete Zemocher stürzten sich aus der dunklen Gangmündung auf Sperber, Kalten und Kurik. Mit ihren Speeren hatten sie einen gewissen Vorteil – aber nicht genug. Nachdem sich drei von ihnen blutend auf dem Boden wälzten, flohen die zwei übrigen zurück in die Dunkelheit.

Kurik zog eine Fackel aus einem der Eisenringe an der Wand und ging Sperber und Kalten voraus in den dunklen, gewundenen Seitengang. Nach wenigen Minuten sahen sie die Soldaten, denen sie folgten. Beide tasteten sich ängstlich an der Wand entlang.

»Jetzt haben wir sie!« rief Kalten begeistert und wollte losrennen.

»Kalten!« Kuriks Stimme überschlug sich fast. »Bleib stehen!«

»Was ist denn?«

»Sie halten sich zu dicht an der Wand!«

»Na und?«

»Was stimmt nicht mit der Gangmitte?«

Kalten starrte auf die beiden Verängstigten, die sich an der Wand entlangschoben. »Wollen doch mal sehen«, brummte er. Er löste eine kleine Bodenfliese mit der Schwertspitze heraus und warf sie nach den Soldaten, verfehlte sie jedoch um mehrere Fuß.

»Laß mich versuchen«, sagte Kurik. »Durch die Rüstung sind die Schultern viel zu steif zum Werfen.« Auch er löste eine Fliese. Er warf viel zielsicherer. Die Fliese prallte mit lautem Krachen vom Helm des Soldaten ab. Der Mann schrie auf, als er rückwärts taumelte. Vergebens versuchte er, sich an der Wand festzuklammern und kippte nach hinten in die Mitte des Korridors.

Sofort öffnete sich der Boden unter ihm, und er verschwand mit einem verzweifelten Schrei. Sein Kamerad, der sich streckte, um ihm nachzusehen, tat ebenfalls einen falschen Schritt, fiel von dem schmalen Sims entlang der Wand und folgte dem anderen in die Tiefe.

»Schlau!« brummte Kurik. Er ging vorsichtig zum Rand der klaffenden Grube und leuchtete hinein. »Der Boden ist mit spitzen Pflöcken gespickt«, berichtete er, während er auf die zwei Aufgespießten hinunterblickte. »Gehen wir zurück und warnen die anderen. Wir müssen von jetzt an gut aufpassen, wohin wir den Fuß setzen.«

Sie kehrten zum beleuchteten Korridor zurück und trafen auf Ulath und Tynian. Kurik beschrieb die Falle, in welche die zwei Zemocher gestürzt waren. Nachdenklich betrachtete er die Toten und griff nach einem ihrer Speere. »Das waren nicht Adus' Männer.«

»Woher willst du das wissen?« fragte Kalten.

»Ritter Bevier hat den Speeren aller, die bei Adus waren, die Spitzen abgeschlagen. Es sind also auch andere Soldaten im Labyrinth – wahrscheinlich kleine Trupps wie der hier. Ich nehme an, sie sind hier, um uns in den Nebengängen in Fallen zu locken.«

»Das ist sehr zuvorkommend von ihnen«, brummte Ulath.

»Ich verstehe Euren Gedankengang nicht, Ritter Ulath.«

»Es sind überall Fallen im Labyrinth, aber wir haben eine Menge Soldaten zur Verfügung, die für uns hineintappen. Wir brauchen uns nur ein paar zu fangen.«

»Einer dieser Silberstreifen am Horizont, wie die Leute sagen?« fragte Tynian.

»Für uns schon, aber ich glaube nicht, daß die Zemocher, die wir uns schnappen, es so sehen werden.«

»Sind die Soldaten, die uns verfolgen, uns dicht auf den Fersen?« fragte Kurik ihn.

»Noch nicht.«

Kurik kehrte zum Seitengang zurück und leuchtete mit seiner Fackel hinein. Als er zurückkehrte, lächelte er grimmig. »An den Wänden der Seitengänge gibt es Fackelringe, genau wie hier«, sagte er. »Ich schlage vor, daß wir die Fackeln anders verteilen. Wir sind den Fackeln gefolgt, und die Soldaten sind uns gefolgt. Wenn die Fackeln sie immer wieder in die Seitengänge zu den Fallen führen, werden sie uns dann nicht wesentlich vorsichtiger und langsamer auf den Fersen sein?«

»Ich weiß nicht, wie *sie* das sehen«, sagte Ulath, »aber *ich* würde mir bestimmt mehr Zeit lassen.«

28

Immer wieder stürmten zemochische Soldaten aus Seitengängen. Auf ihren Gesichtern lag die Hoffnunglosigkeit von Menschen, die mit dem Leben bereits abgeschlossen hatten. Das Ultimatum ›ergebt euch oder sterbt‹ eröffnete ihnen jedoch eine Möglichkeit, von der sie nicht einmal geträumt hatten. Die meisten griffen wie Ertrinkende nach dieser Chance. Ihre überschwengliche Dankbarkeit ließ jedoch nach, als sie hörten, daß sie die Führung durch das Labyrinth übernehmen sollten.

Die Fallen für die Ahnungslosen und Unvorsichtigen waren tückisch. In den Gängen, wo der Boden nicht unter den Füßen nachgab, stürzte die Decke herab. Die meisten Fallgruben waren mit spitzen Pflöcken gespickt, doch gab es auch einige mit verschiedenen – äußerst übelnehmerischen – Giftschlangen. Wo der Baumeister endlich genug von Fallgruben und einstürzenden Decken gehabt hatte, schmetterten die Seitenwände zusammen.

»Hier stimmt was nicht«, sagte Kurik, während hinter ihnen ein weiterer Verzweiflungsschrei durch das Labyrinth gellte, wo Soldaten, die durch die geborstene Tür in den Thronsaal eingedrungen waren, Seitengänge absuchten.

»Ich finde, es läuft alles recht gut«, entgegnete Kalten.

»Diese Soldaten leben hier, Kalten«, erklärte Kurik, »aber sie kennen sich in diesem Labyrinth genausowenig aus wie wir. Wir haben schon wieder keine Gefangenen mehr. Ich halte es für angebracht, über einiges nachzudenken. Wir dürfen keine Fehler machen.«

Sie sammelten sich in der Mitte des Korridors. »Das ergibt nämlich alles keinen Sinn.« Kurik blickte die anderen an.

»Daß wir nach Zemoch gekommen sind?« fragte Kalten. »Das hätte ich dir schon in Chyrellos sagen können.«

Kurik achtete nicht auf ihn. »Wir sind die ganze Zeit einer Blutspur gefolgt, die noch immer kein Ende hat – und sie verläuft genau in der Mitte eines hell beleuchteten Korridors.« Er kratzte mit einem Fuß über einen großen Blutfleck auf dem Boden. »Wenn wirklich jemand so stark geblutet hat, müßte er längst tot sein.«

Talen bückte sich, tupfte mit einem Finger in einen der glänzenden roten Flecken. Er kostete vorsichtig. »Bah!« Er spuckte aus. »Das ist kein Blut!«

»Was ist es dann?« fragte Kalten.

»Keine Ahnung. Jedenfalls kein Blut.«

»Dann wurden wir also hinters Licht geführt«, brummte Ulath. »Ich hab' schon an die Möglichkeit gedacht. Und was noch schlimmer ist, wir sitzen in der eigenen Falle. Wir können nicht einmal umkehren und uns nach den Fackeln orientieren, weil wir in der letzten halben Stunde kaum welche an Ort und Stelle gelassen haben.«

»In der Logik nennt man das ›ein Problem definieren‹«, sagte Bevier mit schwachem Lächeln. »Der nächste Schritt, glaube ich, heißt ›eine Lösung finden‹.«

»Davon verstehe ich nicht viel«, gestand Kalten, »aber ich kann mir nicht vorstellen, daß uns Logik allein da heraushilft.«

»Warum benutzen wir nicht die Ringe?« schlug Berit vor. »Könnte Sperber nicht einfach ein Loch durch das Labyrinth sprengen?«

»Die Gänge sind größtenteils Tonnengewölbe, Berit«, erklärte Kurik. »Wenn wir die Wände einreißen, fällt uns die Decke auf den Kopf.«

»Wie schade.« Kalten seufzte. »So viele gute Ideen müssen aufgegeben werden, weil sie nicht durchführbar sind.«

»Müssen wir denn das Geheimnis des Labyrinths lösen?« fragte Talen. »Ich meine, ist es von irgendeiner religiösen Bedeutung, daß wir die Lösung finden?«

»Nicht daß ich wüßte«, antwortete Tynian.

»Warum bleiben wir dann im Labyrinth?« fragte der Junge.

»Weil wir hier festsitzen.« Sperber versuchte, seine Gereiztheit zu unterdrücken.

»Das stimmt nicht ganz, Sperber. Wirklich gefangen sind

wir nicht. Kurik mag ja recht haben, daß uns Gefahr droht, wenn wir die Wände einreißen, aber wie sieht es mit einem Loch in der Decke aus?«

Alle starrten ihn an; dann lachten sie ein wenig verlegen.

»Wir wissen aber nicht, was da oben ist«, gab Ulath zu bedenken.

»Wir wissen auch nicht, was hinter der nächsten Ecke ist, Herr Ritter. Und wir werden nie erfahren, was sich über uns befindet, wenn wir nicht nachsehen, oder?«

»Wahrscheinlich der Himmel«, meinte Kurik.

»Wäre das schlimmer als unsere gegenwärtige Lage, Vater? Wenn wir erst draußen sind, könnte Sperber vielleicht die Ringe benutzen und die Außenmauer des Tempels für uns öffnen. Otha mag Labyrinthe ja recht unterhaltsam finden, aber ich habe genug von diesem hier. Es war eine der ersten Regeln, die Platime mir beibrachte: ›Wenn dir ein Spiel keinen Spaß macht, dann spiel nicht mit.‹«

Sperber blickte Sephrenia fragend an.

Auch sie lächelte etwas verlegen. »Ich habe an diese Möglichkeit gar nicht gedacht«, gestand sie.

»Können wir es tun?«

»Es spricht nichts dagegen – solange wir uns weit genug zurückziehen, daß wir nicht von herabstürzenden Trümmern erschlagen werden könnten. Sehen wir uns die Decke einmal an.«

Sie hoben ihre Fackeln, um das Tonnengewölbe eingehend zu betrachten. »Könnten sich durch die Bauart Probleme ergeben?« fragte Sperber seinen Knappen.

»Ich glaube nicht. Die Steine sind ineinandergreifend gesetzt, sie werden also halten. Aber es wird eine Menge Schutt geben.«

»Um so besser, Kurik«, sagte Talen zufrieden. »Dann könnten wir die Schuttberge hinaufklettern.«

»Es bedarf allerdings einer beträchtlichen Kraft, um einen dieser Steinblöcke herauszubrechen«, erklärte Kurik. »Das Gewicht des gesamten Korridors hält das Gewölbe zusammen.«

»Was geschähe, wenn ein paar dieser Blöcke ganz einfach nicht mehr da wären?« fragte Sephrenia ihn.

Kurik trat an die Wand und stocherte mit dem Messer in einer Fuge zwischen zwei Steinblöcken. »Die Erbauer haben Mörtel benutzt«, erklärte er, »aber er ist bereits ziemlich bröckelig. Wenn Ihr ein halbes Dutzend dieser oberen Blöcke verschwinden lassen könnt, wird ein größeres Stück der Decke einstürzen.«

»Aber es wird nicht der ganze Korridor einbrechen?«

Kurik schüttelte den Kopf. »Nur ein paar Meter weit, das übrige wird halten.«

»Könnt Ihr wirklich Steine verschwinden lassen?« fragte Tynian Sephrenia interessiert.

Sie lächelte. »Nein, Lieber. Aber ich kann sie in Sand verwandeln, was auf dasselbe herauskommt.« Sie studierte die Decke eingehend. »Ulath«, sagte sie dann, »Ihr seid der größte. Hebt mich bitte hoch. Ich muß den Stein berühren.«

Das Gesicht des Genidianers färbte sich tiefrot. Alle wußten weshalb. Sephrenia gehörte zu den Personen, die man vor Ehrfurcht nicht zu berühren wagte.

»Kein Grund zur Verlegenheit, Ulath.« Sie lächelte. »Hebt mich hoch.«

Ulath blickte sich drohend um. »Wer sich einen dummen Scherz erlaubt, der wird es bereuen, verstanden?« warnte er seine Freunde. Dann bückte er sich und hob die zierliche Styrikerin mühelos empor.

Sie kletterte an ihm hinauf, fast wie an einem Baum. Als sie hoch genug war, griff sie nach oben und drückte die Handflächen nacheinander gegen die Steine. Bei jedem hielt sie kurz inne. Ihre Berührung sah fast wie eine Liebkosung aus. »Ich glaube, das genügt«, erklärte sie. »Ihr dürft mich wieder absetzen, Ritter Ulath.«

Der Genidianer stellte sie behutsam auf den Boden, und alle zogen sich ein Stück im Korridor zurück. »Macht euch bereit, schnell zurückzuweichen«, mahnte sie. »Ich kann es nicht so genau begrenzen.« Sie bewegte die Hände und redete dabei rasch in Styrisch. Dann drehte sie beide Handflächen nach oben, um den Zauber freizugeben.

Feiner Sand begann aus den Fugen zwischen den grob behauenen Steinen zu rieseln. Zunächst nur wenig; dann wurde es rasch immer mehr.

»Sieht fast aus, als ob Wasser aus einem Leck rinnt, findet ihr nicht?« meinte Kalten.

Die Wände knarrten, und knallende Geräusche waren zu hören, als der Mörtel zwischen den Steinen zersprang.

»Wir können uns noch ein Stück weiter zurückziehen.« Sephrenia blickte mit leichtem Unbehagen auf das Gemäuer. Sie wichen weiter zurück, als die Steinblöcke dort, wo der Sand herabströmte, knirschten und ächzten und langsam in die Lücken zu sinken begannen, die der Sand hinterließ.

Plötzlich brachen alle auf einmal heraus. Ein großer Teil des Tonnengewölbes stürzte berstend und krachend ein. Eine gewaltige Wolke äonenalten Staubes wallte auf sie zu und reizte zum heftigen Husten. Als der Staub allmählich zu Boden sank, wurde ein großes, gezacktes Loch in der Decke sichtbar.

»Schauen wir's uns an«, rief Talen. »Ich bin neugierig, was da oben ist.«

»Können wir nicht noch ein kleines bißchen warten?« bat Sephrenia. »Ich möchte ganz sicher sein, daß es ungefährlich ist.«

Sie plagten sich den Schutthaufen hinauf und halfen einander durch das Loch. Über der Gewölbedecke erstreckte sich eine riesige leere Fläche unter einer großen Kuppel. Es war staubig, und die Luft roch abgestanden. Das Licht ihrer Fackeln reichte nicht bis zu den Wänden – falls es an diesem düsteren Ort überhaupt welche gab. Der Boden erinnerte an ein Feld, das mit unzähligen Maulwurfshügeln bedeckt war. Als sie weiter vordrangen, bemerkten sie mehrere bauliche Eigenheiten, die vom Labyrinth aus nicht zu sehen gewesen waren.

»Verschiebbare Wände«, erklärte Kurik und deutete darauf. »Dadurch lassen sich nach Belieben Gänge schließen oder öffnen. Deshalb kannten sich die zemochischen Soldaten nicht aus.«

»Dort drüben, ziemlich weit links, ist ein Licht«, stellte Ulath fest. »Es scheint von unten zu kommen.«

»Vielleicht vom Tempel«, meinte Kalten.

»Oder vom Thronsaal. Sehen wir nach.«

Sie stiegen vorsichtig über die ein Stück aus dem Boden ragenden Gewölbebogen und gelangten zu einem ebenen Pfad, der in einer Richtung geradewegs auf das Licht zu führte, das Ulath entdeckt hatte; in der anderen Richtung verschwand der Pfad in tiefer Dunkelheit.

»Kein Staub«, stellte Ulath fest und wies auf die Steine des Pfades.

Hier auf dem ebenen Boden kamen sie viel rascher voran und erreichten alsbald die Quelle des flackernden Lichts. Eine steinerne Treppe führte in einen fackelerhellten Raum hinunter – eine Kammer mit vier Wänden, doch ohne Tür.

»Das ist unsinnig«, sagte Kalten kopfschüttelnd.

»Eigentlich nicht«, widersprach Kurik. Er hob seine Fackel, um sich neben dem Pfad umzusehen. »Die vordere Wand läßt sich auf diesem Gleis entlangschieben.« Er deutete auf ein metallenes Schienenpaar, das von der Kammer wegführte, und beugte sich vor, um besser sehen zu können. »Ich sehe keinen Mechanismus. Demnach muß es in der Kammer unten eine Art Verriegelung geben. Komm mit hinunter, Sperber, vielleicht entdecken wir sie.«

Die beiden stiegen die Treppe hinunter in die Kammer. »Wonach müssen wir suchen, Kurik?« fragte Sperber seinen Freund.

»Ich weiß es nicht. Drück auf die Steine, Sperber. Wenn du auf einen stößt, der nachgibt, haben wir wahrscheinlich gefunden, was wir suchen.«

Minutenlang schritten sie an den Wänden entlang und drückten auf die Steine. Plötzlich hielt Kurik mit einem leicht beschämten Blick inne. »Du kannst aufhören zu suchen, Sperber«, sagte er. »Ich habe die Verriegelung gefunden.«

»Wo?«

»Es sind Fackeln an den Seitenwänden und an der hinteren Wand, richtig?«

»Ja, und?«

»Aber an der vorderen, der gegenüber dem Fuß der Treppe, sind keine.«

»Und?«

»Sie hat jedoch zwei Halteringe.« Kurik trat vor die Wand und zog an einem der rostigen Eisenringe. Ein dumpfes Klicken war zu hören. »Zieh du am anderen, Sperber«, forderte Kurik ihn auf. »Sehen wir nach, was hinter dieser Tür ist.«

»Du bist manchmal so schlau, daß es nicht auszuhalten ist, Kurik«, Sperber grinste. »Ich hole erst die anderen herunter. Könnte ja sein, daß hinter dieser Tür die halbe zemochische Armee lauert. Zu zweit sind wir ihr nicht gewachsen.« Er kehrte zur Treppe zurück und winkte seinen wartenden Freunden auffordernd zu, drückte dabei jedoch warnend einen Finger an die Lippen.

Sie kamen, so leise sie konnten, die Stufen herunter.

»Kurik hat den Verschluß gefunden«, flüsterte Sperber. »Wir wissen nicht, was sich auf der anderen Seite der Tür befindet, wir sollten also kampfbereit sein.«

Kurik erklärte leise: »Die Wand ist nicht sehr schwer, und die Schienen, auf denen sie gleitet, scheinen gut geölt zu sein. Berit und ich müßten sie ohne eure Hilfe bewegen können, während ihr euch gegen alles wappnet, was hereinstürmen könnte.«

Talen trat rasch in die linke Ecke und schob das Gesicht dicht an die beiden Wände. »Sobald ihr sie einen Zoll weit geöffnet habt, müßte ich durch den Spalt sehen können«, erklärte er seinem Vater. »Wenn ich schreie, dann schmettert sie wieder zu.«

Kurik nickte. »Bereit?« fragte er.

Alle nickten angespannt, mit den Waffen in den Händen.

Kurik und Berit zogen an den Fackelringen und schoben die Wand einen Spalt weit auf. »Siehst du was?« zischte Kurik seinem Sohn zu.

»Es ist niemand draußen«, antwortete Talen. »Da ist nur ein kurzer Gang, in dem eine Fackel brennt. Nach etwa zwanzig Schritten biegt er nach links ab. Von dort kommt ziemlich viel Licht.«

»Na gut, Berit, dann machen wir jetzt ganz auf«, bestimmte Kurik.

Die beiden schoben die Tür auf, so weit es ging.

»Also *das* ist außerordentlich schlau«, staunte Bevier. »Das Labyrinth hier unten führt nirgendwo hin. Der *richtige* Weg zum Tempel liegt darüber.«

»Erkunden wir erst einmal, wo wir sind – im Tempel oder wieder im Thronsaal«, riet Sperber. »Und so leise wie möglich!«

Talen öffnete den Mund, um etwas zu sagen.

»Schlag es dir aus dem Kopf«, warnte Kurik ihn. »Es ist zu gefährlich. Du bleibst mit Sephrenia hinter uns!«

Sie traten auf den kurzen Korridor, wo die einsame Fackel nahe dem hinteren Ende ein schwaches, flackerndes Licht ausstrahlte.

»Ich höre gar nichts«, wisperte Kalten Sperber zu.

»Wenn man auf der Lauer liegt, verhält man sich gewöhnlich still, Kalten.«

Kurz bevor der Gang scharf nach links bog, hielten sie an. Ulath schlich zur Ecke, nahm seinen Helm ab und stieß den Kopf schnell vor und zurück. »Leer«, erklärte er. »Nach etwa zehn oder fünfzehn Schritten biegt er offenbar nach rechts ab.«

Sie schlichen um die Ecke und das kurze Stück entlang. Wieder blieben sie vor der Biegung stehen und wieder streckte Ulath den Kopf um die Ecke. »Es ist eine Art Alkoven«, wisperte er. »Ein Türbogen führt zu einem breiteren, sehr hellen Korridor.«

»Habt Ihr jemanden gesehen?« wollte Kurik wissen.

»Keine Menschenseele.«

»Das da vorn dürfte der Hauptkorridor sein«, meinte Bevier. »Die Treppe, die aus dem Labyrinth zum direkten Weg zum Tempel hinaufführt, müßte ziemlich nahe am Ende des

Labyrinths sein – entweder beim Thronsaal oder im Tempel.«

Sie bogen um die Ecke in den Alkoven, und wieder warf Ulath einen raschen Blick um die Ecke. »Stimmt«, sagte er, »es ist ein breiter Korridor. Nach etwa hundert Schritten führt er nach links.«

»Gehen wir bis zu dieser Biegung«, entschied Sperber. »Wenn Bevier recht hat, müßte der Korridor hinter der Biegung aus dem Labyrinth führen. Sephrenia, Ihr bleibt mit Talen, Bevier und Berit hier. Kurik, du bewachst die Tür. Wir anderen sehen es uns näher an.« Er beugte sich dicht zu seinem Knappen vor und flüsterte. »Falls etwas schiefgehen sollte, bringst du Sephrenia und die anderen in die Kammer am Fuß der Treppe zurück und verschließt die Tür.«

Kurik nickte. »Sei vorsichtig, Sperber«, mahnte er leise.

»Du auch, mein Freund.«

Die vier Ritter traten auf den breiten Korridor und schlichen auf die fackelerhellte Biegung zu. Kalten blieb ein Stück hinter den drei anderen zurück und blickte mehrmals über die Schulter. An der Ecke streckte Ulath rasch wieder den Kopf hinaus. Dann drehte er sich um. »Wir hätten es wissen müssen«, flüsterte er verärgert. »Es ist der Thronsaal. Wir sind wieder da, wo wir angefangen haben.«

»Ist jemand im Saal?« fragte Tynian.

»Wahrscheinlich, aber sie brauchen uns nicht zu kümmern. Am besten, wir kehren zur Treppe zurück, schließen die Wand wieder und überlassen die Leute im Thronsaal sich selbst.«

Als sie sich umdrehten, geschah es. Adus, in Begleitung von ungefähr zwanzig zemochischen Soldaten, stürmte aus einem Nebengang, nicht weit vom Eingang zum Alkoven. Er brüllte aus Leibeskräften. Alarmrufe aus dem Thronsaal hallten durch den Korridor.

»Tynian! Ulath!« rief Sperber. »Haltet uns die Krieger im Thronsaal vom Leib! – Vorwärts, Kalten!«

Dann rannten er und sein blonder Freund zurück zur Türöffnung, wo Kurik Wache hielt.

Adus war nicht berechenbar, dazu war er viel zu beschränkt. Er trieb die Soldaten wild vor sich her. Er hielt eine Streitaxt in der Hand, und in seinen schweineähnlichen Augen loderte der Wahnsinn.

Es war zu weit, wie Sperber sofort erkannte. Adus war dem Türbogen zum Alkoven viel näher als er und Kalten, und es befanden sich bereits Soldaten zwischen ihnen und dem Türbogen. Sperber schleuderte einen Zemocher zur Seite und brüllte: »Kurik! Zurück!«

Doch es war zu spät. Kurik kämpfte bereits mit dem affengleichen Adus. Sein Streitkolben hämmerte auf Schultern und Brust seines Gegners und zerschmetterte den Panzer. Doch Adus war im Kampfrausch und achtete überhaupt nicht auf diese schrecklichen Hiebe. Immer wieder krachte seine Streitaxt gegen Kuriks Schild.

Kurik war zweifellos einer der erfahrensten Krieger im Nahkampf, doch Adus schien jetzt völlig von Berserkerwut beherrscht zu sein. Er hackte und trat und drang mit wirbelnder Streitaxt auf seinen Gegner ein. Kurik begann zurückzuweichen, Schritt um Schritt.

Da warf Adus seinen Schild von sich, packte den Axtschaft mit beiden Händen und setzte zu einer raschen Folge von Hieben nach Kuriks Kopf an. So wild war der Ansturm, daß Kurik sich ihm nur erwehren konnte, indem er seinen Schild mit beiden Händen über den Kopf hielt. Mit Triumphgebrüll schwang Adus die Streitaxt – nicht nach Kuriks Kopf, sondern seinem Oberkörper. Die scharfe Axtklinge biß seitlich tief in Kuriks Brustkorb. Blut schoß aus Kuriks Mund und der grauenvollen Wunde in seiner Brust. »Sperber!« rief er schwach und fiel rückwärts gegen die Seite des Türbogens.

Adus hob die Axt aufs neue.

»Adus!« brüllte Kalten, während er einen weiteren Zemocher tötete.

Adus' Axt verhielt mitten im Hieb nach Kuriks ungeschütztem Kopf. Er drehte sich halb um. *»Kalten!«* erwiderte er brüllend die Herausforderung. Verächtlich stieß er Sperbers Knappen mit einem Fußtritt aus dem Weg und schlurfte auf den blonden Pandioner zu. Wahnsinn loderte in den Schweinsaugen unter den buschigen Brauen.

Sperber und Kalten vergaßen alle Schwertkampftaktik. Sie erschlugen, was ihnen in den Weg kam, und nichts als rohe Kraft und wilde Wut führten ihre Klingen.

Adus, der nun völlig im Blutrausch war, hackte sich einen Weg durch die eigenen Soldaten, um zu seinen Feinden zu gelangen.

Kurik stolperte auf den Korridor. Eine Hand preßte er auf seine blutende Brust, mit der anderen versuchte er, seine Streitaxt zu heben, doch seine Beine gaben nach. Er stolperte und fiel. Mit ungeheurer Willenskraft stützte er sich auf die Ellbogen und wollte sich hinter dem Wilden herschleppen, der ihn niedergestreckt hatte. Doch da wurden seine Augen blicklos, und er fiel aufs Gesicht.

»Kurik!« brüllte Sperber. Das Licht schien von seinen Augen zu schwinden, und ein betäubendes Klingen dröhnte in seinen Ohren. Sein Schwert erschien ihm plötzlich gewichtslos. Er schlug alles nieder, was vor ihm erschien. Einmal ertappte er sich dabei, daß er auf die Steine der Wand einhieb. Erst die aufsprühenden Funken brachten ihn wieder zur Besinnung. Kurik würde ein Donnerwetter über ihn ergehen lassen, weil er die Schwertklinge schartig geschlagen hatte.

Irgendwie hatte Talen seinen Vater erreicht. Er sank neben ihm auf die Knie und versuchte ihn herumzudrehen. Dann stieß er einen wimmernden Schrei von unendlichem Schmerz aus. »Er ist tot, Sperber! Mein Vater ist tot!«

Dieser gellende Schrei trieb Sperber beinahe in die Knie. Er schüttelte den Kopf wie ein benommenes Tier. Er hatte Talens Schrei nicht gehört. Er *konnte* ihn nicht gehört haben! Mit einem blindwütigen Hieb tötete er einen weiteren Zemocher. Seltsam gedämpft hörte er Kampflärm hinter sich. Ihm wurde bewußt, daß Tynian und Ulath versuchten, die Soldaten aus dem Thronsaal aufzuhalten.

Plötzlich erhob Talen sich und langte schluchzend in seinen Stiefelschaft. Er riß das lange, nadelspitze Messer heraus und rannte lautlos von hinten auf Adus zu. Tränen strömten über das Gesicht des Jungen, doch er biß die Zähne voll Haß zusammen.

Sperber hieb sein Schwert in den Körper eines Zemochers, der sich ihm in den Weg stellen wollte, während Kalten den Kopf eines anderen den Korridor entlangrollen ließ.

Adus zerschmetterte einem seiner Soldaten den Schädel und stieß ein ohrenbetäubendes Gebrüll aus.

Das Brüllen brach plötzlich ab. Adus riß den Mund auf; seine Augen quollen aus den Höhlen. Seine zusammengestückelte Rüstung saß nicht sehr gut, und der Rücken seines Harnisches reichte nicht ganz über die Hüften. Dort, wo nur das Kettenhemd ihn schützte, hatte Talen sein Messer hineingestoßen. Eine Kettenrüstung wehrt zwar Schwert- oder Axthiebe ab, doch vor einem Stich schützt sie nicht. Talens nadelspitze Klinge drang unter dem unteren Rand des Harnisches in den Rücken des schwachsinnigen Berserkers und durchbohrte die Niere. Talen riß das Messer heraus und stach auf der anderen Seite noch einmal zu.

Adus quiekte wie ein Schwein. Er stolperte vorwärts, während er eine Hand auf sein Kreuz drückte. Sein Gesicht war plötzlich totenbleich vor Schmerz und Schock.

Darauf stieß Talen das Messer in die Kniekehle des viehischen Wilden.

Adus stolperte noch ein paar Schritte. Er ließ seine Axt fallen und langte mit beiden Händen nach seinem Rücken. Dann stürzte er, sich vor Schmerzen krümmend, zu Boden.

Sperber und Kalten schlugen die restlichen zemochischen Soldaten nieder, doch Talen hatte bereits das Schwert eines Toten ergriffen. Er stellte sich breitbeinig über Adus und hieb auf dessen behelmten Schädel ein. Dann drehte er das Schwert und versuchte verzweifelt, die Klinge durch den Panzer in Adus' Brust zu stoßen, doch er hatte nicht genug Kraft. »Helft mir!« schrie er. »So helft mir doch!«

Sperber trat an die Seite des weinenden Jungen. Auch über sein Gesicht strömten Tränen. Er ließ sein Schwert fallen und langte nach dem Griff der Klinge, auf die Talen sich mit seinem ganzen Gewicht lehnte. Mit der anderen Hand nahm er die Parierstange. »So mußt du es tun, Talen«, sagte er fast belehrend, als erteile er Anweisungen auf dem Übungsplatz.

Während sie links und rechts des wimmernden Adus standen, faßten der Junge und der Mann das Schwert, und ihre Hände berührten sich um den Griff.

»Wir haben keine Eile, Sperber«, knirschte der Junge.

»Nein«, stimmte Sperber zu. »Wir lassen uns Zeit.«

Adus kreischte, als sie das Schwert langsam in seinen Körper drückten. Das Kreischen endete mit einem gewaltigen Blutschwall aus seinem Mund. »Bitte!« gurgelte er.

Grimmig drehten Sperber und Talen die Klinge.

Adus schrie aufs neue. Er hämmerte den Kopf auf den Boden und trommelte heftig mit den Fersen auf die Fliesen. Sein zuckender Leib krümmte sich, ein neuerlicher Blutschwall ergoß sich über seine Lippen, und schließlich sackte er leblos zusammen.

Talen warf sich weinend über die Leiche und krallte nach den starren Augen des Toten, bis Sperber sich über ihn beugte, ihn sanft auf die Arme hob und dorthin zurücktrug, wo Kurik lag.

29

Der fackelerleuchtete Korridor war immer noch erfüllt von Kampfgetümmel: Klirren von Stahl auf Stahl, Rufe, Schreie und Stöhnen. Sperber wußte, daß er seinen Freunden zu Hilfe eilen mußte, aber er war zu erschüttert und wie gelähmt. Talen kniete neben Kuriks Leiche. Er weinte und hämmerte hilflos mit den Fäusten auf den Steinboden.

»Ich muß gehen«, sagte der große Pandioner schließlich zu dem Jungen.

Talen antwortete nicht.

»Berit«, rief Sperber, »kommt her!«

Der junge Rittergeselle trat mit der Axt in der Hand wachsam aus dem Alkoven.

»Helft Talen«, wies Sperber ihn an. »Bringt Kurik hinein.«

Berit starrte ungläubig auf Kurik.

»Rasch, Junge!« befahl Sperber scharf. »Und kümmert Euch um Sephrenia!«

»Sperber!« rief Kalten. »Es kommen noch mehr!«

»Bin schon unterwegs!« schrie Sperber zurück. Er blickte Talen an. »Ich muß gehen«, sagte er noch einmal.

»Geht nur«, murmelte der Junge. Dann blickte er mit tränenüberströmtem Gesicht und funkelnden Augen wild zu ihm hoch. »Tötet sie alle, Sperber!« sagte er heftig. »Tötet sie alle!«

Sperber nickte. Das wird Talen ein wenig helfen, dachte er. Zorn war ein gutes Mittel gegen den Schmerz. Er nahm sein Schwert und spürte flammende Wut in seiner Kehle brennen. Er hatte fast Mitleid mit den zemochischen Soldaten, als er sich Kalten anschloß. »Laß mich nach vorn«, verlangte er mit tonloser Stimme. »Verschnauf dich.«

»Besteht noch Hoffnung?« fragte Kalten, während er einen zemochischen Speer abwehrte.

»Nein.«

»Es tut mir so leid, Sperber.«

Es war ein kleiner Trupp Soldaten, zweifellos eine der Abteilungen, die versucht hatten, die Ritter in einen Seitengang zu locken. Sperber näherte sich ihnen entschlossen. Es würde ihm gut tun zu kämpfen. Kämpfen erforderte die volle Aufmerksamkeit und verdrängte alle anderen Gedanken. Rasch bewegte er sich auf das halbe Dutzend Zemocher zu. Es war eine Art ausgleichender Gerechtigkeit. Kurik hatte ihn jede Bewegung, jede technische Feinheit gelehrt, mit der er nun kämpfte, und der ungeheure Grimm über den Tod seines Freundes ließ ihn über sich hinauswachsen. So hatte Kurik Sperber im wahrsten Sinne unschlagbar gemacht. Im Handumdrehen hatte er fünf Soldaten getötet. Der sechste wollte fliehen, doch Sperber nahm sein Schwert rasch in die Schildhand, bückte sich und hob einen zemochischen Speer auf. »Nimm den mit!« rief er dem Fliehenden nach. Dann warf er ihn zielsicher und traf den Zemocher zwischen den Schulterblättern.

»Guter Wurf«, lobte Kalten.

»Komm, helfen wir Tynian und Ulath.« Sperbers Kampfbesessenheit war noch nicht gestillt. Er führte seinen Freund zurück zu der Biegung im Korridor, wo der alzionische Ritter und sein genidianischer Kamerad die Soldaten aufhielten, die auf Adus' Brüllen aus dem Thronsaal gestürmt waren.

»Überlaßt sie mir«, sagte Sperber ausdruckslos.

»Kurik?« fragte Ulath.

Sperber schüttelte den Kopf und machte sich wieder daran, Zemocher zu töten. Er stürmte mitten durch sie und ließ Sterbende und Verstümmelte hinter sich, die seine Gefährten von ihren Qualen erlösten.

»Sperber!« brüllte Ulath. »Haltet ein! Sie fliehen!«

»Beeilt euch!« schrie Sperber zurück. »Wir kriegen sie alle!«

»Laßt sie laufen!«

»Nein!«

»Du läßt Martel warten, Sperber«, sagte Kalten scharf. Kalten stellte sich manchmal dumm, doch Sperber erkannte sogleich, wie geschickt sein blonder Freund ihn zur Vernunft gebracht hatte. Vergleichsweise unschuldige Soldaten zu töten, war nicht mehr als unwürdiger Zeitvertreib, verglichen mit der Notwendigkeit, ein für allemal mit dem weißhaarigen Renegaten abzurechnen.

Er blieb abrupt stehen. »Also gut«, keuchte er, »kehren wir um. Wir müssen ohnehin hinter die Schiebewand zurück, bevor die Soldaten wiederkommen.«

»Fühlt Ihr Euch ein wenig besser?« fragte Tynian mitfühlend, als sie zum Alkoven zurückschritten.

»Nicht sehr«, brummte Sperber.

Sie kamen an Adus' Leiche vorbei. »Geht schon voraus«, sagte Kalten. »Ich komme gleich nach.«

Berit und Bevier warteten am Eingang zum Alkoven.

»Habt ihr sie verjagt?« fragte Bevier.

»Sperber ja«, antwortete Ulath. »Er war sehr überzeugend.«

»Werden sie nicht mit Verstärkung zurückkommen?«

»Nur wenn ihre Offiziere sehr lange Peitschen haben.«

Sephrenia hatte Kuriks Leiche wie einen Schlafenden gebettet. Sein Umhang verbarg die grauenvolle Wunde, die ihn das Leben gekostet hatte. Seine Augen waren geschlossen, seine Züge friedlich. Wieder wurde Sperber von ungeheurer Trauer überwältigt. »Gibt es keine Möglichkeit ...«, setzte er an, obwohl er die Antwort bereits kannte.

Sephrenia schüttelte den Kopf. »Nein, Lieber. Es tut mir so leid.« Sie saß neben dem Toten und hielt den weinenden Talen in den Armen.

Sperber seufzte. »Wir müssen weiter, zurück zur Treppe, ehe jemand den Entschluß faßt, uns folgen.« Er blickte über die Schulter. Kalten eilte auf sie zu. Er trug etwas, das er in einen zemochischen Umhang gewickelt hatte.

»Laßt mich«, bat Ulath. Er bückte sich und hob Kurik auf, als wäre der kräftige Knappe ein Kind. Dann kehrten sie zum Fuß der Treppe zurück, die hinauf in die staubige Dunkelheit führte.

»Schiebt die Wand zurück«, bat Sperber, »und seht nach, ob ihr irgend etwas findet, mit dem ihr sie verkeilen könnt.«

»Das geht von oben«, erklärte Ulath. »Wir brauchen nur die Schienen zu blockieren, auf denen sie gleitet.«

Sperber brummte zustimmend und traf einige Entscheidungen. »Bevier«, sagte er bedauernd, »ich fürchte, wir werden Euch hierlassen müssen. Ihr seid schwer verwundet, und ich habe heute schon einen Freund verloren.«

Bevier wollte protestieren, überlegte es sich dann jedoch.

»Talen«, fuhr Sperber fort, »du bleibst hier bei Bevier und deinem Vater.« Er lächelte traurig. »Wir wollen Azash *töten*, wir haben nicht vor, ihn zu stehlen.«

Talen nickte.

»Und Berit ...«

»Bitte, Sperber«, flehte der junge Mann ihn mit Tränen in den Augen an. »*Bitte* verlangt nicht, daß ich hier bleibe. Ritter Bevier und Talen sind hier sicher, und ich kann vielleicht helfen, wenn wir im Tempel sind.«

Sperber blickte Sephrenia an. Sie nickte. »Na gut«, gab er nach. Er hätte Berit gern gemahnt, vorsichtig zu sein, aber das hätte dem Rittergesellen das Gefühl vermittelt, Sperber habe kein Vertrauen in seine Fähigkeiten, so ließ er es bleiben.

»Gebt mir Eure Streitaxt und Euren Schild, Berit«, bat Bevier mit schwacher Stimme. »Nehmt statt dessen das.« Er reichte Berit seine Lochaber und den brünierten Schild.

»Ich werde sie in Ehren halten, Ritter Bevier«, versicherte Berit.

Kalten war zur hinteren Seite des Raumes getreten. »Hier ist ein guter Platz unter der Treppe, Bevier. Es kann nicht schaden, wenn Ihr, Kurik und Talen dort auf uns wartet. Falls es den Soldaten gelingen sollte, durchzubrechen, werden sie euch nicht gleich auf den ersten Blick bemerken.«

Bevier nickte, als Ulath Kuriks Leiche unter die Treppe trug.

Sperber gab dem Cyriniker die Hand. »Sonst gibt es nicht mehr viel zu sagen, Bevier. Wir werden versuchen, so schnell wie möglich zurückzukommen.«

»Ich bete für euch, Sperber, für euch alle.«

Sperber nickte, dann kniete er sich kurz neben Kurik und nahm die Hand seines Knappen. »Ruhe in Frieden, mein Freund«, murmelte er. Dann stieg er ohne einen weiteren Blick zurück die Treppe hinauf.

Die Treppe am hinteren Ende des breiten, geraden Pfades, der sich zwischen den Maulwurfhügeln des Labyrinths erstreckte, war breit und aus Marmor. Hier gab es keine Schiebewand, die einen Raum am Fuß der Treppe verborgen hätte, und kein Labyrinth. Es war keines nötig.

»Wartet hier«, flüsterte Sperber seinen Gefährten zu. »Und löscht die Fackeln.« Er schlich voraus, nahm seinen Helm ab und legte sich auf die oberste Stufe. »Ulath«, murmelte er, »haltet mich an den Füßen. Ich möchte sehen, was uns da unten erwartet.« Während der hünenhafte Thalesier ihn davor bewahrte, rasselnd und klirrend die Treppe hinunterzupoltern, tastete Sperber sich kopfüber in die Tiefe, bis er in den Raum darunter blicken konnte.

Der Azashtempel war ein Ort aus einem Alptraum. Er war, wie die Kuppel bereits verraten hatte, kreisrund, mit einem Durchmesser von gut einer halben Meile. Die runden, gewölbten Wände waren ebenso wie der Boden aus schwarzem Onyx. Sperber war es, als ob er ins Herz der Nacht blickte. Keine Fackeln brannten, aber große Feuer züngelten und prasselten in gewaltigen Eisenbecken. Stufenförmig angeordnete Sitzreihen, ebenfalls glänzend schwarz, führten rundum.

Auf der obersten Tribüne standen in regelmäßigen Abständen meterhohe Statuen von Wesen, von denen die meisten keinerlei Menschenähnlichkeit aufwiesen. Dann erspähte Sperber eine styrische Figur unter ihnen, ein Stück weiter entfernt eine elenische. Ihm wurde bewußt, daß diese Statuen Abbilder der Diener Azashs waren und daß Menschen eine sehr kleine und unbedeutende Rolle in diesem Kreis spielten. Die übrigen Diener hausten an Orten, die zugleich sehr weit entfernt und sehr, sehr nahe waren.

Unmittelbar gegenüber dem Eingang, durch den Sperber spähte, stand das riesige Idol. Menschliche Vorstellungen von einem Gott und alle Versuche der Darstellung müssen letztendlich unbefriedigend bleiben. Ein löwenköpfiger Gott ist nicht wirklich das Abbild eines menschlichen Körpers, dem, um des Unterschiedes willen, ein Löwenkopf aufgesetzt wurde. Menschen betrachten das Gesicht als den Sitz der Seele, der Körper ist weitgehend unbedeutend. Die Ikone eines Gottes soll kein getreues Abbild sein, und das Gesicht der Ikone soll den Geist Gottes charakterisieren und nicht eine genaue Wiedergabe seiner wahren Züge darstellen. Das Gesicht des Idols, das in dem schwarzen Tempel von hoch oben herabschaute, offenbarte jedes erdenkliche menschliche

Laster: Lüsternheit, Gier, Freßsucht, aber auch andere Eigenschaften, für die es in keiner menschlichen Sprache einen Namen gab. Das Gesicht verriet, daß Azash nach Dingen gierte – ja, sie brauchte –, die über das menschliche Begreifen hinausgingen. Die Züge verrieten ewige Unzufriedenheit. Es war das Gesicht eines Wesens mit ungeheuren Begierden, die nicht befriedigt wurden – nicht befriedigt werden konnten. Die Lippen waren verzogen, die Augen düster und grausam.

Sperber riß den Blick von dieser Fratze. Sie zu lange zu betrachten, mochte die Seele kosten.

Der Körper war nicht ausgeformt. Man konnte den Eindruck gewinnen, den Bildhauer hätten das Gesicht und alles, was es ausdrückte, so überwältigt, daß er den Rest der Figur nur noch grob darzustellen vermochte. Da gab es, wie bei einer Spinne, eine größere Zahl von Gliedmaßen, die aus breiten Schultern wuchsen. Der Oberkörper war leicht zurückgelehnt, die Hüften obszön nach vorn geschoben, doch das, was der Blickpunkt dieser eindeutigen Pose hätte sein sollen, fehlte. Statt dessen befand sich an seiner Stelle eine glatte, faltenlose Oberfläche, die glänzte und ein wenig wie eine Brandnarbe aussah. Sperber erinnerte sich an die Worte, die Sephrenia dem Gott – während der Auseinandersetzung mit dem Sucher am Nordende des Vennesees – entgegengeschleudert hatte. Entmannt, hatte sie ihn genannt. Sperber vermied es, über die mögliche Art und Weise nachzugrübeln, derer sich die Jüngeren Götter bedient haben mußten, um ihren älteren Verwandten zu kastrieren. Ein fahlgrüner Schimmer ging von dem Idol aus, ein Glühen ähnlich dem, das vom Gesicht des Suchers ausgegangen war.

Auf dem kreisrunden schwarzen Boden, tief unten im fahlgrünen Schein, der vom Altar hinabfiel, fand eine Zeremonie statt. Sperber scheute ekelerfüllt davor zurück, diese Zeremonie einen religiösen Ritus zu nennen. Die Götzendiener hüpften nackt vor dem Idol herum. Sperber war kein weltfremder Mönch, doch das Ausmaß der Perversionen, die mit diesem Ritual einhergingen, drehte ihm den Magen um. Die Orgie, welcher sich die primitiven elenischen Zemocher in den Bergen mit soviel Begeisterung hingegeben hatten, war im Vergleich mit diesen Abscheulichkeiten, ja arglos gewesen. *Diese* Teilnehmer versuchten offenbar die Perversitäten nichtmenschlicher Kreaturen nachzuahmen, und ihre stieren Blicke und ruckhaften Bewegungen ließen keinen Zweifel daran, daß sie die Zeremonie fortsetzen würden, bis sie vor Erschöpfung an ihren Ausschweifungen starben. Die unteren Zuschauerreihen waren dicht mit Grüngewandeteten besetzt, die einen stöhnenden, mißtönenden Gesang anstimmten – ein leeres Geleiere, ohne jegliche Empfindung.

Plötzlich lenkte eine flüchtige Bewegung Sperbers Aufmerksamkeit auf sich, und er blickte rasch nach rechts. Eine kleinere Gruppe Personen saß auf der obersten Tribüne gute hundert Meter entfernt unterhalb einer leprösen weißen Statue, die ein alptraumhaftes Etwas darstellte, das aus den Tiefen des Wahnsinns stammen mußte.

Eine dieser Personen hatte weißes Haar.

Sperber drehte sich und winkte Ulath, ihn wieder hinaufzuziehen.

»Und?« fragte Kalten.

»Es ist ein einziger großer Raum«, flüsterte Sperber. »Das Idol befindet sich an der hinteren Seite, und breite Tribünen führen hinab zu dem kreisrunden Boden in der Mitte.«

»Was sind das für eigenartige Geräusche?« fragte Tynian.

»Dort unten findet ein Ritual statt. Ich glaube, das Geleiere gehört dazu.«

»Ihre Religion interessiert mich nicht«, brummte Ulath. »Sind Soldaten dort unten?«

Sperber schüttelte den Kopf.

»Sehr gut. Ist das alles?«

»Nein. Ein wenig Magie würde jetzt helfen, Sephrenia. Martel und die anderen sitzen auf der obersten Tribünenreihe, etwa hundert Schritte rechts von der Treppe. Wir müssen erfahren, worüber sie reden. Sind wir nahe genug, daß Euer Zauber wirkt?«

Sie nickte. »Wir müssen uns ein Stück von der Treppe zurückziehen«, meinte sie. »Der Zauber verursacht ein wenig Licht. Sie könnten auf uns aufmerksam werden.«

Sie kehrten ein Stück auf dem staubigen Pfad zurück. Sephrenia ließ sich von Berit Ritter Beviers polierten Schild geben. »So müßte es gehen«, murmelte sie. Sie wirkte den Zauber und gab ihn frei. Die Gefährten, die sich um den plötzlich aufglühenden Schild geschart hatten, sahen nun auf seiner spiegelgleichen Oberfläche leicht verschwommene Gestalten. Ihre Stimmen klangen ein wenig blechern, waren jedoch zu verstehen.

»Eure Versicherung, daß Ihr mit meinem Gold diesen Thron erringen könnt, der Euch die Macht geben würde, uns unseren gemeinsamen Zielen ein gutes Stück näherzubringen, war nur leeres Geschwafel, Annias«, polterte Othas gurgelnde Stimme.

»Daran ist wieder nur Sperber schuld, Majestät«, versuchte Annias sich in beinahe kriecherischem Tonfall zu entschuldigen. »Er mischte sich ein – wie wir befürchteten.«

»Sperber!« Otha stieß eine obszöne Verwünschung aus und schlug die Faust auf die Lehne seiner thronähnlichen Sänfte. »Die Existenz dieses Mannes zerfrißt meine Seele. Sein Name verursacht mir Schmerzen. Ihr solltet ihn von Chyrellos fernhalten, Martel! Warum habt Ihr mich und meinen Gott so sehr enttäuscht?«

»Das habe ich nicht, Majestät«, erwiderte Martel ruhig, »und auch Annias nicht. Seine Exzellenz auf den Thron zu setzen, war lediglich ein Mittel zum Zweck. Wir haben unser Ziel erreicht! Bhelliom befindet sich unter diesem Dach. Der Plan, Annias zu erheben, damit er die Elenier zwingen könnte, uns den Stein zu übergeben, war voll Unwägbarkeiten. Auf diese Weise kamen wir viel schneller und direkter zum Erfolg. Azash will Ergebnisse, Majestät. Erfolg oder Mißerfolg der einzelnen Schritte interessiert ihn nicht.«

Otha brummte. »Vielleicht«, räumte er ein. »Aber Bhelliom ist noch nicht in der Hand unseres Gottes. Er befindet sich immer noch bei diesem Sperber. Ihr habt ihm ganze Armeen in den Weg gestellt, doch er hat sie mühelos besiegt. Unser Gebieter hat ihm Diener entgegengesandt, schrecklicher als der Tod, um ein Ende mit ihm zu machen, doch er lebt immer noch.«

»Sperber ist auch nur ein Mensch«, warf Lycheas mit seiner quengeligen Stimme ein. »Sein Glück kann nicht ewig währen!«

Otha bedachte Lycheas mit einem Blick, der ihm den Tod verhieß. Rasch legte Arissa schützend die Arme um ihres Sohnes Schultern und öffnete den Mund, um etwas zu seiner Verteidigung zu sagen, doch Annias schüttelte hastig warnend den Kopf.

»Ihr habt Euch selbst besudelt, als Ihr Euren Bastard anerkannt habt, Annias!« sagte Otha voll abgrundtiefer Verachtung.

Er machte eine Pause und ließ den Blick über die Versammelten schweifen. »Kann es denn keiner von euch *verstehen?*« brüllte er plötzlich. »Dieser Sperber ist Anakha, der Unbekannte. Das Schicksal eines jeden Menschen ist deutlich erkennbar – aller Menschen, außer Anakha. Anakha bewegt sich außerhalb des Schicksals. Selbst die Götter fürchten ihn. Er und Bhelliom sind auf eine Weise miteinander verbunden, die weder die Menschen noch die Götter dieser Welt zu verstehen vermögen, und die Göttin Aphrael dient ihnen. Wir wissen nicht, weshalb. Daß Bhelliom Sperber nur widerstrebend gehorcht, ist unser einziger Schutz. Sollte es je dazu kommen, daß Bhelliom ihm gern zu Willen ist, wird Sperber zum Gott.«

»Aber er ist noch kein Gott, Majestät.« Martel lächelte. »Er sitzt in Eurem Labyrinth fest, und er wird seine Gefährten nie zurücklassen, um uns allein anzugreifen. Sperber ist berechenbar. Deshalb sind Annias und ich für Azash so wichtig. Wir kennen Sperber, und wir wissen, was er tun wird.«

»Und *habt* ihr auch gewußt, daß er so weit kommen würde?« höhnte Otha. »*Habt* ihr gewußt, daß er uns hier alle bedrohen würde – selbst unseren Gott?«

Martel blickte zu den obszön hüpfenden Gestalten hinunter. »Wie lange dauert das noch?« fragte er. »Wir brauchen Rat von Azash, und solange es nicht zu Ende ist, wird er uns keine Aufmerksamkeit schenken.«

»Das Ritual wird bald sein Ende finden«, versicherte ihm Otha. »Die Teilnehmer sind bereits zu Tode erschöpft. Sie werden in Kürze sterben.«

»Gut. Dann können wir mit unserem Gebieter sprechen. Auch er befindet sich in Gefahr.«

»Martel!« rief Otha plötzlich erschrocken. »Sperber ist aus dem Labyrinth ausgebrochen und bereits auf dem Weg zum Tempel!«

»Ruft Männer, ihn aufzuhalten«, bellte Martel.

»Das habe ich, doch Sperbers Vorsprung ist zu groß. Er wird uns erreichen, bevor sie ihn einholen können.«

»Wir müssen Azash sofort darauf aufmerksam machen!« sagte Annias schrill.

»Diesen Ritus zu unterbrechen, bedeutet den Tod!« entgegnete Otha.

Martel richtete sich auf und griff nach seinem prächtigen Helm, den er unter den Arm geklemmt hatte. »Dann liegt es jetzt wohl an mir«, murmelte er düster.

Sperber hob den Kopf. Entfernt, aus der Richtung des Palasts, war das Krachen von Rammen gegen eine Steinwand zu hören. »Das genügt«, wandte er sich an Sephrenia. »Es ist soweit. Otha hat Soldaten gerufen. Sie sind bereits dabei, die Wand zur Kammer am Fuß der Treppe einzubrechen.«

»Ich hoffe, Bevier und Talen konnten sich gut genug verstecken, daß sie von den Hineinstürmenden nicht gesehen werden«, sagte Kalten.

»Bestimmt«, erwiderte Sperber. »Bevier weiß, was er tut. Wir müssen jetzt in den Tempel hinunter. Dieser Dachboden – oder wie immer man es nennen will – ist zu ungeschützt. Wenn wir hier kämpfen, können die Soldaten von allen Seiten auf uns einstürmen.« Er blickte zu Sephrenia. »Gibt es eine Möglichkeit, die Treppe hinter uns zu blockieren?« fragte er sie.

Sephrenia kniff die Augen zusammen. »Ich *denke* schon«, antwortete sie.

»Ihr scheint nicht ganz davon überzeugt zu sein.«

»Doch, das schon. Ich kann die Treppe auch ohne große Mühe blockieren, aber ich bin mir nicht sicher, ob Otha nicht vielleicht den Gegenzauber kennt.«

»Er wird aber nicht wissen, daß Ihr die Treppe versperrt habt, ehe seine Soldaten da sind und es herausfinden. Oder?« fragte Tynian.

»Das stimmt. Sehr gut, Tynian.«

»Laufen wir über die oberste Tribünenreihe bis zum Idol?« fragte Kalten.

»Das geht nicht«, erwiderte Sephrenia. »Otha ist ein Magier, wie Ihr wißt. Er würde uns bei jedem Schritt mit Zauber bombardieren. Wir werden uns erst um ihn kümmern müssen.«

»Und um Martel«, fügte Sperber hinzu. »Wir wissen nun, daß Otha es nicht wagt, Azash zu stören, solange dieser Ritus nicht zu Ende ist. Das ist unser Vorteil. Das einzige Problem ist Otha selbst. Können wir etwas gegen ihn ausrichten, Sephrenia?«

Sie nickte. »Otha ist nicht mutig. Wenn wir ihn bedrohen, wird er seine Kräfte zu seinem eigenen Schutz nützen. Er wird sich darauf verlassen, daß die Soldaten aus dem Palast mit uns fertig werden.«

»Dann versuchen wir es«, bestimmte Sperber. »Alle bereit?«

Sie nickten.

»Seid vorsichtig«, mahnte er. »Und ich möchte keine Einmischung, wenn ich mir Martel vornehme. Also, gehen wir's an!«

Sie traten ans Kopfende der Treppe, hielten kurz inne, holten fast gleichzeitig alle tief Luft, dann marschierten sie mit gezückten Waffen die Stufen hinunter.

»Ah, da bist du ja, alter Junge«, sagte Sperber schleppend zu Martel und imitierte die Unbekümmertheit des weißhaarigen Renegaten. »Ich hab' dich überall gesucht.«

»Ich bin schon eine ganze Weile hier, Sperber«, erwiderte Martel und zog sein Schwert.

»Das sehe ich. Ich muß wohl irgendwo verkehrt abgebogen sein. Ich hoffe, ich komme nicht zu spät.«

»Aber nein.«

»Da bin ich froh. Ich verspäte mich gar nicht gern.« Sperber ließ den Blick über die Anwesenden wandern. »Gut. Ich sehe, daß wir alle hier sind.« Den Primas von Cimmura betrachtete er etwas eingehender. »Wirklich, Annias, Ihr solltet ein wenig mehr in die Sonne gehen. Ihr seid so weiß wie ein Laken.«

»Einen Moment noch, ehe ihr beiden anfangt«, warf Kalten ein. »Ich habe dir etwas mitgebracht, Martel. Ein kleines Andenken an unseren Besuch. Ich bin sicher, du wirst es in Ehren halten.« Er bückte sich leicht und gab dem Umhang, den er mit einer Hand festhielt, einen Stups. Der Umhang öffnete sich auf dem Onyxboden. Adus' Kopf rollte heraus und direkt vor Martels Füße, wo er liegenblieb und ihn anstarrte.

»Wie freundlich von dir, Kalten«, knirschte Martel mit zusammengebissenen Zähnen. Scheinbar gleichmütig stieß er den Schädel mit dem Fuß zur Seite. »Ich bin sicher, dieses Geschenk hat dich viel gekostet.«

Sperbers Faust krampfte sich um seinen Schwertgriff. Er kochte vor Haß. »Dieses Geschenk hat mich Kurik gekostet, Martel«, sagte er kalt. »Jetzt ist es Zeit, abzurechnen.«

Martels Augen weiteten sich flüchtig. »Kurik?« sagte er betroffen. »Das hatte ich nicht erwartet. Es tut mir ehrlich leid, Sperber. Ich mochte ihn. Wenn du je wieder nach Demos kommst, dann versichere Aslade, wie sehr ich es bedauere.«

»Das werde ich nicht tun, Martel. Ich habe nicht vor, Aslade durch die Erwähnung deines Namens zu beleidigen. Und nun laß uns endlich beginnen!« Sperber hob den Schild und trat vorwärts. Seine Schwertspitze bewegte sich langsam hin und her wie der Kopf einer Schlange. Kalten und die anderen stützten ihre Waffen auf und schauten grimmig zu.

»Ah, ein Ritter bis zuletzt?« Martel setzte seinen Helm auf und entfernte sich von Othas Sänfte, um größere Bewegungsfreiheit zu haben. »Deine guten Manieren und deine Anständigkeit werden noch dein Tod sein, Sperber. Du hattest die Oberhand. Das hättest du nutzen sollen.«

»Nicht nötig, Martel. Du hast noch eine Minute, zu bereuen. Ich rate dir, nutze die Zeit.«

Martel lächelte dünn. »Nein, Sperber. Ich habe meine Wahl getroffen. Es wäre unter meiner Würde, dies jetzt zu bedauern.« Er klappte das Visier zu.

Sie griffen gleichzeitig an. Ihre Schwerter dröhnten auf die Schilde. Kurik hatte sie als Knaben gemeinsam ausgebildet; so konnte keiner der beiden durch eine List oder Finte einen Vorteil gewinnen. Sie waren einander im Kampf so ebenbürtig, daß niemand vorhersagen konnte, wer aus diesem Zweikampf, der seit über einem Jahrzehnt unausbleiblich war, als Sieger hervorgehen würde.

Mit den ersten Hieben schätzten sie einander ab, ihre Technik, ihre Stärke. Ein kampfunerfahrener Beobachter hätte es vielleicht für wütendes und planloses Aufeinandereindreschen halten können, aber das war es nicht. Keiner der beiden war so in Wut, daß er zuviel gewagt und sich eine Blöße gegeben hätte. Sie hieben große Dellen in die Schilde, und jedesmal, wenn ihre Schwertklingen aufeinandertrafen, sprühten Funken.

Hin und her ging der Kampf, wobei die Gegner sich langsam von dem Platz entfernten, wo Othas edelsteinbesetzte Sänfte abgestellt war, und wo Annias, Arissa und Lycheas mit weit aufgerissenen Augen und angehaltenem Atem standen und zuschauten. Auch das war Teil von Sperbers Strategie. Er mußte Martel weit genug von Otha weglocken, daß Kalten und die anderen an den aufgedunsenen Kaiser herankamen. Um das zu erreichen, wich er dann und wann ein wenig zurück und vergrößerte auf diese Weise unauffällig die Entfernung zwischen Martel und seinen Freunden.

»Du wirst offenbar alt, Sperber«, keuchte Martel und hämmerte auf den Schild seines einstigen Freundes ein.

»Nicht mehr als du, Martel.« Sperbers heftiger Hieb brachte seinen Gegner zum Stolpern.

Kalten, Ulath und Tynian, gefolgt von Berit, der Ritter Beviers furchtbare Lochaber schwang, fächerten aus und näherten sich Otha und Annias. Der aufgeschwemmte Otha bewegte einen Arm, und eine schimmernde Barriere bildete sich um seine Sänfte und Martels Gefährten.

Sperber spürte ein leichtes Prickeln im Nacken und wußte, daß Sephrenia nun dabei war, mit ihrem Zauber die Treppe zu blockieren. Er stürmte auf Martel ein und schwang sein Schwert, so flink er konnte, um seinem weißhaarigen Gegner keine Chance zu geben, dieses schwache, vertraute Gefühl zu spüren, das immer den Zauber eines Freundes begleitete. Sephrenia hatte Martel ausgebildet, er würde sofort die richtigen Schlüsse ziehen.

Der Kampf tobte weiter. Sperber keuchte und schwitzte, und sein Schwertarm begann zu erlahmen. Er machte einen Schritt rückwärts und senkte sein Schwert ein wenig, um auf traditionelle, wortlose Weise vorzuschlagen, eine kurze Verschnaufpause einzulegen. Ein solcher Vorschlag wurde nie als Zeichen der Schwäche erachtet.

Martel zeigte, ebenfalls durch leichtes Senken seines Schwertes, sein Einverständnis an. »Fast wie in alten Zeiten, Sperber«, keuchte er und schob sein Visier hoch.

»Fast«, bestätigte Sperber. »Du hast ein paar neue Tricks gelernt.« Auch er öffnete sein Visier.

»Ich war zu lange in Lamorkand. Die lamorkische Fechtkunst ist ziemlich plump. Deine Technik kommt mir ein wenig rendorisch vor.«

»Zehn Jahre Exil in Rendor.« Sperber zuckte die Schultern und atmete tief ein und aus.

»Vanion würde uns beiden das Fell abziehen, wenn er uns so aufeinander eindreschen sähe.«

»Schon möglich. Vanion ist Perfektionist.«

»Ganz und gar!«

Keuchend standen sie da und starrten einander fest ins Gesicht, und jeder wartete auf das fast unmerkliche Verengen der Augen des anderen, das einem Überraschungsangriff vorhergehen würde. Sperber spürte, wie der Schmerz sich aus seiner rechten Schulter löste. »Bist du bereit?« fragte er schließlich.

»Wann immer du es bist.«

Sie schlossen klirrend ihre Visiere und nahmen den Kampf wieder auf.

Martel eröffnete mit einer komplexen, längeren Serie von Schwerthieben. Diese Serie war wohlbekannt, denn es war eine der ältesten, und der Ausgang war unvermeidbar. Sperber führte Schwert und Schild in der erlernten Abwehr, aber er wußte seit Martels erstem Hieb, daß er einem betäubenden Schlag auf den Kopf nicht entrinnen konnte. Kurik hatte jedoch nicht lange nach Martels Ausschluß aus dem Orden eine Verbesserung am pandionischen Helm vorgenommen, und als der Renegat nun seinen mächtigen Schlußhieb gegen Sperbers Kopf führte, senkte Sperber sein Kinn, um den Schlag voll mit dem Kamm des Helmes aufzufangen, den Kurik wesentlich verstärkt hatte. Dennoch klangen ihm die Ohren, und seine Knie gaben ein wenig nach. Er war jedoch in der Lage, den nachfolgenden Hieb zu parieren, der vielleicht sein Ende bedeutet hätte.

Martels Reaktionen schienen irgendwie langsamer zu sein, als Sperber in Erinnerung hatte. Und seine eigenen Hiebe hatten wohl auch nicht mehr den frischen Schwung der Jugend. Sie waren beide älter, und ein längerer Zweikampf mit einem vollkommen ebenbürtigen Gegner läßt keinen Zweifel daran.

Urplötzlich griff Sperber ungestüm an; Gedanken und Handeln waren eins. Er hieb eine Serie von Schlägen von oben herab auf Martels Kopf, so daß der Renegat gezwungen war, sich mit Schwert und Schild zu schützen. Diesen Angriff auf den Kopf beendete Sperber mit dem traditionellen Stoß in den Körper. Martel wußte natürlich, daß dieser Stoß kommen würde, doch er konnte seinen Schild einfach nicht rasch genug bewegen. Die Spitze von Sperbers Klinge durchbohrte die Rüstung an der rechten Brustseite und drang tief in den Körper. Martel erstarrte, dann hustete er einen Schwall von Blut durch die Visierschlitze. Schwach versuchte er, Schild und Schwert oben zu halten, aber seine Hände zitterten heftig. Seine Beine zuckten. Das Schwert fiel ihm aus der Hand, und der Schild sank hinab. Wieder hustete er, es war ein gurgelnder Laut. Blut quoll aus seinem Visier, und er sackte mit dem Gesicht nach unten zusammen. »Mach ein Ende, Sperber«, krächzte er.

Sperber rollte ihn mit dem Fuß auf den Rücken. Er hob sein Schwert, doch dann senkte er es wieder und kniete sich neben den Sterbenden. »Das ist nicht nötig«, sagte er leise, während er Martels Visier öffnete.

»Wie ist dir das gelungen?« fragte Martel.

»Es liegt an deiner neuen Rüstung. Sie ist zu schwer. Dadurch bist du müde und immer langsamer geworden.«

»Ich hätte es wissen müssen ...« Martel bemühte sich, flach zu atmen, damit ihm das Blut, das seine Lunge rasch füllte, nicht in die Kehle drang. »... daß mich meine Eitelkeit eines Tages umbringt!«

Sperber schwieg.

»Es war ein guter Kampf.«

»Ja.«

»Und wir haben endlich herausgefunden, wer von uns der Bessere ist. Vielleicht ist jetzt der Augenblick, die Wahrheit zu sagen. Ich habe immer gewußt, daß ich unterliegen würde.«

Sperber lauschte Martels Atem, der immer schwächer wurde. »Lakus ist tot, hast du das gewußt?« fragte er leise. »Und Olven.«

»Lakus und Olven? Nein, das habe ich nicht gewußt. War es irgendwie meine Schuld?«

»Nein. Es war etwas anderes.«

»Das ist wenigstens ein kleiner Trost. Könntest du Sephrenia für mich rufen, Sperber? Ich möchte ihr gern Lebewohl sagen.«

Sperber hob den Arm und winkte der Frau zu, die sie beide ausgebildet hatte.

Tränen glänzten in ihren Augen, als sie sich Sperber gegenüber neben Martel kniete. »Ja, Lieber?« sagte sie zu dem Sterbenden.

»Ihr habt immer gesagt, ich würde ein schlimmes Ende

nehmen, kleine Mutter.« Martels Stimme war jetzt nur noch ein schwaches Flüstern. »Aber Ihr habt Euch getäuscht. Es ist gar nicht so schlimm. Es ist fast wie auf einem feierlichen Totenbett. Ich darf in der Gegenwart der beiden einzigen Menschen sterben, die ich je wirklich geliebt habe. Würdet Ihr mir Euren Segen geben, kleine Mutter?«

Sie legte sanft die Hände auf sein Gesicht und sprach leise in Styrisch. Dann beugte sie sich weinend über ihn und küßte seine bleiche Stirn.

Als sie ihr Gesicht wieder hob, war er tot.

30

Sperber erhob sich und half Sephrenia auf.

»Ist alles in Ordnung mit Euch, Lieber?« flüsterte sie.

»Es geht mir gut.« Sperber starrte Otha durchdringend an.

»Meinen Glückwunsch, Herr Ritter«, sagte Otha ironisch. Das Feuer spiegelte sich auf seinem schweißglänzenden Schädel. »Und ich danke Euch. Ich habe lange über das Problem Martel nachgedacht. Mir deucht, er begann seine Bedeutung zu überschätzen. Er ist ganz und gar entbehrlich für mich geworden, nun da Ihr mir Bhelliom gebracht habt. Ihr habt mich von Martels Gegenwart befreit.«

»Betrachtet es als Abschiedsgeschenk, Otha.«

»Ach? Geht Ihr fort von hier?«

»Nein, aber Ihr.«

Otha lachte. Es war ein abstoßender Laut.

»Er hat Angst, Sperber«, flüsterte Sephrenia. »Er ist nicht sicher, ob Ihr den magischen Schild durchbrechen könnt.«

»Kann ich es?«

»Das weiß ich nicht. Er ist jetzt verwundbar, weil Azashs ganze Aufmerksamkeit dem Ritus gilt.«

»Dann ist jetzt der günstigste Augenblick.« Sperber holte tief Atem und ging auf den fetten Kaiser von Zemoch zu.

Otha zuckte zusammen und gab seinen halbnackten Sklaven ein Zeichen. Die Männer hoben die Sänfte, in der Otha mehr lag als saß, und setzten sich damit die Treppe hinunter in Bewegung, auf die Onyxfläche zu, wo die Nackten zuckend und erschöpft, mit leeren Gesichtern, noch immer ihr abstoßendes Ritual vollzogen. Annias, Arissa und Lycheas begleiteten ihn. Ihre Augen verrieten nackte Angst, während sie sich so dicht wie möglich an die Sänfte hielten, um nur ja innerhalb der zweifelhaften Sicherheit des glühenden Schutzschildes zu bleiben. Auf dem Onyxboden angelangt, brüllte Otha den grüngewandeten Priestern irgend etwas zu. In geistloser Ergebenheit rannten sie herbei und zogen Waffen aus ihrer Gewandung hervor.

Sperber hörte plötzlich verärgerte Aufschreie hinter ihnen. Die Soldaten, die ihrem Kaiser zur Hilfe kommen wollten, waren gegen Sephrenias Barriere geprallt. »Wird sie halten?« fragte er die Styrikerin.

»Ja. Es sei denn, einer der Soldaten ist stärker als ich.«

»Das ist nicht sehr wahrscheinlich. Dann haben wir es nur mit den Priestern zu tun.« Er blickte seine Freunde an. »Meine Herren«, forderte er sie auf, »nehmen wir Sephrenia in die Mitte und bahnen uns einen Weg!«

Die Azashpriester trugen keine Rüstung, und die Art, wie sie ihre Waffen führten, bewies wenig Gewandtheit. Sie waren zum größten Teil Styriker, und das plötzliche Erscheinen der feindlichen Ordensritter inmitten ihres höchsten Heiligtums hatte sie verwirrt und erfüllte sie mit Entsetzen.

Sperber erinnerte sich daran, daß Sephrenia einmal gesagt hatte, Styriker würden nur langsam und nicht immer richtig reagieren, wenn sie überrascht werden. Er spürte ein schwaches Prickeln, während er und seine Freunde die Treppe zwischen den Tribünenreihen hinunterschritten. Es verriet ihm, daß einige Priester versuchten, einen Zauber zu wirken. Er stieß einen elenischen Schlachtruf aus, ein rauhes Brüllen voll Kampfeslust und Blutdurst. Das Prickeln schwand.

»Macht soviel Lärm, wie ihr könnt!« rief er seinen Freunden zu. »Verwirrt sie so sehr, daß sie keine Magie wirken können!«

Die Ordensritter stürmten waffenschwingend und mit kriegerischen Schreien die schwarzen Stufen hinunter. Die Priester wichen verstört zurück, als die Ritter grimmig vor ihnen standen.

Berit drängte sich, Ritter Beviers Lochaber schlagbereit in den Fäusten, an Sperber vorbei. Seine Augen blitzten verwegen. »Spart Eure Kraft, Sperber«, sagte er rauh, denn er bemühte sich, tiefer und männlicher zu sprechen. Dann trat er entschlossen vor den verblüfften Sperber und schritt hinein in die grüngewandeten Reihen. Dabei schwang er die Streitaxt wie eine Sense.

Sperber streckte den Arm aus, ihn zurückzuzerren, doch Sephrenia legte ihm die Hand auf die Schulter. »Nein, Sperber! Das ist wichtig für ihn, und er befindet sich in keiner großen Gefahr.«

Otha hatte den spiegelblank glänzenden Altar vor dem Idol erreicht und starrte mit vor Angst offenem Mund auf den blutigen Kampf hinab. Dann richtete er sich auf. »So kommt denn, Sperber!« rief er bombastisch. »Mein Gott wird ungeduldig.«

»Das bezweifle ich, Otha«, rief Sperber zurück. »Azash will Bhelliom, aber er will nicht, daß *ich* ihn bringe, weil er nicht weiß, was ich damit tun werde.«

»Sehr gut, Sperber«, murmelte Sephrenia. »Nutzt Euren Vorteil. Azash wird Othas Unsicherheit spüren, und dieses Gefühl wird auch ihn ergreifen.«

Der Tempel hallte vom Lärm der Hiebe und Schreie, von Ächzen und Stöhnen wider, als Sperbers Freunde die grüngewandeten Priester niederstreckten und sich einen Weg durch ihre dichten Reihen zum Fuß der ersten Tribüne unterhalb des Altars bahnten.

Trotz Kuriks Tod, verspürte Sperber ein Hochgefühl. Er hatte nicht damit gerechnet, so weit vorzudringen, und daß er – unerwarteterweise – noch lebte, verlieh ihm ein euphorisches Gefühl der Unbesiegbarkeit. »Nun, Otha«, er blickte die Stufen zwischen den Tribünen zu dem aufgedunsenen Kaiser hinauf, »warum erweckt Ihr Azash nicht? Laßt uns sehen, ob die Älteren Götter ebensogut zu sterben verstehen wie die Menschen!«

Otha starrte ihn offenen Mundes an; dann plagte er sich aus seiner Sänfte und sank zu Boden, da seine schwächlichen Beine ihn nicht zu tragen vermochten. »Kniet!« schrie er Annias an. »Kniet und betet zu unserem Gott um Errettung!« Die Furcht, daß seine Soldaten nicht in den Tempel gelangen konnten, ließ Othas unförmigen Körper zittern.

»Kalten«, rief Sperber seinem Freund zu, »macht die Priester nieder und sorgt dafür, daß die Soldaten uns nicht in den Rücken fallen!«

»Das ist nicht nötig, Sperber«, versicherte Sephrenia.

»Ich weiß, aber dadurch sind sie aus dem Weg und kommen nicht zu Schaden«, antwortete Sperber leise. Er holte tief Atem. »Also los.« Er schlüpfte aus den Rüsthandschuhen, klemmte die Schwertklinge unter den Arm und nahm den Kettenbeutel vom Gürtel. Er öffnete den Draht, der als Verschluß diente, und schüttelte Bhelliom auf seine Handfläche. Der Stein brannte heiß auf seiner Haut, und Licht flackerte wie Wetterleuchten in einer Sommernacht zwischen den Blütenblättern. »Blaurose!« sagte er scharf. »Du mußt tun, was ich befehle!«

Otha, der halb kniete, halb kauerte, stammelte ein Gebet zu seinem Gott – ein Gebet, das durch sein Zähneklappern beinahe unverständlich war. Annias, Lycheas und Arissa knieten sich nieder und blickten zu der gräßlichen Fratze des Idols über ihnen empor. Grauen war in ihren Augen, als sie den Gott, für den sie sich so bereitwillig entschieden hatten, leibhaftig vor sich hatten.

»Azash!« flehte Otha. »Erwache! Erhöre das Gebet deiner Diener!«

Die tiefliegenden geschlossenen Augen des Idols öffneten sich langsam, und das grünliche Feuer loderte in ihnen. Sperber spürte, wie Woge um Woge schierer Bosheit aus diesen Augen auf ihn zu rollte. Er war wie betäubt und gelähmt durch die übermächtige Erscheinung des gräßlichen Gottes.

Das Idol bewegte sich! Eine Welle lief den Körper hinab, und die Tentakelarme griffen geschmeidig nach vorn – nach dem glühenden Stein in Sperbers Hand, dem einzigen Gegenstand auf der Welt, der Hilfe und Freiheit verhieß.

»Nein!« Sperbers Stimme war ein rauhes Schnarren. Er hob das Schwert über den Stein. »Ich vernichte ihn!« drohte er. »Und dich mit ihm!«

Das Idol schien zurückzuzucken, seine Augen füllten sich mit plötzlicher Bestürzung. »Warum hast du diesen unwissenden Wilden zu mir gebracht, Sephrenia?« Die Stimme klang hohl und hallte im Tempel wider. Sperber wußte, daß Azashs Geist ihn binnen eines Herzschlags vernichten konnte, doch aus irgendeinem Grund schien Azash Angst zu haben, seine Kräfte gegen diesen unwägbaren Mann zu richten, der die Saphirrose mit blankem Schwert bedrohte.

»Ich gehorche nur meiner Bestimmung, Azash«, antwortete Sephrenia ruhig. »Ich wurde geboren, um Sperber hierher vor dein Angesicht zu bringen.«

»Und was ist Sperbers Bestimmung? Weißt du, wozu *er* bestimmt ist?« Die Verzweiflung in Azashs Stimme war unüberhörbar.

»Das weiß weder Mensch noch Gott, Azash«, erwiderte Sephrenia ihn. »Sperber ist Anakha. Alle Götter haben von dem einen Tag gewußt und ihn gefürchtet – jenen Tag, da Anakha durch die Welt wandert, zu einem Ziel, das niemand kennt. Ich bin die Dienerin seiner Bestimmung, was immer sie sein mag, und habe ihn hierhergebracht, damit er dieses Ziel erreichen kann.«

Das Idol schien sich zu straffen; dann peitschte ein unwiderstehlicher magischer Befehl durch den Tempel, machtvoll und zwingend. Doch dieser Befehl war *nicht* an Sperber gerichtet.

Sephrenia keuchte und schien wie eine Blume im ersten Frost zu welken. Sperber spürte, wie ihre Entschlossenheit schwand. Sie schwankte, als Azashs mächtiger Geist ihre Verteidigung durchbrach.

Er spannte die Muskeln und hob das Schwert. Wenn Sephrenia fiel, wären sie verloren, und er wußte nicht, ob dann noch genug Zeit bleiben würde, den letzten, alles entscheidenden Streich zu führen. Er beschwor Ehlanas Gesicht vor sein inneres Auge und packte den Schwertgriff fester.

Der Laut war für niemanden außer Sperber zu hören. Das wußte er. Es war der durchdringende, befehlende Klang einer Hirtenflöte, der plötzlich durch den Tempel drang.

»*Aphrael!*« rief er voller Erleichterung.

Ein winziger Funke, gleich einem Glühwürmchen, erschien vor seinem Gesicht. »*Endlich!*« fauchte Flöte zornig. »Warum hast du so *lange* gebraucht, Sperber? Hast du nicht gewußt, daß du mich *rufen* mußt?«

»Nein. Das wußte ich nicht. Bitte, hilf Sephrenia!«

Da war keine Berührung, keine Bewegung, kein Laut, doch Sephrenia richtete sich auf und strich sich leicht über die Stirn, als die flammenden Augen des Idols sich auf den Funken richteten.

»Meine Tochter«, grollte Azash, »willst du das Los dieser Sterblichen teilen?«

»Ich bin nicht deine Tochter, Azash«, entgegnete Flöte. »Ich habe mich *selbst* erschaffen, wie auch meine Brüder und Schwestern, als du und deinesgleichen in kindischem Hader den Stoff der Wirklichkeit zerrissen. Ich bin deine Tochter nur durch deine Schuld. Hätten du und deinesgleichen nicht diesen Weg der Unbesonnenheit beschritten, der die Vernichtung aller herbeigeführt hätte, wären ich und meinesgleichen nicht gebraucht worden.«

»Bhelliom ist *mein!*« Die hohle Stimme war Donner und Erdbeben, erschütterte die Grundfesten der Erde.

»Du wirst ihn *nicht* bekommen«, sagte Flöte unbeeindruckt. »Um dir und deinesgleichen den Besitz Bhellioms zu verwehren, sind ich und meinesgleichen entstanden. Bhelliom ist nicht von dieser Welt und darf nicht von dir oder mir oder den Trollgöttern oder irgendwelchen anderen Göttern dieser Welt in Banden gehalten werden.«

Die Stimme Azashs wurde zu einem Kreischen. *»Er ist mein!«*

»Nein. Eher wird Anakha ihn vernichten, und mit ihm wirst auch du vernichtet!«

Das Idol schien zusammenzuzucken. »Wie kannst du es *wagen*!« keuchte Azash. »Wie kannst du so etwas Schreckliches sagen? Im Tode eines einzigen von uns liegt die Saat des Todes für uns alle!«

»So sei es denn«, erwiderte Aphrael gleichmütig. Dann nahm ihre helle Stimme einen grausamen Tonfall an. »Richte deinen Zorn gegen mich, Azash, nicht gegen meine Kinder, denn *ich* habe die Kraft der Ringe benutzt, dich zu entmannen und für immer in dieses tönere Idol zu bannen.«

»Du?« heulte die schreckliche Stimme voller Haß und Bestürzung.

»Ja, *ich*. Durch die Entmannung hast du soviel Kraft verloren, daß du deinem Gefängnis nicht entrinnen kannst. Du wirst Bhelliom *nicht* bekommen, impotentes Göttlein. Du wirst entmannt und gefangen bleiben, bis der fernste Stern zu Asche verglüht.« Sie hielt inne, und als sie wieder sprach, redete sie im Tonfall eines Menschen, der ein Messer tief im Leib seines Feindes dreht. »Es war dein absurder und durchschaubarer Vorschlag, daß alle Götter Styrikums sich vereinen, um den Trollgöttern Bhelliom zu entreißen – ›zum Besten aller!‹ Das gab mir die Möglichkeit, dich zu verstümmeln und gefangenzusetzen, Azash. Was dir geschehen ist, hast du nur dir selbst zuzuschreiben. Und nun hat Anakha Bhelliom und die Ringe gebracht – und auch die Trollgötter, die vom Stein umschlossen sind –, um dich herauszufordern. Entscheide dich jetzt. Beuge dich der Macht der Saphirrose – oder stirb!«

Ein Heulen unmenschlicher Wut erschallte, doch das Idol unternahm nichts.

Otha hingegen, in dessen Augen Panik loderte, begann einen verzweifelten Zauber zu murmeln. Dann schleuderte er ihn von sich, und die gräßlichen Statuen entlang der Tempelwand begannen zu schimmern. Ihr Marmorweiß wurde zu

Grün und Blau und Blutrot, und das Gemurmel ihrer nichtmenschlichen Stimmen füllte die Kuppel.

Sephrenia sprach mit ruhiger Stimme zwei styrische Worte und gestikulierte kaum merklich. Sogleich erstarrten die Statuen und wurden wieder zu blassem Marmor.

Otha heulte auf und hob wieder zu sprechen an, doch in seiner hilflosen Wut verfiel er in seine elenische Muttersprache.

»Hör mir jetzt zu, Sperber.« Flötes melodische Stimme war ganz nah und leise.

»Aber Otha ...«

»Er plappert Unsinn. Meine Schwester wird mit ihm fertig. Hör gut zu. Es dauert nicht mehr lange, dann mußt du handeln. Ich werde dir sagen, wann es soweit ist. Steig diese Stufen zum Idol hinauf, aber halte dein Schwert dabei über Bhelliom! Sei stets bereit, zuzuschlagen! Wenn Azash oder Otha oder irgend etwas anderes dich aufzuhalten versucht, dann zerschmettere Bhelliom. Doch falls du das Idol erreichst, berühre mit dem Stein jene Stelle, die verbrannt und narbig aussieht.«

»Wird Azash dadurch vernichtet?«

»Natürlich nicht. Das Idol dort ist nur eine Hülle. Das *wirkliche* Idol ist im Innern. Bhelliom selbst wird es zerschmettern, und dann wirst du Azash sehen. Das echte Idol ist ziemlich klein und aus Lehm geformt. Sobald du es sehen kannst, läßt du du das Schwert fallen und nimmst Bhelliom in beide Hände. Dann sprichst du folgende Worte: ›Blaurose, ich bin Sperber-von-Elenien. Kraft dieser Ringe befehle ich Blaurose, dieses Abbild der Erde zurückzugeben, aus der es entstanden ist.‹ Dann halte Bhelliom an das Idol.«

»Was geschieht dann?«

»Das weiß ich nicht.«

»*Aphrael!*« rief Sperber erschrocken.

»Bhellioms Bestimmung ist noch verborgener als deine. Ich weiß nicht einmal, was *du* in der nächsten Minute tun wirst.«

»Wird er Azash vernichten?«

»O ja – und wahrscheinlich auch die übrige Welt. Bhelliom will die Ketten dieser Welt abstreifen, und jetzt ist vielleicht die Chance gekommen, auf die er gewartet hat.«

Sperber schluckte schwer.

»Es ist ein Risiko«, gab sie gleichmütig zu, »aber wer weiß schon, was man würfelt, ehe die Würfel liegen bleiben.«

Im Tempel wurde es plötzlich völlig dunkel, während Sephrenia und Otha ihren Kampf fortsetzten, und für einen atemlosen Augenblick schien es, als würde die Dunkelheit ewig währen, so vollkommen war sie.

Dann kehrte das Licht allmählich zurück. Das Feuer in den großen eisernen Kohlenbecken entzündete sich wieder, und die Flammen begannen aufs neue zu züngeln.

In diesem Licht richtete Sperber den Blick auf Annias. Das eingefallene Gesicht des Primas' von Cimmura war totenbleich, und seine Augen wirkten leer. Von seiner Besessenheit geblendet hatte Annias dem Grauen, dem er in seiner Gier nach dem Erzprälatenthron seine Seele verpfändet hatte, nie voll ins Gesicht geschaut. Nun hatte er es erblickt, doch nun war es zu spät. Er starrte Sperber an. Seine Augen erflehten stumm irgend etwas, das ihn vor dem Abgrund retten konnte, der sich zu seinen Füßen aufgetan hatte.

Lycheas lallte in grauenvoller Angst, und Arissa hielt ihn in den Armen, ja klammerte sich an ihn. Das namenlose Entsetzen auf ihrem Gesicht war noch schrecklicher als das Grauen, das sich auf Annias' Zügen spiegelte.

Der Tempel füllte sich mit Lärm und Licht und wogendem Rauch, während Othas und Sephrenias Magie miteinander rangen.

»Jetzt, Sperber!« sagte Flöte ruhig.

Sperber wappnete sich und schritt los. Das Schwert hielt er drohend über die Saphirrose. Fast hatte er den Eindruck, als würde sie sich ängstlich unter der schweren Stahlklinge ducken.

»Sperber«, sagte die leise Stimme beinahe sehnsüchtig, »ich liebe dich.«

Doch das nächste Geräusch klang ganz und gar nicht liebevoll. Es war ein mehrstimmiges, mißtönendes Geheul in der Trollsprache. Sperber taumelte, als der Haß der Trollgötter ihn traf. Der Schmerz war unerträglich. Sperber brannte und fror gleichermaßen, und seine Knochen schienen in seinem Fleisch zu wogen. »Blaurose!« keuchte er. Er stolperte und wäre beinahe gefallen. »Befiehl den Trollgöttern, still zu sein. Blaurose muß es tun – *sofort*!«

Doch der Schmerz hielt an, und das infernalische Heulen wurde lauter.

»Dann stirb, Blaurose!« Sperber hob sein Schwert zum Schlag.

Abrupt verstummte das Heulen, und der Schmerz schwand.

Sperber überquerte die erste Onyxtribüne und stieg zur nächsten hinauf.

»Tu es nicht, Sperber!« Die Stimme erklang in seinem Kopf. »Aphrael ist ein boshaftes Kind. Sie führt dich ins Verderben!«

»Ich habe mich schon gefragt, wie lange du warten würdest, Azash«, entgegnete Sperber mit ein wenig zittriger Stimme, während er die zweite Tribüne überquerte. »Warum hast du nicht schon eher zu mir gesprochen?«

Die Stimme, die er in seinem Geist gehört hatte, schwieg.

»Hattest du Angst, Azash?« fragte Sperber. »Hattest du Angst, daß deine Worte die Bestimmung ändern könnten, die du nicht zu sehen vermagst?« Er trat auf die dritte Tribüne.

»Tu es nicht, Sperber!« Die Stimme flehte jetzt. »Ich kann dir die Welt geben!«

»Nein, danke.«

»Ich kann dir Unsterblichkeit geben.«

»Unsterblickeit! Wir Menschen fürchten den Tod nicht – Götter vielleicht!«

»Ich werde deine Gefährten töten, wenn du nicht nachgibst!«

»Alle Menschen müssen sterben.« Sperber trat auf die vierte Tribüne. Ihm war plötzlich, als versuche er, durch festen Stein zu waten. Azhash wagte nicht, ihn direkt anzugreifen, um nicht den tödlichen Streich zu provozieren, der sie alle vernichten würde.

In diesem Augenblick erkannte Sperber seinen einmaligen Vorteil. Die Götter konnten seine Bestimmung nicht sehen, und sie vermochten auch seine Gedanken nicht zu lesen! Azash konnte nicht erkennen, wann er den Entschluß faßte, Bhelliom zu zerschmettern, und so konnte er den Schwerthieb auch nicht aufhalten. Sperber beschloß, diesen Vorteil auszuspielen. Immer noch in seiner Bewegungsfreiheit behindert, seufzte er: »Nun gut, wenn du es so willst.« Wieder hob er das Schwert.

»Nein!« Der Schrei kam nicht nur von Azash, sondern auch von den Trollgöttern.

Sperber überquerte die vierte Tribüne. Er schwitzte und keuchte heftig. Vor den Göttern konnte er zwar seine Gedanken verbergen, nicht jedoch vor sich selbst. »Jetzt, Blaurose«, sagte er leise zu Bhelliom, als er auf die fünfte Tribüne stieg, »werde ich folgendes tun. Du und Khwaj und Ghnomb und die anderen werdet mir helfen, wenn ihr der Vernichtung entgehen wollt. Ein Gott muß sterben – ein Gott oder viele Götter. Wenn ihr mir helft, wird es nur der eine sein. Wenn nicht, sterbt ihr alle.«

»Sperber!« Aphraels Stimme klang erschrocken.

»Misch dich nicht ein!«

Nach kurzem Zögern flüsterte sie mit der Stimme eines kleinen Mädchens: »Kann ich dir helfen?«

Er überlegte nur kurz. »Ja. Aber jetzt ist nicht der Augenblick irgendwelcher Finten. Erschreck mich nicht. Mein Arm ist wie eine gespannte Sprungfeder.«

Der Glühwürmchenfunke wuchs, wurde zu einer sanft glühenden Kugel, aus der Aphrael hervortrat. Wie immer waren ihre niedlichen Füße voll Grasflecken. Ihr Gesicht war sehr ernst, als sie ihre Syrinx von den Lippen nahm. »Zerschmettere Bhelliom, Sperber«, sagte sie traurig. »Sie werden nicht auf dich hören.« Dann seufzte sie. »Ich werde des ewigen Lebens ohnehin müde. Zerschmettere den Stein, wir wollen es hinter uns bringen!«

Der Bhelliom wurde tief dunkel, und Sperber spürte ihn in seiner Hand erzittern. Dann kehrte das bläuliche Glühen zurück – weich und unterwürfig.

»Jetzt werden sie helfen, Sperber«, versicherte ihm Aphrael.

»Du hast sie belogen!«

»Nein, ich habe *dich* belogen. Zu ihnen habe ich nicht gesprochen.«

Gegen seinen Willen mußte Sperber lachen.

Er überquerte die fünfte Tribüne. Das Idol war jetzt viel näher. Es ragte riesig vor ihm auf. Er konnte auch Otha sehen, der sich schwitzend und keuchend gegen Sephrenias Kräfte stemmte. Obgleich er es nicht sehen konnte, wußte Sperber, daß dieser magische Kampf viel gewaltiger war als der Zweikampf, in dem er Martel besiegt hatte. Nun vermochte er auch deutlich die Todesangst in Annias', Arissas und Lycheas' Gesichtern zu erkennen.

Sperber spürte die machtvolle Präsenz der Trollgötter. Sie schienen ihm so überwältigend greifbar, daß er beinahe zu sehen glaubte, wie ihre gräßlichen, unförmigen Gestalten schützend hinter ihm schwebten. Er trat auf die sechste Tribüne. Noch drei weitere. Flüchtig fragte er sich, ob die Zahl Neun in der wirren Vorstellung der Azashanbeter irgendeine Bedeutung hatte. Der Gott der Zemocher ließ nun alle Vorsicht fallen. Er sah den Tod unerbittlich die Stufen zu ihm heraufsteigen, und in einem verzweifelten Versuch, den schwarzgepanzerten Boten abzuwehren, der den blau glühenden Tod zu ihm trug, warf er ihm alles entgegen, was ihm zu Gebote stand.

Feuer entzündete sich unter Sperbers Füßen, doch ehe er auch nur seine Wärme spüren konnte, war es mit Eis gelöscht. Ein Ungeheuer sprang ihn aus dem Nichts an, doch ein stärkeres Feuer als jenes, das eben in Eis erloschen war, verschlang die Bestie. Da den Trollgöttern wegen Sperbers unerbittlichem Ultimatum keine Wahl blieb, halfen sie ihm, wenngleich unwillig, die Verteidigungsversuche Azashs zunichte zu machen.

Azash begann schrill zu kreischen, als Sperber auf die siebente Tribüne stieg. Nun wäre ein Sturmangriff möglich gewesen, doch Sperber entschied sich dagegen. Er wollte nicht vor Anstrengung keuchen und zittern, wenn endlich der alles entscheidende Augenblick gekommen war. So setzte er seinen gleichmäßigen, ruhigen Vormarsch über die siebente Tribüne fort, während Azash ihm unbeschreibliche Schrecken entgegenschleuderte – Schrecken, die jedoch sogleich von den Trollgöttern, oder vom Bhelliom selbst, vernichtet wurden. Sperber holte tief Atem und betrat die achte Tribüne.

Gold umgab ihn – Münzen, Barren und Klumpen von der Größe eines Männerkopfes. Ein Schwall glitzernder Edelsteine ergoß sich aus dem Nichts und floß wie ein Fluß mit blauem, grünem und rotem Wasser über das Gold, ein regenbogenfarbener Wasserfall von unvorstellbarem Wert. Doch dieser Reichtum schrumpfte plötzlich. Gewaltige Mengen Gold und Juwelen verschwanden, begleitet von schmatzenden Lauten. »Danke, Ghnomb«, murmelte Sperber dem Trollgott des Essens zu.

Eine Huri von atemberaubender Schönheit winkte Sperber verführerisch zu, wurde aber sogleich von einem lüsternen Troll überfallen. Sperber kannte den Namen des Trollgottes der Paarung nicht, so vermochte er ihm nicht namentlich zu danken. Er schritt weiter zur Treppe, die zur neunten und letzten Tribüne führte.

»Das *darfst* du nicht!« kreischte Azash. Sperber würdigte ihn keiner Antwort, während er grimmig auf das Idol zuschritt, mit Bhelliom in der einen und dem Schwert in der anderen Hand. Blitze zuckten um ihn, doch jeder wurde von der wachsenden saphirblauen Aura aufgefangen, mit welcher Bhelliom Sperber schützte.

Otha hatte sein sinnloses Duell mit Sephrenia aufgegeben und kroch, schluchzend vor Angst, zur rechten Altarseite. Annias war auf der linken Seite derselben schmalen Onyxplatte zusammengesackt, Arissa und Lycheas klammerten sich wimmernd aneinander.

Sperber erreichte den schmalen Altar. »Wünsche mir Glück«, flüsterte er der Kindgöttin zu.

»Gewiß, Vater.«

Azash zuckte zurück, als Bhelliom heller glühte, und die flammenden Augen des Idols begannen vor Angst hervorzuquellen. Sperber erkannte, daß ein Unsterblicher, der sich plötzlich dem Tode gegenübersieht, erbärmlich hilflos ist. Allein die Vorstellung verdrängte jeden anderen Gedanken, und Azash konnte nur noch auf die einfachste, ja kindischste Weise reagieren. Er griff nach Elementarfeuer und schleuderte es blind nach dem schwarzgepanzerten Pandioner. Die Druckwelle war ungeheuerlich, als die grünglühende Flamme gegen. die leuchtendblaue des Bhelliom prallte. Das Blau flackerte; dann gewann es an Kraft. Das Grün wich zurück, warf sich erneut auf Sperber.

Und dann wurde es ein Kampf zwischen Bhelliom und Azash, und jeder setzte unwiderstehliche Kräfte ein, um seine Existenz zu retten. Keiner von ihnen wollte – oder konnte – nachgeben. Sperber hatte das Gefühl, hier in alle Ewigkeit mit dem Stein in der Hand stehen zu müssen, während Azash und Bhelliom ihren Kampf austrugen.

Es kam von hinter ihm, wirbelte schwirrend wie Vogelschwingen durch die Luft, über seinen Kopf hinweg, und schmetterte gegen die steinerne Brust des Idols, daß gewaltige Funken sprühten. Es war Beviers hakenbewehrte Lochaber. Berit hatte sie, überwältigt von Abscheu vielleicht, auf das Idol geschleudert – eine hilflose Geste des Zorns.

Aber es half.

Das Idol zuckte unwillkürlich vor der Axt zurück, die ihm nicht das geringste anzuhaben vermochte, und für einen winzigen Augenblick versiegten seine Kräfte, sein Feuer. Sperber stürmte voran. Er hielt Bhelliom in der Linken und rammte ihn wie eine Speerspitze auf die Brandnarbe tief am Unterleib des Idols. Seine Hand wurde taub durch den heftigen Aufprall.

Das Donnern und Krachen waren ohrenbetäubend. Sperber war sicher, daß es die ganze Welt erschütterte.

Er senkte den Kopf, spannte die Muskeln und preßte Bhelliom mit aller Kraft auf die glänzende Narbe. Der Gott schrie vor Pein. *»Ihr habt versagt!«* heulte er. Peitschende Fangarme schnellten von beiden Seiten des Idols hervor und packten Otha – und Annias.

»O mein Gott!« rief Annias gellend, jedoch nicht an Azash gewandt, sondern an den Gott seiner Kindheit. »Rette mich! Beschütze mich! Vergib ...« Seine Stimme wurde zum schrillen Kreischen, als der Tentakel sich um seinen Körper zusammenzog.

Es war keine gezielte Bestrafung des Kaisers von Zemoch und des Primas von Cimmura. Wahnsinnig vor Schmerz und Angst und dem Verlangen, jene zu peinigen, die er für seine Niederlage verantwortlich machte, handelte Azash wie ein zorniges Kind. Weitere Arme schnellten herbei und wickelten sich um das schreiende Paar. Und dann begannen die geschmeidigen Tentakel sich in entgegengesetzte Richtungen zu drehen, mit den Bewegungen eines Menschen, der einen nassen Lappen auswindet. Blut und Schlimmeres spritzte zwischen den aalgleichen Fingern des Gottes hervor, während er unerbittlich Othas und Annias' Leben aus ihren Leibern wand.

Sperber schloß die Augen – doch seine Ohren konnte er nicht verschließen. Die schrecklichen Schreie wurden schriller und höher und schließlich zu einem erstickten Quieken.

Dann verstummten sie. Nur noch ein klatschendes Geräusch war zu vernehmen, als Azash zu Boden schleuderte, was von seinen Dienern übrig war.

Arissa übergab sich heftig über den nicht mehr erkennbaren Überresten ihres Geliebten und Vaters ihres einzigen Kindes, als das riesige Idol erzitterte und zersprang. Riesige Brocken behauenen Steins hagelten herab, als es zerbarst. Tentakel versteinerten, brachen ab und zerschmettertern auf dem Onyxboden. Das groteske Gesicht glitt in Stücken vom Kopf. Ein größeres fiel auf Sperbers gepanzerte Schulter, und die Wucht des Aufpralls schlug ihm Bhelliom fast aus den Händen. Mit einem gewaltigen Donnern brach das Idol in der

Mitte, und das gigantische Oberteil kippte nach hinten und zerbarst zu unzähligen kleinen Stücken. Nur ein Stumpf blieb, ein von Sprüngen durchzogenes Steinpodest, auf dem das primitive Idol aus getrocknetem Lehm hockte, das Otha vor nunmehr fast zweitausend Jahren entdeckt hatte.

»Das darfst du nicht!« Die Stimme klang wie das Quieken einer Ratte. *»Ich bin ein Gott! Du bist nichts! Ein Insekt! Du bist nur Staub!«*

»Vielleicht.« Sperber empfand tatsächlich Mitleid mit der lächerlichen kleinen Lehmfigur. Er ließ sein Schwert fallen und nahm Bhelliom fest in beide Hände. »Blaurose!« sagte er laut. »Ich bin Sperber-von-Elenien. Kraft dieser Ringe befehle ich Blaurose, dieses Abbild der Erde zurückzugeben, aus der es entstanden ist.« Beide Hände und die Saphirrose näherten sich dem Idol. »Du hast nach Bhelliom gegiert, Azash«, sagte er. »So nimm ihn denn und alles, was er dir bringt.« Dann berührte der Stein das mißgestaltete Idol. »Blaurose muß gehorchen! *Jetzt!*« Sperber schloß die Augen, und seine Muskeln verkrampften sich in Erwartung der alles vernichtenden Kraft.

Der ganze Tempel erzitterte, und Sperber verspürte ein plötzliches drückendes Gefühl von Schwere, als hätte die Luft das Gewicht von Stein. Die Flammen der Feuer in den großen Kohlenbecken sanken zusammen, und die winzigen Flämmchen flackerten schwach, als würde ein ungeheures Gewicht sie niederpressen.

Und dann barst die gigantische Kuppel des Tempels. Die sechseckigen Basaltblöcke wurden in die Höhe und nach allen Seiten gesprengt und flogen meilenweit. Mit einem Laut, den die Ohren kaum noch wahrzunehmen vermochten, schossen die Feuer empor, wurden zu titanischen Säulen aus blendenden Flammen, Säulen, die durch das klaffende Loch stießen, das einst die Kuppel gewesen war, und die gewitterschweren Wolken erhellten. Immer höher loderten diese leuchtenden Säulen, verbrannten die geballten Wolken, von Blitzen umzuckt, und stießen in die Dunkelheit zwischen den funkelnden Sternen.

Unerbittlich drückte Sperber die Saphirrose an Azashs

Leib. Die Haut um sein Handgelenk prickelte, als die winzigen, kraftlosen Tentakel des Gottes es umschlangen, wie ein tödlich Verwundeter den Arm eines Gegners umklammern mochte, der gnadenlos die Schwertklinge in seinem Leib dreht. Die Stimme des Älteren Gottes Azash war ein schwaches Quieken, ein kraftloses Wimmern, dem eines verendenden kleinen Tieres gleich. Dann begann eine Veränderung in dem Lehmidol. Was immer ihm Form gegeben hatte, war nicht mehr, und mit einem seltsamen Seufzen zerfiel es zu einem Häufchen Staub.

Die titanischen Flammensäulen sanken allmählich in sich zusammen, und die Luft, die nun in die Tempelruine drang, war frisch und von winterlicher Kälte.

Sperber empfand keinerlei Triumphgefühl, als er sich aufrichtete. Er blickte auf die Saphirrose, die in seiner Hand glühte. Er konnte ihre Angst spüren und vage das Wimmern der in ihrem blauen Herzen eingeschlossenen Trollgötter hören.

Flöte war die Stufen hinuntergestolpert und lag nun weinend in Sephrenias Armen.

»Es ist vorüber, Blaurose«, wandte Sperber sich müde an Bhelliom. »Ruhe dich nun aus.« Er schob den Stein zurück in den Kettenbeutel und schloß ihn.

Schritte verzweifelt rennender Füße waren zu hören. Prinzessin Arissa und ihr Sohn flohen die Treppen der Onyxtribünen hinunter. So groß war ihre Angst, daß sie gar nicht aufeinander achteten. Lycheas war jünger als Arissa und flinker. Er ließ seine Mutter hinter sich zurück und rappelte sich immer wieder auf, wenn er in seiner kopflosen Flucht stolperte und fiel.

Mit steinerner Miene und seiner Streitaxt in der Hand erwartete Ulath ihn am Fuß der Treppe.

Lycheas schrie einmal auf, dann flog sein Kopf in einem weiten Bogen durch die Luft und prallte mit einem Laut wie eine vom Tisch fallende Melone auf den Onyxboden.

»Lycheas!« kreischte Arissa entsetzt, als die kopflose Leiche ihres Sohnes schlaff vor Ulaths Füße sank. Wie gelähmt starrte sie den hünenhaften Thalesier an, der nun die blutige Axt hob und die Stufen zu ihr hochstapfte. Ulath war nicht für halbe Sachen.

Arissa fummelte an der Schärpe um ihre Taille, zog ein winziges Fläschchen hervor und plagte sich, den Stöpsel herauszuziehen.

Ulath schritt unbeirrt heran.

Das Fläschchen war nun offen. Arissa hob den Kopf und leerte es. Sie erstarrte sogleich und stieß einen würgenden Laut aus. Dann stürzte sie zuckend auf den Tribünenboden. Ihr Gesicht verfärbte sich blau, und ihre Zunge quoll aus dem Mund.

»Ulath!« Sephrenia hielt den Thalesier zurück, der immer noch auf Arissa zuschritt. »Es ist nicht mehr nötig!«

»Gift?« fragte er.

Sephrenia nickte.

»Ich hasse Gift.« Mit Daumen und Zeigefinger streifte er das Blut von der Axtschneide, schnippte es fort und prüfte mit dem Daumen die Schneide. »Ich werde eine Woche brauchen, alle diese Kerben wegzuschleifen«, sagte er düster. Damit drehte er sich um und stieg die Stufen hinunter.

Sperber hob sein Schwert auf und stieg ebenfalls hinab. Er fühlte sich jetzt sehr, sehr müde. Erschöpft bückte er sich nach seinen Rüsthandschuhen und kletterte über den trümmerübersäten Boden zu Berit, der ihm bewundernd entgegenblickte. »Das war ein guter Wurf«, lobte Sperber den jungen Mann und legte die Hand auf seine Schulter. »Danke, Bruder.«

Berit strahlte wie die aufgehende Sonne.

»Übrigens«, fügte Sperber hinzu. »Ihr solltet nach Beviers Axt suchen. Er hängt sehr an ihr.«

Berit grinste. »Tu' ich sofort, Sperber.«

Sperber ließ den Blick über die Leichen schweifen, dann schaute er durch das riesige Loch in der Kuppel zu den Sternen, die am kalten Winterhimmel funkelten. »Kurik«, fragte er gedankenlos, »was glaubst du, wie spät ...?« Er verstummte, von schier unerträglicher Trauer überwältigt. Dann faßte er sich. »Seid ihr alle unverletzt?« wandte er sich an seine Freunde. Er hatte Mühe, seiner Stimme einen festen Klang zu geben. »Gut. Verschwinden wir«, sagte er rauh.

Sie stiegen die breite Treppe hinauf. Bei der gewaltigen Erschütterung waren auch die Statuen an den Wänden zerschmettert worden. Kalten ging voran und blickte die Marmortreppe hinauf. »Die Soldaten sind offenbar allesamt davongelaufen«, berichtete er.

Sephrenia löste den Zauber auf, der die Treppe blockiert hatte, und sie setzten ihren Weg fort.

»Sephrenia!« Die Stimme war kaum mehr als ein Krächzen.

»Sie lebt noch!« stellte Ulath hoffnungsvoll fest und tätschelte seine Axt.

»Das kommt hin und wieder vor«, entgegnete Sephrenia. »Manchmal braucht das Gift ein bißchen länger.«

»Sephrenia, helft mir. Bitte helft mir!«

Die zierliche Styrikerin wandte sich um und blickte zur anderen Seite des Tempels, wo Prinzessin Arissa den Kopf ein Stück gehoben hatte und um ihr Leben flehte.

Sephrenias Stimme war kalt wie der Tod. »Nein, Prinzessin«, antwortete sie. »Das werde ich nicht.« Damit drehte sie sich um und stieg, dicht gefolgt von Sperber und den anderen, weiter die Treppe hinauf.

31

Irgendwann während der Nacht hatte der Wind die Richtung geändert. Er blies nun aus dem Westen und brachte Schnee mit sich. Das heftige Unwetter der vergangenen Nacht hatte viele Häuser abgedeckt und andere völlig zum Einsturz gebracht. Auf den Straßen bedeckte bereits eine dünne Schneeschicht den Schutt. Berit hatte ihre Pferde geholt, und Sperber ritt nun mit seinen Freunden langsam dahin. Eile war nicht mehr nötig. Das Fuhrwerk, das Kalten in einer Nebenstraße entdeckt hatte, rollte hinter ihnen her. Talen saß auf dem

Kutschbock, und Bevier ruhte hinter ihm im Wagen, zusammen mit Kuriks zugedeckter Leiche. Sephrenia hatte ihnen versichert, daß Kuriks Körper vor der Verwesung bewahrt bleiben würde, die das unausbleibliche Schicksal alles Sterblichen ist. »Zumindest soviel schulde ich Aslade«, murmelte sie und drückte ihre Wange in Flötes glänzend schwarzes Haar. Sperber wunderte sich, daß er trotz allem, was geschehen war, in der Kindgöttin noch immer Flöte sah. Momentan hätte wohl niemand sie für eine Göttin gehalten. Tränen rannen über ihre Wangen. Sie klammerte sich an Sephrenia, und jedesmal, wenn sie die Augen öffnete, schrien Entsetzen und Verzweiflung aus ihnen.

Die zemochischen Soldaten und die wenigen überlebenden Azashpriester waren aus der verlassenen Stadt geflohen, und in der Leere der matschigen Straßen fanden die Schritte der Gefährten klagende Echos. Etwas Eigenartiges geschah mit Othas Hauptstadt. Die beinahe völlige Zerstörung des Tempels und des Palastes hatten Sperber und seine Gefährten erlebt. Unerklärlich erschien ihnen jedoch, was mit dem Rest der Stadt geschah. So lange konnte es gar nicht her sein, daß die Bewohner sie verlassen hatten, dennoch zerfielen ihre Häuser – nicht alle auf einmal, wie es bei der gewaltigen Explosion im Tempel hätte der Fall sein müssen, sondern einzeln oder in kleinen Gruppen von zweien oder dreien. Es war, als ginge der Verfall, der das Schicksal jeder verlassenen Stadt ist, binnen weniger Stunden statt binnen Jahrhunderten vor sich. Die Mauern gaben nach, knarrten klagend, und die Häuser fielen langsam in sich zusammen. Die Stadtmauer zerbröckelte; und selbst das Straßenpflaster hob sich und setzte sich wieder, und die Steine zerbarsten und wurden zu Schutt.

Ihr verzweifelter Plan hatte Erfolg gehabt, doch der Preis war größer, als auch nur einer von ihnen zu zahlen bereit gewesen wäre. Es war ein Erfolg ohne Triumph, ohne die Begeisterung, die ein Krieger gewöhnlich nach einem Sieg empfindet. Nicht nur die traurige Last ihres Fuhrwerks trug die Schuld an ihrer Stimmung – die Ursachen lagen tiefer.

Bevier war bleich vom Blutverlust, und seine Miene war besorgt. »Ich verstehe es immer noch nicht«, gestand er.

»Sperber ist Anakha«, erklärte Sephrenia. »Das ist ein styrisches Wort und bedeutet ›ohne Schicksal‹. Alle Menschen haben ein Los, ein Geschick – alle, außer Sperber. Irgendwie bewegt er sich außerhalb des Schicksals. Wir wußten, daß er kommen würde, aber nicht wann – ja, nicht einmal, wer er sein würde. Einen Menschen wie ihn hat es nie zuvor gegeben. Er macht sein *eigenes* Schicksal, und seine Existenz schreckt selbst die Götter.«

Sie ließen die langsam zerfallende Stadt Zemoch im dichten Schneegestöber zurück. Das mahlende Grollen und Poltern der einstürzenden Häuser verfolgte sie noch lange, während sie auf der Straße nach Korakach ritten, eine Stadt, die etwa zweihundertfünfzig Meilen südwärts lag. Am Spätnachmittag, als das Schneetreiben ein wenig nachließ, fanden sie Unterkunft für die Nacht in einem verlassenen Dorf. Alle waren unendlich müde und fanden nicht mehr die Kraft, auch nur noch eine einzige Meile weiterzureiten. Ulath bereitete ihr Abendessen zu, ohne daß er einen Versuch machte, sich mit seiner üblichen List herauszureden, und sie legten sich schlafen, noch ehe sich Dunkelheit herabsenkte.

Sperber erwachte plötzlich und stellte überrascht fest, daß er im Sattel saß. Sie ritten am Rand einer windgepeitschten Klippe entlang, gegen die sich gischtend die stürmische See warf. Der Himmel hing bedrohlich tief, und der Wind pfiff beißend kalt vom Meer her. Sephrenia ritt an der Spitze, sie hielt Flöte in den Armen. Die anderen folgten Sperber. Sie hatten die Umhänge fest um sich geschlungen und stellten sich der Kälte und dem Wind mit unbewegter Miene. Alle schienen sie da zu sein: Kalten und Kurik, Tynian und Ulath, Berit und Talen und Bevier. Ihre Pferde trotteten den gewundenen, verwitterten Weg hinauf, der dem Rand einer langen, ansteigenden Klippe zu einer Landzunge folgte, die wie ein krummer, steinerner Finger aufs Meer hinausragte. An der äußersten Spitze dieser hohen Landzunge stand ein knorriger, verkrüppelter Baum, dessen Äste der Wind peitschte.

Als sie den Baum erreichten, zügelte Sephrenia ihren Zelter, und Kurik schritt auf sie zu, um Flöte herunterzuheben. Das Gesicht des Knappen war unbewegt, und er ging stumm an Sperber vorbei. Sperber hatte das Gefühl, daß irgend etwas falsch war – auf eine schreckliche Weise falsch –, aber er wußte nicht, was.

»Also gut«, sagte das kleine Mädchen zu ihnen. »Wir sind hierhergekommen, um es zu beenden, und wir haben nicht mehr viel Zeit.«

»Was meinst du mit ›es beenden‹?« fragte Bevier.

»Meine Familie hat beschlossen, daß wir Bhelliom an einen Ort bringen, an dem weder Menschen noch Götter ihn erreichen können. Niemand darf ihn je wieder finden oder gar benutzen. Die anderen haben mir eine Stunde gegeben – und all ihre Kräfte –, um es zu vollenden. Vielleicht werdet ihr Dinge sehen, die unmöglich sind – vielleicht habt ihr sie bereits bemerkt. Denkt nicht darüber nach, und belästigt mich nicht mit Fragen. Wie gesagt, die Zeit ist knapp. Wir waren zehn, als wir uns auf den Weg machten, und diese zehn sind wir geblieben. So muß es sein.«

»Wir sollen Bhelliom ins Meer werfen?« fragte Kalten.

Aphrael nickte.

»Ist das nicht bereits einmal versucht worden?« wandte Ulath sich an sie. »Soweit ich mich erinnere, schleuderte der Graf von Heid König Saraks Krone in den Vennesee, und Bhelliom ist trotzdem wieder zum Vorschein gekommen.«

»Das Meer ist viel tiefer als der Vennesee«, entgegnete Aphrael. »Und das Wasser dort draußen ist viel tiefer als irgendwo sonst auf der Welt. Außerdem weiß niemand, wo dieser Küstenstreifen ist.«

»*Wir* schon«, widersprach Ulath.

»So? Wo liegt er denn? An welcher Küste welchen Erdteils?« Sie deutete zu den dichten Wolken empor, die über den Himmel rasten. »Und wo ist die Sonne? Wo ist Osten, wo Westen? Du weißt nur, daß wir uns an irgendeiner Küste befinden, mehr nicht. Das kannst du jedem erzählen, wenn du möchtest, und dann mag von nun an jeder Mensch auf dieser Welt ins Meer hinauswaten und nach Bhelliom suchen, ohne daß er ihn je finden wird, weil niemand genau weiß, wo er suchen muß.«

»Möchtest du, daß ich ihn ins Meer werfe?« fragte Sperber.

»Nicht sofort«, erwiderte sie. »Erst müssen wir noch etwas tun. Würdest du mir bitte den Beutel bringen, den du für mich aufbewahrt hast, Kurik?«

Kurik nickte. Er kehrte zu seinem Wallach zurück und öffnete eine seiner Satteltaschen. Wieder hatte Sperber das Gefühl, daß irgend etwas falsch war.

Kurik brachte einen Segeltuchbeutel. Er öffnete ihn und holte eine kleine Stahlschatulle mit einem aufklappbaren Deckel und einem festen Verschluß hervor und streckte ihn dem kleinen Mädchen entgegen.

Aphrael schüttelte den Kopf und hielt die Hände hinter den Rücken. »Ich will es mir nur ansehen, um mich zu vergewissern, daß es richtig ist«, sagte sie. Sie beugte sich darüber und begutachtete die Schatulle eingehend. Als Kurik den Deckel öffnete, sah Sperber, daß die Innenseite mit Gold verkleidet war. »Meine Brüder haben ihre Sache gut gemacht«, lobte Aphrael. »Sie ist perfekt.«

»Stahl rostet mit der Zeit«, gab Tynian zu bedenken.

»Nein, Lieber«, versicherte Sephrenia ihm. »Diese Schatulle wird niemals rosten.«

»Was ist mit den Trollgöttern, Sephrenia?« fragte Bevier. »Wir haben gesehen, daß sie den menschlichen Verstand beeinflussen können. Werden sie nicht jemanden rufen und dorthin führen können, wo die Schatulle versteckt ist? Ich kann mir nicht vorstellen, daß sie sich damit abfinden werden, für alle Ewigkeit am Meeresboden zu liegen.«

»Ohne Bhellioms Hilfe vermögen die Trollgötter gar nichts«, erklärte sie. »Und Bhelliom ist machtlos, solange er von Stahl umgeben ist. Er lag hilflos eingebettet in den Erzbergen Thalesiens von der Geburt dieser Welt an, bis zu dem Tag, da Ghwerig ihn befreite. Die Schatulle ist vielleicht nicht vollkommen sicher, aber ich glaube, eine bessere Möglichkeit haben wir nicht.«

»Stell die Schatulle auf den Boden, Kurik«, verlangte Flöte, »und öffne sie. Sperber, nimm Bhelliom aus dem Beutel und befiehl ihm, zu schlafen.«

»Für immer?«

»Das ist unmöglich. So lange wird diese Welt nicht bestehen, und sobald es sie nicht mehr gibt, wird Bhelliom durch nichts mehr gebunden sein.«

Sperber nahm den Kettenbeutel von seinem Gürtel und öffnete den Bindedraht. Dann drehte er den Beutel um, und die Saphirrose fiel auf seinen Handteller. Er spürte, wie sie vor Erleichterung erbebte, als sie aus ihrem stählernen Gefängnis befreit war. »Blaurose«, sagte er ruhig, »ich bin Sperber-von-Elenien. Erkennst du mich?«

Sie glühte in tiefem Blau, weder feindselig noch sonderlich freundlich. Die gedämpften Knurrlaute, die er tief in seinem Kopf hörte, verrieten Sperber jedoch, daß die Trollgötter diesen Gleichmut nicht teilten.

»Es ist Zeit für dich zu schlafen, Blaurose«, sagte Sperber zu dem Edelstein. »Du wirst keinen Schmerz verspüren, und wenn du erwachst, wirst du frei sein.«

Wieder erbebte Bhelliom leicht, und sein kristallenes Glitzern wurde sanfter, als empfände er Dankbarkeit.

»Schlaf jetzt, Blaurose«, sagte Sperber weich und hielt den unbezahlbaren Stein mit beiden Händen. Dann legte er ihn in die Schatulle und schloß den Deckel.

Wortlos reichte Kurik ihm ein kleines Vorhängeschloß mit ausgeklügeltem Mechanismus. Sperber nickte, schob den kleinen Bügel durch den Verschluß und drückte ihn klickend zu. Da erst bemerkte er, daß das Schloß kein Schlüsselloch hatte. Fragend blickte er die Kindgöttin an.

»Wirf die Schatulle ins Meer«, wies sie ihn an und beobachtete ihn gespannt.

Da spürte er, wie sehr es ihm widerstrebte. Er wußte, daß dieses Gefühl, diese Beeinflussung, nicht vom Bhelliom ausgehen konnte. Der Widerstand kam aus ihm selbst. Eine Zeitlang, ein paar Monate nur, hatte er etwas besessen, das unvergänglicher als die Sterne war, und auf eine besondere Weise hatte er, wenn er es berührte, Anteil daran gehabt. Das war es, was den Bhelliom so unvorstellbar kostbar machte – nicht seine Schönheit und Vollkommenheit, obwohl Sperber sich danach sehnte, ihn ein letztes Mal zu betrachten, ein letztes Mal dieses sanfte blaue Glühen auf seiner Handfläche zu spüren. Er wußte, daß etwas sehr Wichtiges aus seinem Leben verschwunden sein würde, sobald er Bhelliom ins Meer geworfen hatte, und daß ihn bis zu seinem Tod ein Gefühl der Leere begleiten würde, das zwar mit den Jahren schwächer werden, aber nie völlig erlöschen würde. Er wappnete sich und beschwor den Schmerz des Verlusts herbei, als könne er solcherart lernen, ihn zu ertragen. Dann holte er weit aus und warf die kleine stählerne Schatulle mit aller Kraft hinaus auf das stürmische Meer.

Die Schatulle flog über die schäumenden Wellen und fing zu glühen an, weder rot, noch blau, noch in einer anderen Farbe, sondern in einem reinen, leuchtenden Weiß. Weit flog sie, weiter als irgendein Mensch sie hätte werfen können, und fiel dann wie eine Sternschnuppe in weitem, anmutigem Bogen in die wogende See.

»War's das?« fragte Kalten. »Ist unsere Aufgabe erfüllt?«

Flöte nickte, und ihre Augen füllten sich mit Tränen. »Ihr dürft jetzt zurückkehren«, sagte sie. Sie setzte sich unter den Baum und zog traurig ihre Syrinx aus dem Kittel hervor.

»Kommst du denn nicht mit?« fragte Talen.

»Nein.« Sie seufzte. »Ich bleibe eine Weile hier.« Dann setzte sie die Hirtenflöte an die Lippen und blies eine schwermütige Weise.

Sie waren erst ein kurzes Stück geritten und hatten die klagenden Töne noch im Ohr, als Sperber über die Schulter blickte. Der Baum war noch da, Flöte jedoch nicht. »Sie hat uns wieder verlassen«, sagte er zu Sephrenia.

»Ja, Lieber.« Sie seufzte.

Der Wind nahm zu, als sie von der Landzunge ritten, und eisige Gischt sprühte auf sie hinunter. Sperber versuchte, die Kapuze seines Umhangs tiefer ins Gesicht zu ziehen, doch es nutzte nichts. Der peitschende Gischt fand trotzdem seine Wangen und Nase.

Sein Gesicht war noch naß, als er abrupt erwachte und sich aufsetzte. Er wischte sich das Salzwasser ab und langte unter seinen Kittel.

Bhelliom war nicht mehr da!

Er würde mit Sephrenia sprechen müssen, doch zuerst wollte er etwas feststellen. Er stand auf und trat aus dem Haus, in dem sie ihr Nachtlager gefunden hatten. Zwei Türen weiter an der Straße befand sich der Pferdestall, in dem sie das Fuhrwerk mit Kuriks Leichnam untergestellt hatten. Sperber zog behutsam die Decke vom Kopf seines toten Freundes und berührte das kalte Gesicht.

Es war naß, und als Sperber einen Tropfen kostete, erkannte er, daß es Meerwasser war. Lange Zeit blieb er reglos neben dem toten Freund sitzen, während sein Verstand es zu begreifen suchte. Die vereinten Kräfte der Jüngeren Götter von Styrikum waren offenbar zu *allem* imstande. Er gab es schließlich auf, nach einer Erklärung für das Geschehene zu suchen. Traum oder Wirklichkeit oder etwas dazwischen – was spielte es schon für eine Rolle? Bhelliom war jetzt in Sicherheit, und das war das einzig Wichtige.

Sie ritten südwärts nach Korakach und weiter nach Gana Dorit. Dort wandten sie sich nach Westen in Richtung Kadum an der lamorkischen Grenze. Sobald sie das Tiefland erreichten, begegneten ihnen immer wieder ostwärts fliehende zemochische Soldaten. Sie hatten keine Verwundeten dabei, was darauf schließen ließ, daß sie nicht aus einer Schlacht kamen.

Die Gefährten verspürten kein Gefühl des Triumphes oder des Sieges auf ihrem Ritt. Die Schneeflocken waren zu Regentropfen geworden, als sie aus dem Hochland hinunterritten, und das Weinen des Himmels paßte zu ihrer Stimmung. Sie tauschten keine fröhlichen Geschichten aus wie sonst, und sie machten keine Späße, während sie westwärts ritten. Sie alle waren müde und erschöpft, und sie wollten nur noch eins, nach Hause.

König Wargun lagerte mit einer riesigen Armee in Kadum. Dort wartete er darauf, daß das Wetter besser wurde und der aufgeweichte Boden trocknete. Sperber und seine Gefährten wurden zu seinem Hauptquartier geführt, das – bei Wargun zu erwarten –, in einem Wirtshaus untergebracht war.

»Na, das nenne ich eine Überraschung«, sagte der nicht mehr ganz nüchterne Monarch von Thalesien zu Patriarch Bergsten, als Sperber und seine Freunde eintraten. »Ich hätte nie gedacht, daß ich *sie* wiedersehen würde. Ho, Sperber! Kommt ans Feuer, trinkt was mit mir und erzählt, was ihr erlebt habt.«

Sperber nahm den Helm ab und schritt über den binsenbedeckten Gaststubenboden. »Wir ritten in die Stadt Zemoch, Majestät«, berichtete er knapp. »Dort töteten wir Otha und Azash. Dann machten wir uns auf den Rückweg.«

Wargun blinzelte. »Das nenn' ich kurz und bündig.« Er lachte und blickte sich mit roten Augen um. »He, du!« brüllte er einem Leibgardisten an der Tür zu. »Lauf zu Hochmeister Vanion. Sag ihm, daß seine Leute angekommen sind. Habt Ihr Eure Gefangenen sicher eingesperrt, Sperber?«

»Wir haben keine Gefangenen gemacht, Majestät.«

»Ho! *Das* ist Kriegführung nach meinem Geschmack! Aber Sarathi wird sehr verärgert sein. Er wollte Annias vor Gericht stellen!«

»Wir hätten ihn mitgebracht, Wargun«, warf Ulath ein, »doch er bot keinen sehr erfreulichen Anblick.«

»Wer von euch hat ihn getötet?«

»Es war Azash, Majestät«, erklärte Tynian. »Der Gott der

Zemocher war von Otha und Annias bitter enttäuscht. Da hat er getan, was er für angemessen hielt.«

»Was ist mit Martel – und Prinzessin Arissa – und dem Bastard Lycheas?«

»Sperber hat Martel im Zweikampf getötet«, erklärte Kalten. »Ulath hat Lycheas den Kopf abgeschlagen, und Arissa hat Gift geschluckt.«

»Ist sie gestorben?«

»Das ist anzunehmen. Sie war gerade dabei, als wir sie verließen.«

Da trat Vanion ein und eilte sogleich zu Sephrenia. Ihr Geheimnis, das im Grunde längst keines mehr war, da jeder, der nicht blind war, sehen konnte, was sie füreinander empfanden, ward nun endgültig gelüftet, als sie einander mit einer für sie beide uncharakteristischen Heftigkeit umarmten. Vanion küßte die zierliche Frau, die er seit Jahrzehnten liebte, auf die Wange. »Ich hatte schon befürchtet, ich hätte dich verloren«, gestand er.

»Du weißt, daß ich dich nie verlassen werde, Lieber«, entgegnete sie.

Sperber lächelte. Es war ein bedeutender Unterschied, wie sie dieses ›Lieber‹ zu Vanion und wie sie es zu ihm und den Gefährten sagte.

Ihr Bericht über alle Geschehnisse, seit sie Chyrellos verlassen hatten, war verhältnismäßig vollständig, abgesehen von einigen bedeutsamen theologischen Aspekten, die sie für sich behielten.

Dann erzählte Wargun, etwas unzusammenhängend und mit bierschwerer Zunge, was sich während ihrer Abwesenheit in Lamorkand und Ostpelosien getan hatte. Die Armeen des Westens waren der vor dem Feldzug in Chyrellos ausgearbeiteten Strategie gefolgt, die sich als recht wirkungsvoll erwiesen hatte.

»Und dann«, fuhr der betrunkene Monarch fort, »gerade, als wir ernsthaft kämpfen wollten, rannten diese Feiglinge davon. Warum will sich mir denn *niemand* zum Kampf stellen?«

klagte er. »Jetzt werde ich sie über alle Berge von Zemoch jagen müssen, um sie zu erwischen.«

»Warum wollt Ihr Euch die Mühe machen?« fragte Sephrenia.

»Mühe?« rief er. »Um ihnen die Lust zu nehmen, uns je wieder anzugreifen. Darum!« Wargun schwankte auf seinem Stuhl und zapfte sich aus dem Bierfaß neben ihm einen weiteren Krug voll.

»Warum wollt Ihr Eure guten Männer opfern?« fragte sie nun. »Azash ist tot. Otha ist tot. Die Zemocher werden den Westen nie wieder angreifen.«

Wargun funkelte sie an. Dann hieb er die Faust auf den Tisch. »Ich will jemand ausrotten!« brüllte er. »Ihr habt mich davon abgehalten, die Rendorer zu vernichten! Ihr habt mich nach Chyrellos gerufen, bevor ich ihnen den Garaus machen konnte! Aber ich will ein schielender Troll sein, wenn ich mir von Euch auch noch die Zemocher wegnehmen lasse!« Dann wurden seine Augen glasig; er rutschte unter den Tisch und fing zu schnarchen an.

»Euer König ist von unbeirrbarer Zielstrebigkeit, mein Freund«, wandte Tynian sich an Ulath.

»Wargun ist ein einfacher Mann.« Der Genidianer zuckte die Schultern. »In seinem Kopf ist nicht Platz für mehr als eine Idee auf einmal.«

»Ich komme mit Euch nach Chyrellos, Sperber«, sagte Vanion. »Vielleicht kann ich Euch helfen, Dolmant zu überzeugen, daß er Wargun zügeln muß.« Das war natürlich nicht der wahre Grund, weshalb Vanion sie begleiten wollte, doch Sperber dachte nicht daran, seinen Freund in Verlegenheit zu bringen.

Sie verließen Kadum früh am nächsten Morgen. Die Ritter hatten ihre Plattenpanzer abgelegt und reisten in Kettenhemden, Waffenröcken und dicken Umhängen. Dadurch kamen sie zwar nicht merklich schneller voran, aber es war doch viel bequemer. Der Regen begleitete sie tagelang als trostloses, nebeliges Nieseln, das jegliche Farbe zu schlucken schien. So ritten sie durch den Spätwinter, häufig frierend und durchnäßt. Sie kamen durch Moterra und trabten weiter nach Kadach, wo sie, nachdem sie den Fluß überquert hatten, südwärts nach Chyrellos kanterten. An einem regnerischen Nachmittag erreichten sie endlich eine Hügelkuppe, die einen Blick hinunter auf die vom Krieg verwüstete Heilige Stadt gewährte.

»Ich glaube, als erstes sollten wir uns zu Dolmant begeben«, beschloß Vanion. »Es wird einige Zeit ins Land gehen, bis ein Kurier Kadum mit einem Schreiben erreicht, das Wargun umstimmt. Ein Wetterumschwung könnte die Straßen und Wiesen in Zemoch rasch wieder passierbar machen.« Vanion hustete trocken und schmerzhaft.

»Fühlt Ihr Euch nicht gut?« erkundigte Sperber sich besorgt.

»Ich glaube, ich habe mich erkältet, weiter nichts.«

Sie ritten nicht als Helden in Chyrellos ein. Es gab keine Paraden, kein Fanfarenschmettern, keine jubelnde Menge, die Blumen warf. Tatsächlich schien niemand sie überhaupt zu erkennen, und das einzige, was geworfen wurde, als sie vorüberitten, war Müll aus den Fenstern oberer Stockwerke. Sehr wenig war instand gesetzt oder neu aufgebaut worden, seit Martels Armeen vor die Tore gejagt worden waren, und die Bürger von Chyrellos hausten in Unrat und Armut in den Ruinen.

Sie betraten die Basilika, müde vom langen Ritt und begaben sich geradewegs zur Verwaltung im ersten Stock. »Wir haben wichtige Neuigkeiten für den Erzprälaten«, wandte Vanion sich an den Kirchenmann in schwarzer Robe, der an einem mit Schnitzwerk reich verzierten Schreibtisch saß, scheinbar Papiere ordnete und sich bemühte, wichtig zu tun.

»Ich fürchte, das ist völlig unmöglich.« Der Kirchenmann blickte abfällig auf Vanions schlammbesudelte Kleidung. »Sarathi befindet sich in einer Konferenz mit einer Abordnung cammorischer Primasse. Es ist eine sehr wichtige Konferenz. Sie darf nicht durch irgendwelche unbedeutenden militärischen Nachrichten gestört werden. Versucht es morgen noch einmal.«

Vanions Nasenflügel wurden weiß, und er schlug den Umhang zurück, um seinen Schwertarm freizukriegen. Doch ehe es zu Unerfreulichem kommen konnte, näherte Emban sich auf dem Korridor. »Vanion?« rief er. »Und *Sperber*? Wann seid ihr zurückgekehrt?«

»Eben erst, Eminenz«, antwortete Vanion. »Offenbar gibt es hier einige Zweifel an unseren Befugnissen.«

»Nicht, soweit es mich betrifft. Kommt gleich mit herein.«

»Aber Eminenz!« protestierte der Kirchenmann. »Sarathi ist in einer Konferenz mit den cammorischen Patriarchen. Es warten auch noch andere Abordnungen, die viel ...« Er verschluckte den Rest, als Emban sich ihm finster zuwandte.

»Wer ist dieser Mann nur?« Emban schien die Frage der Decke zu stellen. Dann blickte er auf den Geistlichen hinter dem Schreibtisch. »Packt Eure Sachen«, wies er ihn an. »Ihr werdet Chyrellos früh am Morgen verlassen. Und nehmt genügend warme Kleidung mit. Das Kloster von Husdal liegt in Nordthalesien, und zu dieser Jahreszeit ist es dort sehr kalt.«

Die cammorischen Primasse wurden sogleich verabschiedet, und Emban führte Sperber und die anderen in die Ratskammer, wo Dolmant und Ortzel warteten.

»Warum habt ihr uns nicht benachrichtigt?« fragte Dolmant.

»Wir dachten, das würde Wargun tun«, antwortete Vanion.

»Ihr habt euch bei einer wichtigen Nachricht auf Wargun verlassen? Also, was ist geschehen?«

Sperber berichtete von ihrem Ritt nach Zemoch und den Ereignissen dort.

»Kurik?« rief Dolmant bestürzt, als Sperber vom Tod seines Knappen erzählte.

Sperber nickte.

Dolmant seufzte und senkte den Kopf. »Ich nehme an, daß es nicht ungesühnt geblieben ist!« Seine Stimme bebte vor Zorn.

»Nein, sein Sohn hat ihn gerächt, Sarathi«, versicherte ihm Sperber.

Dolmant wußte von Talens Abstammung. Er blickte den Jungen überrascht an. »Wie ist es dir gelungen, einen Krieger in voller Rüstung zu töten, Talen?« fragte er.

»Ich stach ihn in den Rücken, Sarathi«, antwortete Talen tonlos, »direkt in die Nieren. Aber Sperber mußte mir dann helfen, das Schwert in seinen Leib zu stoßen. Ich habe es allein nicht geschafft.«

»Und was soll nun aus dir werden, mein Junge?« fragte Dolmant ihn traurig.

»Wir geben ihm noch ein paar Jahre, Sarathi«, erklärte Vanion, »dann nehmen wir ihn als Ritteranwärter im pandionischen Orden auf – und Kuriks andere Söhne ebenfalls. Sperber hat Kurik sein Wort gegeben.«

»Hält es niemand für nötig, auch *mich* zu fragen?« rief Talen zornig.

»Nein«, antwortete Vanion. »Du wirst nicht gefragt.«

»Ein Ritter?« protestierte Talen. »*Ich?* Habt ihr den Verstand verloren?«

»So schlimm ist es gar nicht, Talen.« Berit grinste. »Wenn man sich erst damit abgefunden hat.«

Sperber erzählte weiter. So vieles war in Zemoch geschehen, auf das Ortzel nicht vorbereitet war und das er theologisch nicht verkraften konnte. Als der Bericht sich seinem Ende näherte, wurden seine Augen blicklos, und er saß völlig benommen da.

»Das, in groben Zügen, ist, was geschehen ist, Sarathi«, schloß Sperber. »Ich werde wohl selbst noch eine Weile über die Dinge grübeln. Für den Rest meines Lebens, wahrscheinlich – aber ich bezweifle, daß ich je alles verstehen werde.«

Dolmant lehnte sich nachdenklich auf seinem Stuhl zurück. »Ich glaube, daß der Bhelliom – und die Ringe – von der Kirche verwahrt werden sollten.«

»Tut mir leid, Sarathi«, entgegnete Sperber, »aber das ist unmöglich.«

»*Was* sagt Ihr da?«

»Wir haben ihn nicht mehr.«

»Was habt Ihr mit ihm gemacht?«

»Wir haben ihn ins Meer geworfen, Sarathi«, antwortete Bevier.

Dolmant starrte ihn bestürzt an.

Patriarch Ortzel sprang empört auf. »Ohne die Erlaubnis der Kirche?« schrie er. »Ihr habt nicht einmal Gottes Rat gesucht?«

»Wir haben auf Anweisung eines anderen Gottes gehandelt, Eminenz«, erwiderte Sperber. »Einer Göttin, genauer gesagt.«

»*Häresie!*« keuchte Ortzel.

»Nein, das glaube ich wirklich nicht, Eminenz«, widersprach Sperber. »Aphrael war es, die mir Bhelliom gebracht hat. Sie holte ihn aus dem Abgrund in Ghwerigs Höhle. Nachdem ich mit ihm getan hatte, was getan werden mußte, war es nur angemessen, Aphrael den Stein zurückzugeben. Doch sie wollte ihn nicht. Sie wies mich an, ihn ins Meer zu werfen, und das habe ich getan. Höflichkeit ist schließlich Ritterpflicht.«

»In einer solchen Lage nicht!« tobte Ortzel. »Der Bhelliom ist zu wichtig, um wie mit billigem Tand mit ihm zu verfahren! Kehrt sofort zurück, sucht ihn und händigt ihn der Kirche aus!«

»Ich glaube, er hat recht, Sperber«, sagte Dolmant ernst. »Ihr werdet ihn wiederholen müssen.«

Sperber zuckte die Schultern. »Wie Ihr wünscht, Sarathi. Wir werden mit der Suche anfangen, sobald Ihr uns sagt, in welchem Meer.«

»Aber Ihr habt doch gewiß …« Dolmant blickte sie hilflos an.

»Wir haben nicht die leisteste Ahnung, Sarathi«, versicherte ihm Ulath. »Aphrael brachte uns auf eine Klippe an irgendeiner Küste, und wir warfen Bhelliom in die See. Die Klippe kann sich an jeder Küste eines jeden Ozeans befinden. Vielleicht gar nicht auf dieser Welt. Gibt es Meere auf dem Mond? Ich fürchte, Bhelliom ist für immer fort.«

Die Kirchenmänner starrten ihn mit unverhohlener Bestürzung an.

»Ich glaube ohnehin nicht, daß Euer elenischer Gott Bhelliom überhaupt will, Dolmant«, sagte Sephrenia zu dem Erzprälaten. »Ich glaube, Euer Gott – ebenso wie alle anderen Götter – ist erleichtert, daß der Stein nie mehr auftauchen wird. Ich glaube, alle hatten Angst vor ihm. Von Aphrael weiß ich es mit Sicherheit.« Sie machte eine Pause. »Ist euch aufgefallen, wie lange und trostlos dieser Winter ist? Und wie trübsinnig alle sind?«

»Es war eine schwere Zeit, Sephrenia«, murmelte Dolmant.

»Gewiß, aber ich habe nicht bemerkt, daß Ihr vor Freude Luftsprünge gemacht habt, als Ihr hörtet, daß Azash und Otha nicht mehr sind. Nicht einmal *das* konnte Eure Stimmung bessern. Styriker glauben, daß der Winter ein Gemütszustand der Götter ist. Irgend etwas ist in Zemoch geschehen, was es nie zuvor gab. Wir haben herausgefunden, daß auch Götter sterben können. Ich bezweifle ernsthaft, daß wir Frühling in unseren Herzen spüren werden, bevor unsere Götter diesen Schreck überwunden haben. Sie sind jetzt verwirrt und verängstigt – und nicht sonderlich an uns oder unseren Problemen interessiert. Ich fürchte, sie haben es uns überlassen, allein zurechtzukommen – eine Zeitlang zumindest. Aus irgendeinem Grund wirkt offenbar nicht einmal mehr unsere Magie. Wir sind jetzt allein, Dolmant, und wir müssen diesen langen Winter ertragen, bis die Götter wiederkehren.«

Dolmant lehnte sich auf seinem Stuhl zurück. »Ihr erfüllt mich mit Zweifel, kleine Mutter.« Müde strich er sich über die Augen. »Ich will ehrlich zu Euch sein. Ich spüre diese Wintertrostlosigkeit seit gut anderthalb Monaten. Einmal bin ich mitten in der Nacht erwacht und habe haltlos geweint. Seither habe ich nicht mehr gelächelt, und seither ist mein Herz schwer. Ich dachte, es erginge nur mir so, aber vielleicht trifft das nicht zu.« Er hielt kurz inne. »Und sollte das der Fall sein, müssen wir uns auf unsere Kirchenmänner besinnen. Wir müssen unbedingt etwas finden, das die Gläubigen von dieser weltweiten Verzweiflung ablenkt – irgend etwas, das ihnen einen Lebensinhalt gibt, wenn Frohsinn schon nicht möglich ist. Was könnten wir tun?«

»Wir könnten uns der Bekehrung der Zemocher zuwenden, Sarathi«, antwortete Bevier schlicht. »Jahrtausendelang haben sie zu einem finsteren Gott gebetet. Jetzt haben sie keinen Gott mehr. Könnte es eine schönere Aufgabe für die Kirche geben?«

»Bevier«, sagte Emban mit gequälter Miene, »strebt Ihr vielleicht an, ein Heiliger zu werden?« Er wandte sich an Dolmant. »Aber es ist eine gute Idee, Sarathi. Es würde die Gläubigen von Grübelei und Trübsinn abhalten. Daran besteht kein Zweifel.«

»Dann haltet Wargun aber schnell auf, Eminenz!« riet Ulath. »Er wartet sprungbereit in Kadum. Sobald der Boden trocken genug ist, daß die Pferde nicht bis zu den Fesseln im Schlamm versinken, wird er in Zemoch einmarschieren und alles niedermachen, was sich regt.«

»Ich kümmere mich darum«, versprach Emban, »und wenn ich persönlich nach Kadum reiten und ihn Gehorsam lehren muß.«

»Azash ist – war – ein styrischer Gott«, sagte Dolmant, »und elenische Priester hatten nie viel Erfolg, Styriker zu bekehren. Sephrenia, wärt Ihr bereit, uns zu helfen? Ich bin sicher, ich werde eine Möglichkeit finden, Euch Befugnis und ein Amt zu geben.«

»Nein, Dolmant«, antwortete sie entschieden.

»Warum sagt heute jeder nein zu mir?« klagte er. »Weshalb wollt Ihr nicht, kleine Mutter?«

»Ich werde Euch nicht helfen, Styriker zu einer heidnischen Religion zu bekehren, Dolmant!«

»Heidnisch?« würgte Ortzel.

»Das ist ein Wort, das jemanden beschreibt, der nicht dem wahren Glauben angehört, Eminenz.«

»Aber die elenische Religion ist der wahre Glaube!«

»Nicht für mich, o nein! Ich finde eure Religion abstoßend. Sie ist grausam, unerbittlich, kennt kein Vergeben und ist unerträglich selbstgerecht. Sie ist ohne jede Menschlichkeit. Ich lehne sie ab. Ich will nichts mit Eurem Ökumenismus zu tun haben, Dolmant. Wenn ich euch helfen würde, die Zemocher zu bekehren, würdet ihr euch als nächstes Weststyrikum zuwenden, und *dort* würde ich dagegen kämpfen.« Plötzlich lächelte sie. Es war ein sanftes, unerwartetes Lächeln nach dem grimmigen Ausbruch. »Sobald Aphrael sich ein bißchen besser fühlt, werde ich mich mit ihr unterhalten. Vielleicht hat sie eigene Pläne mit den Zemochern.« Das Lächeln, das sie nun Dolmant schenkte, war beinahe strahlend. »Dann stünden wir auf verschiedenen Seiten, nicht wahr, Sarathi? Ich wünsche Euch trotzdem das Beste, alter Freund. Doch wie es so schön heißt: Möge der Bessere gewinnen.«

Das Wetter änderte sich nur wenig, während sie westwärts ritten. Es regnete zwar kaum noch, doch der Himmel blieb bewölkt, und der manchmal stürmische Wind war immer noch eisig. Ihr nächstes Ziel war Demos. Sie brachten Kurik heim. Sperber hatte Angst davor, Aslade gestehen zu müssen, daß er ihren Mann schließlich doch in den Tod geführt hatte. Die Trübsal, die sich nach Azashs Tod über die Erde gebreitet hatte, wurde für Aslade durch diese traurige Nachricht noch vertieft.

Die Waffenschmiede des pandionischen Ordenshauses in Chyrellos hatten die Dellen in den Rüstungen der Freunde ausgehämmert und sogar den größten Teil des Rostes wegfeilen können. Ein schwarzer geschmückter Wagen transportierte Kuriks Leiche.

In einem Wäldchen unweit der Straße, etwa fünfzehn Meilen vor Demos, schlugen sie ihr Lager auf. Sperber und die übrigen Ritter überprüften und polierten noch einmal ihre Plattenpanzer. Sie hatten wortlos beschlossen, am nächsten Tag ihre Paraderüstungen zu tragen. Als Sperber mit dem Aussehen der seinen zufrieden war, schritt er durch das Lager zu dem schwarzen Wagen, der ein Stück vom Feuer entfernt stand. Talen erhob sich und begleitete ihn.

»Sperber«, sagte er.

»Ja?«

»Ihr habt das doch nicht ernst gemeint, oder?«

»Wovon sprichst du?«

»Daß Ihr mich als Pandioner ausbilden lassen wollt.«

»Natürlich meine ich das ernst. Ich habe deinem Vater einiges versprechen müssen.«

»Ich laufe weg!«

»Ich erwische dich schon – oder ich lasse dich von Berit zurückholen.«

»Das ist nicht recht!«

»Du hast doch nicht erwartet, daß alles im Leben recht ist, oder?«

»Sperber, ich will nicht auf eine Ritterschule gehen.«

»Es läuft nicht immer alles so, wie wir es möchten, Talen. Es ist deines Vaters Wunsch, und ich werde Kurik nicht enttäuschen.«

»Und was ist mit mir? Was ist mit *meinen* Wünschen?«

»Du bist jung. Du wirst dich an dieses Leben gewöhnen. Vielleicht wird es dir mit der Zeit sogar gefallen.«

»Wohin gehen wir?« fragte Talen schmollend.

»Ich will deinen Vater besuchen.«

»Oh. Dann kehre ich zum Feuer zurück. Ich möchte ihn lieber so in Erinnerung behalten, wie er war.«

Der Wagen knarrte, als Sperber hineinkletterte und sich neben seinen toten Knappen setzte. Er schwieg eine Zeitlang. Sein Schmerz und seine Bitterkeit hatten sich erschöpft und waren einem tiefen Bedauern gewichen. »Wir sind einen langen Weg miteinander gegangen, nicht wahr, alter Freund?« sagte er schließlich. »Jetzt bringen wir dich nach Hause zur letzten Ruhe, und ich muß meinen Weg alleine gehen.« Er lächelte schwach in der Dunkelheit. »Das war wirklich rücksichtslos von dir, Kurik. Ich hatte gehofft, wir würden gemeinsam alt werden – älter, meine ich.«

Eine Weile saß er wieder ganz still. »Für deine Söhne habe ich gesorgt«, fügte er dann hinzu. »Du wirst sehr stolz auf sie sein können – sogar auf Talen, auch wenn es vielleicht noch geraume Zeit dauern wird, ehe er sich mit dem Gedanken anfreunden wird, ein achtbares Leben zu führen.«

Wieder machte Sperber eine Pause. »Ich werde Aslade die traurige Nachricht so schonend wie möglich beibringen«, versprach er. Dann legte er die Hand auf die kalten Finger Kuriks. »Ruhe sanft, mein Freund.«

Doch wovor Sperber am meisten gegraut hatte, nämlich Aslade zu berichten, war nicht mehr notwendig. Sie wußte bereits alles. Sie trug schwarze ländliche Tracht, als sie ihm am Tor des Hofes entgegenkam, in den sie und ihr Mann so viele Jahre Arbeit gesteckt hatten. Ihre vier Söhne, so groß und rank wie junge Bäume, trugen ebenfalls ihren Festtagsstaat. Ihre ernsten Gesichter sagten Sperber, daß er sich seine mühsam vorbereitete Rede sparen konnte. »Kümmert euch um euren Vater«, wies Aslade ihre Söhne an.

Sie nickten und traten an den schwarzen Wagen.

»Wie hast du es erfahren?« fragte Sperber, nachdem Aslade ihn umarmt hatte.

»Das kleine Mädchen hat es uns gesagt«, antwortete sie leise. »Die Kleine, die ihr dabeigehabt hattet, als ihr damals auf dem Weg nach Chyrellos gewesen seid. Sie erschien plötzlich an der Tür und sagte es uns. Dann ging sie wieder.«

»Du hast ihr geglaubt?«

Aslade nickte. »Ich mußte es. Sie ist so gar nicht wie andere Kinder.«

»Stimmt. Es tut mir unsagbar leid, Aslade. Als Kurik älter wurde, hätte ich dafür sorgen müssen, daß er zu Hause bleibt.«

»Nein, Sperber. Das hätte ihm das Herz gebrochen. Aber du wirst mir jetzt bei etwas helfen müssen.«

»Alles, was du willst, Aslade.«

»Ich muß mit Talen reden.«

Sperber winkte den jungen Dieb herbei.

»Talen«, sagte Aslade, »wir sind sehr stolz auf dich, weißt du.«

»Auf mich?«

»Du hast den Tod deines Vaters gerächt. Deine Brüder und ich danken dir dafür.«

Er starrte sie an. »Soll das heißen, daß Ihr es gewußt habt? Von Kurik und mir, meine ich?«

»Natürlich habe ich es gewußt. Schon lange. Und jetzt sage ich dir, was du tun wirst – und wenn du dich weigerst, wird Sperber dich übers Knie legen. Du wirst nach Cimmura reiten und deine Mutter hierherbringen.«

»Was?«

»Ich habe mich ein paarmal mit ihr getroffen. Ich habe sie in Cimmura besucht, kurz bevor du auf die Welt kamst. Ich wollte mit ihr reden, damit wir entscheiden könnten, wer von uns die Bessere für deinen Vater wäre. Sie ist ein nettes Mädchen – ein bißchen mager vielleicht, aber wenn sie erst hier ist, werde ich dafür sorgen, daß sie Fleisch auf die Knochen kriegt. Wir alle werden hier leben, bis ihr Jungs eure Noviziate beginnt. Dann hat es sein Gutes, daß wir nicht allein sein werden, sie und ich.«

»Ihr wollt, daß *ich* auf einem Bauernhof lebe?« fragte er ungläubig.

»Dein Vater hätte es gewollt, und ich bin sicher, deine Mutter möchte es ebenfalls, genau wie ich. Du bist doch ein zu lieber Junge, als daß du uns drei enttäuschen würdest.«

»Aber …«

»Bitte, widersprich mir nicht, Talen. Es ist bereits alles geklärt. So, und jetzt gehen wir ins Haus. Ich habe Abendessen für uns gekocht und möchte nicht, daß es kalt wird.«

Am nächsten Mittag beerdigten sie Kurik unter einer hohen Ulme auf einem Hügel, der über den Hof schaute. Der Himmel war den ganzen Vormittag düster grau gewesen, doch die Sonne kam heraus, als Kuriks Söhne ihren Vater den Hang hinauftrugen. Sperber war kein so guter Wetterprophet, wie sein Knappe es gewesen war, aber das plötzliche Erscheinen eines Fleckens Blau am Himmel und Sonnenschein direkt über dem Anwesen und sonst nirgendwo – das gab ihm zu denken.

Das Begräbnis war schlicht, doch ergreifend. Der Priester der Gemeinde, zu welcher der Hof gehörte, war ein alter, tattriger Mann. Er hatte Kurik schon als Kind gekannt und sprach am Grab weniger von Trauer als von Liebe. Als die Beerdigung zu Ende war, schritt Khalad, Kuriks Ältester, neben Sperber den Hügel hinunter. »Ich fühle mich geehrt, daß Ihr mich für würdig haltet, ein Pandioner zu werden, Ritter Sperber«, sagte er. »Aber ich fürchte, ich muß ablehnen.«

Sperber blickte den stämmigen jungen Mann mit dem offenen Gesicht an, dem der erste, schwarze Bartflaum sproß.

»Es ist nichts Persönliches, Ritter Sperber«, versicherte Khalad. »Es ist nur so, daß mein Vater andere Pläne mit mir hatte. In ein paar Wochen – wenn es Euch dann recht ist – werde ich mich Euch in Cimmura anschließen.«

»Das wirst du?« Sperber war verblüfft, mit welcher Selbstverständlichkeit der Junge sprach.

»Natürlich, Ritter Sperber. Ich werde die Pflichten meines Vaters übernehmen. Das ist Familientradition. Mein Großvater diente dem Euren – und Eurem Vater, und mein Vater diente Eurem Vater und Euch. Ich werde also weitermachen, wo mein Vater aufhörte.«

»Möchtest du denn kein pandionischer Ritter werden, Khalad?«

»Was ich möchte, ist nicht wichtig, Ritter Sperber. Ich habe andere Pflichten.«

Sie verließen den Hof am nächsten Morgen. Kalten ritt an die Spitze zu Sperber. »Schöne Beerdigung«, bemerkte er, »sofern Beerdigungen schön sein können. Ich persönlich behalte meine Freunde lieber um mich.«

»Würdest du mir bei einem Problem helfen?« fragte Sperber.

»Ich dachte, wir hätten bereits alle getötet, die sich mit uns angelegt haben.«

»Kannst du denn gar nicht ernst sein?«

»Du verlangst viel, Sperber, aber ich will es versuchen. Was ist das für ein Problem?«

»Khalad besteht darauf, mein Knappe zu werden.«

»Na und? Die Burschen vom Land treten nun mal in die Fußstapfen ihrer Väter.«

»Ich möchte aber, daß er pandionischer Ritter wird.«

»Ich sehe das Problem immer noch nicht. Dann laß ihn doch Ritter werden.«

»Er kann nicht Knappe und Ritter gleichzeitig sein, Kalten.«

»Warum nicht? Nimm *dich*, beispielsweise. Du bist pandionischer Ritter, Mitglied des Königlichen Rates, Streiter der Königin *und* Prinzgemahl. Khalad hat breite Schultern. Er kann beidem gerecht werden.«

Je länger Sperber darüber nachdachte, desto besser gefiel es ihm. »Kalten ...« Er lachte. »Was würde ich ohne dich anfangen?«

»Dir den Kopf zerbrechen, nehme ich an. Du komplizierst die Dinge zu sehr, Sperber. Versuch doch mal, sie ganz einfach so zu sehen, wie sie sind.«

»Danke!«

»Nichts zu danken.«

Es regnete. Ein weiches, silbriges Nieseln fiel aus dem spätnachmittäglichen Himmel und verschleierte die wuchtigen Wachttürme der Stadt Cimmura. Ein einsamer Reiter näherte sich der Stadt. Er hatte sich in einen dunklen, dicken Reiseumhang gehüllt und ritt einen großen, zottigen Fuchshengst mit langer Nase und boshaften Augen.

»Hat ganz den Anschein, als kämen wir immer im Regen nach Cimmura zurück, nicht wahr, Faran?« sagte der Reiter zu seinem Pferd.

Faran zuckte mit den Ohren.

Sperber hatte sich am Morgen von seinen Freunden getrennt und war vorausgeritten. Alle wußten warum und hatten nicht versucht, ihm ihre Begleitung aufzudrängen.

»Wir können eine Nachricht ins Schloß schicken, um Eure Ankunft zu melden, wenn Ihr möchtet, Prinz Sperber«, erbot sich einer der Wachen am Osttor. Ehlana hatte offenbar diesen neuen Titel für ihn befohlen. Sperber wünschte, sie hätte es nicht getan. Es würde eine Weile brauchen, sich daran zu gewöhnen.

»Danke, Nachbar, aber ich möchte meine Gemahlin lieber überraschen. Sie ist jung genug, daß ihr Überraschungen Freude machen.«

Der Wächter grinste ihn an.

»Kehrt ins Wachthaus zurück, Nachbar«, riet ihm Sperber. »Bei dem Wetter erkältet Ihr Euch im Freien nur.«

Er ritt in die Stadt. Bei diesem Regen blieben die Leute lieber im Haus, und so klapperten Farans beschlagene Hufe auf den nassen Kopfsteinen fast leerer Straßen.

Sperber saß im Schloßhof ab und reichte einem Stallburschen Farans Zügel. »Behandelt ihn vorsichtig, Nachbar«, warnte er. »Er ist launenhaft. Gebt ihm etwas Heu und Hafer, und seid so gut und striegelt ihn. Er hat einen anstrengenden Ritt hinter sich.«

»Ich kümmere mich darum, Prinz Sperber.« Da war es schon wieder! Sperber beschloß, ein ernstes Wort mit seiner Gemahlin zu reden.

»Faran«, wandte er sich an sein Pferd, »daß du dich benimmst!«

Der große Fuchshengst bedachte ihn mit einem unfreundlichen Blick.

»Es war ein guter Ritt«, lobte Sperber ihn und legte eine Hand auf Farans muskulösen Nacken. »Ruh dich aus.« Dann drehte er sich um und stieg die Freitreppe hinauf. »Wo ist die Königin?« fragte er einen Gardisten am Eingang.

»In der Ratskammer, glaube ich, Prinz Sperber.«

Die tamulische Riesin Mirtai trat gerade aus der Ratskammer, als er die Tür erreichte. »Warum habt Ihr so lange gebraucht?« Sie war offenbar nicht überrascht.

»Es gab so einiges zu tun.« Er zuckte die Schultern. »Ist sie da drinnen?«

Mirtai nickte. »Mit Lenda und den Dieben. Es geht um die Ausbesserung der Straßen.« Sie hielt kurz inne. »Begrüßt sie nicht *zu* stürmisch, Sperber«, mahnte sie. »Sie ist schwanger.«

Sperber starrte sie wie gelähmt an.

»Nanu?« sagte Mirtai. »Hattet ihr beide das in eurer Hochzeitsnacht denn nicht im Sinn?« Wieder machte sie eine Pause. »Was ist eigentlich aus diesem o-beinigen Mann geworden, der sich den Kopf kahl schert?«

»Kring? Der Domi?«

»Was bedeutet ›Domi‹?«

»So was Ähnliches wie Häuptling. Er ist der Führer seines Volkes. Als ich ihn das letztemal sah, hat er an einem Plan gearbeitet, die Zemocher in eine Falle zu locken, damit er sie niedermachen konnte.«

Mirtais Augen leuchteten plötzlich warm.

»Warum fragt Ihr?« erkundigte er sich.

»Nur so. Reine Neugier.«

»Aha.«

Sie betraten die Ratskammer, und Sperber öffnete den Verschluß am Hals seines triefnassen Umhangs. Wie der Zufall es wollte, hatte die Königin von Elenien, als die beiden hereinkamen, den Rücken der Tür zugewandt. Sie, der Graf von Lenda, Platime und Stragen hatten einen großen Stadtplan auf dem Ratstisch ausgebreitet. »Ich habe mir dieses Stadtviertel angesehen«, sagte sie mit Nachdruck »Die Straßen sind in einem so schlechten Zustand, daß Ausbessern nicht genügen wird. Sie müssen völlig neu gepflastert werden.«

Ihre wohlklingende Stimme rührte Sperbers Herz, sogar wenn sie in so sachlichem Tonfall sprach wie jetzt. Er lächelte und legte seinen nassen Umhang über einen Stuhl neben der Tür.

»Wir können damit aber nicht vor dem Frühjahr beginnen, Majestät«, gab Lenda zu bedenken. »Und selbst dann wird es schwerfallen, genügend Arbeiter zu finden, ehe nicht die Armee aus Lamorkand zurückkehrt und ...« Er brach ab und starrte erstaunt auf Sperber.

Der Prinzgemahl legte einen Finger an die Lippen und ging zum Tisch. »Ich widerspreche Ihrer Majestät nur ungern«, sagte er sachlich, »aber ich glaube, Ihr solltet Euch zuerst einmal mit den Landstraßen befassen. Schlechte Straßen in der Stadt sind zwar unangenehm für die Einwohner, aber wenn die Bauern ihre Produkte nicht zum Markt bringen können, ist es mehr als nur unangenehm.«

»Das *weiß* ich, Sperber«, murmelte sie, während sie immer noch die Karte studierte, »aber ...« Sie hob das makellose junge Gesicht. Ihre Augen waren weit aufgerissen. »Sperber?« hauchte sie.

»Ich bin wirklich der Meinung, Majestät sollten sich vorrangig mit den Landstraßen befassen«, fuhr er ernsthaft fort. »Die Straße zwischen hier und Demos ist wahrhaftig in einem grauenvollen ...« Weiter kam er nicht.

»Vorsichtig!« mahnte ihn Mirtai, als Ehlana sich in seine Arme warf. »Denkt daran, was ich Euch draußen gesagt habe!«

»Wann bist du zurückgekommen?« fragte Ehlana.

»Soeben. Die anderen kommen auch bald. Ich bin vorausgeritten – aus mehreren Gründen.«

Sie lächelte und küßte ihn.

»Meine Herren«, wandte Lenda sich an Platime und Stragen, »wir sollten unsere Besprechung später fortsetzen.« Er lächelte. »Ich glaube nicht, daß wir uns heute abend noch der vollen Aufmerksamkeit Ihrer Majestät versichern können.«

»Würde es euch sehr viel ausmachen?« fragte Ehlana sie mit kleinmädchenhafter Stimme.

»Natürlich nicht, Schwesterchen«, erwiderte Platime. Er grinste Sperber an. »Wie schön, daß Ihr zurück seid, mein Freund. Vielleicht könnt Ihr Ehlana soweit ablenken, daß sie ihr Näschen nicht in die Einzelheiten bestimmter öffentlicher Projekte steckt, an denen ich interessiert bin.«

»Wir haben gesiegt, nehme ich an.« Stragen blickte Sperber an.

»Ja, obwohl ...« Sperber dachte an Kurik. »Jedenfalls werden Otha und Azash uns nicht mehr belästigen.«

»Das ist das Wichtigste«, entgegnete der blonde Dieb. »Näheres könnt Ihr uns ja später erzählen.« Er blickte in Ehlanas strahlendes Gesicht. »*Viel* später, nehme ich an.«

»Stragen«, sagte Ehlana fest.

»Ja, Majestät?«

»Hinaus!« Sie deutete gebieterisch zur Tür.

»Jawohl, Majestät.«

Sperber und seine junge Gemahlin zogen sich kurz darauf in die königliche Gemächerflucht zurück. Nur Mirtai begleitete sie. Sperber wußte nicht so recht, wie lange die tamulische Riesin zu bleiben gedachte. Er wollte sie ja nicht kränken, aber ...

Doch Mirtai war sehr geschäftig. Sie erteilte Anweisungen an die Leibdienerschaft der Königin – Anweisungen, die mit heißen Bädern, Mahlzeiten und dergleichen zu tun hatten, und endete mit dem Befehl, die Königin und ihren Gemahl nicht mehr zu stören. Nachdem alles in den königlichen Gemächern zu ihrer Zufriedenheit geregelt war, ging sie zur Tür und zog einen großen Schlüssel von ihrem Schwertgurt. »Braucht Ihr sonst noch etwas, Ehlana?« fragte sie.

»Nein, Mirtai«, antwortete die Königin. »Und vielen, vielen Dank.«

Mirtai zuckte die Schultern. »Es gehört alles zu meinen Pflichten. – Vergeßt nicht, was ich gesagt habe, Sperber.« Sie tippte mit dem Schlüssel an die Tür. »Ich lasse euch morgen früh raus.« Dann ging sie und verschloß die Tür hinter sich. Das Geräusch des Schlüssels, der sich im Schloß drehte, war sehr laut.

»Sie kommandiert mich immer herum.« Ehlana lachte ein wenig hilflos. »Aber wenn ich ihr etwas befehle, ist sie vollkommen taub.«

»Sie ist gut für dich, Liebling.« Sperber lächelte. »Sie holt dich wieder auf den Teppich, wenn du den Boden unter den Füßen verlierst.«

»Geh und bade, Sperber«, befahl Ehlana. »Du riechst nach Rost. Wenn du dich frisch gemacht hast, erzählst du mir alles, was geschehen ist. Oh, da ich gerade daran denke, ich möchte jetzt meinen Ring zurück, wenn du nichts dagegen hast.«

Er streckte die Hände aus. »Welcher ist deiner?« fragte er. »Ich kann sie beim besten Willen nicht unterscheiden.«

»Der, natürlich.« Sie deutete auf den Ring an seiner Linken.

»Woher weißt du das?« fragte er. Er nahm den Ring ab und steckte ihn an ihren Finger.

»Das sieht doch jeder, Sperber.«

»Wenn du meinst.« Er zuckte die Schultern.

Sperber war es nicht gewöhnt, in der Gegenwart junger Damen zu baden, doch Ehlana wollte ihn offenbar nicht aus ihrem Blickfeld entschwinden lassen. So begann er bereits zu erzählen, während er badete, und fuhr während des Essens fort. Es gab manches, was Ehlana nicht verstand, und einiges, was sie mißverstand, aber sie akzeptierte das meiste, was geschehen war. Als er ihr von Kuriks Tod berichtete, weinte sie, und ihre Miene wurde hart, als er das Ende von Annias, ihrer Tante und ihrem Vetter Lycheas schilderte. Einiges beschönigte er, anderes erwähnte er erst gar nicht. Er fand die ausweichende Phrase »du hättest dabeisein müssen« mehrmals sehr nützlich. Besonders vermied er jegliche Erwähnung des Trübsinns, der seit der Vernichtung Azashs fast die ganze Welt befallen zu haben schien. Das war bestimmt nicht das richtige Thema für eine junge Frau in den ersten Monaten ihrer ersten Schwangerschaft.

Als sie sich dann in der gemütlichen Dunkelheit zusammenkuschelten, erzählte Ehlana ihm, was sich während seiner Abwesenheit im Westen getan hatte.

Vielleicht lag es daran, daß sie sich im Bett befanden, wo Träume üblich sind, aber wie auch immer, sie kamen auf Träume zu sprechen. »Es war so eigenartig, Sperber«, sagte Ehlana und schmiegte sich an ihn. »Ein Regenbogen bedeckte den ganzen Himmel, und wir waren auf einer Insel, dem wunderschönsten Ort, den ich je gesehen hatte. Es gab Bäume – sehr alte – und einen Marmortempel mit prächtigen weißen Säulen, und ich wartete dort auf dich und unsere Freunde.

Und dann seid ihr gekommen, jeder von einem herrlichen weißen Tier geleitet. Sephrenia wartete bei mir. Sie sah sehr jung aus, wie ein Mädchen. Auch ein Kind war bei uns. Es blies auf einer Hirtenflöte und tanzte. Sie war fast wie eine kleine Kaiserin. Jeder gehorchte ihren Befehlen.« Ehlana kicherte. »Sie hat dich einen brummigen alten Bären genannt! Dann fing sie an, über Bhelliom zu sprechen. Es war sehr tiefgründig, und ich habe nur wenig davon verstanden.«

Sperber erinnerte sich. Der Traum war also nicht auf ihn und seine Gefährten beschränkt gewesen. Aber weshalb hatte Aphrael Ehlana einbezogen?

»Das war in etwa das Ende dieses Traums«, fuhr sie fort. »Und den nächsten kennst du so gut wie ich.«

»So?«

»Du hast ihn mir eben beschrieben, bis zur letzten Einzelheit. Aus irgendeinem Grund träumte ich alles, was im Azashtempel in Zemoch geschehen ist. Mir sind Schauder über den Rücken gelaufen, als du es mir erzählt hast.«

»Zerbrich dir nicht den Kopf darüber.« Er bemühte sich um einen gleichmütigen Tonfall. »Wir sind einander sehr nahe, weißt du. Da ist es wirklich nicht ungewöhnlich, daß du meine Gedanken kennst.«

»Meinst du das ernst?«

»Natürlich. So etwas kommt immer wieder vor. Du kannst jede verheiratete Frau fragen. Sie wird dir sagen, daß sie immer weiß, was in ihrem Mann vorgeht.«

»Hm«, murmelte sie zweifelnd. »Vielleicht.« Sie schmiegte sich noch dichter an ihn. »Sehr zärtlich bist du aber heute nicht«, beklagte sie sich. »Liegt es daran, daß ich dick und häßlich werde?«

»Natürlich nicht. Aber du mußt dich schonen. Mirtai hat mich mehrmals ermahnt, nur ja vorsichtig zu sein. Sie sticht mir die Leber aus, wenn sie glaubt, daß ich dir weh getan habe.«

»Mirtai ist nicht hier, Sperber!«

»Aber sie ist trotzdem die einzige mit einem Schlüssel zu dieser Tür.«

»O nein, ist sie nicht«, sagte Ehlana selbstzufrieden und langte unter ihr Kopfkissen. »Die Tür läßt sich von jeder Seite verschließen und nur öffnen, wenn sie auf beiden Seiten aufgesperrt ist.« Sie reichte ihm einen großen Schlüssel.

»Eine sehr nützliche Tür.« Er lächelte. »Wie wär's, wenn ich einfach ins andere Gemach laufe und sie von dieser Seite zusperre?«

»Ja, tu das. Und verirr dich auf dem Weg zurück ins Bett nicht. Mirtai hat dir gesagt, du sollst vorsichtig sein, also mußt du das nun eine Zeitlang üben.«

Später – eine ziemliche Zeit später – stahl Sperber sich aus dem Bett und trat ans Fenster, um in die regnerische Nacht hinauszuschauen. Es war vorbei. Er würde jetzt nicht mehr vor Sonnenaufgang aufstehen, um die verschleierten Frauen von Jiroch im stahlgrauen Licht des Morgengrauens zum Brunnen gehen zu sehen. Er würde nicht mehr auf fremden Straßen in fernen Ländern reiten mit der Saphirrose an seinem Herzen. Er war zurückgekehrt, älter und trauriger, gewiß, und sich vieler Dinge, die er früher für selbstverständlich erachtet hatte, weniger sicher. Doch er war endlich heimgekommen. Seine Kriege waren zu Ende, hoffte er, seine Reisen abgeschlossen. Sie nannten ihn Anakha, den Mann, der sein eigenes Geschick schmiedet, und er sagte sich mit grimmiger Entschlossenheit, daß er seine Bestimmung hier in dieser unschönen Stadt gefunden hatte, bei der schönen jungen Frau, die nur ein paar Schritte entfernt schlief.

Es tat gut, dies zu wissen, und mit einem Gefühl der Genugtuung kehrte er zu seiner Gemahlin ins Bett zurück.

EPILOG
APHRAEL

Der Frühling kam in diesem Jahr nur widerwillig, und ein unerwarteter Spätfrost vernichtete die Blüten aller Obstbäume. Der Sommer war naß und trüb und die Ernte gering.

Die Armeen Westeosiens kehrten aus Lamorkand zurück, um sich sogleich der undankbaren Aufgabe zu widmen, auf kargen Äckern zu fronen, wo lediglich Disteln üppig gediehen. In Lamorkand kam es zum Bürgerkrieg, doch das war nichts Ungewöhnliches. In Pelosien fand ein Aufstand der Leibeigenen statt, und die Zahl der Bettler vor den Kirchen und Stadttoren wuchs drastisch.

Sephrenia nahm die Nachricht von Ehlanas Schwangerschaft mit Erstaunen auf. Die unleugbare Tatsache, daß die junge Königin guter Hoffnung war, schien sie sehr zu verblüffen, und diese Verblüffung machte sie launenhaft, ja reizbar. Schließlich gebar Ehlana ihr erstes Kind, eine Tochter, die sie und Sperber Danae nannten. Sephrenia untersuchte das Neugeborene gründlich, und irgendwie hatte Sperber das Gefühl, daß seine Lehrerin es beinahe als persönliche Kränkung empfand, daß Prinzessin Danae völlig normal und kerngesund war.

Mirtai änderte ungerührt den Tagesplan der Königin, indem sie Ehlanas übrigen königlichen Pflichten das Stillen hinzufügte. Es sollte hier erwähnt werden, daß Ehlanas Kammerfrauen Mirtai aus Eifersucht haßten, obgleich die Riesin nie eine von ihnen angegriffen oder auch nur scharf zurechtgewiesen hatte.

Die Kirche gab bald ihre grandiosen Pläne im Osten auf und wandte sich statt dessen dem Süden zu, um die Gelegenheit zu nutzen, die sich ihr dort bot. Martels Rekrutierung der fanatischsten Eshandisten und seine Niederlage in Chyrellos hatte die Reihen dieser Sekte gelichtet und Rendor reif für die Wiedereingliederung in die Gemeinschaft der Gläubigen gemacht. Obgleich Dolmant seine Priester im Geist der Liebe und Versöhnung nach Rendor sandte, hielt dieser Geist bei den meisten seiner Missionare nur solange an, wie die Kuppel der Basilika zu sehen war. Die Missionen in Rendor hatten in der Regel den Charakter eines Strafgerichts, worauf die Rendorer auf vorhersehbare Weise reagierten. Nachdem einige der Missionare, die sich besonders unbeliebt gemacht hatten, ermordet worden waren, wurden immer größere Abteilungen Ordensritter in dieses südliche Reich geschickt, um die unwillkommene Geistlichkeit und ihre kärgliche Gemeinde Bekehrter zu beschützen. Eshandistische Gesinnung begann neu zu erwachen, und wieder verbreiteten sich Gerüchte von geheimen Waffenlagern in der Wüste.

Der zivilisierte Mensch hält seine Städte für die Krönung seiner Kultur und ist anscheinend nicht in der Lage zu begreifen, daß das Fundament eines jeden Königreichs sein Grund und Boden ist. Wenn die Landwirtschaft eines Staates nicht mehr floriert, müssen Handel und Handwerk darunter leiden, und Regierungen, deren Einnahmen zurückgehen, schrecken auch vor den schlimmsten Formen der Besteuerung nicht zurück und häufen neue Lasten auf die bereits notleidende Bauernschaft. Sperber und Graf von Lenda führten lange und dermaßen erbitterte Streitgespräche über diesen Punkt, daß sie zeitweilig gar nicht mehr miteinander redeten.

Hochmeister Vanions Gesundheit verschlechterte sich im Lauf der Monate zusehends. Sephrenia behandelte seine vielen Gebrechen, so gut sie es vermochte, doch schließlich, an einem stürmischen Herbstmorgen, wenige Monate nach der Geburt von Prinzessin Danae, waren beide nicht mehr auffindbar. Und als ein weißgewandeter Styriker im Mutterhaus der Pandioner in Demos erschien und erklärte, daß er Sephrenias Pflichten übernehme, war Sperbers schlimmster Verdacht bestätigt.

Trotz seiner Einwände, er habe ältere Verpflichtungen, mußte er die Aufgaben seines alten Freundes als Hochmeister übernehmen, ein Amt, das Dolmant ihm auf Dauer übertragen wollte, obwohl Sperber sich hartnäckig dagegen sträubte. Ulath, Tynian und Bevier kamen hin und wieder zu Besuch. Was sie von den Geschehnissen in ihren Heimatländern berichteten, war so wenig erfreulich wie die Nachrichten, die Sperber aus den umliegenden Gebieten Eleniens erhielt. Platime berichtete ernst, daß seine Informanten ihm von überall Hungersnot, Seuchen und Unruhen meldeten.

»Schwere Zeiten, Sperber«, sagte der fette Dieb und zuckte die Schultern. »Egal, wie sehr wir uns bemühen, sie von uns fernzuhalten, es kommen immer wieder harte Zeiten.«

Sperber ließ Kuriks vier ältere Söhne als pandionische Novizen aufnehmen und setzte sich über Khalads Einwände hinweg. Da Talen noch zu jung für eine militärische Ausbildung war, wurde er im Schloß als Page eingesetzt, wo Sperber ihn im Auge behalten konnte. Stragen, unberechenbar wie immer, kam häufig nach Cimmura. Mirtai wachte über Ehlana und ging streng mit ihr ins Gebet, wenn es nötig war. Lachend wies sie die wiederholten Heiratsanträge Krings zurück, der immer wieder einen Vorwand fand, quer durch den Kontinent von Ostpelosien nach Cimmura zu reiten.

Die Jahre zogen dahin, doch die Lage besserte sich nicht. Dem ersten Jahr fast ständigen Regens folgten drei Jahre Dürre. Nahrungsmittel waren knapp, und den Regierungen von Eosien mangelte es an Einnahmen. Ehlanas bleiches schönes Gesicht war von Sorgen gezeichnet, obwohl Sperber ihr soviel Last wie nur möglich abnahm.

Es war an einem klaren, kalten Nachmittag im Spätwinter, als der Prinzgemahl etwas Unvorstellbares erlebte. Er hatte den Vormittag in einem heftigen Streit mit Lenda über eine neue Steuer verbracht. Lenda war ausfallend geworden und hatte Sperber beschuldigt, in seiner übertriebenen Sorge um das Wohlergehen der verwöhnten, faulen Bauernschaft die Regierung systematisch zugrunde zu richten. Sperber hatte sich schließlich durchgesetzt, war aber nicht sonderlich glücklich darüber, denn jeder Sieg trieb den Keil zwischen ihm und seinem alten Freund noch tiefer.

Er saß in trübsinniger Unzufriedenheit am Kamin in den königlichen Gemächern und hatte ein halbes Auge auf seine spielende vierjährige Tochter, die Prinzessin Danae. Seine Gemahlin, in Begleitung von Mirtai und Talen, hatte irgend etwas in der Stadt zu erledigen, und so waren Sperber und die kleine Prinzessin allein.

Danae war ein ernstes Kind mit glänzend schwarzem Haar, großen, nachtschwarzen Augen und einem Mund wie eine Rosenknospe. Trotz ihrer Ernsthaftigkeit war sie zärtlich und überschüttete ihre Eltern häufig urplötzlich mit Küssen. Momentan war sie vor dem Kamin ganz und gar in ihr Ballspiel vertieft.

Es war der Kamin, der alles offenbarte und Sperbers Leben für immer veränderte. Danae verschätzte sich, und ihr Ball landete im Feuer. Ohne zu überlegen rannte sie zum Kamin, und ehe ihr Vater sie aufzuhalten vermochte, langte sie in die Flammen und holte ihren Ball heraus. Sperber sprang mit einem verzweifelten Schrei auf und eilte zu ihr. Er riß sie in die Arme und untersuchte ihre Hand.

»Was hast du denn, Vater?« fragte sie ihn ganz ruhig. Prinzessin Danae war ein frühreifes Kind. Mit ihren vier Jahren redete sie fast schon wie eine Erwachsene.

»Deine Hand! Du hast dich verbrannt! Du solltest wirklich gescheiter sein, als ins Feuer zu greifen!«

»Ich habe mich nicht verbrannt«, widersprach sie und bewegte die Finger. »Siehst du?«

»Geh nicht wieder ans Feuer«, mahnte er sie.

»Nein, Vater.« Sie wand sich in seinen Armen, bis er sie absetzte, dann nahm sie ihren Ball und spielte in einer sicheren Ecke weiter.

Beunruhigt setzte Sperber sich wieder in seinen Sessel. Es *ist* möglich, daß man die Hand ins Feuer hält, ohne sich zu verbrennen, wenn man sie sofort wieder herauszieht. Aber Danae hatte ihre Hand nicht so schnell bewegt. Sperber betrachtete sein Kind eingehender. Er war in den vergangenen Monaten sehr beschäftigt gewesen; deshalb hatte er nur wenig Zeit für sie gehabt. Danae befand sich in einem Alter, in dem gewisse Veränderungen rasch vonstatten gehen, und diese Veränderungen waren offenbar direkt vor seinen unaufmerksamen Blicken erfolgt. Doch nun, da er Danae näher betrachtete, legte sich plötzlich eine eisige Hand um sein Herz. Fassungslos sah er es zum ersten Mal.

Er und seine Gemahlin waren Elenier.

Ihre Tochter nicht.

Lange Zeit starrte Sperber seine styrische Tochter an; dann griff er nach der einzig möglichen Erklärung. »*Aphrael?*« fragte er benommen. Danae ähnelte Flöte nur wenig, doch eine andere Erklärung hatte Sperber nicht.

»Ja, Sperber?« Ihre Stimme hörte sich ganz und gar nicht überrascht an.

»Was hast du mit meiner Tochter gemacht?« entfuhr es ihm, und er richtete sich in seiner ängstlichen Sorge halb auf.

»Mach dich nicht lächerlich, Sperber«, entgegnete sie ruhig. »Ich *bin* deine Tochter.«

»Das ist unmöglich! Wie ...«

»Du weißt, daß ich es bin, Vater. Du warst doch dabei, als ich geboren wurde. Hast du etwa gedacht, ich wäre ein Wechselbalg? Ein Kuckuck, der dir ins Nest gesetzt wurde? Das ist elenischer Aberglaube. So etwas tun wir nie.«

Er gewann halbwegs seine Beherrschung wieder. »Hast du vor, es mir zu erklären?« fragte er so ruhig er konnte, »oder erwartest du, daß ich es errate?«

»Beruhige dich, Vater. Du wolltest doch Kinder, oder nicht?«

»Nun ...«

»Mutter ist eine Königin. Sie muß einen Thronfolger zur Welt bringen, nicht wahr?«

»Gewiß, nur ...«

»Das hätte sie aber nicht gekonnt, weißt du.«

»*Was?*«

»Das Gift, das Annias ihr gab, hat sie unfruchtbar gemacht. Du kannst dir gar nicht vorstellen, wie schwierig es war, das zu überwinden. Warum, glaubst du, war Sephrenia so aufgeregt, als sie erfuhr, daß Mutter guter Hoffnung war? Natürlich kannte sie die Nebenwirkungen des Gifts, und sie war *sehr* zornig auf mich, weil ich mich einmischte – hauptsächlich deshalb, weil Mutter Elenierin ist, nehme ich an. Sephrenia kann manchmal recht engstirnig sein. Oh, *setz* dich doch endlich wieder, Sperber.«

Sperber ließ sich in seinen Sessel zurückfallen. Seine Gedanken wirbelten. »Aber *warum?*« fragte er heftig.

»Weil ich dich und Mutter liebe. Sie war dazu bestimmt, kinderlos zu sein, also mußte ich ihre Bestimmung ein klein wenig ändern.«

»Und hast du meine ebenfalls geändert?«

»Wie könnte ich das? Du bist Anakha, hast du das vergessen? Niemand kennt deine Bestimmung. Du warst immer ein Problem für uns. Viele waren der Meinung, daß wir dich überhaupt nicht auf die Welt kommen lassen sollten. Ich mußte jahrhundertelang auf die anderen einreden, um sie zu überzeugen, daß wir dich wirklich brauchen.« Sie blickte an sich hinab. »Ich werde aufpassen müssen, daß ich normal wachse. Ich war zuvor Styrikerin, und Styriker sind an solche Dinge gewöhnt. Ihr Elenier seid leicht aus der Fassung zu bringen, und die Leute würden wahrscheinlich hinter vorgehaltener Hand reden, wenn ich ein paar Jahrhunderte ein Kind bleibe. Ich fürchte, diesmal werde ich es richtig machen müssen.«

»Diesmal?«

»Was hast du denn gedacht? Ich wurde schon Dutzende Male geboren.« Sie rollte die Augen. »Das erhält mich jung.« Ihr Gesichtchen wurde ernst. »Etwas Furchtbares ist im Azashtempel geschehen, Vater, und ich mußte mich eine Zeitlang davor verstecken. Mutters Schoß war ideal dafür. Ich fühlte mich so sicher und geborgen.«

»Dann wußtest du, was in Zemoch geschehen würde«, sagte er anklagend.

»Ich wußte, daß *etwas* geschehen würde, also traf ich Vorkehrungen für alle Möglichkeiten.« Sie spitzte nachdenklich die rosigen Lippen. »Es könnte recht interessant werden«, murmelte sie. »Ich war noch nie eine Erwachsene und erst recht keine Königin. Ach, wäre meine Schwester doch hier! Ich würde mich gern mit ihr darüber unterhalten.«

»Wer ist deine Schwester?«

»Sephrenia«, erklärte sie ein wenig abwesend. »Sie war die älteste Tochter meiner letzten Eltern. Es ist schön, eine ältere Schwester zu haben, weißt du. Sie war immer schon so unendlich weise, und sie hat mir stets verziehen, wenn ich etwas Törichtes getan habe.«

Unzählige Fragen fanden dadurch eine Antwort. »Wie alt ist Sephrenia denn?« erkundigte Sperber sich mit leiser Stimme.

Aphrael seufzte. »Du weißt genau, daß ich das nicht beantworten werde, Sperber. Außerdem wüßte ich es sowieso nicht. Die Jahre bedeuten für uns nicht soviel wie für euch. Mehrere hundert Jahre ist sie auf jeden Fall alt, vielleicht tausend – was immer das heißt.«

»Wo ist sie jetzt?«

»Sie und Vanion haben sich gemeinsam zurückgezogen. Du hast doch gewußt, was sie füreinander empfinden, nicht wahr?«

»Ja.«

»Na, bitte. Manchmal benutzt du deine Augen also doch.«

»Was tun sie?«

»Sie sehen für mich nach dem Rechten. Ich selbst bin jetzt anderweitig beschäftigt, und irgend jemand muß sich ja um die Geschäfte kümmern. Sephrenia kann Gebete ebensogut erhören wie ich, und so viele Anhänger habe ich ja nicht.«

»Muß sich bei dir alles so selbstverständlich anhören?« beklagte er sich.

»Aber das *ist* es doch, Vater. Nur euer elenischer Gott nimmt sich so schrecklich ernst. Ich habe ihn noch kein einziges Mal lachen gesehen. *Meine* Anbeter sind viel verständnisvoller. Sie lieben mich, deshalb stören meine Fehler sie nicht.« Sie lachte plötzlich, kletterte auf seinen Schoß und küßte ihn. »Du bist der beste Vater, den ich je hatte, Sperber. Ich kann mit dir über diese Dinge reden, ohne daß dir gleich die Augen aus dem Kopf fallen.« Sie schmiegte ihr Köpfchen an seine Brust. »Was geht denn draußen vor, in der Welt, Vater? Ich weiß, daß die Dinge nicht so sind, wie sie sein sollten, aber jedesmal, wenn jemand kommt, um dir Bericht zu erstatten, steckt Mirtai mich ins Bett.«

»Es steht wirklich nicht zum besten, Aphrael«, sagte er ernst. »Das Wetter war schlecht. Es gab Hungersnöte und Seuchen. Nichts ist so, wie es sein sollte. Wäre ich abergläubisch, würde ich sagen, die ganze Welt hat eine anhaltende Pechsträhne.«

»Das ist die Schuld meiner Familie, Sperber«, gestand sie. »Nach dem, was mit Azash geschah, fingen wir an, uns schrecklich zu bemitleiden. Darüber haben wir unsere üblichen Pflichten vernachlässigt. Ich glaube, es ist an der Zeit, daß wir *alle* erwachsen werden. Ich werde mit den anderen reden und lasse dich dann wissen, was wir beschlossen haben.«

»Dafür wäre ich dir dankbar.« Sperber konnte nicht so recht glauben, daß sie dieses Gespräch wahrhaftig führten.

»Wir haben allerdings ein kleines Problem«, gab Aphrael zu bedenken.

»Nur eines?«

»Bitte, keine dummen Bemerkungen. Ich meine es ernst. Was sollen wir Mutter sagen?«

»Oh, Himmel!« sagte er bestürzt. »Daran hatte ich überhaupt nicht gedacht.«

»Wir müssen sofort eine Entscheidung treffen, weißt du. Dabei mag ich es gar nicht, wenn ich etwas überstürzen muß. Es würde ihr sehr schwerfallen, die Wahrheit zu glauben, meinst du nicht? Vor allem, da sie sich dann damit abfinden müßte, daß sie gar nicht empfangen kann und daß ich aus eigenem Entschluß hier bin, nicht als Ergebnis ihrer Sehnsucht und Fruchtbarkeit. Würde es ihr das Herz brechen, wenn wir ihr gestehen, wer ich wirklich bin?«

Er dachte darüber nach. Er kannte seine Frau besser als sonst jemanden auf der Welt. Es lief ihm kalt über den Rücken bei der Erinnerung an den kurzen Moment der Seelenqual in ihren Augen, als er angedeutet hatte, er habe ihr seinen Ring nur aus Versehen an den Finger gesteckt. »Ja«, sagte er schließlich. »Wir dürfen es ihr nicht sagen.«

»Das dachte ich auch, aber ich wollte sichergehen.«

Da war noch eine andere Erinnerung, die Sperber unverständlich war. »Wieso hast du auch ihr jenen Traum gezeigt – den über die Insel, meine ich? Und warum hat sie von den Geschehnissen im Tempel geträumt? Es schien fast, als wäre sie dabeigewesen.«

»Sie *war* dabei, Vater. Das mußte sie. Ich war wirklich nicht in der Lage, sie zurückzulassen und allein irgendwohin zu gehen, wie du weißt. Bitte laß mich hinunter.«

Sie glitt aus seinen Armen und rannte zum Fenster. »Komm her, Sperber«, rief sie gleich darauf.

Er trat zu ihr ans Fenster. »Was ist?«

»Mutter kommt zurück. Sie ist unten auf dem Hof mit Mirtai und Talen.«

Sperber blickte aus dem Fenster. »Ja«, bestätigte er.

»Ich werde eines Tages Königin sein, nicht wahr?«

»Falls du dich nicht entschließt, irgendwo Ziegen zu hüten.«

Sie überging seine Bemerkung und fragte ernst: »Dann werde ich einen Streiter brauchen, nicht wahr?«

»Das ist so üblich. Ich könnte dein Streiter sein, wenn du möchtest.«

»Mit achtzig? Jetzt bist du ja recht beeindruckend, Vater, aber ich fürchte, daß du im Lauf der Zeit doch ein wenig klapprig wirst.«

»Mußtest du mir das unbedingt unter die Nase reiben?«

»Verzeih. Und ich werde auch einen Prinzgemahl brauchen, nicht wahr?«

»Das ist so üblich. Aber warum unterhalten wir uns schon jetzt über so etwas?«

»Ich hätte gern deinen Rat, Vater, und deine Einwilligung.«

»Übereilst du das nicht ein wenig? Vergiß nicht, du bist erst vier!«

»Ein Mädchen kann sich so etwas gar nicht früh genug

durch den Kopf gehen lassen.« Sie deutete hinunter auf den Hof. »Ich glaube, der da unten wäre genau richtig, was meinst du?« Es hörte sich nicht viel anders an, als würde sie eine neue Haarschleife auswählen.

»Talen?«

»Warum nicht? Ich mag ihn. Er wird Pandioner. *Ritter* Talen – auch wenn es schwerfällt, sich das vorzustellen. Er ist lustig und viel netter, als es den Anschein hat. Außerdem kann ich ihn beim Damespiel schlagen. Schließlich können wir nicht die *ganze* Zeit im Bett verbringen wie du und Mutter.«

»Danae!«

Sie blickte zu ihm auf. »Warum wirst du denn rot, Vater?«

»Schon gut. Aber hüte deine Zunge, oder ich sage deiner Mutter, wer du wirklich bist!«

»Gut«, antwortete Aphrael gelassen. »Dann erzähle ich ihr von Lillias. Wie würde dir das gefallen?«

Sie blickten einander an; dann lachten sie beide.

Es war etwa eine Woche später. Sperber saß in dem Gemach, das er als sein Arbeitszimmer benutzte, über den Schreibtisch gebeugt, und blickte erbost auf Graf von Lendas letzten Vorschlag – eine absurde Idee, welche die Lohnkosten der Regierung nahezu verdoppeln würde. Er kritzelte eine erbitterte Bemerkung darunter: »Warum machen wir nicht gleich alle im Königreich zu Staatsdienern, Lenda? Dann können wir gemeinsam verhungern.«

Die Tür ging auf, und seine Tochter trat ein. Sie hielt ein ziemlich mitgenommenes Plüschtier an einem Bein.

»Ich bin beschäftigt, Danae«, sagte er ein wenig schroff.

Sie schloß die Tür. »Du bist ein entsetzlicher Brummbär, Sperber!« rügte sie ihn.

Er blickte sich rasch um, ging zur Verbindungstür und schloß sie. »Verzeih, Aphrael«, entschuldigte er sich. »Ich bin ein bißchen verärgert.«

»Das ist mir nicht entgangen. Jeder im Schloß hat es bemerkt.« Sie streckte ihm ihren Plüschbären entgegen. »Möchtest du Rollo einen Fußtritt versetzen, daß er durchs ganze Zimmer fliegt? Ihm ist es egal, und du fühlst dich dann vielleicht ein wenig besser.«

Sperber lachte verlegen. »Das ist tatsächlich Rollo, nicht wahr? Deine Mutter hat ihn genauso herumgeschleppt – bevor seine Füllung herauszufallen begann.«

»Sie hat ihn neu ausstopfen lassen und ihn mir geschenkt«, erwiderte Aphrael. »Ich vermute, ich soll ihn mit mir herumtragen, obwohl ich wirklich keinen Grund dafür sehe. Ich hätte viel lieber ein Zicklein.«

»Ich nehme an, du kommst wegen etwas Wichtigem.«

»Ja. Ich habe ein langes Gespräch mit den anderen geführt.«

Sein Verstand scheute vor der Bedeutung ihrer Worte ein wenig zurück. »Was haben sie gesagt?«

»Sehr freundlich waren sie nicht, Vater. Alle geben *mir* die Schuld für das, was in Zemoch geschehen ist. Sie wollten mir nicht einmal zuhören, als ich ihnen zu erklären versuchte, daß es *deine* Schuld war.«

»*Meine?* Wie nett von dir!«

»Sie wollen überhaupt nicht helfen«, fuhr sie fort. »Also wird es von dir und mir abhängen, fürchte ich.«

»Wir sollen die Welt in Ordnung bringen? Wir ganz allein?«

»*So* schwierig ist das nun auch wieder nicht, Vater. Ich habe bereits einiges in die Wege geleitet. Unsere Freunde müßten bald eintreffen. Tu so, als wärst du überrascht, sie wiederzusehen, und laß sie dann nicht mehr fort.«

»Werden sie uns helfen?«

»Sie werden *mir* helfen, Vater. Ich muß sie um mich haben, wenn es soweit ist. Ich werde sehr viel Liebe brauchen, um es zu schaffen. – Hallo, Mutter«, sagte sie, ohne sich zur Tür umzudrehen.

»Danae!« rügte Ehlana ihre Tochter. »Du weiß, daß du deinen Vater nicht stören sollst, wenn er arbeitet.«

»Rollo wollte zu ihm, Mutter«, log Danae geschickt. »Ich

habe ihm gesagt, daß wir Vater nicht stören dürfen, wenn er beschäftigt ist, aber du weißt doch, wie Rollo ist.« Sie sagte es so ernst, daß es fast glaubhaft klang. Dann hob sie den verleumdeten Bären und drohte ihm mit dem Finger. »Schlimmer, schlimmer Rollo!« schalt sie ihn.

Ehlana lachte und ging zu ihrer Tochter. »Man kann ihr einfach nicht böse sein, nicht wahr?« sagte sie glücklich zu Sperber, als sie sich niederkniete und das kleine Mädchen in die Arme schloß.

»Da hast du recht.« Er lächelte. »Da ist sie dir sehr ähnlich.« Er verzog scheinbar resigniert das Gesicht. »Ich glaube, es ist mein Schickal, mich von zwei mit allen Wassern gewaschenen kleinen Mädchen um den Finger wickeln zu lassen.«

Prinzessin Danae und ihre Mutter schmiegten die Wangen aneinander und bedachten ihn mit einem beinahe identischen Blick gespielter Unschuld.

Am nächsten Tag trafen ihre Freunde nacheinander ein, und seltsamerweise hatte jeder einen triftigen Grund gehabt, nach Cimmura zu kommen. In der Hauptsache war es die Überbringung unerfreulicher Neuigkeiten. Ulath war von Emsat in den Süden gereist und schilderte, daß die Jahre unmäßigen Trinkens schließlich ihren Tribut von König Warguns Leber forderten. »Er hat die Farbe einer Aprikose«, behauptete der hünenhafte Thalesier. Tynian erzählte, daß der greise König Obler nun offenbar senil wurde. Und Bevier berichtete, daß aus Rendor immer deutlicher von der Wahrscheinlichkeit einer neuerlichen eshandistischen Erhebung die Rede war. Im auffälligen Gegensatz dazu konnte Stragen melden, daß sein Geschäft einen erstaunlichen Aufschwung genommen hatte, und gerade diese Nachricht war vermutlich schlimmer als die übrigen.

Trotz all der schlechten Neuigkeiten nutzten die alten Freunde dieses scheinbar zufällige Zusammenkommen, um ihr Wiedersehen zu feiern.

Es war schön, sie alle wieder um sich zu haben, fand Sperber, als er eines Morgens leise, um seine noch schlafende Gemahlin nicht zu wecken, aus dem Bett schlüpfte, obwohl er noch sehr müde war. Dadurch, daß er und die alten Gefährten meist die halbe Nacht beisammensaßen, er aber früh aufstehen mußte, um seine Pflichten nicht zu vernachlässigen, fand er nur wenig Schlaf.

»Schließ die Tür, Vater«, bat Danae leise, als er aus dem Schlafgemach trat. Sie hatte sich im Nachtgewand in einen großen Sessel am Kamin gekuschelt, und an ihren nackten Füßen waren unverkennbar Grasflecken.

Sperber nickte, schloß die Tür und setzte sich zu ihr ans Feuer.

»Da sie jetzt alle hier sind, Sperber«, sagte Danae, »sollten wir anfangen.«

»Was, genau, müssen wir tun?« fragte er.

»*Du* wirst einen Ausritt vorschlagen.«

»Dazu brauche ich einen Grund, Danae. Für einen Ausflug ist das Wetter nicht sehr geeignet.«

»Der Grund ist unwichtig, Vater. Laß dir etwas einfallen. Was es auch ist, alle werden es für eine großartige Idee halten – das verspreche ich dir. Reitet Richtung Demos. Sephrenia, Vanion und ich werden uns euch ein Stück außerhalb der Stadt anschließen.«

»Würdest du mir das erklären? Du bist bereits hier.«

»Ich werde auch dort sein, Sperber.«

»Gleichzeitig an zwei verschiedenen Orten?«

»*So* schwierig ist das wirklich nicht, Sperber. Das tun wir oft.«

»Schon möglich, aber auf diese Weise wird deine Identität nicht gewahrt bleiben, weißt du.«

»Keine Angst. Für deine Freunde werde ich wie Flöte aussehen.«

»Der Unterschied zwischen dir und Flöte ist nicht sehr groß, das solltest du wissen.«

»Nicht für dich, aber die anderen sehen mich ein bißchen anders.« Sie erhob sich aus dem Sessel. »Kümmere dich darum, Sperber«, sagte sie. Dann ging sie zur Tür, wobei sie Rollo hinter sich herzog.

»Ich geb' es auf«, brummte Sperber.

»Das habe ich gehört, Vater«, sagte sie, ohne sich umzudrehen.

Als sie später alle beim Frühstück zusammensaßen, sagte Kalten etwas, das Sperber sehr zu Hilfe kam. »Ich wünschte, wir alle könnten Cimmura ein paar Tage den Rücken kehren«, klagte der blonde Pandioner. Er blickte Ehlana an. »Das soll keine Beleidigung sein, Majestät, aber das Schloß ist wirklich nicht der richtige Ort für ein fröhliches Wiedersehen. Jedesmal, wenn es gemütlich zu werden anfängt, kommt irgendein Höfling mit irgendwas herein, das *unbedingt* Sperbers Entscheidung erfordert.«

»Da hat er recht«, bestätigte Ulath. »Ein fröhliches Wiedersehen ähnelt in gewisser Weise einer ordentlichen Wirtshausrauferei. Sie macht nicht halb soviel Spaß, wenn sie unterbrochen wird, kaum daß sie in Schwung gekommen ist.«

Da fiel Sperber etwas ein. »Hast du es vor ein paar Tagen ernst gemeint, Liebling?« fragte er seine Frau.

»Ich meine es immer ernst, Sperber. Welchen Tag meinst du?«

»Als du versucht hast, mir ein Herzogtum zu übergeben?«

»Das versuche ich bereits seit vier Jahren. Ich weiß gar nicht, warum ich mir noch die Mühe mache. Du findest ja immer einen Grund, es auszuschlagen.«

»Das sollte ich wohl wirklich nicht – wenigstens nicht, bevor ich eine Gelegenheit hatte, sie mir alle anzusehen.«

»Worauf willst du hinaus, Sperber?« fragte sie.

»Wir brauchen einfach einen Ort, wo wir ungestört feiern können, Ehlana.«

»Zechen«, verbesserte ihn Ulath.

Sperber grinste ihn an. »Wie auch immer«, fuhr er fort, »ich sollte mir dieses Herzogtum wirklich ansehen. Soviel ich mich erinnere, liegt es vor Demos. Wir könnten auf jeden Fall das Herrenhaus genauer in Augenschein nehmen.«

»Wir?« fragte sie.

»Ein guter Rat kann nie schaden, wenn man vorhat, eine

Entscheidung zu treffen. Ich finde, wir *alle* sollten uns dieses Herzogtum ansehen. Was meint ihr dazu?«

»Die wahre Stärke eines Führers liegt in seiner Fähigkeit, das Offensichtliche als eine neue Idee hinzustellen«, sagte Stragen gedehnt.

»Wir sollten endlich mal raus aus dem Schloß, Liebes«, wandte Sperber sich an seine Gemahlin. »Ein Ausflug schadet uns bestimmt nicht, und hier kann nicht viel mehr passieren, als daß Lenda während unserer Abwesenheit ein paar Dutzend seiner Verwandten in den Staatsdienst stellt.«

»Ich wünsche euch recht viel Vergnügen, meine Freunde«, sagte Platime, »aber ich bin ein weichherziger Bursche und kann es nicht mehr mit ansehen, wie selbst ein kräftiges Pferd leidet oder gar zusammenbricht, sobald ich aufsitze. Ich bleibe lieber hier und behalte Lenda im Auge.«

»Ihr könnt in der Kutsche mitfahren«, bot Mirtai ihm an.

»In welcher Kutsche?« fragte Ehlana.

»In jener, in der Ihr vor Wind und Wetter geschützt reisen werdet.«

»Ich brauche keine Kutsche!«

Mirtais Augen funkelten. »Ehlana!« sagte sie scharf. »Widersprecht nicht!«

»Aber ...«

»Ehlana!«

»Schon gut, Mirtai.« Die Königin gab seufzend nach.

Sie begannen ihren Ausflug geradezu in Festtagsstimmung. Sogar Faran spürte es, und *sein* Beitrag zur Hochstimmung bestand darin, daß er Sperber gleichzeitig auf beide Füße trat, während sein Herr aufsitzen wollte.

Selbst das Wetter spielte beinahe mit. Der Himmel war nicht düster und bewölkt, sondern nur mit leichtem Grau überzogen, und die beißende Kälte, die fast den gesamten Winter ungebrochen gewesen war, ließ ein wenig nach und wurde erträglicher. Nicht der geringste Lufthauch war zu spüren, was Sperber voll Unbehagen an das endlose Jetzt jenes Augenblicks erinnerte, den der Trollgott Ghnomb für sie angehalten hatte, als sie von Paler ostwärts gezogen waren.

Sie ritten aus Cimmura und folgten der Landstraße, die nach Lenda und Demos führte. Sperber wurde glücklicherweise um die Möglichkeit gebracht, seine Tochter an zwei Orten gleichzeitig zu sehen, weil Mirtai entschieden hatte, daß die kleine Prinzessin bei ihrer Kinderfrau im Schloß bleiben solle, da ein Ausflug bei diesem Wetter ungesund für sie wäre. Sperber sah schon jetzt voraus, wie Mirtai und Danae später aneinandergeraten würden, wenn beide ihren Willen durchsetzen wollten. Um ganz ehrlich zu sein, er war außerordentlich gespannt darauf.

Unweit der Stelle, wo sie seinerzeit auf den Sucher gestoßen waren, sahen sie Sephrenia und Vanion an einem kleinen Feuer sitzen, während Flöte es sich auf dem Ast einer nahen Eiche bequem gemacht hatte. Vanion, der jünger und kräftiger aussah als seit Jahren, erhob sich, um die Freunde zu begrüßen. Wie Sperber es beinahe schon erwartet hatte, trug Vanion ein weißes, styrisches Gewand ohne Waffengurt.

»Ich hoffe, es ist Euch gut ergangen«, wandte der große Pandioner sich an Vanion, als er absaß.

»Erträglich, Sperber. Und Euch?«

»Ich kann mich nicht beklagen.«

Dann vergaßen sie die steife Förmlichkeit und umarmten einander heftig, während die anderen sich um sie scharten.

»Wer wurde zu meinem Nachfolger erkoren?« erkundigte Vanion sich.

»Wir haben der Hierokratie dringend nahegelegt, Kalten zu ernennen«, antwortete Sperber ihm unbewegt.

»*Was?*« rief Vanion bestürzt.

»Sperber!« rügte Ehlana ihren Gemahl. »Laß das grausame Spiel!«

»Es sollte nur ein kleiner Scherz sein, Vanion«, sagte Kalten säuerlich. »Manchmal ist sein Humor so schief wie seine Nase. *Er* ist es, dem die Verantwortung übertragen wurde.«

»Gott sei Dank!« sagte Vanion inbrünstig.

»Dolmant versucht schon die ganze Zeit, ihn zur endgültigen Übernahme des Amtes zu überreden, aber unser Freund lehnt es immer wieder ab – mit der Ausrede, daß er ohnehin schon zu viel zu tun habe.«

»Wenn ihr versucht, mir noch mehr aufzuhalsen, komme ich bald überhaupt nicht mehr zum Verschnaufen«, beschwerte sich Sperber.

Ehlana blickte mit einer gewissen Ehrfurcht und Scheu auf Flöte, die auf dem Ast die grünbefleckten Füße übereinandergeschlagen hatte und die Syrinx an die Lippen hielt. »Sie sieht genauso aus wie in jenem Traum«, flüsterte Ehlana Sperber zu.

»Sie verändert sich nie«, erwiderte Sperber. »Na ja, jedenfalls nicht sehr.«

»Dürfen wir sie ansprechen?« Aus den Augen der jungen Königin sprach ein wenig Angst.

»Warum kommst du nicht näher, Ehlana?« fragte Flöte.

»Wie soll ich sie anreden?« fragte die Königin nervös ihren Gemahl.

Er zuckte die Schultern. »Wir rufen sie Flöte. Ihr anderer Name ist ein wenig zu förmlich.«

»Hilf mir runter, Ulath«, befahl die Kleine.

»Ja, Flöte«, antwortete der hünenhafte Thalesier. Er trat unter den Baum, hob die niedliche Göttin herunter und stellte sie auf das winterdürre Gras.

Flöte nutzte den Vorteil, daß sie als Danae außer ihrer Mutter auch Stragen, Platime, Kring und Mirtai kannte, auf geradezu schändliche Weise. Sie sprach in völlig vertrautem Tonfall zu ihnen, was deren ehrfürchtige Scheu vor der Göttin nur steigerte. Vor allem Mirtai wirkte völlig verschüchtert. »Nun, Ehlana«, sagte die Kleine schließlich, »hast du die Sprache verloren? Willst du mir nicht einmal für den großartigen Gemahl danken, den ich dir verschafft habe?«

»Du schwindelst, Aphrael«, rügte Sephrenia sie.

»Ich weiß, liebe Schwester, aber es macht soviel Spaß.«

Da mußte Ehlana lachen. Sie streckte die Arme aus, und Flöte rannte begeistert zu ihr.

Flöte und Sephrenia setzten sich zu Ehlana, Mirtai und Platime in die Kutsche. Kurz bevor sie aufbrachen, streckte die kleine Göttin den Kopf aus dem Fenster. »Talen«, rief sie lächelnd.

»Ja?« fragte Talen vorsichtig. Sperber war ziemlich sicher, daß Talen eine dieser erschreckenden Vorahnungen hatte, die in jungen Männern und Beutetieren fast auf dieselbe Weise erwachten, wenn sie sich gejagt fühlen.

»Setz dich doch zu uns in die Kutsche«, forderte Aphrael ihn mit honigsüßer Stimme auf.

Talen blickte Sperber fast flehend an.

»Geh schon«, befahl Sperber. Gewiß, Talen war sein Freund, aber Danae war schließlich seine Tochter.

Dann setzten sie ihren Weg fort. Nach einigen Meilen beschlich Sperber ein unheimliches Gefühl. Obwohl er seit seiner Jugend ungezählte Male auf dieser Straße zwischen Cimmura und Demos geritten war, erschien sie ihm plötzlich fremd. Es gab Hügel an Stellen, wo keine hätten sein sollen, und sie kamen an einem stattlichen Hof vorbei, den Sperber noch nie gesehen hatte. Er zog seine Karte und warf einen Blick darauf.

»Was ist los?« fragte Kalten.

»Hältst du es für möglich, daß wir irgendwo falsch abgebogen sind? Seit über zwanzig Jahren nehme ich schon diese Straße, aber plötzlich sehe ich keinen vertrauten Orientierungspunkt mehr.«

»Oh, großartig, Sperber!« sagte Kalten kichernd. Er blickte über die Schulter zu den anderen. »Unserem glorreichen Feldherrn ist es gelungen, sich zu verirren«, erklärte er. »Wir sind ihm blind durch die halbe Welt gefolgt, und jetzt kennt er sich zwanzig Meilen von zu Hause entfernt nicht mehr aus. Ich weiß nicht, wie ihr es seht, aber mein Vertrauen in ihn schwindet rapide.«

»Möchtest *du* uns führen?« fragte Sperber ihn gereizt.

»Und mir diese Gelegenheit entgehen lassen, nichts zu tun, außer zu nörgeln und zu kritisieren? Nie und nimmer!«

Es sah nicht danach aus, als würden sie vor Anbruch der Dunkelheit irgendein erkennbares Ziel erreichen, und sie waren keineswegs darauf vorbereitet, die Nacht im Freien zu verbringen. Sperbers Besorgnis wuchs.

Flöte streckte den Kopf aus einem Fenster der Kutsche.

»Was ist los, Sperber?« erkundigte sie sich.

»Wir müssen ein Nachtquartier finden«, antwortete er, »aber wir sind auf den letzten zehn Meilen an keinem einzigen Haus vorübergekommen.«

»Reite nur weiter, Sperber«, wies sie ihn an.

»Es wird bald dunkel, Flöte.«

»Dann sollten wir uns beeilen.« Sie verschwand wieder in der Kutsche.

Von einer Hügelkuppe blickten sie in der Dämmerung über ein Tal, das einfach nicht sein *konnte,* wo es war. Unter ihnen breiteten sich sanft gewellte, von Birkenhainen unterbrochene Wiesen aus. Auf halber Höhe des Hanges stand ein niedriges, strohgedecktes Haus, aus dessen Fenstern goldschimmernd Kerzenlicht schien.

»Vielleicht nehmen sie uns für die Nacht auf«, sagte Stragen hoffnungsvoll.

»Nur weiter, meine Herren«, rief Flöte aus der Kutsche. »Das Abendessen steht bereit. Es wäre unhöflich, es kalt werden zu lassen.«

»Aphrael ist wohl immer für eine Überraschung gut?« meinte Stragen.

»O ja«, bestätigte Sperber, »das ist ihr größtes Vergnügen.«

Wäre es ein bißchen kleiner gewesen, hätte man das Haus als Hütte bezeichnen können. Doch die Zimmer waren groß, und es gab erstaunlich viele. Die Möbel waren bäuerlich, aber gut gearbeitet. Überall standen Kerzen, und in jedem der blitzblanken Kamine brannte ein gemütliches Feuer. Auf einem langen, reich gedeckten Tisch in der großen Stube wartete ein üppiges Bankett auf sie. Doch außer ihnen befand sich keine Menschenseele im Haus.

»Gefällt es euch?« fragte Flöte mit seltsam besorgter Miene.

»Es ist wundervoll«, versicherte Ehlana ihr und umarmte die Kleine.

»Es tut mir leid«, erklärte Flöte entschuldigend, »ich konnte mich einfach nicht überwinden, euch Schinken vorzusetzen. Ich weiß zwar, wie gern ihr Elenier Schweinefleisch eßt, aber ...« Sie schauderte.

»Ich glaube, wir werden es nicht sehr vermissen, Flöte.« Kalten betrachtete die Tafel mit leuchtenden Augen. »Nicht wahr, Platime?«

Der fette Dieb blickte fast ehrfürchtig auf die vielen Speisen. »Meine Güte, ja, Kalten«, pflichtete er ihm begeistert bei. »Es sieht alles köstlich aus.«

Ohne Ausnahme aßen alle mehr, als gut für sie war, und seufzten anschließend in wohliger Sattheit.

Berit kam um den Tisch und lehnte sich über Sperbers Schulter. »Sie macht es schon wieder, Sperber«, murmelte der junge Ritter.

»Was?«

»Die Feuer brennen, seit wir hier sind, trotzdem muß noch immer kein Holz nachgelegt werden. Und die Kerzen werden nicht kürzer!«

Sperber zuckte die Schultern. »Es ist ihr Haus, nehme ich an.«

»Ich weiß, aber ...« Berit fühlte sich sichtlich nicht wohl. »Es ist unnatürlich«, sagte er schließlich.

»Berit«, erinnerte Sperber ihn mit sanftem Lächeln, »wir sind durch eine unmögliche Gegend geritten, haben ein Haus erreicht, das nicht wirklich hier ist, und speisen ein Festmahl, das niemand zubereitet hat, und Ihr macht Euch Sorgen wegen ein paar Kleinigkeiten wie endlos brennende Kerzen und ein Kaminfeuer, das kein Holz braucht?«

Berit lachte und kehrte zu seinem Stuhl zurück.

Die Kindgöttin nahm ihre Pflichten als Gastgeberin sehr ernst. Sie schien sogar besorgt, es könne irgend etwas nicht perfekt sein, als sie ihre Gäste zu den Zimmern brachte, und erklärte übereifrig Dinge, die gar nicht erklärt werden mußten.

»Sie ist ein so liebes, niedliches Kind, findest du nicht?« sagte Ehlana zu Sperber, als sie allein waren. »Sie macht sich offenbar große Sorgen um die Bequemlichkeit und das Wohlbefinden ihrer Gäste.«

»Für Styriker ist dergleichen nicht so wichtig«, erklärte Sperber. »Flöte ist nicht an Elenier gewöhnt, und wir machen sie nervös.« Er lächelte. »Sie gibt sich sehr viel Mühe, einen guten Eindruck zu machen.«

»Aber sie ist eine Göttin.«

»Sie ist trotzdem nervös.«

»Bilde ich es mir nur ein, oder ist sie unserer Danae wirklich so ähnlich?«

»Alle kleinen Mädchen sehen sich ähnlich, nehme ich an«, antwortete er vorsichtig, »genau wie alle kleinen Jungen.«

»Vielleicht«, räumte Ehlana ein, »aber sie *riecht* sogar wie Danae, und beide haben offenbar eine Vorliebe für Küsse.« Sie hielt inne, dann strahlte sie. »Wir sollten sie zusammenbringen, Sperber. Sie würden einander bestimmt mögen und wundervolle Spielgefährten werden.«

Bei *der* Vorstellung verschlug es Sperber fast die Sprache.

Der Rhythmus des Hufschlags, der Sperber schon früh am nächsten Morgen weckte, klang vertraut.

»Was ist los, Liebling?« fragte Ehlana verschlafen.

»Faran hat sich offenbar losgerissen«, antwortete Sperber.

»Er wird doch nicht durchgehen, oder?«

»Und sich um den ganzen Spaß bringen, den es ihm machen wird, mich den halben Vormittag hinter sich herzuhetzen? Ganz bestimmt nicht.« Sperber schlüpfte in einen bereitliegenden Morgenrock und trat ans Fenster. Erst da hörte er Flötes Syrinx.

Der Himmel über diesem geheimnisvollen Tal war bedeckt, wie es den ganzen Winter lang gewesen war. Schmutziggraue Wolken erstreckten sich, von einem stürmischen Wind getrieben, kalt und düster von Horizont zu Horizont.

Unweit des Hauses befand sich eine Wiese, auf der Faran in leichtem Galopp im Kreis lief. Er trug weder Sattel noch Zaumzeug und wirkte freudig erregt. Flöte lag auf seinem Rücken und blies ihre Syrinx. Ihr Köpfchen ruhte bequem zwischen seinen mächtigen Schultern. Sie hatte die Knie übereinandergeschlagen und trommelte mit einem Fuß den Takt auf die Kruppe des kräftigen Fuchses. Diese Szene – Aphrael auf dem Rücken liegend auf dem mächtigen Hengst – war so vertraut, daß Sperber die Augen aufriß.

»Ehlana«, rief er schließlich, »Das mußt du dir ansehen.«

Sie kam zu ihm ans Fenster. »Was in aller Welt tut sie da?« rief sie erschrocken. »Du mußt sie aufhalten, Sperber! Sie wird herunterfallen und sich verletzen.«

»Das wird sie bestimmt nicht. Sie und Faran spielen nicht zum ersten Mal so. Er wird sie nicht hinunterfallen lassen – selbst wenn es wirklich geschehen könnte.«

»Was machen sie denn?«

»Ich habe keine Ahnung«, gestand er, obwohl das nicht ganz stimmte. »Aber ich glaube, daß es bedeutungsvoll ist«, fügte er hinzu.

Er lehnte sich aus dem Fenster und blickte zuerst nach links, dann nach rechts. Auch die anderen standen an den Fenstern und starrten auf ihre kleine Gastgeberin.

Der stürmische Wind ließ nach und erstarb, während Flöte ihre muntere Weise blies, und das trockene Rascheln des winterdürren Grases vor dem Tor verstummte.

Das jubelnde Trillern der Kindgöttin stieg zum Himmel auf, als Faran unermüdlich im Kreis kanterte, und während sie spielte, öffnete sich das schmutzige Grau der Wolken und rollte zurück, beinahe wie eine Bettdecke, die zurückgeschlagen wird, und ein tiefblauer Himmel mit vereinzelten, vom Sonnenaufgang getönten Wattewölkchen kam zum Vorschein.

Sperber und die anderen blickten staunend zu diesem wundervollen Himmel auf, und wie es Kindern manchmal ergeht, sahen sie lila Drachen und rosarote Greifen in den Wolken, die wogten und verschmolzen und sich übereinander türmten, höher und höher, und sich auflösten, als alle Geister der Luft und der Erde und des Himmels zusammenkamen, um den Frühling willkommen zu heißen, den die Welt bereits für immer verloren geglaubt hatte.

Die Kindgöttin Aphrael erhob sich und stand nun auf dem Rücken des mächtigen Fuchses. Ihr glänzend schwarzes Haar flatterte, und die Klänge ihrer Flöte schwebten dem Sonnenaufgang entgegen. Und dann, ohne in ihrem Spiel innezuhalten, fing sie zu tanzen an. Sie wiegte sich und drehte sich, und ihre grasfleckigen Füßchen wirbelten im Rhythmus ihres Liedes.

Erde und Himmel und Farans breiter Rücken waren für Aphrael eins, als sie tanzte, und sie drehte sich in der stillen Luft ebenso geschickt wie im jetzt grünen Gras und auf dem Rücken des kanternden Pferdes.

Ehrfürchtig beobachteten die Gefährten sie aus dem Haus, das es nicht wirklich gab, und die Schwermut fiel von ihnen ab. Ihre Herzen öffneten sich weit, als die Kindgöttin das fröhliche, immer neue Lied von Erlösung und Erneuerung für sie spielte. Denn nun war der trostlose Winter zu Ende und der Frühling wiedergekehrt.

ENDE